人人都爱
于休休

我就喜欢惯着你

妩锦 著

上册

青岛出版集团 | 青岛出版社

图书在版编目（CIP）数据

我就喜欢惯着你/姒锦著.—青岛:青岛出版社,2023.3
ISBN 978-7-5552-9538-9

Ⅰ.①我… Ⅱ.①姒… Ⅲ.①言情小说－中国－当代 Ⅳ.①I247.5

中国版本图书馆CIP数据核字（2022）第118945号

WO JIU XIHUAN GUAN ZHE NI

书　　名　我就喜欢惯着你
作　　者　姒　锦
出版发行　青岛出版社（青岛市崂山区海尔路182号）
本社网址　http://www.qdpub.com
邮购电话　18613853563
责任编辑　郭红霞
特约编辑　崔　悦
校　　对　李玮然
装帧设计　千　千
照　　排　王晶璎
印　　刷　三河市良远印务有限公司
出版日期　2023年3月第1版　2023年3月第1次印刷
开　　本　32开（880mm×1230mm）
印　　张　18
字　　数　501千
书　　号　ISBN 978-7-5552-9538-9
定　　价　65.00元（全2册）

编校印装质量、盗版监督服务电话　4006532017　0532-68068050

目录 上册

楔　子		001
第一章	相亲相爱一家人	003
第二章	气死人不偿命	066
第三章	四好青年于休休	108
第四章	心理医生的心理病	165
第五章	城市之春	208
第六章	奇怪的姑婆	256

目录

㊦㊥

第 七 章	宠得不像话	301
第 八 章	最美 CP	344
第 九 章	毫无人情味的人	390
第 十 章	又一个客户	433
第十一章	聚光灯下的意外	477
第十二章	画出来的她就是她	522

楔　子

这场雨仿佛不会停。

于休休拎着伞下车，奔向不远处的大厦。风很猛，她没撑开伞。雨点落在她的头上、肩膀上，凉凉的。她走得很急，鞋子踩过水洼，发出清晰的踩水声。

夜深了，于休休的四周没有一个人。

大厦内的空气里弥漫着新装修建筑的味道。于休休熟门熟路地走入观光电梯，按下数字“33”。电梯光映着她苍白的脸，跳跃的数字如一盏盏冥灯，忽闪忽闪地直射她的眼睛。

她瞪着眼，眼睛一眨不眨，看着电梯上显示的数字超过“33”后，电梯突然失控加速，超重感让她的脑子瞬间缺氧，像有一阵风吹过脑海。

35、36、37……

这是一种很惊悚的感觉。

于休休想逃离，身体却动不了，僵硬得像一块炭化的木板。她想求救，却张不开嘴。她拼命地睁大眼睛，透过观光电梯的玻璃，看到对面那幢没有灯光的大楼楼顶上有一个男人，在一道闪电里他仿佛浑身都在发光。

他在干吗？

电梯突然停下。

门开了，于休休走出去，一脚踩空——

不对，一脚踩空的人不是她，是对面大楼楼顶上的那个人。

他迅速地坠落，像黑色的猎鹰冲破雨雾。

“啊！你别跳！”于休休喊出声。

她猛地从床上坐起，脸色煞白地看着自己身处的房间。

天未亮透，晨光熹微。

她长长地吐了一口气：“这梦吓死我了！”

“霍先生，你又做噩梦了？”一个声音响起。

房间里的窗帘遮得严严实实，光线很弱。

一个男人坐在光影里，精瘦的肩膀微微地绷起。

闻言，他“嗯”了一声，然后说：“钟霖，药。”

“还是睡不好吗？”名叫钟霖的人问道。

他没有回答，接过药和水，机械地把两粒小小的药片咽入肚中，眼睛盯着窗帘上晃动的灯光，回忆梦里的那一声尖叫。

那个站在对面大厦观光电梯里的女人他不认识。可是，在无数次他从楼顶往下跳的噩梦里，最后他都会被那一声尖叫惊醒。

她喊：“你别跳！”

于是，他一次次地往下跳，却从没落地，也不知结果。

他撑着额头：“钟霖，我想找到她。”

“谁？”钟霖问。

男人突兀的话让钟霖觉得有些吓人。

“一个女人。”他回答。

第一章
相亲相爱一家人

“我是上去捉奸的，唐绪宁和那个女的就在楼上。大厦很大，里面很空旷，我轻易地就找到了电梯的入口。那是一个全玻璃的观光电梯。大厦对面有一幢高楼，楼里没有灯光，有点儿吓人……一个男人站在楼顶上，电梯门刚打开，啪的一声，闪电打在他的身上，我便看见一张惨白的脸。突然，他就从楼顶上跳下来了！”于休休自言自语，回忆自己的梦。

她看了一眼 iPad（苹果平板电脑）上还没有完成的画稿——漆黑的大厦、观光电梯、闪电、陌生的男人——她皱皱眉，继续回忆那个残缺的梦。那个人跳下去后，到底怎么样了？他死了还是没死？

于休休的强迫症犯了，她正抓头发呢，苗芮进来催她：“休休，你好了没有？爸爸和弟弟都在等你呢。”

“妈，我最近经常做噩梦，梦和连续剧似的，一幕接一幕。我像被困住了一样，怎么都走不出来。”于休休说。

“你梦到啥了？”苗芮问。

“梦到我爸发达了，公司越来越好，还上市了，我穿了一条大红裙子陪我爸去敲钟！”于休休说。

苗芮骂道：“你这孩子！这是什么噩梦？”

于休休继续说：“公司后来……垮了，我爸残了，我瘫痪了，唐绪宁劈腿了，你也……疯了。”

苗芮拍桌子瞪眼睛，斥道：“你给老娘赶紧换衣服，少在这儿胡说八道！”

今天于休休一家人要去唐绪宁家。

第一次上门，于休休描了好一阵眉眼。她是典型的桃花眼，睫毛长，双眼皮深，眼尾上翘，眼神清澈，笑起来眼睛像新月，似醉非醉，不笑也含情脉脉。这样的长相本是甜美可人的，偏偏她眉峰凌厉，带点儿烈劲儿，小翘鼻，上扬唇，给人一种任性张扬、坏坏的感觉。

于休休看着镜子里的自己，满意地抿了抿唇：“出发！”

于家的汽车驶入唐家所在的小区时，保安像审问犯人一样盘问他们，就差拉设备来对他们进行安检了。他们说了自己是唐家的亲戚，对方又打电话再三确认后才放行。奢华的唐家出乎他们的意料。从小区大门到楼下的私人停车场，于大壮表示受到了惊吓。

于大壮问：“老婆、闺女，咱们家是不是也该换一幢大别墅了？现在的房子有点儿配不上咱们暴发户的身份！”

苗芮打扮得略显浮夸，闻言“呸”了一声，然后说：“你能不能有点儿暴发户的气质？咱们家至少要买两幢别墅，一幢住人，一幢给老鼠做窝。”

于大壮说：“闺女，你说！”

于休休皱着眉头：“三幢吧，咱们仨一人一幢。”

于家洲挠了挠自己杀马特式的大背头：“我不配拥有别墅吗？怎么没人问我的意见？我还能不能成为暴发户最受宠爱的小儿子了？”

一家人欢欢乐乐，从不介意自我调侃。

别墅二楼的阳台上，窗帘被缓缓地拉开一道缝，里面的人眼神黯淡："于家人来了。下去接一下，热情点儿，听到没有？"

"妈！"唐绪宁一脸为难，"我不喜欢于休休，也看不惯他们一家子的作风——有点儿钱就张扬显摆，尤其是她爸——大金链子、大金表、大金牙，不知道的人还以为他是恶棍呢。"

"今儿人家不是穿西装了吗？"唐母汤丽桦说。

"他穿上西装更搞笑，还有那个于休休，你看她有正经女孩儿的样子吗？她连良良的一根手指头都比不上。让我跟她一起生活，你不如掐死我得了。"唐绪宁愤愤地说。

"行！我就掐死你！"唐母汤丽桦作势去掐他的脖子，气恼又不得不压低声音，"你冲我嚷嚷有什么用？有什么用？找你爸说理去！"

客厅里，唐文骥已经和于大壮寒暄上了。从唐文骥当年下乡去于家村的经历，到他返城这些年里的工作和生活，再聊到于大壮新开的大禹建筑公司，两人很是感慨。

于大壮没什么文化，小时候要过饭，饿过肚子，从一个泥地里打滚儿的农民，一步步从泥瓦匠、包工头、施工队，成为建筑公司的老板，成了老朋友嘴里的人物，但他有自知之明，在唐文骥面前不敢托大。

于大壮说："老唐你别说我了。我哪儿有什么本事，不就是赶上国家政策好，被赏了口饭吃？卖力气的人跟你比不了，比不了。"

唐文骥打个哈哈，摆摆手，看到漫不经心走下楼的儿子，面有愠色，却仍带笑地说："怎么才下来？赶紧带休休去你房间里参观参观，你们年轻人一起玩儿，不用管我们几个老骨头……"

唐绪宁是个好看的男人，斯斯文文的，面容白净，仪态得体，而这大概就是于休休同意和他交往的原因。看脸的人悲哀之处就是太容易被脸打败，哪怕很多人说她配不上青年才俊唐绪宁，她还是顶住了压力，就和追星似的，看脸就行。

"休休，上去坐会儿吧。"唐绪宁果然没有半分不得体的举止。

于休休扬扬眉，正准备起身，于家洲就蹦了起来："还有我！还有我！绪宁哥带我一个。"

于家洲高高兴兴地拽着唐绪宁走了，就像看不见唐家人复杂的目光。

于休休也没看到唐家人的目光。她被一种古怪的想法牵引着，急着去看唐绪宁的房间。她很想知道他的房间是不是和梦里的一样……

初秋下过雨后降了温，房间里却燥热发闷。于休休在唐绪宁的带领下，四处走走看看，和他却没什么交流。今天她的话很少，不同寻常，唐绪宁因此瞄了她几眼。看她走到照片墙边饶有兴致地欣赏他的旅行照，他又不耐烦地挪开视线，看向窗外。

“你刚才是不是躲在窗户后面瞧我？”于休休突然出声。

听到她似笑非笑的声音，唐绪宁猛地回头，看见她脸上的戏谑表情，一时语塞。

于休休眨了眨眼：“你这人杀气很重，老远我就感觉到了。”

唐绪宁脸色一变。

于休休又加深了笑容：“《王者》什么段位啊？有空儿咱俩练练？”

唐绪宁被她说得心脏忽上忽下，喉头像塞了团棉花，尤其是看着她无知又无畏的蠢样子，十分来气。凭什么他要为了这么一个愚蠢的女人赔上一生的幸福？就因为当年于休休她爸在乡下救过他爸？唐绪宁的那口气堵在喉咙里，他吐不出，又咽不下。

于休休看着他一脸扭曲又不敢发作的样子，有点儿想笑，说：“你是不是特别想和我解除这父母包办的恋爱关系？”

唐绪宁眼神黯淡，说：“没有包办，我喜欢你！”

于休休踩着高跟鞋走到他的身边，挑起眉梢观察他，一双黑白分明的眼睛带着似有似无的笑意，说：“你这一副吃了臭鸡蛋似的倒霉样儿，是喜欢？”

唐绪宁没吭声。

于休休：“说老实话。”

唐绪宁：“感情是可以培养的。”

于休休看着他，突然笑了。

女孩子的笑容单纯无害，眼神清澈，整个人干净得像一张白纸，让唐绪宁有种晨曦中满园花开的心动错觉。他一慌神儿，于休休拿起桌上的一个瓷瓶摆件，突然手一滑。

啪嚓一声。

于休休低呼："哎呀，不好意思！"

那是一个明代官窑的青花瓶，造型独特，瓷质细腻，十分完好，是唐绪宁的心头好。一看自己的宝贝碎在地上，他额头青筋暴起，没法儿再压抑情绪："于休休，你是神经病啊！"

"斯文扫地！斯文扫地！像！太像了！简直是一模一样……"于休休指着他的脸"啧啧"了两声，眼睛里闪着笑意，一脸欠揍的样子。

唐绪宁胸口堆积的愤怒感如决堤的洪水！他破口大骂，难听的话一句接一句。

楼下的双方父母听到声音跑了上来："怎么了？怎么了？"

于家洲赶紧冲上去告状："我姐打烂了一个花瓶。绪宁哥生气了，指着她的鼻子骂我们是不知羞耻的暴发户、没见识的泥腿子，骂我们仗着一点儿恩情死皮赖脸……他还顺便'问候'了一下我妈！"

于休休红着眼圈，望着于大壮："爸，我们赔他们钱。"

气氛一度尴尬。

于大壮搓了搓手："赔赔赔，多少钱都赔。"

于休休接着说："我还要跟他分手！"

"分分分……"

于大壮话还没说完，就被唐文骥打断了：

"老于！"唐文骥看着那个花瓶的碎片，眉头皱了皱，沉重地摆摆手，"打烂个花瓶，又不是什么大不了的事。绪宁，给休休道歉，看你把小姑娘吓的，脸都白了！这是你对待女朋友的态度吗？"

于休休咬了下唇，然后说："唐叔叔，是我不好，你别怪唐绪宁。这个花瓶我们一定要赔的……"

"你少在那儿假惺惺地装可怜！"唐绪宁火冒三丈："爸，于休休是故意的！这个女人心眼儿又坏又毒！她……"

唐文骥道："够了！"

从唐家出来后，于大壮一直盘算着给唐家赔花瓶的事。

于休休托着腮坐在苗芮的身边，沉默了许久，突然问："爸，你说唐叔叔为什么一定要跟咱们家结亲？该不会是看上咱们家的钱了吧？”

“胡说八道！”于大壮痛心疾首地看了她一眼，“你怎么会有这种想法？你是对自己的美貌没有信心，还是对你爸的财产太有信心？”

于休休道：“你们看不出来唐绪宁很讨厌我吗？”

于大壮“嘿嘿”一笑：“当年我还剪过你妈的辫子呢。年轻人表达感情的方式不同。”

“她妈妈也讨厌我！”于休休愤怒地说。

“那是她嫉妒你妈比她好看。”于大壮说。

“她家的亲戚也讨厌我，连她家的保姆都说我配不上唐绪宁，还说什么一朵鲜花插在牛粪上。”于休休说。

“对对对！你是鲜花，他是牛粪！”于大壮忙说。

于休休偷偷地捏了一下苗芮的胳膊：“我不管，这恋爱我不谈了。合作有风险，我宣布单方面解约，及时止损！”

苗芮看了女儿一眼：“这次我支持休休。唐家人嫌弃暴发户没文化，以为我们看不懂他们的眼色呢？哼！我们太惯着他们了。”

苗芮一发话，于大壮赶紧说："是是是，你妈说得对！什么毛病？暴发户是好惹的吗？看我怎么收拾他们！”

当天下午，唐家就收到了于家送来的花瓶，大的，小的，整整174个花瓶，被装了满满两车。

于大壮在电话里说：“哎呀，同款的花瓶买不到了，我也不知道你们喜欢啥样的。我们家是暴发户嘛，我也没有审美眼光，就让人每个款式挑了一个。老唐啊，合意的花瓶你留着，不合意的就砸了吧。”

那是一堆仿古瓶，花里胡哨的，唐绪宁看着花瓶就来气：“一家子‘奇葩’！说他们是暴发户，他们还蹬鼻子上脸了！”

“挺好，挺好。暴发户就要有暴发户的样子嘛。”于大壮很满意。

于家人正在准备一周后的公司周年庆，现场布置得金碧辉煌，显得财大气粗。

他们心态好，明知道别人当面夸背后嘲，说他们是暴发户，爱炫耀，但他们从来不往心里去。

于家人的逻辑是：骂你的人一般不如你；比你强的人一般懒得理你，不会骂你——你何必计较？

不过，亲家虽然做不成，于大壮对唐文骥还是很推崇的，说他高风亮节、不同流俗，把仅会的几个成语都用上了，然后高高兴兴地给他送了请柬。

于休休闷头没出声，过了好一会儿，说："老于，我要去你公司上班。"

苗芮惊讶道："你去上班干啥？你跟妈在家里当米虫不好吗？"

"不好！"于休休疲惫地往沙发上一躺，"从今天起，于休休小姐要争当祖国四好青年。"

夫妇俩对视一眼。

于大壮脸都白了："完了！这孩子被气糊涂了！"

周年庆那天，大禹建筑公司十分热闹。红地毯、彩虹桥鲜艳夺目，花篮被摆得老长，相当气派。于休休跟着爸妈进门，见一群小伙子围过来叫"师父"师娘"师妹"。这些全是于大壮的徒弟，凑在一起有二十来个。苗芮直急眼，道："去去去，该干嘛干嘛去！"

苗芮心里清楚，这些大小伙子个个正是精力旺盛的年龄，自己家休休又生得好看。娇滴滴的小姑娘往男人堆里一站，就像羊入了狼窝，谁都想凑上来流着哈喇子啃两口。她的宝贝女儿可不能便宜了这帮小子。

今天来的人很多，有大禹的合作伙伴，也有于大壮和苗芮的老朋友。见父母忙着应酬，于休休无所事事，脖子上挂着相机，慢悠悠地走出门。

天气晴朗，阳光正好。街边停着一辆黑色的汽车，一个男人坐在车后座上，仰视着大禹建筑公司的大楼。他的面部轮廓清晰，整个人好像沉浸在自己的世界里，对周围的热闹场景视若无睹。

周围的一切都是动态的，只有他是静态的。

于休休的心情突然欢快起来，像有一簇簇野草在心里疯长——怎么有人可以冷漠到这个地步还这么迷人？

“看脸人的福利。”于休休感叹。

她佯装拍摄开业典礼的现场，想偷拍一张男人的照片，然而刚抬起相机，他就看了过来。他的目光凉凉的，像刮了一季凉风的荒原，漠然又锐利。他盯着她，似乎在她的脸上寻找着什么。

于休休突然心跳加速：这是什么神仙颜值啊？

学过美术的人对美的感知更为敏锐，于休休的双脚不自觉地朝他走过去。

“我是一个摄影爱好者，可不可以请你……”于休休说。

男人面无表情地升上车窗。

汽车徐徐驶远。

于休休耸耸肩膀，正准备转身回去，突然看到那辆车在前方掉转方向，直接驶入了大禹建筑公司的停车场。

于休休进门的时候，被冷气激出个喷嚏。

苗芮正比着剪刀手自拍，见到她就招手：“休休快来，赶紧给妈修一下照片，修美一点儿。我要发朋友圈。”

于休休给照片加了美颜滤镜，一通操作后把手机还给苗芮，不到半分钟，就看到她在朋友圈中装上了——

“唉，岁月是把杀猪刀，老了！”

照片中的背景是公司的盛大庆典，苗芮浑身名牌，手指上硕大的戒指闪闪发光。四十岁出头的年纪，她脸上一条皱纹也没有，风韵犹存，其他人怎么看她都是人生赢家。

于休休“啧”了一声：“这套路你还没玩儿够？”

苗芮道：“哼！我就喜欢看那些傻货吐酸水。他们不是看不起咱们家吗？不是说老娘嫁了乞丐，这辈子完了吗？老娘就秀给他们看！”

于休休撇嘴：“这秀得不高级啊，一眼就被人看穿了。”

苗芮问：“那要怎么高级？”

于休休拿过她的手机，删除了朋友圈重发：“唉，岁月是把杀猪刀，幸好老娘刀枪不入！”

苗芮语塞。

于大壮殷勤地招呼着唐家人，让他们和相熟的人坐在一桌旁，大家方便聊天儿。

大家说了些吉利话，气氛很好。可是自汤丽桦坐下来，话不过三句，就开始嘲笑于大壮之前落魄的经历。她说他当年到申城打工时狼狈得像公园里的流浪汉，说他在唐家借宿的时候连换洗的内裤都买不起，他还向她借了一条唐文骥没有穿过的内裤……

汤丽桦开的是玩笑，损的是于大壮的尊严。

大家伙儿尴尬得接不了话。

于大壮愣了愣，咧着大嘴笑了："是是是，当年那条内裤我整整穿了三年。后来内裤破了，我媳妇儿打了个补丁，我又穿了三年还舍不得丢呢。要不是我这么节省，家里人饭都吃不上。"

众人沉默。

看他这么不知羞耻，汤丽桦冷笑两声："老于，你一个大男人害不害臊？你就只会装疯卖傻这点儿本事是吧？"

于大壮"谦虚"道："是是是，我这人是真没什么本事，光着脚丫子进城，拼了这么多年，也才攒下这么点儿家底——我给暴发户丢人了。"

众人感叹："这么点儿……"

好多人想要"这么点儿"财产啊！

于休休本来没有坐在这边，闻言走过来，笑嘻嘻地挨着于大壮坐下："当年幸亏汤阿姨把两个大院子卖给我爸，后来赶上拆迁，给了十几套房的钱，我们这才没饿死。汤阿姨，我们真的很谢谢你呢！"

众人再次沉默。

她不提这事还好，一提汤丽桦就心绞痛。

当年她娘家在申城的郊区农村里有两个大院子，里面各有两排砖瓦楼，每排楼有三层，面积很大。父母去世后，他们住城里，房子没人打理，荒草丛生，破败不堪。汤丽桦费了九牛二虎之力说服于大壮以分期付款的方式高价买下了那两个院子，为这事还暗自高兴了好久。

现在那片地是申城的中心商圈。

汤丽桦快被他们父女俩气死了，闻言拍桌而起，一把甩开唐文骥的手，扯着嗓子就发飙：“行了，不要假惺惺的！今天我们就摊开了说吧，你于休休是什么条件，我们家宁宁又是什么条件，长眼睛的人都会看！亲戚朋友谁不说你配不上我们宁宁？”

“配不上，我确实配不上他。”于休休眨了眨眼睛，一副无辜的样子，“可是汤阿姨，是你们主动提亲的啊。”

汤丽桦倒吸了一口气：“我们家老唐是个厚道人，把当年在于家村里的那点儿恩情记在心尖上！为了一句你喜欢，他就把自己的儿子往火坑里推……”

于休休问：“我不是又把他推回去了吗？”

汤丽桦看她装可怜，恨得牙根痒痒：“你还好意思说？你好吃懒做又啃老，一副臭德行！我们家宁宁还没提分手呢，你凭什么哭着嚷着要退亲？你凭什么作践宁宁？”

于休休说：“作践？我没有啊，汤阿姨。唐绪宁，你来说，我有没有占过你的便宜？你说有，我就对你负责。”

唐绪宁算是看出来了，这于休休就是在装。在座这么多人，就算人家嘴上不说，心里也会觉得他们在欺负一个可怜的女孩子。

“爸、妈，”唐绪宁看了于休休一眼，维持着体面，“这事就到此为止吧。各位叔叔伯伯，我和于休休今天正式分手了，但我爸和于叔还是好朋友，就这样。”

于休休歪了歪头，说：“不是在你骂我是暴发户，骂我不知羞耻地赖着你家那天，我们就分手了吗？难道我记错了？”

众人：这两家人根本就没在一个频道上！

“咯！我来说两句，分手不至……”唐文骥开口。

唐文骥话没说完，就被汤丽桦打断了：“老唐，你别再当老好人了，人家根本不领你的情。”

说罢，她转向众宾客，冷笑道：“各位都看到了，于家对待帮过他们的人是什么态度！跟他们家做生意，你们可得掂量着点儿。哼！”

汤丽桦这么说可不仅仅是挑拨离间那么简单。唐家有人脉，有地位，唐文骥更是银行界举足轻重的人物。出来做生意的人，哪个人不和银行打交道？她很清楚，大部分人趋利避害、审时度势，只有姓于的不懂或者装不懂罢了。

杀人诛心，逼人站队，她就差直接说“和于家好的人就是和我唐家过不去”了！

气氛突然凝重。

只有于家人的神情始终如常。

于大壮道：“老唐，赶紧让你媳妇儿休息一会儿，喝口水压压惊，缓缓再接着说。”

“爸爸！”于休休皱了皱眉，“回头你多买些内裤还给唐叔叔吧，你看把汤阿姨急的……”

于大壮道：“还还还！我肯定还！”

众人愣住。

什么是没脸没皮，汤丽桦见识到了。想到回头可能会收到几车大裤衩子，她气得一把将唐文骥拽起来：“我不想再和这一家子神经病纠缠了，你走不走？你不走，我走！”

唐文骥反常地沉默着，看了一眼于大壮，推开椅子。

不管汤丽桦怎么发飙，大家就看个乐，很多人知道老唐的媳妇儿脾气暴躁，得理不饶人，但真正做主的人还是唐文骥。他不表态，大家就当汤丽桦在开玩笑；他要走人了，好多人表情变了。

这两家彻底撕破脸了。二选一，他们选谁？

暴发户常有，唐家的大腿可不好抱。

有人跟着站起来：“唐董，这要走啊？我送送你。”

有人殷勤地上去拍马屁：“唐董慢些走！别跟他们一般见识。”

更有人见风使舵：“老于啊，我刚想起来，家里还有事，先走了。合同的事，咱们回头再谈！那个绪宁啊，你等等我，我有事找你……”

于休休撇了撇嘴，刚好唐绪宁转头。

两人视线相撞，唐绪宁一脸“好自为之”的嘲弄表情，盛气凌人地扶着汤丽桦往外走。

他们没想到于休休居然跑过来了，朝他们露齿一笑：“汤阿姨、唐叔叔，你们慢走，外面风大，人在气头上容易着凉！”

汤丽桦的脸色一僵。

这于家人是不是傻子？她看不懂人家的脸色吗？

一家“奇葩”！幸好自己家不和他们当亲家了。

好好的一个庆典被闹得鸡飞狗跳，苗芮黑着脸走到于大壮的面前，看他还在傻乐，气不打一处来：“你不知道唐家人心眼儿小吗？父女两个一唱一和，把人气走了，等着吧，回头有你的小鞋穿。”

苗芮理智地分析利弊，语重心长，可是于大壮压根儿没听进去：“老婆，我和休休说的都是真心话呀！”

苗芮生气地说：“你还跟我装！”

“嘿嘿……”于大壮笑着揽了揽她，“得罪了就得罪了，辱我妻女者，我通通拍死！你怕什么？咱又不是没有穷过，大不了后半辈子穷点儿、苦点儿。三十套房，休休姐弟俩分别每周一三五、二四六去收租，工作解决了，还有休息日呢……”

“于大壮，你是想气死我然后讨小老婆，是不是？”苗芮咬牙。

于休休走过来，提醒他们：“小声点儿，气质，注意气质！”

苗芮看着没心没肺的老公和被人认为被养废了的女儿，觉得好气又好笑。

“两个没出息的东西。人家说你们胖，你们还喘上了？”苗芮低声斥道。

“呼呼，呼呼。”父女俩非常配合苗芮。

钟霖站在进门的地方，看着这出闹剧，问身边的男人：“霍先生，还要进去吗？”

“嗯。”霍仲南稍顿了一下，说道。

避开气势汹汹的唐家人，霍仲南刚迈进门，一道热辣辣的目光就望了过来。于休休的双眼一眨不眨地盯着他，眼睛笑成了月牙儿。

“又见面了。”于休休老熟人一样走到他的面前，发现他好高，自己和他说话还得微微仰头，“你是来找我的吗？”

霍仲南面无表情，眼神微妙。

钟霖猜不准老板的心思，笑着接话：“你好，我们找于老板。”

对方找她爸？于休休心思活络起来："你好，我是于老板的女……助理，请问找我的老板有什么事？"

钟霖掏出名片递上去："我们想和于老板面谈，麻烦你了。"

于大壮和苗芮正在安抚客人。走了十来个马屁精，剩下的人不管心里怎么想，面上还是不愿意得罪于家，于家人就好好地招呼他们。差不多过了半个小时，于大壮才腾出时间去休息室见于休休嘴里的大客户。刚才太忙，他没注意看名片，乍一看"盛天"两个烫金字，抹了抹汗，脚下三步并作两步奔向休息室。

本以为于家今儿要倒大霉了，等钟霖说出来意，于大壮才发现是天上掉了个馅儿饼。

于大壮惊讶道："浮城？我……没听错吧？你说的……是东郊的那个浮城？"

钟霖微笑："你没有听错。"

于大壮挠了挠头："可是，这么大的项目，我……嘿嘿，说实话吧，我们公司吃不下。"

钟霖道："你别急，坐下来我们慢慢地谈。"

于家和唐家在周年庆典上闹翻的事情发生后，大禹建筑果然遭遇了"小鞋危机"。于家几个正在谈的合同黄了，甚至有两个即将开工的项目被合作方单方面解约了。合作方宁愿赔偿，也不肯和于家合作。

得到消息后，唐绪宁很满意。他私底下放出了风声，谁和于家做生意，就是和唐家过不去。现代社会就是一张关系网，环环相扣，他太知道怎么对付势单力薄的于家了。于家虽然有点儿钱，但在有些人的眼里，他们就是蚂蚁而已。隐形的阶层差异不是暴发户发点儿横财就能跨越的。他相信，用不了多久，这暴发户一家在申城里就混不下去了。唐绪宁想到于家公司破产后卖房卖车，于休休痛哭流涕地求他原谅的样子，觉得心里的那口恶气总算出了些。

不过，如果他们真的求上门，怎么办？如果于休休真心悔过呢？如果爸爸又逼着他和于休休在一起，他要不要考虑？唐绪宁有了许多设想，甚至想到了于休休跪在地上抱着他的大腿哀求他复合的丑样子，却唯独没有想到，下一个消息是盛天派人和于家接触，盛天可能会把浮城项目的部分土建工程分包给大禹建筑。

“怎么可能？”唐绪宁根本不相信。

盛天就是搞房地产起家的，是公认的大财阀，就算要找人合作，可以选择的公司也实在太多，无论如何都不可能挑上于家这样的——刚刚成立一年，没有建造过任何标志性建筑的公司。

唐绪宁打电话，四处找朋友，找亲戚，找任何一个有机会能和盛天内部人员搭上线的人打听情况，得到的结果却如晴天霹雳。

确有此事。但是，双方签合同了没有，流程走到哪一步了，没人知情，甚至连集团高层对这个合作都一头雾水——因为出面的人是总助钟霖。

唐绪宁：“开什么玩笑呢？”

好事不出门，坏事传千里。这好事、坏事一起来，于家这几天成了唐、于两家朋友圈子里的热议人物。私底下，大部分人把于家说得很不堪。于家的暴发户人设本就招人嫉妒：于大壮半路发家，甩了一起奋斗的小伙伴十万八千里，步子迈得大，哪里都不讨好；而于休休毕业这么久，不工作，就啃老，还能找到唐绪宁这样的优质对象，也招人讨厌。

现在好了，唐绪宁终于不要于休休了，举“圈”欢庆。

“明明是我姐不要他的好吧？这些人到底懂不懂吃瓜的正确打开方式？”于家洲为姐姐打抱不平。

于休休倒是无所谓，说：“这不是重点。重点是我单身，又可以合理地拥有各路男神……和葛大爷了！”

“我姐就是我姐！”于家洲竖起大拇指，“连葛大爷都不放过。”

苗芮端出果盘，放在爷儿仨面前，冷哼道：“那姓唐的一家，除了唐文骥，就没一个好东西。两家分了好，和汤丽桦当亲家，我会折寿的。”

于家洲握拳头：“那天我要是没去上学，就冲上去打唐绪宁，为我姐出气！”

于休休道："理智点儿，不要为逃学做铺垫。小时候我跟人打架，你哪次不是只会在我的屁股后头'嘤嘤嘤'地哭，喊'姐姐加油'？渣弟！"

姐弟俩在农村生活了很多年。那时候，于大壮在外面打拼，常年不回家，苗芮每一年也会离开小半年去陪老公。姐弟俩基本就是留守儿童，没少闯祸，打架也是家常便饭。不过，于休休十五岁那年，于大壮在申城买了房，站稳了脚跟，就把一家子接了过去。在城里读书，姐弟俩混不到一块儿，就再没打过架。

"打断一下二位小英雄的话，今天家庭会议的重点难道不是讨论要不要和盛天合作的事情吗？"于大壮终于抢到发言权，看他们娘儿仨瞄自己的眼神不对，"嘿嘿"一笑："我说错了？干吗都这么看我？"

苗芮道："你不是当家的吗？你做主。"

于大壮道："老婆没发话，我哪里来的胆子做主？这是大事，关系到我们家能不能从暴发户走向国际舞台。"

于休休一时语塞。

苗芮道："那就合作呗。"

于家洲也道："盛天啊，当然要合作。这事我可以在学校里炫耀一年！"

"我觉得这事不靠谱儿。"于大壮搓了搓手，看着妻女，"盛天是什么公司？咱们是什么公司？咱们有什么能让人看上眼的地方？"

苗芮将目光扫向于休休白皙的小脸："休休这姿色也能勉强打八分，难道那个钟经理看上她了？"

于大壮道："不！人家不可能看上她。我觉得人家看上的是咱们的房子。"

于休休再次语塞。

盛天有一个附加条件——他们要收购大禹的办公楼。

于大壮道："浮城可能只是诱饵，他们就是要楼。你们想想，就那小破楼，他们为什么出那么高的价？"

于休休问他："爸爸，你怎么想的？"

于大壮笑了两声：“你忘了你汤阿姨为什么被你气得半死了？我在想，是不是咱们办公楼那块地要拆迁了……盛天的老板肯定得到了消息。”

听于大壮这话好像有点儿道理，于休休姐弟俩立马说起溢美之词。

“爸爸就是厉害，一语道破天机，怪不得能带我们全家吃香喝辣，奔小康，走向世界。”于休休吹捧道。

“爸爸继续努力，我和姐姐要争取当最优秀的‘啃一代’。”于家洲说。

于大壮笑了起来。

天上是不会掉馅儿饼的，人总是占小便宜，吃大亏。盛天没理由把这么大的一个蛋糕给他们——盛天给了，就一定有诈。

“看来我于大壮这辈子只能靠拆迁致富了。我这就去回复他们，不合作，打死不合作！”于大壮说。

大禹建筑回拒得干脆彻底，钟霖觉得大为意外。于大壮也不解释太多，打着哈哈就说了“再见”。钟霖再拨过去电话，想劝他。可是于大壮说要帮媳妇儿打洗脚水，直接把电话挂了。

钟霖讶异。

这世上怎么会有这样的傻子？到嘴边的肥肉，他居然不吃。钟霖拿起桌上已经准备好的合同，叹口气，把合同塞入抽屉，重新准备了茶水，将茶水端进办公室给霍仲南，委婉地说了这件事。

霍仲南头也不抬：“你去想办法。”

钟霖无语。

为什么霍先生一定要买那幢小破楼？钟霖心有疑惑，却不敢问。可是再想想那个“奇葩”的于大壮，他觉得被老板甩脸色，也好过和于大壮打交道：“霍先生，那幢楼除了旧，没有别的优点。如果您喜欢那种风格的建筑，我可以……”

“我就要它。”霍仲南声音低沉，听不出喜怒。

但钟霖在他的身边待了这么久，是了解他的。霍先生说要，就一定要。自己再敢多句嘴，就死定了。

“霍先生……”钟霖还想再说。

“做不到你就回家种红薯吧。”霍仲南打断他。

钟霖欲哭无泪。

钟霖觉得自己可能需要准备红薯了，因为于大壮简直就是油盐不进。他见人就笑，彩虹屁能把人吹上天。提到盛天他就感激涕零，可是一谈到实际合作就拒绝。钟霖好话歹话说尽，于大壮终于说出了拒绝合作的真实原因：大公司规矩多，压力大，容易影响他帮媳妇儿洗袜子、陪女儿打游戏以及闲得无聊打儿子……的愉快家庭生活。

钟霖太难了，捧着钱送到人家的面前，快跪下了，还被人家嫌弃。

“这人就是个奇葩啊！”

钟霖把这几天的遭遇告诉了霍仲南，对自己的“无能”表示无能为力。霍仲南倒是没有说什么，可是那表情让钟霖觉得自己真的可以回去种红薯了。

钟霖觉得自己还可以抢救一下：“也不是毫无办法。那天那个女孩儿是于大壮的女儿，于大壮很宠她，而她对你……好像很有意思。”

于休休那天假装助理，一会儿倒水，一会儿擦地，在休息室里晃来晃去，其实早已被他们看穿了。只不过不到垂死边缘，钟霖是不敢打老板的主意的。

霍仲南突然笑了声：“钟霖，我小瞧你了。”

钟霖心脏一麻，感觉自己要死了，残存的意识在疯狂地吐槽：老板，一个人要得到什么是要付出代价的啊！

钟霖说：“霍先生，我还听说，唐家放出话来，要让大禹建筑滚出申城，很多人听到风声后不再跟他们合作。我想，大禹建筑撑不了多久了，会主动找我们的。”

“唐家……”霍仲南又笑了声。

钟霖头皮一麻，见他神情平淡，眼睛里不仅毫无笑意，他甚至还想让自己回去种红薯。

“那女孩儿是于大壮的女儿？”霍仲南突然发问。

“啊？”钟霖见鬼似的看着霍仲南。

老板说话不按节奏来，让自己怎么猜他的意图？

于休休打了个车去公司，在公司门口停下了。

保安看到是她愣住了。

这大小姐往常来去都是豪车，打扮得妖娆美艳，恨不得全天下人都知道她家有钱、有钱、有很多钱。她今天怎么这么低调？

于休休走近保安，微微一笑："你好，我是公司新来的设计师于休休，请多多指教。"

这公司一共就没多少人，谁不认识谁啊？

大小姐又作妖了！

他说："你好，我是公司新来的没有见过大小姐的保安王安全，请多多指教！"

于休休莞尔，温柔地笑着进门，然后收获了比在王安全脸上见到的更多的错愕与不解的表情。

大禹的员工几乎都认识于休休，但没人见过清汤挂面、素颜到底的于休休。白衬衣，及膝的小短裙，三厘米的小低跟鞋，让人看不出logo（标志）的黑色小皮包，于休休的打扮就是个寻常上班族的样子，这也太诡异了。

"休休，你来了！"谢米乐热情地冲了过来。

谢米乐是于大壮的助手谢晋原的女儿，也是于休休的好朋友。两人既是同乡，又是同学。毕业后，谢米乐到大禹建筑成了设计师，勤奋又努力。而于休休比较想得开，毕业那天就心安理得地失业了。

谢米乐带她去了二楼的设计部。

这是刚成立的部门，于大壮是土建发家，这两年才开始将目光投向建筑装饰市场，刚拿到资质不久。公司里的人都知道他这是为了宝贝女儿。于休休十五岁开始学画画，勉强通过艺考上了个二本院校，学的正是环境艺术设计，专业对口。

"你这次准备上几天班？"谢米乐为她拉开椅子，"你就坐在我对面吧，有事找我方便，免得我跑腿！"

于休休放下包，看了看办公室，朝谢米乐勾勾手指，小声说："我说我会一直干下去，你信吗？"

谢米乐像在看外星怪物："难道我们设计部……哪个帅哥不幸被你看上了？"

于休休瞥了她一眼，拂了拂整洁的白衬衫："看看我这身行头，我难道还不够有诚意当一名普通的设计师？"

谢米乐皱眉："更像微服私访。"

"老于可没这么大的排面。"于休休笑眯眯地说，"有什么工作，你尽管分配给我，今天你是我的老大。"

谢米乐皱皱眉，一本正经地摇头："休休，你变了。你不是我认识的那个以啃老为毕生追求的'优秀青年'了。说，你是不是因为唐绪宁受刺激了？"

于休休皮笑肉不笑："我说我做了个梦你信不信？梦里唐绪宁劈腿，老于破产，我们倒了大霉。所以，梦醒后我主动踹了唐绪宁，再帮老于守好公司，将来就可以继续啃老了。"

谢米乐的目光微动。

这不是梦啊大小姐！谢米乐听她爸爸说，大禹现在就像掉进了粪坑里，特别倒霉，好几个合同黄了，工程停了，已经结案的项目也收不回工程款。合作的公司和客户翻脸无情，转头成了老赖，脸都不要。资金无法回来，公司周转不灵，银行也不肯放贷。这危机四伏的局面不解决，公司离破产有多远？

这些事于休休都不知道。她看谢米乐神色有异，笑得眯起了眼："傻米乐，逗你玩儿的，你还真信？我来上班主要是学点儿经验，万一哪天老于真变穷了，我就能自食其力养家了。"

"休休……"谢米乐看着她黑亮的眼，将大禹的窘境全盘说出，并附赠了外面的流言，"他们说是唐家在针对你们，要搞垮大禹……"

老于膨胀了啊，这么大的事，居然不召开家庭会议！

于大壮的办公室在三楼。于休休进去的时候没敲门，于大壮也没有关门。他单手撑着脑袋冥思苦想的样子，于休休一眼就看到了。

"老于。"于休休出声。

"哟，闺女，你咋来了？"于大壮看到女儿马上换了一副笑脸，"跟你妈吵架了，还是打游戏输了？"

于休休抿着嘴不说话，就盯着他。

“咋了乖女儿？你这样，我瘆得慌啊！你那次考了倒数第一回家，就是这么看我的。”于大壮满脸问号。

于休休坐在他的对面，说：“爸爸，咱们从了吧。”

于大壮很蒙。

于休休认真地分析道：“盛天抛给我们的不是橄榄枝，而是救命仙草啊！这个节骨眼儿上，我们还有什么理由拒绝呢？”

于大壮悻悻地笑了两声，撑着办公桌站起来：“闺女，好马不吃回头草。我们上赶着，人家也未必肯合作。公司的事你别操心，爸爸有办法。”

如果不了解于大壮，于休休真的就信了。

“老于你演技满分。”于休休哼了一声，“没想到唐家人这么坏，亏你还说唐叔叔是好人。你救过他的命，他居然这么回报你。”

这么大的事于大壮不敢说唐文骥完全不知情，但这些事也不像唐文骥干出来的。

“唐绪宁这小子配不上你，不磊落。”于大壮不后悔做过的事，就是看着女儿觉得心疼，“闺女，爸爸不会让你和妈妈受委屈的。公司只是暂时有些困难，你要相信爸爸能解决问题。”

于休休眉头皱了起来，想到唐家人得意的嘴脸，火很大：“爸爸，咱们现在唯一的希望就是盛天的浮城。咱们只要接下这个项目，其他人就会对咱们恢复信心，不会再怕唐家……”

她说的是事实。那些墙头草并不完全是因为害怕唐家，而是在于家对阵唐家的博弈中，对于家持悲观的态度。

于休休一脸严肃地说：“爸爸，如果这个办公楼不是咱们家的风水龙脉，他们要买，咱们就卖吧，反正他们也给高价，咱不亏。”

“那也得他们来谈啊！”于大壮叹气道。

钟霖有十来天没联系他了。

于大壮说：“说不定人家已经有了其他满意的公司了。”

于休休想了想，说：“爸爸，我去找他们，不抢救一下怎么就知道我们不行？”

“不行！”于大壮想都没想就拒绝了。

这么上赶着丢脸的事情，他怎么能让女儿去做？

“闺女，你别急，我觉得大禹还能自我抢救一下。实在不行，咱们还有房子。不要忘了，咱们可是暴发户。”于大壮说道。

于休休眼睛一亮：“对！咱们有好多房子呢。”

于大壮笑道：“哈哈哈，我聪明吧！”

于休休夸道：“爸爸最聪明了。”

于休休夸完，眼睛微微眯起：“不过我有一个蠢办法，说不定能让盛天主动上钩……”

于大壮问：“什么？”

于休休笑得像只小狐狸：“死马当活马医吧。你放出风声，就说大禹缺钱，准备把这幢办公楼卖了。如果盛天的目的是楼，我们就赢了；如果不是……那女儿就去找他们以身相许——卖身救父。”

不得了，他单纯可爱的乖乖女学坏了！

“就这么办！”他愉快地大笑。

父女俩商量好方案后，于大壮突然垮下脸：“闺女，谢叔叔家的奶奶周末过生日，老朋友都会去。唐家人可能也在。你有个心理准备，到时候和米乐一起玩儿，别跟他们闹腾，让你谢叔叔难做。”

“了解。”于休休答应道。

于休休回到设计部办公室里，拿起手机看微信。

爸爸说的老朋友就来自那个名为“于家村水库人”的微信群。这些人是当年被下放到于家村的知青，共同参与过于家村水库的建设。后来，命运沉浮，有一部分人返了城，有一部分人留在了于家村里，各有各的际遇。

这些年通信发达，有人牵头建了群，把能联系到的老朋友都拉了进来，平常大家聊聊建设于家村水库的青春岁月。如果有人在同一个城市里，就会约出去，吃饭、喝茶、打牌；谁家有个红白事，其他人也会主动帮忙，像个大家庭一样，相处得十分和谐。

唐家人也在群里。那天来于家公司周年庆的人，也有几个在群里。唐、于两家闹翻后，群里有人出来劝过，不见效果，就哑了声。于休休知道，爸爸很珍惜和这些人的感情，而谢叔叔这次请客，也有调和的意思。

办公室里没什么事，谢米乐怕于休休闲得发霉，还真给她安排了个任务。大禹的装修部门刚开始营业，蚊子再小也是肉，只要有客户预约，不管多远，经理都会安排设计师去实地测量、出方案。

谢米乐看了看时间："你陪我去测量吧，我带带你。"

于休休兴奋起来："走。"

路上，谢米乐叮嘱了于休休许多常识，"客户至上"这句话更是对她说了无数遍。可是于休休到了地方，臭毛病就犯了。

客户是一男一女，年轻的女孩儿和中年的男人，说话酸，毛病多，比较难伺候。他们一共预约了五家装修公司同时到新房里测量。别家公司的人懂得顺着他们，尽量依照他们的意思给出建议，只有于休休耿直："你们其实用不着装儿童房吧？你们不如把这个房间改成书房，多读点儿书，'装修装修'大脑，丰富丰富生活？"

走出客户家，谢米乐不知该笑还是该气："于休休，你是不是个傻子？这话是你能说的吗？"

于休休懒洋洋地伸手拦出租车："你看不出来吗？那女的是'小三'。我听到那出轨男接老婆的电话了，他还在撒谎……"

谢米乐说："那也不是咱们该管的。咱们是设计师，给出客户满意的方案，把客户争取过来就行。你管人家出不出轨？"

于休休指责道："给这种人装什么房子？谢米乐，你书读到狗肚子里去了？我们说好的'初心不改，除奸一生'呢？"

谢米乐快被她气死了："于小姐，我说那话的时候才小学三年级……"

"等等……"于休休突然打断她，拎着包往前跑，追着一辆黑色的大宾利大喊，"钟经理，等一下！钟经理，是我！"

车靠边停下了，里面的人没开车窗。

于休休拼命地把脸凑近车窗："是我，是我。"

于休休用手拍了拍车窗，又拍了拍车窗，恨不得把脸贴在车窗上。

于休休喊："钟经理……"

车窗落下，露出霍仲南古井无波的面容，他的眼神冷漠得像在看陌生人："有事？"

于休休道："你不认识我了，钟经理？"

霍仲南那天去大禹公司，全程都是钟霖和于大壮对接的。他没有表明身份，于大壮也不知道他是谁，于休休不认识他也不奇怪。

奇怪的是她认错了人。

霍仲南问："我应该认识你？"

这就尴尬了啊！虽然他长得很好看，但此刻于休休很想把手里的包拍在他的脸上。内心疯狂战斗的小人儿最终变成了于休休脸上又乖又㞞的笑容。

她说："我是大禹建筑于老板的助理，我们那天见过的。"她掏了掏包，"哎呀，不好意思，忘带名片了呢。"

霍仲南看着她表演，像在看一个移动的表情包。

他不表态，于休休就不知道他在想什么。

于休休继续说："钟经理，你别误会，我不是来找你拍照的，是想和你谈谈和盛天有关的事。"

霍仲南还没说话，于休休就热情地掏出了手机："加个微信吧，方便联络……"

话没说完，她就噎住了。手机屏保被滑开，屏幕上显示出她之前好奇点开的一个知乎话题——去医院割包皮遇上女医生是怎样的体验？

于休休很尴尬，一抬眼皮，正对上霍仲南的视线。她飞快地把手机页面滑走。

于休休深吸一口气，不去看霍仲南的表情，稳住心神，莞尔一笑，淡定地拉出微信界面："你扫我，还是我扫你？"

霍仲南避开了她拿过来的手机。

这时，驾驶室里的钟霖伸出一个头，友好地朝于休休笑了笑："于小姐，我才是姓钟的那个人。"

啊？于休休看着霍仲南，眼睛有点儿不敢接触他的视线。

于休休问："那这位是……？"

钟霖刚要张嘴，就听到霍仲南的声音："钟南。"

突然和老板成了宗亲，钟霖赶紧闭嘴。

于休休恍然大悟，抬抬眉梢："明白了。我家门前有两个经理，一个姓钟，另一个也姓钟，是这个意思吗？钟经理，你们好幽默。"

霍仲南抬抬手腕："钟霖，走了。"

直接被无视，于休休皱皱鼻子，固执地把手机拿过去："钟经理，我们老板要卖办公楼了！你加我微信，我可以帮你砍价。"

有这么当众卖老爸的人吗？可惜，她找错了对象。他们老板是缺钱的人吗？这么傻的搭讪方式是注定没有前途的，缺乏成功的根基一定会死得很难看的啊，姑娘！

霍仲南："好的。"

霍仲南没有加于休休的微信，但是同意她上车来谈，并让钟霖送她们回公司。

车门自动打开，于休休朝谢米乐疯狂地招手。谢米乐旁观了半天，看她坐上车，一脸不可思议的表情。她大街上拦路拉生意，这样的操作也可以？

道路宽敞，景色怡人。钟霖稳稳地开着车，于休休坐在后排中间，谢米乐坐在于休休的旁边，听她发表对付于老板和帮助盛天低价买楼的高见。

钟霖问道："于小姐，你们老板对你不好吗？"

于休休道："是啊，我们家老板就是个周扒皮。别的暴发户是狂掷千金、豪奢无度，恨不得把员工全部养成小猪佩奇。我们家老板小气，因节俭成性，多一毛都舍不得花。亏待别人就算了，他自己在公司里都吃盒饭，一根火腿肠掰成两段吃三顿。"

谢米乐无语地看着她抹黑她的亲爹。

钟霖扫了她一眼，看着女孩子眉飞色舞地说自己的亲爹，内心爆笑，却不得不强装淡定。

不料，霍仲南突然开口："钟霖，中午去大禹吃盒饭吧。"

钟霖答应道："霍……好……"

于休休微微吃惊："去我们公司吃饭？你们是要找老板谈办公楼

的事吗？”

要不然公司的盒饭有什么吸引力？

霍仲南道：“买楼是其次，主要是蹭饭。”

于休休以为自己听错了，这种气质出众的小哥哥居然会蹭饭？

霍仲南本想说什么，嘴皮子动了动，又停下，换了一句：“我们老板也是周扒皮。你们还提供盒饭，我们盒饭都没有。”

钟霖抚额。

于休休“啧”了一声：“这盛天的大老板也太抠了吧！怎么舍得你这么好看的小哥哥没饭吃？你要是实在吃不饱，就到大禹来工作吧！至少我们公司饭是管饱的。”

全车人沉默。

于休休想象力惊人：“钟南，你有没有想过，你们老板可能是嫉妒你的美貌，故意针对你？你看人家钟霖吃得身体多结实。”

钟霖在心里疯狂地怒吼：我不就是比老板多那么点儿肉吗？什么叫“人家钟霖吃得身体多结实”？

“工作呢，主要是看开不开心，不是看薪水高低……”于休休说，两只黑亮的眼睛认真地盯着霍仲南，“我相信，大禹是你最好的选择。”

谢米乐很想捂脸。于大小姐这是又犯病了，遇上美男就暴露智商。于休休到底有多大的脸才敢邀请盛天的经理自降身价到大禹来工作？

霍仲南慎重地点点头：“可以考虑。”

钟霖起了一身的鸡皮疙瘩。

谢米乐的手机在此时突然响了，她看了看号码，歉意地朝他们笑笑，接起来：“喂。”

“喂，我刚才想了一下，我觉得你们那位设计师说得对，儿童房没必要。我年纪轻轻的，不可能给他生孩子，还不如装个书房，多读读书，提升气质呢。”

对方是刚才的女客户。

谢米乐脑门儿突突地跳：“您的意思是……？”

“我觉得你们家最实在，说的都是真心话。我想看一下你们的设计方案，和其他家对比一下……而且，你们那个设计师长得好看，态度又好，审美肯定也好些……”女人说道。

于休休的态度好？她看不出来于休休笑容下的狼性吗？又一个被于休休那张脸欺骗了的可怜人。

谢米乐眼神怪异地看了于休休一眼：“好的，我们出方案大概需要三天，您可以加我的微信，我们再沟通细节。”

于休休察觉到她的眼神：“怎么了？”

谢米乐说：“刚才那客户说希望看到你的设计方案，还说你态度好……你怎么想？”

“有眼光的年轻人。”于休休说。

“那你装不装？”谢米乐问。

“装！我觉得她还可以抢救一下。”于休休认真地点点头，笑起来酒窝很深，似乎浑身发着光，整个人看起来很明媚。

钟霖很喜欢逗她，明知故问：“你不是于老板的助理吗？怎么又成了设计师？”

“我多才多艺。”于休休毫无压力地表扬自己。末了，她冷不丁地转头看向霍仲南：“钟南，买楼的事你俩能拍板吗？这边确定了方案，你们那个缺德的老板会不会反悔？”

钟霖：她在骂谁？缺德的老板说话啊。

霍仲南看她一眼：“不知道。”

从这里到公司要穿过大半个城市，于休休觉得在这么远的地方还能碰上他们，这就是缘分。因此，她有点儿见不得霍仲南那么“忧郁”。

他常常沉默，像游离在世界之外。于休休自动脑补了许多他在公司里受老板折磨的场景，然后和霍仲南说了很多盛天老板的传闻。自从霍仲南执掌盛天以来，从不接受任何性质的采访，也很少在公开场合露脸，是个低调神秘的大佬，不说他的年龄和个人生活，就连他的长相都少有人知道。“神龙见首不见尾”是外界常用来形容盛天老板的话。可是，于休休不这样想。

于休休猜测道：“你们老板要么是坏事做多了，不敢露面；要么就是长得太丑，没脸见人。”

钟霖没敢接话。

这个于小姐活着不好吗？老板的雷霆之怒，体验过的人表示生无可恋。她这么说是要倒大霉的！

“有可能。”霍仲南微哂。

于休休看他表情不对，更加同情他。这么好看的小哥哥，怎么能混得这么惨？她对盛天老板的痛恨之意又多了几分：“他除了又丑又坏，说不定还有什么见不得人的隐疾。现代社会会把自己藏得这么深的人，除了逃犯，不是有病是什么？”

钟霖开口：“于小姐……”

他想打一下岔，换个愉快的话题。

他没想到，霍仲南“嗯”了声：“他是有病。”

“这就对了！”于休休得到认同，继续充分地发挥“艺术家”的想象力，把为数不多的信息综合起来，构建出一个“青面獠牙”“人畜难辨”的霍仲南形象。

“我真是太同情你了。钟南，来大禹吧！一会儿见到老板，我帮你说，帮你多要点儿薪水。”于休休说。

于老板这会儿正焦头烂额。

办公室的沙发上，整整齐齐地坐了几位来催款的建材商家，一个个很颓丧。

茶水放凉了，也没人碰一口。他们怕喝了于大壮的茶，嘴短。合作这么多年，于大壮是个耿直人，每笔款项都按期结账，从不拖欠账款。几年下来，他们没少在于大壮这里赚钱，有时候手头不方便，甚至会找于大壮借钱。按说这交情，是不该来催账的，可他们听到风声，大禹得罪了唐家，人家要整死于家。他们不抢在前面来结账，钱不就泡汤了吗？

“老于，要不是万不得已，我们也不会找上门来。现在生意不好做，资金回不了，我们也难交差，厂里的工人等着钱发工资呢。”其中一人出声说。

“是啊老于，我们情况差不多。我知道你困难，可眼看就要过年了，我们也难……”旁边的人说。

于大壮道：“离过年还有四个月。”

这是重点吗？听于大壮说话不着边儿，几个人耐心快用完了。

“老于,你这么做就不对了,真当欠钱的是大爷,要钱的是孙子？”

于大壮“嘿嘿”一乐：“别开玩笑，我儿子刚成年，我不能有你这么大的孙子。”

赶在对方发火之前，于大壮提提裤子坐下来：“你们再缓我俩月，等我把工程款收回来，肯定给你们结。”

“那你要是收不回来呢？”有人发问。

“实在收不回来，我也不会欠你们钱。”顿了顿，于大壮当着几个建材商的面打开保险箱，抱出两大摞房产证，往桌上一扔，“老子有这么多房，你们怕什么？”

众人无言。

路上有点儿堵，于休休带着人进公司时，时间已经到中午了。

食堂里菜式多样，荤素搭配，老于为了招待几个要债的“老朋友”，还特地让厨房多炒了几个菜，摆了满满一桌子菜。这压根儿不是“一根火腿肠掰成两段吃三顿”的周扒皮风格，于休休的谎言一戳就破。

于休休进门表现出一副吃惊的样子：“老板，今天是有什么喜事吗？大家吃得这么好？”

正在吃饭的员工抬起头来看大小姐，一头雾水。大家不是一直吃得这么好吗？老于从不亏待员工，“吃不饱饭就干不了活儿”，这是他的名言。公司食堂不仅正餐丰盛，加班的人还有牛奶、鸡蛋，补充营养。等等，她管自己的爸爸叫老板是什么意思？

大小姐又作妖了！

于休休拼命地眨眼睛。

于大壮用三秒明白了女儿的暗示，看看霍仲南和钟霖，恍然大悟般笑眯了眼：“大喜事，今天有大喜事。大家都好久没吃肉了，顺便加个餐。”

于休休看着在座的几位客人，感觉到了不太友好的目光：“什么喜事啊？”

于大壮瞥了那几个人一眼，只是笑："几个大爷来要钱，我拿不出，我正给他们装孙子呢。你看，我降了辈分，返老还童，是不是大喜事？"

众人无言以对。

他满不在乎，几个催款的人却有点儿尴尬了。

他们本就不想吃这顿饭，怕和于大壮彻底撕破脸自己拿不到钱，这才硬着头皮坐下来的。可是，这并不代表他们愿意受到讽刺和奚落。

"老于，欠债还钱，天经地义，你这话什么意思？难道我们不该要债吗？"其中一人道。

于大壮憨憨地笑："没没没，开个玩笑。你们放心吃，钱我指定还，下午就让中介去看房子。"

几个人余怒未消。于大壮却不再和他们纠缠，叫了谢晋原过去作陪，自己迈着六亲不认的步伐，笑眯眯地走到于休休的面前，看了看霍仲南和钟霖，大声笑道："走走走，带你们去吃好的。老子又不是吃不起山珍海味了，在食堂里吃什么啊？"

催款人：所以我们只配在食堂里吃饭？

于大壮请客的地方就在隔街的一个中餐厅里，拱门雕窗，环境古朴幽静，很有居家感。他们一行人进去的时候，苗芮和于家洲已经坐在那儿了。

于休休吓了一跳。怕穿帮，她抢先一步招呼道："老板娘、小少爷，你们怎么也来了？"

苗芮和于家洲愣了愣，没太意外。

刚才电话里于大壮已经说了，闺女可能看上了盛天那个小伙子，她怕人家知道她就是那个即将破产、负债累累的于家的女儿，要他们配合她。

于家洲看着色迷心窍的姐姐，眼一斜："别问我，我只是于家捡来的儿子，我什么也不知道。"

苗芮拍他的脑门儿："你爹都要卖房子了，老娘不能来啊？"

于家洲哀号："又不是我问的，为什么要打我？"

于大壮“嘿嘿”两声，招呼客人坐下，笑得一脸灿烂：“不好意思，让你们见笑了。本来说单独请你们，可是媳妇儿和儿子要来……你们不会不方便吧？”

这家人的相处方式奇葩又有趣，尤其他们自以为别人不知情的样子十分好玩儿，钟霖根本不想拆穿他们：“没什么不方便的。于老板这么看重家庭，很让人敬佩。能吃到你们的家庭餐，我们很荣幸。”

霍仲南沉默地入座。

于大壮能感觉到他在盛天里的地位比钟霖高，气势凌人，行为有度，不是普通人。但于大壮猜不出他的来头，不好乱说话：“是了是了，钟经理这话说得不错。人这一辈子什么最重要？不是房子、存款，而是家，家里的妻儿老小。我没有父母，媳妇儿和娃儿就是我的全部财产。”

说到这里，他笑呵呵地看了霍仲南一眼：“要是不开心，我宁可穷点儿，只要身体好，不愁养不了家。一家人在一起努力，总有饭吃的。”

钟霖听出于大壮话里有话。看看老板，钟霖没敢出这个头。

霍仲南沉默几秒：“办公楼还是不卖吗？”

于大壮大笑：“年轻人，谈了这么久，我知道你们也不容易，但是，楼我不能卖。这么说吧，办公楼就是大禹的家，楼在，大禹就还在；楼没了，大禹就没了。我几十年的心血不就喂狗了吗？”

苗芮瞪他一眼：“吃饭吃饭，就不要谈工作了。钟经理，老于说话没正形，你们别跟他一般见识。”

“老板娘说得对！”于休休夸完老妈，看向霍仲南，压着嗓子就卖爹：“我们老板好像更年期来了，早上说要卖楼，现在又不想卖了。不过，他都听老板娘的，老板娘喜欢人家说她年轻貌美……”

霍仲南皱皱眉：“我们老板好像更年期也来了，早上他说如果大禹愿意，他可以拿人民路的通江大厦交换。于老板，盛天可以给大禹找一个新家。”

于大壮的筷子落地。

通江大厦！这盛天是疯了吗？

于家人沉默了足有半分钟，最后才得出一个结论。

“钟经理，你们老板……这儿有问题吧？”于大壮指了指脑子，脸上还带了些同情的表情，“听说他执掌盛天快十年了，年龄应该比我小不了多少。这一不露面，二不见人，买个楼还这么夸张，他要是没病，我于大壮的名字倒着写。”

钟霖心想：于小姐一定是于老板的亲女儿。

今天他活得太艰难了，随时都有一种光脚踩在火上的感觉，指不定什么时候，就会被奇葩的于家人拉入火坑，一起烧死。

霍仲南道：“他不老。”

“不老？”于大壮摇摇头，一副跟人家很熟的样子，聊起八卦，“这个人的行事作风，不像年轻人，至少……得三十好几快四十岁了。他总不能未成年就开始执掌盛天吧？不可能。”

霍仲南眯了眯眼。

未成年就不得不接手家族企业是什么体验？人人都想啃下他身上的一块肉。

霍仲南回忆起妈妈临终时说的话：“南子……你要好好地活下去，靠自己……不要相信任何人……他们都想吸干你的血……

“你一个人要勇敢，要乖，爸爸妈妈都在天上看着你……

“南子，妈妈已经不恨你爸爸了……这辈子我和他谁也不欠谁……”

太阳穴突突地跳，霍仲南的眼神越来越冷。

于休休注意到他的表情变化，吓了一跳：“钟经理，你怎么啦？”

温暖的声音，带着小女生的娇软之感和一丝担忧之情，钻入他的耳朵，将他的耳朵弄得痒痒的，把他从突然陷入的幻境中拉回。

这让他冷不丁地想到了那个噩梦里的女人……

她说：“你不要跳！”

霍仲南盯着于休休，眼睛一眨不眨。

于休休疑惑不解：“钟经理，你是不是哪里不舒服？”

霍仲南收回视线：“没什么。”

钟霖赶紧帮老板擦屁股：“南哥最近总熬夜写方案，累着了。他对工作很投入，经常说着说着话就走神儿。”

于大壮恍然大悟般咳了一下："我还以为钟经理对我们家的小助理有意思呢。"

苗芮眼风一扫："这姑娘好看，我都忍不住多看几眼，是吧，钟经理？"

于家洲放下筷子，一脸坏笑道："听说小姐姐还是单身呢，怪让人心疼的。"

渣弟神补刀，于休休瞪了他一眼。

钟霖尴尬地看了一眼霍仲南，啥也不敢应，只能转移话题："于老板对助理挺关心的啊！"

于大壮笑眯了眼："谁让这孩子老实呢，我怕她吃亏。"

苗芮道："我们是长辈，总得帮着她。"

这家人太奇怪了，钟霖总觉得这些话有点儿不对劲，又说不出哪里不对劲，只能尴尬地笑："大禹是个好公司。"

于休休撇撇嘴："钟经理想多了。猪在被宰前都会被喂得饱饱的，老板主要是为了压榨我的劳动力。"

于大壮乐开了花："是是是，最近猪肉好贵的。"

霍仲南搓了搓太阳穴："对不起，我刚才想到一个方案，走神儿了。"

于大壮摇摇头："我最反对年轻人吃饭的时候走神儿。吃不好，身体垮了，就什么也没有了，别那么拼。"说着，他给霍仲南夹了一片肉，"你太瘦了，多吃些，熬夜要补充营养。"

霍仲南看看自己的碗，脸色有些复杂。

钟霖也有点儿尴尬。他了解霍仲南——霍仲南有洁癖，不要说吃人家夹的菜，和人同桌吃饭都很少。而且，于大壮以前是农村人，没有用公筷的习惯，老板肯定嫌弃死了。

"这个我也爱吃。"钟霖咽了咽唾沫，勇敢地伸出筷子，想为老板解围，把肉从他碗里夹走。没想到，他刚抬起手，就得了霍仲南一个冷眼。

霍仲南夹起那片肉吃了。

钟霖好半晌回不过神，筷子都到半空了，现在怎么找台阶下？

“看来盛天的伙食是不太好。”于大壮同情地看他一眼，笑呵呵地夹了一块肉放到钟霖碗里，“你以后馋了，就来大禹，买卖不成仁义在，吃饭这种小事，不能委屈了自己。”

钟霖：“谢谢！”

钟霖的眼中饱含热泪，是因为他对这个男人爱得深沉。

“我突然觉得这世界欠我一个于老板这样的爹。”钟霖半开玩笑半认真地说完，突然抬头，变了脸色，“于老板，你说买卖不成……难道，通江换大禹，你也不肯？”

于大壮摆摆手，笑了笑：“小伙子，我活了四十多年，从没见过天上掉馅儿饼。你老实告诉我吧，你们盛天的目的究竟是什么？”

钟霖看着霍仲南。

霍仲南扬了扬眉梢：“实不相瞒，我们老板病得不轻。”

钟霖张嘴刚要说话，闻言咳了起来。

于大壮不解地问：“什么病这么严重？非得把公司搞死？”

霍仲南沉默了一会儿，才道：“他得了一种怪病，找人拿着罗盘围着申城转了七七四十九天，发现大禹建筑那个位置是全城的健康位。”

“啊？！”于大壮沉默了几秒，点点头，“是病得不轻了。行，你们回去准备合同吧。”

他这么爽快？

霍仲南皱皱眉：“你信了？”

于大壮“哈哈”一笑：“我信你。你一看就是那种做事认真又诚实的小伙子，你不可能骗我。就这样吧，咱们乡下老家多的是好风水，我就好心让给他，治治脑疾。”

钟霖：老板厉害，把自己卖了就把大禹买回来了！

盛天的合同是第三天发过来的，是一个电子文档，盛天让于大壮先看条款，再一起沟通细节，双方都满意了，最后再签字。于大壮草草地看了一遍合同，没去研究条款，而是在员工都下班后，把家人召集过来，大门一关，一个人发了一个空鼓锤。

“这次家庭会议主要是三个议题。”于大壮说。

“第一个议题是什么？”于家洲问。

“你唐伯伯今天来了个电话，说俩孩子没有缘分，大人的感情别淡了，‘于家村水库人’永远是一家人。”于大壮说。

于休休纳闷儿道：“所以，发锤子给我们是要我们去砸他们家的玻璃吗？”

“好像不是……”于家洲弱弱地发声。

“讲和？拒绝！”于休休偏偏头，“下一个！”

于大壮笑了笑：“第二件事情，宝贝女儿接到了人生中的第一笔订单，我准备送她一辆车作为奖励，想听听大家的意见。”

于家洲眼睛一瞪：“我反对。”

苗芮：“同意。”

于大壮举起手：“三票对一票，反对无效！”

“啊啊啊，每次都是这样，我就不是亲生的。”于家洲气鼓鼓地看着于休休，眨眼：“全英雄，全皮肤，我还是你亲弟弟。”

“不，你是捡的。”于休休笑眯眯地趴在桌子上，“谢谢爸爸，我反对。因为我现在不想开车，等咱们家渡过难关再说吧。”

于大壮财大气粗地说：“爸爸不缺钱，买买买。”

苗芮在桌上敲敲空鼓锤：“女儿要富养。好了，下一个。”

于大壮“嘿嘿”一笑，看了看办公室的墙：“第三个，全家健身运动。今天晚上咱们把这办公楼从上到下，从里到外，好好地敲打一番，看看有什么古怪之处。”

空鼓锤是验房用的，他们敲墙能验出有没有空鼓。

于休休看了看他，有点儿莫名其妙：“爸爸，可是我们要找什么呢？”

于大壮眯起眼，“嘿嘿”一笑：“闺女，这办公楼是我买来的旧房子，他巴巴儿地要买，只有一种可能了——墙里藏了什么……”

他卖关子，半天不说。

于家洲要好奇死了：“藏了什么？”

于休休用空鼓锤敲敲渣弟的肩膀：“藏了大笔的钱或者黄金、钻石……爸爸说得对，走，开始敲。”

苗芮把自己奶昔白的包往桌上一放，嫌弃地看了看空鼓锤：“这个能敲出什么来呀？我不会敲，不想敲。你们爷儿仨是傻子。”

“你不用敲，别把新做的指甲弄花了。”于大壮笑眯眯地把她扶到老板椅上，让她坐好，“夫人，你是监工，看我们劳动就行。要是无聊，你就催催我们。”

于休休和于家洲相顾而言。

第二天就是周末，谢晋原母亲的寿宴，于家四口是顶着熊猫眼去的。

“熬夜寻宝”是个累人的技术活儿，三个人都没有睡好，当“监工”的人也好不到哪里去。不过，暴发户的体面不能丢。苗芮盛装打扮，脸上擦了厚厚的粉，按于休休的说法就是“白得吓人”。于大壮还是那一副让人瞧不上的暴发户样子，三金四钻地往身上挂。而于休休和于家洲姐弟俩，一个比一个高调。

换以前，他们再看不惯于家人，还是可以为了金钱和于家人愉快地当朋友的。现在于家欠建材商大笔款项，入不敷出、捉襟见肘的传言早就扩散开了，这些人难免会变脸。

寿宴还没开始。谢家的亲朋都在饭店的茶楼里喝茶、打牌、聊天儿。于家人高调登场，引来不少人的目光。大家都是在一个圈子里混的，谁不了解谁？尤其和唐家人坐在一起的三姑、六婆、七大爷，不是和唐家关系好的，就是上赶着巴结的，这时候不损于家人几句，都对不住这个宝贵的位置。

“公司快揭不开锅了，他们还敢这么张扬，不怕追债人打他们的脸吗？”有人出声。

“瘦死的骆驼比马大。我一哥们儿那天去要债，回来眼睛都绿了。你信吗？于大壮当众从保险箱里抱出了几十本房产证。几十本，这么高，这么高……”旁边的人说。

“暴发户发家，全靠运气。现在把‘运气’得罪了，他们还能蹦跶几天？”说话的人瞄向唐文骥，暗示这个“运气”就是唐家。

说话的人这个马屁拍得清新脱俗，毫无痕迹。

“不是说盛天要把浮城的土建分包给大禹吗？”有人问。

“假的。”一个“知情人”说，“这是于家故意传消息，想安定人心。盛天会看上于大壮？”

唐文骥皱皱眉头，端起茶：“少说几句吧。”

汤丽桦白他一眼：“我们家老唐就是太实在，都这时候了，还顾及情分。于家可没把我们放在眼里……”

夫人表了态，马屁精一秒上线。

“于家就是白眼狼，没有唐董，于大壮还不知道在哪个犄角旮旯儿里讨饭呢！”有人说。

“于家那女儿好吃懒做，正事没做过一件，整天花枝招展地炫富……啧啧，就这样的女孩儿，你们家没嫌弃她，她倒反口就咬，让绪宁受了委屈……”另一个人说。

唐绪宁的脸色微变。

他不喜欢人家说他是被于休休踹掉的，觉得一个大男人被分手没那么光彩。再说，能摆脱于休休是天大的喜事，他根本就不委屈，更不需要别人同情。

唐绪宁说：“王叔，分手是我提出来的，给小姑娘留点儿面子。”

被叫“王叔”的人恍然大悟，说：“怪不得于家人会恼羞成怒，周年庆时故意让你们下不来台。”

唐绪宁咳了一下：“过去了，不提，不提。我爸和于叔还是朋友。”

“是是是。”众人打着哈哈，心里透亮。

谁不知道整于家最狠的人就是他？他这会儿装大尾巴狼，虚情假意地谈父辈感情，也不脸红，这小子……有出息，够狠！

他们又奉承了几句，唐绪宁都没有听入耳朵，他的目光始终在捕捉于休休。今天她一如既往地打扮得妖娆艳丽，坐在几个女孩子中间说说笑笑，一会儿拿口红，一会儿看手表，一会儿显摆包包……在唐绪宁的眼里，于休休的生活好像全都被这些俗物占据了。她没有思想，没有追求，活在一堆金钱里的样子，实在令人生厌。

可是，他心里痛恨她，目光又忍不住追随她。他一边疯狂地鄙视她，一边又忍不住猜测——她不是说喜欢他吗？她被甩了，怎么不难过？自家公司举步维艰，她为什么不受影响？

唐绪宁想不通，越想越觉得这种女人配不上自己。她不是正常人，没有同理心，无法与他达成精神层面的交流。幸好他们分了！唐绪宁酸酸地想。

要是于休休知道唐绪宁在想什么，肯定会把“戏精”的名号拱手相让。

她压根儿不关注唐家人。爸爸交代过，不要让谢叔叔难做，所以进门她就躲得远远的。谢家在饭店里请客，人多，地方大，有的是位置，她才不想往苍蝇面前凑。

几个女孩子围着她说说笑笑，各怀心思。

她们觉得于休休很低端、没素质，但又喜欢于休休身上的东西，那些唐绪宁瞧不上的俗物——精致的饰品、昂贵的手表、漂亮的口红、昂贵的包包。她们总在背地里吐槽于休休，瞧不上于休休啃老还高调，但又忍不住靠近于休休，想了解她们接触不到的暴发户生活。

当然，今天不一样。她们知道于休休要倒霉了，是来真心“祝贺”的。

谢米乐看着于休休没心没肺的样子，生怕她被人套路，说些有的没的。可是于休休毫无自觉，对着那些拐弯抹角打听他们家状况的人知无不言。

于休休说：“别提了，很快这些小可爱我就买不起了。我们家要变穷了。”

谢米乐：大小姐，变穷是很光彩的事吗？

几个小姐妹听得眼睛都亮了。

一个女生问：“怎么回事？于伯伯不是很会赚钱吗？他又很宠你，你要什么就有什么呀！”

于休休摇头：“爸爸给我的零花钱都缩水了，这周他才给我十万。这穷日子没法过了！我那么努力地接个单，爸爸居然把给我的奖励降低到了宝马这种档次……”

小姐妹们脸都绿了。

这样的“穷日子”她们可以过！

于休休还在哭穷：“创业难，守业更难。老于已经在卖房子维持生计了……等他把几十套房子卖完，怕是要卖儿卖女了。”

“休休别开玩笑了。你们家怎么会呢？再不济，不是还有唐家……”女孩子说到这里，突然掩住嘴，“呀，对不起，休休我忘了，你和唐绪宁分手了。”

于休休疑惑地皱眉：“这是需要道歉的事吗？”

女孩子尴尬：“不用道歉？”

“你该恭喜我啊！你不知道抛弃坏男人有多爽，我都想放鞭炮了。算了，你不懂！”于休休摆摆手，又笑眯眯地挽上谢米乐的胳膊：“米乐，我饿了，你去问问谢叔叔，什么时候开饭啊？为了省钱，我留着肚子，早饭还没吃呢。”

谢米乐把于休休从椅子上“扶”起来，朝几个女孩子笑了笑，手挽手走到一边：“你理她们干什么？都是想看你笑话的人。”

“啧！她们是你家的客人，温柔善良的小仙女必须在线，给你面子。”于休休说道。

“你都作出天了，我哪儿来的面子？！”谢米乐说。

于休休莞尔：“米乐姐姐，你就赏我一碗饭吃吧，贫困人家的孩子肚子快要饿扁了呢。”

谢米乐：仙女，作妖要有个限度啊！

于休休要是把这些人都给乐坏了，医院的床位该不够用了。

今天来了很多“于家村水库人”。相比那些讨好唐家人、疏远于家人的马屁精，这些人对于大壮真诚很多。他们拉了于大壮过去，想要“说和”。唐家人姿态高，身份不一样，他们不敢去劝，只能劝于大壮低头。

“就算成不了儿女亲家，也别把关系走死了。大壮啊，长点儿心，别有了点儿钱就膨胀，看不清形势……”有人说。

这算是提点。

“你干这行几十年，还不懂这行的规则吗？大丈夫能屈能伸，你敬个酒，赔个罪，我就不信老唐不买‘于家村水库人’的账。他媳妇儿不好说话，老唐还是讲理的。”又有人说。

这算是建议。

“去吧去吧，大壮，老哥哥陪你一道去，低个头，事就过去了。就算绪宁不肯和休休好，老唐也不能不给咱们脸面……”旁边的人也说。

对方拉着他就要走。

“啊？”于大壮如梦初醒，打个哈欠，“老哥哥，这是个误会啊！”

“有误会就解释清楚。走，我陪你去找老唐。”旁边的人接着说。

“不是这个误会。”于大壮说。

于大壮清清嗓子，笑眯眯地说：“老唐倒是想和我结亲家，可是我不想，我闺女更不想。你看我闺女长得人模……天仙样儿似的，唐绪宁配不上吧！”

几个老伙计面面相觑。

这老于是不是被气疯了？

他们都知道唐家私底下在收拾于家，能在这个时候站出来帮忙说和，已经是冒着得罪唐家的风险了，老于这是不讲道理啊！

“于老板，于老板……”一个人大声吆喝着走过来，坐到于大壮的身边，杯子里也不知道是茶还是酒，一张脸喝得通红，“于老板，听说你接下了东郊的浮城项目？能不能带上我？你这发财人可不能忘了我们这些穷人啊！”

于大壮疑惑地看着他：“我为什么要带上你？因为你是贼？”

这个人是谢晋原的妻侄，叫孙浩，当过几天于大壮的徒弟，在工地上偷建材，被于大壮痛骂一顿后扫地出门。现在看到于家倒霉，他怎么能错过羞辱于大壮的机会？

“这么说，于老板还真要和盛天合作了？”他等着于大壮出丑。

于大壮却一脸迷茫地问：“我这边还没签字呢，你怎么知道了？你偷不出前途，改行做商业间谍了吗？”

“哈哈哈！于老板，论吹牛，我只服你。”孙浩大笑着拍腿。

人群里也有人跟着笑——没有人相信盛天会找大禹合作。

孙浩一直收不住笑，还得意地滑开手机："等一下啊，我有个同学就是盛天工程部的，我们听听他怎么说。"

于休休拉着谢米乐去蹭了些吃的回来，刚好听到茶楼里的话，见一群人围着孙浩，准确地说是围着于大壮，在说大禹和盛天的事情。她和谢米乐交换了个眼神。于休休拍了拍手上的食物残渣，在桌上捞起一张纸巾，一边擦手一边走过去。

二十岁出头的女孩子眼带笑，唇飞扬，像朵娇滴滴的花儿，美艳逼人，眼神带了些桀骜之意，偏偏嘴上乖巧："大家都在看什么啊？让个位，麻烦让个位，我也要看。"

孙浩看了她一眼，乐了。打一张脸也是打，打两张脸也是打，他不介意于休休自己把如花似玉的脸贴到他的巴掌上来。

"邓衍，干什么呢？"孙浩跷着二郎腿，开着聊天儿视频，吊儿郎当地笑着，把手机摆在桌子上，生怕别人看不到视频里邓衍的办公室中有一个大大的盛天 logo。

"在加班呢。"邓衍看到老同学那边人很多，理了理衣服，"有什么事吗？"

"就是昨儿问你的事。"孙浩看了看于大壮，故意把镜头对着他，"这位就是全球知名企业大禹建筑的于老板！他说你们盛天的浮城项目准备分包给他家。"

"怎么可能？"

邓衍听到"全球知名企业"这称呼就想喷了。一看孙浩准备打这个不知天高地厚蹭热度的人的脸，作为老同学，他乐于火上浇油。

"我们盛天选合作伙伴是很慎重的，不会随便找个什么阿猫阿狗……"邓衍说。

"这形容绝了。"孙浩笑得直拍大腿，样子极其夸张，"行了哥们儿，你忙去，改天我请你喝酒。"

邓衍瞧不上孙浩这样的人，只是享受被他们仰望的感觉。他们羡慕的目光可以缓解邓衍在集团大佬们那里受到冷眼的后遗症，但这并不代表自己会和孙浩去吃饭——掉价。

"最近忙，整天加班，怕是没时间吃饭。那行，耗子，没事我就挂了啊！”邓衍说。

“等等！”视频里突然出现一张大大的笑脸，女孩儿眼角弯弯，唇角翘翘，看上去很讨喜，声音甜美又娇软，“帅小哥哥，有事问你。”

于休休不客气地凑上去：“你是在盛天里工作吗？你们盛天的办公室好大，你这么年轻就进了盛天这么大的公司简直太厉害了。”

邓衍心想：有点儿飘怎么办？

人美嘴又甜，肯定是良人。

小姑娘的崇拜让他忍不住骄傲：“只是一份普通的工作而已，盛天和别的公司没什么两样。”

于休休反对：“不不不，盛天可不是普通的公司呢，盛天是大腿。”

孙浩看着于休休这满眼小星星的样子，简直想仰天狂笑。他想：于大壮啊于大壮，你当初羞辱我，现在就让你的女儿羞辱你吧。

“于休休，邓衍有女朋友了。”他大声地调侃，引发一阵哄笑。

看戏的人嗅到了八卦味儿，纷纷凑过来看热闹，顺便鄙视于大壮的女儿不要脸。那些同情于家的老伙计，连连摇头。他们可怜于大壮养了这么一个没出息的女儿，想让他把女儿从作死的边缘拉回来。可是于大壮是女儿奴，笑呵呵的，一副被女儿打脸也开心的样子。

“我家休休就是活泼可爱。”于大壮说。

她这是活泼可爱？她这是……不知廉耻！

于休休从不在意别人的目光。她眉眼生光，就像听不见别人的嘲笑，朝邓衍眨眨眼：“帅小哥哥，你在盛天里什么职位啊？”

邓衍目前是工程部的一个技术负责人，在盛天内部不算什么，但在外面吹嘘绰绰有余了。

“我是技术经理。”邓衍回答她。

“哇！负责技术的，核心骨干啊，你好了不起。”于休休说得真诚，一双天生含情的眼睛里没有半点儿虚假奉承之意。

邓衍很受用，满脸是笑：“有什么好的？就那样吧。职务越高，责任越大，加班也就越多，我周末都得泡在公司里。”

“你能加班多好，我们这种穷人想加班都没机会呢……”于休休说。

大家都觉得于休休的行为很丢脸，孙浩更是得意地吹起口哨儿。大家没想到，于休休话锋一转："帅小哥哥，我也有个朋友在盛天里工作，不知道你认不认识他。"

邓衍怔了怔："你朋友在哪个部门里，叫什么名字？"

于休休皱皱眉："我想想啊，他好像说他是……总裁办的。"

邓衍吃惊。在盛天庞大的组织架构中，总裁办是一个特殊的存在，位于集团的金字塔顶端，直接对总裁负责。能进入总裁办的人，要么是高层，要么是大老板的身边人，他怎么会认识？

"你朋友叫什么名字？"邓衍震惊地问。

于休休莞尔："他叫钟南。"

钟南？邓衍没有机会认识总裁办的人，了解的渠道大多是文件、会议，或者和别人一样，通过媒体。他印象中……总裁办姓钟的只有一个人，还是谁都不敢得罪的一个人，但不是于休休说的这个名字。

邓衍松了口气，又恢复了精英人士的内敛模样："总裁办没有这个人，可能是你朋友记错了吧。"

朋友记错了？他不就是说她朋友吹牛吗？

于休休挑了挑眉："那钟霖呢？他也是总裁办的，总不能……也没有吧？"

如果这个人也没有，那他们家就是遇到骗子了。在于休休说出"钟霖"这个名字的时候，邓衍愣了片刻，但已经不慌了。这小姑娘就是想和他套近乎，但找不到话说，就想把不知道从哪儿看来的"钟霖"这个名字报出来，第一次还说错了话，闹了笑话。

他见过钟霖。很多时候，钟霖几乎是代表霍先生的人，为人很严肃，不是邓衍和身边同层次的人攀得上的。

邓衍轻咳两声："钟霖是有的，我不熟。小妹妹，我要工作了，有机会再聊，耗子有我的微信。"

他不着痕迹地留机会给妹子，渣男！

于休休甜甜一笑："钟霖说，他要来找你，约你吃饭。"

钟霖约他吃饭？她做什么梦呢？

邓衍从迷惑到震惊就用了一秒，因为钟霖和他的部门老大就站在办公室门口。

“不想加班，看不起盛天这样的普通公司，那请邓先生另谋高就吧。”

“没，我没有。”邓衍吓得面如死灰，猛地起身，椅子突然一声响。

视频通话戛然而止。

于休休把玩着手机，看了看和钟霖的语音通话记录，笑着看向孙浩：“你朋友好像没有我朋友厉害，对不对？”

这个一脸天真的毒妇！孙浩想骂她，又不占理，憋得面红耳赤。

于休休懒得多看他一眼，扫了一眼四周看热闹的人，走过去挽住于大壮的胳膊：“爸爸，盛天都来谈这么多次了，要不咱们就签了吧！你看他们挺有诚意的。他们说开人就开人，杀伐果断呢。这公司应该是有前途的。”

于大壮爽朗地笑：“签签签，这种有原则的公司我们肯定要给他们机会的。”

现场鸦雀无声。

开席后，有意无意找于家套近乎的人多了。哪怕有些人心里嫉恨，也不会再当面不给于家脸。

“你看，人与人之间还是很友善的嘛。”于休休没吃几口就坐到沙发上，吃着零食，欣赏岁月静好的场景。

苗芮又在拍照，准备发朋友圈炫耀。

于休休走过去，看了看她的照片，嫌弃地摇了摇头：

“来吧，我帮你拍。”于休休读书不太好，但艺术审美是有的，画画、摄影，以及吃喝玩乐，都很有天赋。她和苗芮拍了一张合影，精修一下，帮老妈发在朋友圈里，并贴心地配上文字——

“吾家有女初长成，老母亲就一个愿望——男人会因为她有钱而爱上她，而不是只看中她的才华和美貌。”

于家人行为出格不是一次两次，今天这事一出，大家除了感慨“傻人有傻福”，羡慕一回外，并没有多少人把这事真当回事，毕竟那是别人家的事。

但是唐家人不同。相比别人，他们更了解盛天，更了解大禹，更知道盛天与大禹的差距。一群人在恭喜于大壮，围在他的身边打转的同时，唐家人却很冷静。唐家人云淡风轻地跟几个熟人吃着饭，不评论于家，甚至都不多看于家人一眼。可是寿宴一结束，唐绪宁走出酒店，装了许久的笑容就挂不住了，脸一秒垮下来。

“爸，你不觉得这事奇怪吗？”唐绪宁问。

“奇怪什么？”唐文骥比他淡定得多，看着不远处正和“于家村水库人”群里的人勾肩搭背道别的于大壮，眉目间的阴沉感稍重，“这都是你作的。”

“我……作？”唐绪宁一时没明白父亲的意思。

“你不作，咱们和于家会闹成这样？”唐文骥说。

唐绪宁黑着脸说：“爸，就于休休那二皮脸的样子，我怎么跟她相处？还有于家那几个奇葩，你不觉得跟他们成为亲家很丢人吗？”

唐文骥收回目光，拍拍唐绪宁的肩膀：“看人不能看表面。当年在于家村，我快病死了，没人来管……只有你于叔叔……”

“又来了，又来了，说多少次了？”唐绪宁在父母面前不会伪装，今天受的所有窝囊气都恨不得发泄出来，“爸，就为了这点儿恩情，你至于吗？人家现在都这么对你了，你还不肯放下？”

唐文骥深深地看了他一眼，刚想说话，汤丽桦踩着高跟鞋走到父子俩中间，一手挽一个人，趾高气扬地冷笑：“气什么气？不要看他们现在得势，乌鸦就是乌鸦，变不成凤凰的。”

唐文骥不着痕迹地抽回手臂，态度十分冷淡，一眼都不看她，只教训唐绪宁：“收起你的小动作，不要再给我丢人。”

司机过来了，他说完就上了车。

唐绪宁：“爸？”

汤丽桦暗自磨牙。

他们夫妻俩私底下感情并没有外界以为的那么好。不过往常在外人和儿子面前，唐文骥从来不会对她甩脸色，今天居然当众让她下不来台。

她冲上去：“是姓于的给你灌了迷魂药，还是你忘不掉那个土包子？”

吼出这句话后，她都被自己吓到了。

唐文骥从车窗望过来的目光又冷又厉，像是要刺穿她的皮肉和骨头，她有点儿害怕。

自己多少年没再提过这件事了？今天她气糊涂了。

她忘了，这是唐文骥的禁忌。他在于家村时暗恋苗芮的事情，不仅别人不知道，就连于家村人和唐绪宁也不知道，汤丽桦是唯一的知情人。当年，在苗芮嫁了乞丐于大壮后，她正是凭着“关心和理解”的朋友姿态取得了唐文骥的信任，进而从朋友变成了妻子。

气氛突然沉闷。

唐绪宁纳闷儿地看着汤丽桦：“妈，你在说什么？”

唐文骥目光极为严厉：“你们上不上车？”

汤丽桦的娘家条件好，她嫁了人后，上了几年班，在唐文骥步步高升的时候，她就成了全职太太。以前仗着娘家，她常常嚣张跋扈；可近两年，娘家渐渐没落，她在唐文骥面前越来越没有底气。

坐上车，看唐文骥不言语，汤丽桦觉得他心虚，醋劲上来，又忍不住嘀咕：“老唐，人不能什么都要的。你当年要娶了她，怎么返城？说得难听点儿，你不是赵曜选，没人家的本事，要是你留在农村里，别说赶上赵曜选的成就，怕是连今天的于大壮都不如……”

“够了！”夫妻太了解彼此，说话最扎心，唐文骥怒目而视，“在儿子面前，你还有没有当妈的样子？”

汤丽桦沉下脸，别开头不说话了。

唐绪宁惊诧地看看父母：“你们两个究竟在说什么？赵曜选是盛天已经过世的那个总裁霍钰珂的老公吗？”

“滚！”向来稳重的好丈夫、好父亲——唐文骥突然怒吼，“你这么多话，和你妈滚下车去慢慢说！”

没有人再说话，只有车辆呼啸而过的声音。

汤丽桦默默地流泪。在这一刻，她正视自己的心才发现，自己看不上苗芮，其实是嫉妒苗芮，不是因为唐文骥喜欢过苗芮，而是因为苗芮有于大壮。于大壮把苗芮宠得像公主，几十岁的人了，苗芮过得还像个公主……而自己活得像个寡妇。

于家人回家就先补了个觉，睡了一觉起来，天已经黑了。于家洲吵着肚子饿，上蹿下跳地把于休休从床上拉起来给他煮火锅。

姐弟俩常在家里作妖，自己煮火锅正是乐趣之一。

李妈还没睡下，见少爷小姐要煮火锅，赶紧出来准备食材、配料，让大小姐一展身手。

于家洲最喜欢吃于休休做的火锅。虽然全家人都说味道很一般，但他就好这一口，每每赞不绝口，夸张得令于休休常有一种错觉——渣弟这是在故意报复她。

火锅刚被端上桌，于大壮和苗芮起来了。今天在寿宴上大出风头，睡了一觉精神又好，两口子一个比一个能吃，风卷残云一样，看得于家洲目瞪口呆。

于家洲问：“你们不知道这是我亲姐为我准备的爱心火锅吗？怎么忍心吃这么多？”

苗芮道：“儿子，孝敬老人是中华民族的传统美德，不要不学好。”

于大壮附和：“你妈说得对。”

于家洲哭道：“你们不是牙口不好吗？”

于大壮：“看你吃得这么香，我们咬着牙也要吃。没有条件，我们创造条件也要吃。”

于家洲扯头发：“老于，我已经长大了，不用再隐瞒我，我受得住。其实，我是你们抱养的，对不对？”

苗芮嫌弃地摆手："你洗头没有？别把头皮屑抖进锅里了，影响食欲。"

于大壮还是那句话："你妈说得对。"

于家洲崩溃道："你们是我的亲生父母吗？"

苗芮斜眼看他："臭小子，把你身上的衣服、脚上的鞋，全都扒下来还给我们，再问这个问题。"

于家洲干不过他们。

父母这会儿让他扒衣服、脱鞋子，他再顶嘴，怕是要割肉还母、剔骨还父了。

于家洲乖乖地认输："我是怕你们年纪大了，晚上吃这个不消化。"

于大壮道："不会不会，爸爸饿了钢筋都能啃几口。"

于休休最喜欢的就是全家人坐在一起吃火锅斗嘴的场景。小时候家里穷，她和弟弟没吃过火锅。有一年，爸爸打工回来，带回火锅底料和一块肉，妈妈去田里扒拉了些蔬菜，往锅里一煮，那香喷喷的味道令人垂涎欲滴。少油寡味的饭菜吃多了，那一次，她差点儿把舌头吞了。

那天爸爸说，外面的火锅不如家里的好吃。

后来于休休就喜欢上煮火锅了。

看爸爸、妈妈和渣弟吃得开心，她也觉得心满意足。

大家吃完火锅，由李妈收拾桌子，于大壮则在剔牙。

于休休看着他，闷闷地说："爸爸，明天的'寻宝活动'，我不能参加了。我要在家里给我的第一个客户做方案。"

昨天他们敲出了不少空心砖。虽然楼房有空心砖并不是稀罕事，但于大壮还是固执地认为里面有玄机，准备趁着周日挖开来看看。

于大壮毫不在意地摆摆手："没事没事，你忙你的，我叫了几个徒弟，用不着你。小姑娘去了能干什么？"

于休休满脸喜色，终于摆脱被“掘墙狂魔”支配的恐惧了。

“谢谢爸爸，我会好好做方案的。”于休休道。

“赚不赚钱不要紧，主要是开心。”于大壮说。

“嗯，爸爸是世界上最好的爸爸！”于休休说。

于大壮“哈哈”大笑，笑完转头就对于家洲说：“小伙子要多锻炼，明天早点儿起来，跟几个师兄一起干活儿。老子看你这成绩也考不上什么好大学，还不如早点儿学搬砖。”

于家洲怔了两秒，大喊：“不，我拒绝！”

于大壮道：“不同意的举手。好的，就你一个。三票对一票，反对无效。”

汤丽桦又失眠了，半夜和几个闺密在微信群里吐槽苗芮刚发的朋友圈。

闺密一：“天天炫耀她不累吗？”

闺密二：“她吃个火锅也要炫耀？迷惑行为大赏系列。”

闺密三：“原谅人家文化低、没见过世面，大概火锅已经是他们家最好的食物了吧，哈哈哈。”

闺密四：“哈哈哈，我最羡慕的人就是丽桦。老公事业有成，儿子是金融才子，丽桦简直就是人生赢家，有钱，有时间，不是泡美容院，就是打牌、做头发。哪儿像我们，天天忙成狗，上班忙完下班忙……”

汤丽桦故意谦虚道：“哪儿啊，我没你们说得那么好。”

听人吹捧听多了，汤丽桦已经麻木，有时候甚至有一点儿悲哀。

涂脂抹粉的人生，只是外人觉得光鲜罢了，谁能知道她的痛苦？又有谁会关心自己？

睡在隔壁的唐文骥显然不会关心她。两人分居已经好几年了，理由是她睡眠不好，老起夜，怕影响他的睡眠和工作。事实上，他早已走远，只是习惯了戴着面具伪装幸福。

闺密们都去睡了，群里安静下来，汤丽桦将头靠近夜灯，推了推老花眼镜，又点开了苗芮的朋友圈。第一条朋友圈是热气腾腾的火锅，配了段简单的文字——“女儿做的火锅，卖相差了点儿，但真的很好吃呀！”

汤丽桦觉得这简直就是在讽刺她。

卖相好的不好吃；卖相差的好吃——她愿意要哪一个？

汤丽桦翻看了一会儿苗芮的朋友圈，越看越上火，好几次把她拉入黑名单，又忍不住拖出来——汤丽桦居然有一种错乱的不舍感。

有没有光明不要紧，要是连光是什么样子都忘记了，人会绝望。

她盯着黑洞洞的天花板，数着越来越快的心跳，眼前突然发黑，天旋地转，胸口闷得喘不上气……

于休休花了一整天的时间完成了自己的第一个装修方案，让谢米乐先审了一遍，修改之后，将装修方案传给了客户胡静雨，然后站起来看看昏暗的天，伸了个大大的懒腰，发朋友圈——

“完成了首单设计，好有成就感，好满足，感觉好好……我现在终于相信老师说的话了：人有钱不一定会快乐，但是有钱还能做自己想做的事，那一定很快乐。”

渣弟：“我明白我为什么不快乐了。我不仅没钱，还要做自己不喜欢做的事。”

镶了黄金的老爸 @ 渣弟：“臭小子又偷懒玩儿手机，做作业玩儿手机就算了，搬砖也玩儿！你都高三了，不好好搬砖，将来怎么做作业？”

渣弟 @ 镶了黄金的老爸：“老于你不玩儿手机怎么知道我在玩儿手机？”

镶了黄金的老爸 @ 渣弟：“老子在你背后。你快点儿干活儿，一会儿我得去趟医院。”

于休休看到这条评论，直接打电话过去："爸爸，你不舒服吗？你去医院干什么？"

"你汤阿姨住院了，早上被送去的，医院下了病危通知书。"于大壮顿了顿，怕女儿有情绪，又补充一句，"看在你唐叔叔的分儿上，我得去看看。"

于休休"哦"了一声："所以，你们到底挖出了东西没有？"

于大壮道："挖到个屁，我们在补墙了。"

于休休沉默。

在家等了一会儿，没等到胡静雨的回复，于休休换了衣服，化了淡妆，背着包去了公司。家离公司不远，她十来分钟就到了。

大师兄魏骁龙正扛着一袋水泥往楼上搬，看到于休休愣了一下："小师妹，你怎么来了？"

魏骁龙是于大壮收的第一个徒弟，跟着于大壮干很多年了。那时候于大壮还是个泥瓦匠，没发家，穷得叮当响。这徒弟跟着他走南闯北，吃了很多苦，是于大壮最看重和信任的徒弟。

于大壮当他是半个儿子，大小事都不会瞒他。魏骁龙老实，听师父的话，哪怕现在都自己做项目了，还是随传随到，经常参与于家的荒唐行动，且从不置疑。

于休休是很喜欢这个大师兄的。当年魏骁龙第一次去于家时，年仅十岁的于休休看到这个眉清目秀的大师兄，还以为他是令狐冲，得意扬扬地告诉家人，长大了要嫁给人家。为此，于休休被笑话了很多年。十五岁搬进城里后，小姑娘长大了，才没人再开玩笑。不过于休休并没有心理阴影，只当魏骁龙是亲哥，看到他就热情地黏过去。

"大师兄，我好久没见到你了！周年庆你都没回来，最近忙啥呢？来，我给你搭把手。"于休休说。

魏骁龙哪里舍得让娇滴滴的小师妹抬水泥袋子，赶紧避到一边：

“不用不用，这个脏得很，你别碰。”

于休休摆摆手：“别当真，我就是假装客气一下。”

魏骁龙一时语塞。

“周年庆我去项目上了，赶进度，师父让我不用过来。是不是石晓剑他们几个又作妖了？”魏骁龙说。

不！他们没有作妖，是她作妖了！

于休休笑得灿烂：“是啊，你不在，二师兄他们几个就会欺负我。”

魏骁龙宠爱地看着她：“回头我收拾他们。敢欺负我们休休，几个臭小子是不要命了！”

于休休冲过去紧挨着他走：“大师兄，你最好了。你比我亲哥还好。”

“我就是你亲哥！谁欺负你，我弄死他！”魏骁龙说。

两个人正亲亲热热地说着话，冷不丁传来一声尖叫：“哇！大禹这是遭贼了吗？”

于休休闻声转头，看到钟霖大惊失色地瞪着眼睛，钟南则站在他的身边，面无表情地看着大厅里的狼藉场景，不露半分诧异的表情。

人家这么稳重，于休休也不能输了气质。

她笑眯眯地说：“没呢，钟经理。我们是在查漏补缺。”

他们这明显就是在拆楼啊！

钟霖是真的摸不准于家人的行事风格，觉得又古怪又好笑，还十分好奇，说：“我能问问，这‘查漏补缺’是什么意思吗？”

于休休莞尔，一脸真诚地说：“我们为了给盛天更好的用户体验，这墙面……该补的，得补；该刷的，得刷。我们要把最完美的办公楼交到盛天的手上。”

钟霖笑出了声：“你确定‘完美’不是个贬义词？”

“你这个人审美有问题。看看人家钟南，走进来就被这浓浓的现实主义的装修风格吸引了，一言不发地沉浸在美好的画面里……”于休休说道。

霍仲南不知道在想什么，目光不算友好，也不算不友好，脸色平淡得仿佛于休休在和空气说话。

“大禹想重装一遍，那也好，我们等着。”说完，霍仲南转身就走。

于休休觉得这人冷得可以，脾气也怪得可以——他太不懂为人处事了，怪不得在公司里会受老板的气。

“喂，钟南！”于休休拎着包就冲了过去，看他情绪不明，又给了个更大的笑脸，“你们是来找老于的吗？有什么事吗？怎么这就走了？”

霍仲南道：“路过，顺便看看。”

于休休歪着脑袋看他：“你脸色不太好，是不是那个没人性的老板又给你穿小鞋了？”

钟霖沉默。

于休休看钟霖脸色奇怪，恍然大悟般点点头：“我明白了，你们是为了大禹合同的事？”

那天饭后，霍仲南表示会向公司申请，再给大禹一笔搬家费当补偿。

看来这事没成，他被老板收拾了。

于休休愤怒地说：“资本家都是吸血鬼，肯定不会同意的。钟南，你为人真的是太好了，别内疚，没关系的，他不补偿就不补偿吧，我家不缺这点儿钱。”

霍仲南沉默片刻后说：“嗯，那没事我先走了。”

“别啊！都到饭点了，留下来一起吃个晚饭吧！”于休休挽留道。

于休休长得好看，笑起来更有感染力，这一瞬间，霍仲南居然说不出拒绝的话。

他很讨厌和别人同桌吃饭，更讨厌别人吃饭的时候说话，可是对上次和于家人吃的那一餐竟十分怀念。于家的餐桌上就像有什么东西是只有他们家有，而别人家没有的……

事实上霍仲南的心比脸诚实多了，虽然他没有表示同意，却没有离开。只是，于休休还没有具备看透他的能力，对着这么一团冷气，完全看不懂："怎么样？吃不吃？"

钟霖看了看老板微妙的表情，决定赌一把："好呀，一起吃晚饭吧，顺便讨论讨论合同条款也好。"

"那你们先进来坐一会儿，我们收拾收拾就走。"

于休休笑容甜得要腻死人，脸白得炫目。钟霖觉得自己这种久经沙场的老油条都有一点儿招架不住，他家老板脸上的寒冰竟然没有融化半分。

幸好，他赌对了。于休休一说，老板就跟着人家走了。

钟霖有一点儿相信老板的话了——最近老板可能真的更年期提前了，易喜易怒，情绪波动大。

魏骁龙没有见过钟霖和霍仲南，但对小师妹的性格还是知道的，她邀请的客人，那是一定要盛情款待的。

他怕她一个女孩子不方便，上楼放好水泥，洗了手过来，倒水泡茶，帮于休休招呼人，不让她动一根手指头。

他下意识的保护行为于休休是习惯的，可是落在另外两人的眼里，就不是那么回事了。

休息室里，气氛莫名地诡异。钟霖知道这个时候该自己出马了，但是老板连方向都没有指明，自己这匹老马该往哪边跑？头好痛，他好难。

"于助理，合同的事……"钟霖开口。

"今天晚上可能谈不成，于老板有事。"于休休说。

于休休在，气氛是不可能沉默的。

她笑眯眯地说："不过你们放心，我们老板抠是抠了点儿，但为人还是很善良的，不会让你们在你们老板那边为难，更不会给人穿小鞋。"

钟霖有点儿想笑，生生憋住，余光扫一眼老板，生怕他发作起来连自己都损，赶紧转移话题：“于助理，你们晚上想吃点儿什么？这次换我们请客。”

“不不不。我们老板请客，他是暴发户。”于休休摇摇头，又神神秘秘地说，“晚上带你们去一个好地方。”

抠门儿的于老板很快就和于家洲一起下来了。

“洲洲陪他们去吃吧，吃完回来爸爸报账。吃好，喝好，谁帮我节约，我跟谁急！”于大壮说。

见于大壮财大气粗，钟霖瞠目结舌。

于休休眨了下眼，小声道：“我就说嘛，结账的事你们不用操心，抠门儿的老板偶尔大方。”

钟霖无语。

于大壮要去医院看汤丽桦，和霍仲南二人笑呵呵地打了个招呼，把收尾工作交给魏骁龙和其余几个徒弟，换了身干净的衣服，急匆匆地走了。

城郊。

“乡村柴火鸡”几个大字被写在竹编的篱笆门上，乡土气息扑面而来。

于休休对这儿好像很熟悉，刚进门老板娘就迎了上来：“休休来了！哟，家洲也来了！你们爸妈呢？”

“刘婶，我们老板今天有事，我带小少爷和两个朋友来的。”于休休轻咳一下，朝刘婶眨了眨眼睛，“老位置。安排！”

其实这个时候承认自己是于大壮的女儿，她并不为难。她只是怕钟南和钟霖认为在办公楼的事情上她是“双面间谍”，明明没有事，又整出些想法。

刘婶笑容满面地带他们走了进去。

这位大小姐的作妖往事数不胜数，刘婶是看着她长大的于家村人——不论于休休做什么，她都不觉得奇怪。

“坐一会儿，很快就好。”刘婶招呼他们。

一个小院子里有柴火灶，灶膛里的火噼啪作响，上面一口大锅，鸡肉在里面散发出诱人的香味儿。

于休休摩拳擦掌，说：“来，尝尝味道。这家的柴火鸡超级正宗。”

于休休给弟弟夹了一块肉，看钟南和钟霖不动筷，疑惑地问：“怎么了？你们不喜欢吃鸡？”

钟霖道：“没有没有，很香。”

于休休开心起来：“那就不要客气。这家我常来吃，是我们家乡的味道，不知道你们喜不喜欢。”她说着又转过脸：“钟南，你的心情好像很不好。”

霍仲南道：“没有。”

于休休抿抿嘴：“出来吃饭就要热热闹闹、高高兴兴的。你看那灶火，烧得好旺，多看几眼，是不是特温暖？再看几眼，什么烦恼都没有了。”

霍仲南说：“嗯。”

他“嗯”是“嗯”了，表情却不变。

于休休做个鬼脸：“要是在盛天工作真的不愉快，你就跳槽吧。何必在一棵歪脖子树上吊死？你长得这么好看，走到哪里都有人喜欢的。”

钟霖心想：老板是靠脸吃饭的吗？

这话除了于休休，没人敢说。

霍仲南倒是没什么反应，拿起筷子，尝试去夹菜。

“放心吧，这个不辣的。”于休休看他动作太慢，索性亲自帮他夹了一块鸡肉，“快，吃了夸夸！”

“你知道我不爱吃辣？”他突然问。

其实，他并非完全不碰辣，在人前更不会随便暴露自己的喜好。于休休接触了他两次，怎么知道的？

“简单啊。”于休休笑盈盈地看着他，“你上次吃清汤锅的次数远远超过了红锅。你吃一点儿辣，嘴就红扑扑的……好好看。”

霍仲南看了她一眼。

两人中间隔着一口锅。锅边的女孩子娇美，一张小脸被柴火映上一层暖暖的红色，笑意被温暖浸染，幸福就写在脸上，显得单纯、天真。可她观察得这么仔细，短短一个多小时，就发现了他的秘密。霍仲南的胸口闷闷的，心里好像突然长了草……

“怎么了？”于休休被他看得不好意思，摸了摸自己的脸，“我很好看对不对？”

霍仲南一怔：“是的。”

于休休很开心，笑道：“小伙子，你很有眼光嘛。再吃一块鸡肉，夸夸！”

她又往霍仲南的碗里夹了一块鸡肉，也又一次让他“夸夸”。

霍仲南并不理解她说的“夸夸”是什么意思，认真地吃完鸡肉，看着她期待的眼神，认真地夸道：“口味很独特。”

这确实不是他吃过的最好的鸡肉，违心的话他说不出来。但于休休听了，却很高兴。她转过头，对远处忙碌的刘婶大声喊道：“刘婶，你手艺又精进了呢！我朋友说你家的柴火鸡很好吃，口味很独特！”

刘婶一听，脸上都是笑出来的皱纹：“你们喜欢就好，喜欢经常来。”

“他下次来，你要给他打折，就像我们来一样！”于休休继续喊。

“好的好的，肯定要的。”刘婶答应。

于休休满意了。她回头露出一个和于大壮类似的憨憨的笑：“你不要看店面不怎么样，但刘婶做菜很干净，食材也都用好的……只是她对自己的手艺没有信心。所以，我每次来都要夸夸她。”

霍仲南没吭声。

钟霖好奇："这是为什么？"

于休休莞尔一笑："因为好听的话会让人舒服啊！幸福是需要分享的。我们常夸夸她，她会更用心地去做，口味会更好，食材会更新鲜，最后享受到的不还是我们吗？这就是世界的良性循环。"

所有人都无言。

"怎么了？"于休休看他们不说话，愣了愣，"我说得不对吗？"

钟霖道："太对了，可惜知道这个道理的人太少。于助理，你让我刮目相看。"

现代社会节奏快、压力大、人心浮躁，不论现实生活还是网络世界，人们经常出口刻薄，不是喷这个，就是喷那个，有话从不肯好好地说，将人性的温暖粉碎殆尽，而于休休……不，还有于家人，他们是不一样的。

钟霖突然间找到了答案——老板要来吃这个柴火鸡的答案。

"不好意思啊，我接个电话。"于休休弯腰把包包捡起来，掏出手机，笑眯眯地说，"喂，看过了是吧？……喜欢就好，喜欢就好！你要有什么不满意的地方就告诉我，方案可以调整的。嗯！嗯！你说。啊……你说什么？"

于休休突然拔高声音，笑眯眯的表情也敛住了。

"这个王八蛋这么不要脸吗？"于休休骂道。

霍仲南和钟霖都停了筷。

刚才说要分享幸福、温暖世界的女孩子呢？她怎么骂起人来了？

于休休生起气来，表情夸张，眉头皱起，像个可怜巴巴的受气包在发狠，不凶狠，反而有些奶萌可爱。

"二位，我想说句话。"于家洲举起手，瞥了一眼渣姐，"你们别被她吓住了。这个小姐姐平常没这么暴力的，很温柔，很可爱。"

于家洲眼神对准霍仲南，心里大喊"快把欺负我的姐姐带走"，脸上却一本正经的表情，说：“她最近接了单业务，第一次上手，比较激动，你们别介意啊！”

霍仲南没什么表情，钟霖却看出点儿门道。钟霖上次就觉得于家人不对劲，这回算是明白了。于家人这么热情似火，是想把他们家的女儿塞给自家老板的意思？

呵呵呵，于休休人是不错，但是于家人这个想法就是个死亡坑，他们注定会灰头土脸的！

“我不介意。”霍仲南垂下眼皮，一脸漠不关心的表情。

于家洲一看，觉得渣姐完了。

渣姐把形象破坏完了，还怎么追人家？她又怎么嫁得出去？她不嫁出去，他怎么成为暴发户家最受宠的孩子？于家洲脑子转得快，马上搜索于休休的若干优点准备为姐姐加分。

于家洲说：“钟经理，看人不能只看表面，我姐……我这个小姐姐，人很好的。上个月，她为了送一个迷路的老太太回家，穿着高跟鞋陪人家转悠了两个小时，脚都磨出了水泡……最后她虽然把人送错地方了，但心地是真的很善良。”

钟霖无语。

在准备和大禹合作前，钟霖私底下就调查过于家人的情况。于家小儿子读书不好，好逸恶劳，简直就是不学无术的青少年代表。可是，他与于家洲接触下来发现，于家洲有礼貌，看似不着调，其实很有分寸。最关键的是，于家人感情很好，都会为彼此着想。

于家人一个个都是宝藏。

“不好意思。”于休休挂了电话，一秒恢复笑脸，就像刚才那个气得暴走的女孩儿不是她一样，“请大家忽略我这张为了金钱而变得丑陋的脸，继续投入柴火鸡的怀抱吧。”

霍仲南皱皱眉。

钟霖瞧见霍仲南的表情，马上替老板问：“发生什么事了吗？”

于休休笑盈盈地摇头："没事。"

胡静雨打电话来，说她老公出轨了，那套房子她不装了。可是她不装，于休休却"装"得好苦。

她忍得十分艰难才没有告诉胡静雨，那天量房子的时候，那个男人背着她接电话时曾一口一个"老婆"，可能胡静雨自身才是小三。不过，从胡静雨的哭诉中，于休休确定了她不知道那男人有老婆，要不然，都到这地步了，她还在纠结人家爱不爱她、要不要分手的问题，而不是纠结那个男人为什么要收回送她的房子，而自己要不要还这么现实的问题……

"可怜我辛苦做了一天的方案，生意就这样鸡飞蛋打了。唉，吃不起猪肉，单子也接不到，穷人不好过日子呀。回头我得让老板给我涨涨工资。"于休休说得认真。

要不是亲弟弟，连于家洲都信了。

"小姐姐，我回去就和我爸说，让他把你的工资涨涨。"虽然渣姐渣了点儿，但渣姐遇到挫折，自己还是要安慰她的，于家洲真诚地说，"你别难过，我明天就给你买一百斤猪肉，不，买一头猪给你养。"

于休休说："谢谢小少爷。"

一顿饭大家吃得宾主尽欢。大多时候是于休休姐弟说话，钟霖配合，霍仲南偶尔插个话。这么一个神奇的组合，大家居然相处得十分自在。

吃完柴火鸡，于休休去结账时才发现被钟霖抢先一步，他已经把账结了。刘婶说看他不是差钱的人，就收了钱。于休休很内疚，走回来，还有点儿不高兴。

于休休说："说了我们老板请你们吃饭嘛！你们这是挑战暴发户的尊严，他会生气的。"

钟霖无语。

于休休并不觉得自己说了多么惊世骇俗的话，抬抬眼皮，又看向霍仲南："这次钟霖请了客，下回是不是换你了？"

这顿他们刚放下筷子，她就预约下顿饭了？

"最近比较忙，我们可能没什么时间。"钟霖看出这女孩儿对老板有意思，怕老板不懂得拒绝人，让人家尴尬，就抢先开了口。

然而他话音还没落下，就被自己的老板打了脸。

霍仲南道："可以。"

钟霖：我这个助理要做不下去了。

对面是于休休欢快的笑声。二十来岁的女孩儿还不懂得隐藏情绪，她的喜悦全表现在脸上，一双漂亮的眼睛弯成了月牙儿，明亮得像要溢出水来，很灵动。这种发自内心的喜悦他从没在别的女孩儿的脸上见过。

"对了，钟霖，那天的事我忘记谢谢你了。因为我不想他们嘲笑我老板，只能拉你出来狐假虎威。你们老板知道这事吗？他没有为难你吧？"于休休说。

钟霖说："没有，一点儿都不为难。"

要不是老板点头，他会做这么出格的事吗？盛天的人事变动都是有严格的程序的，这么浮夸的剧情，换以前，他想都不敢想。所以，于休休谢错人了。

钟霖尴尬道："没事没事，小事一桩。"

于休休朝他一笑，末了又转头看着霍仲南，眯起眼，表情复杂："钟南，你要好好干，争取早日在公司里混出头……你看，你和钟霖在一个办公室里，人家都不认识你。"

钟霖好想哭。要不是这女孩儿说得认真，他一定会觉得她是来打他脸的。这让老板怎么下得来台？老板会不会等会儿就让他回家种红薯？

霍仲南"嗯"了一声："谢谢！我会好好混的。"

钟霖松口气，看来不用种红薯了。

于休休语重心长地说：“我这么说，不是否定你的工作能力，而是觉得作为朋友，有必要提醒你。你这个人太闷了，不会好好说话，不善于沟通，这对你的工作肯定会有影响的。听说大老板都喜欢溜须拍马的人，你要学得圆滑一点儿才能混出头……”

钟霖的耳朵火辣辣的。一句“溜须拍马”简直振聋发聩，而且好死不死，霍仲南还看了他一眼，目光很复杂。钟霖觉得自己可以开始准备红薯了，照这情形下去，自己分分钟被于休休弄死。

霍仲南问：“你喜欢溜须拍马的人？”

于休休拼命地摇头：“我肯定不喜欢呀，但你们盛天老板那种渣老头子肯定喜欢——一般上了年纪的人都这样。”

钟霖想死。

霍仲南想了想，回道：“你说得对，他那个人确实不行。”

“没关系，再麻烦的人我都搞得定。钟南，我帮你赢回老板的心。”于休休说完，突然把手机伸过去，屏幕上是一个热情的二维码。她的笑脸头像在二维码中间，像个小火球，散发着某种特殊的力量。

“加我微信，疑难杂症，一扫了之。”于休休说道。

拿到了小哥哥的微信，于休休回去睡了个好觉。第二天起床，于家洲已经上学去了，于大壮和苗芮在吃早饭。

她打着哈欠走过去：“汤阿姨病得怎么样？”

于大壮摇头，叹息，再摇头。

于休休吓了一跳：“这就不行了？汤阿姨还能活几天？”

“我没见到人，”于大壮扫了女儿一眼，目光有点儿古怪，“只见到你唐叔叔。他说你汤阿姨的病情已经稳定下来了，没有生命危险。”

“哦。”于休休低头吃饭。

“休休……”于大壮欲言又止。

这在于家是不常见的事情，一般家人在一起，有什么就说什么了，很少有不能出口的话。

苗芮也注意到了他的反常表现："老于，是不是姓唐的又给你吹什么耳边风了？"

"嘿嘿！"于大壮笑起来，"知夫莫若妻啊！"

"我告诉你啊，不论他说什么，你都不许答应。"苗芮说。

"好的。"于大壮点点头，"老唐上次介绍给我的那款理财快到期了，收益还可以。他说可以追加一些，那我就不同意了。我听老婆的话，全部赎回。"

"就这个？"她不信。

当然不是，唐文骥还说到两个小儿女的事，表示了很遗憾，还说唐绪宁后悔了，愿意和休休重修旧好。于大壮当时觉得，女儿以前说唐绪宁长得好看，应该是喜欢他的。他本来想问问女儿的意见，可是老婆一吼……他不敢了。

"我今天去公司和盛天谈合同，想问休休去不去。"于大壮说。

苗芮不愿意自己一个人当米虫："她去干什么？"

于大壮朝她挤眼睛："她不是我的小助理吗？多和盛天的优秀年轻人接触，是好事。"

于休休道："我当然是要去的。我说了要坚持上班的啊！你们以为四好青年是这么容易被困难打倒的吗？"

说完，她耷拉下脑袋，灰溜溜地说了自己的第一单生意黄了的事。

"爸爸，我觉得我不配得到那辆车了，车退了吧。"于休休说。

"你不配谁配？"于大壮看见她红着的眼睛，眉毛一竖，"第一单生意死了，还有千千万万单生意站起来！提了车，出去做事大气些，更好接单。"

于休休灿烂一笑："好的，谢谢爸爸。"

于大壮感觉自己被套路了，但是没有证据。

父女两人一前一后进入公司。于大壮上了楼，于休休正准备去找谢米乐唠五毛钱的嗑，电话响了，是个陌生的号码。于休休接起来，甜甜地笑："不买保险，不兼职刷单，不参与投资，家里没人失踪，没人犯法需要逃匿，但可以接受一亿以上的贷款，请问您是哪一位？"

电话那头的人，久久才回神。

"是于休休小姐吗？我是凯利国际的设计总监霍戈，想约个时间找你谈谈，可以吗？"电话那头的人说。

第二章
气死人不偿命

于休休赶到约好的咖啡厅，正准备给霍戈打电话，就看到一个男人在向她招手。那人侧对着她，一件黑色的风衣搭在椅背上，袖子微微挽起，头发略略有点儿颜色，时尚又慵懒，是一个搁哪儿都会发光的帅哥。

“于小姐，这里。”那人出声。

于休休收好手机走过去，拉椅子坐下，甜甜一笑：“你怎么会认识我？”

霍戈扬起唇角：“这么漂亮的美女，就算叫错了，搭讪一下也不亏。”

于休休点点头：“你很诚实。”

霍戈道：“我这么开玩笑，你不生气？”

于休休道：“生气容易变老，以后就没人搭讪我了。我不干！”

霍戈：这女孩儿不好聊天啊！

于休休看他在研究自己，抬抬眉梢：“霍总监，电话里说不清的事，现在可以说了。”

“咯！”霍戈差一点儿被她带节奏，这才反应过来，“是这样的，我看了你的设计方案，觉得你很有才华，不知道你有没有兴趣到我们公司来……”

这人是专门来挖她的？于休休万万没想到。

“霍总监，你是不是找错人了？”她于休休什么都有，就是没有才华，“我宁愿相信你是为了我的美貌。”

霍戈很无语。

他想了想，说：“胡静雨小姐你认识吧？那天你们去量房的时候，我们公司的设计师也去了。很遗憾，胡小姐最终选择了你，没有选择我们公司。”

于休休微微眯眼：“所以，你是来砸场子的？”

霍戈一时不知该怎么回答。

心好累！他尴尬地清清嗓子：“我们凯利很看重用户体验和反馈。虽然胡小姐没有选择我们，但我们希望从中找到自己的不足之处。所以，我们请胡小姐提供了你的方案，然后不得不承认，她应该选择你。”

于休休恍然大悟：“你是说，我的设计水平超过了你们公司的设计师？”

霍戈道：“也不能这么说……但可以肯定，你的专业和态度，比他们任何一个人都强。”

“专业、态度，你怎么看出来的？”于休休问。

“于小姐，你是几个设计师里，唯一一个渲染 VR（Virtual Reality 的简称，虚拟现实）效果图的人。”霍戈说。

一般来说，客户在选择装修公司的时候，会四处撒网，从多个公司里挑选一个自己喜欢的。在这个过程中，大部分的设计方案会被淘汰。所以，在客户没有意向签合同前，大部分人不会花时间去渲染 VR 效果图……

只有于休休做了。

“于小姐，你的态度和你的个人能力，我都很欣赏，希望能和你深度合作……”霍戈停顿一下，抬眼看她，加重了语气，“你做这行，应该知道我们公司，不论是薪资待遇还是发展前景，肯定都不是大禹这种公司可以比的。而且，凯利是很多设计师的梦想终点……”

又一个看不上大禹的。

于休休微微一叹：“实不相瞒，我做 VR 效果图，是因为……我以为每个设计师都要做。”

霍戈面容一僵。

于休休微微一笑：“然后呢，胡静雨并没有选择我。可能我只是她回拒你们的借口而已——因为，她把我也拒绝了。”

霍戈有点儿无言以对：“于小姐，这都不是重点。方案是你的，才华是你的，我的邀请也是认真的，你怎么想？”

于休休眨了下眼：“宁做鸡头不做凤尾喽。我在大禹可以一口气做到首席设计师，而我去了凯利国际，除非你不在了，不然怕是这辈子都没机会。”

霍戈：什么叫我不在了？

于休休拿着包站起来，莞尔一笑：“不好意思，霍总监，我觉得大禹很好。也许它永远都不如凯利国际，但在我心里，它就是最好的。感谢你的认可，再见，咖啡我请了。”

不等霍戈反应过来，于休休已经走了，只留给他一个倔强的背影。

霍戈摸着下巴，有些不敢相信——他被拒绝了？

“主要不差钱！”于休休坐下来喝了一口水，就开始向谢米乐唏嘘被凯利国际总监亲自邀请的事情，“可是，我来工作呢，是为了开心的。谁要去那种天天上班打卡，钩心斗角的公司？我去了，恐怕都活不过三天。”

谢米乐扑哧一声：“算你有自知之明。”

凯利在装修行业十分有名，旗下会聚了很多知名设计师，单单粉丝上千万的网红设计师就有三个，但也是出了名的麻烦多——休休这种直肠子的人，去了不被踩死才怪。

“你不觉得奇怪吗？”谢米乐有点儿疑惑，“凯利为什么要邀请你？”

于休休眼一瞪：“为什么不能邀请我？人家不是说了吗？看上我的才华和专业能力！对，我还很有态度。”

谢米乐翻了个白眼：“我宁愿相信他是为了你的美貌。”

果然是好闺密，这都猜得到。

其实于休休也觉得不可思议。凯利不缺设计师，有才华的，有态度的，甚至有颜值的，一抓一大把，专程来邀请她，不扯吗？

“无所谓了，反正我很厉害。”于休休又咕嘟咕嘟地灌下一大杯水，“我去泡我的小哥哥了。”

今天盛天的人来公司找爸爸谈合同条款，她出门的时候就一心惦记着赶紧回来，连霍戈那种姿色的帅哥都觉得索然无味了。她感觉自己中毒了。嗯，钟南……有毒。

于休休想到钟南的眼神，步子就有点儿飘。于是，大禹公司的员工都看到大小姐风风火火地冲上楼，然后，在快要靠近老板办公室的时候，又突然停下脚步，走得温温柔柔，像是换了个人。

于休休开门进去，脸上的笑容突然僵硬，过了片刻才恢复了自然。

钟南没有来，只有钟霖和另外一个助理。怎么回事？于休休找个位置坐下，如坐针毡地等待着，好不容易等他们谈完，找了个机会就冲过去问钟霖。

“钟南是不是又被老板找麻烦了？”于休休说。

钟霖看她满脸担心的样子，有点儿好笑：“为什么这么想？”

于休休道：“这方案不是一直他在谈吗？为什么他今天没有来？”

老板有很多事情的好不好？和大禹的合作只是盛天公司若干事务中的一件，要不是涉及老板的私人问题，连他都不用出面。

“是不是啊？你不要瞒我。”于休休看他不说话，一双眼睛瞪得像兔子一样圆。

钟霖含糊地说：“有可能吧。”说着，他指了指在和于大壮说话的短发年轻男人，“这是王弈勋王经理，以后这边的工作由他跟进。”

“缺德！”于休休突然生气。

钟霖一愣。

于休休道："这明明就是你和钟南谈下来的合同，凭什么中途把人踢出局，换一个人来捡便宜？钟南太可怜了。"

钟霖看她有点儿激动，无奈地说："其实他也没那么可怜。"

"你们公司就是欺负人。"于休休红了眼圈，"钟南没有爸爸妈妈，没有亲人，一个人在申城打拼……他容易吗？你们那老板还这么欺负他，有没有人性啊？"

关于钟南的个人情况，是吃柴火鸡的时候于家洲问出来的。有了唐绪宁的前车之鉴，渣弟害怕她又选错人。所以，趁于休休去结账，他旁敲侧击地套了一些钟南的私人情况，最后给了于休休一个十六字总结："没车没房，父母双亡。生性木讷，帅脸一张。"

于休休从那时就开始理解钟南为什么沉默不语，不爱和人交流了，想到自己"教育"他的那些话，也就更加心疼这个人。

"你们公司这样就是霸凌！"于休休瞪了钟霖一眼，连带对他都没什么好气，"你也不说帮帮他。"

霸凌？他才是被霸凌的那个好吧？

"其实……不是这样的。"钟霖绞尽脑汁，终于帮老板想到一个好借口，"其实是钟南生病了，暂时没有精力跟进这边的事，这才交给王弈勋的。你放心，王经理很负责……"

"生病了？"于休休抓住重点，"钟霖，你这个人就是因为不老实，才在公司混得那么好的吧？昨天他还好好的，生的什么病就不能工作了？借口！"

于休休冷哼了一声，走出办公室，打开备注为"钟南"的微信。她昨天才加的，没有聊天儿记录。她想了好半晌，才想出一个既不会伤害他的自尊心，又能帮助他的办法。

于休休发信息："我听钟霖说你生病了，暂时不能胜任这边的工作。你放心，于老板只信任你，等你病好了，咱们再接着谈。"

哼，她是不会让人抢走小哥哥的业务的，气死那个渣老板！最硬的骨头让钟南来啃，便宜让别人占？没门儿！

于是——霍仲南还没有看到于休休发来的微信，就先接到了钟霖的电话。钟霖说，大禹表示要他本人亲自去谈，要不然，合作暂缓。

霍仲南皱皱眉："你去了半天，就谈出这个结果？"

钟霖道："霍先生，主要是于小姐，她……她固执地认为你被欺负了。而于老板，居然也听信了她的理由。这……我也很无奈啊！"

霍仲南拿起手机，看到了于休休的微信："你很无奈，所以我就'生病'了？钟霖，快一个月了，合同你都签不下来。然后你告诉我，要我本人去谈？我亲自去，要你干什么？"

什么是霸凌？这才是霸凌啊！

钟霖欲哭无泪，早就知道自己会被于休休搞死，没想到会这么快。

办公室里，霍仲南拿着手机，又看了一遍那条微信，嘴角慢慢扬起。

"好。"他回复了一个字，想了想，又在末尾加上一个中老年人专属笑脸。

发送成功——嘀！

于休休秒回："钟南，你还好吧？有没有很难过？"

霍仲南挑挑眉头："现在好多了，幸好有你们。"

于休休回道："你放心，我们会保护你的。有我们在，绝对不让人欺负你。管他什么盛天盛地的，欺负我们的人，就是不行！那渣老头子别让我遇上，哼！"

霍仲南沉默了一会儿，才回："你们的人？"

于休休发了一串省略号。

过了一会儿，她补充："别误会，我是说我们的朋友的意思。我们大禹公司是很团结的，我们一致对外，只要是朋友，就要帮到底。"

霍仲南看着消息，这次没回。

于休休打字很快，不给他思考的时间，又发来一条："钟南，你不要怕，我们给你撑腰。"

霍仲南被这突如其来的"保护"弄得有点儿无奈，搓了搓额头，久久才回复一个字："好。"

得到他的认可，于休休十分雀跃，就像干了一件多么了不起的事，张狂地在办公室握拳摆臂大叫了一声“漂亮！”，惹来众人的诧异观望。于休休这才“哧哧”笑着，又找个地方坐下来偷偷发消息：“那你以后就是我罩着的小弟了！钟南，做我小弟，得叫姐。”

霍仲南没有回答。

这个话题，他也没法儿回答。

于休休等了一会儿，不见他回复，有点儿纳闷儿。

难道是她的方法不对？一般追求男孩子不都是这样循序渐进的吗？或者是她的节奏太快，把钟南吓住了？不管！不夙！于休休把牙一咬，付出了有生以来最厚的一次脸皮。

“钟南，我开玩笑的。我是觉得做朋友生疏了一点儿，没有兄弟姐妹这么亲近。要是你不愿意做弟弟，那咱俩换过来，你叫我妹妹，我叫你哥哥？”于休休继续发信息。

霍仲南头皮都麻了。

“听说男孩子都喜欢做哥哥，那你不说话，我就当你默许了？哈哈哈，就这么愉快地决定了。”

从朋友到哥哥再慢慢发展到情侣，于休休觉得自己已经掌握了女追男的秘诀，一个人捂着嘴巴笑。

霍仲南换了个话题：“有件事，你告诉一下于老板。”

“哥哥，什么事啊？”于休休回复。

“……”这六个点霍仲南一不小心就发出去了，代表了他真实的心情。

“不要这样叫我。”他回复。

于休休笑趴在桌子上，慢慢打字：“为什么呀？叫哥哥不好听吗？还是说，你喜欢做弟弟？”

“叫名字。”霍仲南回答她。

“叫名字多不亲热呀？而且，我只帮助自己人的。对了，哥哥，你要我告诉老板什么事？”于休休坚持。

霍仲南被她的话题顺利带走，没有再纠正称呼：“大禹的搬家补偿费用，我向公司争取到了。你让于老板放心，王弈勋是个不错的同事，可以信赖。”

于休休问：“如果这个工作由王经理来做，那你能拿到公司的绩效和奖金吗？”

霍仲南回道：“不能吧，但我还会有别的工作。”

“那不行。这么大的蛋糕怎么能拱手让人？”于休休固执地认为他是迫不得已才妥协的。

于休休回道：“我知道你老板肯定给你施加压力了。这种情况下，我们更不能让那个渣老头子得逞。哥哥你放心吧，你为我们争取到补偿费，我们也要保护好你的绩效和奖金！”

霍仲南无言以对。

“我保证，除了你，于老板谁都不信任，这样你老板就不能把你怎么样了，除非他不想和大禹合作。”于休休表态。

霍仲南无语。

于休休倒是挺猴儿精的，可是他有很多事情要做啊，不能天天泡在大禹吧？

霍仲南脑袋发涨，把手机丢开，不再回她。

于休休没有等到消息，又发来一条消息：“是不是忙去了？哥哥，如果你不能聊了呢，就需要向对方说个‘再见’，这是基本的礼貌。不然，你会得罪人的。当然，你不会得罪我，我是你永远都得罪不了的人。”

听到手机响，霍仲南闭了闭眼，忍不住又拿过来。看完，他打出一行文字，想了想，又全部删掉，重新发了一句：“知道了。”

“哎呀！不得了，要出事！”于休休冷不丁发来一条消息，驴唇不对马嘴。

霍仲南硬着头皮问：“又怎么了？”

于休休回：“那个女的要自杀。不行，我得去拯救世界了。哥哥，你要听话，多笑一笑，多和人交流。你那么好看，一定会得到老板的青睐的。加油！我等着你请我吃饭。拜！”

谁要生谁要死，他原本不在意，可是看于休休风风火火地发完这一条就消失在“网海”，突然就有点儿闹心。霍仲南一个人在办公室坐了好久，没法投入工作，于是打电话给钟霖。

“你还在大禹？”霍仲南问。

老板会主动来电话不奇怪，奇怪的是不问大禹的合同沟通情况，却是问于休休怎么了。钟霖哪儿知道她怎么了？！今天他已经快被这小妮子整死了！

想到于休休这个人，他内心就疯狂吐槽：鬼知道她干什么去了！她上可登天揽日月，下可跳河捉虾米，根本就不需要人担心好吗？可怜的是他，混口饭吃好艰难，不仅要业务能力出众，还要有演技。

钟霖吸了吸鼻子，心里骂骂咧咧，嘴上很诚实。

“好的，霍先生，我这就去了解一下。”钟霖说。

于休休打不通胡静雨的电话，又反复看了几遍她群发过来的消息。

致所有关心我的朋友：

对不起，打扰你们了，但这些话我必须说出来，要不然，我死不瞑目。

我不是小三。我最大的错是不知道自己是小三。对不起，我可能伤害到了他的妻子，但在今天之前，在他妻子把我的照片和消息贴在学校之前，我真的不知道世界上有个她，更不知道，他给我看的那本离婚证是和前前妻的。

我知道你们都看不起我，背地里说的那些难听的话，我都知道。我跟他在一起，不能完全说不爱他的钱。

但我不能骗自己，我是真的爱过他。这两天，我如同行走在万丈深渊旁，看不到出路，没有方向，四周一片黑暗，耳边全是别人辱骂我的字眼。我好像活在一个永远也不会醒来的噩梦里……没有人肯相信我，没有一个人肯好好听听我发出的声音。

最令我难过的是，他不仅不站出来帮我澄清真相，还把我拉黑了。我找不到他，他连质问的机会都没有给我，就从我身边消失了。

我疯了。

我真的快要疯了。

我不恨曝光我的他的妻子

你们没有经历过的人，没有资格说风凉话。冠冕堂皇的话谁不会说？可是这种痛苦，你们真的有人尝过吗？没有，你们全是伪君子，只会站在道德的制高点上指责我。你们只会说："快看，那个不要脸的女人，小三不值得同情，小三赶紧去死。"

是的，现在我满身是嘴也说不清了。

只有一死，我才能证明清白！

只有一死，我才能向世界呐喊出我的声音："我不是小三！！！我不是小三！！！我不是小三！！！"

胡静雨绝笔

这些凌乱的字句，一看就不是胡静雨在正常状态下打出来的。于休休不知道胡静雨那些朋友看到后会有什么反应，但是自己读出了绝望，真正的绝望。

她和胡静雨接触不多，如果不是胡静雨身上有她"第一个客户"的标签，那自己除了同情，应该不会有这么深的感触。现在要怎么办？她需要报警吗？

于休休为难了三秒，就拨打了110，又给胡静雨发消息："不要冲动啊小姐姐！鲁迅说过：'没有人能支配我们的命运，除非我们自己放弃。'（鲁迅：我并没有说过。于休休：这不重要。）总之，不要让别人影响你，走自己的路，让别人坐高铁去吧。"

胡静雨没有回复。

于休休又接连发了好几条消息，想要转移她的注意力，吸引她说话，让她有机会倾诉，然后放弃自杀的想法。没有想到，胡静雨直接给她发来一张照片。

在这张从楼顶天台俯拍的照片里，楼下密密麻麻的人群像小鸟张嘴等投食一样望着楼上。他们举着手机，神情兴奋，目光热切，间或有那么几个同情的人被淹没其中……

于休休一看，脑子嗡的一声。

她想到了那个噩梦，浑身发冷。

于休休："你别做傻事。你在哪里？我去陪你聊聊。"

胡静雨回道："他们都想我死，都让我跳。"

"傻啊你？牺牲自己去合人家的意？胡静雨，除了你自己，没有人可以支配你……"于休休赶紧回复她。

"我想知道跳下去是不是真的就一了百了了。于小姐，其实有时候活着，不如死。活着有什么意义呢？我是个没有意义的人。"胡静雨发消息过来。

"活着的意义可多了！你别跳，别跳啊，听到没有？乖，听话，你等我过去，我慢慢地告诉你活着的意义在哪里。胡静雨，你告诉我地址……"于休休赶紧劝她。

那边再没有消息过来。于休休心急如焚，找谢米乐要了胡静雨的电话号码。可是等她拨过去，胡静雨已经关机了。

完了！要出事！

于休休坐立不安，被噩梦支配的恐惧在现实中上演。

重叠的情绪让她无法冷静下来。

"米乐，我现在能做什么？你告诉我，我现在能做什么？我要怎样才能帮助她呢？"于休休抓狂。

钟霖进来的时候，于休休正处在这种焦躁不安的状态里。他向谢米乐问了问情况，什么也没敢说，偷偷溜出去向老板打了报告。就在这时，于休休接到了警方的电话。

"你是胡静雨的朋友吧？麻烦你过来一趟。"电话那头的民警说。

于休休有点儿纳闷儿："好的。不过，我不是她朋友。"

警察问道："不是她朋友？刚才报警的人是你吗？"

于休休道："是我。路见不平，拔刀相助，不可以？"

警察道："可以，但还是需要你跑一趟。这边人已经没了，有些问题需要找你核实。"

没了？活生生的一个人，就这样没了？

于休休脑子发蒙，有点儿转不过来。

每天想死的人很多，但是真正走到自杀这一步的人还是少数。于休休不能理解胡静雨的心路历程，但知道胡静雨钻了牛角尖，冲动地走上了魔鬼的祭台。假如人们给她多一点儿时间，假如人们多一点儿微笑，她一定不会死。

于休休匆匆赶到地方，看到的是还没有散尽的人群。她麻木地走近，给联系她的民警打电话。

一个瘦瘦高高的年轻民警走了过来。

“你是于休休吧，我是缪延。”对方向她出示证件，“你跟我过来一下吧。”

于休休不是一个人来的，望了望陪同的谢米乐，点了点头，跟着缪延过去。胡静雨的遗体已经被带走了，现场只留下一摊血迹。

警方了解到，胡静雨父母离异。父亲在她很小的时候出轨，离婚后另娶；母亲积劳成疾，在她念初一那年因乳腺癌过世。父亲不得已供她读书，但继母很嫌弃她，不许她去家里。多年来，她除了要学费，和父亲基本没有交集。

缺失的父爱，她曾经是得到过补偿的。

胡静雨在留下的视频里说，她有严重的抑郁症，看过医生，但病情没有好转。在得到那个男人短暂的爱后，她才渐渐生出希望，并迷失在他为她营造的海市蜃楼里——

“他拉我上岸，然后，又亲手把我推下深渊。我可以容忍他们的诋毁和谩骂，但是不能容忍我在不知情的情况下做了小三。我对不起我的妈妈，我对不起她。”

视频的最后，胡静雨说，在她群发了那条微信后，于休休是唯一一个不停给她发消息，真心来安慰她、劝解她的人。

她说，是于休休让她看到了这世间仅有的良善，也是于休休证明她来到过这个世界，曾经被温暖过。所以，她决定把自己唯一的遗产——就是渣男为她买的那套房子，无偿地赠予于休休。

最后，胡静雨说：

“于小姐，我喜欢你为我设计的新家。那个 VR 效果图，我看了一遍又一遍，就像做梦一样，幻想自己真实地拥有过它。你知道我为什么会选择你的设计吗？因为在那几个设计师的方案里，我看到的都是华丽的住房，都是没有灵魂的拷贝和敷衍，只有你的方案不同，你认真地为我设计了……一个家。

“我没有家。我已经想不起来家是什么样子了……所以，于小姐，我把房子送给你，能不能麻烦你两件事：一是帮我料理一下后事，随便找个什么地方葬了就行，不必通知我爸爸；二是按照你的设计，帮我把房子装出来……

“我知道这很过分。求你了！你是好人。第一天看到你，你的眼睛里有星光，是善良的星光，我就知道，你是好人。只有得到过爱的人，才知道爱是什么模样；只有拥有家的人，才知道家的温暖。我谢谢你！如果人死有灵，我会一直保佑你，好人长命百岁。”

这很荒唐。这简直太荒唐了。

于休休看着谢米乐，眼中全是泪水。

谢米乐拥了拥她：“别难过。”

于休休道：“我不是好人，也没有喜欢过她。米乐，她被我骗了。”

谢米乐轻轻拍她的后背：“她没有看错，你是世界上最好的于休休。”

于休休和谢米乐都没有处理这些事情的经验——两个年轻女孩子手足无措。

于休休决定给于大壮打电话，结果还没有说话，就先哭了。

“爸爸我爱你！”于休休说。

“怎么了这是，闺女？”于大壮说。

“我爱你，爸爸，谢谢你来做我的爸爸，而不是做别人的爸爸！爸爸，爸爸……”于休休说。

于大壮听清楚前因后果，叹了口气：“这女孩儿不容易。你好好处理她的后事，但是一定要通知她的父亲，态度凶点儿，别给他脸……这样吧，我让骁龙过去帮你。别急啊闺女，有爸爸在呢，爸爸无所不能，什么都能帮你处理好。”

于休休哭得更凶了。

“小三不堪受辱自杀，竟将房子留给设计师”——这条新闻很快传播了出去，各个平台竞相报道，自媒体花式创作，无数人在网上讨论小三该不该死，羡慕设计师撞了大运，平白无故得了一套房。

于休休去公司的时候，几个同事正在讨论这个事情。

她一夜未睡，把包丢在办公桌上，红着眼有气无力地呻吟：“我就是那个倒霉蛋。”

这叫倒霉？如果说这句话的不是于休休，是要被拉出去暴打的。

“大小姐，你知不知道申城的房子多少钱一平方米？”同事问。

于休休摇摇头：“可我不想要她的房啊。我家有很多房子，这个拿来有什么用？变不成钱，还要倒贴装修费——要是她能活过来，我帮她装也不是不可以，但现在……我装好了她又看不见。啊啊啊！我要疯了！”

房子拿到手，谁还管得了装不装，卖不卖？

这大小姐是不是脑子少根弦儿？

于休休很失落，趴在桌子上给钟南发消息：“哥哥，你知道什么是抑郁症吗？”

那头的人没有回复。

于休休撇了撇嘴，红着眼睛打字：“那个女孩儿死了。他们说，她有抑郁症。她的身世被曝光了，终于有人开始同情她了，还有同学自发在她坠楼的地方祭奠。世上还是好人多，对不对？你看，她要是能活到现在，看到大家的善意，多好？”

霍仲南在看手机，但无法回答。

活着和死去……对人来说是不一样的，只是这个傻孩子不明白。

“活着不好吗？这么多美食、美景、美人，这么美好的世界，怎么就没有意义、没有希望了？唉！因为不明白什么是抑郁症，我快抑郁了。”于休休继续发消息。

霍仲南：“别犯傻。”

于休休看他回复，直起腰来，精神了些：“我有点儿接受不了，因为她死前还和我说话来着——那会儿她还是一个活生生的人。我让她不要跳，不要跳，她为什么不肯听我的呢？还留个房子给我……作孽啊，这不是让我背债吗？”

不要跳！

不要跳！

霍仲南目光一沉："你常常对人这么说吗？"

于休休："说什么？"

"不要跳。"霍仲南回复。

于休休回："我又不是警察，你以为我天天遇到人家跳楼吗？"

"哦。"霍仲南回答。

于休休觉得他问得奇怪，反问："哥哥，你为什么这么问？"

霍仲南沉默。

良久，于休休的屏幕上出现一行字："不要叫我哥哥。"

于休休翻翻眼皮："好的呀，哥哥。"

霍仲南无语。

唐绪宁小心翼翼地走进病房，把食盒放在床头柜上，又把汤丽桦的床头摇高："妈，我在仁美给你买的午饭，你尝尝，是不是你喜欢的味……"

"拿开，我不吃！"汤丽桦生病后，脾气比往常更坏，看着唐绪宁时她的目光像刀子，"你爸呢？"

唐绪宁道："加班呢吧。"

"加班加班！我不生病，他有的是时间吃喝玩乐；我这一生病，倒激发了他的工作热情？"汤丽桦说。

唐绪宁道："妈，你先吃点儿东西再说。"

他弯腰去拿食盒，没想到汤丽桦一巴掌呼过来，接着就是排山倒海般的怒气。

"天天吃这家吃那家，怎么不见你们父子俩给我煮个什么东西？"汤丽桦发飙说道。

唐绪宁道："我不是不会煮吗？陈嫂煮的你又不爱吃。"

"哼！"汤丽桦眼圈已经红了，"你不会煮，你爸可是会煮得很，只是不爱给我煮罢了。"

苗芮那个女人她看不上，可人家就是好命。苗芮不要说得重病，就是得了伤风感冒，于大壮也像丢了魂儿一样，把苗芮当太皇太后伺候着，寸步不离……

换成自己？唐文骥根本就是个死人。

“妈，我明天给你做。你想吃什么？”唐绪宁知道母亲生病情绪不好，不敢再激怒她，好言好语地哄着。

汤丽桦一听这话，心软了，语气也软了：“你做什么做？你早点儿娶个媳妇儿回来伺候我，就是尽大孝了。当然，不能是于休休那样的，看到她我就来气，弱智。”

唐绪宁没吭声。

汤丽桦气过了，又叹息：“最近咱们家也不知道走的什么运，一个个的不消停。你小舅妈刚来过，说你小舅居然给那小妖精买了一套房子，你说气不气人？”

这件事情唐绪宁已经知道了。

汤丽桦看他不作声，道：“更搞笑的是，那小妖精死了就死了吧，居然把房子当成遗产留给了一个刚认识的设计师。这不是有病是什么？她当房子是大白菜啊……”

“妈，”唐绪宁沉默一瞬，“那个人，是于休休。”

“什么？”汤丽桦惊得拔高了声音，“死的那个小妖精是于休休？”

“不。得了房子的设计师，是于休休。”唐续宁道。

汤丽华瞪大眼睛，久久说不出话。

对于每天都在盼着于家倒霉的母子二人来说，这简直是继大禹和盛天“联姻”后的又一个晴天霹雳。病房里好久没人出声。汤丽桦想不通，愤恨到了极点。

“于休休凭什么？凭什么拿走我们汤家的房子？”汤丽桦愤愤道。

汤家二老重男轻女，把大部分的产业都留给了弟弟汤伟力，落到汤丽桦手上的只有那一幢卖给于大壮的破祖宅。可是，汤伟力不争气，公司经营不善。这些年来，要不是有唐文骥这个姐夫撑着，汤家早就被他败光了。而这也直接导致了汤丽桦在唐文骥面前越来越没有话语权，夫妻关系岌岌可危。

“这个不争气的东西，都是他害的，都是他害的。”虽然对这个亲弟弟又恨又气，但这不代表汤丽桦就能心甘情愿地让于休休拿走他们汤家的东西。

“房子必须要回来。”汤丽桦目露凶光，呼吸急切，“绪宁，你找个好点儿的律师，了解一下……你小舅妈说，夫妻共同财产不能由单方面恶意支配，法律支持原配要回房产……”

唐绪宁嘴皮动了动，说道：“那是他们的夫妻共同财产吗？小舅和她结婚……才不到半年。”

“不管！我不管！”汤丽桦快疯了，“一想到于休休拿走了我们汤家的钱，我……我……我……”

她捂着胸口，一时喘不上气来。

唐绪宁一看，被吓到了：“妈，拿回来，你放心，我一定拿回来。”

来医院前，唐绪宁已经咨询过律师了。这个事情最难办的地方在于，汤伟力给胡静雨买房子的时候还没有和现在的小舅妈结婚。当时他脚踩几只船，还是一个快乐的“钻石王老五”。所以，那套房写的是胡静雨一个人的名字。那她就有权处置房子，包括将房子留给于休休。

律师说他们要回房子的办法只有一个——人家愿意归还。

想到于家那一群奇葩，唐绪宁就头皮发麻。于家不差那么一套房子，可是，如果于休休拿房子说事，死缠烂打地要跟他和好怎么办？好不容易摆脱她，唐绪宁不想再走回头路。

算了，为了母亲的病，自己妥协一次吧。唐绪宁想明白了，从微信里拖出于休休的名字，约她见面。

系统提示：“消息已发出，但被对方拒收了。”

于休休把他拉入了黑名单？唐绪宁不敢相信。他现在还记得于休休加到他微信时那含羞带笑的样子，眼都弯了起来……

她这就把他拉黑了？他突然怒火中烧，从手机通讯录里找到于休休的号码，直接拨过去。

系统提示：“您好，您拨打的电话不在服务区，请稍候再拨。”

什么意思？唐绪宁隐隐有一种不好的预感，借了同事的手机，结果一拨就通了。

“喂，不买保险，不兼职刷单，不参与投资，家里没人失踪，没人犯法需要逃匿，但可以接受一亿以上的贷款，请问您是哪一位？”电话那头的女孩儿声音娇脆，有点儿无力，懒洋洋的，像一片羽毛刷过唐绪宁的胸口。

他震怒的情绪稍稍平复了一点儿。

“是我，唐绪宁。你把我拉黑了？”唐绪宁说道。

于休休道：“你好，唐绪宁是哪位？”

唐绪宁气道：“于休休，你非得跟我装是吧？我是你前男友。”

于休休道：“不好意思，我前男友死了，前些天刚去的，走得很安详，火化的时候还在抽风，摁都摁不住。火很旺，烧了三天三夜，葬礼上一直放着《今天是个好日子》。他的家属很坚强，一个都没有哭，还有人忍不住笑出了声。运骨灰的车在路上翻了，骨灰撒了一地，他家人刚想把骨灰捧起来，就来了一辆洒水车……”

“于休休！”唐绪宁气得火冒三丈。

他所有的修养和体面都被她耗得干干净净。可是，他最后发现自己拿她没有办法。

因为他已经不是她的谁。唐绪宁胸口突然有一点儿堵。

“你别闹了。我有事和你商量。”唐绪宁道。

“大白天见鬼了？”于休休道。

“于休休！”唐绪宁怒道。

嘟！于休休挂断电话，趴在桌子上笑得肩膀直抖：“网络段子有时候还真是好用！”

谢米乐坐在她对面，听到了她的那些话，也要笑抽了：“怎么，唐绪宁又找你了？他是不是后悔了？想找你复合？”

于休休无趣地撇嘴：“鬼知道他想干什么，本小姐没空理会他。我家小哥哥不好看吗？理他做什么？”

“体面”这个词于休休的字典里没有。她不怕得罪唐绪宁，挂了电话就开始研究胡静雨的那套房子，核算需要的装修费用，把这事忘到了九霄云外。但她没有想到，唐绪宁会带着律师找上门。

前台接待的小妹刚来公司不久，看到这么帅的小哥找大小姐，马上就笑眯了眼："你们坐一下，稍等啊。"

保安王安全走了过来："大小姐不在。"

前台小妹愣了下："不是在吗？"

王安全瞪她一眼，黑着脸看唐绪宁："你们有预约吗？"

唐绪宁忍了又忍："有，我和她约好的。"

王安全不信任地"哼"了声："不可能。"

他说完，努了努嘴，让前台小妹给于休休打电话，然后给了唐绪宁一个不太友好的眼神，像防贼一样看着唐绪宁。

霍仲南和钟霖就是这个时候进来的。

王安全也是在这一秒变脸的。

从唐绪宁那里转头看到霍仲南，王安全笑得眼周都挤出了皱纹："钟经理，你们来了。"

霍仲南看了一眼唐绪宁，"嗯"了一声："我们找于老板。"

"里面请，里面请。"王安全弯腰恭迎。

前台小妹也笑开了花，马上让负责接待的小姑娘带他们进去。

"于老板在办公室里，这边走！"小姑娘招呼霍仲南他们。

唐绪宁看到这一幕，牙快咬碎了："他是谁？"

王安全的眼睛快望到天上去了："盛天的大经理。盛天，听说过吗？"

唐绪宁望着霍仲南离去的背影，微微眯起了眼。可是他望穿秋水，也没有等来于休休。

十五分钟后，于大壮碍于唐文骥的脸面姗姗来迟，解救了被王安全瞪得快要暴走的唐绪宁。

"绪宁啊，你怎么来了？是家里又出什么事了？还是你眼珠子长到脚后跟上，认错了方向走到于叔这里来了？哈哈哈！"于大壮道。

唐绪宁看到于大壮那一口发光的牙，就觉得生理性厌恶。可于大壮是长辈，再不喜欢他，唐绪宁也得露出一张笑脸："于叔，我来找休休说点儿事情。"

"来了就是客。那个小张啊，你怎么能让客人站在这儿吹风呢？赶紧领进去泡杯茶暖暖身子。这鬼天气，突然就降温了……"于大壮道。于大壮又笑眯眯地对唐绪宁说：“绪宁啊，叔叔还有事要忙，就不陪你了，你进去喝喝茶就回吧，啊？”

唐绪宁最讨厌于家人说话不在正题上的习惯。他皱皱眉，指了指身边的律师：“于叔，我有正事找休休。这是曾律师。”

“啊？律师？”于大壮一脸茫然地看着他，“休休烧你家的房子了，还是砸你家的玻璃了，或者是打伤你了？这孩子皮，绪宁啊，要赔多少钱你说，叔给你就是，找什么律师啊？”

钱钱钱！他是来要钱的吗？

于家人三句话不离钱，这暴发户的样子令唐绪宁作呕。

他心态快要爆炸了：“于叔，是关于胡静雨那个房子的事，休休这个属于不当得利……”

“房子？我还以为多大的事呢。哈哈哈，不就是房子嘛。”于大壮笑眯眯地摆摆手，“绪宁啊，你要是缺房子住呢，就和叔说，叔租给你一套……”

“于叔，我在说正经事。”唐绪宁终于有点儿按捺不住火气了。

他认为于大壮说话颠三倒四，始终不肯让他进去，也不让他见于休休，分明就是想霸占那套房子。

“于叔，那套房子不属于于休休，她需要还回去。”唐绪宁压着火说道。

“这……”于大壮是真不懂了，“和你有关系？”

唐绪宁道：“房子是我小舅的。他是个糊涂人，被女孩儿骗了。房子是他偷偷拿家里钱买的……我小舅妈是不知情的。”

“懂了懂了，一家人啊！”于大壮眼神怪怪的，意味不明。

唐绪宁也觉得这事不体面，有点儿臊：“于叔，我知道你是讲理的人……”

“不不不，绪宁啊，你误会了。”于大壮摆摆手，咧嘴大笑，“我从来不讲理，我只讲法。”

唐绪宁沉下脸：“于叔，我今天来，不是和你讲法的。我们是自己人，讲情分。我希望能坐下来谈。”

于大壮指指律师：“你讲情分带律师，那讲法律的时候，是不是要带杀手？”

唐绪宁被噎住了。

于大壮抬抬眉，说：“绪宁啊，你不要这样看着我。于叔不占你便宜。你舅要是想把房子要回去呢，就去起诉，法院让我们还，我们二话不说；法院不判……绪宁啊，你跟我说没用。人家姑娘的遗愿，我凭什么做主？”

“于叔这是不打算讲理了？”唐绪宁质问道。

唐绪宁有点儿不能忍，于休休更不能。她躲在后面看半天了，脑子里琢磨的不是唐绪宁来的目的，而是当初为什么会眼瞎地认为他长得好看又温和有礼。

果然，不怕不识货，就怕货比货，唐绪宁和钟南一比，太逊色了。

为了房子脸都不要了，渣男就是渣男！于休休踩着小高跟鞋走出去，笑容堆在脸上，那娉娉婷婷的样子仿佛把整个大厅照亮了。

“爸爸，钟霖说从来没有吃过我煮的火锅，不相信我煮得好，我们晚上吃火锅吧，我煮给他看。”于休休说。

她无视唐绪宁的样子让唐绪宁极受刺激。

“于休休，你总算是出来了。”唐绪宁道。

“咦？”于休休好像刚看到他似的，一脸疑惑，“你诈尸了？”

唐绪宁气得磨牙，但因早见识过于家人不要脸的程度，知道和他们生气没有用，硬的不行，只能来软的：“休休、于叔，房子是我小舅喝多了酒被那个女孩儿骗走的。现在他们家日子不好过……这房子对你们来说不算什么，对我小舅却是命……”

于休休皱皱眉：“被骗找警察，活不下去找慈善机构……难道我爸爸看上去是爱心泛滥的人吗？”

她总是有办法把人气得上火。

唐绪宁看到于休休的脸，就自动脑补她各种各样的动态表情包，每一个表情包都有嘲笑意味。

“这样吧，”唐绪宁妥协了，“我私人出钱，你把这个房子折价处理给我。”

于休休翻白眼，道：“别认为宝宝没见过世面，我俩很熟吗？我折价处理给你？请问这位先生，你脸皮几厘米厚？”

对于唐绪宁这种社会地位的人来说，他的日常生活中很少听到不敬的话。即便是于休休，以前也是对他猛吹彩虹屁……也许是不习惯被这样对待，他看着于休休满脸不耐烦和讽刺的表情，心里莫名涌上一阵委屈。

“你不喜欢我了？”唐绪宁突兀地问出这句话后就后悔了，脸颊隐隐发烫，赶紧挽回尊严，“我的意思是，我们毕竟互相喜欢过，成不了情侣，也还是朋友，何必这么针锋相对？”

于休休道：“我明白了。”

唐绪宁不解：“什么？”

于休休摇头：“你要的女朋友是一个招之即来、挥之即去，任劳任怨，哪怕分手了也要随叫随到，你说什么她就听什么的人。某宝都卖不出这样的产品，你凭什么值得拥有？”

唐绪宁怒道：“于休休！”

“你别说了！”于休休突然打断他，委屈得变了脸，“我告诉你唐绪宁，莫欺少年穷！那房子是我求人家施舍给我的吗？你们家有钱有势，为什么还要来欺负我这个一无所有的弱女子……”

弱女子？她刚刚还趾高气扬，怎么这会儿就成了弱女子了？唐绪宁花了好几秒才搞明白——刚才的那两个男人出来了，于休休在演呢，她演给人家看。

“呵呵。”唐绪宁气极反笑，瞥了一眼冷脸走近的霍仲南，一句话说得又酸又没底气，“你是看上别人了吧？怪不得这么绝情！”

于休休没吭声。

霍仲南无意介入他们的争执：“于老板，我有事先走了。我们刚才讨论的条款你再斟酌，有什么意见，和钟霖联系。”

于休休看他要走，心如刀割：“哥哥，你们不吃火锅了吗？”

哥哥？几个人都呆住了！这称呼太亲昵了，她不正常。

于大壮看了眼女儿，心里有一种自家地里的大白菜成了精要跟男人跑的无奈感。钟霖则是目瞪口呆——因为老板居然没有反驳。只有霍仲南很淡定，不想在大庭广众之下让小姑娘难堪。

“有事。”他微微点了一下头，从她的身侧走过，就要离开。

于休休觉得痛心疾首，眼睛一闭，扶住头……

等众人反应过来，看到的就是她突然腿软后往霍仲南的方向栽倒下去的样子，而霍仲南则条件反射地伸胳膊搂住了她的腰。

于休休小脸发红，小声地说：“我……我被气晕了，幸亏你救了我。他是我的前男友，欺负我习惯了，分了手还带人上门来纠缠我。他刚才还想打我们老板……我老板年纪大了，经不住他捶……”

说到“伤心处”，于休休红了眼睛，一副可怜巴巴的样子。

“哥哥，你帮帮我……把他们赶出去好不好？”于休休继续说。

唐绪宁僵住了。

于大壮望天。

四周的人都觉得见鬼了……

柔弱的女子突然上线，周围的人一点儿准备都没有。大小姐好歹吱一声，让他们配合化个妆啊！一群人围着唐绪宁，到底谁欺负谁，太一目了然了吧！

钟霖捂脸不敢看，也不相信老板会信。可是，他的老板可能被那声“哥哥”叫麻了，居然连分辨能力都没有了，将于休休扶好，就阴森森地看向唐绪宁。

“她不想看到你。”霍仲南说。

唐绪宁向来进退有度，可是今天在看到于休休倒向霍仲南的那一刻，心就像被人揉碎了，失去了理智，语气也十分强硬：“关你什么事？你谁啊？”

霍仲南不理会他，低头看于休休：“你确定要把他赶走？”

于休休点头后又点了点头：“我再也不想看到他了。”

“好。”霍仲南淡淡地说，一点儿情绪波动都没有：“钟霖，把这二位请出去，体面点儿。”

钟霖：“好的。”

在唐绪宁的一阵怒吼声中，他被钟霖“体面”地拎着衣领丢出了大门。他的律师朋友一看情形不对，大叫着自己是来工作的，仍然没能幸免于难，比唐绪宁晚几秒被“请”了出去。

于休休双眼放光："啊啊啊，钟南你好厉害，你好有爱心啊！你简直是世界上最好的哥哥！今天晚上我请你吃火锅，我自己煮的哟，宇宙无敌好吃！"

钟霖：两个一百大几十斤的男人老子拎得直喘粗气啊！小姐姐，倒是看我一眼啊！

大禹的食堂很有创意，该有的有，不该有的也有，于休休在这里煮火锅，设备齐全。买菜的师傅按她写好的菜品清单把东西买回来，整理好就下班了。于休休动作很麻利，苗芮和于家洲过来的时候，前期准备工作已经做好了。

看她在厨房里忙碌，苗芮眼睛都直了："哎哟，我的乖乖，你这是为什么想不开啊？"她抓住于休休白嫩的小手，在嘴边呼呼两下，看看她的指甲，再摸摸指腹，"你爹是不是最近没吃我的排头有点儿膨胀？怎么能让我的乖乖做这样的粗活儿？"

于休休道："没事，我巾帼不让须眉。"

苗芮道："我管他眉不眉的，女婿还没被骗回来呢，你把手先弄粗了老娘就不同意。老于，你赶紧进来！"

丁大壮正在外面陪客，几个徒弟也都在旁边。老婆一叫，他马上站起来："好的，夫人。"

在座的众人沉默。

"师父，你坐，我去帮师娘。"魏骁龙第二个站起来。

"大师兄，你坐你坐，我去吧。"石晓剑第三个冲入厨房。

"每当这个时候，我就感觉自己像亲生的了。"于家洲跷着二郎腿，嗑着瓜子，端着他老子的茶喝着，眯着眼，样子跩得很。

可他话音还没落下，就传来老于的声音："洲洲，你妈叫你来洗碗。"

于家洲咬着瓜子皮，眼泪汪汪。

一群人忙忙碌碌。苗芮在旁边拍照发朋友圈："老于和孩子们抢着下厨，我这命咋这么苦呢？连个表现的机会都抢不到，过分！"

家庭餐一个人都不能少。十几个人将两张桌子拼凑到一块儿，两个锅摆在桌子中间，食堂里大灯齐开，极热闹。钟霖闻着火锅的香味儿，看着于休休一个娇滴滴的小姑娘挽着袖子干活儿，忍不住给自家老板安利老板娘。

钟霖说：“虽然于小姐看着不太聪明的样子，但是人勤快，做事利索，品行也可——”

霍仲南冷冷地剜他一眼：“背后说人坏话，钟霖你有出息了。”

钟霖：哪句话是坏话？

他顺着老板的意思：“没有没有，我只是喜欢她……她的家人。于家人相处很有意思，还有他们的徒弟，和他们在一起就让人有幸福感……大概这就是生活的本真状态吧。”

霍仲南问：“你觉得不幸福？”

钟霖低眉不看他：“我不敢说。”

“说！”霍仲南道。

钟霖回答：“咱们公司和大禹相比是不如人家有人味儿。”

霍仲南点点头：“你明天来这儿上班吧。”

“不不不。”钟霖笑得像一朵花，“跟着霍先生长见识、长本事、有进取心，其实……也幸福得不得了。”

霍仲南问：“你不觉得脸烫？”

钟霖摸了摸脸：“幸福不幸福不重要，重要是薪水高啊！”

蔬菜、肉类、水果、酒水直接被摆上桌子，家庭自助火锅没有那么多讲究，大家坐在一起，十分原生态。于休休听到大家夸她火锅做得好，开心得眼睛都笑弯了。

她大大方方地望着霍仲南：“钟南，你往后想吃就来这儿。我给你煮火锅，保证什么火锅店你都吃不到这么美味的东西。”

霍仲南嘴皮子动了动，算是笑了笑。

于休休又道：“钟霖你也多吃一点儿啊！你吃得好，打架也是超厉害的！”

钟霖：我只是文武双全而已，不是武夫。

“小姐姐，你眼睛长歪了吗？”于家洲撇着嘴看于休休，撸起袖子去夹菜，“你要是什么时候能看到这里有个英俊的小哥想吃你面前的千层肚就好了。”

于休休很想一拳打在渣弟的脑袋上，但是人设不能崩——她现在是可爱甜美的小助理，于家洲是老板的儿子，忍住。

“要吃什么你就说啊，小少爷！”于休休把千层肚煮下去，特地用勺子将千层肚送到于家洲的面前，“怎么能让你亲自动手？呵呵，你坐你坐，我来就好。”

于家洲看到渣姐的眼神，有点儿害怕：“妈！她朝我笑了。”

苗芮道：“她哪天不朝你笑？你喜欢看她哭？”

于家洲道：“喜欢，你把她打哭吧。”

苗芮一巴掌拍在于家洲的后背上，帮于休休出了气：“吃都堵不住你的嘴，是不是要把家庭作业抄十遍？”

于家洲立马道：“不谈作业，母慈子孝，谢谢！”

众人哄堂大笑。

于家人的规矩就是没有规矩。长辈、晚辈想说什么就可以说什么，徒弟们也各得各的自在，不会刻意地讨好或者恭维别人。

只有于大壮是个例外。他前前后后地伺候着苗芮，虾要剥皮，鱼要挑刺，饮料要温热，顾不上自己的嘴，只要看到苗芮高兴，自己就眉眼生笑。

姐弟俩性子也随了父亲，说是有钱人家的少爷、小姐，但十分随和，并不娇气。

这样的家庭氛围很容易让人融进去。

钟霖不知道老板怎么想，反正这样的饭自己天天都想吃。

“于老板，我敬你，”钟霖端起杯子，“感谢你们的盛情招待。火锅很好吃，大禹也很好，相信我们会合作愉快。”

于大壮“哈哈”大笑：“好说好说。二位小钟经理是爽快人，我老于也不拖泥带水。吃完火锅，咱们就上楼签合同。”

霍仲南皱皱眉：“修改后的条款你还没看吧？”

于大壮爽朗地道：“合同是死的，人是活的。我信的是你这个人。你能想办法帮我们要来那么一大笔搬迁补偿费，难道还会给我老于挖坑吗？”

钟霖：老于你怕是不知道，老板最喜欢给人家挖坑，然后看着人家愉快地跳下去。

霍仲南端起杯子："好。"

他话少，所有感情尽在不言中。

于大壮闯荡这么多年，自认为识人没有问题，笑着仰头，将杯子里的酒一饮而尽，结果喝得太急，呛得咳嗽起来。

苗芮拍他的后背："慢点儿喝不行吗，谁抢你的酒吗？"

"没事没事，今天高兴。"于大壮放下酒杯，看向于休休："我们和盛天的合作有你的功劳，你就没什么想说的？"

"我能说什么？"于休休眨眨眼，"难道老板要给我发奖金？"

于大壮大笑："没问题啊，你要什么？"

"钱啊，当然是钱。"于休休撇撇嘴，强立柔弱贫困少女的人设，"我一个人流落在外，要什么没什么，再不攒点儿钱，将来人老珠黄，要活不下去了。"

钟霖恶趣味上头："于小姐，你父母不在申城吗？他们怎么让你一个人流落在外？"

于休休看他一眼，毫不心虚地撒谎："我父母早就离婚了，各自组建了家庭，又生了弟弟，哪里管我的死活……"

苗芮和于家洲沉默不语。

于大壮眼泪快掉下来了。

唐绪宁在大禹吃了亏，气得脸都青了。

他失眠了一整夜，结果起床发现更气人的在后头。盛天的浮城项目启动，大禹一个名不见经传的小公司，为什么获得了盛天的青睐？网上充斥着各种传言。

"于家村水库人"那个大群里被丢了满屏的红包，一个个都在恭喜于家。

唐绪宁觉得最近运气有点儿差。下午，他憋着一肚子气去医院，结果汤伟力和他老婆也在，两口子在病房里大吵大闹，搞得乌烟瘴气。他听不下去，默不作声地退出去，在吸烟室里碰上了唐文骥。

父子俩看着彼此。

怔了片刻，唐文骥问：“你什么时候开始抽烟的？”

唐绪宁闷闷地说：“很早了。”

唐文骥冷哼：“你倒是瞒得挺好。”

唐绪宁道：“我成年了。”

不是他要瞒父母这种小事，而是习惯了完美人设，习惯了在父母面前伪装成规矩听话的样子。

他已经忘了自己原本是什么样子。

烟雾袅袅升起，父子俩又沉默了许久。

“后悔了吗？”唐文骥突然问。

唐绪宁差点儿被烟头烫到手：“怎么可能？就于休休那样的……”

“别嘴犟！”唐文骥冷眼看着他，又像是透过他看到年轻时候的自己，“你啊，就是被你妈带歪了。谁不后悔呢？人总会后悔的。”

“后悔什么？爸，你太高看于家了。你是不知道他们家人背地里有多恶心。说实话，于休休连卫思良一根手指头都比不上。”唐绪宁把昨天受的气发泄了一通，说起于休休也是咬牙切齿，“爸，我不明白，你为什么就是不肯接受思良？”

“总有一天你会明白的。”唐文骥深深地看了他一眼，摁灭烟头往外走。

“你去哪儿？”唐绪宁扭头看过去。

“加班。”唐文骥走了几步，突然转身指着他的脸，“你舅的事你少去掺和！你不要再去招惹于家，不要把路走绝了。哼！”

“爸！”唐绪宁气得磨牙，“咱们为什么非得跟于家好？就他们家人土包子暴发户的样子，你图什么啊？”

唐文骥没有回头。

于大壮从抽屉里拿出昨晚签订的《建设工程施工合同》，翻开合同一看，吓出一身冷汗。

“我怎么会签这种合同？”于大壮道。

魏骁龙看师父皱眉，心一下子悬了起来：“是不是合同有问题？”

于大壮点点头，严肃地敲敲额头："酒精害人，酒精害人，要不是喝了酒……我怎么会这么不要脸地占人家这么大便宜？骁龙，我怀疑盛天老板看上我了，不然咋给我这么多好处？"

魏骁龙语塞。

施工合同双方签好，尘埃落定。公司财务刚上班就收到盛天付的工程预付款，这动作快得让大禹建筑从上到下都振奋不已。

这年头小建筑公司不好混。在建筑市场的恶性竞争下，企业利润空间越来越小，发包人拖欠工程款的情况也十分普遍。目前大禹还有好几个工程没有回款，于大壮承诺给建材商的结账期限也到了。大禹正火烧眉毛，盛天就雪中送炭。而且，浮城一个工程抵十个百个小工程，盛天拖欠款项的可能性也极小——大禹今年的业绩大家都不用愁了。

于大壮让财务马上给建材商打款，中午又让食堂给员工加菜。吃饭的时候，于大壮端着杯子慷慨陈词。"大干 365 天，保质保量竣工"的大红横幅映着他的脸，食堂里笑声震天。

员工们也很兴奋。

"年初就说行业寒冬了，大家怕没钱过年，没有想到啊，盛天爸爸给我们送来温暖。"有人感慨道。

"我要去把购物车里那些被遗弃的宝宝带回家——过年了，该团圆了！"另一个人道。

"哈哈哈，我可不可以发朋友圈吹牛，说我和盛天巨头终于有业务往来了？"又有人激动道。

"别扯，你只是个搬砖的。"旁边的人打压他。

"搬砖不是业务？老于刚才还说，岗位不分贵贱……更何况，我是技术搬砖。"这人不服气。

于大壮"哈哈"大笑，大手一挥："这个牛必须吹。一会儿吃完饭，参与浮城项目的经理和兄弟们，一起合个影，咱们一起发朋友圈。"

"哈哈哈，老板要发红包！"有人起哄。

"群里！注意公司群，老子今天发大红包，哈哈哈！每个红包的最佳手气，喜上添喜，我送一部新款的手机，哈哈哈！"于大壮说。

“啊啊啊！大禹万岁！”更多人起哄起来。

“口号你们就别喊了，咱们公司小，但活儿要干得漂亮，不能让同行戳脊梁骨，更不能让盛天失望，明白了吗？”于大壮道。

“明白了，老板！”所有人齐声答应。

于休休也在公司群里，一不小心就抢到了最大的红包。这手气好的，她自己都犯糊涂了，最近这是走什么运啊？

“运气来了挡都挡不住。”于休休感慨。

她一高兴，转手又发了个红包：“谁抢到了最佳红包，我就把手机转赠给谁。”

“大小姐，你最美、最好、最善良。”群里有人秒回。

看到群里人起哄，于休休开心地转头，刚想和谢米乐分享，就反应过来：“我应该直接转赠给你的——米乐，我对不起你。”

谢米乐嗤之以鼻：“马后炮。”

于休休朝她眨眼：“给休爷暖个床，休爷送你一部手机。”

谢米乐瞪她：“少来。你有这工夫逗我，不如帮我想想设计部的未来，让我多拿点儿年终奖，自己买一部手机。”

公司承包的是浮城的土建部分，和设计部装修的这一块业务关系不大。今年各行各业都在经历寒冬，设计部刚成立，在装修行业是新人，万事开头难。

“各家都打价格战，什么四万八包一百平都有人敢接。我们家的报价没有优势，”谢米乐垂头丧气，看了于休休一眼，“最近好几个单子都被凯利抢了。想不到凯利这种大公司也会搞这套。”

凯利？于休休想到凯利国际那个帅气的总监，眉梢扬了扬：“便宜没好货！后期增项客户不知道吧？这些低价承包的公司都是大坑！”

“客户不懂。他们也欺负人家不懂，不管三七二十一，借着各种名目的优惠，先把合同签下来再说。”谢米乐说。

“要不咱们也搞个促销活动？把利润再压缩一点儿？”于休休建议。

“再压就没利润了。”谢米乐又想了想，“等我们搬到新公司里搞一搞吧，然后我再向公司申请点儿宣传费，投投广告……不管怎样，我们得先吸引客户。”

于休休刚入行，经验不足。谢米乐说什么，她都点头。末了，她还不忘安慰谢米乐：“反正老于也没指着咱们赚大钱，尽力就好。实在不行，咱们也可以去搬砖嘛。浮城那么大一个项目，我们不能没有饭吃，是不是？”

谢米乐被她气笑了：“大小姐，你怎么会活得这么天真？咱们要是不赚钱，不是吃饭的问题，是要亏损的问题。”

于休休看着她说：“米乐，我的想法是不管利润多薄、竞争多大，咱们都不能当黑心装修商。你看啊，咱们现在接的单子都是小客户，一套房子就是一个家，是一个家庭全部的希望。客户满意或者不满意，都会记咱们一辈子。咱们与其投入大量的资金宣传，不如做好口碑，做出咱们自己的品牌。一传十，十传百，装出来的房子在那里就是活广告。”

谢米乐不得不承认，于休休单纯归单纯，有些想法还是有道理的。只不过，没有广告和宣传，她等口碑要等到何年何月？

“行吧，听你的，要是完不成业绩，你来背锅。”谢米乐道。

于休休翻白眼：“完不成业绩，我陪你去讨饭是可以的——背锅我不干！”

于大壮把浮城那边的工作交给魏骁龙负责，自己去工地上转了一圈，回来就组织人手开始搬迁。

这个公司大家住进来一年多了，都产生了感情，所以，听说要搬去人民路的通江大厦，每个人都感慨不已。

“就要离开这个老、小、穷的地区，进入发达的中心城区了，我……居然难过得有点儿想笑。”有人感慨。

“我也挺舍不得的，可是有好地方不住，不是暴殄天物吗？这种昧良心的事我不能做。”另一个人道。

于休休看着办公室里的同事们，抿了抿嘴，给霍仲南发消息：“哥哥，你老实说，你是不是上天派来拯救我们的天使？”

霍仲南回了她一个问号。

于休休："从你踏入大禹大门那一刻开始，我们公司就好事不断，我的运气也跟着特别好。哥哥，你就是我的天使，是我的好风水，我要抱紧你的大腿。"

霍仲南："小孩子少信这些。"

于休休："不是你说大禹风水好，你家渣老板喜欢这个什么财位，所以他才买的吗？怎么我信风水了？"

霍仲南："那是他，不是我。"

于休休："也对。哥哥，今天你们老板有没有欺负你？"

霍仲南："没有。"

于休休："这就不欺负了吗？"

那他不就不需要她的保护了？！于休休想想，还有点儿小失望呢。

霍仲南："偶尔欺负一下吧。"

于休休："这个渣老头儿！你帮他办成这么大的事，他居然还欺负你！"

于休休坐直身体，生气地问："是不是因为我们公司的事情？这笔补偿款金额不小，他肯定觉得肉疼，又拿你出气。"

霍仲南："不是，他除了钱一无所有。对他来说，钱能解决的问题都不是问题。"

于休休："这话酸得我牙疼，哥哥，我要仇富了——好吧，既然不为钱，他为什么要针对你？"

霍仲南："大概他钱太多花不完，心烦。"

于休休：这个天儿我聊不下去了。

她哼哼："公司搬家，我去帮忙啦。哥哥，你需要我就呼叫我，我二十四小时贴心地帮你怼老板！"

霍仲南："好。"

于休休对着他的头像龇牙。只要她不主动，他就从来不联系她。很明显，人家对她的兴趣不大。于休休撇撇嘴，把手机放在桌子上。

于休休自言自语："谁让你这么招人喜欢呢？算了，再纵容你儿次吧，小淘气。哼！”

钟霖走进办公室的时候，霍仲南正神情凝重地盯着手机，久久没转开眼——这是极不寻常的。

他吓了一跳：“霍先生，出什么事了？”

霍仲南抬头看他一眼：“我是不是除了钱一无所有？”

钟霖也酸得牙疼：“不，霍先生还有我。”

霍仲南：“滚！”

老板又受什么刺激了？钟霖放好手里待签的文件，例行询问：“霍先生，请问午餐……”

霍仲南道：“没胃口，不用准备。”

钟霖：老板什么时候有胃口？

老板吃火锅的时候有胃口。

钟霖小心翼翼地建议：“要不我让人给你煮火锅？”

霍仲南合上刚拿起的文件，冷冷地看他：“钟霖你最近是不是没带脑子？”

钟霖低着头退出办公室，发消息给于休休：“我们家老板太难伺候了，莫名其妙把我训了一顿……小休休，钟南日子可能也不太好过。你如果有空，多煮火锅安慰安慰他。这孩子挺不容易的，年纪轻轻就没了父母，身边连个知冷知热的人都没有。”

于休休看得热血沸腾：“钟南有我，你放心。”

钟霖：“他不喜欢人家同情他，我发消息给你的事你要保密，不然我就死定了啊，小休休。”

于休休想了想，给钟南发消息：“哥哥，我又想煮火锅了，你想吃吗？”

于休休等了一周，等到了大禹搬到通江大厦里，但没有等来那个吃火锅的人。

他没来吃她煮的火锅，好像也忘记了要请她吃饭这件事情。在大禹与盛天的合同签订后，工程的事由别人负责，他就这样消失了。于休休憋屈得不行，在跟着谢米乐跑了几天却连续被凯利国际或别的公司抢单后，终于爆发了："怎么回事啊？难道我的好运用完了？"

谢米乐拍拍她："正常的，客户有客户的选择，可能是咱们还不够好。继续努力！"

于休休道："在胡静雨选择我们的时候，我以为那会是我的第一个客户，没有想到那居然是我唯一的客户。"

谢米乐哭笑不得："怎么可能？时间还长，你刚入行，慢慢地磨炼，多受几次气，气着气着就习惯了，单子也就来了。"

"不管了，我不能等，也不想受气。我要去找我的好运了。"于休休道。

谢米乐一脸蒙。

"钟南就是我的好运，我的天使哥哥！"于休休道。

于休休下班后，把自己刚到手的宝马的钥匙丢给谢米乐，从她那里换来一台小电驴车，骑着小电驴车去了盛天总部。

闭门羹是必不可少的。前台听她说找总裁办的钟南，直接说没有这个人。于休休没办法，只能说找钟霖，又被堵了回来，前台问她有没有预约。

她见钟霖要预约吗？于休休瞥了一眼态度不太友好的前台小姐，给钟霖发微信："我在你们公司楼下。小钟经理，我找你还要预约吗？你在公司里是不是很厉害？"

钟霖倒吸一口凉气："我不厉害，只是沾了老板的光。你在楼下等我，别乱跑啊！"

于休休："想跑也跑不了呀，哪儿都不让去。你们公司的人好凶。"

为了避免不必要的麻烦，钟霖只用了两分钟就匆匆下楼，气喘吁吁地站在了于休休的面前："大小姐，你怎么跑公司来了？"

于休休道："咱们不是朋友吗？我不能来找你和钟南？"说着她就往钟霖的背后瞅，"钟南呢？他不回我消息。你们公司的人说没有他这个人，好奇怪。"

钟霖轻咳一下："他工作性质比较特殊，人又闷，不爱交际，公司很多人不认识他。然后……你说什么？他不回你消息，所以，你找来了？"

于休休点点头："不是你让我请他吃火锅吗？他还答应了要请我……就这么消失了，好过分，我是来讲道理的。"

钟霖：大小姐，你来找我讲道理，我找谁讲道理？

老板难道就因为不想再吃辣，连女孩子都不理了？钟霖发现有人看他们，赶紧把于休休带到旁边的休息室里，为她倒了一杯水："老板最近毛病多，难伺候。他天天过得生不如死啊，可能心情不好，脾气怪了点儿，你别生气。"

于休休乖乖地坐着，乖乖地喝水，乖乖地低着头："那我在这里等他吧。"

钟霖沉默了许久，看着于休休黑黑的脑袋，突然搓了搓手，无奈地叹气："那个，小休休，你该不会是真的喜欢上……喜欢上钟南了吧？"

于休休抬头，眼睛黑亮带笑："你看出来了？钟霖你好聪明。"

钟霖道："所以，你处心积虑地接近他，就是为了追他？"

一般女孩子听到"处心积虑"四个字可能就急了，但于休休没有觉得羞愧，而是重重地点头："是的，我就是喜欢他，处心积虑地想要靠近他呀，要不然我是多想不开去煮火锅。"

钟霖问："你喜欢他什么？"

于休休道："他长得帅，人好。"

他人好？那是小妹妹不了解他啊。钟霖很想用点儿寻常的套路打发她，可看着于休休那双澄澈无垢的眼睛，话又说不出口。钟霖长这么大，从来没有见过像于休休这样的女孩子。她横冲直撞、敢说敢做，看似无脑冲动、刁蛮任性，其实很有韧劲儿；她看似单纯，但那是对喜欢的人，如果她讨厌上谁，坏起来也是真坏。

他不忍心让于休休伤心，又不知怎么帮老板拒绝，想了半天，才委婉开口："小休休，其实男人……对喜欢自己的女孩子一般说不出拒绝的话。有时候，沉默就是最好的回答。"

于休休道：“可是他没有拒绝我，而且，我也只是叫他哥哥而已啊，你在想什么？”

这女孩子是傻子吧！钟霖服气了。

“行，你等我一下。我问问钟南在干什么。”钟霖说。

他低头走开，给霍仲南打电话：“霍先生，于休休到公司来了，找你。”

霍仲南沉默。

他没有挂电话，钟霖也不敢挂电话。

钟霖等了好一会儿，他终于开口：“把她带到停车场。”

钟霖愣了愣：“好的。”

为了说服于休休去停车场，钟霖踌躇半天才帮霍仲南想好借口。可是，不待他开口，于休休就站起来了，半点儿怀疑都没有：“钟南一定是害怕老板知道，又找他麻烦。是我不好，太冲动了，直接找到大门口来，让人知道会说闲话的。”

钟霖能说什么？老板把她卖了，让她数钱她肯定也愿意的。

于休休跟着钟霖去地下停车场。

霍仲南等在那里，看到她皱了皱眉，没有说什么，只是向钟霖伸出手：“钥匙。”

钟霖马上乖乖地交出了……自己的车钥匙。

霍仲南侧头问于休休：“想吃什么？”

他这是要请她吃饭吗？于休休叫了起来，色迷心窍，完全忘了问人家为什么不回信息的事：“我们现在可以去吗？哥哥你下班了吗？”

霍仲南“嗯”了一声。

于休休左右看了看，没有见到别人，小声地说：“我的小电驴车还停在外面……”

霍仲南道：“钟霖会帮你处理。”

于休休回头看了钟霖一眼，觉得不能这么不厚道地丢下他就走：“钟霖不和我们一起去吃饭吗？”

霍仲南道：“他吃饱了。”

钟霖内心崩溃：不，我还没有吃晚饭！我要吃饭！我很饿！

“是的是的，我今天早早就叫了外卖，吃得好饱。”钟霖微笑，一脸真诚地说，“小休休你们去吃吧，你把车交给我就行。”

“那好吧。”于休休说，内心是雀跃的。

两个人单独吃饭，意义是不是不同？今天的剧情没有按剧本走，于休休觉得不可思议，可是想想这代表着两个人关系的进步，又兴奋起来。

霍仲南开着钟霖的车驶出停车场，但没有带于休休去吃火锅，而是选了一家安静的西餐厅。

于休休看着西餐厅的装潢，有一点儿紧张。

“钟南，这里好贵，咱们换一家吧。”于休休道。

霍仲南道：“没事，我请你。”

于休休道：“不要，你的钱也不是大风刮来的。咱们是穷人家的孩子，能节约一点儿是一点儿。”

西餐厅门口的接待小哥脸上堆满了笑，听到他俩的对话，僵硬地保持着镇定，但脸色还是有了变化。于休休只当看不见人家的表情，拼命地眨眼睛：“走啦走啦，我不喜欢吃西餐。你请我吃饭，听我的。”

霍仲南深深地看她一眼：“好。”

于休休笑眯眯地说：“我们去吃自助餐吧，58 元一个人，味道可好了。”

霍仲南微微一顿：“好。”

接待小哥条件反射地撇了撇嘴。

这是霍仲南第一次因为钱被人嫌弃，但看着于休休发自内心的笑脸，心里竟隐隐有一种说不出的愉快感，嘴角不由自主地扬起。

“走吧，穷人就吃穷人的饭。”霍仲南道。

他优雅地转身，于休休兴高采烈地跟上他。

这时，几个人走出了西餐厅。有人看到了霍仲南：“仲南？”

于休休正想回头。一只大手伸过来，按住了她的后脑勺儿，力道不大，却固执地阻止了她回头。

“哥哥，有人在叫你。”于休休像一只被摁住了脑袋的傻鹌鹑，缩着脖子在他胳膊下挣扎。那只手慢慢地下滑，冰凉地从她脖颈滑过，紧紧地拽住了她的手腕，拖着她大步走向汽车。

自始至终，于休休都没能回头，背后那几个人也没有再叫。于休休能感觉到身边的男人情绪不对。他身体僵硬地散发着冷气，掌心像裹了一层冰，拉着她离开时甚至用了很大的力气。

他有点儿小霸道呢。

坐上车，于休休扭头张望时已经看不到那几个人了。

“怎么了？”她奇怪地看着他，“你是认识他们的吧？”

“嗯。”霍仲南浑身冷气森森的。

“那为什么你不理……”于休休话没说完，突然恍然大悟般“哦”了一声，“懂了，你不想让熟人看到我们在一起，对不对？啧！幸亏我们走得快。”

霍仲南看了她一眼，眼睛里藏着于休休理解不了的情绪，似有浓雾深藏其间，又像有一只猛虎在细嗅蔷薇——冷酷又温柔。于休休一直觉得这两个词是反义词，可此刻，它们毫无违和感地出现在同一个男人的眼睛里，只用一秒就击中了她的心脏。

“58元一客的自助餐？位置？”霍仲南问。

于休休被他从美好的想法中拉离，低头给他开导航，有点儿小失望：“我以为你要说点儿别的话。”

霍仲南开着车，面无表情地看着前方：“我不想看到他们。”

于休休点点头：“他们是谁？”

霍仲南道：“坏人。”

于休休“猛”地转头看着他，瞪大双眼：“哥哥你太善良了！你看到坏人为什么要走？我们可以打他啊！”

见她说得一本正经，霍仲南突然有点儿想笑：“下次。”

“好，下次我帮你打。”于休休攥紧拳头，拧着眉头，跃跃欲试。

霍仲南余光扫了扫那个小粉拳，唇角上扬，露出一抹迷人的笑意。

吃自助餐绝对是个馊主意，于休休走进去就后悔了。

这儿人多嘈杂，环境不好，两个人不方便说话，根本就不是她勾引小哥哥的好地方。她突然明白情侣为什么都喜欢往幽静的地方钻了，因为方便干坏事啊!

“失策！没有经验害死人。”她低声叹气。

“嗯？”霍仲南看向她。

“没事没事，哥哥你去占那个位置，要吃什么我去拿。”于休休说。

58 元一个人的收费在申城绝对是良心价格，而且这家店口味还不错，水果种类也多，所以生意好，位置大家必须“抢”。霍仲南看她挤在人群里蹦来蹦去，握拳在太阳穴上摁了摁，深吸一口气，在拥挤的人群中排队“抢”位置。

“先生几位？”服务员小姐姐问。

他长得帅的优势出来了，小姐姐看到他的脸就笑开了花。

霍仲南刚比了个“二”的手势，她就热情地招呼：“这边，刚好有二人位。”

于休休看他占到位置，双眼放光：“哥哥你好厉害，果然颜值即正义。”

霍仲南：我居然也有靠脸吃饭的一天。

于休休挤入人群，拿了一堆菜过来，将菜放在桌子上，坐下来就开始吃，嘴一直没闲着。

霍仲南皱皱眉：“你能吃这么多？”

于休休注意到他的表情：“我不是经常都吃这么多的……我有时候只吃一点点就能饱。”

我很好养活的啊!

霍仲南笑了笑，没说话。他以为于休休带他到这种地方来也就是做做样子，没想到……她是真能吃这种食物。

“你不喜欢吃吗？”于休休注意到他几乎不怎么动筷子，低下头小声道，“哥哥，这是按人头算钱的，你吃多吃少一个价，不吃就亏了啊！”

霍仲南沉默了片刻，尝试性地吃了一点儿食物。这个水平的“不错”，离他的“不错”，还有点儿差距。他只当解锁了新事物，然后放下筷子。

“这餐是我请你的，以后……”霍仲南说。

“以后我请你。”于休休把他“以后可能会很忙，不方便见面”的话堵在嘴里，愉快地眨眨眼，“我老板要给我涨工资了，我很快就有钱了。”

霍仲南没有吭声。

错过那个时间节点，他想说的话就出不了口了。

“恭喜你！”霍仲南道。

“哥哥你别想太多！”于休休帮他布菜，一脸开心，“我以后就是你的家人，我的父母就是你的父母，我们会照顾你的！你不是一个人哟，你有家。”

“你不是也没家人吗？”霍仲南问。

糟糕！她差点儿穿帮了！

于休休擦擦手：“他们偶尔也会送爱心给我嘛。”

霍仲南迟疑一下：“为什么对我这么好？”

这还用问，她喜欢他啊。

于休休咳了一声：“我善良的品性不允许我眼睁睁地看着你这么好看的小哥哥孤苦伶仃地坠入冷酷世界的深渊。”

他不说话，于休休一个人也不无聊。天南地北，娱乐八卦，她津津有味地分享着生活中的点点滴滴，鲜艳的口红是青春的交响乐，明媚的小脸是阳光的代名词。

她幸福、快乐又鲜活。霍仲南吃饭前要说的那些话，在这样的于休休面前，一个字都说不出来。他只能沉默，像一个敲钟的僧人。

“哥哥我们下次什么时候再见？”吃完饭回去时，于休休有点儿依依不舍，问完不等他答，又自顾自地说起来，“我们新搬的办公楼你还没有去看过吧？办公楼很宽敞，很明亮，办公设备都是准备好的，我们设计部还有大大的落地窗，食堂也可以煮火锅吃……”

她说着说着就开始笑："突然觉得你们老板也没那么渣了。"

霍仲南道："那是我的建议！"

于休休恍然大悟，乖乖地点点头，满脸都是感激之意。

"我就说渣老头儿不会这么好心吧。哥哥你真是太好了，申请搬迁费，又准备办公设备，你就是我们的好运天使。谢谢你争取这么多，我请你吃我煮的火锅好不好？"于休休说。

"休休。"他第一次认真地叫她的名字，声音磁性好听，带点儿沉郁的沙哑感。于休休心脏跳得很快，不好意思地红了脸，然后就听到他说："我要出差一段时间，不在申城。"

"出差呀，走多久？"于休休问。

"看情况。少则一两个月，多则一年半载，如果事情顺利，可能我就一直留在那边了。"霍仲南道。

于休休呆了呆，眼睛里有明显的失望之意，沉默了好一会儿，才说："你可是我的好运天使，你走了，我又要倒霉了。"

女孩儿声音语气柔和，可怜巴巴的。

霍仲南眼皮跳了跳："你会有好运的。"

"好吧！工作重要。"于休休的眼睛黑亮亮的，写满不舍，"哥哥你要注意安全，常发消息报平安，有什么事就来电话……然后，你什么时候走，我去送你。"

那双眼睛有火有光，霍仲南不忍再看："明天。老板让人订的红眼航班。时间太早，你不用送。"

"黑心老板，缺德鬼！"于休休踢了踢地面，气得咬牙骂人。

霍仲南只是默默看着她。

一个人回家，没有于休休在身边聒噪，霍仲南脸色更冷。钟霖等在门口，接过钥匙，揣测着老板的心情，觉得此刻不该问，可想到于休休那小姑娘，自已吃人嘴软，又不太忍心。

钟霖问："霍先生，于小姐没事吧？"

霍仲南冷冷地看着他。

钟霖头皮发麻："你拒绝她，有没有很委婉？她是不是很难过？"

霍仲南问："你很关心？"

钟霖吓了一大跳，赶紧低头："不是关心，是不忍心。"

霍仲南冷哼："你有这时间操心别人，不如操心操心你地里的红薯！"

钟霖内心受伤了：老板，我不要面子的啊！好吧，在老板面前不要面子就不要面子吧。

"霍先生，其实于小姐……"钟霖说。

"钟霖！"霍仲南打断他，"你打听打听，最近谁家里装修。"

嗯？什么？钟霖眼睛一亮："是介绍给于小姐吗？好的，我马上去办……"

霍仲南叮嘱："别太直接！这小丫头猴儿精。"

"我懂的，老板。"钟霖道。

于休休要的不是单子，不是钱，要的是肯定，生硬地把"煮熟的"生意塞给她，只会累着她而已。哦！钟霖全悟了，怎么能累着老板的小宝贝呢？

第三章
四好青年于休休

雨很大，于休休的伞是红色的。她踩着积水走得很快，滴滴答答，雨水滴在伞上，滴在心上，于休休看到自己从那幢楼走进去——

有人在聊天儿，声音从房间里传出来，听着模模糊糊的。于休休集中注意力，想要听清楚些，还是听不清。她跟着声音进入电梯，电梯的数字就在眼前，红色的，一个一个变化。好熟悉的画面，她梦到过……

雨水在观光电梯的玻璃上流成了小溪，她伸手去抹，雨雾似是散了，却驱不走浓重的夜色。天是黑的，阴暗的，依稀看到对面的楼顶有一个男人，在雨中，黑色的衣服，黑色的帽子，她看不清脸。

是他！梦里出现过的人。

于休休慌乱地找手机，想把他拍下来。拍下来就好了，她这么想，却意外地发现——手机找不到了。什么时候丢的？丢了手机，就像丢了魂儿，她慌乱起来，又怕又紧张，眼前却突地出现一个画面——酒店房间里，唐绪宁坐在椅子上拼命抽烟，一个穿着薄薄纱裙的女孩儿坐在他面前的地毯上，在哭。

“绪宁，这是我们的孩子，你真的忍心杀死他？！”女孩儿在说，在哭，在吼。

唐绪宁只是沉默，烟越抽越狠。

于休休觉得有点儿奇怪，唐绪宁不是不抽烟吗？而且他厌恶抽烟的人，怎么自己却抽起来？

可能是个梦。于休休意识到了，但没办法中断这个梦。

房间里的故事就像电视画面，一帧又一帧。女孩儿哭得很凶，她背对于休休，看不清脸，只有长而柔顺的头发，纤弱瘦削的肩膀，窄窄的腰……

“我不管，我是不会拿掉孩子的，你自己想办法。”女孩儿说道。

唐绪宁道：“我爸是不会同意我和于休休分手的。思良，你再给我点儿时间。我们彼此相爱，肯定能克服困难的。”

“你能克服，我怎么克服？再克服下去，我肚子就大了……”女孩儿说。

唐绪宁说：“咱们……先做掉孩子好不好？我们还年轻，以后还有机会。”

女孩儿哭得撕心裂肺，“唐绪宁，不想和于休休分手的人，其实是你吧？哪有父亲管得了儿子娶哪个女人？”

“于休休，呵，这种女孩儿我怎么看得上？思良，别拿她和你比，我犯恶心。”唐绪宁安抚着女孩儿，又阴沉沉地说，“你再给我点儿时间，我有办法的……我爸在意她，无非是因为她家的恩情，还有她家的钱……要是他们一无所有了，你说我爸还会不会看中这种累赘？”

于休休打了个冷战。她觉得唐绪宁这话有点儿不可思议。明明就分手了啊，他还要对她家做什么？于休休混沌地想着，那边已经恩爱上了……她有点儿愤怒——唐绪宁这个王八蛋，为了哄女孩儿去打掉孩子无所不用其极。她很想闯进去扇他耳光，一个激动，突然就醒了……

吁！原来是个梦。

梦里的唐绪宁还在处心积虑地要和她分手，于休休觉得有点儿好笑——

咦，她突然被吓住，看着眼前发着光的数字，不敢相信。

醒了，她为什么还在电梯里？那是个观光电梯，正在往上攀爬。于休休瞪大眼睛，看着大雨疯狂地洗刷着玻璃。

噼啪！一个闪电击来，她又看到了对面那幢楼上的男人。他像一只黑鹰，潜伏在雨夜里，突然从天飞落——

“不要跳！”于休休疯狂地拍打着电梯玻璃。

被紧张和恐惧抓扯的心脏，咚咚跳着，她再一次从梦中醒来。

什么鬼？她又做这个梦了！

于休休搓了搓脑袋，看了看窗外阴沉沉的天。慢慢地，她下床趿上拖鞋，去卫生间洗澡，而后换衣服，化妆，对着镜子一遍又一遍用化妆品涂抹自己的脸。

钟南要出差，离开很久，她要去机场送他。她怕这次不去送，以后就见不着他了。

于休休看了好几次时间，很担心赶不上飞机。可是，越是紧张越容易出错，不论她怎么化妆、梳头，镜子里的自己都是一副凌乱的样子，口红一次次涂到唇线外，怎么都画不好，直到钟南突然推门进来。

于休休被吓住：“你怎么来了？”

钟南站在她的背后，从镜子里看着她的脸：“来告别。”

于休休停下画眉的动作，看向镜子里的他：“哥哥一定要走吗？”

钟南“嗯”了一声：“你好好照顾自己。”

她撇嘴：“我们什么时候可以再见？”

钟南沉默了一会儿：“不见了吧。”

于休休鼻子有点儿酸：“为什么？你讨厌我？”

钟南道："不讨厌，但我给不了你要的。"

于休休道："你知道我要什么？我什么都没要，你就说给不了。"

钟南沉默，在镜子里与她对视："保重。"

他脊背僵硬挺拔，很快就走到了门口。

于休休突然站起来，一个飞身扑过去，从背后紧紧困住他："哥哥你不要走。"

她是刚洗过澡的，光着脚，穿着白色的睡裙，长长的湿发披散在背后，在贴近时蹭了他一身的水。

他没有动，皱着眉头，看着她小猫儿似的撒娇："你能不这么任性吗？"

"不能。"于休休有些委屈，"我就是这样的我。"

钟南扫一眼她的湿头发，没有说话，把她拉进房间，拿干毛巾过来帮她擦拭："洗头发之后要吹干，不然会生病的。"

于休休脑袋后仰，固执地靠在椅子上，不高兴地看他："你不走，我才要吹头发。"

钟南举着毛巾，盯着她。他的脸上有甩上去的水珠，没有擦干，有一滴顺着他俊美的脸颊淌到下巴，滑到喉结，在他吞咽的动作里轻轻一颤，滴落在于休休的额头上。

他的声音是冰凉的。

"于休休，我说过，你要的，我给不了。"钟南说。

于休休抬头，双眼像小鹿似的盯着他："我什么都不要！"

他皱眉扫她一眼，从兜里掏出烟，点火的时候，手指在轻轻地颤抖。一个平静得没有情绪的人，手为什么抖得这么厉害？于休休奇怪地看着他的手，指节分明，修长白皙，很漂亮的一双手。

于休休说："钟南，你是不是很难过？因为没有父母，没有房子、车子，受过很多伤害，所以，你把自己封闭了起来，不愿意接受我对你的好？怕靠近，也怕失去……"

他不说话。

“不要怕好吗？你是不会失去我的……”于休休听到自己凄凄切切地说。

钟南吸了一口烟，弯腰抬起她的下巴，一丝带着烟味儿的潮湿气息靠近了她的脸：“你什么都不要？”

于休休道：“不要。”

钟南低下头，在暗暖色的灯火里，像一只潜伏的狼：“你想要我。”

于休休被说中心事，耳根发烫：“那你愿意把自己交给我吗？”

“你说呢？”

他的气息，他的声音，他的脸，越来越近……

这时，房门被人拍得砰砰作响：“姐！姐！快开门！”

于休休睁开眼睛，看了看四周，突然惊坐而起。

天已大亮，阳光很好。是梦，是梦，这一切都是梦。她根本没有去过什么大厦，没有见到大厦楼顶的男人，也没有看到唐绪宁，更没有和钟南那么亲近。

房间里空荡荡的，只有她一个人，梦里那个温柔又狂野的眼神根本不存在。此时的他，应该已经飞往了异乡——

于休休懵懂地坐着，不知道现在的自己是不是还在梦里。

“姐！再不开门我闯进来了啊！”于家洲在外面喊。

听着于家洲的声音，于休休抱住脑袋，彻底清醒：“于家洲，你死定了！为什么要这个时候来敲门？！”

门被于休休拉开。

看到渣姐披头散发的样子，于家洲吓了一跳：“你被鬼打了吗？怎么衰成这样儿了？”

于休休咬牙：“你最好给我一个扰我好梦的理由。”

于家洲道：“爸爸去公司，问你要不要坐他的车。”

于休休揉揉鼻子，无奈地撇嘴：“你为什么不能晚几分钟来叫我？”

于家洲眼睛都瞪大了：“喂，不要身在福中不知福啊，我每天骑自行车上学，我说什么了？”

于休休拍拍他的肩膀：“天天锻炼身体好，少年强则中国强。洲洲是个好孩子，等你长大了，一定可以凭本事自己买车买房的。”

于家洲沉默了。

坐爸爸的车去公司是很舒服的，可是被怪梦支配的于休休没什么精神，路上话很少。到了公司，坐下来也不和大家聊天儿，而是拿出 iPad，开始画自己的梦境……

她想了想，发现这次的梦，和上次很有相似感。

“这个人是谁呢？”她咬着笔，拧紧眉头。

由于太过专注，谢米乐敲桌子时，她才回神：“干吗？吓我一跳。”

谢米乐看了看被她迅速扣下的 iPad：“干什么了，这么心虚？”

于休休道：“打扰别人的创作灵感，罪大恶极，你最好有重要的事，谢米乐小姐。”

谢米乐耸耸肩：“好吧，于休休小姐，我要去见一个客户，不知道你有没有兴趣。”

于休休这些天跟着她见了不少客户，新鲜感早没有了，剩下的全是失望。她懒洋洋地问：“又是那种既要价格便宜，又要装出家里有皇位的客户吗？”

谢米乐扑哧笑了一声：“不。这次的客户是家里真有皇位。”

“啊？”于休休睁大眼睛，“这样的客户会找咱们公司？谁？你快说，我想知道是哪个瞎了眼的……”

谢米乐瞪她一眼：“丁跃进，盛天 COO（首席运营官）。”

丁跃进的房子在“城市之春”，是一处有市无价的超级豪宅。这幢别墅最大的亮点就是大，非常大，大得让人惊叹。对于盛天的 COO 来说，有一幢这样的别墅不奇怪，奇怪的是于休休赶到现场看到的——分明就是精装房。虽然不是于休休喜欢的风格，可装修极尽奢华铺张——人家不心疼银子，她开始心疼了。

“这家人是钱多得没处烧吗？好好的房子扒了重装？”于休休用眼神向谢米乐发问。

“有钱人的想法，暴发户都不懂，我更不懂！”谢米乐回以眼神。

谢米乐递个眼神给她。她们俩在管家的带领下走了进去。大厅里，果然有别家装修公司的设计师和工作人员，于休休甚至还认识其中一个——凯利国际的设计总监，霍戈。

总监都出动了，可见凯利对这个项目势在必得。

“来来来，我给大家介绍介绍情况。”管家笑眯眯地招呼几个参观房子的设计师，把复印好的一沓建筑图放在桌子上，带大家在楼上楼下和园子里走了一圈，介绍了房屋的情况和主人的要求。

管家说：“我们先生非常在意太太的居住感受，因此，这个房子的装修主要以太太的意见为主。太太喜静，爱看书、画画、弹琴。先生好动，在家里喜欢自己做饭招待朋友。所以，先生的意思是既能满足太太的需求，又能兼顾一下他的需求，可以举办小型聚会，方便朋友聚餐。

“另外，我们小姐虽然不常回来，但太太还是要为小姐准备房间的。小姐是年轻人，在家里愿意放松些、自在些，不喜欢太过复杂的风格……

“建筑图纸每个公司一份，我们希望在一周内看到设计图。如果各位还有什么疑惑或者想法，可以现在告诉我。”

霍戈看了一眼于休休：“早就听说丁先生和丁太太是恩爱夫妻，今天能亲自为他们设计居所，我个人感到万分荣幸。在这个快节奏的时代，丁先生工作忙碌，需要的是一个舒适的生活环境，这马虎不得。我们凯利有打造大型别墅的丰富经验，也有许多经典案例。管家先生，恕我直言，这幢房子只有在凯利的手上，才能充分发挥它的长处。小公司装出租房的水平怕是配不上房子的身份……”

人家都是背后吐槽同行，这厮居然当面怼？够狂的。

几个设计师有点儿尴尬，想说点儿什么维护尊严，又不得不承认凯利有狂妄的资本。这类别墅的装修和普通住宅不同，业主往往对细节要求极为严苛。在这个大工程里，硬装、软装、景观设计、空间设计……涉及事项有数千之多，对专业要求很高。

他们心里没底，只怕别人对他们也没底。

于休休不同——她初生牛犊不怕虎。

“霍总监的意思，我怎么听不明白？”她笑得一脸无害。

要不是她的眼里有那几分戏谑，霍戈恐怕都会以为她在真心求教。

霍戈道：“你请说。”

于休休眨眨眼：“你们的丰富经验，你们的经典案例，是想给丁先生和丁太太拿来借鉴的意思？丁先生和丁太太要的是个性化设计，不是吃别人的残羹剩饭！”

霍戈脸色微变，正想说话，于休休抢在他前面：“也请霍总监恕我直言，我看过你们所谓的经典案例，发现你们公司就像一个僵化的老旧机器，运作模式套路化，人员思想经验化。你们就像是照方抓药的郎中，没有自己的思想，缺乏基本的创新能力，看着光鲜亮丽，实则……腐朽无聊，处处散发着行将就木的冰冷气息。”

几个设计师面面相觑。

于休休一口气说得过瘾：“这样的公司，设计出来的作品是没有温度的，我不认为你们能创造出丁先生想要的生活质感。

“而我们公司与你们恰好相反——我们年轻热血，轻装上阵，有想法、敢创新！我们没有精致高端的态度，才能让房屋绽放出最原始自然的美！”

霍戈被她怼笑了：“于小姐还真是大言不惭！”

于休休莞尔：“不然怎么能让霍总监纡尊降贵，三顾茅庐？”

三顾没有，但一顾就足以让她在口舌中占上风。

霍戈笑了笑，不与女孩儿争长短，转而看向管家：“我相信丁先生和丁太太会有正确的选择，别墅设计不是打嘴仗，成果来源于实践。”

众人都沉默。

凯利国际是品牌公司，走的是中高端路线，大家几乎都默认了他们的地位与行业竞争力，包括管家。他投向霍戈的笑容明显多一些，第一张建筑图纸递出来，也是给了霍戈。在他心里，以大禹装修的资历，要不是因为大禹建筑和盛天的合作，她们根本就没有资格站在这里。

管家将最后一张装修图纸递给谢米乐，谢米乐说了声“谢谢”。其他几个设计师已经就建筑图纸讨论起来，无非是赞叹房屋的位置、面积，然后委婉地提一下格局问题，并发表自己的看法，顺便穿插几句自己公司在装修质量上的优势。

业主和装修公司之间，最缺乏的是信任。尤其这样的别墅，装修预算是以“亿”为单位的，业主会很担心房子的装修交付效果和心理预期差距太大，到时候住着不高兴，还得推倒重来。

于休休没说话。她拿着 iPad，在上面写写画画，把问题、想法以及建议都标注下来。形成文字和图案的东西会比语言更有说服力，她坚信这一点。可是，当她把写好的东西交给管家看时，管家直接就推开了：“到时候连同你们的设计一起发过来，我会统一交给先生和太太看。”

看一眼的兴趣都没有，那选中她们的概率会有多大？谢米乐皱了皱眉，心知这一趟又是来给人做陪衬，免费贡献点子的。既然早晚都是鸡飞蛋打，那凭什么让休休在这里受气？她一个人受气就算了，但于休休不可以。

“既然人家没有诚意听取我们的意见，那我们就不要占用彼此的时间了。休休，我们走。”谢米乐道。

两个人往外走，管家礼貌地道别，并没有挽留的意思。

“狗眼看人低！”于休休刚骂一句，大门就被推开了。

“哟，这是都来了？”刚进门的中年男人满脸堆着笑，环视一圈，最后视线落在于休休的脸上，审视两秒，笑容突然灿烂起来：“这是……要走了？”

于休休道："你们没有诚意，何必浪费我们的时间？"

来人正是丁跃进。钟霖向他推荐大禹的时候，没有说为什么，甚至没有让他必须选择大禹，但暗示他这是大老板推荐的。于是，他心里大概清楚大禹在那位心里的地位了，不是演员，也必须陪演。

"没有没有，我叫各位来，肯定是诚心的。"丁跃进道。

于休休掏出自己的 iPad："我写这么多，管家一眼都不看，还能听我们的意见？"

丁跃进看了管家一眼。管家瑟瑟发抖，不敢多嘴。丁跃进见小姑娘愤愤的样子，脸上更是堆满了笑，甚至还偷偷擦了擦因为跑得太急热出的汗。

"他看有什么用？做不了主的东西。我来看，我来看看啊！"丁跃进说。

他笑眯眯接过来，不到一秒就开始表扬，于休休甚至怀疑他看清楚了没有。

"不错不错，很有想法嘛，年轻人就是思想活络，有创意……"

"你喜欢毕红叶的画？"丁跃进旁边的女人突然开口。

她穿得简单朴素，保养得很好，是一个优雅的女性，和丁跃进站在一起，气质泾渭分明：一个静，一个动；一个素面朝天，一个西装革履。

丁跃进果然像传说中那么看重太太，笑哈哈地向大家介绍："这是我们家领导，房子装修的事，我听她的。"

大家都问丁太太好。

于休休却在思考她的问题："是啊，我喜欢毕红叶和她的画。所以，我的设计里，会大胆运用她喜欢的配色……"

这一条，她在设计方案里写出来了。

丁太太又看了一眼 iPad，然后温和地看向她："我就是毕红叶。"

客厅里的人都没有反应过来。

于休休第一个冲上去："啊？啊啊啊！你就是红叶老师，我太开心了！"她一脸兴奋，冲过去就想握毕红叶的手，想想，又紧张地缩回来，从包里拿出笔记本和笔，羞涩地递过去，“红叶老师，可以麻烦你给我签个名吗？我很喜欢你的画，尤其是那幅《我的寄居者》，我的最爱啊！上学的时候，我在画展上看到，好想把它带回家，就是……生活费不太够。嘿嘿，我那时候就想，等我将来有了钱，一定要把它买回去。”

她天真的笑容，浪漫而纯真的愿望，灿烂又讨喜。

毕红叶微笑，露出慈爱的鱼尾纹：“谢谢！”

谢米乐是晕晕乎乎地离开丁家别墅的。

虽然丁跃进夫妇没有当面说采用于休休的设计方案，但丁跃进听老婆的，他老婆……从头到尾，毕红叶只和于休休交流装修看法，其他设计师，一句话都没能搭上。

“休休，你太了不起了！”谢米乐由衷感慨，“这个项目要是能拿到手，我的‘爱疯’，我的房子，我的车子，我暗恋的男人……都有指望了！”

于休休眨眨眼：“快夸夸我。”

“宝贝你最棒了！”谢米乐揽住她的肩膀，“可是，你为什么会想到毕红叶这个点子？”

没有人知道丁跃进的老婆是毕红叶。她是个十分低调的画家，而且毕红叶不是她的本名。谢米乐来之前做了很多与丁跃进有关的工作，但是没能想到这一点。

于休休道：“我都说了，我是她的粉丝。”

谢米乐翻白眼：“这话骗骗别人行了啊，于休休。我是你发小儿，你的偶像是葛大爷！”

“哈哈哈……”于休休大笑起来，末了，勾过谢米乐，小声说，“我确实不算她的粉丝。不过，我看过她的画是真的，她家摆着一幅她的画稿也是真的……是你们观察不仔细，对画家也不敏感。啧，谁让我于休休是一个艺术家呢？”

这样也行？可她……是表演艺术家吧？在丁家，她一副看到偶像羞涩紧张，不敢靠近又想要靠近的小样儿太过真实，差点儿把谢米乐都骗了。

于休休道："我写那个给管家看，本来是为了博个好感，没想到那家伙一眼都不看！幸好，我们运气不错，碰到正主儿回来。啧，钟南哥哥佑我，逢凶化吉，转危为安！"

谢米乐一把搂住她："我爱你休休，你也是我家的小福星。"

于休休说："不不不，我不是你家的，我是我钟南哥哥家的。谢米乐，你停！别碰我冰清玉洁的身体，啊啊啊！"

两个人打打闹闹地走出去，开车离开。

丁跃进等人都走了，打电话给钟霖："事情很顺利，让霍先生放心。"

钟霖"嗯"一声："这是你家装房子，你做的主，和老板没有关系，听明白了没有？"

丁跃进回头看了看客厅里的夫人："这个……好像真跟老板没什么关系了。我准备了一堆说服太太的腹稿，压根儿没用上。因为我太太……很喜欢大禹的设计师。"

钟霖："啊？"

老丁的夫人深居简出，不喜交际，话少爱黑脸，从他们的角度看，就是个不好接近的怪人。于休休是凭什么征服她的？

丁跃进道："大概是觅得知音？"

霍仲南很快收到了钟霖的汇报，丁跃进家已经决定选用大禹的设计方案。当然，在汇报过程中，钟霖没少拐弯抹角地邀功："我太不容易了，老丁是个固执的家伙。他太太更难搞，六亲不认……可我愣是凭着三寸不烂之舌让他们相信了大禹才是最好的选择。而且，我完全没有提过'霍先生'一个字哟。"

他只是说老板，确实没提过"霍先生"一个字。

霍仲南在看文件，若有所思："嗯。"

就这样，没了？钟霖轻咳：“霍先生，这个事情……我要不要委婉地提醒于小姐让她知道？”

他都想邀功，难道老大不想吗？追女孩儿哪有默默无闻，做好事不留名的？

霍仲南道：“不用。我只是不想欠人情。”

难道猜错了？钟霖马上严肃了：“那霍先生，于小姐今天问了我两次您出差的地方……我该怎么回答？”

霍仲南放下手上的文件：“公司机密。”

这么骗一个女孩子好吗？钟霖为于休休默哀，见他无意多说什么，于是默默后退，准备离开。不料，霍仲南喊住他：“这件事你办得不错。”

钟霖眼睛一亮，感觉升职加薪、奖金钞票通通朝他飞了过来：“谢谢老板！”

霍仲南：“晚上加个鸡腿。”

钟霖：我一个种红薯的人，稀罕你的鸡腿吗？

于休休扬眉吐气，尾巴快翘上天了。大禹建筑的设计部也是，人人喜上眉梢，比过年还开心。现在他们看大小姐自带滤镜，怎么看都觉得她又美又可爱又有能力……作怎么了？人家作能作出个上亿的大项目，不该作吗？

知道丁跃进别墅的装修预算是1.8亿元后，一群被贫穷限制了想象力的年轻人，准备大干特干。经理把整个设计部的精英设计师都抽调过来，组成“城市之春设计组”，配合于休休一起做方案。

众人拾柴火焰高。在大禹，团结是第一核心竞争力。大家没有私心，集思广益。于休休和小组成员配合，学到了很多经验，信心十足，天天“求夸夸”——遇到难题“求夸夸”，想不出办法“求夸夸”。于是，设计部成了大型溢美之词生产基地。

“休休，你要是个男人，我就嫁给你了。”设计师一。

“休休，你工作的时候太帅了。昨晚睡觉的时候，我想到你，转头就给了我不争气的男朋友一巴掌！”设计师二。

…………

于休休忙碌之余，仍然意难平。

钟南已经三天没有回复她的消息了。

第一天，他说：“到了。”

第二天，他说：“我很好，勿念。”

第三天，他说：“这边工作忙，短时间回不去。信号不好，不必发信息了。”

第四天……这个人就没了。

信号不好？他是去埃塞俄比亚了吗？

于休休趴在枕头上发消息：“哥哥，我接到一个好大好大的单子，可以分到好多好多钱。我老板还要给我多多的奖励。等你回来，我请你吃饭。咱们以后不吃58元一客的，吃158元、258元、358元的，好不好？”

消息石沉大海。

于休休：“哥哥，你是不是再也不理我了？”

于休休：“非洲大丛林都有信号了！！！”

于休休委屈极了：“我是不是招你烦了？好吧，发完这条，你不回，我就再也不发了。”

于休休发完消息就睡了，霍仲南却睡不着。

他失眠严重，于休休的消息加剧了他的深夜难眠。

钟霖把准备好的药片和水一起端过去：“吴医生说，你很久没有找他聊天儿了。”

霍仲南将药片吞咽下去：“我很好。”

很好？只是失眠而已吗？钟霖有点儿可怜自己，地里的红薯还没有长大，自己就因为陪老板失眠有了黑眼圈和眼袋，颜值下降，也没有媳妇儿……偏偏老板天生有“颜神”垂青，永远比他精神帅气。

“霍先生！”钟霖觉得自己有必要为了未来媳妇儿挣扎一下，“要不我周末约吴医生……”

“不用。”霍仲南打断他，“以后霍戈再来，帮我打发了。”

钟霖背脊僵了僵：“明白了。”

这几天，霍戈频频找霍仲南，就是为了丁跃进那个别墅。他清楚只要霍仲南肯帮他说一句话，丁跃进的口风马上就会变。1.8 亿元的装修预算，这种生意不是经常都有的，霍戈不肯死心。

霍仲南是随母姓的，霍戈是他的远亲。虽然关系远了一层，但也正因此，霍戈家没资格觊觎霍家财产，也就没有得罪过霍仲南。霍戈自忖，在霍仲南那里自己还有点儿脸面。然而，他连续跑了三天才见到人，结果还被霍仲南拒绝了。霍戈认为霍仲南是对当年的事耿耿于怀，连带迁怒他们所有人。于是，霍戈不死心地天天找他示好。霍仲南十分厌恶人与人之间虚与委蛇的交往，也讨厌与这些人扯不断的亲戚关系……

“我出去走走。”霍仲南道。

钟霖看他出门，慌了：“霍先生，你稍等，我穿件衣服。”

霍仲南道：“你不用跟。”

钟霖：穿什么衣服？我不配穿衣服。跟着老板走，风吹雨打也不愁。

今天申城有雨。霍仲南自己开着车，在雨雾里穿行。钟霖穿着单薄的衣服，眼睛直勾勾地盯着空调，咽了好几次唾沫，也不敢动。雨大，风大，温度越来越低，这个季节不是深夜遛弯儿的好时候。霍仲南好像没有注意到还有一个钟霖，径直把车开到了大禹建筑的旧办公楼。

大禹搬迁后，这里人去楼空。

雨夜里的大厦，黑暗且静谧，如同鬼屋。

寒风吹来，冻得人瑟瑟发抖。

“霍先生……”钟霖不知道他要干什么。

霍仲南没有回应，打开大门，漫无目的地走进去，沿着楼道往上走，一步一步。他的背影在昏暗的灯光下，散发着行尸走肉般的死亡气息……

没有灵魂的肉身，如木偶一般。

钟霖的掌心攥出了冷汗，他不敢阻止霍仲南，也不敢离霍仲南太远，忍着寒冷拎着一把伞，亦步亦趋，直到霍仲南走到顶楼，推开天台的门。

冷风袭来，钟霖哆嗦了一下。对面的大楼还没有建成，站在天台上，街道两旁的灯牌在雨夜里发着荧荧的光。天空黑洞洞的，城市的高楼大厦，像丛林里潜伏的巨兽，路上冒雨奔走的行人，渺小如同蚂蚁……

天很冷，楼下不时有汽车经过，这个空无人烟的大楼，有一种莫名的诡异。

“啊！会不会开车啊？赶着见阎王？”于休休跋涉在风雨夜的路上，被疾驰而过的汽车溅了一身脏水。裙子脏了，伞脏了，她气哼哼地骂了一声，却发现那辆汽车停在了前方那一幢熟悉的大厦前。

大厦没有灯光，没有人，可他走了进去。他的背影消失在黑暗里，像一个被魔鬼吞噬的生灵。

于休休停了片刻，突然拼命奔过去。她不知道自己在找什么，但心里很慌，很急……走到楼下，她下意识地抬头。

果然，她看到了楼顶那个男人。

他如孤鹰一般，俯瞰着世界，然后身体迅速坠落！

“啊！不要跳——”于休休大喊一声，从梦中惊醒，一身冷汗。

她看看时间，才凌晨一点。她从来没有在这个点醒过，看来真是相思成疾了！

于休休打着哈欠看手机消息，钟南还是没有回复。两人的对话，还停留在她的自言自语。于休休挠了挠脑袋，抱着某种古怪的心思，发去语音通话，完全忽略了会不会打扰他——

手机响了。

霍仲南静静地看着屏幕。

风雨声很大，掩盖了手机的声音，但明亮的光线在暗夜里极为耀眼。

于休休很有耐心，一次不接，再来一次。霍仲南看着她的头像，脑子里不由自主地闪过她白皙的脸、弯弯的眉、大大的眼睛、挺翘的鼻子，笑起来仿佛全世界都在绽放……

霍仲南终于接了起来："喂。"

"钟南？"于休休喊了一声，狂喜又不敢确定，"是你吗？"

霍仲南不说话。

"喂？你说话呀？喂！"于休休继续喊。

没有人回答，只有一阵风雨声。

于休休自言自语："我这是连接到外星信号了？喂，电话那边是地球人吗？Hello！Hi！Bonsoir! こんばんは！Hola！'你好'不同语言中的表达方法）……喂？我警告你啊，我们地球人不好惹，请你们马上把我哥哥带回来，还给我！不然，我就要发动星球大战了！"

霍仲南仍旧不说话。

夜太安静，静得于休休可以听到他细微的呼吸声。

"我听到你的呼吸声了……他们被我吓跑了对不对？是不是肯放你回来了？"于休休道。

"你真能编。"霍仲南的声音被风雨吹散，蒙了一层冰霜。

于休休抱着枕头，笑着坐在床上："你那边是什么声音？你在哭吗？"

霍仲南语气柔和下来："我很好。"

"埃塞俄比亚今天也在下雨吗？还是外星信号不稳定？来自星星的你说话不方便？"于休休问。

霍仲南想了想："我在海边。"

海边？于休休听了听那边的声音："那你很闲嘛。哥哥，你为什么不理我？"

霍仲南看着漆黑而空洞的天空，衣袂被风吹得翻飞而起："我当不了你的哥哥。”

于休休道：“就因为这个啊？然后你就成了逃兵？你当不了哥哥，难道是想当叔叔？钟叔叔，这样子很别扭呢。”

霍仲南道：“我什么都当不了……我连我自己都当不了。”

他这是什么鬼话？

于休休皱皱鼻子：“哥哥，你心情不好吗？”

霍仲南道：“没有。”

于休休问：“那你为什么这样沮丧？”

霍仲南看着楼下经过的汽车，沉默不语。

于休休道：“行吧，你不想说话就不说吧。像你这种声音好听的小哥哥，我耳朵……受不了，听多了要醉！”

霍仲南果然没有回话。

于休休拍拍自己的嘴，又甜甜地说：“哥哥，你别有压力好不好？你忙，就不用理我；你想聊天了，或者有什么想说的，再回复我就行。我联系你，只是因为……我真的很担心你。”

她担心他？

霍仲南沉默片刻：“我没事，你早点儿休息。”

于休休道：“我不睡，睡了你又会消失。”

霍仲南道：“不会。”

于休休道：“你保证。”

霍仲南道：“嗯。”

于休休道：“那你告诉我，你现在在哪儿？”

霍仲南当然不会告诉她他在大禹旧办公楼的楼顶上：“我在出差。”

“好吧。你什么时候回来？”房间里空荡荡的，没有开灯，于休休抱着枕头，听了片刻，没有等到他的声音，无奈地噘了噘嘴巴，“你不想说话，就挂了吧。晚安，哥哥，你先挂。”

“好。”霍仲南挂了电话，这才抬头看到脑袋上有一把伞，举着伞的钟霖在旁边冻得瑟瑟发抖。

“下去吧，你都冻成这样了。”霍仲南道。

钟霖快感动哭了，老板终于看到他的忠心，升职加薪，走上人生巅峰……马上就要实现了。

第二天钟霖就感冒了，请假在家里休息。

于休休和钟南恢复了通信，整个人都开心起来了，眉飞色舞，看到谁都笑眯眯的。于家洲以为老爸又偷偷给了渣姐什么好东西，悄悄地观察了两天，然后轻松地讹走她一笔生活费，这才消停。

于休休心甘情愿地被渣弟讹诈。她开心，沾沾自喜，觉得自己追到钟南的那一天可以写一本追仔教材，传授给情场失意的妹子了。

不料，她乐极生悲。于大壮这天回公司就拉着一张黑脸，看到于休休才稍稍有了笑容。于休休让谢米乐找谢叔叔打听了，听说浮城那边有人给爸爸穿小鞋，对方好像说了很多不中听的话。

晚上回家，于休休拉着苗女士下厨，让于大壮先生的宝贝媳妇儿亲自做菜安慰他。结果，没等菜上桌，丁跃进的管家就来电话了。他说丁家找别的公司装修了，大禹不用退还押金，还说这是太太的意思。

毕老师这是怎么回事？于休休想不通。她顾不上吃饭，发微信询问毕红叶。

毕红叶半小时后才回复她：“老丁为了你居然给我下套。小姑娘，女孩子漂亮是本钱，但走歪了路是要付出代价的。”

霍戈把熬夜做好的效果图发给毕红叶，又留言给她：“红叶老师，你什么时候有空？我当面给你讲解一下设计方案。有些细节问题我们面对面沟通更方便。”

毕红叶：“明天吧。”

霍戈喜上眉梢：“好的。那我明天带上合同？”

毕红叶：“嗯。”

合作成了！霍戈打了个响指，情不自禁地扯开领口松口气。

这是他今年接到的第二个超级大单。第一单的收入让他付了一套房的首付，这一单做下来，又可以换辆车了。

优秀的人需要炫耀。得到毕红叶首肯，霍戈马上截了几张“城市之春”的效果图发朋友圈：“豪宅装修，请认准凯利国际，我们是你贴心的家装顾问，为你提供最专业的服务。”

打铁要趁热，这种才是实打实的宣传，他手下的一群设计师马上复制粘贴图片和文字转发朋友圈，内容都没有换一下，只是添了一句：“恭喜霍总监再创佳绩！”

霍戈善于钻营，只看结果，不论手段。上亿的装修项目，他没理由拱手相让。苦求霍仲南几天无果，他四处托人打听，又打着“霍家人”的幌子，亲自找了两次丁跃进，总算找到了突破口——他用匿名小号给毕红叶的微博发私信。

其实，盛天选择和大禹合作的时候，霍戈就觉得不对劲。那么多优秀的建筑公司，盛天为什么偏偏选择名不见经传的大禹？丁跃进家装修也是，但凡头脑清醒的人都不会选择大禹。在霍戈试图说服丁跃进的过程中，意外地发现，选择大禹的人不是毕红叶，而是丁跃进，大禹是丁跃进主动找来的。这让霍戈欣喜若狂，如同打开了一扇崭新的大门。

他想明白了——于休休是丁跃进的女人。盛天和大禹的合同，丁跃进的豪宅装修，全都是这位盛天 COO 兼副总裁给那个女人的福利……

霍戈是欣赏过于休休的。她有灵气，有一般设计师身上没有的天赋。在这一行里多年，他一眼就能看出谁行谁不行。可是，于休休拒绝了他，那就不能怪他了。做这行的人没有人情可讲，拿到单子就是赢家。

丁跃进躲在厕所里给钟霖打电话：“怎么办？我太太不愿意让大

禹装修了。”

钟霖有点儿奇怪，这都多少天了，怎么会突然生变？

钟霖问：“你不是准备了一堆腹稿用来说服你太太吗？”

“全用光了。没用不说，还火上浇油了！”丁跃进垂头丧气，“她怀疑我外面有女人，还怀疑是于休休……”

钟霖：“这都哪儿跟哪儿？”

丁跃进道：“我能告诉她是霍先生吗？”

钟霖道：“不能。你说了她也不会信。”

对！他太太眼里无欲无求、不食人间烟火的霍先生怎么可能为了一个女孩儿去干涉下属家里的装修？！她不会信。

丁跃进想了想：“我能说是你吗？这个她能信。你不是什么好人。”

钟霖拍脑门儿：“我谢谢你啊。我还不想死。”

丁跃进欲哭无泪：“我也不想死。”

钟霖道：“你一个爱岗敬业、爱妻如命的好男人，身正不怕影子斜，怕什么？”

丁跃进道：“问题是我……‘斜’了。”

“老丁你晚节不保了？”钟霖惊讶道。

“我只是犯了男人都会犯的错误……我只是一时没把持住。”丁跃进说。

钟霖道：“我不管这些，你自己想办法解决。你扯出霍先生就完了，扯出我……我就把你外面的小姑娘挖出来，将她送到你太太的面前。”

毕红叶早就怀疑老丁外面有人。

这只是出于女性的直觉。但那个女人是谁，她不知道，也找不到证据。结果一个爆料让她醒悟——盛天和大禹合作，家里的房屋装修，原来全是老丁处心积虑给小三的礼物。爆料人说得对，如果不是老丁提前告诉于休休她的身份和喜好，于休休怎么会那么巧知道她的喜好，并投她所好？

粉丝？！呵，渣男和小三这是把她当傻子耍。

毕红叶为了求证，稍稍地试探丁跃进，丁跃进露了马脚。

她说："还是凯利好，安全有保障。"

老丁就说："新人有创意，有想法，而且装修成品更符合你的风格。"

她说："风格可以调整，设计师不都按我说的做吗？"

不和大禹合作了，她马上就换凯利。结果老丁急了，死皮赖脸地又哄又求，找各种理由说服她，死活要把装修项目给大禹。她本来不全信这件事情，这下信了。

毕红叶道："老丁，你自己交代还是我去找她，我们三个坐下来，你再慢慢地交代。"

丁跃进快哭了："我跟她没关系！真的，那天是我第一次见到她！"

毕红叶道："演！你还演！第一次见面，你就那么维护她？你是看她年轻好看，还是早就勾搭上她了？找谁装修不是装修，你为什么一定要她？丁跃进，别人不了解你，我还不了解你吗？"

丁跃进道："没有，我真没有。"

毕红叶道："那就签凯利。"

丁跃进道："我什么都依你，这次不行，必须签大禹。"

毕红叶道："如果我说不呢？"

丁跃进看了她片刻，突然一叹："那咱们就离了吧。"

毕红叶瞪大眼睛："丁跃进，你是疯了吗？"

丁跃进道："你就当是吧。这么多年，我早就该疯了，忍到现在也不容易。"

老丁说的是什么话？毕红叶不敢相信自己的耳朵。

"毕红叶老师，你粉丝众多，你受人崇拜，可是我不是你的粉丝。你这性格，这脾气，我早就受够了。你以为我丁跃进是谁？是你那个青梅竹马的崇拜者，还是你那个'小鲜肉'寄居者？呵！我们散了吧，我爱找谁装找谁装。"丁跃进道。

“丁跃进，这可是你说的。”毕红叶道。

“我说的。”丁跃进道。

丁跃进转身就走，背后传来噼里啪啦的打砸声，还有毕红叶歇斯底里的哭声。

于休休在办公室里如坐针毡。合同被搞砸了，虽然设计部没人说她，还都来安慰她，可她心里就像有个结，有一种从高处摔下来的感觉——脸不痛，屁股痛。

大禹在浮城的进展也不顺利。大师兄来了，神情凝重地进了办公室，不知道和爸爸在里面说什么。于休休去瞅了几次，等门开了，这才笑眯眯地端着托盘把自己塞进去。

“爸爸、大师兄，我给你们送茶水来了。辛苦啦，辛苦啦，咱们家辛苦的两个男神！来，喝口仙女茶，好运连连！”于休休道。

于大壮眉开眼笑：“好！爸爸最喜欢喝我乖女儿的茶。”

魏骁龙穿了一身工装，像是刚刚从工地过来的，灰浆泥土裹得全身脏兮兮的。在于休休靠近的时候，他条件反射地退后一步。

“我马上得走，就不喝了，免得脏了杯子。”魏骁龙道。

于休休瞪着两只眼睛：“大师兄，你是不是很久没有喝过我的仙女茶了？赶紧沾沾仙气！”

魏骁龙笑了笑，拿起茶喝一口：“真好喝。”

于休休展颜一笑：“大师兄，你好像瘦了，又黑了，不过——更帅了。男人三十一枝花，不知道我家这枝花会被谁采回家。”

于休休认真地拍了拍魏骁龙的胳膊，像在市场上买猪肉，表情很是满意。他一身的肌肉块子，于休休每次拍拍就觉得有劲儿——相比较下于家洲就是个弱不禁风的小鸡崽儿。

“大师兄，工作不要太辛苦。要是遇到不开心的事或者遇到讨厌的人，你不要往心里去，回来告诉我和爸爸，我们去剋他！”于休休道。

魏骁龙拧着的眉头松开了。

他笑了笑："没有，和大公司合作挺开心的。"

于休休才不相信呢。米乐说，浮城那边进展不顺利，不知道是谁在搞鬼，大师兄比爸爸还受气。因为别人说爸爸只敢背后说，大师兄却要每天面对那些人。大师兄天天听人家说"裙带关系"，被人找麻烦。他一个大男人哪里受得了？

于休休知道他是个闷性子，很认真地开导他，然后比画了个白娘子的手势："大师兄，这是仙女的力量。小人退散！"她又甜甜一笑，"你去忙吧，我不缠着你了。"

魏骁龙有片刻失神。恍惚间，他想到了那个说长大了要嫁给大师兄的小师妹。

他前脚走，于休休后脚就在沙发上坐下来，一边和于大壮聊天儿，当他的开心果，一边给钟南发消息："我以后只能请你吃 58 元一客的自助餐了。我的单子黄了，老板的工程也不顺利……我早就说过，你是我们的幸运天使。你看，你走了，什么都不好，都不好……好想你回来呀！"

等了两小时没有等到钟南的回复，于休休等困了。

她玩儿了两把游戏，然后推开窗户，拍了一张窗外的夜景，发了朋友圈——

"单子砸了，伤心！哥哥又不理我了……这人生还有什么意义呢？我在想我是不是不适合干这行。可是，如果改行我又能做什么呢？我除了好看一无是处。"

她选择了钟南一人可见，发布图片和文字，然后放下手机，愉快地去卫生间洗澡。她出来后，房间里齐刷刷地坐了三个人。于大壮、苗芮、于家洲都穿着睡衣，一个个防贼似的看着她。

于休休有点儿蒙，一边擦头发，一边拿手机："怎么了？大晚上的你们不睡觉跑到我房里来，要开家庭会议吗？"

苗芮冲过去抱住她："乖女儿，你别想不开啊！单子砸了，你还可以啃老啊！你看妈妈当了一辈子米虫，不是挺开心的吗？"

于大壮道：“爸爸养你，爸爸养你。乖女儿，咱们不跟他们玩儿，当设计师可累了，设计师一点儿也不适合你这样的小仙女。”

于家洲也道：“姐！我马上就要高考了，你难道愿意错过嘲笑我的机会？”

这是什么跟什么啊？于休休古怪地看着他们，再看朋友圈。啊！“仅钟南一人可见”成了“仅钟南一人不可见”。朋友圈要炸了，还有几个未接电话，谢米乐、大师兄都被吓到了……一群人信以为真地在劝她，还有些一知半解的人好奇地问“哥哥”是谁，他为什么会让她这么绝望。

于休休以最快的速度删掉图片和文字，可怜巴巴地看着父母和渣弟：“你们听我说……”

“我们不听。乖女儿，妈妈只要你活着就好，其他不重要。你没工作，爸爸会养你；你没男人，妈妈帮你找。”苗芮抱着她不肯放手，回头朝于家洲使个眼色：“还不赶紧把窗户关上，你脑子呢？”

于家洲：于大壮和苗芮围着于休休团团转。于家洲也破天荒地哄着她，甚至愿意把他毛茸茸的脑袋伸过去让她随便摸。

这让于休休觉得哭笑不得：“你们以为我要自杀？我马上就要走上人生巅峰，迎娶小哥哥了，我为什么死啊？”

苗芮审视她：“你强颜欢笑！我可怜的乖女儿，你太可怜了。这些男人都没有长眼睛吗？”

于大壮道：“乖女儿，有事别憋在心里。管他什么渣男，来一个爸爸打一个。大不了浮城的项目老子不做了，弄死他！”

于家洲拼命地点头：“我渣姐美丽高贵、艳压四海、色冠古今，什么唐绪宁，什么鬼钟南，他们配不上！配不上！”

于休休道：“我没有，我没有。”

于大壮道：“我知道你压力大，初入职场的人就是这样。乖女儿，请几天假。爸爸也请假，在家里陪你。”

于家洲道：“好好，我也请几天假。”

苗芮拍他脑壳："你敢！你以为学校是咱们家开的啊？赶紧给我回去复习。"

于家洲道："你看我姐这要死了，我还上什么学啊？"

苗芮道："呸呸呸！谁要死了？你这个臭孩子！"

于休休没有插嘴的机会。不论她说什么，他们都不肯相信。他们都认为她接连遭遇感情挫折，又遇到事业不顺，陷入了自我怀疑的境地，有轻生的倾向。

于休休很无奈地接受了"轻生少女"的人设。晚上，妈妈要留下来陪她；早上她起来，牙膏妈妈都给挤好了；吃饭的时候，爸爸笑眯眯地盯着她，一秒也不肯放松。

渣弟去上学前，还特地写了张温暖字条："姐，你要是不在了，你的房子、车子、存款，就要我来继承。我太难了！求放过！"

这叫什么事啊？！

于休休："我想去上班，脱离这令人窒息的家庭环境。"

苗芮差点儿掉下泪来："我的乖女儿，妈妈不能失去你。哪怕你恨妈妈，妈妈也绝不允许你做傻事。"

于大壮点点头："你妈妈说得对，没有什么比生命更重要。这样吧，咱们一家人出去旅游一趟。"

苗芮马上赞成："好，旅游，散散心。"

说走就走的旅行，不到中午，"一家人"就出门了。

于家洲下了晚自习回来，只有保姆李妈和一只猫留在家里陪他。

"崽！爸爸、妈妈和姐姐去散心了。你好好复习，迎接高考！"父母留言。

于家洲沉默。

霍仲南回复消息的时候，于休休在飞机上，没有及时收到消息。

秒回消息的人突然不回消息，这让他有点儿烦躁："钟霖。"

钟霖秒到："霍先生，有事？"

霍仲南问：“老丁家的装修怎么样了？”

老板这是关心老丁吗？钟霖假装听不懂：“老丁在闹离婚呢，房子好像是准备交给凯利国际……你看这事我也不好强迫他们，毕竟是私事。”

霍仲南疑惑道：“凯利？”

“可不是嘛。老丁的夫人你是见过的……软硬不吃，而且，她怀疑老丁和于休休……”

钟霖说到这里，想找于休休昨晚那条朋友圈给老板看，让他见识见识自己对“可怜少女”造成的伤害，可是找不着了。

“删除了？”钟霖自言自语。

霍仲南皱皱眉：“什么？”

钟霖把朋友圈的内容告诉他，叹气：“这女孩儿挺正直的，哪儿受得了被人这样怀疑？”

霍仲南脸色微变：“为什么现在才告诉我？”

钟霖无辜地看着他：“霍先生，是你说不关心她的事，只是还她人情而已，我不敢打扰你啊！”

霍戈这两天有点儿飘。于休休发的朋友圈，他也看到了。把一个女孩儿逼成这样，他有点儿不忍心。虽然他不知道那个伤她心的“哥哥”是谁，但作为胜利者，还是乐于充当骑士的。

带着一种微妙的心情，他在相册里选了一张自认为比较帅的照片，换了微信头像，又给于休休发消息：“我上次的邀请一直有效。你到凯利来，这个项目就有你的位置。”

于休休下了飞机就看到消息了，再看看霍戈那头像，撇了撇嘴，冷静地回复他：“不是每个人饿了都会选择去吃屎的。”

霍戈回道：“于休休你什么意思？”

于休休回复：“不好意思发错了。我是想说，恭喜你啊，吃到了热乎的一口。”

霍戈差点儿被气死，可于休休懒得理他。她在看钟南的消息，一条、两条、三条……整整五条。他还一连发了好几个中老年式的微笑表情，虽然瘆人，但她也很激动。于休休开心得差点儿原地蹦起来。

“爸爸、妈妈，我要回去。我要马上回去。”于休休道。

“不，你不想。”苗芮拉住她。

于休休说：“钟南出差回来了。他说他回来了。”

“矜持啊乖女儿。渣男就是这样‘炼’成的，你别惯着他。”苗芮道。

于休休说：“妈妈，他不是渣男。”

“他都害得你抑郁轻生了。他不是渣男，难道你爸是渣男？”苗芮道。

一条朋友圈引发的血案。

于休休狂吸一口气，给钟南发消息：“哥哥，你等我，我很快就回来！ 58 元一客的自助餐走起！”

她还没来得及点发送，手机就被拿走了。

于休休瞪大眼睛，看着苗芮：“妈妈。”

苗芮“啧”一声，把她手机揣进自己的口袋里：“老于啊，有些坏孩子想骗咱家闺女，咱们可不能轻易让他得逞呢。”

于大壮道：“你妈妈说得对。乖女儿，男人不能惯啊！否则他们就会造反。你要学学你妈妈，她把爸爸死死地镇压在五指山下，爸爸五百年都翻不动！”

霍戈写好了工作计划，做好了效果图，出了 VR，带着签约合同，信心满满地去毕红叶的工作室，赴她的约。可是没见到人，就接到了毕红叶的电话。

“霍总监，房子的事我做不得主了。我和老丁协议好了，那套房子归他所有，抱歉。”毕红叶说。

随着毕红叶迅速挂断电话，霍戈连挣扎的机会都没有了。

霍戈看看公文包，看看笔记本，再看看身边的助理，咬紧了牙。

没见霍戈，毕红叶去见了霍仲南。霍仲南的管家引她进门，茶是泡好的，霍仲南的语气也是温和的，可是整个房间里的氛围是冷冰冰的，与其说霍仲南的话是解释，不如说是某种命令。

“丁夫人，这事是我没讲清楚。本来想给小丫头一个机会，又不想让她知道了不肯努力上进……这才拜托了老丁。这事要是造成了什么经济损失，我负责赔偿。”霍仲南说。

毕红叶觉得讶异，一时说不出话来。

今天要不是霍仲南亲自解释，谁说她都不会信。

这位神出鬼没的大老板她没有见过几次，却敏感地察觉到他是有些问题的。血气方刚的年纪，身边没有女人，他也从不和任何人来往。除了钟霖，几乎没有人能接近他。可是他居然亲口称于休休“小丫头”，不算暧昧，却有浓浓的保护欲。

毕红叶说：“霍先生，这……我和老丁的家务事打扰到你，是我们不对，怎么好意思让你破费呢？更何况也没什么损失，我们和凯利还没签合同呢。唉……我就说嘛，我们家老丁不是这么胆大的人。”

霍仲南看着她，点点头：“老丁是看着我长大的，也是盛天的功臣。说来，你们都是我的长辈。丁夫人，我希望你们能好好地处理感情问题。”

毕红叶“嗯”了声，有点儿惭愧，说：“是我胡乱猜忌，对不住老丁。”

霍戈再给于休休发消息的时候，发现自己被她拉黑了。

这姑娘骂完人就拉黑他？霍戈这些年在圈子里摸爬滚打，积累了人脉，也形成了独特的处事方法。本来使阴招儿抢了于休休的单子，他还有点儿于心不忍。这一下，霍戈要气炸了。他处心积虑地换来大单，遇到人家中途离婚。他给于休休发的那些消息如今全成了扇在自己脸上的耳光，令自己尴尬又难堪。

他大动肝火，下属不敢惹他，但那种眼神让他觉得更没面子。一步是做，一百步也是做，霍戈牙一咬，不怕得罪人了。

他换了个号继续在网上爆料。于是，“装修得了一套房的幸运女设计师”莫名其妙地又上了一次社会新闻热搜。这次不是天上掉馅儿饼，而是和盛天 COO 兼副总裁丁跃进有关的传闻。

“盛天。”

“丁跃进出轨女设计师。”

几个话题很快就吸引了大批的吃瓜者，竞争对手来了，键盘侠们也来了。只不过，一般人吃完瓜就把瓜皮丢了，而熟人不一样——他们会捡些瓜皮回来，发给认识的人。

“于家村水库人”群里，唐绪宁身边的人都将谣言传遍了。

他们认为，于家上赶着把女儿献给丁跃进，换来了盛天的浮城项目。于休休还不知足，得了便宜，还要闹得丁跃进两口子离婚。整个事件里，最无辜的人就是唐绪宁，头顶上一片青青草原，还被人骂渣男……

熟人圈里没有秘密。一传十，十传百，人人都在添油加醋，说的人多了，信的人就多。他们不愿意承认于大壮比自己优秀，一旦从于大壮的发迹中找到了“卑劣之处”，就可以治愈自己自卑和羡慕嫉妒恨的心理。

事情发酵，丁跃进吓得脸都白了。他怕霍仲南知道了心里不舒服，马上给钟霖打电话，让他帮着解释解释。没想到钟霖还没来得及说话，毕红叶就有了动作。几十年的夫妻，财务和生活早已深度捆绑。这个时候，不论为公还是为私，毕红叶都得出面。

毕红叶工作室发了声明——

丁跃进先生是红叶老师的丈夫，二人结婚多年，一直相濡以沫，互相信任。房屋装修这样的小事丁先生从不插手，和大禹合作是红叶老师的意思。

关于网上丁先生和红叶老师的不实言论，全是有心人在造谣。我们在此慎重警告，网络不是法外之地，我们将保留法律追诉权。

当事人出面解释了！

丁跃进松了一口气。为了感谢妻子关键时候拔刀相助，他当天晚上就搬回了家，还买了一套首饰和一束鲜花，亲自道歉。

当别人在背后谣传和嘲笑于家“卖女求荣”的时候，他们正在海边沐浴着阳光，舒舒服服地享受旅行的欢乐。

魏骁龙发来的消息于大壮看到了。

他看妻女玩儿得开心，没有声张，只是笑盈盈地回复：“徒弟，你给我了解了解，看是哪些人在背后乱嚼舌根，老子回去就骂他！”

魏骁龙回：“师父，可能你会忙不过来。”

人太多了吗？

于大壮挠了挠头：“行，那你打听打听，我卖我自己，他们愿意出多少钱？我新鲜着呢！”

魏骁龙无奈地叹气。

于大壮又笑了起来：“哈哈哈，徒弟，咱们不和傻子计较。你别让你师娘和师妹知道就好。”

于休休确实不知道这件事情。她来海岛的第一天就开始闹着要回去，可苗芮不听她的解释，拉着她花式拍照，狂发朋友圈，还不肯给她手机。要不是于休休心态好，说不定早就崩溃了。

“爸爸，我们明天早点儿回去好不好？”于休休问。

女儿又来纠缠他，于大壮“哈哈”大笑：“这里多好呀，天蓝海蓝，再玩儿两天。”

“不是说就玩儿两天吗？”于休休嘟囔着，“明天就两天了。”

于大壮瞪大眼睛，委屈地看着她：“爸爸、妈妈都多久没享受大自然的风光了？让你陪几天怎么了？唉，我们怎么就这么命苦呢？辛辛苦苦地拼搏了一辈子，老了，女儿福都享不到。”

于休休望天，把眼一闭："陪陪陪！陪你们到天涯海角！"

于大壮和苗芮对视一眼："走，咱们去天涯海角。"

别人管不住于家人的腿。于大壮没有和苗芮说这事，但苗芮和他夫妻多年——她太了解他了。

背着于休休，她悄悄地问于大壮："老于，是不是出什么事了？"

于大壮搂住她的肩膀："小事，老公会解决。"

苗芮看了看于休休的背影："要是你那边忙，我们就回吧。咱们的乖女儿好像已经想开了。"

于大壮摇头："不对！我看她这样子八成是要入魔了。"

趁爸爸和妈妈在天涯海角谈情说爱，于休休悄悄地"偷回"了手机。

一大串消息跳出来，还有毕红叶的未接电话和好友申请。那天，于休休删了毕红叶好友，毕红叶又来加自己好友干什么？于休休不想和他们搅不清，没有理会，找把椅子坐下，专心地给钟南发消息。

于休休："哥哥看我看我！我出门散心，手机掉了，刚看到你的消息。我明天或者后天……最迟周末就回申城。你等着我啊！"

嘀！

霍仲南秒回："嗯。"

于休休："你就不能多发一个字吗？"

霍仲南："好的。"

于休休撇撇嘴："三个字。"

霍仲南："你傻了？"

这个人真是无趣之极，每次发消息都一本正经，最多发个"瘆人"的微笑表情……可是，她为什么就觉得他可爱呢？

他不懂得表达，害怕被人爱，更不懂得爱人，就像一座高山，等着她于休休去征服。

于休休笑眯眯地打字："我是不是让你担心了？"

霍仲南："没有。"

这个人简直太让她生气了，都不知道怎么接话吗？

于休休：“你这样会没有女朋友的。”

霍仲南：“我不需要女朋友。”

于休休欲哭无泪：“那你需要我这样的妹妹吗？”

霍仲南：“嗯。”

啧！他给了肯定的回答。霍仲南有进步。

于休休笑得嘴角快要裂到耳根了：“可是你这么优秀，又长得这么好看，我的才华和颜值都和你有差距，咱们当兄妹，我会不会拉低你家的基因水平？”

霍仲南：“你只是傻，没那么丑。”

于休休咬着牙发誓，总有一天要让他亲口吞回这些话，并让他赞扬她是肤白貌美的小仙女、才华横溢的大状元。

于休休：“好呢，我会努力变聪明和漂亮的。你等着我呀！”

毕红叶把电话打到于大壮那里了。

老丁回归家庭，对她一如既往地好。风波过后，她不想再闹，因此必须把装修的事安排好，在霍仲南那里好交代，也免得夫妻再生嫌隙。找不到于休休，她有点儿慌，从钟霖那里要到了于大壮的电话。

“于总吗？我考虑再三，还是希望能与大禹合作，你看……能不能和你们的设计师说说，约个时间，我们再碰碰头。”毕红叶说。

于大壮低哼了一声：“不用了，我们小池塘养不了你这条大鱼，你还是另请高明吧。”

毕红叶一愣。没有人会拒绝这样的生意，这大禹怎么回事？她以为自己没有表达清楚，笑了笑：“于总，可能你没有明白我的意思。我是说，延续之前的合同，由你们公司来帮我装修……”

“我听懂了，我们不接你家的生意。”于大壮打断她，“有合同是吧？有合同，那就算我们违约好了。多少钱你说，我们赔你。”

毕红叶觉得这大禹的老总肯定是疯了，哪儿有人将大生意拒之门外？

于大壮挂了电话就把这事得意扬扬地告诉了苗芮，又拍拍于休休的肩膀："这人找了一圈，还是觉得你的设计最好。闺女，给爸爸长脸了！"

于休休觉得意外又惊喜："真的？红叶老师亲口说的？"

于大壮挑挑眉："当然，不过我已经拒绝她了。谁还没点儿脾气了？她敢欺负我闺女，我可不惯着她！"

于休休震惊地看着他。

于大壮"嘿嘿"地笑了一声，低下头去瞅于休休的脸："乖女儿，咱们挽回颜面了，再不想轻生了吧？是不是觉得人生有点儿意义了？"

于休休撇撇嘴，摇摇头，突然捂着脸"嘤嘤嘤"地假哭："爸爸，你断了我走向人生巅峰的路，这次我是真的想死了。"

"啊？"苗芮吓到了，瞪了于大壮一眼："你会不会哄孩子？你是不是傻？孩子想做的事你凭什么帮她拒绝？你这是限制孩子的兴趣发展……乖女儿，咱们接，咱们马上就回去接！让那些人嫉妒吧！"

于休休破涕为笑，移开手，一脸阳光般的笑容。

"太好了！那咱们明天就回申城好不好？"于休休道。

苗芮和于大壮交换了下眼神，隐隐觉得哪里不对，但话说出了口又没办法收回，直到看到于休休发给钟南的消息，这才大呼上当。

于休休为了赶飞机起得很早，回去的路上像小鸡啄米般不停地打瞌睡。可钟南消息一来，她马上就精神起来。

"爸爸、妈妈，一会儿你们在蔚蓝城把我丢下就行，我去找钟南。"于休休道。

苗芮痛心疾首道："我们家不丢孩子。"

她受不了养了二十多年的宝贝热脸去贴冷屁股，拉着个脸不高兴。

于休休看老娘那里路不通，转而求其次："爸爸，咱们家恋爱自由的规矩是谁说的？"

于大壮："你妈……"

苗芮眼睛斜过来，他马上改口："你妈没有说过，是我说的。"

于休休将脑袋靠在爸爸的胳膊上撒娇："我就知道这么人性化的想法来自爸爸高智商的大脑！所以，爸爸，我就是喜欢钟南嘛。"

苗芮道："你有点儿出息啊，哪儿有女儿家像你这么主动的？"

"算了算了！"于大壮怕气着老婆，又不愿意女儿难过，赶紧揽住苗芮，拍了拍于休休的后背，"让她折腾吧，咱家闺女有分寸。你要是气不过，回去打崽崽出气吧！"

霍仲南让于休休先回家休息，说忙完去接她。

可是于休休怎么能让这么好看的小哥哥辛苦呢？她在蔚蓝城下了车，步行十分钟走到盛天总部楼下。

这次她学乖了，怕给钟南惹麻烦，在楼下广场给他发消息。

于休休："我到你公司楼下了，你下班就出来。"

霍仲南："我没有在公司里。"

于休休："啊？完了，你在哪儿？我去找你。"

霍仲南："不用。你去对面的咖啡厅里坐坐，我很快到。"

于休休："太浪费钱了，一杯咖啡好几十呢。"

于休休愉快地放好手机，搓搓手在原地走来走去，转圈圈。

这个季节天已经很冷了，风一吹，冷气直钻进人的骨头缝里。她裹了裹大衣，像个鸵鸟似的缩着身子，四处看看，在广场角落里找了把椅子坐下，在冷风里紧紧地抱住自己。

"宝宝要好好读书，知道没有？书读得好，你长大了，就可以在这幢楼里上班了。"一个女人牵着背书包的幼儿园宝宝路过，指着盛天的大楼教育孩子，"要是你读不好书，就只能像那个人一样，大冷天地缩在人家屋檐下，无家可归。"

于休休把脑袋从大衣里露出来，悲伤地发现被宝妈拿来当反面教材的人好像是自己。为了见霍仲南，她特地穿得低调，没想到一低调就出事了，没被说成乞丐，算那个宝妈善良。

于休休看了看盛天高耸入云的办公楼，翻出手机发消息："你还要多久？这里好冷啊，人家走路带出的风都能让我瑟瑟发抖……"

霍仲南："大概还要半小时。"

半小时？于休休又坚持了漫长的三分钟，不想再当英雄了，准备去对面喝杯热茶暖暖身子。不承想，她还没有走过去，盛天大门的台阶上就匆匆下来一个女孩儿。她穿着细高跟鞋，走路又快又急："于小姐。"

于休休回过头："你在叫我吗？"

女孩儿朝她微笑："你好，我是秘书处的陆诗阳，我们钟经理说让你进去坐一会儿，等等他。"

于休休展颜一笑："好呀，给你添麻烦了。"

暖气、热茶、微笑，于休休在一楼大厅里得到了很好的招待。前台对她有点儿印象，上次是总裁办的钟霖亲自接待她，这次是总秘书处的陆诗阳……两位大佬的朋友，前台不敢不尽心尽力地招待于休休。

于休休拼命地朝她们笑，以示友好。

她们也拼命地朝于休休笑，以示抱大腿。

这尴尬又诡异的状态一直持续到霍仲南给她发消息。

霍仲南："出来，我在门口。"

于休休匆忙地跟人家道谢，急急地走出去，看他开着钟霖的车，而钟霖本人不在车上，有些好奇地做了个鬼脸："你翘班了？"

霍仲南"嗯"一声，待她系好安全带，发动了汽车。

于休休问："翘班好高大上……你们那个变态老板，不找你麻烦吗？"

霍仲南沉了沉眉："他不知道。"

于休休了解地点点头，侧过头看他认真开车的样子，抿着嘴巴偷偷地笑，感觉他们像逃课谈恋爱的学生，紧张又刺激。

霍仲南察觉到了："看什么？"

于休休目光扫过他的脸："你好像瘦了，不过还是那么好看。我就没有见过比你更好看的男生，你信不信？”

“不信。”霍仲南是直男神经，不懂小姑娘的心思，接着就换了话题，“吃什么？”

于休休叹口气：“海岛太暖和、太舒服了，回来冻成‘狗’，不想吃东西，我就是想和你说说话，找个安静的地方就好。”

霍仲南看她一眼，没有多说话。不过，他抓字眼的能力十分强。为了安静，他一口气把车开出城区，驶入了御山。这里的温泉远近闻名，依山傍水，临近两个5A景区，不仅有一个安静的私人半岛，景好汤好，还有各种海鲜料理。

于休休大四的时候和同学来过一次。那时为了照顾同学的消费能力，她没有选择最好的私汤，这次和霍仲南在一起，倒是跃跃欲试了！

孤男寡女一起泡汤，啧，不发生点儿什么好像都难啊！

于休休问：“为什么我们要到这里来？”

霍仲南道：“岛上有家很不错的日料。”

于休休一怔：“咱们不泡汤吗？”

霍仲南想了想，说：“你可以去泡。”

于休休隐隐觉得不好：“你呢？”

霍仲南道：“不喜欢。”

半岛的湖湾里停着一艘巨大的木船，背山面水，装潢考究。他们还没进入船里，就能听到日系的悠扬音乐。

于休休瞄了他一眼，心道：幸好这次是自己请客，要是让哥哥掏钱，得多心疼啊！

霍仲南道：“这次我请你。”

于休休道：“不不不，我缠着你要吃东西，怎么能让你请客？这不合适。”

霍仲南看她一眼。

“好吧。”于休休马上乖顺地点头。

她听说男人爱面子，他们更愿意充当付账的那一方，自己还是不要抢着付账了，大不了回头想个名目给他发个红包补上。

于休休说服了自己，心情随即就好了起来，坐在靠水的船边看湖水，觉得不冷，反而很凉爽，好像空气都比市区里的空气清新很多。霍仲南在点餐，她托着腮看了他片刻，手机响了。

陌生号码。

于休休本不想接，可对方反复打来。她觉得号码有点儿熟悉，一时又想不起来。于是，她懒洋洋地接起手机："你好，不买保险，不兼职刷单……"

"于休休，"唐绪宁的声音比上次听着轻快，有种献宝似的喜悦，"还记得你说过的竹笋虫吗？"

于休休看了霍仲南一眼。

他没有抬头，眉微微蹙起，整张脸棱角分明，英俊得让人觉得赏心悦目。

于休休又愉悦了一些："干吗？"

唐绪宁道："我记得你说过，小时候吃过的竹笋虫非常美味，你很怀念那种味道。"

竹笋虫的味道和蜂蛹的味道是差不多的，于休休小时候在乡下玩儿泥巴的时候，很喜欢吃竹笋虫。竹笋虫甜甜的，有一股奶油味儿。而且，竹笋虫成年后会飞，她会把它们捉来制作风车。她那时候太穷了，又没有玩具，这些童年记忆就成了宝藏。她到了申城，确实吃不到也见不到竹笋虫了。有一次，她曾无意对唐绪宁提起过这个遗憾。

于休休不耐烦地问："你问这个做什么？"

唐绪宁道："我找到一个可以吃竹笋虫的地方，你要不要吃？我把竹笋虫给你带回去，或者带你去吃。"

"假好心！"于休休不知道他又在打什么鬼主意，"哼"了一声，"不要认为这样就能让我放弃那套房子，唐绪宁你当我傻吗？"

唐绪宁道："我不是为了房子。这样吧，我晚上把竹笋虫给你带过去，你见到竹笋虫就信了。"

于休休真想笑：“不用了。我在海岛上度假呢，对什么虫都没兴趣，尤其是你这条大渣虫！拜拜！”

她挂了电话，看霍仲南点了一堆吃的，大吃一惊。

“够了够了，我不是那么能吃的人啊。”于休休说。

霍仲南平静地抬头：“我记得你很能吃。”

服务员小哥就在身边，于休休遮住脸：“我不要面子吗？”

霍仲南没吭声。

于休休看小哥拿着点餐单走了，撇撇嘴，小声说：“不该点这么多，很贵的！”

霍仲南道：“偶尔奢侈一次。”

“怎么这么倒霉？”于休休说着，脸就拉了下来，目光看向门口。

和同伴一起进来的唐绪宁也看到了“正在海岛上度假”的她。

两个人明明已经分手，但当看到于休休跟另外一个男人在一起，且于休休还对他撒谎，唐绪宁突然怒从心起。

带着捉奸一样的无名火，他大步走近于休休，冷笑一声：“于休休，你还真是个撒谎精！嘴里就没一句真话。”

唐绪宁冲上来的动作一气呵成，大声的责问在安静的日料店里有着惊人的效果。这样的画面俨然就是女孩儿出轨被抓了嘛。

众人齐刷刷地看他。

唐绪宁火气未散：“于休休，你为什么要骗我？”

于休休道：“骗你就骗你，还得编个理由吗？我不累吗？”

唐绪宁道：“所以，你是承认了，一直以来都在骗我。你喜欢我，你爱我，你对我好，全都是假的。就像你说你在海岛上度假，其实在这儿跟人约会一样。”

“你有病吧。”于休休用了两秒才忍住没在钟南面前揍他，而是扬头微笑，“我为什么骗你，你心里就没点儿数？”

女孩儿甜甜的笑容有奇怪的治愈能力。

唐绪宁的气消了。

恍惚一秒，他从错位的身份中抽离出来。可能是父亲总给他洗脑——于休休是他的女朋友，是他将来的妻子，是唐家唯一的儿媳妇。他听得太多，潜意识里有了这样的身份认知吧。唐绪宁吸口气，情绪稳定下来。

唐绪宁问："于休休，你是不是早就跟他好上了？"

他的手指着霍仲南。

霍仲南皱了皱眉头。

于休休啪一声就拍开了唐绪宁的手，生气了："你指什么指？你有气冲我来，指我哥哥干什么？"

唐绪宁愣了愣："哥哥？"

霍仲南着装低调，不显山不露水，但唐绪宁见过世面，一个人再怎么装，骨子里的气质是藏不住的。上次在大禹，他就觉得这男人不简单。于家那样的暴发户，一眼可见的"土气"，怎么会有这么贵气的亲戚？

唐绪宁冷笑："于休休，你这张嘴，什么时候能说一句真话？你爸你妈没教过你……"

"你闭嘴。再喷口水，这桌你买单吗？"听他提到父母，于休休马上打断，然后眨了眨眼，"这句话是真的。"

唐绪宁被她当面嫌弃，自尊心受不了了："于休休，别太过分了啊！"

到底谁过分？于休休斜眼瞪着他。

霍仲南看过来，淡淡地问："要帮忙吗？"

他不喜插手别人的事，没有对方许可，不会轻易做什么。

于休休道："没事。"

她坐回去，把服务员端来的刺身往霍仲南面前推了推，看他从头到尾面不改色，越发觉得这样的男人才是男人。他不仅长得比唐绪宁好看，还不像唐绪宁一样咋咋呼呼，像个没长大的破小孩儿。

"你吃你的，这个人我可以收拾。"说着，她笑眯眯地做了个抹脖子的动作，“得罪我的人，都得死。”

冲突发生的时候，和唐绪宁一起的两个哥们儿没有过来。他们知道于休休，但是不知道于休休和唐绪宁分手了。刚才看唐绪宁冲上去以为要掐架，他们正愁要不要帮忙……就发生了戏剧性的变化。

“人家兄妹吃饭，你发什么脾气？绪宁，你这臭脾气该改改了。”两人走过来劝架，笑嘻嘻地拉唐绪宁，又朝于休休问好：“小两口儿有什么事回去说，别在大庭广众之下闹笑话。弟妹，你别生绪宁的气，他就是太在乎你。”

“什么？”于休休看看唐绪宁身边的人，又盯着唐绪宁，“麻烦你解释清楚，咱们不是男女朋友，不然你命没了。”

唐绪宁怎么解释？这两个朋友是基金公司的，今天来这儿，吃饭是其次，主要是谈事！他们的关系没有好到分享私事的地步。

“没事了。你们先坐，等我一下。”唐绪宁的心里空落落的，填不满，意难平。

也不知道为什么，唐绪宁不太愿意在朋友面前承认，于休休已经不是他的女朋友了。

朋友走后，唐绪宁的语气软了下来：“你最好没有给我戴绿帽子。于休休，我最痛恨人家欺骗我。”

于休休道：“你可拉倒吧。唐绪宁，咱俩没什么好说的了。刚才当你朋友的面，我给你面子，下回再这么不识趣……”她抬手背抹一下脖子，吐舌头，“你命就没了。”

唐绪宁最受不了于休休这装疯卖傻的劲儿。

从前是这样，现在也是，好好一个女孩子，姿色是有的，就是脑子不好。曾经他为此感到遗憾，现在看她还是死性不改，不由得无名火上蹿，恨不得掰开她的脑子，让她学聪明点儿。

“你好自为之吧。”唐绪宁扫一眼霍仲南，“不要以为人人都像我一样，随你拿捏。好好想想吧，被人卖了还给人数钱的事，你干得少吗？”

于休休翻翻眼皮："我善良，我大气，我为人类做贡献，碍着你升官发财娶老婆了？"

"哼！"唐绪宁拂袖而去。

不到一分钟，他就给于休休发短信："虽然我们分手了，但唐、于两家的情分还在。于休休，我不想你被骗。那个男人我看着有点儿面熟，虽然想不起在哪儿见过，但我可以肯定，他不是好人。"

于休休低头看了一眼手机，再次把唐绪宁拉黑。

霍仲南眯起眼："怎么了？"

于休休展颜一笑："有只苍蝇，已经消灭了。"

霍仲南瞄了瞄她的手机，没有说话。

唐绪宁整个人像掉了魂儿，坐在另一桌，频频往于休休这边张望，无心吃东西，更不知道同伴在说什么。

于休休如芒在背。不知道是不是错觉，于休休觉得，今天唐绪宁的目光里充满了委屈和幽怨，就好像他才是受伤害的那个人。

"神经病！"她道。

霍仲南问："什么？"

于休休甜甜地笑："我说哥哥你是神仙脸。"

唐绪宁没收到于休休的回复，并不感到意外。

这是他在于休休手上"阵亡"的第二个手机号。

她就那么讨厌他吗？唐绪宁有点儿上火，说不出来的烦躁。

于休休却吃得很开心："哥哥你说得不错，这家店的刺身新鲜，熏牛肉蘸酱吃着好嫩，甜虾口感也好，我从来没有吃过这么好的食材呢。你太厉害了，怎么找到这么好吃的地方的？你是神仙吗？快说，这艘船是不是你为我打下的江山？"

霍仲南手一僵，表情有点儿一言难尽。

于休休不在乎他回不回答，自顾自地说了很久，可看他半点儿声都没有，吃相斯文，咀嚼无声，优雅贵气，衬得自己无比粗鲁……她收敛了些，矜持地换了话题："你怎么不问我，那个人是什么情况？"

霍仲南抬头："男朋友？吵架了？"

原来他心里是这么以为的？于休休好想敲爆他的脑袋，可还是要乖乖地装委屈："突然觉得……这里的食物索然无味了。"

霍仲南问："怎么了？"

于休休的内心在疯狂咆哮，脸上已经做不出表情了。

于休休说："你难道看不出来吗？"

看不出来我喜欢你吗？

霍仲南凝神看她，似乎在等她的下文。

于休休的那句话快要钻出喉咙，又硬生生被憋了回去："难道你看不出来，他是有钱人家的小孩儿，我根本就不配吗？"

霍仲南道："看不出来。"

于休休沉默了。

霍仲南道："他配不上你。"

于休休舒服了："所以我把他踹了，分了。"

霍仲南"哦"一声："前男友。"

于休休：这个人这辈子都不可能有女朋友，不可能。脑子都不带转弯儿一下的吗？这个时候哪个女孩儿爱听"男友"这个词啊？

霍仲南换了换菜盘，把于休休连续夹了三次的新香小卷摆到她面前，直接跳过了刚才的话题："你想做我妹妹？"

于休休一怔，呛住。

霍仲南为她递纸："慢点儿。"

于休休擦了擦呛出来的眼泪，勉强一笑："你终于看出来了？我都惊喜哭了。"

霍仲南看着她沉默了片刻，才道："可以。"

于休休问："什么可以？"

霍仲南道："妹妹。"

在唐绪宁防贼似的不友好目光中，两个人愉快地用完餐，走出了日料店。霍仲南说山里的温泉比湖边好，开车载着于休休往山里走。

山门口有一座观音庙。

“咱们进去上炷香吧。”霍仲南突然说。

“好哇好哇！”于休休跟他在一起，做什么都开心。

霍仲南沉默了一下，说道：“上炷香，咱们就是兄妹了。”

于休休被吓住：“什么？”

拐男朋友不小心拐成了哥？小哥哥，你是不是武侠小说看多了？都21世纪了，还搞拜把子这一套？

霍仲南看她一眼：“仪式感。”

晴天霹雳。

于休休有一种搬石头砸了自己脚的挫败感，欲哭无泪地跟着他走进庙里。

霍仲南捐了些香油钱，买了香烛，带她走到神像面前：“菩萨做证，我有妹妹了。”

他看了于休休一眼：“我会像对亲妹妹一样待她。”

于休休看了看慈眉善目的菩萨，眼泪快要掉下来了。

于休休菩萨菩萨你别听他的！你看看信女！信女不想做他的妹妹！信女思想不纯洁，不配不配。菩萨菩萨，信女在此祈愿，若能换得钟南做老公，甘愿折损身上十斤肥肉。

霍仲南插好香烛，慎重地向菩萨三鞠躬。

回头见于休休在发傻，他皱皱眉：“怎么了？”

于休休摇头。

霍仲南问：“你不愿意？”

“我……”

于休休很想说——是的，她不愿意，她不想和他变成兄妹情。可是，看钟南这么严肃地做一件事，想想他可怜的身世，于休休说不出拒绝的话来。她得多残忍，才能狠心扼杀一个无辜孩子对亲情的渴望？

“我……我只是太开心、太激动了，哥哥。”于休休道。

天上掉下个南哥哥，于休休不知道该哭还是该笑。离开寺庙，二人继续往山里进发。离温泉度假村越来越近，于休休看看周围的山，桥下的水，想到那热气腾腾的旖旎温泉，突然觉得自己还可以再挣扎一下。

于休休说："哥哥，你不要一起泡吗？你工作那么辛苦，泡一泡，可以舒筋活血，对身体有好处……"

霍仲南道："我不辛苦。"

果然是心无邪念的优秀青年。

于休休暗暗咬了咬牙："那我去泡，你一个人不会很无聊吗？"

霍仲南道："不会。"

于休休道："可是……我一个人有点儿怕，你看我长得这么好看，万一遇到色狼……"

霍仲南道："我预约的私汤，没有色狼！"

没有色狼，他就不能充当一回吗？啊啊啊！

于休休深吸一口气："万一呢……"

霍仲南看她一眼："色狼大概会怕你。"

于休休内心的小宇宙快要燃烧起来了。

不过，谁让她刚认的哥哥这么好看、这么可怜、这么不容易呢？

她可以原谅他所有的缺点！她于休休就是这么正（看）直（脸）。很快，于休休发现，钟南预约的不仅是私汤，还是这个温泉度假村里皇冠级的顶级私汤。她偷偷瞄了一眼价目表，想想刚才的高价日料，心里隐隐有点儿不忍——花掉他太多钱了！

"你真的不泡吗？"于休休再次确认。

霍仲南道："我等你。"

一个人泡有什么意义呢？

于休休低头玩儿手指，小声地说："算了，咱们走吧，我突然又不想泡了。"

她的手指白皙干净，粉粉的指甲盖圆润小巧，她左右手来回地把玩着，整个人显得心不在焉。

霍仲南看了她一眼："是不想泡，还是怕花钱？"

于休休抬头，眨了眨眼："两者皆有。"

霍仲南看到她眼里满满的信任，突然有点儿……不舒服。

"休休。"霍仲南叫她的名字，说得很慢。他不习惯这么亲昵地唤一个人，这在他的记忆里，几乎不曾存在，新的尝试，不自在，又觉得有点儿奇妙："有个事我想告诉你，其实我……并没有那么穷。"

于休休以为他是好面子，歪着头看他，玩笑道："那你快告诉我，你有多少存款？"

她的眼，点漆一般泛着光，她笑得毫无心机。

霍仲南顿了顿，竟鬼使神差地说："我存了……有三十来万吧。盛天薪水很高，给你花，够的。"

"哈哈！"于休休被他这句话爽到了。

老实透露家底的男人太可爱了。她家哥哥怎么可以这么完美？

"你好厉害，会存钱的男生太了不起啦！"于休休说完，又压低声音，"不过咱们是亲兄妹，不拘小节，我就实话说了吧。这种高消费，不适合咱们。走吧走吧，等咱们有了很多钱再来。到时候，私汤要两个，你一个，我一个……不，我一个，另外一个留给狗！"

男朋友没有追到，平白多了个哥哥。这个心理落差有点儿大，不过于休休只纠结了半天，就坦然接受了，甚至觉得有一个哥哥很不错。

男朋友会劈腿、会分手，可是哥哥不会。

男朋友会有各种毛病，可是哥哥不会。

男朋友会对她挑三拣四，可是哥哥不会。

她明白，像钟南这种家庭的人，要接受一个陌生人进入自己的生活本就不容易。他能认她做妹妹，已经是很大的进步了。

至于未来，菩萨又没有说妹妹不能当媳妇儿。

哥哥就哥哥吧。

于休休开始了疯狂的炫哥模式。

第一天，她在朋友圈炫了一张钟南的侧颜照——“我宇宙无敌超级帅的哥哥，大家认识一下。”

一个侧脸，引来朋友圈小伙伴的垂涎。

好友一：“有嫂子了吗？这里有个未婚女青年想了解一下。”

于休休：“有人预定了，不约！”

渣弟：“你家弟弟难道不帅吗？为什么从来没晒过？伤心！”

于休休：“你滚！”

渣弟：“好的。”

镶了黄金的老爸：“乖女儿，你妈啥时候生了个这么俊的小子？”

顶级贵妇苗女士：“嘤嘤嘤，你爸爸终于暴露出渣男本质，把私生子带回家了吗？@镶了黄金的老爸，你变了。”

这俩戏精。

于休休懒得回复。

第二天，于休休在朋友圈炫了一条精美的手链——

“哥哥送的。是A货（高仿产品）又怎么样？我骄傲！”

朋友圈一堆人流口水，表示羡慕：“求哥哥微信，帅不帅的不重要，主要是求一下这A货的链接……太真了啊！”

第三天，于休休在朋友圈炫了一张游戏截图——

我哥哥怎么能这么优秀呢？帅哭你哟！”

圈友哗然：“于休休你到底在哪儿捡了这么个神仙哥哥，又酷又帅，又能帮妹妹买仿真超A货，又能带妹妹游戏？问问，他家还缺妹妹吗？”

于休休：“呵呵！”

炫了几天，于休休玩儿得忘乎所以，比找了男朋友还开心，而那个以咨询装修为由用小号加了她微信的唐绪宁，默默地潜在她的朋友圈里，不配拥有姓名，不敢拥有声音，无比抓狂。至于另一个同样抓狂的人——毕红叶老师，第五天才等到于休休的回复。

“呀，不好意思，红叶老师，我好多天没看微信，刚注意到消息。您说什么？您要找我们公司装修？这……您要不要再考虑一下？像我这么好看又有才华的女孩子，很危险的呢！”

天天活跃在微信里的人，不看消息？毕红叶有点儿气。因为，人家不带脑子也能让她无话可说——毕竟她朋友圈发的那张侧脸，是霍仲南啊！

毕红叶：“于小姐，你看你什么时候方便，咱们见个面？我和老丁商量了，可能会在原合同的基础上，增加一些预算。”

于休休：“红叶老师，我可以问问，是什么原因让您又重新选择了我吗？”

毕红叶：“大概是我太欣赏你的美貌和才华了吧。”

合同双方的地位向来现实，哪个是甲方客户，哪个说了算。上次签合同，因为毕红叶喜静，又是“天上仙女”，不愿意涉足装修公司这种凡尘俗地，于休休和谢米乐带着资料去她工作室，费了好一番周折。

这次，于休休刚开口说明天过去，毕红叶就表示要亲自上门。

毕红叶：“我到你们公司来吧，你不用两头跑。”

于休休：“红叶老师？”

毕红叶意识到自己的话过分热情，又淡了淡语气：“我过去顺便看看你们公司的情况。”

这个说得通，要看软硬实力，还是亲自登门最好。

于休休乐呵呵地应了。

谢米乐听完却纳闷儿：“你不觉得这事奇怪吗？”

于休休道：“不用奇怪，这是一种叫‘于休休’的毒。”

谢米乐上下打量她：“红叶老师又不是男人，不会为你的美貌倾倒，而才华……你下辈子还是可以争取争取的。”

于休休横她一眼："谢米乐，你命没了。"

毕红叶是个生活精致、讲情调的女人，知道她要亲自登门，设计部严阵以待。"城市之春设计小组"六个人花了半天时间洒扫办公室，归置凌乱的摆设；于休休又从家里拿了些爸爸高价买来的"艺术品"；谢米乐特地上网看了毕红叶的几个专访，了解到她喜欢绣球花，特地让花店送来几大把……

一群人化身花艺师，将办公室摆得像个展馆。

早上九点，毕红叶准时到达。设计部上上下下全体愕然——毕红叶腰不酸了，腿不痛了，什么毛病都没有了，更难得的是一脸微笑，慈爱和蔼，她的助理还拎上来两大袋礼物。

毕红叶说："也不知道你们喜欢什么，我就随便买了点儿东西，有吃的，有护肤品，设计小组人人有份。"

于休休心里有句话差点儿脱口而出，生生憋住。

于休休说："怎么好让您破费？"

从"你"变成"您"了，毕红叶心里的石头终于落了下去。

那几天联络不上于休休，老丁每天回家都长吁短叹，夫妻俩好不容易建立起来的恩爱同盟差点儿又要土崩瓦解。毕红叶知道老丁看重这事是为什么。为了丈夫的事业，她不得不对于休休下矮桩，但又不能做得太明显。于是，设计小组六个小伙伴都沾了光，包括男同事。

一位设计师说："我替我女朋友谢谢红叶老师，嘿，我们都是您的粉丝。"

毕红叶笑得鱼尾纹都深了，跟一群年轻人说说笑笑。她的态度十分随和，一群年轻人有点儿受宠若惊。谈到最后，她又为这个项目追加了两千万元预算。

设计组的小伙伴差点儿跪下。

大禹和大多数中小型装修公司一样，设计师保底薪资很低。从某种意义上来说，他们既是设计师，也是业务员，收入全靠签单量和成交额。合同金额越高，设计师的提成越高，到手的钱也就越多。

这毕红叶不是送财童子是什么？

大家一口一个“老师”，恨不得把她夸上天。

毕红叶来之前，心里多少还有点儿疙瘩，脸上的笑，完全是为了老丁在公关。而现在，她被这一群年轻人夸得舒舒服服。这个夸完那个夸，夸得真诚，不带重样。沟通时他们既能说服人，又能让人高兴，就像是复制了好几个于休休……

毕红叶真心满意了。半天时间，她确定好方案，选好主材，还在大禹吃了个盒饭，整个人好像都被夸得年轻了。毕红叶离开的时候，于休休把她送到了停车场，态度极为友好。在毕红叶看来，于休休没有千金小姐的作风，朴实、单纯，懂得进退，也没有因为霍仲南对她好，尾巴就翘上天。

毕红叶对她生了些好感，临上车前，想了想，停下脚步。

毕红叶说：“于小姐，霍戈这个人，你熟悉吗？”

于休休道：“不熟。”

毕红叶看着她的笑脸：“他这个人城府深，心机重，就装修这事，他可没少拐弯抹角地挤对你。往后碰上，你能避就避吧，免得吃他的亏。”

于休休莞尔：“谢谢红叶老师。我和他分属不同的竞品公司，各自为政，他针对我是正常的啦。商业行为，我能理解。”

毕红叶失笑：“那要是在生活中呢？”

于休休愣了两秒，看毕红叶不像开玩笑，笑着说：“生活中我和他不会有交集。”

毕红叶目光闪了闪：“他是霍家人。”

于休休疑惑：“霍家人怎么了？”

这姑娘两只水汪汪的眼睛，写满了疑惑，一看就不是会藏心机的人，毕红叶有点儿奇怪了。难道说她不知道霍戈和霍仲南的关系？不知道自己嫁到霍家就必然会面对这些人吗？

“还是太年轻啊！”毕红叶叹息一声，也不去提霍仲南不愿自己提的事，“那我就走了。”

于休休“嗯嗯”点头：“红叶老师您放心吧，我不会吃亏的。姓霍的都不是好人，我看到就会绕着走……”

姓霍的都不是好人？毕红叶的脑袋差一点儿撞到车门上，幸亏于休休及时扶了一下：“红叶老师，您慢走。”

毕红叶前脚刚走，于休休后脚就把大单失而复得的消息告诉了霍仲南。

于休休：“哥哥，我要发财了，你真是我的幸运天使。”

霍仲南：“恭喜。”

于休休：“刚才红叶老师提醒我，要小心霍戈这个人。听她语气，霍戈和你们的渣老板是一家人。我在想，霍戈可能是他的儿子，或者侄子。呵呵，不是一家人不进一家门，果然都不是好东西。”

字字扎心，霍仲南无言以对。

于休休犹不自觉：“怎么不说话？你要忙了吗？”

霍仲南：“老板还没结婚，没这么大儿子，也没这么大侄子。”

“没结婚？”于休休吃惊一秒，随即恍然大悟，“怪不得他这么变态。我总算找到原因了。这个渣渣肯定有什么怪毛病，说不定还有严重的反人类倾向。哥哥，你小心点儿，你长得那么好看，万一他起了什么恶毒心思……”

霍仲南：“我……不会的。”

于休休：“哎呀，你不会，你不会有什么用啊？”

霍仲南：“我是说，我会注意的。”

于休休满意了，打字时唇角不自觉地扬了起来：“哥哥，我收到你买的包包了。这 A 货真牛，真的能以假乱真了啊！不过……以后你不要再给我买东西了。我知道你薪水高，又想对我好，但你还是要节约一点儿……攒老婆本，听到没有？”

霍仲南：“不用，我不需要。”

不需要老婆本，还是不需要老婆？

于休休挠了挠脑门儿，没有问，毕竟这种男人就该没有老婆的。

于休休："反正你不要再送了。我最近要开始忙起来了，可能没那么多时间发朋友圈……所以，意义不大。"

于休休是真的忙，人生从未经历过的忙。

整整一个星期，她和设计小组泡在办公室，没有时间找钟南，也没有太多时间陪父母和渣弟。一心扑在工作上是什么体验，她人生第一次尝试。

大禹旗下有自己的施工队，也有一些存在合作关系的"游击队"，但别墅装修和普通住宅装修不一样，工人的素质和施工水平相当重要，这在整个装修中是最关键的一环。施工队不找好，遗患无穷。

霍戈当初抢单时说的话，并不完全是忽悠。

大公司的别墅施工队有经验，有优质工人，而这些恰好是大禹所欠缺的。设计小组商量了一下，谢米乐认为可以让公司口碑最好的项目经理谢治淳负责，可于休休不愿意。

"谢经理虽然有十几年的装修经验，口碑也很好，但没有装过这种档次的别墅和豪宅……"于休休道。

谢米乐的眼皮跳了跳："你不是说经验没用？就像是照方抓药的郎中，没有思想，缺乏灵魂，还腐朽无聊，处处散发着行将就木的冰冷气息？"

于休休抬头看她，表情一言难尽："说给别人听的，自己怎么能当真？"

谢米乐道："那怎么办？咱们公司统共就几个项目经理，没一个有这种档次的别墅装修经验。"

她看着于休休笃定的眼，怀疑这姐们儿内心已经有了决定。

果然，于休休眼睛冒光："我看上了吴桐，这个人可以。"

谢米乐惊了惊："大小姐，吴桐是挂靠着凯利国际的！"

于休休笑了，眨眨眼："英雄不问出处！"

"英雄？你就不怕麻烦吗？吴桐这个人可不好搞！"谢米乐不

赞同。

“难道怕刺就不吃鱼？”于休休笑道，“我于休休出了名的能折腾，最不怕的就是麻烦。”

项目经理是连接工人和装修公司之间的桥梁。大多数情况下，工人不会和装修公司直接对接，工程进度都是通过项目经理来推动的，这个职务可以说是除了设计师的又一个核心。当然，项目经理接私活儿，在行业里是普遍现象。

于休休花了三天时间了解行业内项目经理的资质和口碑情况，最后看中了吴桐。可是，不论于休休怎么说，谢米乐仍然倾向于肥水不流外人田。

谢米乐说：“这样的机会应该用来培养我们公司的人，钱何必给别人赚？”

于休休摇头：“这个项目是我们的标杆。砸了，大禹今后不要再想接到精品；搞好了，那就是行业先锋，质的改变和飞跃。”

谢米乐说：“大禹一开始的定位就是平民化。”

“可现在这单，它就是高端精品化。”于休休看了谢米乐一眼，“毕红叶的要求，没一样是便宜的。举例来说，园子的凉亭，她要叫得上号的木匠大师手工雕刻。我了解了一下行情，大概一根柱子……造价就十万吧。”

就十万吧？谢米乐说不出话了。

确实，大禹自成立以来，就没接过这样的单。

于休休继续道：“经验的重要性，《卖油翁》已经告诉我们了。施工和设计不同——设计需要创新，需要灵魂；但施工要技术，要熟练，要不出差错。这种差错，我们承担不起。”

谢米乐皱皱眉：“那要不要和于叔商量一下？就怕这部分开销太大，到时候财务不批。”

于休休道：“如果施工不专业，因此造成的损失比找专业人才的开销大多了，老板不会连这点儿觉悟都没有的。我找他谈。”

过两天要去吃老村长的寿酒，苗芮今天又约了两个闺密出去逛街，添置装备。于是，她顺手为老公和女儿买了一堆衣服、靴子、围巾、帽子之类的服饰。满满一车，李妈来回跑了五趟才拿完。

“累死我了。”苗芮一边揉胳膊，一边瞪于大壮，“每次出门都要我来操心，你就从来不管。”

于大壮赶紧把她扶坐在沙发上，又是倒水又是捏肩膀，嘴里打着哈哈：“就我这乡村十八线的品位，哪儿敢去买衣服？要不是我媳妇儿有眼光，能把我打扮得这么好看？我走出去能这么气派吗？”

苗芮横他一眼，“哼”了一声，嘴里埋怨，心里早就乐开了花。

于休休早就习惯了父母这诡异的相处模式。

爸爸十年如一日地任由妈妈用她的奇葩审美折腾，现在还没有反抗，她真心觉得爸爸为家庭付出太多。

而苗女士的乡村审美，哪怕已经升级到了用奢侈品来包装的行列，但“财大气粗”四个字贯穿始终。

于休休对她买的东西不感冒，没去翻，而是坐到于大壮身边吃水果。

于休休说：“爸，有个事情想跟你商量，工作上的。”

工作？于大壮有点儿意外。

这段日子，女儿的变化太大了。

他猝不及防：“你说。”

于休休把今天在公司发生的事情说了一遍：“爸爸，你觉得我分析得对吗？”

“对对对，太对了。爸爸支持你。”于大壮一如既往地向着女儿。他又提了几点建议，看于休休拿出本子，十分认真地做工作笔记，愣了愣，突然有一点儿落寞：“闺女长大了，能力越来越强了，以后啊，就不需要爸爸了……”

于休休一脸疑问。

难道这不是好事？哪有嫌女儿太能干的爸爸啊！

苗芮看她一眼："就是，以前多乖啊，天天在家陪妈妈混吃混喝、逛街购物、美容护肤。唉，现在堕落成这样……今天卖包的巧巧还说，她以为咱家公司倒闭了，休休天天在朋友圈发A货。"

于休休又是一脸疑问。

于大壮道："女儿高兴就好。A货怎么了？A货也是有灵魂的。"

苗芮轻哼了一声："鬼迷心窍。"

于大壮"嘿嘿"笑："当年那个医生送你金戒指、金项链，你不也没稀罕，我给你两毛钱的假戒指，你开心得不得了呢？"

苗芮眼一翻："金戒指、金项链，老娘是那种目光短浅的人吗？"

"当然不是。"于大壮笑呵呵的。

苗芮伸出一只手，硕大的钻戒在手指上闪闪发光。她一边欣赏，一边说："老娘又不虚荣又不尚物，看上的是你这个人……这就叫战略眼光，长线投资。你就是有福气的人，早晚会发家的。"

于大壮道："这哪儿是我的福气？全靠夫人教导得好。这些年要不是你管着我，我还不知道在哪儿讨饭呢！"

苗芮道："那你还不对我好点儿？"

于大壮一脸惭愧："休休她娘，我错了。以后我一定加倍对你好。"

听着老爸老妈的对话，于休休很想翻白眼。这世上大概只有爸爸能这么宠着妈妈了，大概也只有妈妈一个人觉得爸爸在宠妻之路上还有进步空间，需要时时鞭策和打磨……

"休休，我给你买了耳环。"说到买的东西，苗芮又兴奋起来。她把购物袋拆开，拿出一个首饰盒，递给于休休："打开看看，可洋气了。"

于休休对她的话表示怀疑，但打开一看，觉得误会妈妈了——她妈妈不是没审美，而是彻底性地突破了审美这种庸俗的定位。

两只耳环，都是字符——一个字是"发"，一个字是"财"。

苗芮又从另外一个首饰盒里拿出一对姊妹款耳环："你脖子长，

戴‘发财’好看。我这个是‘暴富’。看看，是不是相当洋气？”

一个“发财”。

一个“暴富”。

真的好不虚荣，好不尚物。

苗芮拎着耳环比画：“好看吗？好看吗？”

于休休无言以对。

于大壮一脸真诚，拼命点头：“洋气！洋气！咱们于家人的气质马上就出来了。戴上，戴上，回头你们母女俩一起，保管艳惊四座。”

“那是当然。”苗芮得意扬扬，招呼于休休：“快，戴上试试，看怎么配衣服。”

于休休拿着“发财”耳环，瑟瑟发抖：“妈妈，你确定这不是淘宝 25 元一对的那种？”

“当然不是。”苗芮拿着咬了一下，“你试试，真金。妈妈专门定制的。咱们暴发户，要的就是定制款的感觉。”

于休休抽气：“那渣弟呢，你没有给他买点儿什么？”

苗芮皱着眉头：“臭小子叛逆期有点儿长，从 9 岁一直叛逆到现在，天天和我作对，我懒得给他买。”

于休休明白了：“渣弟才是亲生的，你从来不去祸害他。”

苗芮一转身，又拿出一对宝贝：“我给他定制了两个皮带扣，你们看看。”

于休休瞪大眼，金色的皮带扣上也铸着字。

“左‘清华’，右‘北大’。我真是为他操碎了心。”苗芮笑眯眯地收起来，“看他造化吧，考上哪个用哪个。”

九点半，于家洲下了晚自习回来，看到两个皮带扣，震惊得合不上嘴。

“老妈终于对我下手了？呵！这是逼着我不去读清华北大的意思？好，我如她所愿。”于家洲道。

于休休摇他胳膊：“醒醒。”

第二天上班，于休休向小组成员传达了老板的意思，马上就着手准备。

小公司有小公司的好处，程序简单，办公效率快，上面拍了板，下面就可以开展工作。没有人会拒绝这样的大单子，吴桐接到于休休抛出的橄榄枝，与大禹一拍即合，马上驱车来公司签了转包合同。

这是于休休促成的第一个项目。她十分振奋，下午又单独去见了一个客户。不到两个小时，客户就有了签约意向。客户说，于休休身上的自信和阳光感染了他，相信她一定能把自己的第一套房子打造得足够温馨。

于休休一开心，就给了人家七五折。

谢米乐觉得好笑又好气："猎鹰的，被鹰啄了眼。"

于休休不以为然："我让张经理核算过了，又不是没有利润，薄利多销，打开市场，累积客源。我这叫……战略眼光，长线投资。"

谢米乐看她坐在电脑前，将键盘敲得噼里啪啦："于休休，你变了。"

于休休回头看她："是的，我要做四好女青年。谢小姐，请不要阻碍我进步。我要赚钱，凭本事给哥哥买东西。"

谢米乐失笑，摇摇头。临走，她又问："你问问钟南，他那些 A 货哪儿买的啊？把卖家推送给我，或者链接发我，谢谢！"

于休休挤眼睛："没问题。"

第四章

心理医生的心理病

晚上，霍仲南带于休休去吃烤鸭。司机把车开到大禹公司附近的街道停下，霍仲南步行到门口，用叫车软件打了车，等于休休出来，刚刚好。

于休休心疼：“外面冷，为什么不进去等我？”

“不冷。”他说。

于休休“哼”了一声，将脖子上的围巾取下来，带着暖乎乎的热气，挂在霍仲南的脖子上，又踮起脚尖：“你低点儿低点儿，我够不到。”

霍仲南身体僵硬，眯着眼看于休休。围巾上带着女孩儿的体温，暖暖的，似乎还有淡淡的甜香，干净的，纯粹的，不是刺鼻的香水味儿，很特别。甜是一种味觉，但霍仲南脑子里只有这个词。

有多少年没有和人这般亲近过了？母亲死后，再没有过。他看着她，感觉自己不会说话也不会动了。

“哥哥，哥哥！”于休休嘟着嘴，瞪大双眼看他，对他的迟钝极为不满，“你这么高，我够不着呀。”

霍仲南不喜欢别人靠近他，更不会使用别人用过的东西。

他觉得于休休的孩子气十分可笑，可他的脖子鬼使神差地低了下来，任由她将长长的围巾在自己脖子上缠了两圈，又满意地拍拍。

于休休说：“很适合你！鲜亮多了。”

这橙红色是够鲜亮。

霍仲南诧异自己居然没反驳。

大概这就是有了妹妹的不同吧？有了妹妹，有了亲人，他也可以像个正常人，会将就，会忍受，心里有了柔软。

“哥哥！好久没有见你了呀，太开心了。”于休休呵了呵气，上车坐到他身边，观察他，“你是不是又瘦了？”

霍仲南还是那副表情：“没有。”

于休休撇撇嘴，看向他眼下的青黑：“我早就想问你了，你是不是睡得不好？”

霍仲南避开她的视线：“这两天忙，加班。平常……是睡得好的。”

于休休“哦”一声，没怀疑。

这顿饭她吃得很多。烤鸭很好吃，但于休休爱上的是这家的饺子，一口气吃了十六个饺子，舒服得直拍胃：“爱上了，爱上了，下次我还来。”她打个嗝儿，“饺子要是不限量就好了。”

这家的饺子是手工包出来的，一次一桌客人最多要二十个。于休休常来，知道规矩，也就说说而已。

霍仲南却当了真：“还要吗？”

于休休其实饱了，但想到饺子，还是忍不住舔了舔嘴：“限量的，没有了啦。”

霍仲南站起来：“我去问问。”

“不用不用。”于休休看他出去，有点儿不好意思。

这家店可有个性了，对客人算得上礼貌，但是也高傲，一副“爱来不来"的样子，简直是餐饮界饥饿销售的典范。东西好吃，不愁没客。于休休生怕霍仲南去碰一鼻子灰，怔了怔，拿起包包和手机就跟了出去。

她刚出门，霍仲南回来了。

霍仲南道："老板说了，今天搞活动，可以随便吃，还可以打包带回去吃。"

"啊？"于休休差点儿没站稳。

待他们回到房间，她想了想，不怀好意地问："老实说，你是不是出卖色相，勾引了老板家的小姐姐？"

于休休知道他不会回答这种弱智问题，但因心里存有疑惑，待服务员来送饺子的时候，特地问了一下。不承想，这事居然是真的。

服务员笑眯眯地说："今天我们店搞活动。客人，您准备打包多少个饺子，可以提前告诉我，我去准备。"

于休休难以置信:"我为什么从来没碰到过你们搞活动？等等……我上次问过，你们不是从来不破例，也从不搞活动的吗？"

服务员道："是呀。今天是第一次破例，你们运气真好。"

"天哪！"于休休开心地瞪大眼睛，"简直不敢相信我会有这么好的运气。我说中了，你真的是我的天使，认识你之后，我的运气可好可好了。你看，吃个饺子都能遇上破例，是不是很神奇？"

霍仲南认真地点头："很神奇。"

于休休："唉，如果我能心想事成多好。"

霍仲南看着她："你心想什么？"

于休休一时答不上来。

她总不能告诉他，自己对他不怀好意，并不想做他的妹妹吧？不可以不可以。这么纯洁的兄妹情，一旦被破坏，能变成情侣还好；如果不行，那就是连兄妹都没的做了。他们往后见面就尴尬了，她就会彻底失去他。相比起来，她宁愿这样。至少她是钟南在这个世界上唯一的亲人。

包间里暖气很足，于休休的脸红扑扑的。

霍仲南看着她，眼神深沉。

霍仲南问："什么心愿？说啊！"

于休休道："我希望哥哥幸福。"

霍仲南想了想："会的。"

于休休莞尔。

吃完饭，于休休拎走了饺子，却没有问出霍仲南那些A货是哪里买的。

于休休对谢米乐说："米乐，哥哥说这个卖家可神了，不做陌生人的生意，只做熟客，好像是害怕不安全。这样吧，你喜欢什么样的，发给我，我让哥哥帮你买。"

谢米乐道："真的？会不会太麻烦他？"

于休休道："不会不会，他对人可好了，很热情的。"

热情？她们说的是同一个人吗？谢米乐见过钟南。她认识的钟南和于休休嘴里那个好哥哥完全是两个人，甚至想到让钟南帮她买包，自己都会忍不住打个寒战。

谢米乐说："算了，我感觉我不配。"

"你是我最好的朋友，你不配谁配？这样吧，周末到我家里，你看上哪个拿哪个，怎样？"于休休道。

谢米乐："再见！你还是帮我买吧。"

霍仲南收到于休休发来的图片，一键转发给钟霖："安排。"

钟霖道："霍先生，第二个是限量款，国内都没有。"

"你去想办法。休休帮最好的朋友买的。"霍仲南道。

他想办法，能想什么办法？一个大男人天天了解女孩儿的包包和口红在哪里买，怎么买，还不能把事情透露出去，搞得像贼一样。而老板毫不体恤下属，硬生生地把他从一个觉得全天下口红都只有一个色号的直男，变成了一个熟知口红色号和各大品牌包包、时装的男人。

钟霖说：“我觉得我需要一个女朋友了。要不然，那群老家伙总用异样的眼光看我。”

霍仲南：“我需要换个助理？”

“不不不，我当然做得了。我一个精通十国语言、熟读中外名著、拥有三个硕士学位和两个博士学位、上知天文下知地理的男人，会搞不定一个包包吗？”钟霖急忙说道。

呵呵，赚钱他不会，花钱还不会吗？

钟霖处理完包包的事，看了看日程表，又小心翼翼地找霍仲南。

“霍先生，明天该见吴医生了。”钟霖说。

霍仲南沉默了片刻：“你安排。”

吴梁下了霍家的车，被冷风扑了一脸，冷不丁地打了个寒战。

南院一如既往地安静。修剪整齐的园子，一丝不苟的树木，花草溪泉，在阳光下寂寞地静止着，就好像没有人居住在这里一样。

“吴医生，霍先生在里面等你。”司机身体挺得笔直，把吴梁带到门口就停下了。

霍仲南不喜和人接触，他们这些在南院工作的人没得到允许也不能随便进入主屋。司机按了可视门铃。

很快，门自动打开。司机立在旁边，不抬头，态度恭敬。

“霍先生，吴医生来了。”司机道。

屋里静悄悄的，霍仲南没有回应。吴梁深吸一口气，慢慢地走进去。房屋面积很大，窗帘半掩着，显得屋里越发暗。一个人坐在窗边，半闭着眼睛，像在沐浴从窗帘缝隙里射进来的阳光，又像在思考人生哲理。他脸上没有情绪，不像一个活着的真人，倒像一座精致俊美的蜡像。吴梁身为一个男人，为自己对另一个男人的容貌生出美的感觉而羞愧。

他咳嗽一声，露出不安的神色：“霍先生。”

一个医生在病人面前太过被动，不利于治疗，吴梁深知这一点。他已经是霍仲南找来的第八个心理医生了，据说前面的七个心理医生都把自己治出精神障碍了。要不是为了高昂的治疗费，吴梁也不敢轻易挑战这个病人。

霍仲南看了他一眼，但脸没动，只是扫来的凉气让吴梁相信他确实看了自己一眼。

“坐。”霍仲南有把好嗓子。声音像他完美的长相一样得天独厚。

只可惜他的声音中没有情绪，显得过于凉薄。

吴梁慢慢地在霍仲南面前坐了下来。他们中间隔着一个茶几，茶几上面有泡好的茶——他的病人在等他。可他在自己的病人面前，常常因为手脚摆放的问题伤脑筋。

“霍先生，”面对这双深沉的眼睛，吴梁认为自己能笑出来就已经展现出一个心理医生的专业素养了，“你最近感觉怎么样？”

霍仲南道：“很好。”

这是吴梁第五次见霍仲南。

霍仲南第一次的回答是“很好”，后来每一次的回答都是“很好”，这次的回答依然是“很好”。但他能感觉到，在霍仲南今天说“很好”的时候，漆黑的眼里一刹那有光闪过。

“霍先生，你失约了两次，我很担心你，但现在看起来你状态不错。”吴梁翻了翻医疗记录，像往常一样说着轻松的话，试图拉近与病人的距离，开启交谈的序幕。

往常这种废话，霍仲南是不会回答的。今天他回答了：“嗯。”

一个没有感情的语气词，也让吴梁极为振奋。他微微一笑：“最近工作效率有没有改善？还会觉得心悸、失眠、疲乏无力、心情低落吗？”

霍仲南：“嗯。”

这是肯定的回答。

吴梁心里微沉：“药有没有坚持吃？心理治疗必须辅以药物才有效……”

“吃了。”

霍仲南说完，吴梁刚松口气，又听他补充——

“偶尔吃。”

吴梁叹口气：“霍先生，我需要你积极配合我的治疗方案。”

霍仲南：“嗯。”

吴梁松口气：“最近有没有找到感兴趣的事？”

霍仲南沉默了一下，才道：“没有。”

他在迟疑，吴梁眼睛一亮：“你似乎没有说实话？”他试探着问，“是不是新认识了什么人？或者找到了什么感兴趣的事？”

霍仲南看着他，深思片刻：“嗯。”

吴梁浑身的细胞都活络起来：“对方是什么人？他的出现让你感到愉悦还是失落，或者别的情绪？你可以和我谈谈你的感受吗？”

霍仲南问：“我为什么要告诉你？”

吴梁：我是医生啊！

吴梁问道：“我是能帮助你的人。你要信任我，霍先生。”

霍仲南道：“我不信任你。”

吴梁问：“为什么？”

霍仲南道：“不信就是不信，我还需要找理由？”

吴梁：是的，你是老板，你不需要。

吴梁告诉自己，他不是为了霍家高额的诊金才忍受病人的各种无理，而是因为高尚的职业道德。霍仲南是病人，他是医生。他不能和病人计较，不能不能。

“好，霍先生不想说，我们换个话题。上次我给你介绍的影片你有没有看过？要是那些都不喜欢，你可以自己找一些感兴趣的，轻松的，哪怕是动画片，就像回到童年……”吴梁道。

过了一会儿，霍仲南忽然说：“吴医生，你是不是感觉到无助和失望？”

吴梁微愣。

霍仲南道："你思路混乱，没有安全感，眼神无处安放，看上去睡得也不好。"

吴梁：现在哪个是病人，哪个是医生？

吴梁笑了笑，推了一下眼镜："我很好。能成为霍先生的朋友，和你坐在这里愉快地交流，我很有信心，很有安全感。"

"你的谎撒得不高明。"霍仲南面无表情，"我们不是朋友，你看上去也不太愉快。"

吴梁语塞。

霍仲南抬腕看时间："你在门口迟疑了三秒进门，一分钟后还没进入状态，表现出了焦虑、不安等情绪，肢体僵硬，语言和思维迟缓。你需要治疗了。"

最让吴梁头疼的环节来了。如果这时有第三者在场，肯定会认为有病的人是吴梁。霍仲南从容平静，思路清楚，态度强势，比吴梁更像医生。如果不是霍仲南早已确诊，吴梁会怀疑自己有病或者走错了门。

"霍先生，我是医生。"吴梁想要回主动权，划清身份的界限感，"我们现在在谈你的问题。"

霍仲南问："医生就不能是病人？"

吴梁想哭："能。医生可能是病人。"

霍仲南道："你情绪很糟糕。"

吴梁语塞。

霍仲南继续道："你病了。"

是的是的，他有病！

吴梁在心里狂吼：要不是有病，我为什么要坐在这里？

他突然开始相信，再这么治疗下去，自己会步前面几个心理医生的后尘，把自己治出抑郁症。霍仲南历经数个行业顶尖的心理医生，并熟读各类心理学著作，已经成了能掌握谈话节奏，左右对方情绪，甚至干扰他人意识的心理专家。

吴梁深吸口气，一语双关："再好的心理医生也治不好自己的病。"

霍仲南不语。过了片刻，他突然问："你知道我为什么选择你吗？"

吴梁问："为什么？"

霍仲南道："你的名字。"

吴梁一愣。

霍仲南凉凉道："好好当个无良的医生，不要窥探我。"

吴梁脸发烫，一股热气冲入脑门儿。是的，他就快要躁郁了。

医德医德，医者仁心。这个人有病，他忍！

"霍先生，我这次带了几幅画，你来帮我看看……"吴梁不再说废话，在聪明人面前，不用玩儿那些虚招。

他打开公文包，把准备好的几张画纸一张张地摊开在桌子上。

一共四幅画，两张画色彩明亮，两张画灰暗压抑，但四张画的主角都是同一个小男孩儿。他的面目模糊，在学习，在玩耍，在听妈妈训斥，还有一张是他独自站在大开的窗户前，露出一个头，惊恐地望着楼下……

于家村的老村长来申城过生日，他儿子在"于家村水库人"群里一吼，在申城的"水库人"都是要去走一走亲戚的。老村长是于家村里最有威望的长辈，儿子娶了申城的媳妇儿，长年在这边工作。儿子早就想让他过来养老，可他不想给儿子添麻烦，拖了许久。最近他腿脚不便，才被儿子硬生生地接了过来。

群里红包飞了一天。不管在不在申城，"水库人"都发了红包，祝老村长身体康健。老村长的儿子设了寿宴，邀请大家都去聚聚。于大壮无父无母，是吃百家饭长大的，但当年于家村穷得叮当响，大部分人有心无力，真正照顾到他的人就是老村长，说是他半个爹也不为过。

苗芮得到消息就开始准备礼物。临出门的时候，于大壮拉开后备厢一看，满满一车的礼物，觉得十分满意。

"真好真好，我媳妇儿办事就是妥当。"于大壮道。

"哼，谁不知道你的心思，怠慢谁，也不能怠慢了他呀。"苗芮道。

“嘿嘿嘿！我媳妇儿就像我肚子里的蛔虫……”于大壮道。

“谁是虫？谁是虫？”苗芮不乐意了。

“我……我是一只小飞虫，小呀小飞虫！”于大壮忙道。

于休休：“我一定是狗粮养大的孩子。”

于休休今天是戴着她的新宠——“发财”耳环去的。

来的大多都是熟人，谢米乐也在。她和同龄的小辈们混在一起，说说笑笑。

没想到唐家只有唐绪宁一个人来，且还带来一个女孩儿。

透过人群看美人会更美。那女孩儿身边的几个妹子长得都很一般，这样一衬托，显得她又瘦又高、柔柔弱弱的。女孩儿清清冷冷的一张脸，很有点儿冰美人的味道，偏偏笑起来又花容尽绽，嘴角还有个小梨涡。她依靠在唐绪宁身边，十分温顺。

她吸引了很多目光。

唐绪宁和老寿星寒暄起来。在人前，他一如既往地斯文俊气，巧舌如簧：“于爷爷，好多年没见，您看起来和大顺叔一样年轻啊！您是怎么保养的，怎么像个小伙子似的？”

于发贵笑个不停，直夸他嘴甜：“绪宁啊，你爸妈呢？”

唐绪宁目光带笑：“我妈身体不好，我爸在医院守着她，今儿来不了，让我代替他们来看看您，祝您身体康健，福寿延年。大顺哥，这是我们家人的一点儿心意。”

一个厚厚的红包，于大顺代表老爹收下了。

于发贵眯起眼睛，看他身边的女孩儿：“绪宁啊，这女娃子是……？”

“于爷爷，这是我的女朋友。”唐绪宁扶住女孩儿的肩膀，低头温柔道：“思良，问于爷爷好。”

“于爷爷好。”女孩儿细声细气的。

于发贵身子往前倾了倾，像是听不清，又像是想要看清她，一张满是皱纹的脸上露出疑惑：“你的女朋友？不对！你女朋友不是大壮家的休休吗？这女娃子看着可没我们休休水灵啊！”

老爷子年龄大，声音却不小，于休休远远地听见，含在嘴里的一口水，差点儿喷出来。

“消息闭塞真是一件很可怕的事情啊，于爷爷这是……看人家姑娘多尴尬，再看唐绪宁，多下不来台？可怜可怜。”于休休说。

谢米乐睨她一眼：“你这是在幸灾乐祸？”

于休休露出一个甜甜的笑：“米乐你太了不起了，这都看出来啦？”

谢米乐回头看那边的男女：“唐绪宁真是不要脸，这么快就有女朋友了。”

于休休眨了眨眼：“挺漂亮！”

谢米乐一哼：“说不定他跟你在一起的时候这两人就勾搭上了。”

“不然呢？”于休休喝水，“他又不瞎。要不是有了别人，他怎么可能对我这么美丽善良的女孩子没有兴趣？”

见她什么时候都不忘夸自己，谢米乐哭笑不得：“你不生气？”

“我眉毛都快笑弯了！”

不仅不生气，于休休对唐绪宁的事毫无兴趣。她听着谢米乐吐槽，乐呵呵地嗑瓜子。但在同一个圈子里，哪怕她不想知道，也难。

谢米乐就像个小侦探，很快就找几个小姐妹打听来了消息。那女孩儿叫卫思良，是个富家千金，唐绪宁的高中同学，两个人是初恋。后来唐绪宁去京都上大学，两人分了手，最近才联系上。

“这是官方解释，天知道什么时候好上的。”谢米乐嗤之以鼻，“我看那卫思良，可没她名字那么纯良。”

“卫思良？”于休休觉得名字有点儿熟悉，却想不起来在哪儿听过。

谢米乐道：“这个卫思良可了不得。你猜她是谁？”

于休休瞄她一眼：“外星人遗留在地球上的私生女，还是卫大将军的第一百代旁支子孙？”

几个人都被逗乐了。

有人探头过来，神神秘秘地说："听说是霍家人，她妈妈姓霍！"

于休休道："霍家人很了不起？"

看她这么笨，有人直摇头："咱们申城有几个姓霍的富人？那女孩儿的母亲和盛天老板的母亲——对，就是那个有名的霍钰珂是亲姐妹，亲的！"

"哦，怪不得！"于休休拉着个脸。

谢米乐问："怪不得什么？"

于休休道："怪不得这些人都姓霍啊！这霍家人没一个好东西。尤其是盛天的老板，天天虐待我小哥哥……"

谢米乐对于休休无语，但看在小哥哥帮她代购包包的分儿上，毫不犹豫地附和："这种又能买口红又能买包包的小哥哥盛天的老板都舍得虐，简直不是人。"

说着，她下意识地拍了拍刚到手的新包，觉得新包怎么看怎么喜欢。

卫思良视线也扫了过来，最先看到的正是谢米乐和于休休的包。她轻轻地拉了拉唐绪宁："你不是说这包买不到吗？国外要排队，国内没有……结果你前女友和她闺密一人一个。"

唐绪宁一秒就笑了："假的。"

卫思良挑挑眉："假的？"

"嗯。"唐绪宁不敢说自己开了小号潜伏在于休休的朋友圈里，只是漫不经心地笑，"于休休家就是个暴发户，对品牌一知半解，上哪儿买可能都不知道。至于那个谢米乐……"

唐绪宁轻蔑地说："她家穷，这辈子都背不起正品包。"

卫思良抿嘴轻笑一下，乖巧地说："你别这么说人家！每个女孩儿都有追求美的权利，买不起正品包，背个高仿包，也没什么。"

唐绪宁道："你啊，就是太善良，太为别人着想。"

卫思良只是笑。

半小时后，开饭了。

于休休和谢米乐正准备与于大壮、谢晋原会合，卫思良和两个女孩儿就从洗手间那边过来了。这两个女孩儿于休休不太熟，想来是于大顺家的亲戚。她们似乎被卫思良的身世和美貌征服了，小迷妹似的跟前跟后。本是井水不犯河水，可于休休走到她们身边时，一个女孩儿居然嫌弃地嗤笑一声："人穷其实没什么，背假包就丢人了。"

"西西，你别这么说人家。也许人家根本就不知道那是假包，不知道有正品呢。要不然谁会这么傻，背一个国内缺货、国外断货的包出来让人笑话？"另一个女孩儿假意劝阻道。

"对！有种东西叫限量款，傻子是不知道的。"被叫西西的女孩儿说。

"这个笑话我可以笑一年。"另一个女孩儿接话。

谢米乐的脸如有火烧。那天她看于休休的包好看，就托于休休买了一个同款不同色的。她平常不买奢侈品，了解不多，确实不知道这是限量款，更不知道这包正品多难买，单单是被包吸引，虚荣了一下……

她们被人当众揭穿，太丢人了！

她心悸冒汗，很想快点儿离开。

于休休却不紧不慢地站住，"呀"了一声，叫住讲话的女孩儿："小姐姐，你的包好好看呀，是什么牌子的？"

于休休一脸真诚的微笑，看得那女孩儿不好意思。毕竟于休休是真的暴发户，比她们谁都有钱。而她忘了，自己的包……只是在某宝买的一个杂牌。

咔！于休休拿手机拍她的包："我搜一搜，看看是不是 9.9 元包邮呀，准备给我家狗狗买一个。谢谢小姐姐，再见。"

那女孩儿的脸唰地一红，于休休却浑不在意地拉着谢米乐就走。

没想到，卫思良眉头一皱，居然和她正面对峙上了："西西的包不是名牌，价格也便宜，但那是真的，她不虚荣，支持国货，没什么可笑话的。你这样讽刺她，不觉得自己背假包更丢人？"

“假包？”于休休展颜一笑，“小姐姐，你的眼睛是用来装饰后脑勺儿的吗？”她摸了摸包，底气十足：“如果我这包不是假的怎么说？你是不是要给它道歉啊？”

于休休的表情太自然了，而且卫思良近距离看包的质感、走线和五金，确实不像假的。她是用过好东西的人，有辨别能力。要不是唐绪宁说得笃定，她会认为这是正品。

卫思良笑了笑：“我不排斥背假包的女孩儿，但我看不起背个假包就沾沾自喜，还辱骂别人的虚荣女孩儿。”

“谁要你看得起？”于休休一本正经，“我是在问你，如果我这包不是假的，你是不是要向它道歉？”

卫思良道：“是真是假，你心里没数？”

于休休勾唇：“是真是假，你说了算？小姐姐，说话要讲证据。”

证据？这种事情上哪儿找证据？难不成还能拉着她去鉴定？

卫思良知道于休休在耍无赖，觉得好笑：“于小姐，我总算知道……”她停顿下，刻意压低声音，用一种胜利者的语气说，“绪宁为什么看不上你了。”

于休休诧异：“他没告诉你，是我看不上他吗？”

卫思良目光落在她的“发财”耳环上，像是看到了什么可笑的事情，噗的一声笑了出来，意有所指：“绪宁没骗我，于小姐的品位，还真是让人刮目相看。”

于休休不理她，拉住谢米乐的胳膊：“米乐，快，你快看她。”

谢米乐配合于休休：“她有什么可看的？又没你好看。”

“我是说，你看她的表情，好像电视剧里的女反派啊！”于休休瞪大双眼，无辜地看着卫思良：“小姐姐，你是演员吗？”

卫思良怒道：“于休休，你怎么骂人……”

“我是说你演技好！难不成你就是女反派？”于休休说完，拉着谢米乐走人。

卫思良气不打一处来。

两个小姐妹没想到她战斗力这么低，白白被于休休奚落一通——她们连吹捧的话都说不出口了。

卫思良憋着一肚子气，回到唐绪宁身边。

唐绪宁问："良良，你眼圈怎么红了？"

卫思良摇头，吸吸鼻子："没事。谁让我……谁让我控制不住爱上你呢？于休休怨恨我，是应该的。我已经得到了这么好的你，让她发泄发泄不满……也没什么。"

她说着不在乎，眼泪却快掉下来。

唐绪宁心疼不已，怒火中烧："于休休欺负你了对不对？于休休，又是于休休！"

于休休和谢米乐坐下来，不动筷，先把自己背着包的照片发了一张在朋友圈里——

"小可爱，你看你能装钥匙、手机、口红、钱包……别人能装的你都能装，她们凭什么说你是假的？哼！你就是真的！真的！真的！我哥哥的心意怎么可能会是假的？这就是真包，不允许反驳！"

发完，她扬扬得意地说："看到没，大家都在点赞呢。"

谢米乐苦笑："还是你厉害。"

于休休毫不客气地点头："还是你有眼光。"

见两个女生窃窃私语，于家洲很好奇，探过头："米乐姐，我姐是不是气糊涂了？"

于休休撇嘴："是啊，被欺负了。"

于家洲拉下脸："敢欺负我洲爷的姐姐？看我回去不扎个小人，扎死他。"

于休休瞥他一眼。

于家洲眯了眯眼，笑："姐，咱犯不着难受啊！唐绪宁找的那个新女友没你一半好看。不，咱申城就找不出第二个于休休。不说别的，就这对耳环，除了你，我敢说没人能压得住这俗气。"

于休休翻了一个白眼："洲爷，你是皮痒了吗？"

于家洲道："痒！给我买个刚出的平板电脑，我去帮你揍他。"

"崽啊，怎么又欺负你姐？"于大壮看于休休瞪弟弟，第一反应就是儿子又使坏了。

于家洲快哭了："爸，今儿叔叔、伯伯、阿姨、婶娘都在，是时候告诉我真相了。我到底是你从哪儿捡回来的？"

于大壮瞪眼："好好吃饭，小伙子没小伙子的样子。你坏成这样……万一被哪个小姑娘看见了怎么办？"

于家洲捂脸。

今天唐绪宁带新女友来老村长的寿宴，其实很多人存了看于家笑话的心思，毕竟于家最近风头正盛，让人心里有点儿不愉快。可是于家人好像根本就不在乎。如果卫思良刚才不惹于休休，于休休压根儿不会理会她。于休休以为唐绪宁那天在半岛吃了亏，他如果要点儿脸，就不会再往自己跟前凑。她没有想到，他居然牵着卫思良的手走了过来。

他要替女朋友出头？

于休休的眼皮跳了一下。

于家洲道："姐，你别怕。有洲爷在，一会儿要是打起来，我会帮你……掩护好爸妈，你不要有后顾之忧，搞他！"

于大壮这一桌都是"于家村水库人"群里的老熟人。

唐绪宁过来先和他们打了招呼，然后彬彬有礼地招呼于大壮："于叔，我爸让我给你带个好。"

"好好好，我好得很啦。"于大壮打个哈哈，瞄了一眼他牵着的卫思良，"绪宁啊，你妈还没出院啊？你舅那婚离了没有？还有……这个女娃是你上次劈腿的那个吗？"

唐绪宁瞬间变了脸："于叔你说什么呢？"

于大壮愣了愣："难道又换了一个？"

"于叔，我给你问好，是看在我爸的面子上。我尊重你是长辈，你别为老不尊，欺负我女朋友……"唐绪宁说。

于大壮道："我欺负的是你吧？"

唐绪宁看到他笑，气得攥起了拳头。

卫思良赶紧扯了扯他的胳膊："算了，绪宁，我们走吧。是我不好，我不该为了帮西西，说于小姐和谢小姐的包……是假名牌。"

她不该说？她又当着众人说了一次。

众人的目光都被她吸引了过来。

于休休和谢米乐的包成了关注点。

唐绪宁拍拍卫思良的手："什么算了？哪有长辈这么说话的？"

于大壮"哦"一声："老子就这么说话，你不服？"

于休休道："爸爸，别说了。宁拆十座庙，不破一桩婚。咱们要祝福唐绪宁和这位大姐百年好合、永不分离，再顺便祝他不孕不育、儿孙满堂……"

"于休休！"唐绪宁怒急攻心。

卫思良下意识摸了摸肚子。

唐绪宁一口气差点儿喘不上来："你是个女孩儿吗？这么脏的话你怎么说得出口？"

于休休道："不好意思，我读书不好，说错了成语。不过唐绪宁，你干吗恼羞成怒？该不会你真的不孕不育吧？哈哈哈。"

于家洲道："姐，"不孕不育"不是成语。"

于休休道："哦哈哈哈，我以为它是成语呢。"

大厅里很安静，只有她一个人的笑声。

唐绪宁指着她，气得手抖。他今天带卫思良来，唐文骥是不知道的。上次房子的事，于休休找了个男人撑腰，又在半岛和那个男人一起故意给他下马威。他气不过，感觉跟吃了苍蝇似的，想找回颜面。这次他特地带卫思良过来，就是为了气气她，羞辱她……

是他错了——这于休休就是个奇葩。

不，于家人都是奇葩！他们根本不要脸，哪儿会在乎这个？

这种人，越给他们脸，他们越来劲儿。

唐绪宁深吸一口气，扭曲的脸渐渐平和："幸好当初我和你分了手，要不然我也找不到这么好的女朋友。"他捏紧卫思良的手，笑着看于大壮："于叔，小侄就不打扰了，祝你事业顺利、财源滚滚啊，呵呵。"

他这句反话太明显了，圈子里的人都知道于大壮和盛天的合作不太顺利。不是于家的项目做不动，而是他必须面临每个行业都会面临的问题——小人多。一朝站到高处的人，要么让眼红的人高攀不起、惹不起，比如盛天的霍家；要么就会像大禹，没到那个阶层却吃到了那口奶酪，有人不服气，就恨不得把他从天上拽下来。一边是唐绪宁的暗中使劲儿，另一边是浮城的项目惹来太多人眼热，大禹在浮城项目上走得艰难。

人际关系很微妙——唐绪宁这一说，众人都沉默下来。

于大壮却"哈哈"一笑："多谢多谢！我发了财，你今后讨饭到我家，肯定管你温饱。"

唐绪宁"哼"了一声，拂袖而去。

不到十分钟，唐文骥的电话来了。

于大壮猜到那小王八蛋会向他爹告状，在电话里也没好气："老唐啊，你孩子三番五次来找碴儿，我忍了，我老婆可忍不了。他再有下次，你别怪我翻脸不认人啊！"

唐文骥又是道歉又是安慰于大壮，说来说去，都是让他多给年轻人一个机会。他还说唐绪宁这是受刺激了，说这孩子从小要强，心性高，不肯认输，越是想挽回休休，就越是气急了做错事。

他这是想挽回休休？于大壮挂了电话，把这事告诉了苗苪："老唐是疯了吧？唐绪宁那样子是喜欢休休？"

苗苪仔细地想了想："别说，还真像。我记得你当年吃那个卫生所干事的醋，冲我又吼又叫，还把我家的门都砸坏了。"

于大壮道："不，不是砸门。你记错了，我跪在门口跪得晕过去……倒下去把你家门砸坏的。"

苗芮"哼"一声："我管他怎么想的，老娘养大的仙女，他姓唐的这辈子都别想了。"

于大壮擦擦汗："幸好我丈母娘当年没像你这么想。"

一家人正在说话，突然听到谢米乐倒吸一口气："天！"

于休休问："怎么了？"

谢米乐说："你看这个……"

她把手机递到于休休的面前。因为买了个假包，谢米乐特地搜了那个品牌的官微，准备对比一下，没想到居然刷到这个品牌罕见的"卖家秀"。

"卖家秀"不是明星代言人的照片，而是素人的照片——于休休发在朋友圈里的那张照片。

官微配了文字："浑然天成的契合感，是精巧皮革蕴藏的魅力，只为成就最美好的你。"

于休休惊讶地问："品牌官微也会有A货吗？快看看，这官微是不是假的？"

蓝V（企业微博）官微当然不会是假的。

与于休休同样震惊的是一群网友，"活久见"很快成了热门话题：

"是什么让你低下了高贵的头颅，发出素人的照片？"

"小编，要是被绑架了，你就眨眨眼。"

"素人怎么了？这姑娘美得自然、俏皮、天真、五官精致，没有一点儿修图的痕迹！难道她不比手术刀雕刻出的人工美女好看？"

"楼上说出了我的心声。小编的用词其实很精准，就是一种契合感，好像这包就是为她量身定制的一样。包成就了她，她也成就了包，让这包有了灵魂。"

"是哪个公司的新人要出道了，包装宣传吧？"

评论区说什么的人都有，官微则统统不回答。

于休休在官微翻了好久都没找到答案，完全搞不清楚自己的照片为什么会出现在上面。但是，她明白这是一个打脸渣男、渣女的好时机，二话不说截图发朋友圈——

“瞧我这超凡脱俗的气质，藏都藏不住，还是被官方挖了出来。”

完了她又随手往“于家村水库人”群里将截图一发，顺便发了一个大红包吸引大家来捧场。在满屏的欢呼和赞叹声里，她没有发一个字解释。

她没说包是真的，不算撒谎，只是让大家自己去理解。唐绪宁和女朋友刚才闹的那一场好多人看到了，懂的自然懂——官微都发她的照片了，说她的包是假的人是在搞笑。

于休休不是自己说包是 A 货吗？

呵呵，于休休说的话大家什么时候能当真？

吃到瓜的人看唐绪宁和卫思良的表情都有点儿微妙。唐绪宁自然感受到了，也看到了群里的消息。但于休休没有说他什么，更没说是什么事，他只有哑巴吃黄连——有苦说不出。卫思良看他拿着手机发呆，凑过去看了一眼，心都在滴血。

“你不是说她是暴发户吗？”卫思良问。

“这包不可能是她买的。”唐绪宁斩钉截铁地说，怕卫思良怀疑什么，又补充了一句，“她不可能有这包的购买渠道。”

卫思良眼睛都红了：“那她的包怎么来的？”

唐绪宁知道是谁，又不敢说出来，只能冷笑：“谁知道她是不是勾搭上了哪个有钱的老男人？这女的最喜欢装无辜、装天真，肚子里全是坏水。”

他咬牙切齿，字字透着怨气。可是卫思良看了他许久，觉得他的情绪有些异样。

他是恨，又不全然是恨，更像是嫉妒。

卫思良问他：“绪宁，你爱我吗？”

她没有安全感。可是唐绪宁似乎没有听到她的话，看着于休休吃饭说笑时那飞扬的眉眼，他的眼睛一眨不眨。

为了搞清楚官微的事情，于休休回去就给人家发私信，问官方为什么发她的照片。当然，她没有奢望过品牌官方会回应自己，只是把这事当成笑话分享给了霍仲南：“哥哥，你说神不神奇？我朋友圈的照片流传出去，居然被官方当成买家秀宣传，把说我背假包的人气得脸都绿了。我一开心，就多吃了两碗饭，哈哈哈！”

霍仲南回道：“你背着好看，能带动品牌效应，品牌方应该给你出镜费。”

他的话好像很有道理。

于休休道：“要不我明儿问问他们？哈哈哈，我不能白白牺牲形象对不对？哥哥你太聪明了，哈哈哈。”

霍仲南：“嗯。”

他“嗯”是什么意思？

于休休不再开玩笑了，问他：“你在忙吗？你要是忙，我就退下。”

霍仲南道：“不忙。”

于休休问：“那咱俩打游戏吧。”

霍仲南看着手边的一堆文件，轻轻地敲出一个“好”字。

谁让这是他唯一的妹妹呢？

第二天上班，全设计部的人都知道于休休出了风头，纷纷发来贺词。于休休把大嘴巴谢米乐揪出来狠狠地夸了一顿，又和她讨论了好半天，仍然没有找出原因。

不承想，官方回信了，一长串的套话里重点就两个：

一是他们的设计总监偶然从粉丝评论的图片里发现了于休休的那张照片，觉得她背出了这个包的设计灵魂，让设计师的想法能完美地呈现，因为无法联系到于休休，所以没通知她就在官微发布了图片；二是他们为了表示歉意，以及尊重于休休的个人权益，提出补救方案，愿意支付她一定数额的金钱补偿，具体数额她可以提出来双方再一起商量，并请她留下联系方式。

“啊！”谢米乐简直不敢相信，“于休休你最近干什么了，咋这么走运？房子的事刚过去，莫名其妙又天降横财。这品牌财大气粗，说补偿你，钱肯定不会少的。羡慕、嫉妒、恨！”

于休休有点儿蒙：“除了勾引小哥哥未遂，我没有干过别的啊！”

谢米乐叹气道：“休休，我想抱你的大腿，蹭蹭好运。我也想走运。”

于休休把腿伸出去：“抱吧，这儿比较粗！”

十二月下旬，申城降了温，突然下雪了，下了一个晚上。到了清晨，白茫茫的雪覆盖了整个城市，让忙碌的人们短暂地停下了脚步。

于休休手头有三个项目，除了毕红叶和丁跃进的豪华别墅装修，还有两个预算二三十万的简单装修。她初涉行业，什么都得从头学起，非常忙碌。不过，她没有想到自己能这么快适应工作的节奏，更没想到自己会爱上设计这份工作。

工作笔记密密麻麻的，设计方案一稿又一稿，她觉得这不是房子，是家，不敢有丝毫懈怠的心态。她希望选择了她的客户未来能住在舒适的房子里，每每想到她，都能微笑。

大部分的设计师在方案确定、项目经理入场开始装修后，就“功成身退”，继续开拓别的客户去了。因为客户一旦确定装修方案，就算后面有什么不合理、不满意的地方，也怪不到设计师的头上。

可于休休不这样。她在三个工地里轮着转，也不会因为其他的两个项目比别墅项目小就不理会。她非常认真地关注着施工过程，关注自己的设计在实际应用中的合理性，并会主动向客户建议更改一些不合理的地方。损失她能减则减，能免则免。她口碑是有了，可谢米乐觉得这赚不到钱。

女儿太过努力，苗芮郁闷了好久。她始终认为有好吃懒做基因的自己不可能生出一个这么勤奋的女儿。于大壮两头哄、两头劝，总算说服了苗芮——让自己陪她去逛街。

于休休已经不喜欢逛街了。

“钟南给我买了吃的、穿的、用的。我三年都不缺这些东西，何必浪费生命？我要投身到装修事业中去，行好事，莫问前程，来年继续行——好——运。”于休休说。

临近新年，设计部的人心里长了草，于休休却恨不得把时间掰成两半用。

下班后，人都走了，她还在伏案工作。

外面下着雪，天有点儿阴，门开的时候进来一股冷风。

于休休抬头，看到魏骁龙，愣了愣，满脸喜色：“大师兄，你怎么来了？”

魏骁龙掩上门，脖子上的围巾还没来得及取，就把捂在怀里的热腾腾的烤红薯拎到她的面前：“过来的时候刚好看到，给你买的。”

童年的食物在人的心里总是占有一席之地。于休休喜欢吃这些东西——小时候在灶里烤红薯的香味儿，午夜梦回时还能让她流口水。大师兄是了解她的。

她欢呼：“天啊！大师兄你真好！这种神仙师兄得找个什么样的嫂子啊？”

魏骁龙“呵呵”笑：“快吃，冬天红薯凉得快。”

“嗯嗯。”于休休愉快地啃着红薯。有点儿黏嘴，她舔了舔，又觉得不雅观，朝魏骁龙傻乎乎地一笑：“你来找我爸爸？”

魏骁龙脸上全是笑：“找财务。慢点儿吃，看把你馋的。回头我让人从于家村快递些红薯过来，我给你烤！”

于休休眨眨眼：“完美！”

哥哥有事没事送吃的，把设计部的妹子都养胖了一圈；大师兄也是默默地给东西，惦记着她，有什么好吃的、好玩儿的，都会带过来。于休休觉得自己可能是被幸运女神附体了，每个人都对她这么好。

魏骁龙道：“师父说你最近工作很拼。你不要累坏了，吃完赶紧回去休息，陪陪师娘。”

于休休拼命地点头：“我知道啦。肯定是我妈又到处告状，说我不陪她。”

魏骁龙有点儿想笑，可是还没笑出来，脸上的表情就凝固了。

他的手机收到一条信息——

“老大你在哪儿呢？快点儿过来，工地上出人命了！”

于休休看到魏骁龙瞬间变色的脸，知道肯定出了大事情。大师兄为人冷静，遇事不会轻易慌乱。她问：“大师兄，怎么了？”

“休休，我得走了。”魏骁龙匆匆把手机放进兜里，指了指门口，“你赶紧回去休息，不许加班！”

于休休愣了下，眨了眨眼：“哦，大师兄慢走。”

魏骁龙前脚一走，她后脚就拿起外套和包包风风火火地冲下楼去。她刚好在门口截住从停车场开车出来的魏骁龙：“大师兄，我跟你一起去。”

于休休看着没心没肺、大大咧咧，但对亲人朋友的情绪波动却格外敏感。她不放心魏骁龙，看他停下车，就跑过去，嘻嘻笑着拉开车门：“走。”

“你知道我要去哪儿吗？我去工地啊，傻丫头。”魏骁龙哭笑不得，看看时间，“算了，顺路，我先送你回去。”

于休休瞄着他的脸色：“你去工地干什么？”

魏骁龙目视前方：“有点儿急事。”

于休休笑：“有急事还送我回家？不，我不要回家听我妈唠叨，我也要去工地，看看传说中的浮城。”

魏骁龙拿于休休素来是没有办法的。

为了阻止她，魏骁龙只能告诉她实话，人命关天，工地现在很乱，可能会让她感觉不适。于休休确实有些不适，听到他说有工人死伤，感觉手心冒汗，腿发软。

“我不能临阵脱逃，我也是大禹的一员。大禹出了事，我得陪在你们身边。”于休休道。

魏骁龙看她一眼，叹了口气。

这是一起安全事故，由大禹分包施工的浮城十号楼，一个工人在使用塔吊搬运建材的过程中，钢丝绳突然断裂，建材落下，砸死了一名施工监理。另一名工人也因为建材砸到吊装平台导致吊装平台垮塌，被当场压死。同时，事故还造成在现场施工的几名工人受伤，其中一名工人重伤。

魏骁龙是项目经理，第一责任人，出了事，首当其冲要被责罚。去的路上，他面色阴沉："我跟着师父干了这么多年，第一次出现这么重大的安全事故，还是师父十分看重的浮城。"

他自觉有愧，心情沉重。

于休休心疼地摇头："只要不是 100% 的安全率，就会有事故发生的可能性。大师兄，你别自责，我们先了解清楚情况再说。"

他们赶到现场的时候，工地已经停工了，没有了轰鸣的机械声，呈现出一种诡异的寂静。

救护车呼啸而去，警察还在现场，尸体已经被处理了，现场只留下吓人的血迹。此时天擦黑儿，尽管警察拉了警戒线，附近还是围满了人。

魏骁龙赶到后，就被警察带过去接受调查了。

于休休有点儿紧张，从来没有见过魏骁龙紧绷面孔的样子："我给爸爸打电话。"

魏骁龙道："我刚才已经给师父打过电话了。"

出了人命，他不可能不通知于大壮。

安全事故在建筑行业不是什么特殊情况，尽管每个建筑公司都把"安全第一，责任重于泰山""安安全全上班，平平安安回家"做成标语，对工人耳提面命，但这仍然是一个高风险的行业。

于休休站在寒风里，看着魏骁龙和两个警察说话。她不停地走来走去，又给霍仲南发消息："工地出事了。"

霍仲南："怎么了？"

于休休拍了一张魏骁龙的背影，把事情说了一下："一下子没了两个人，生命太脆弱了。我在这里等着老板过来，希望不会有事。”

霍仲南：“你戴安全帽了没有？站远点儿。”

于休休：“大师兄给我戴了。”

霍仲南：“会没事的。”

于休休：“嗯。你下班没有？你快点儿回去休息吧。不要加班，不要熬夜，我要你好好的。”

同类的死亡总是能激发人心里的怜悯感。于休休不认识死去的两个人，甚至都不知道他们是谁，但是他们死在她家的工地上，这让她的内心触动很大。

霍仲南放下手机，给钟霖打电话：“浮城那边谁负责的？”

钟霖回复：“是王经理。他现在已经赶过去了。我刚得到消息，还没来得及告诉你。”

霍仲南道：“有情况马上汇报。”

钟霖道：“是。”

人手一部手机的时代，消息就像长了翅膀。浮城工地出了人命的事情很快就被传播了出去，就连“于家村水库人”的群里，都有人向于大壮询问情况。于休休没有看到爸爸回复，猜测他正在赶来的路上，又知道这些人可能存了看热闹的心态，就只回复了大顺叔的询问。

于休休：“爸爸还没有过来。有警察在这里，很快就知道结果了。大顺叔别担心，别告诉于爷爷。”

警察在出事的地方调查取证，询问在场的工人事发经过。经了解，警方初步认定这是一起安全事故，具体结论和责任认定要由相关部门来核实。这本是无数起安全事故中的一起，可是，却因为网络传播的言论变得与众不同。

网友们议论纷纷——

“被建材砸死的工程监理叫刘和香，是盛天 COO 丁跃进的小三。她平常就是坐在办公室里喝喝茶、整理一下文件的主儿，从来不跑工地，今天是被召唤了吗？她跑去工地，又死在工地上。这人啊，要死真是拦都拦不住。”

“消息好劲爆！那我收回我前面说的话。小三不值得同情。”

消息迅速地传开。网友的脑洞是无限的，“网络侦探”也层出不穷，甚至有疑似“刘和香的同事”的人在网上留言，说刘和香平常从来不去工地，就是看看结果，在文件上签个字。她今天去了工地，还没有戴安全帽，确实存疑。

消息一传播，刘和香的死就成了“侦探们”各自发挥的故事。得了消息的刘和香家人和几个工人的家属都到了工地上，哭哭闹闹，嚷嚷着找责任人要说法。

魏骁龙一个头两个大，怎么解释都苍白无力，甚至被死去的另一个工人陈海的家人揪住衣襟破口大骂。

于休休心疼大师兄，又无能为力。这个时候，她无法承诺什么，甚至都不敢多说话，就怕一句话说得不对，给自家人找事。她紧闭着嘴，直到于大壮赶到现场。

于大壮做事雷厉风行，平常就是个傻人，行事风格也傻气。他拨开人群走进来，先给家属道了歉，然后红着眼圈表示，等事故责任认定下来，该怎么解决他绝不推卸责任，哪怕赔得倾家荡产，也不会委屈了大家。

老板拍了板，家属的情绪才被安抚。但是很快，事情就往另一个令人意外的方向发展了。警方在刘和香的手机里发现一条短信，短信来自陈海，是他约刘和香过来的。

他们是刚刚网恋不久的男女朋友。

案子的处理结果需要警方通报，但对于浮城和大禹来说，这是一个极大的打击。经相关部门认定，这是一起严重的安全生产责任事故，不仅浮城得停工，就连大禹建筑的其他几个工地也被勒令暂停。大禹接受整改，等待处罚。

消息传出去的当天，汤丽桦就出院了。唐绪宁在医院里接她的时候，见她红光满面，精神头儿相比前些天像是换了个人。

“这次我看他老于家还怎么扳命！死伤者家属不会放过他们，合作单位不会放过他们，建材商不会放过他们，最主要的是盛天更不会放过他们……这次老于要赔得倾家荡产，内裤都不剩了。”汤丽桦说。

唐绪宁没说话。

对老母亲总是惦记着于叔的内裤，他有点儿尴尬：“于叔有房子啊，保险柜里的几十套房产证终于派上用场了。他不用整天吹牛，光说不练了！”

汤丽桦说到房子就觉得心肝痛：“我看他有多少房子用来赔。”说到这里，汤丽桦突然话锋一转，瞪着儿子说，“你少和那个卫思良来往，明知道你爸不高兴，还把她带到于爷爷的寿宴上。你以为这是让老于家难堪吗？他们没脸没皮的，哪儿会在意这个。你丢的是我们的脸。”

汤丽桦拍了拍自己的脸，将自己的脸打得啪啪响。

唐绪宁看了她一眼，皱皱眉：“妈，思良怀孕了。”

汤丽桦正在收拾东西，闻言手一僵，转过头看着唐绪宁：“你说什么？这是什么时候的事？绪宁，我告诉你啊，这孩子不能要。你跟她要是玩儿玩儿也就算了，有了孩子，那就是动真格了。”

“妈！”唐绪宁烦躁地撸头发，“我也不想要孩子！我还年轻呢！可思良她很坚持要这个孩子。”

“你管她呢？”汤丽桦这暴脾气说炸就炸，“哪儿有好人家的姑娘没结婚就跟男人怀孩子的？她自己胡闹，你还由着她胡闹吗？”

唐绪宁生怕把老母亲气出好歹，赶紧说：“妈，思良的事我会解决。你先保密，不要告诉我爸。然后……这些天，你可以回家慢慢地看好戏，看于家怎么败落，看于休休怎么跪到我面前来求我。”

汤丽桦看着他，神情凝重地说：“绪宁，你对于休休是不是有点儿太关注了？”

唐绪宁表情微变，只一瞬，又咬紧了牙：“我就想看这个嚣张的女人痛哭流涕的样子。她说她看不上我？呵！我等着她看得上我的一天，到时候看我理不理她。”

汤丽桦眼皮跳了下，看着儿子的脸色，张嘴想说什么，又将话咽下了，说：“老于家这次涉及人命，是真的栽大跟头了。我寻思着……咋就这么开心呢？”

事故发生后，于大壮第一时间找王经理说明了情况。

对于盛天的态度，他还是在意的。可以说，盛天的态度将会决定大禹的生死。一旦盛天雷霆大怒，大禹背上了事故责任不说，还得赔偿给盛天造成的损失。

王经理愁眉苦脸：“于总，我会尽力帮你周旋的……但是，情况不乐观。”

好几个人死伤，于大壮知道事情的严重性，也不强人所难，当夜回家就和苗芮关起门来清点财产，熬了个通宵，第二天却收到了王经理的电话。

王经理的语气和昨天完全不同。他说，盛天是发包单位，在监管上也存在自身的问题。刘和香是盛天的员工，违反安全规定进入工地，发生事故，责任在她，也在盛天。这事盛天不会让大禹一家背锅，有困难，大家一起面对。

有困难，大家一起面对。于大壮在这个行业里干了几十年，见惯了见风使舵、落井下石的小人，雪中送炭的人却很少碰到。盛天的行事风格实在君子，他开心地回到家，一口气灌了一瓶二锅头，夸了盛天一个小时，然后醉倒在沙发上。

“怪不得人家生意能做得这么大，这就是大企业的担当，这才是大企业该有的样子。不说了，我这就去为盛天写歌功颂德的小作文，至少要写……写 800 字。”于大壮说。

这两天于休休也很担心大禹。盛天老板那么变态，遇上这事肯定不会饶过大禹的。为此，她甚至在和钟南聊天时，还旁敲侧击地询问了一下那边的态度。钟南告诉于休休，老板前些日子去国外度假，找了个金发美女，心情好得不得了，估计这时候不会和大禹计较，毕竟他钱多。

于休休当时不信，现在信了。

她兴奋地给钟南发消息："哥，你简直是神机妙算，哈哈哈！以后我再也不骂你家老板了。而且，我还要祝他老人家身体健康，长命百岁。"

霍仲南："我谢谢你了。"

于休休："后天周末，你可以出来吃饭吗？我明天要去准备些食材，然后去刘婶那边，用柴火灶弄吃的。"

霍仲南："嗯。"

他的心情是愉悦的。

他有妹妹了，就像有了个家。

有了什么好吃的，于休休总会第一时间想到他。

于休休又发消息说："大师兄这几天憋屈死了，天天被那些人找麻烦，明明很委屈，还得跟人赔笑脸，骂不还口，打不还手……老大一个汉子，我就没见他这么委屈过。我想做点儿好吃的，安慰安慰他。"

霍仲南没那么愉悦了。

所以，这顿饭她是为魏骁龙做的，而他只是一个顺便被邀请的人？

霍仲南："我周末可能会加班。"

于休休："你不来？我保证这是你没有吃到过的美食。我告诉你哟，你家妹妹不仅会做火锅，还会做好多好吃的东西呢。全能女战士于休休重操旧业，你不要错过口福哟！"

霍仲南："我去！"

于休休："去还是不去？"

霍仲南："去！"

唐绪宁不知道自己的脚为什么又走到了大禹的楼下。

其实这件事他可以让律师来办的，毕竟两家的关系已经这么僵，不差这一次两次的矛盾。但他想到于大壮上次的话，又觉得带律师来确实太没人情味儿，有些事情自己来会显得有诚意。

大禹内部很平静，前台小妹笑得很甜，那个叫王安全的保安仍然像防贼一样地看着他。而且，这家公司并没有“山雨欲来风满楼”的紧张感，也没有一个员工因为公司出事可能会面临“老板跑路，拿不到薪酬”的问题而消极怠工。

这让他觉得有些不可思议。

在门口处，他特地问了前台小妹：“你们所有的工地都停了，你们还在照常上班吗？”

前台小妹给了他一个微笑：“不上班，你养我吗？”

王安全走过来：“你又有什么事？没事别在这儿妨碍我的工作。”

他的工作？唐绪宁想笑。他一个守大门的保安能有什么重要的工作？

唐绪宁掏出起诉的文书：“还是上次的事，我替我舅舅过来跑一趟。我们呢，还是希望可以私下解决问题，不到万不得已，不去法院。所以，我想找于休休聊聊。”

王安全瞪大眼：“法院这么好你不去，想私下解决问题，你是存了什么心思？快走，我们大小姐不在。”

“不在？”唐绪宁看了看腕表，现在是上班时间，“她不是每天上班打卡，十分热爱工作吗？”

语气里带了点儿嘲弄之意，他把自己从朋友圈里得到的消息说了出来。

王安全觉得他很奇怪。

大小姐说什么，他怎么知道？

不过他没问，只是得意地告诉唐绪宁：“我家大小姐下乡去准备食材了！要给魏经理做好吃的！”

这节骨眼儿上，公司要完蛋了，于休休还能嘴馋到这份儿上。还有，为什么于休休做吃的，连大门口的保安都知道？这一群人就像有神经病，日子过得是有多荒唐？

唐绪宁觉得心里不舒服，又说不出来是哪里不舒服，尤其看到王安全这副傲慢的模样，又是好气又是好笑：“你高兴什么？她又不是做饭给你吃。”

王安全一本正经地说：“看到有些人吃不着，我就高兴，怎么了？我还能吃到大小姐煮的火锅呢，有些人恐怕一辈子都吃不着了。”

唐绪宁一口气堵在喉咙里：“等着你们老板发不出工资，你就讨饭去吧！”

他黑着脸走了。

王安全在他背后正了正帽子，虚踢一脚：“傻子！我们老板是暴发户，他家房子能绕申城一圈，缺我这点儿工资？小垃圾，没见过世面！”

刘婶家的乡村柴火鸡店铺有一个后院，院子里种了些树，还有一个木结构的“餐厅”，四面透风，配了浅灰色的纱帘。“餐厅”旁边就有柴火灶，空地上还摆放着可以烧烤的炉子和架子。

于休休驱车去远处的村庄找到了食材，将食材拎到院子里，叫了渣弟打杂。再加上早早赶到的魏骁龙，三个人在寒风里忙活，像野炊似的，十分开心。

刘婶在前面招呼客人，于大壮和刘婶的老公在屋檐下喝酒侃大山。苗芮充当临时摄影师的角色，拍他们，也自拍，比着美美的手势，玩儿得不亦乐乎。

霍仲南和钟霖来的时候，看到的就是这样的画面。很朴素的一个小院，这群人也没有做什么特殊的事情，但画面就是和谐，让人打心眼儿里觉得舒服。

于休休看到他们进来，远远地招手，高声喊：“哥、钟霖哥，你们怎么来得这么早？去那边和老板坐一会儿，等着吃就行啊！”

霍仲南看了一眼坐在于休休旁边弯着腰杀鸡的魏骁龙，没有吭声，坐到于大壮搬来的竹椅上。

霍仲南是个冷气释放机，坐下来就让人紧张。

刘叔刚才说得起劲，现在看到他，闭了嘴。好在于大壮是个不容易冷场的人。于大壮热情地询问他们最近的工作情况、生活情况，然后对盛天有情有义的做法再三感谢。

钟霖笑盈盈地回应着，说一句，看一眼霍仲南。他觉得老板的表情不太好，老板似乎是喜欢上了杀鸡这项运动。

于大壮道：“小钟经理还是这么不爱说话。”

霍仲南微微点头，笑了笑，表示听到了。

钟霖轻咳一下，帮老板解释：“他最近工作比较辛苦，今天要不是休休邀请我们，说不定我们现在还在公司里加班呢。”

于大壮“哦”了一声：“你们老板很看重他吧？青年才俊啊！”

钟霖很想说自己才是青年才俊，但怕被老板打，不敢吹牛，只能顺着于大壮说：“是的，我们老板很看重他。他手上项目多，业务繁忙。所以，他就不爱说话。”

于大壮道：“了解了解。大家工作都不轻松啊！你们老板对下属应该还可以吧？”

老板对下属是还可以，但比于大壮差多了。

钟霖看了老板一眼：“我们老板……是很好的人。”

这时，于休休在院子里大声叫嚷：“刘叔，让刘婶帮我拿点儿老姜来！”

魏骁龙把杀好的鸡放到桶里，擦擦手：“我去拿。”

不等他走过来，霍仲南看了刘叔一眼，突然起身：“姜在哪里？我去拿。”

老板是不是疯了？钟霖觉得不可思议。自家老板是个不食人间烟火的人啊，姜是个什么东西，只怕他都不太清楚吧？可是他居然主动去帮忙。这太不可思议了！

钟霖用了好几秒才回过神，不得不重新审视于休休在老板心里的地位。老板这不是对待普通朋友的样子，这完全是一种宠爱……甚至老板急切地想去抢占她心里的位置。

于大壮看着霍仲南的背影：“小钟经理是个勤快的人，看来也喜欢下厨呢。”

老丈人看女婿，怎么看怎么满意。

钟霖尴尬地笑了笑，当然不会说老板可能连厨房长啥样儿都不知道：“是的是的，他可勤快了。”

他勤快地思考人生，勤快地奴役员工。

霍仲南走到院子里，把从厨房里带来的小竹篓放在于休休身边的案板上：“姜拿来了。”

于休休挽起袖子，抬头朝他笑道：“辛苦你啦！你去休息吧，喝喝茶，赏赏景，一会儿就有东西吃了。”

霍仲南看着她手上的东西：“这是什么？”

于休休：“芋儿，一会儿用来烧鸡。这是我去乡下挖的，没有农药化肥，个头儿小了点儿，样子也不漂亮，但好吃。”

霍仲南点点头，手指头动了动：“有没有什么我能帮忙的？”

于休休拧着眉头，想了想：“你去拔鸡毛？”

那只鸡就躺在热水桶里，大冬天里冒着热气，浑身的羽毛湿漉漉的——霍仲南有点儿无从下手。

于休休“哈哈”大笑：“你还是去坐着吧，这些活儿不适合‘小仙男’干呢。”

于休休说着放下芋儿，就去拿姜，可是打开竹篓的盖子，发现里面装了没有被剥皮的蒜。

她抬头：“这是什么？”

霍仲南伸头来看，蒙了片刻：“拿错了？”

于休休突然有点儿头大，但能理解钟南。没有父母的孩子，都不知道怎么长大的，肯定也不懂得这些东西。

她笑着肘击于家洲：“小少爷，去拿姜。”

霍仲南道："我再去拿。这个用不着吗？"

刚才已经拿了蒜，于休休不想打击他的积极性："用得着，用得着，再要点儿姜就好了。小少爷！"

于家洲正在案板前剁鲜椒，闻言翻个白眼："洲爷这么帅，为什么要去拿姜？小姐姐，洲爷觉得很不爽。"

于休休道："冠军皮肤。"

于家洲放下菜刀："人生就是一场修行，帅哥要有帅哥的责任和担当，越是不爽的事，帅哥越是要去征服它。"

看着他屁颠屁颠地离开，于休休和魏骁龙"哈哈"笑着，默契而熟稔地继续准备食材。

霍仲南看着这一幕，退开："我去那边走走。"

于休休道："嗯呢。哥哥，刘婶的这个院子很有我们家乡的感觉。我很喜欢来这里，你看看会不会喜欢？"

霍仲南点点头，走开了。

院子里很快传出食物的香味儿。于休休所谓的美食其实都是些家常食物，但是对霍仲南来说，这些食物确实都不常见。芋儿是她去乡下挖的，鸡是满地跑的土山鸡，冬笋是她从竹林里寻来的，野菜是她拿着镰刀去割的，羊是她在乡下买好自己拖回来的，鱼是她和渣弟两个人拿着网在池塘边捞的，还有些田螺……每一样她亲自找回来的食材都被她用到了晚餐里。

她用了整整一天，来回一百多公里，就为了给家人准备一顿晚餐。

院子里的烤羊架子被搭起来了，柴火噼啪地燃起，火焰照着于休休红扑扑的脸，漆黑的眼点漆般，笑容如美丽的烟火照亮天地。

暮色渐沉，院子里的灯光亮起。菜都被端上了桌，香味四溢。用醪糟煮好的啤酒，带着甜丝丝的味道。一张大圆桌旁坐了十个人，大家欢声笑语。

这个世界和谐而温馨。

"来，尝尝烤全羊。于休休亲手烤的，味道非同一般。"于休休弯腰把片好的羊肉放到霍仲南的盘子里，眼巴巴地看着他。

“哥哥快试一下。”于休休催促道。

于休休一副等待表扬的样子。

霍仲南情绪不太高，但不想拂了她的意。

他拿起筷子，将羊肉优雅地放入嘴里，停顿片刻，眼睛一亮。

“嗯。”他点点头，与于休休对视一眼，又出声道，“非常好吃。”

他惜字如金，用“非常”二字是一件了不得的事情。于休休欢呼一声，又挨个儿询问，“求夸夸”的表情如出一辙。大家很给面子，除了于家洲，都给出了很高的评价。

于休休舔了舔手指：“看来我的手艺又精进了呢。”

说着，她看向于大壮和苗芮：“就算公司垮了，我们也不会饿肚子的。我成不了设计师，还能成为厨师。老板、老板娘，以后我可以养活你们。”

一块鸡骨头在于大壮的嘴里，他差点儿被卡住。

于大壮道：“你这孩子说什么丧气话呢，公司怎么会垮？”

于休休吐了下舌头：“不会不会，我就举个例子，表示我很能干！”

闺女矜持啊！

于大壮咳嗽两声，端杯站起来，面向霍仲南和钟霖，喝了点儿酒，他的眼圈有点儿红：“我老于苟活这几十年，啥难关都经历过了，没夙，这次，仍然会挺过去。谢谢二位，也请你们代我将谢意转达给盛天的霍总，感谢他的理解和信任。我于大壮只要有一口气，一定交给他一个满意的浮城，和设计图纸分毫不差。”

霍仲南眯了眯眼：“好。”

钟霖看看老板：“我相信你，我们老板也相信你。”

于大壮“哈哈”大笑：“谢谢！谢谢！我老于别的本事没有，就是一诺千金。来，二位小兄弟，我敬你们，感谢你们仗义相助。”

这次与他联系的人虽然是王经理，可是王经理前后不一样的态度，于大壮心里是有谱儿的。在盛天他只认识这两位，若不是这两位在霍总面前美言，怎么可能有这样的结果？

谢意都在酒中，他将酒一口喝下去："尽在不言中！"

苗芮不停地给他递眼刀子："少喝点儿，这两天你可没少喝，不要命了？"

于大壮道："我高兴。媳妇儿，这酒好喝，比我这两天喝的茅台、五粮液口感还要好，哈哈哈。"

从浮城出事到现在，于大壮喝了好几场大酒，都是应酬。昨天晚上他甚至一个人赶了三个饭局，陪这个喝，陪那个喝，不舒心，虚与委蛇地笑，赔不是，给人当孙子——他早就学会伏低做小。这些事在家人面前他从来只字不提，谁问他都只是"哈哈"一笑。于大壮没念过多少书，但奉行一个准则——男人得顶天立地，不能让老婆、孩子操心。

苗芮故意嫌弃道："喝多了，就让你睡沙发。"

于大壮笑嘻嘻地捏她的手："你才舍不得呢。"

当着几个小辈的面儿，苗芮看他使坏，脸红了："就会臭贫！"

于大壮的笑容几乎藏不住，他说："老子就知道你爱我。"

"二老够了啊！"于休休看到二老撒狗粮，直喊受不住。于休休给他们的盘子里添了菜，又特地感谢了刘婶、刘叔、渣弟和大师兄，最后看着钟霖和霍仲南："我也要感谢你们，谢谢你们帮大禹渡过难关。"

她郑重地敬酒，白皙的指节上裹了一个创可贴，指甲上也有洗不掉的青黄痕迹。

霍仲南皱了皱眉："我是你哥哥，应该的。"

于休休笑得很开心："我就假装感谢一下。"

钟霖也注意到了于休休的手："下次想吃什么，咱不必亲自动手，这太累、太辛苦了。"

说实话，他有点儿不能理解这件事情。这不是一个缺衣少食的年代，于休休家的条件算是好的，一个俏生生的小姑娘这么劳累地准备一顿饭，他这个从来不懂怜香惜玉的人都觉得过意不去，何况老板？他必须替老板心疼一下。

于休休摆摆手："不一样，不一样的。"

大概看出来他们的意思，她又甜甜一笑："我 15 岁才进城，小时候是在乡下长大的野孩子，什么都会做一点儿。我 6 岁满山挖野菜、打猪草，9 岁就能踩着凳子切菜、煮饭。我们老家的柴火灶比刘婶这个还要高，我那时候还够不着呢。"

那时候，爸爸在外面当泥瓦匠。妈妈一个人要做农活儿，还要照顾老人，很多事情顾不上。于休休看在眼里，但凡力所能及的事情都自己做，渣弟也是个跟屁虫——她做菜，渣弟就烧火。姐弟俩的农村日子虽然辛苦，现在她想来，却全是美好的回忆。

她说得云淡风轻，苗芮却听得有点儿难过，红了眼圈。

于大壮叹息一声，说："都过去了，都过去了。"

气氛突然凝重，于休休吐了下舌头，赶紧换话题："我喜欢做吃的，但只给我喜欢的人做吃的。为了我的亲人和朋友，我一点儿都不辛苦，还很快乐呢。当然，前提是……需要大师兄和小少爷打杂、洗碗，哈哈，我最不喜欢洗碗了。"

于家洲看她一眼："是的，我好像最喜欢洗碗了。"

不是他最喜欢洗碗，是洗碗已经像个烙印刻在了他的心里。

在家里，爸爸是赚钱的，妈妈是花钱的，姐姐是美美的，他就是个洗碗的。

一顿饭大家吃到深夜，酒冷了，席散了。临走前，霍仲南告诉于大壮："你们公司有什么困难，给钟霖打电话，我们能帮着解决的问题就会帮。"

"没有没有，盛天不追究，已经帮大忙了。"于大壮目前面临的困难太多，但能不麻烦别人的地方，都不愿意去麻烦别人，"你们开车小心点儿。"

霍仲南"嗯"了一声，从钟霖手上接过钥匙。

钟霖小心脏抖了一下，感觉要膨胀了。老板没有喝酒，所以，要亲自开车载着他回去？

一行人在路边告别，然后各自驱车离去。汽车离开寂静的乡村，渐渐驶入灯火辉煌的城市。霍仲南从头到尾没有吭声。钟霖想说点儿什么，可是找不到话题，最后借着酒意，大着胆子猜测老板的心思。

“霍先生，我明儿跑一趟，看大禹的事情能不能早点儿解决。他们工地这么无限期地停着，也不是个事，拖的不是时间，是钱。”钟霖道。

霍仲南看他一眼：“好。”

钟霖舒坦了，知道自己说对了话：“我发现于休休真是个‘宝藏女孩儿’，跟她接触得越久，越发现……快乐原来很简单，幸福其实就在身边。”

他说由衷的话，半是拍马屁半是说真话。

霍仲南紧绷的脸色好看了，甚至带了点儿骄傲之意。

他说：“我的妹妹，当然。”

钟霖：老板啊，她真的只是妹妹吗？你妹妹回头给你找个妹夫，你能接受吗？

“可惜——”霍仲南说到于休休，话多了些，像个喜欢炫耀小孩子的家长，“没有男人配得上她，她以后上哪里找对象？”

钟霖看着情商低到近乎零的老板，瑟瑟发抖。

老板醒醒啊！

大禹的全部工地被叫停，于休休手上的“城市之春”装修项目就成了全公司最大的一个项目，而且是赚钱的项目。一时间，全公司人的目光都投到了于休休的身上。

于休休的压力很大！

别墅的主体拆除已完成，墙体拆除后，工人要开始布置水电。于休休提前一天通知了毕红叶，和她约好了时间。可是到了第二天，于休休准备去工地和她会合时，毕红叶却给于休休发了个家里的定位：

“老丁等下要去公司。你要是顺路，可以过来接我吗？”

于休休能拒绝吗？客户的话就是圣旨。

于休休回复：“好的，红叶老师，稍等，我马上就过来。”

丁跃进的房子多，在“城市之春”拆装前，两口子就搬到了一套闲置的小别墅里。小别墅临江，地段好，风景好，小区里空气都不一样，除了离市区远了点儿，没什么毛病。

于休休在门口给毕红叶打电话：“红叶老师，你好了吗？”

毕红叶有点儿踌躇：“休休，要不你先进来等我一下？我这会儿有点儿事，暂时走不开。”

于休休停好车，进去按门铃，又见到了那个狗眼看人低的管家。不过这次，他老人家的态度一百八十度大转弯。

管家说：“于女士，这边请。”

于休休对丁家这种园林式的别墅装修十分有专业敏感度，进门就去看他家装修，并且在第一时间看到墙上的画——毕红叶的代表作《我的寄居者》。

这是于休休的心头好啊！

于休休说喜欢这幅画，并非完全为了博取毕红叶的好感。她当年在画展上看到这幅画就被震撼了，再次见到这幅画，还是不由得驻足。

“于休休？”一个声音从背后传来，唤回于休休的思绪。

她回头，愣了好几秒，却没想起来这个人是谁：“警官，你……好熟悉啊，你叫……你是叫……”

“缪延。”年轻的警官对年轻的女孩儿也会本能地欣赏，于休休干净黑亮的眼很容易让人产生好感。缪延见她还在发蒙，笑了笑，露出几颗亮亮的大白牙：“胡静雨的案子。”

于休休笑容凝固：“想起来了，缪警官，你好。”

“你好。”缪延有点儿不好意思，说，“你怎么会在这儿？”

于休休尬笑：“一言难尽。”

话音刚落，她就看到毕红叶和丁跃进从楼上走下来，同行的还有另外两名陌生的警官。

于休休皱皱眉："你们在这儿办案？"

虽然不知道她对这个案子了解多少，但警察强大的"搜索"能力让缪延条件反射地想起于休休与浮城的关系。

他眯了眯眼："浮城的案子。"

于休休紧张起来："这案子你在办？"

缪延点头："这案子归我们支队。"

"哦。"于休休没头没脑地说，"缪警官你挺忙的。"

缪延听不出褒贬之意，友好地笑了笑："胡静雨那事你处理完了吗？"

他还记得这女孩儿当初得知自己得到了一套房时惊慌失措的样子，她还在胡静雨下葬时默默地流泪。

于休休头皮麻了麻："还没有，可能会有点儿麻烦。"

唐绪宁的舅舅，也就是汤伟力，至今不肯放手。

于休休见过他一面。他和他的那个小妻子到公司来找她，吵吵闹闹、歇斯底里地要她"物归原主"。于休休拿到了胡静雨的房门钥匙，还没有去办理房屋过户手续，现在汤伟力和他老婆又起诉到了法院，等着判决。

"可烦死我了。"于休休说。

缪延看小姑娘愁眉苦脸，就十分想笑："从来没见过有人因为得到一套房愁成这样的。得了，有什么需要帮忙的，你说一声，我可以给你做证。"

"谢谢缪警官，为人民服务的好同志。然后……"于休休压低声音，"浮城这个案子什么时候能结案？现在有眉目了吗？"

缪延没吭声。

于休休寻思自己越界了，又马上打住："我不是想探听案情，是关心我们的工地，什么时候能重新动工……"

"这个安全事故问题，不归我们负责。案子嘛……"他回头看一眼毕红叶和丁跃进，嘴角一提，“快了。”

这时，毕红叶走了过来：“休休，你来得真快，等久了吧。”

询问可能结束了，毕红叶满脸是笑，温和而优雅。她不是那种十分漂亮的女性，但身材管理得很好，皮肤白，有气质，一颦一笑，文艺又知性。

于休休莞尔：“没事的。红叶老师，你这边结束了吗？”

毕红叶看向丁跃进，微微一笑：“马上就好。”

丁跃进含着笑，朝于休休点点头，亲自把几个警官送到门外，满脸堆着笑。可是等他再回来，看毕红叶的表情却大不一样了。

很冷——冷笑的冷。

于休休觉得要是自己没在这里，两口子说不定会打起来。相对于丁跃进掩饰不住的戾气，毕红叶十分淡定，脸上的笑没有半分变化：“老丁，你不是赶着开会吗？还不快去。你不用送我，我坐休休的车。”

丁跃进瞥了于休休一眼，勉强笑了笑，掉头出门。

毕红叶在他背后喊：“水电的事，我就做主了啊？你个大忙人，也没有时间去。”

丁跃进头也没回：“随便！”

去工地的路上，于休休专心开车，话很少。毕红叶却有点儿反常，一会儿说自己不会开车，搞创作的人容易走神儿，不适合开车，一会儿又说老丁更年期到了，在公司受了气，回家就发脾气。

于休休总算找到了共同语言：“他们公司的老板是有点儿变态……丁叔很难。”

毕红叶似笑非笑地扫向于休休：“你怎么不问我，警察来我们家干什么？”

“警察当然是来办案的呀。而且，警察办的案子是不能随便问的……我不敢。”于休休道。

“唉！”毕红叶手指敲着腿边的椅角，“休休啊，不知道为什么，我看到你就像看到我家姑娘似的，很有倾诉的欲望。所以，我也不瞒你，这事有点儿棘手。”

于休休：“哦。”

毕红叶一噎，接着说：“有人谣传，死的那个女孩儿和我们家老丁有男女关系。你说这讲不讲理？我们老丁这么老实，怎么可能和一个比自己姑娘还小的女孩儿乱来……”

于休休点点头：“哦。”

毕红叶叹气：“众口铄金，说的人多了，老丁在公司被戳脊梁骨不说，把警察都招来了。”

于休休展颜一笑：“没事的，缪警官办案很厉害的。假的真不了，红叶老师不用管别人说什么。”

毕红叶摇头：“死无对证啊！老丁要自证清白，不容易。”说到这里，她蹙了蹙眉，突然问，“你和那个刑侦支队的缪警官挺熟的？”

她看到他们聊天儿了？

于休休抿抿唇：“不熟。”

毕红叶觉得自己需要重新审视于休休。单纯？天真？没有心机？这女孩子的嘴其实比谁都严实，不该说的话，一个字都不吐。

怪不得霍仲南会看上她。

第五章
城市之春

整个上午，于休休都陪着毕红叶在“城市之春”工地做水电布局。

家装项目中，水电这一块十分重要，后期改动也麻烦。于休休很细心，根据他们的生活习惯，每一处都耐心推敲、定位。哪怕设计图上已经有位置体现，她还是在这里花了好几个小时。二人离开工地时，已是下午一点。毕红叶邀请于休休吃午饭，她拒绝了。

“我和客户约了两点半，得马上赶过去，来不及了呢。红叶老师，我先把你送回去吧？”于休休道。

毕红叶想了想：“你送我去工作室吧。顺路吗？”

于休休笑：“顺，特别顺。”

绕了好大一圈，于休休才从拥堵的车流中穿梭过去，把毕红叶送到地方。

毕红叶看她：“休休上去坐坐吧，吃个便饭。你反正也迟到了，和客户说一下，他能理解的。”

于休休约了客户是真的，约到两点半是假的。她不愿意和毕红叶去餐厅吃饭，怕两人独处没有话题，会尴尬，但是去毕红叶的工作室则另当别论。学美术的人，对毕红叶的工作室莫不向往。

“好吧，谢谢红叶老师。”于休休道。

停好车，于休休踩着落满了银杏叶的台阶，跟着毕红叶走入小楼，内心突然一悸。

这个地方好像过于安静了点儿。

过了饭点，助理准备叫外卖。

于休休本想抢着点单，结果被抢了先，有点儿不好意思。好在毕红叶没什么架子，对她十分温和，甚至招呼她去自己从不对外开放的私人画室。

“随便看。”毕红叶道。

她看穿了于休休的想法，笑容里有一种长辈般的宽厚。

于休休尴尬地捋头发：“红叶老师，这些作品都没有对外展出过吧？我第一次见。”

毕红叶点点头。于休休对她作品的了解，让她十分满意。

“好的东西，不一定要与人分享。有时候，它们只适合私藏，或者赠予知音。”

艺术家都有怪脾气。于休休想，要是自己画了这么好的作品，肯定朋友圈都要发无数遍，再逼老妈、老爸和渣弟发几遍，恨不得全世界都知道吧？

“休休，你随便逛逛。我和小张说点儿事，外卖来了叫你。”毕红叶笑着离开。

这个画室很大，就像一个展厅，于休休一个人在里面，有点儿局促。因为这里有太多毕红叶的私人物品，除了她的画作和珍藏品，还有一些她和丁跃进的合影。

合影都很有时代感，从年轻的面孔到脸上渐增沧桑，毕红叶把照片整理得很齐全，并精致地装裱过，能看出两个人从相爱到步入婚姻的时间线……

她一定爱惨了丁跃进吧？于休休歪着脑袋看一张放大了的照片。照片上的毕红叶穿着红色的裙子，站在黄果树瀑布前，像只轻盈的小鸟，依偎在丁跃进的肩膀上，遮阳帽下的脸红扑扑的，满是少女感。那是年轻的她以及同样年轻的丁跃进——一个把皮带扎在衬衣外面，烫了刘海儿，有点儿杀马特，还强装成熟，把双手背在身后的青涩大男孩儿。

好般配的一对。

如果网上的传言是假的就好了。

于休休边看边走，突然看到书案上的一幅字画。画很抽象，寥寥几笔，除了阴郁的天空看不出具形，但旁边是纳兰容若的词——

“我是人间惆怅客，知君何事泪纵横，断肠声里忆平生。”

于休休暗叹一声，坐下来给霍仲南发消息：“在忙吗？”

霍仲南：“没。”

于休休：“唠五毛钱的？”

霍仲南：“给你发十块。”

于休休：“你说那种永恒不变的爱情真的存在吗？为什么有些人明明那么浓烈地爱过，共同经历了种种困难，最终却经不起光阴的雕琢？”

好半晌，他回她：“原来你是读过书的。”

轮到她无语了。

于休休问：“难道哥哥以为我是文盲？”

霍仲南不答反问：“恋爱了？谁？”

他这审问的语气，好像一个大家长啊！

于休休忍不住笑：“我在红叶老师的工作室，看到她和丁叔的照片，有点儿感慨罢了。唉！”

这可不像乐观开朗的于休休！

霍仲南想了想：“人有悲欢离合，月有阴晴圆缺，此事古难全。”

于休休一看便心惊，难道说丁跃进那些事是真的？

她深吸口气："原来哥哥也读过书，说得好隐晦。"

霍仲南没有否认。丁跃进的事情传得满城风雨，即使自己不关心，也被钟霖灌了一些在耳朵里，但这些事他不愿意于休休接触过多。

"你要待到几点？我过去接你吃饭。"霍仲南道。

于休休："下午还约了客户呢。"

霍仲南："好。"

这样就没了？毕红叶都知道劝她上来吃饭，钟南这么轻易就放弃？他到底有没有诚心请她吃饭呀？

午餐很快就送来了，于休休撸起袖管就开吃。她饿了，在毕红叶面前也完全没有拘束。她就是那种很容易快乐，也很容易给人带去快乐的女孩儿。

看她吃得香，毕红叶满脸微笑，甚至多吃了两个鸡块。

于休休看她吃一点儿就停了筷子，困惑："红叶老师，你吃得好少。"

毕红叶双手掐了掐腰："人到中年，不能任性了啊，看我这水桶腰。"

"啊！"于休休舔了舔嘴，摇头，"你腰好细的呀，身材比我见过的大多数人都保持得好。红叶老师，你又美又有气质，还有才华，我好崇拜你的。要是我到了你这岁数，能和你一样年轻漂亮就好了！"

嘴真甜！毕红叶十分喜欢她，笑得眼角都是皱纹："快吃吧，别顾着说话，多吃一点儿。看你吃饭，我就觉得香。"

"嗯嗯嗯，饿了，我可以吃下一头牛。"于休休说。

毕红叶难得地笑出了几颗白牙。

"你食量这么好，不胖吗？"毕红叶问。

于休休摇头："可能小时候苦日子过多了，练就了一个铁胃。我什么都吃得下，吃得多，吃得香，还不爱长肉。"

毕红叶道："羡慕。"

"嘿嘿。"于休休把碗里最后一口饭吃干净，擦了擦嘴，打了个饱嗝儿，“不好意思，我要借用一下卫生间。”

毕红叶让助理给她指路，自己忙碌去了。

这个工作室太安静，除了两个助理，于休休就没有看到其他人。偏偏工作室面积很大，卫生间离得远，于休休顺着助理指的方向踩在走廊的大理石地面上，能清晰地听到自己的脚步声……

清脆又凌乱，她突然产生了一种古怪的既视感。

于休休努力回忆好久，想到了那个梦。梦里她走在空旷的大厦里，就是这种感觉。于休休莫名地毛骨悚然，四下看了看，加快脚步。

从卫生间出来，她满血复活，本想原路返回，可这里的装修极其对称——她居然走错了方向，等发现不对想要掉头的时候，突然听到一阵轻微的敲击声。

咚！咚！

像有人敲门，又像有什么东西撞击在墙上。

于休休困惑地停下，仔细听了听。

咚！咚！咚！

这回，她听清了。

确实有声音，就在不远处的那个房间里。

难道养了小动物？在别人的地方，于休休不想多事，可是那个声音再次响起，似乎察觉到她要离开，这次比刚才更为密集……

于休休慢慢走过去，贴着门问：“谁？”

没有人回答，只有咚咚的敲击声。

于休休皱皱眉头，惊出一身鸡皮疙瘩，感觉到一阵刺骨的凉。

“有人在里面吗？”于休休问。

咚！咚！咚！没有人声，但像是回应。

一种奇怪的感觉打心底蹿起，于休休手扶在门把上，正想用力推开，背后就传来毕红叶的声音：“休休，你在做什么？”

于休休脸一臊，双颊像着了火，烧得绯红。随便打开别人的房间是极其不礼貌的行为，她赶紧道歉：“对不起，红叶老师，我听到里面有声音，想打开看看……”

“没事。”毕红叶微微一笑，平静地看着她，“我养了只狗，前几天它溜出去玩儿，不知道吃了什么东西伤到嗓子，又受了伤。我怕它出来吓着人，关在笼子里了。”

“怪不得！”于休休松口气，“吓我一跳。”

毕红叶温和地笑了笑：“走吧，我带你去看看我的珍藏，你刚才一定没有瞧见。”

于休休看了看时间，莞尔：“我得走了，红叶老师，不能让客户一直等我。下次有机会，我会再来拜访您的。”

毕红叶道：“好，我送你出去。”

于休休忐忑地离开了工作室。

整个下午，她都心不在焉，不知道为什么，那个房间的“咚咚”声和自己的脚步声反复在脑中回响……直到霍仲南的电话打过来，才结束了她的不安。

“你在哪里？”他语气十分凝重。

于休休愣了愣：“我刚从客户家里出来……”

霍仲南道：“地址！”

于休休觉得他今天的反应有点儿奇怪，报了地址，又问：“怎么了？”

霍仲南没有多说，只让她原地等着自己。

等于休休见到他，才从他的嘴里知道，就在自己从红叶工作室离开的时候，工作室失窃了，丢了多幅名家画作和珍藏古董，一个女助理还因为与小偷打了照面儿被捅死。

于休休脊背发寒：“大白天偷东西，还杀人？小偷被逮到了吗？”

霍仲南摇头。

于休休道：“神奇。”

霍仲南不关心别人的事。只要于休休没事，他就不想再多说，也不去关注这件事情：“吃饭去，给你压压惊！”

于休休把自己的小宝马“藏”在地下停车场，小跑着出去，顶着寒风站在路边，乖乖地等到霍仲南过来。

“哥！钟霖哥！”于休休打招呼。

于休休看到霍仲南的脸，就把在毕红叶那里受到的冲击忘到了脑后。钟霖笑眯眯地答应了，发动汽车。

霍仲南则是皱起眉看她：“不冷？”

于休休搓搓手，捂脸：“不冷呀。”

霍仲南面无表情地把车上备用的毯子取过来，二话不说搭在她的身上：“以后出门多穿点儿。”

于休休看了看自己的衣着，不少啊！有一种冷，叫你哥哥觉得你冷，她明白了。

“谢谢哥！”于休休笑嘻嘻地接受了好意，把自己裹得像一颗粽子，愉快地看着窗外渐暗的街景和渐亮的灯火，“咱们去吃什么？”

霍仲南眉头紧锁：“你叫我什么？”

“嗯？”于休休一时没反应过来，“怎么了？”

“你叫我什么？”他又重复，十分严肃。

于休休恍惚了一下：“哥啊！”

大概是心里已经接受了“哥哥”这个定位，她在钟南面前，渐渐有了做妹妹的自觉性，这声“哥”，叫得自然又放松。

霍仲南沉默。

于休休看他脸色不好：“难道说……不能叫哥了？还是你……想到了新的称呼？”

霍仲南问：“为什么省略一个字？”

呃？于休休差一点儿被唾沫呛到：“‘哥’和‘哥哥’，有区别吗？”

霍仲南顿了片刻：“没区别。”

于休休笑嘻嘻地说：“你今天是不是受‘渣老板’的气了？说出来，我帮你开心开心。”

一个“渣”字，要贯穿始终了吗？

“你今天不对劲儿。”于休休歪着头看他，黑漆漆的眼把霍仲南心里那根弦又拨动了一下。

他发现了“哥”和“哥哥”有区别，至少于休休叫他的时候有区别。她叫“哥哥”的时候，声音更甜更软，像个讨糖吃的小孩子，可爱又亲近；叫“哥”的时候……就只是哥了。

“真的被欺负了？”于休休不开玩笑了，整个人严肃起来，“因为浮城对不对？现在项目停工，当初促成这件事的是你们……那‘渣老头儿’肯定看你们不爽！”

顿了顿，她伸长脖子：“是不是呀，钟霖哥？”

钟霖心头一跳，握紧方向盘：“是……是的。”

他发现每次碰上于休休，都很容易倒霉。于休休的每个问题，都有可能让他送命。

于休休察觉到他的犹豫，想了想：“我看是没怎么欺负你吧。你那么会做人……不像我哥，不爱说话，不会讨好别人，肯定最受气……”

什么叫会做人？妹子，别表扬我了，我怕！我 㞞！

钟霖此刻内心活动极其丰富，瞄一眼后视镜：“哪儿能呢？老板就是老板，就连欺负人……都是很公平的。一样一样，大家都一样。”

于休休看他就不老实：“你别骗人。你看，要是老板不喜欢你，怎么可能给你配这么豪华的车？我哥他什么都没有。”

钟霖：小祖宗！你哥就是因为车太好才不敢开出来见你好不好？我这小破车，一百多万，怎么就豪车了？说好的暴发户气质呢，目光不要这么短浅好吗？

“主要是我和钟南的工作性质不一样。”钟霖寻思也不能总当面怼老板，怕自己被秋后算账。可他刚要解释，就从后视镜里看到老板黑漆漆的眼，马上咽下后面半句，换了话锋：“当然了，钟南老实，交际能力差，又不爱讲话，确实……确实比我待遇差一点儿。”

“果然吧，果然吧，我就说嘛！”于休休恨得牙根痒痒，为哥哥抱不平，再看霍仲南时，眼神温柔得快要把人融化：“哥，我再做几个单子，就可以买车了。等你过生日，我就送辆车给你做惊喜好不好？”

都说出来了，还惊喜什么？钟霖内心狂笑。有生之年，居然能看到有妹子要养他们家老板。可是，什么车能入得了老板的眼，这个于休休到底是可爱，还是傻？哈哈哈！

钟霖内心戏还没结束，就听到霍仲南诚恳地道谢："好。"

什么情况？老板居然毫不知耻地接受了？而且，于休休居然被他的回答取悦到了，整个人眉开眼笑，好像送出去的不是一辆车，而是一张卡片，一个面包，一碗米饭。

"那好，咱们说定了，到时候咱俩一起去选。只是，不能买太贵的哟。"她腼腆地笑，"因为，可能我……也不会有太多钱。"

霍仲南道："没关系，我可以按揭贷款。"

于休休兴奋起来："那我们要买比钟霖这个车好的。哥，我一定要让你在同事和'渣老板'面前扬——眉——吐——气！"

霍仲南看着她亮晶晶的眼，抿唇，像是忍了很久才开口："不是'哥'，是'哥哥'。"

于休休一脸问号。

霍仲南沉默好半晌才回答："这样比较像亲的。"

于休休：谁要跟你做亲生的啊？

三个人去了一家网红串串店，吃完钟霖又把于休休送回小区。车停下，霍仲南绕过车身，从后备厢里拎出一箱水果和零食递给她："拿回去。"

像宠孩子啊！钟霖看得脑仁疼："我帮休休抱回家吧？重！"

于休休生怕他和家人撞上，赶紧摇头："不用不用，我力大如牛，不是那种娇娇弱弱的女孩儿。你们早点儿回去吧，注意安全。"

钟霖看了一眼这高档小区，半开玩笑半认真地说："咦，我记得于总好像是住这里的？"

霍仲南冷眼看他。

钟霖头皮一麻，拍脑门儿："可能我记错了？"

于休休睁大眼睛："钟霖哥你记忆力真好。没错，老板住这里。我是老板的助理嘛，我家人不在这边，就在老板的小区租了个房子，上下班还可以蹭车，方便。我们老板对我很好的，就像……就像一家人一样。"

钟霖"哦"一声："怪不得，看你们相处就像家人。"

于休休吐了下舌头："于老板就是于爸爸，我有时候，还会叫他爸爸呢。"

钟霖被老板扫了好几个眼刀子，笑笑，不敢吭声了。

霍仲南嘱咐道："快回去吧，外面冷。"说着，他帮于休休整理了一下围巾，"我看着你进去，到家发个消息。"

于休休抱着个大箱子，刚进小区大门，斜刺里就蹦出两个人来，"哇"一声叫，差点儿把她手里的箱子吓掉。

"谢米乐，你干什么？"于休休凶完，看到谢米乐身边的女孩儿，愣了愣又笑了："韩惠？你怎么这会儿就到了？"

女孩儿身材高挑，一双沉静的眼，此刻盛满了笑意："惊不惊喜？！唉，你都认不出我。我是老了，还是变样了？"

"是变了！变得更美了啊！"于休休道。

"你才是真的美呢。"看着于休休一脸孩子般的朝气和阳光，韩惠觉得自己似乎真的老了，至少心已苍老，"休休，你一点儿变化都没有。"韩惠由衷地感慨着，望了一眼霍仲南汽车离去的方向，微笑着努了努嘴："刚才那个男的是谁啊？好有气质！又高又帅。"

于休休有点儿得意："谢米乐没跟你讲？"

谢米乐举起手："我发誓我没有。我不是那种背后说小话的人，我怎么可能告诉韩惠你追求人家几个月都没有追到手，结果添了个哥哥？"

于休休龇牙："谢米乐，你命没了。"说完，她把手里的箱子砸在谢米乐手上，"拿着。"

三个女孩儿放声大笑。

谢米乐和韩惠会在这个时间来，当然不仅仅是串门。韩惠是于休休和谢米乐的大学同学，同一个宿舍，同一个专业。毕业后，她没有留在申城，而是选择了回老家投奔男朋友，在一个私立小学做美术老师。前不久，她和男朋友分手了，十八线小城市工资不高，所以设计师的梦死灰复燃，于是辞工来了申城。之前两人在网上聊过，于休休认为她可以先到自己家的十八线装修公司干着，骑驴找马，算是口头承诺了她的工作问题。韩惠今天特地拎了些土特产上门，表示感谢，结果和谢米乐刚进大门，就看到于休休下车。

“你太客气了。”于休休看着她手里的大包小包，“带的什么东西？你这样让我……高兴坏了可怎么办？哈哈哈。”

韩惠瞥她：“你以为是给你的呀，是给于叔和苗姨的。以前在申城读书，我没少到你们家蹭吃蹭喝，这次过来，肯定要来拜访他们的。”她又拎了拎手上的袋子，“我记得于叔喜欢吃我老家的扒鸡，特地多带了些给他。”

于休休“嘿嘿”一笑：“老于也要乐坏了。”

回到家，于大壮和苗芮正在——数钱。

于休休万万没想到会是这样暴发户的场面。茶几上摆满了银行卡和存折，还有一些老旧褶皱得像古董一样的存款单，一张一张叠放在那里。

几个人大眼瞪小眼，于休休没有憋住，一下笑出声来：“老于，你们干吗呢这是？”

于大壮搓手：“你这孩子，有客人来也不提前打个招呼。”他瞄了苗芮一眼，轻咳，“我和你妈妈……在给你准备嫁妆。”

嫁妆？他也真能瞎掰。

于休休把东西放门口，让李妈拿进去，又招呼韩惠和谢米乐进去坐，这才对于大壮道：“爸爸，你放心吧，你女儿一时半会儿嫁不掉，没人肯娶。”

于大壮瞪眼睛：“又没说现在要嫁？有人要娶，老子还不肯呢。”

苗芮道：“我和你爸商量了，公司现在这情况……再怎么也得先把你的嫁妆留出来。”

于大壮附和：“是是是，公司破产，也不能亏待女儿……”

于休休看他一眼：“老于，你也会说丧气话？”

于大壮“嘿嘿”笑：“我假装丧气一下，配合你妈妈。然后呢，就是让你看看你老爹家底有多厚。我闺女，想怎么嫁，就怎么嫁！”

于休休：“妈，你也不管管他，老是胡说八道。”

苗芮轻咳，笑眯眯地看向韩惠，转移话题：“这是惠惠吧？长大了，漂亮了。”

“苗姨好，于叔好。”韩惠说。

“惠惠，算起来，我们有小两年没见了吧？”苗芮道。

韩惠垂了垂眼皮，有点儿不自在：“是的，阿姨。我这次到申城来……找工作，所以，来看看你们。”

苗芮点点头：“听休休说了。唉，你这孩子……回来就好。现在咱们家虽然也艰难，但是添双筷子不是问题。你要是不嫌弃，先在公司里干着，你于叔不倒下，就不会短了你的工资。”

“谢谢……苗姨、于叔。”韩惠说。

进门的时候，韩惠还是忐忑的。尽管知道于家是什么样的家庭，但毕竟两年多没有登门，一来就有求于人，多少还是有点儿拘束。结果苗芮一开口，就把她的顾虑打消了，既给了体面，又给了温暖。

于休休用胳膊肘儿碰她：“怎么样，我没说错吧？我妈人美心善，是最好最好的仙女妈妈。”

苗芮翻白眼瞪她：“少给老娘拍马屁！惠惠、米乐，今晚你们就别走了，家里有房间，你们姐妹仨好好聚聚。一会儿洲洲回来，我会叮嘱他睡楼下客房，不会去打扰你们的。”

“我等下去酒店，都预订了……”韩惠有点儿不好意思。

于大壮打着哈哈，顺着老婆挽留：“小姑娘一个人住酒店不安全。家里又不是住不下，用不着花那冤枉钱。你要不嫌弃，没找到住处前都可以在家住着，有你的房间。”

苗芮点头：“你于叔说得对。你别跟我们客气，就当自己家一样。老于，我们走吧，别在这儿给孩子们添堵。”

两口子说着就把他们的存折、卡片和单子收在箱子里，抱回了房间，关上门。

韩惠叹口气：“休休，我真羡慕你。”

于休休咧咧嘴：“我知道呀，这世界上的女孩儿都羡慕我。”

谢米乐道：“臭屁精又来了。”

于休休伸手掐她：“米乐，你命没了！”

三个女孩儿笑闹成一团。

那天之后，韩惠就在大禹装饰安顿下来。她是新人，一开始只能跟着于休休的工作小组打打下手，偶尔也跟着同事去见客户、量房。而于休休的主要精力几乎都用在了“城市之春”——那天的事情发生后，毕红叶对装修的事情越发上心起来。有时候她会很晚给于休休发信息，询问于休休装修完成后呈现的效果和效果图上的差距大不大，或者问一些其他的装修问题。尽管有些问题她已经问一百零八遍了，尽管于休休有时候困得眼都睁不开，但还是会强打精神，撑着眼皮和她聊天儿。

她也不说别的，只说房子的事。而且，她早早地关注了很多软装搭配的公众号，一天能发几十张图片或者链接给于休休，开场白要么是“我觉得这个好看，休休你看看和我家搭不搭”，要么就是“我觉得这个和我家很搭，我决定了，先买回来再说”。

一个有美术底蕴的人，对软装搭配肯定是有独到见解的，何况毕红叶这样的大师？然而，于休休发现，毕红叶在软装的选择上风格变化很大，越来越偏向冷色调和阴暗风……

她的神经绷得太紧了。

于休休莫名有点儿心疼她：“红叶老师，你最近……是不是状态不太好？那个小偷还没有被抓住吗？”

毕红叶许久没有说话。

夜深人静，隔着一个发光的手机屏幕，即便是于休休这种神经大条的人都察觉到了气氛的凝滞。

毕红叶：“这个斗柜和我家不搭吗？把它放在主卧的床对面，上方挂我的《凝视》，吊顶装两个黑色的射灯，是不是很美？”

于休休脊背一寒。

《凝视》是一幅画，那天她在毕红叶的画室里看到了，应该是毕红叶的近作。画上是一张模糊的面孔，看不清五官，唯有双眼阴沉，无论她从哪个角度看去，都像在与画上的人对视……

于休休得承认那是一幅好作品，但是斗柜对着床，上面放这么一幅画，晚上不会做噩梦吗？

于休休回复：“老实说，不太搭。当然，我不是说斗柜不好或者画不好，而是它们属于另一种精致。如果将它们放在卧室里，会让空气弥散一种颓败之气，而我们的主体风格是强调家的归属感，是温度，是逐光而居的生命力，是暖流，是舒适，是柔软，是心的居所。红叶老师，我们装的是家，而前者只是——艺术。”

于休休剖析得很透彻。她认为这不算特别独到的见解，也不高深，以毕红叶的艺术造诣，很容易明白她在说什么。可是，毕红叶思考了很久，自问自答般回复：“是吗？我再看看。”

于休休很意外。

一是她语气的内敛和不确定，完全不像那个收放自如的毕红叶；二是自己竟然这么轻易就说服了她。毕红叶是一个坚持己见的人，在与专业领域相关的事情上，更自信、大胆。为什么她变得这么胆小、不自信？

于休休皱皱眉，第三次看时间：“红叶老师，这个房子工期挺长的，不着急，你可以慢慢挑选。如果有时间，我也可以陪你去家装市场转转。”

毕红叶问："我是不是影响到你休息了？"

于休休打个呵欠，凌晨一点半，她的黑眼圈快被毕红叶熬出来了。可是，打个哈欠，捋了捋乱糟糟的头发，她把脑袋搭在绵软的枕头上，回复："没事的。红叶老师，你有什么问题，可以随时和我沟通。我会竭尽所能地给出最好的解决方案。虽然我的意见也不重要……毕竟是你们的家。"

毕红叶又问："你明天有空吗？咱们见面说？"

明天？她这么急？

于休休翻开工作备忘录，看了看安排："行。"

"城市之春"的装修进度是很快的，大禹很重视这个项目，准备把它当成品牌标杆，材料、人工全是优先级。

于休休和毕红叶约在工地见面，房子还在做隐蔽工程和水电改造，但工地有专人清扫，并不会让人感觉杂乱无章。项目经理吴桐也在，三个人交流了一下意见，毕红叶再三询问吴桐："什么时候可以完工？能不能提前？"

吴桐是一个久经沙场的"老将"，什么样的客户都见过，但是像毕红叶这样每天催几次工期的人实在是少。

她在急什么？

吴桐把她领到大门口："红叶老师，你看看这个。"

那里贴有一个展示牌，上面贴着详细的工程进度："保守估计，至少还需要一年。你看，这别墅面积这么大，慢工才能出细活儿，急不得……"

"一年？"毕红叶喃喃，看着展示板，又好像没有在看。

"这么久？"她自言自语。

于休休抿抿唇，和吴桐交换了一个眼神："我们会加快施工进度的，吴经理昨天和我说，过年他们只休七天假，大家很快就回来……"

毕红叶道："嗯，辛苦。"

她看起来心不在焉。

接下来，于休休带着她去了申城最大最好的两个家装市场。可是，毕红叶的心思似乎有点儿飘，说话完全不在状态。于休休无奈，请她吃了碗炒粉，就把她送回了工作室。

这一次，毕红叶没有邀请她上去坐，于休休也不敢。

不到半个月就要过年了。于家的新年气氛是极为浓厚的，不管是贫穷的昨天，暴发户的今天，还是极有可能再度返贫的明天，他们总是把这个节日当成最重要的日子，早早地开始准备年货，一家人务必在一起，然后至少抽出两三天回乡下，忆苦思甜。

大禹的土建项目还在等待处理结果。春节期间，各部门办事效率极低，没有人能给他们确切的答复，但春节前完全没有复工的可能。

于大壮看得开。公司早早放了假，不仅比别的公司假期长，还给每个员工都发了年终奖。他在放假前搞了个简单的年会，手机、iPad、扫地机、电饭锅……各种乱七八糟的奖品，几乎人人有份。

愉快的员工们陆续回家过年去了。韩惠回了德市老家，谢米乐则跟着谢晋原腊月二十二就回了于家村。办公室除了值班的，都走得差不多了。公司突然冷清下来，于休休有点儿不适应。

这是个冷冬。她托腮看着窗外，想着钟南。没有父母的孩子，一个人过年是最艰难的吧？平常还有钟霖相伴，过年的时候……

于休休想了想，给钟霖发消息："帅哥，你过年要回家吗？"

钟霖："回啊！"

于休休："那我哥呢？"

钟霖："回啊！"

于休休："他回哪个家？"

钟霖："当然是他自己的。"

于休休："再见！"

和这个人说话，很容易被带偏，她还是决定自己问钟南。于是，她早早和父母打了预防针，又和刘婶约了柴火灶，准备好食材拎过去，请钟南过来吃饭。

刘婶举家迁过来，这些年已经很少回于家村了。不过，春节不营业，他们一家三口已经收拾好了行李，明天就要飞西双版纳旅行过年去。

于休休笑嘻嘻地说："刘婶，你跟我叔还挺时尚。"

"他老寒腿，就喜欢往热乎的地方跑。"刘婶看她做饭的样子，就觉得舒服、喜气，眉开眼笑地问，"休啊，你要是想帮婶儿看家也成，我回头把钥匙给你，你什么时候想来做饭都行。家里的东西，你随便用。"

"不用不用。"于休休笑得眼睛都弯起来，"我们过两天要回老家的。"

"哦。"刘婶低下头，瞥一眼坐在于大壮对面的霍仲南，"休啊，你是不是喜欢那小伙子？"

于休休：全世界都看出来了？为什么就钟南自己看不出来？！

于休休抚了抚被灶火烤得发烫的脸："他是我哥。"

刘婶坏笑："你妈只给你生了个弟，你哪儿来的哥？我瞅着那孩子长得俊，没什么话，人实在，看样子家庭条件也不错……休啊，看合适了，就早点儿下手。"

"早点儿下手？"于休休纳闷儿。

刘婶一副过来人的样子："你那个不着调的妈，年轻时候就被你爸惯坏了，肯定教不了你什么经验。你听婶儿的，好的小伙子，一家有，百家求，哪个姑娘不喜欢？你不早点儿下手，被人抢了先……怎么，心甘情愿叫嫂子？"

好扎心！如果钟南有了女朋友，让她叫嫂子，自己会是什么感觉？于休休拎起一根木柴火，抵在膝盖上，啪的一声折断，嘴里发着狠："不可能，这辈子都不可能！这个小哥哥是我的！"

"怎么才能把他变成你的？"刘婶朝她挤眉弄眼，一副教坏小姑娘的狼大婶样子，“过年过节的，大把的机会呀。”

于休休撇着嘴，想了好半天：“婶儿，你说我要怎么做？”

刘婶笑：“你说呢？”

于休休眯起眼，考虑了好一会儿：“动之以情，晓之以理。让他知道，我于休休就是世界上最适合他的。对，就这么办！”

刘婶无语：情可以，理是什么东西？

于家有一个四人微信群，得到刘婶的“言传”后，于休休在群里给其他三人通了气：“马上要过年了。今年的事情，我们必须今年解决掉。”

顶级贵妇苗女士：“乖女儿，你要解决掉谁？说！妈妈给你递刀。”

于休休：“我今天晚上要向钟南发起总攻了。你们三个，记得帮我守好阵地，关键时候助我一臂之力！”

顶级贵妇苗女士：“好。妈妈支持你！ @镶了黄金的老公 @捡来的崽……来，我们三人组局。谁赢了就把钱给休休当活动资金。我先押 5000 块，赌她搞不定。”

于休休：“这叫支持？好有母爱。”

镶了黄金的老爸：“@贵妇老婆 @捡来的崽，我押 50000 块，赌休休搞得定。这样我输了，休休就有钱了，也算是一种安慰吧，唉！”

于休休：“这也叫支持？好有父爱。”

渣弟：“虽然我不知道你们要怎么搞人家，但看起来好厉害的样子。行，我就吃个瓜吧。”

顶级贵妇苗女士：“不行。你必须下注 @捡来的崽。”

渣弟：“生活费都没有的孩子拿脚底板下注吗？要不然，我预支一下压岁钱？”

顶级贵妇苗女士：“你今年满十八了。成年人压什么岁？”

渣弟：“可是你都几十岁了，还每年有压岁钱。”

顶级贵妇苗女士：“那是我老公给我的，有本事，你让你老婆给你呀。”

渣弟：“哭！我就是个打酱油的，我没有钱。”

镶了黄金的老爸：“算了算了，我帮我崽下 200 块的注，看他怪可怜的——就当预支的压岁钱。”

渣弟：“200 块压岁钱？你们就不怕我离家出走吗？”

顶级贵妇苗女士：“真的吗？那真是太好了。哈哈哈，崽终于要离家出走了。”

于休休：“……”

这家里都是什么人啊？

霍仲南此刻也很疑惑——于大壮和苗芮本来在跟他聊天儿，夫妻俩说得兴高采烈的，突然就开始低头玩儿手机了，一边玩儿，一边暗暗地瞄他，一副做贼心虚的样子。

只有于家洲最正常——他一直都在玩儿手机。

霍仲南疑惑地皱皱眉，也开始低头玩儿手机。手机真是个好东西，缓解尴尬。只是他不知道，对面玩儿手机的人在商量怎么对付他。

微信响了。

霍仲南扬扬眉，看到于休休的消息：“哥哥，我把你拉到我们的小群里好不好？过年老板会发大红包。”

霍仲南：“好。”

他的微信界面极其干净，常用的联系人除了于休休，几乎没有别人，甚至连广告都没有。这是他加的第一个群，也是于休休刚才征得父母同意后重新拉的一个群，名字叫“舌尖上的家园”。为了和家庭群“家有儿女”区分开，于休休特地在群名上添了两个火锅符号。

于休休：“欢迎哥哥加群。老板，发红包。”

老板还没发红包，霍仲南首先发了一个红包。

于家洲第一个抢到红包，“哇”的一声大叫：“天啊，我发了，我发了！！！ 200 块，200 块！”

苗芮瞪了儿子一眼：暴发户的气质呢？ 200 块就高兴成这样？！

她鄙视完儿子，淡定地截图发朋友圈——

“这样抢红包太没技术含量了，微信什么时候能改改，不要再限额200块了呀！万一人家想发个大点儿的红包呢。”

她朋友圈一发，好几个朋友来问她发红包的人是谁，是不是新女婿，新女婿为人怎么样，是哪里的人，家庭情况如何。

苗芮“哼”一声，给每人都回复了同样的话：“长得嘛，比唐绪宁好看一点儿；工作嘛，比唐绪宁好一点儿；家庭条件嘛……唐绪宁可比不上，谁让他有那么讨厌的妈呢？”

于大壮发完红包，于休休又发红包，群里的红包闪个不停。

于休休眉开眼笑，趁机问霍仲南：“哥哥，你喜欢我们吗？”

霍仲南：“喜欢。”

于休休：“那你愿意和我们成为一家人吗？”

霍仲南：“嗯。”

于休休：“太好了。”

吃饭前，于休休告诉刘婶：“我已经安排好了。”

刘婶笑问：“怎么安排的？”

于休休奸笑：“我要对他下手了。”

刘婶问：“怎么下手？”

于休休说：“山人自有妙计！”

对于休休的说法，刘婶表示怀疑。因为于家人的妙计很可能变成拙计。

于休休胸有成竹，不信举全家之力，会拿不下一个钟南。吃饭时，全家人统一风格，旁敲侧击地问钟南春节在哪儿过，然后热情地邀请他到家里来过年，果然是“动之以情，晓之以理”。可是刘婶观察了半天，觉得他们的话题——好偏。

“钟南啊，休休跟我一个姓，我们把她当半个女儿。你是休休的哥，就是我们的半个儿子，我们往后就是一家人了，要多走动走动。”于大壮说得乐呵呵的，找了自以为完美的话，“要是过年太冷清，你就跟着我们，我们带你去开开眼界。”

霍仲南察觉到于家人的眼神交流，但不知道他们到底在干什么。

他想了想：“过年打扰你们，不太好。”

于大壮道：“没什么不好的。反正休休的父母……早就不管她了。这两年，她都是跟我们一起过年的！再加你一个，不是更热闹？”

苗芮附和道：“是啊是啊，你要是不嫌弃，跟着洲洲叫我们爸妈都可以。”

他为什么要跟着洲洲叫爸妈？他不是跟着休休吗？爸妈这么跟人说话，钟南会不会以为爸妈是真的要收他当干儿子？

果然，霍仲南一时无语。“爸爸”“妈妈”这两个词对他来说陌生又熟悉，他是肯定叫不出口的，只能笑一下，表示礼貌。

“唉！”于家洲摇头。

姐姐根本就找不到进攻人家的方向，爸妈又很笨，把钟南都说尴尬了，自觉身为全家情商最高的一个人，他赶紧把话接过来：“爸、妈，我当初是不是……就是被你们用这种办法拐回家的？”

于大壮愣了愣：“孩儿他娘，瞒不住了。”

苗芮道：“唉！是时候告诉他真相了！老于，说实话吧。”

于大壮一脸凝重的表情，说：“崽崽，我跟你妈这辈子没别的爱好，就乐意往家里领孩子。”

于家洲眼皮跳了跳，筷子要拿不动了：“爸、妈，你们别吓我。大过年的，我怕。”

于大壮叹息一声：“别怕！事实就是事实。其实你啊，真的是……你妈十月怀胎生下来的。你在肚子里就作，害得你妈难产。从你生下来第一天，老子就想揍你，等了十八年，是时候了。”

“亲爹！”于家洲瞥向霍仲南：“哥，你都看到了吧，这么恐怖的家庭你敢来？我猜你不敢。”

霍仲南沉默，好半晌，说了两个字：“羡慕。”

于家洲挑眉：“那你来不来我家过年？男人就说一个字！”

霍仲南："来。"

"哈哈哈。"于休休高兴起来，朝刘婶挤眉弄眼，然后开心地叫嚷，"哥，咱们明天就去买烟花，回乡下去放，好不好？"

霍仲南见她双眼亮起了光，"嗯"了一声。

饭后，于休休把刘婶拉到一边，得意地问："怎么样？怎么样？我是不是很厉害？"

刘婶动了动嘴唇，无语。

于休休比了个胜利的手势："我成功地把他拐到家里。他成了我们家的一员，就是我们家的人。往后，他还不由着我搓圆捏扁！你看我们家，谁逃过了我的魔掌？刘婶，快夸夸我，哈哈哈！我简直是个人才。"

刘婶欲哭无泪："今年我都不想再跟你说话了。"

于休休语塞。

腊月二十七，魏骁龙和石晓剑几个徒弟拎了东西来家里，给师傅和师娘拜年。过了今天，他们都要各自回家了。一年一度的聚散时刻，一年一度的热闹时刻，于大壮和苗芮看着这群孩子一年一年地长大，慢慢地能独当一面，感到十分欣慰。

中午，在几个徒弟的撺掇下，于大壮一高兴就多喝了几杯酒，整个下午在闷头睡觉。于休休陪魏骁龙几个人玩儿了会儿纸牌，刚约好晚上的火锅，就接到了毕红叶的电话。

"休休，你能来一下吗？我有很重要的事要和你说。"

年前，"城市之春"已经停工。大过年的，于休休不知道毕红叶找她干什么。

于休休问："红叶老师，怎么了？"

毕红叶道："你来一趟我的工作室好不好？马上就来。"

她从来没有用过这样的语气说话，甚至有一丝隐忍的颤抖感。

"红叶老师，你是……和丁叔闹别扭了吗？"于休休问。

毕红叶说："嗯……不是，是关于房子的，我有点儿灵感，想和你聊聊。"

于休休说："我家今儿有客人，不是太方便。我们通过电话聊，你看可以吗？"

毕红叶道："电话里说不清……休休你来，我不会害你。"

于休休并没有认为她会害自己。为什么她要特别强调？毕红叶非常不对劲儿，但于休休还是决定去一趟毕红叶的工作室。

魏骁龙刚赢了一把，见她要走，把钱往兜里一揣，跟着站起来："我送你过去。"

天下着小雨，阴沉沉的。魏骁龙把车停在红叶工作室的外面，往上望了一眼。雨雾里的小楼安静，孤零零地立在一片密林里。临近过年，附近商家都挂出了歇业的公告，街道上行人很少，空寂地如同一座孤城。

他不放心："我陪你上去。"

于休休犹豫了一下："红叶老师的脾气古怪，她不喜欢和陌生人接触，尤其对男性比较排斥。"

魏骁龙沉默片刻后道："那……我在外面等你。"

于休休点点头，推门进去，消失在雨雾里。

现在是放假，工作室静悄悄的，好像一个人都没有。于休休皱了皱眉，站在台阶下给毕红叶打电话。

电话通了，毕红叶没有接，但那扇木雕的大门开了。阴雨天，屋里没有开灯，一片昏暗，毕红叶的脸隐在暗淡的光影中，仿佛蒙上了死寂感。她双手撑在门上，看着于休休。两人对视片刻，她慢慢地笑开，一如既往地温和："你来了。"

于休休道："红叶老师，你这是……怎么了？"

毕红叶双手垂下，转过身："进来说。"

于休休小心地走上台阶，跟在她的背后进入工作室的大厅。往常这里有鲜花、熏香、精致的名画、高档的摆件，俨然是一个艺术殿堂。

可今天这里太冷，没一点儿人气。于休休觉得浑身不适，坐在沙发上往四周看看，发现毕红叶并没有像往常那样热情地招呼她。

毕红叶坐在于休休的对面，默不作声地看着于休休。

“红叶老师……”于休休望着她的眼睛，“有什么事你就说吧，我听着。”

等待的时间格外漫长，毕红叶不知道在想什么，许久，慢慢地叹气道：“我骗了你。我找你来不是说装修的事。”

于休休道：“我猜到了。”

毕红叶微微一愣：“那你为什么还要来？”

于休休莞尔：“因为我感觉到你可能很需要我。要不然，这大过年的，你不会这么急着催我。”

“我需要你，你就来了？”毕红叶道。

“你是我尊敬的老师，我是你的小粉丝。你需要我，哪怕天上在下刀子，我也是要来的。”于休休说。

毕红叶突然笑了：“你是个好孩子，做事认真、聪慧、善良，可是我……我让你失望了。我不值得你尊敬。”

于休休问：“为什么要这么说？”

毕红叶说：“我最近的行为你不觉得反常？”

“嗯。红叶老师，生活并不都是如意的。我爸爸说，困难就是王八蛋，碰到咱就挥拳上。红叶老师，你遇到什么麻烦了？说给我听吧，我帮你……”于休休说。

毕红叶又笑了，双手放在膝盖上，可能是膝盖太凉，还轻轻地揉搓起膝盖来，声音小了不少：“那个凶手被抓到了。”

于休休惊了一下，理所当然地认为她说的是工作室失窃的事情：“那太好了！找回来丢失的东西了吗？”

毕红叶点头，停顿一下，眼睛眯起：“杀死刘和香的真凶也被找到了。”

“还真的有凶手？我一直以为是意外呢。”于休休说。

“不是意外。”毕红叶平静地告诉她，“刘和香在网上交了个男朋友，男朋友就是浮城工地上死的那个陈海。其实啊，他哪里是什么男朋友，那就是她的索命鬼。”

于休休不明白她在说什么，只听她又道：“陈海主动钓上刘和香，是因为他知道刘和香有钱。他伪装成有钱人，没见面就给刘和香送这个送那个。那女孩儿眼皮子浅，自然上当，第一次见面，就跟人上了床。”

毕红叶为什么要告诉她这些？于休休看着毕红叶，不说话。

毕红叶却像没有看出她的疑惑之意，犹自在笑：“不过，谎言很快就被拆穿了。刘和香发现陈海只是个建筑工人。他欠了一屁股债，给她送包和首饰的钱还是网贷来的，她立刻就和他闹分手。陈海哪儿能甘心？他一不做二不休，干脆拿刘和香的不雅照威胁她，要她帮他还债。

“刘和香当小三那么多年，当然是有些钱的。可是小家小户的人，好不容易攒的钱，哪儿能轻易给人？她又哭又求，陈海不为所动。闹了一阵，她干脆想了个阴招儿——她主动勾引了开塔吊的工人何续章，用陈海用过的烂招儿，威逼利诱何续章，让他想办法利用建筑安全问题搞死陈海，将一切伪装成事故。”

于休休一脸震惊地问：“为什么她自己也死了？”

“那就是她的命。”毕红叶说，“那天，陈海给她发消息，说他的网贷到期了，如果刘和香不给他钱，他就把不雅照贴满浮城。刘和香又急又恨，当即跑过去找他理论，没想到事故就在这时发生了。何续章使用塔吊时，‘误’用了较细的钢丝绳，导致钢丝绳承重不足，突然断裂，砸在了吊装平台上，压死了陈海，而建材落下时，又刚好砸死了刘和香。你说，巧不巧？”

“巧！”于休休像在听故事，都听愣了，“红叶老师，你怎么会知道这么多细节？是警方披露出来的吗？”

“警方没有披露细节。”毕红叶望着她笑。

“那——”于休休看着毕红叶的笑脸，后背一凉，“红叶老师！”

是她！警方都不知道的事她知道——于休休突然明白过来，双眼瞪大。

“是的，刘和香的那个金主就是丁跃进。”毕红叶很淡定，没有说“我们家老丁”。提到名字的时候，她脸上一点儿表情都没有。

于休休生生被吓住了：“红叶老师，你……”

毕红叶笑，眼神里有浓浓的轻蔑之意：“一个愚蠢无知的女人，两个贪财好色的男人，我只需略施小计，就能把他们玩儿死。而丁跃进，堂堂盛天副总，学历高，居然会喜欢这么肤浅的女人，就因为她有一张年轻漂亮的脸。你说可笑不可笑？”

可于休休笑不出来。在毕红叶的背后有一个房间，就在她说话的时候，那道门突然剧烈地响起来。和那天的情形极为相似，像有人在撞击门板，咚咚作响，却没有人声。

于休休脑子有点儿乱，看着那扇门：“红叶老师，为什么要告诉我这些？”

毕红叶看着她，还在笑：“因为这个世界没有意义了，人也没有意义了。我腻了。”

说着，她拉开面前的抽屉，从里面的文件袋里取出盖章签字的文件递给于休休：“这些画是你喜欢的，我都送你了。清单在这里，有我签好的名字和公证书。你过完年找个时间将画拉回去吧。”

“我？！”于休休觉得震惊。

这些画不仅有毕红叶自己的代表作品，还有她的毕生珍藏。这些画的价值是无法估量的啊！

“我女儿不喜欢美术，多看一眼都嫌烦。与其逼她牛嚼牡丹，我不如将画送给懂画的人，这些画还能被珍爱。”毕红叶说。

于休休震惊得说不出话。

“我要说的说完了，你回去吧，好好过年。”毕红叶站起来，走向那扇还在咚咚作响的门，突然又回过头，望着于休休笑，“对了，那天你在房间里听到的不是狗，而是死去的助理。”

于休休呆了呆。

毕红叶道："捅死她的人不是小偷，是我。"

为什么毕红叶要这么做啊？于休休体内的血液开始倒流……

毕红叶却只淡淡一笑："她背叛我，帮着丁跃进隐瞒他在外面有人的事，还在我的眼皮子底下和丁跃进乱搞。"她突然抬手，指向那个房间，"那个房间是我为丁跃进准备的休息室。他每次来我这儿，都会在里面休息。你敢信吗？我在画室里工作，他们两个人就在里面……"

她说不下去了，眼里浮上红血丝，想说的话终是哽在喉咙里："本来我想过完年再处理这些事情，女儿明天就要回国了，我们一家三口可以过个团圆年……可他等不及了，最后的机会都不肯给我。休休，你等下走出这个门，帮我报警。"

于休休深吸一口气："红叶老师，自首可以争取……"

她话没说完，咚的一声，房门被撞开了，一个头发凌乱、满身脏污的人狼狈地从里面蹿了出来。他双手被捆着，双脚也被绳子捆在一起，一出来就跌倒在地。

于休休"啊"的一声，惊恐地发现这人居然是丁跃进。

"你就这么耐不住寂寞吗？"毕红叶冷冷地看着趴在地上的男人，"我不过是让你再陪我些时间，你就受不住了？"

丁跃进嘴里被塞了布条，拼命地仰着头，死死地瞪着她，又用哀求的眼神看着于休休，发出极低的呜咽声。

"呵！"毕红叶突然一笑，放下被绾起的长发，将长发用手指梳开，然后将头发轻轻地拂到肩膀后，"丁跃进，你看看我。我也年轻过，漂亮过……你都忘了吗？"

她的声音很轻，像情人的絮语，又像是催魂的符咒。

毕红叶一直都很冷静，冷静地让于休休离开，叮嘱她不要忘了报警，然后轻描淡写地和丁跃进聊天儿。她用手指将顺肩垂落的长发梳理得很整齐，衣着朴素，举止优雅，站在丁跃进的面前，像个高傲的女神。

崩溃的人是丁跃进，他的嘴说不了话，含糊地呜咽着，双眼盯住毕红叶，疯狂地流泪。

毕红叶看着他：“你想说什么？想像以前那样哄我？一边说我年轻漂亮，一边搂着比我年轻漂亮的女孩儿？”

丁跃进本能地挣扎着。

毕红叶唇角挑高，露出一抹笑：“可惜，不论你说什么，我都不想听了。”

“呜——”丁跃进双眼赤红，眼泪从中溢出，淌的似乎不是泪，而是鲜血。

毕红叶慢慢地蹲下身，抬起他的下巴：“丁跃进，你有多久没照过镜子了？你不知道你也老了吗？满脸皱纹，身体发福，你甚至都不如精心保养的我看起来年轻。你以为你是靠什么征服那些年轻的女孩儿的？靠你这五个月大的‘孕肚’，还是靠你那两分半的本事？”

丁跃进怔住。他看了毕红叶两秒，五官狰狞地皱在一起，双腿拼命地蹬地，想要爬起来。

“啪！”毕红叶手起掌落，一个耳光扇在丁跃进的脸上。重重的，憎恶的、不留情面的，声响震住了于休休，也震住了丁跃进，只有她自己面无表情。

“手感真差。”毕红叶冷静地笑，“即使是打你，都能感觉到你这张老脸硌手。所以，丁跃进，你觉得自己哪一点比年轻帅气的男孩儿强？又是什么让我这么几十年没有对你变心？”

丁跃进拼命地呜咽，想说话，却没有办法。

毕红叶也没有给他说话的机会：“厌倦？枯燥？无感？哪怕是一条狗，陪你几十年也有感情了。哪怕陪你的是一条狗，你也不会厌倦，不会觉得枯燥，不会无感……何况我是一个活生生的人。现在呢？你还厌倦吗？觉得枯燥吗？无感吗？痛不痛？”

一个耳光再接一个耳光，毕红叶打得用力而冷静，并没有歇斯底里的愤怒，就像大人在教训孩子，面无表情，直到丁跃进鼻孔流出鲜血。他扑腾两下后，重重地瘫在地上放弃挣扎，毕红叶高扬的手才停在半空中。

“休休，你还不快走！”

毕红叶没有回头，但于休休能感觉到她肩膀紧绷，还有，说这话时的威压感。一种让人无法抗拒的力量让于休休不由自主地退后一步。

她说：“红叶老师，不要用别人的错误惩罚自己了！红叶老师，回头吧！”

闻言，丁跃进重重地点头，赤红的双眼盯住毕红叶，充满祈求之意，嘴里发出含糊不清的声音。

“呵！”毕红叶笑，回头温柔地看着于休休，“傻孩子，我回不了头了。”

大厅里很安静。

毕红叶目光温柔地注视着她，慢慢地落下手：“你走吧，离开这里再报警……我也该带他走了。”

她带他走？于休休喘息了一下，看着她的笑容，不知道她的眼睛里包含了什么情绪。但有句话于休休是要听的——出门报警，是毕红叶的意思，也是于休休的想法。除此，于休休还有什么办法能解决这个局面？

于休休没有说一个字，转身奔跑起来。大厅太大，她的鞋踩在地板上，敲击出一串凌乱的声音。

木雕的大门被她拉开，一股冷风灌进来——她撞进一个男人的怀里。

“大师兄！”于休休条件反射地叫着，嗓音有点儿抖，“快……快帮帮忙！”

喊完发现不对，她抬起头，发现烟雨绵绵的天青色背光里是霍仲南沉郁的面孔，在他的背后站着晚到一步的魏骁龙。

一群警察紧随其后。

世界很快安静了。

毕红叶看着一群荷枪实弹的警察，慢慢地露出笑意："辛苦你们了。"

她十分有礼貌，不像一个罪犯，倒像一个等待许久的受害者。

说完，她弯下腰，用纸巾擦干净丁跃进脸上的血，盯着他的脸怔了片刻，突然快步走到办公桌前，端起水杯就往嘴里灌水。

于休休站在门口，突然警觉："不能让她喝！"

警察的速度比她快，他们一把夺下毕红叶手里的水杯。

"只是冷透的水。"毕红叶望着于休休笑了笑，叹口气，朝警察伸出双手："我犯了罪——我甘愿接受法律的制裁。"

毕红叶从大厅走到门口的过程好像有一个世纪那么久。于休休一直看着她，看着她脸上平静从容的表情，看着这个清风般的女子轻盈地走到自己的面前。

"年后记得来拿画。画布要避免日光长期照射，要防潮、通风，画纸不要直接重叠收藏，避免粘连……"

"红叶老师……"于休休鼻子一酸，突然泪流满面，"你太傻了。"

"不要哭。"毕红叶抬了抬手，似乎想帮于休休擦泪，可是手上的手铐提醒她自己已不是自由身。她目光短暂地黯淡，随即又笑开："我觉得很抱歉，给了你不太美好的体验。那个房子你帮我按设计图装好，后续的费用我女儿会给你结算。我已经给她留了话。"

"红叶老师……"于休休除了叫毕红叶的名字，什么都说不出。

她知道这个时候说什么都是没有意义的，也知道毕红叶不需要听什么道理和安慰的话。这才是最令人悲伤的，因为她面前的是一个绝望的人。

"我会尽力按你的想法装修房子，红叶老师，放心。"于休休说。

毕红叶微笑，点点头，慢慢地从她的身边走过去，背影寂寥……于休休突然觉得此刻的毕红叶如天边的一颗星，因为这世上没有人能懂她——她没有了伴侣，所以，选择了将自己放逐。

"蓉蓉！"

大厅里突然传来丁跃进的喊声。因为周围安静，大厅里甚至有一丝沙哑声音的回响。

他剧烈地喘息着，望着毕红叶的后背，甩开警察搀扶的手，重重地跪在地上，闭上双眼，泪如雨下："我错了！我错了啊！蓉蓉！我错了！对不起，我错了！"

毕红叶的脚步只停留了不到一秒。她仰起头，迎着细雨，走下台阶，没有回头。

"蓉蓉！蓉蓉！我错了！"丁跃进双手捶地，鲜血印在地板上，红得刺目。他突然以头磕地，痛哭道："我没有报警……我没有。我想带你走，只是想带你走啊……你为什么不信我……蓉蓉！蓉蓉！蓉蓉！"

毕蓉是她的本名，红叶只是艺名，而红叶注定凋零在这个深冬里。

于休休看着这个痛哭流涕的男人，怔怔地站在那里，许久都没有反应。

"走吧。"霍仲南将手搭在她的肩膀上。

于休休抬头："你怎么会来？"

霍仲南抿紧嘴唇，看了丁跃进一眼，然后说："老丁突然辞职，要出国。我意识到不对，过来看看。"

老丁对公司、对霍仲南有恩。当年，年少的霍仲南接过盛天的指挥棒，全靠丁跃进为首的一帮人撑腰，才能顺利地抵抗住权力更替期的暗流涌动，在一干亲戚争权夺利的厮杀中屹立不倒。

于休休蒙了："是你报的警吗？"

霍仲南摇头："警察早就怀疑了。"

于休休突然想到那天在丁跃进家里，缪延意味深长的话。

"唉！"她耷拉下头，"我这运气是好，还是不好？"

她平白无故地得这些东西，说来应该是好事。可是，正如当初拿到胡静雨的房子一样，于休休并没有因为得到毕红叶珍藏的名画以及她的毕生心血而开心。

雨还没有停。霍仲南陪着于休休走出红叶工作室，魏骁龙和钟霖默默地跟在他们身边，几个人谁也没有说话。

“我送你回去。”霍仲南眉头紧锁。

“我不想回去。”于休休摇头。

“为什么？”霍仲南问。

“过年，家里人很开心，我不想破坏气氛。”于休休低垂着头，脚尖踢了踢湿漉漉的地面，像个受了委屈的孩子，“我好难过，想走一走，整理情绪。”

霍仲南看着她的头顶，不语。

缪延刚停好警车，就看到这个画面，走过来，笑呵呵地说：“美女，可能得麻烦你留一下。”

霍仲南看向他，目光有点儿凉。缪延笑了：“得让她跟我们去一趟，我们了解情况。不会耽误太久，大过年的，大家都不容易，你理解一下。”

于休休嗯了声，点点头：“哥，我跟缪警官去。你先回去吧。没事的，缪警官人很好。”

这丫头觉得谁都好。今天，如果她面对的不是毕红叶，而是另一个杀红了眼的罪犯，她还能全身而退吗？霍仲南想到自己得知情况匆匆赶来时的心情，不敢再冒险。

“我陪你去。”霍仲南说。

于休休从刑侦队回到家里已是深夜，魏骁龙和石晓剑等人已经离开，客厅里灯火通明，一家三口都在等她，顺便玩游戏。

寒假逢春节，是于家洲短暂的快乐时光。他帮父母下载了游戏，教父母玩，然后看两只菜鸟在游戏里找虐，心里别提多美了。

“你在学习上找不到存在感，就在游戏里找满足感，是不是？”于休休听到渣弟的笑声，把包放好，趿着拖鞋进去，“不看看几点了，还在玩儿！”

于大壮正被杀回城，闻言抬头一笑：“乖女儿，回来了。来来来，就等你了，爸爸给你充钱。”

“不去。”于休休瞪他，“上梁不正下梁歪。不知道自己年纪大了，不能熬夜吗？”

苗芮瞥于大壮：“乖女儿说得对。你这种老年人就该早点儿去睡，只有像我这样的年轻人才配熬夜玩游戏。”

于大壮“嘿嘿”笑：“老婆说得对，乖女儿说得对。哎呀，崽崽，你怎么不救你爹？我又‘挂’了。”

于家洲道：“手这么残！神仙都救不了你。”

于休休叹息：“玩儿吧玩儿吧，我去睡了。”

客厅里玩儿得津津有味的一家三口，齐刷刷放下手机。

于大壮：“你不玩儿？”

苗芮：“吃饭了没有？”

于家洲：“这么早就睡，你对得起假期吗？”

于休休抿着嘴看了他们一眼，从他们的眼神里看出了担心的意味，嘴角一扬，露出一个大大的笑脸：“我上去和钟南聊天，哈哈哈。谁要跟你们玩儿？你们有小哥哥好玩儿吗？”

一家人开开心心地玩儿游戏等她，就是怕她受了刺激心里郁闷，见状总算是放心了。

可于休休那样笑也是怕他们担心。她大大咧咧地装不在意，不代表真的完全放下了。

回到房间里，于休休打开电脑，看到为毕红叶做的装修设计方案，心里好像空了一块。

“红叶老师，你为什么要那么傻？”于休休自言自语道。

于休休把自己丢在床上，盯着天花板发呆，连洗漱的力气都没有，太困了，不是生理上的疲乏感，而是精神上的。

嘀——微信消息。

于休休斜眼看了一下，将手机拿过来，懒洋洋地回复了一串省略号。

霍仲南心里突了突：“到家了？”

于休休：“嗯。”

霍仲南："为什么不给我发消息？"

于休休："忘了。"

霍仲南："……"

于休休："……"

霍仲南："……"

于休休："……"

一人一串省略号，像在比谁的耐性好。

霍仲南："你睡了？"

于休休："没有。"

霍仲南："准备睡了？"

于休休："没有。"

霍仲南："……"

于休休："哥哥，还有事吗？"

霍仲南眯起眼，看着手机屏幕，隐隐觉得有哪里不对劲儿。往常都是于休休缠着他说话，不论说多久，都精神十足，他怎么劝她都不肯睡，还要聊一聊，再聊一聊。可今天，她明显失去了聊天儿的兴致。不作妖的于休休比作妖的于休休更吓人。

霍仲南难得打了许多字："不要让别人的事影响自己，你不开心就和我说。"

于休休："没有。"

霍仲南想了想："我陪你玩儿游戏？"

于休休："不想玩儿。你早点儿休息。"

霍仲南："……"

于休休不是为毕红叶难过。实际上，从唐绪宁到他舅汤伟力，再到丁跃进……这些男性的情感处理方式让她突然有些迷惑和排斥，连带着对钟南都产生了怀疑。要不是有老于撑着，于休休很难再相信这个世界上有好男人。

老于！对，老于！于休休记得丁跃进在人前也是爱妻如命的好男人，自己第一次见到丁跃进和毕红叶的场景还仿佛在眼前，那时候谁能想到丁跃进会是这样子的？

于休休想到这里，一骨碌爬起来，冲出房门，把楼梯踩得啪啪作响："老于，你过来，我想和你谈谈。"

霍仲南洗完澡走出浴室，擦着头发，下意识地拿起手机。

手机上没有消息，于休休无视了他的省略号。霍仲南锁紧眉头，敲出几个字，又将字全部删掉，发了一句"晚安"。

于休休没有回复。他的"晚安"淹没在黑夜里。霍仲南等了一会儿，把手机丢开。他换好衣服，按铃让管家进来，吩咐了些事情。霍仲南看着管家频频点头、垂手站在那里的恭敬样子，觉得有些厌烦。

只有于休休在他面前是个真实的人。

霍仲南问："钟霖呢？"

管家周伯道："钟先生回家过年了。"

过年！又是过年！每个人都在过年！年有什么意思？霍仲南摆摆手，示意他出去。管家看了一眼他的脸色，默默地退下去，关门时一点儿声音都不敢发出来。

年关是南院的"难关"。霍先生性情淡漠，虽不热情，也不十分苛刻，只有在这个节骨眼儿上，他的情绪才会极其不稳定，喜怒无常。去年，有人因为打碎一只碗就被开除了。

他今年本来好好的，说要去妹妹家过年，管家还以为南院的"年关"就这样平顺地过去了，哪儿知道会突然变天？管家不知道是谁招惹他了，出去就给钟霖发消息。

管家："不好啦，钟先生。"

钟霖一直不放心霍仲南，走之前特地吩咐管家，先生有什么"风吹草动"就马上告诉他。收到消息的时候，他正在家里当妈妈的乖宝宝，吃妈妈切好的水果，一转眼就拿起手机，去给人当孙子了。

"霍先生，你是明天去休休家过年吗？"他故意提及于休休。

这是他以往的经验。要是霍仲南有什么事不高兴，自己只要提起于休休，霍仲南的心情就会转好，但他哪里知道这次会踢到铁板上？

霍仲南一直在等于休休通知他出发时间。可是，于休休不仅没说让他去过年的事，连一句“晚安”都没有，似乎把他遗忘了。

钟霖的话火上浇油。

他冷冰冰地反问：“我自己不会过年？”

钟霖心一跳，吓住了：“霍先生，你……是不是不太好？”

霍仲南道：“我很好。”

钟霖想到他的病，语气沉了些：“吴医生说，你有什么想法，不能闷在心里。要不这样好了，我现在开车过来，大概一个半小时。你等我。”

霍仲南问：“你来干吗？”

钟霖道：“陪你。”

霍仲南问：“我需要你吗？”

他这吃了炸药一样的情绪，谁惹出来的？难道他是和于休休闹别扭了？钟霖觉得他家老板有时候就是个不懂人情世故的大孩子，根本不知道怎么讨女孩儿欢心，自己作为他的私人助理，有义务和责任教导他。

钟霖道：“霍先生，女孩子呢，是需要哄的。休休性格单纯，脑子直，不会转弯，您有什么话，一定要和她说开……”

“你被吴梁附体了？”霍仲南打断他，不耐烦，“挂了，我还有事。”

他有什么事？钟霖听到电话里传来的嘟嘟声，震惊地发现自己已经被老板抛弃了。

霍仲南没什么事，只是怕于休休打电话或者发消息自己不能第一时间看到。他想不明白，一个每天晚上说无数遍“晚安”都舍不得睡的小丫头，怎么突然就变了个人似的？霍仲南一夜无眠。

于休休在“审问”了于大壮后，发现父母感情牢固如初，回房里就有了困意，倒头睡到天亮，爬起来一看，手机要炸了。

三个钟霖的未接来电，还有无数条消息。

“小休休，你和钟南怎么了？闹别扭了吗？”这是第一条消息。

“果然，这世界上的所有感情都是假的，只有金钱关系才是真的。你看，我永远都对他不离不弃。”这是最后一条消息。

还有无数条被撤回的消息，于休休看得莫名其妙，打电话问他：“你和钟南有什么金钱关系？”

钟霖被吵醒，打个哈欠：“哦，那条消息来不及撤回了。”

于休休问：“你到底想说什么？”

钟霖道：“小休休，做人要厚道啊，你不是让钟南跟你回家过年吗？怎么了？准备丢下他一个人？”

于休休有点儿蒙。她把消息记录翻开，发现还停留在昨天的界面上。后面哥哥又发了一条“晚安”，她没有回。于休休是习惯最后一个回复的人，不回钟南的消息这是第一次。

她猛拍脑门儿。完了，昨天她脑子太乱，把哥哥得罪了。她正寻思怎么弥补自己的过错，就听到楼下传来喧闹声。渣弟的生物钟还没有调整过来，他起得比鸡还早，在楼下大吼大叫：“钟南哥来了！哇！哇！带了这么多东西，我发财了，我发财了！爸、妈，快来看！钟南哥给了我一个大红包！超级大的红包。哈哈哈，想不到我洲爷也有翻身的一天！哈哈哈！莫欺少年穷！钟南哥，你就是我亲哥啊！”

于休休起了一身鸡皮疙瘩。

不对！钟南这么早就来了？他不是这么积极的人啊，吃错药了吧？

于休休一个头两个大。小哥哥到家里来，会不会看出她在这个家里的生活痕迹太重，发现她一直在骗他？要是发现了，她要怎么圆谎？下楼时，她像怀里揣了只小兔子，十分不安，瞄霍仲南的时候几乎不敢直视他的眼。

她这模样落入霍仲南的眼里却是她不想理他，不愿意跟他交流。

他皱皱眉：“我是不是来得太早，吵醒你了？”

于休休莞尔："没有没有，我昨晚太困，挨着枕头就睡着了。"

于家洲疑惑："昨晚你不是在和我爸谈心吗？"

这渣弟是不是傻？她好想打死他！

"咯，那个……阿南，还没吃早饭吧？"

苗芮为女儿解围，随口取了个"昵称"，一脸慈母笑——女人不管长到多少岁，看到这种好看又老实的男孩子，都会忍不住母爱泛滥，苗芮也一样："来来来，你一定得尝尝我们家李妈做的早餐，吃过的人都说好。"

霍仲南微怔："好。"

他打进门就坐得很端正，肩背挺直，几乎一动不动——但这不是拘束，而是一种得体的规矩。

苗芮就喜欢这样的孩子，她眼窝里都是笑，再看看自己那两个放羊一般被养大的孩子，眉头皱起："休休你洗脸没有？"

脸是什么？

小哥哥来了，她还要脸吗？

"我吃完饭再洗嘛，老板娘你不要这么凶，我害怕。"于休休眨了下眼，一副委屈样，顺便提醒苗芮彼此的"身份"。

苗芮秒悟，一转头，把对于休休训斥的话砸在于家洲的身上："你这破孩子，大清早数什么钱？你阿南哥来了，你还不赶紧去盛饭？红包是这么好拿的吗？"

于家洲确实在数钱，茶几上摆了一堆可爱的"毛爷爷"。看在钱的分儿上，于家洲没顶嘴："我马上就去！不过我不是迫于你的淫威啊苗女士，我是为了我钟南哥，哼！"

苗芮瞪他："这臭崽崽！老于，老于，你是屁股黏在马桶上了吗？怎么还不出来？阿南来了，吃饭啦！"

于大壮瓮声瓮气地回应："来了来了！"

苗芮道："说三遍了！"

于大壮道："我肚子不舒服。"

“你肯定在马桶上玩儿手机，被你儿子教坏了。信不信我把你光着屁股拎出来？”苗芮说。

“媳妇儿，我不要脸吗？”于大壮道。

清早一家人鸡飞狗跳。

这儿与霍仲南居住的南院如同两个世界。在南院里，大家走路、说话都很小心谨慎，不会发出一丝杂音。他们在霍仲南面前更是规规矩矩，每一个动作都像经过特训似的，从不出格。这样有烟火气的于家，对霍仲南而言，是陌生的。

“哥，吃饭啦！”于休休招呼霍仲南，说完就跑去了餐厅，好像他是牛鬼蛇神似的，恨不得离他八丈远。

霍仲南皱皱眉。他不理解，为什么一夜间，小姑娘对他的态度就变了。

好在于家洲是个热情的孩子：“走，钟南哥，我带你去。我们家李妈是个烹饪圣手，传说是清代御厨的后代呢！”说到这里，他靠近霍仲南，压低声音，“不过我们猜她是吹牛的，她做蛋炒饭都会煳。但我们都不拆穿她，嘿嘿。你也只管说她做得好吃就行了。”

霍仲南无言，觉得于家人对待保姆的态度十分清奇。

早餐时，于家洲黏霍仲南黏得很紧，嘴巴也甜，然后如愿从霍仲南那儿收获了游戏道具若干，称呼也从“钟南哥”到“阿南哥”，又变成了“哥”，亲热得不行。反而是于休休，奇怪地与他保持着距离，话也很少。

于大壮敏感地察觉到了。吃完饭，他偷偷地问女儿：“你是不是移情别恋了？”

于休休没吭声。

“乖女儿，你要是不喜欢他了，要早点儿划清界限，不许耽误人家，知道了吗？我和你妈惯着你，可不是让你乱来的。”于大壮道。

于休休道：“爸，我是那种人吗？”

于大壮“嘿嘿”笑：“我只是给你提个醒，就像你昨晚提醒我一样。咱父女俩要互相监督。”

“噗！”于休休翻了个白眼，“打击报复就打击报复吧，老于你偏偏要说得这么清新脱俗。”

“这都被你看出来了？”于大壮努努嘴，“去吧，陪陪人家。第一次来家里，肯定不自在，你晾着人家多不好？”

“不是晾着他，我是怕言多有失，如果被他发现我是你的女儿，怎么办？”于休休说。

“哎呀，老子是见不得人吗？当我闺女很丢脸？”于大壮道。

“这是欺骗！欺骗，你懂不懂？我会被他拉入黑名单的。”于休休说。

苗芮在外面喊：“你们叽叽咕咕说什么呢，出来收拾东西，准备走啦！”

霍仲南今天拎了很多东西过来，每个人都有礼物。给苗芮和于大壮的礼物是两件貂皮大衣，他说是在朋友那里买的仿品，不值多少钱。可苗芮瞧着，这皮子价格肯定很贵。她越看越喜欢，在身上比画着，眉开眼笑。

“阿南啊，你眼光特别好。这风格很符合我和我们家老于。我们穿回老家去，乡亲一眼就能看出我们财大气粗，大衣配上我的‘暴富’耳环，再合适不过。”苗芮道。

霍仲南：“阿姨你喜欢就好。”

“喜欢喜欢，暴发户气质的东西我都喜欢。”苗芮突然压低了声音，“阿南，你送给休休的那个项链……你能不能问问你做仿品的朋友，帮我也搞一个，那个项链太好看了呀！”

硕大的一颗粉钻，就算是仿品，也是仿得最真的东西。那项链晃得苗芮都睁不开眼。比起于休休，苗芮更喜欢这些东西。可是，像这样的品质，如果是正品，不仅价格昂贵，估计根本就无处可买。

苗芮道：“啧啧，也只有仿品敢这么为所欲为了。”

霍仲南眼皮一跳。这粉钻独一无二，他上哪里去找第二颗？他刚想说话，于休休就走了过来，把那盒子往老母亲的手里一塞："喜欢你就拿去吧。老板娘，以后对我好点儿。"

霍仲南心一沉，没吱声。

于家洲同情地看他一眼："别人送的东西你怎么能随手送人呢？没礼貌！你看啊，我哥给我的红包，我全都要亲——自——花。"

于休休瞪他："想什么好事呢？我将项链借给老板娘戴回老家炫耀的。"

苗芮高兴道："哈哈哈，好好好，这个必须炫耀！回来我就还给你。"

霍仲南心情好了点儿："阿姨，这种仿品不好做，我让朋友留意着，有货就买下来。"

苗芮很满意地说："阿南啊，你真是个好小伙子，也不知道哪家的姑娘有福了。"

她瞄了一眼自己不争气的女儿，恨不得马上把她嫁过去，换一车仿钻。

"阿南，有女朋友了吗？"苗芮问。

霍仲南回答道："我还不想考虑个人问题。"

木头！苗芮在心里叹息："没事，你还年轻，不急不急。我和休休都会帮你留意着的。走吧，咱们收拾收拾出发。"

这个回合，于家洲表示同情他姐。钟南哥这觉悟和情商真不知道中学是在哪里读的……他们学校最笨的学生都懂这个，为啥钟南哥就不懂呢？唉！以他渣姐的追夫手段，他明年要拿到大红包，只能靠自己了。

回村的路很漫长。

于家开了一辆商务车，载满年货，慢慢悠悠地行驶，倒也轻松惬意。霍仲南和于大壮换着开车——于家不拿他当外人，他也慢慢地习惯了这家人的相处方式。

每逢过年，去外乡讨生活的人就都回来了。小城镇里的热闹场景堪比大城市，刚到于家村所在的山林镇，车就走不动了。回乡的车太多，村镇公路又狭窄，人潮和车流拥堵不堪。卖年货吆喝的人，大声说笑的人，走来走去。

于休休趴在车窗上看外面的景象："好喜欢啊！只有回乡下，才能找到小时候过年的感觉。"

城里太冷清，霍仲南家尤其如此。因此，这样的年景他不曾见过。他看着小镇上的陌生人群，看着于休休忽闪忽闪的大眼睛，不自知地笑了："喜欢就常回来。"

于休休摇头："就过年这段时间里乡下才会这么热闹，平常就冷清了。"

"过年就得回乡下才有气氛。"于大壮笑着，"从这里到于家村还有二十来里路，要不，咱们在镇上吃个午饭？有一家豆花饭不错，我每次回来都要吃一碗，在申城吃不到这个味儿。"

"行！"于休休道。

"我也想吃豆花饭了。"苗芮道。

一家三口都同意，于家洲没有发言权，霍仲南则只是笑了笑。

于家人已经懂得他沉默寡言的特点了。他笑一下，就表示他乐意。

于大壮把车挪到路边停好："咱们走过去吧，太堵了，开车比走路慢。"

一行人挤过熙熙攘攘的人，走得很慢。于休休兴奋地踮起脚，看路边被摆满的劣质小商品，早忘了那点儿小情绪，拉着霍仲南，指这个，指那个，不停说话。

无论她说什么，霍仲南都点头。于家洲在边上帮腔，于大壮和苗芮只是笑。这一家人其乐融融，没想到冤家路窄，刚走到那家卖豆花饭的小店门口，就看到走过来的唐家三口和同行的卫思良。

她穿着敞开的毛呢大衣，里面是一件宽松的针织内搭衣，小腹已微微隆起。卫思良挽着唐绪宁的胳膊，用一种胜利者的目光看着于休休。冤家路窄不是件令人愉快的事，但于休休却格外兴奋，小心脏跳得加快了频率。

“天堂有路他不走，地狱无门偏要闯进来，不知道这山林镇是休姐的地盘吗？”于休休说。

当年在这里上小学、上初中，于休休留下了许多“光辉战绩”，现在想起来还有点儿小激动，看到唐家人简直像野狼看到羊。

“上！”于休休道。

于家洲道：“老规矩，你开路，我掩护。”

于休休点点头，拉一拉霍仲南：“哥你躲在后面，小心血溅身上。”

霍仲南以为于休休是因为看到前男友和他现女友在一起很生气，赶紧揽住她的肩膀：“别冲动，不值得。”

于休休道：“你以为我要干吗？”

霍仲南看着她：“不要伤心，以后我不会再让人欺负你！”

卫思良眼里的得意和嘲讽之意十分明显，可是来得快，去得也快。她看到霍仲南从人群里站出来揽住于休休的下一秒就变了脸：“怎么会是他？”

唐绪宁问：“谁？”

卫思良瞪大眼睛，像见了鬼，竟没有听到唐绪宁的话：“不可能，怎么可能呢？”

她往后缩了缩，靠在唐绪宁的身上，把脑袋缩在大衣的帽子里，生怕霍仲南看到她。唐绪宁看见她的反应，有些疑惑，以为她是看到于休休觉得害怕。

唐绪宁想到上次于休休欺负卫思良，看于休休的眼神更加充满厌恶：“爸、妈，我们走吧。”

唐文骥瞪他一眼，满脸是笑地走上前：“老于？好巧在这里碰上了，你们今儿刚回来？”

于大壮打哈哈：“是的，好巧好巧，没想到吃个豆花饭都能碰到你们！哈哈哈，老唐啊，你夫人这就出院了？”

他怎么说话的？汤丽桦看到于家人就没什么好气：“是呀，听说你们家工地出人命那天就出院了。”

于大壮道："可把你乐坏了吧？"

苗芮"哟"了一声，摸了摸脖子上的大粉钻："我寻思这山林镇也不招邪呀，怎么就能碰上你们呢？"

汤丽桦道："是挺邪门儿的。我儿子自从摆脱了'瘟神'纠缠，马上就当爹了。这不，为了唐家的大孙子，我们来于家村拜拜。有些人可别自作多情！"

于家村的山里有座观音庙，就在水库边儿上，曾经被毁过，旧址还在。当年于家村的村民在水库里干活儿的时候，没少在破庙里避雨打盹儿，逢年过节再烧香，多年来庙里香火就没断过。后来从水库出去的有出息的人多了，大家凑了些钱，把庙重新修葺，渐渐地吸引了些香客，这庙更是远近闻名。尤其过年的时候，为了烧头香，上香的人常常挤得头破血流。

苗芮道："怪不得！我就说嘛。"她又掩嘴笑，"你们家还真是有这样的传统呢！当年你追老唐的时候，没少跑来拜菩萨吧。啧，那菩萨底座的石头都快被你磨光了，可算磨出个野孩子来，让你心满意足地嫁给了老唐！"

汤丽桦脸色一变："苗芮！"

"咯！"唐文骥在于家村里待了很多年，青春岁月都奉献给这里了，有些情感也生根在这里，听到苗芮说汤丽桦，他的眼神飘了一下，"在群里看到大家都回来过年，我们也凑个热闹。我家没什么人，城里的年没意思，还是于家村热闹……"

苗芮冷笑，看他不爽。

唐文骥看她的目光却很深沉。

他转而说："老于，咱兄弟永远是兄弟。"

于大壮又是"哈哈"笑，揽住老婆的肩膀："行行行！欢迎你啊老唐，我们于家村人最是好客。你回头要是有空了，来家里打打牌，吃个饭……"

这剑拔弩张的气氛不是唐文骥的初衷。

他尴尬地笑了笑："行！老于，我车在前面，咱们于家村见。"

于大壮道：“好，你自便。”

两家人对面走过，苗芮发现卫思良眼神不对，扯了扯于休休：“那姓卫的女娃子为啥这么怕你？休休，你怎么她了？”

于休休摸摸脸，也觉得有些费解：“她一开始还挺跩的呢，突然就变了，难道是被我的美貌吓退了？”

于家人的小声议论唐家人听不清，但汤丽桦看到他们有说有笑的样子，就觉得他们是在说自己，忍不住又开了口：“这家人真是有病，工地都停了，欠一屁股债，还能这么高调地回来过年，笑死人。”

唐文骥斥道：“你小声点儿，少惹事！”

汤丽桦道：“唐文骥你眼瞎吗？你听不到是那苗芮先骂我们的？你看她穿那一身貂，她还戴了钻、黄金……我快吐了。幸好我们绪宁没要那破落女，要不然我这辈子能恶心死。”

唐文骥抿唇不语。

这是绪宁不要人家吗？人家明显有别人了——他看了一眼心神不宁的卫思良，皱了皱眉，没吱声。

可是汤丽桦就没那么好脾气了。

她瞪了卫思良一眼：“你们年轻人的感情可太稀奇了。你不是喜欢我们绪宁吗？看到别人欺负他，说他是野孩子，你怎么屁都不敢放一个？”

她往常不会说这种粗话，自从生病和唐文骥撕破了脸，就放肆多了。

唐绪宁道：“妈，你别这样。思良又不是会吵架的人，你以为她是于休休吗？”

看儿子护着女朋友，汤丽桦觉得更烦：“我怎么样？你没见她一副老鼠见了猫的样子？平常不是挺能说吗？今天被人损成这个样子，她一声不吭！”

唐绪宁也发现了卫思良心不在焉，听母亲这么一说，也有点儿忍不住了：“思良，你怎么了？哪里不舒服吗？”

卫思良还没有从见到霍仲南的震惊中回过神。在唐绪宁和唐家人的面前，她一直声称自己是霍家人，说她母亲和霍仲南的妈妈是亲姐妹，她是霍仲南最看重、最喜欢的妹妹——这些牛吹下了，她哪里敢说出事实？

她原以为，唐家人这辈子都不可能和霍仲南有交集，也不会知道当年遗产大战后霍仲南就极其厌恶他们家。她怕唐家人知道他们家的情况远不如她嘴上说的那么好。大姨的遗产他们家一分没拿到，姥姥和姥爷给母亲留下的财产早就被父母挥霍一空。

为什么到头来霍仲南会和于休休在一起？卫思良想不通，不想接受这个现实，也不敢告诉唐绪宁真相。

“我有点儿不舒服。”她攥紧唐绪宁的胳膊，“绪宁，我想回申城。”

“什么？”汤丽桦先生气了，“我说不来的时候，不是你极力撺掇绪宁回来烧香吗？”

卫思良想回于家村，是想腆着肚子回来出风头，顺便把于休休彻底抹杀在唐绪宁的社会关系里，让唐文骥最在乎的这群人都知道她的地位——现在看来，这是个愚蠢的决定。

“妈……”卫思良道。

“没过门呢，叫什么妈？别让人笑话。”汤丽桦打断卫思良的话。

汤丽桦是个嘴毒的婆婆。

卫思良和唐绪宁在一起之后，把自己的姿态放得太低，导致她在唐家一点儿地位都没有。

唐文骥皱皱眉，虽然觉得不妥，但作为一个男人，自己不方便说什么。

唐绪宁也不赞同这个时候回去。

“不能回去。要是让于休休知道了，还以为我们怕她呢！思良，可能是这里人太多，你有点儿低血糖……等上了车，休息休息就好了。”唐绪宁道。

卫思良看着唐绪宁。

在他的眼里，她的身体远不如他和于休休斗气重要。这到底是因为他讨厌于休休，还是太在乎于休休？

霍仲南没有认出卫思良。

遗产大战的时候，卫思良还小，霍仲南对她的印象本来就不深刻，更别说她长大了，变样了，还化妆了。而且，他几乎不会把视线浪费在无关的人脸上。

于家人完全不知道身边的这颗深水炸弹是谁，更不知道他在卫思良心里留下的阴影。他们愉快地吃完豆花饭，挤在返乡大潮里，买了些东西拎上车，黄昏时分才到达于家村。

村里最漂亮的那幢小别墅就是于大壮的家。于大壮是搞土建起家的，这幢自建别墅几乎集他建筑经验之大成。不同于城市别墅的奢华和讲究，这个带大院子的自建房，乡村味道十分浓厚。

自建房门前沟渠院后山，侧有田丘与菜畦，这风貌、品位带着浓浓的于氏色彩，让人感觉休闲、安逸。帮于家守房子的人是一个叫于英的中年妇女。于休休叫她姑婆，但于英和他们家只是远亲。幼时，于大壮吃百家饭长大，发家后也千方百计地反哺村人。

于家村那条通往镇上的路，就是于大壮自掏腰包拓宽的。那里最早是一条黄土路，每到下雨就泥泞不堪，后来村民集资修建的水泥路路面也很窄，会车都难。于大壮二话不说，直接带工程队把路面拓宽了。

于英一生没有嫁过人，没儿没女，独身一人。于家去申城后，房子就交给了她居住和打理。于大壮时常以补贴家用的名义，给她些钱。于英也勤劳，把房子里外收拾得干净整洁。为这事，村里曾经传过一些风言风语，于大壮只当没听到。

于英早知道他们要回来，做好了饭，坐在于家的花台上等。车刚驶近，她就赶紧打开了车库的门：“可算回来了，路上还顺利吧？”

于休休跳下车：“顺利着呢。”

她帮父母把行李拎下来，顺便将一个袋子递给于英：“姑婆，这是给你带的礼物。里面有衣服，你回头试试，看合不合身。”

于英笑得满脸皱纹："哎哟，又给我买衣服。我衣服够穿，别浪费钱。"

于休休笑道："不浪费不浪费，老板有钱——姑婆，我给你介绍一下，这是我的……哥哥钟南。哥，这是于姑婆，你叫姑婆就可以了。"

霍仲南正在帮忙拿行李，闻言回头："姑婆。"

他不习惯招呼人，这算是为了于休休破例。没想到，于英看到他，原本笑意盈盈的脸突然凝滞了，像是受到惊吓般，呆呆地看着他，好半晌没反应。

"姑婆？"于休休笑起来，"完了！姑婆也被哥哥迷住了。哥哥，你这颜值十岁到八十岁通吃呀……"

于英当然没有八十岁。实际上，她比苗芮还小两岁，只是她的辈分高，常年生活在农村，看上去显老。

于休休的笑声惊醒了她。

"这小伙子长得精神，好看好看。"于英尴尬地笑了笑，把于休休给的袋子抱在怀里，显得拘束而紧张。

没有人注意到她的表情变化，就连于休休也认为她只是不习惯接触生人。钟南又是那种气场强大、自带冷感的男人，姑婆肯定吓住了。

一群人笑着往里走。

"喵！"一只黑猫扒在门缝，受到惊吓，突然蹿起。

于英一脚踢过去，黑猫惊得"喵"一声跑远。

霍仲南看了她一眼，没有吭声。

第六章

奇怪的姑婆

于家村的人热情好客，于家的汽车从村东头驶到村西头，一路尾随过来不少乡亲。苗芮把家里的桌子、凳子搬到院子里，摆好瓜子、花生和糖果，邀请大家吃茶、聊天儿。

农村的邻里之间没有城市邻里间那么鲜明的界限感，很快，院子里就坐满了人。苗芮把早就备好的红包拿出来，见到小孩子和新媳妇儿就派发，不管是谁家的，一律都有。于家不小气，在村里很有人缘。所以，很快就有人八卦起唐家人的事。

唐文骥一家比他们早到，借住在老村长家里。在村里人眼中，唐文骥是他们难以企及的上层成功人士。虽然唐文骥常说自己是于家村人，但回来过年还是头一遭，大家自然是又稀罕又热情。

村子就这么大，姓于的占了六七成，一个个沾亲带故，谁家有点儿事，马上就能传开。因此，哪怕卫思良恨不能找个地缝藏起来，也架不住汤丽桦从大城市到小农村的十八般花式吹牛——银行董事长的老公、金融才子的儿子、霍氏家族的儿媳，她把自己浑身上下都贴满了金。

村里人不懂霍氏有多牛，于是汤丽桦列举了各大城市的几个标志性建筑，又当场掏手机指出几个常用App（手机应用），大家就都懂了。信息时代，秘密少。所有人都高看唐家一眼，私底下，却为于休休觉得不值。

“我看那个什么霍家的女孩儿，不怎么样，比不上我们休休。”村民一说。

“嗬！这十里八村，哪家的女儿有休休好看？”村民二说。

“什么十里八村？我从南走到北，都没见到过。”村民三说。

“绪宁和休休，本来是蛮配的，郎才女貌……”村民四说。

于休休想捂脸。她除了好看就一无是处了吗？她不想和唐绪宁、卫思良有牵扯，更怕哪句话不小心飘到霍仲南的耳朵里。

于休休赶紧叫走渣弟和霍仲南，一起去挂灯笼。

“哥，你别听他们瞎说。这些人喜欢添油加醋。”于休休说。

霍仲南不作声。

于休休顿了下：“其实我跟唐绪宁交往不深。那时候我念书，难得碰上一次，好不容易毕业，就……分了。”

霍仲南看她一眼：“他配不上你。”

于休休一脸骄傲：“那是。”

于家洲拎了一个灯笼递给霍仲南：“哥，你个子高，你来挂！”

霍仲南挂灯笼时，于家洲负责闲聊：“那霍家有那么牛吗？”

于休休道：“当然，如果他们老板不那么渣，一个能顶咱老板千个万个吧。但他们老板人品不行，就都不行。”

霍仲南眼皮一跳。

于家洲道：“绪宁哥，不，唐绪宁找了个霍家的女朋友，他妈妈屁股都快要翘上天了。有什么了不起的呀？霍家是镶了金的猪吗？”

霍仲南耷拉下眼皮。

于休休道：“别人家的事，少管。喂，哥哥，这个灯笼要挂高一点儿呀！再高一点儿呀！”

院子里有许多树，于休休要把它们都装点起来。不仅买了灯笼，还买了彩灯，她要靠自己的双手张灯结彩——

“休休。”于英在门口叫她。

“唉，姑婆，什么事？”于休休道。

“你来帮我看看。”于英说。

“来了！”于休休洗个手跟着于英进了房间。

帮于家守屋这么久，于英都不肯住主屋，始终住在厨房边的一个偏房里。这里原本是于大壮用来堆放农具的杂物间，光线不好，地方也窄，只摆了一个衣柜、一张床，还有一面穿衣镜贴在墙上。

“好看吗？”于英穿了于休休买回来的新衣服，让于休休给她参谋。

“好看。”于休休没想到她会在意衣着，帮她理了理，又帮她梳了头，“姑婆，你年轻的时候，也是很好看的吧？”

于英笑：“没有你妈妈好看。”

“我妈是开挂的人，不算！”于休休对苗芮的颜值一直很有信心，大言不惭地说完，发现于英听不懂，又笑，“姑婆，那时候是不是很多人追求你，你却一个都没看上？”

这话是她从苗芮嘴里听的段子。

没想到于英一听，突然变了脸色。她看着镜子里的自己，怔怔摇头：“没有人追求我。”

于休休没有生活在那个时代，不了解那个时代的人，见姑婆不太高兴，吐吐舌头，不再多话。

于英扯了扯衣服，也不知道是满意还是不满意，反复地整理衣领，然后凑近镜子看了看头顶的白发，冷不丁问：“你知道赵曜选吗？”

“赵曜选？”于休休依稀有点儿印象，但想不起从哪里听的，也不太清楚他是谁，“怎么了，姑婆？”

于英怔怔地说：“没什么……休休啊，这衣服是不是太嫩气了，不适合我的年纪？”

“不是呀。你看我妈妈的衣服，都显年轻。姑婆，你穿这个好看的呀。放心，我眼光是很好的。”于休休推着她的肩膀，“走吧走吧，过年了，出去跟大家聊天儿去，别一个人闷在房间里。”

在于休休的印象中，于英从不和村里妇女扎堆聊天儿。用时尚的话说，她有点儿高冷。她的生活日常，除了干活儿，就是发呆。果然，走出房间，她没去院子里凑热闹，而是走向正在挂灯笼的于家洲和霍仲南：“小伙子，你姓什么？”

霍仲南回头，安静地看着她。

那只黑猫，不知道去哪儿偷了条鲫鱼，恰好从窗台飞扑过来。

霍仲南没动，于英却被吓得退后一步。

她看着霍仲南的眼睛，极度不安：“赵曜选你认识吗？”

院子里的温度有点儿低，霍仲南看着她鬓边的两缕白发在风里翻飞。他缓缓拿起一个灯笼，背过身去，轻轻系在桂花树的枝丫上：“不认识。”

于家的热闹持续到晚上十二点，打牌的人散了，乡间小院才彻底安静下来。见姑婆在打扫一地的果皮、瓜子皮，苗芮在整理房间，于休休悄悄把霍仲南拉到后院。

乡村的夜，十分安静。

霍仲南看着灯下的小姑娘。在山风轻柔的吹拂中，他觉得今晚的酒有点儿上头：“你小时候就住这里？”

于休休双眼亮晶晶地看着他，没有察觉到这句话里隐藏的信息，也忘了自己“并非于大壮的女儿”，理所当然地接下去：“小时候我哪儿住得上这么好的房子。”她手一指，“院角那个茅草盖的亭子看到了吗？那就是我老家的旧址。”

霍仲南看了她一眼，没说话。

于休休浑然不觉自己说错了话，继续侃侃而谈：“这里曾经是我们大队囤粮的地方，后来包产到户，于爷爷看我爸没地方住，就把两间破房子给了他。那时候，我爸爸太穷了。”

霍仲南问：“大队囤粮？闲置的吗？”

见他感兴趣，于休休点点头：“是集体的房子，闲置很久了。听他们说，以前是有个守粮库的人住这儿，后来……可能返城了吧，我也不知道。哥哥，你来过乡下吗？”

霍仲南摇头。

于休休伸出双手，以一种拥抱天地的姿势望着天空，闭上眼睛：“我喜欢现在这一切，日子越来越好，像做梦一样。我拥有这么多这么多幸福。”

霍仲南看着她精致的脸：“幸福是什么样的？”

他的声音有点儿冷，伴着一股山风拂过来，于休休感觉到一阵凉意，愕然看他：“你不知道什么是幸福吗？从来没有感受过？”

霍仲南不说话。

于休休凑近，双眼半合不合地盯住他。

“怎么了？”霍仲南被她看得不适。

“如果你感觉不到幸福……”于休休眨了下眼，“我可以帮助你。愿意吗？”

霍仲南心头一跳：“获得幸福需要一种能力。我没有。”

于休休笑盈盈地说：“我有很多获得幸福的能力，分你一点儿？”

迷蒙夜色里，她俏皮又娇艳。霍仲南努力地凝神思考她的话，但想不明白在她靠近时，自己的心狂跳是因为什么。

于休休笑：“要不，我现在教你一个办法？”

霍仲南不吭声。

于休休道：“你闭上眼睛。”

霍仲南还是不吭声。

于休休道："你试试嘛。幸福是需要用心去感受的。闭上眼睛，感觉才会敏锐。哥哥，你不要怕，我又不会欺负你……"

欺负？她一个小丫头，能怎么欺负他？

霍仲南无声一笑："别闹了，回吧。我好像……喝多了。"

于休休愣了愣："哈哈哈，不可能。我们家的桃花醉，从不醉人。"

于家的后院，近山处有一个天然的石洞。于大壮把石洞打凿出来，储存一些粮食，也用来藏酒。每年他都会在村里高价收购粮食。酿成酒，全都封存在山洞里，别有一番风味，每次回来取走一些，送人、自饮。

霍仲南从不饮酒。也许因为酒是于家自酿，又取了个清雅别致的名字，经不住诱惑，他才喝了几口。此刻，他的唇齿间还残留着桃花醉的酒香。大概酒太上头，以至霍仲南看到于休休晃动的脸，就想到桃花醉的香味儿。

"我量浅。"他低下头，不看她的脸，深呼吸一下，平静下来，"回去休息吧。"

"好吧。我还说带你走走，感受一下乡村的夜晚呢。"小姑娘压低了嗓子，声音像一只撒娇的小猫，爪子挠在霍仲南的心窝上。

霍仲南分辨不清情绪，只觉得腿脚发软："明天。"

"好吧。明天少喝些。"于休休看他皱眉，走上去扶住他，"不过，冬天的乡下没有夏天好玩儿。夏天能玩儿的才多呢，我们可以去钓虾、抓螃蟹、采蘑菇、摘野果、挖野菜……"

衣衫窸窣，两个人穿得都厚，霍仲南身上有点儿热。他不自觉地离她远些："夏天再来。"

"好啊，这可是你说的。"于休休说。

"嗯。"霍仲南说。

"到了夏天，你要不来怎么办？"于休休说。

他又沉默。

"你若不来……"于休休想了想，突然垂下头，"你不来，我就不当你妹妹了，我要追你。”

室外有风，于休休后面一句声音又低，霍仲南只听到第一句，笑了下：“傻瓜。”

傻瓜？傻瓜！

于休休心脏怦怦乱跳。这是……他同意的意思吗？啊啊啊！你别来别来，明年夏天，于家村不欢迎你来。你千万要失约啊！

苗芮把霍仲南的房间安排在二楼。行李都放在里面了，床上用品是全新的，房间面积也大。有大大的阳台，推开窗户，可以闻到清冽的空气，还有扑面而来的蜡梅花香。

“你休息吧。有什么需要，可以给我打电话。”于休休做了个打电话的动作，“我在二楼最左边。”

“嗯。”霍仲南坐下来。

“你不舒服吗？”于休休探了探他的额头，又下楼为他端了一杯牛奶，“要是睡不着，找我打游戏。”

“好。”霍仲南没有喝醉，但整个人有一种迟钝感，听到于休休的声音，心窝麻麻的，有一股古怪的情绪在涌动，“你快走吧。”

于休休心里轻哼了声，慢吞吞地走出房间，回房收拾好，躺下去时再回忆两个人说的话，突然惊出一身冷汗。

完了！她说什么小时候啊？这不是把撒的谎都招了吗？可他为什么没有问？于休休捂了捂脸，想找他解释，又突然想，他会不会喝醉后，根本没有注意到……

她酝酿半天，发了一条消息：“哥哥，我刚才没有说错什么话吧？”

霍仲南没有回应。

完了，他不理我了？于休休心想。

四周很安静，窗外一片漆黑。于休休放空脑子，想着补救措施，手机突然嘀了两声，有新的短消息。

“于休休，我在你家外面的池塘边，种蜡梅的那边。你出来，我有话跟你说。”

唐绪宁这是准备了多少手机号？拉黑一个又一个。这次更离谱儿，他带着怀孕的女朋友回来过年，还大半夜找前女友谈心？

于休休蹑手蹑脚下床，拉开窗帘往外看。天地间一片漆黑，手机的亮光像萤火般在池塘边闪烁。

她笑了，躺回被窝儿，眯起眼发消息：“我家过年不招待叫花子，要饭走远点儿。”

唐绪宁道：“你知道我是谁，别装疯卖傻了。出来，我们谈谈。”

于休休打个呵欠，刚想把他拉黑，唐绪宁又发来一条。

“于休休，要不是你说喜欢我，我会浪费时间跟你耗那么久？你的喜欢就这么廉价？今天喜欢这个，明天喜欢那个……还是说，你从来没有喜欢过我？”

于休休：“是没有。满意了？”

唐绪宁：“那你以前装得挺像的。”

“你不也装得挺像吗？”于休休想想，又附带一条，“卫思良那肚子，都有五六个月了吧？”

这话本是嘲弄，唐绪宁看到却精神一振，说得这么酸，证明她还是在乎的：“不是你想的那样。你出来，我给你解释。”

于休休又打了个呵欠，眼睛快要睁不开了：“这样啊，我是想听听你的解释，可我爸爸、妈妈不允许我跟你来往。他们现在还没睡呢，我不敢出门。要不，你再等我一会儿？”

唐绪宁道：“好，我等你。”

于休休把他拉黑，丢开手机，睡觉。

唐绪宁在外面吹着冷风，等了一会儿又一会儿。一个小时过去了，他等不到于休休的回复，电话也打不通，这才气咻咻地返回。

在门口，唐绪宁碰上了穿着大衣出来的卫思良。四目相对，卫思良安静地合拢双手：“你上哪儿去了？”

“出去走走，心里烦。”唐绪宁道。

卫思良忍住气，走过去挽住他的胳膊：“手都冻僵了，赶紧回去暖暖吧。让你妈知道，又要数落你了。”

唐绪宁皱皱眉头，往前走两步，扭头看她：“你会喜欢我多久？”

卫思良微微笑开：“一辈子，到我死的那一天。”

唐绪宁揽住她的肩膀，在她发上吻了吻：“辛苦你了，我会好好疼你的……思良，还有个事，我想和你商量。”

卫思良靠在他肩膀上：“咱家你做主，商量什么呀？”

唐绪宁扫了一眼她的肚子：“这孩子，咱先不要了吧。”

“为什么？”卫思良的眼神突然一变。

唐绪宁叹口气：“思良，我还没有准备好做一个父亲。”

腊月二十九，又降了温。于休休早上起来，发现渣弟大清早在五人群“舌尖上的家园”发了一张照片和一个视频。

渣弟：“昨夜，这个小院发生了什么故事？”

照片是于休休和霍仲南在后院的背影，两人肩并着肩，一个望着天，一个望着她，看上去朦胧而美好。视频是半夜池塘边，唐绪宁走动的手机光线。渣弟把光线录成运动轨迹，那团光一会儿在这儿，一会儿在那儿，拉快节奏后，再配上鬼畜音乐，十分搞笑……

顶级贵妇苗女士：“照片有点儿小美好。”

镶了黄金的老爸：“是啊是啊，就像亲兄妹一样。”

顶级贵妇苗女士：“（我掐死你信不信？）那视频又是什么？我看不懂。”

镶了黄金的老爸：“鬼火？不能够啊！难道有人想偷咱们池塘里的鱼？”

渣弟发了个“笑而不语”的表情。

霍仲南刚发了个红包。

霍仲南一言不合就发红包！

于休休以极快的速度浏览完聊天儿记录，领了红包，发了个“谢谢老板”的表情。

于休休：“各位好，今天早上吃什么？”

顶级贵妇苗女士：“煮面。中午去于爷爷家团年，懒得弄了。休休，你去拔几根葱回来。”

冬天早上出门摘菜拔葱，能把人的手指冻得麻木，但于休休很怀念年幼的时光。她兴冲冲地裹好羽绒服，穿上雪地靴，下楼去后院。野草、蔬菜被蒙上了一层白霜。呵气成雾，于休休伸了伸懒腰，背后传来声音：“葱在哪里？”

于休休被吓了一跳，转过头：“你怎么下来了？”

霍仲南皱了皱眉：“你没回我消息。”

于休休想起来了，昨晚她发现自己暴露了之后，给他发了消息。她赶紧滑开手机，发现霍仲南早上确实回复了——一个微笑，一个意味深长的中老年人关爱智障的微笑。

这让她怎么回？于休休看霍仲南脸色平静，心存侥幸：“哥哥，你还记得我们昨晚聊什么了吗？”

霍仲南道：“不记得。”

于休休问：“真的？”

霍仲南问：“你说什么了？”

于休休心想，天助我也！这个人真是酒品奇特，喝了酒什么都不记得了！

于休休眉开眼笑：“我说今年夏天再过来玩儿，你说好。我让你不要食言……”

霍仲南道：“好。”

不对。自己不是希望他食言然后可以光明正大地追他吗？完了完了，她色令智昏，而他什么都不记得。

于休休不知该哭还是该笑，把他往门里推：“进去吧！外头冷，你进去吧。”

霍仲南道：“我帮你拔葱。”

于休休一愣，忐忑的心情瞬间好转。

她拔好葱，交给霍仲南，回屋的时候，愉快地在四人群“家有儿女”里发了一条消息：“吓死我了，我昨晚在钟南面前胡说八道，以为他知道了我的秘密……没想到啊，他酒品清奇，喝醉了什么都不记得，哈哈哈！天都在帮我啊！躲过一劫，完美！”

顶级贵妇苗女士：“……”

镶了黄金的老爸：“……”

渣弟：“老天再怎么助你，都阻止不了你自己要作死啊！”

镶了黄金的老爸：“撤回撤回，快撤回。”

于休休觉得奇怪，又看了看手机——脑子嗡的一声要炸了。

我天，串群了！这条消息，她居然发在了五人群——“舌尖上的家园”里。

为什么？！为什么？！为什么？！

于休休赶紧撤回，双颊涨红地瞄了一眼霍仲南，差一点咬着舌头：“你……看到群消息了吗？”

霍仲南不动声色，把门推开：“进去吧。”

呜呜呜！于休休觉得自己完蛋了，一脸忧愁地看着他：“你看到没有啊？”

霍仲南拿手机看一眼：“你撤回什么了？”

于休休问：“你真的没有看到？”

霍仲南道：“没有。”

我的天！于休休立马发了个大红包：“我错了。我不该贪得无厌，又催哥哥发红包……发红包这种事，我就该亲力亲为。我撤回再赔罪，哥哥大人不计小人过。”

顶级贵妇苗女士：“……”

镶了黄金的老爸：“……”

渣弟：“……”

于家三口默默地领走红包，给她一串无语的省略号。

姑婆在厨房门口站着，从于休休手里接过小葱，看了霍仲南一眼，笑了笑，转身进屋。

于休休道："姑婆对你印象不错呢。她可是轻易不给人笑脸的。"

霍仲南抬抬眉："是吗？"

于休休道："当然是的呀。我长这么大，没见她笑过几回。"

霍仲南没有表情，也没有下文。

乡村的日子单调到近乎无聊，于休休以为霍仲南会觉得很难熬，可实际上，他相当放松，甚至比在申城时还要舒服自在。

吃完面条，于休休去和几个串门的小伙伴聊天儿，霍仲南居然没有拒绝姑婆的攀谈，耐着性子坐在电暖炉边。

姑婆说："你和我认识的那个人，长得很像。"

霍仲南道："赵曜选？"

姑婆脸色一变。

霍仲南道："你昨天说过。"

"对，昨天你吓到我了。"姑婆松了口气，犹豫一下，从口袋里掏出一颗糖，递给他，"吃糖吗？"

霍仲南道："不吃。"

"他是吃糖的。"姑婆把糖塞入嘴里，让糖慢慢地化开，"你像他，又不像他。他怎么可能一直年轻呢？谁知道他老了会变成什么样子？"

姑婆说着，自己先笑了起来，然后被糖的甜味儿呛到咳嗽。

霍仲南看着她。

姑婆问："你喜欢休休吗？"

霍仲南皱皱眉，转头看向院子里眉眼染笑的女孩儿："喜欢。她是我唯一的妹妹。"

姑婆揉了揉棉裤上的皱褶，平静地说："你们都是城里人，看不上乡下的姑娘吧？"

霍仲南沉默片刻："他看不上你？"

姑婆愕然，仔细审视他："你当真不认识赵曜选？"

霍仲南嘴唇微动："你可以和我说说他的故事。"

"你是警察？"姑婆突然问。

霍仲南看着她："我只是好奇。"

"几十年了，几十年了，都快忘光了哟。"姑婆一叹，苍老的面孔突然流露出一丝别样的神采，随即黯淡下去，"那时候挺好的，吃不饱肚子，但只要他在，就挺好的。"

霍仲南认真听，不说话。

姑婆低下头，用脚尖赶开想要靠近取暖的黑猫。

姑婆慢慢地说道："他是个好人——公社的干部、县里的警察来问过我很多次，我都是这么说的。我说，其实呀，那个晚上，我是自愿的，自愿的……没有人相信他，也没有人相信我呀。我知道他想回城，城里多好，什么都有。所以，我不怪他不肯承认，也帮着他说话……哪儿知道，最后他还是没能回城……"

霍仲南问："没有吗？"

姑婆摇头："他偷偷跑了，那天半夜跑的。他们派人找了好几次，没找着……后来过了好多年，我听人说，他好像跑回城了，娶了媳妇儿，发了财，过得可滋润了。"

说到这里，她重重一叹："他怕是想不起于家村，想不起我了。"

村子太小，唐绪宁和卫思良的事，不到半天就传到了于家人的耳朵里。

"昨天半夜里，小两口儿打架，闹得鸡飞狗跳。绪宁那孩子是个温和性子，居然气得动了手，可见……那媳妇儿不是省油的灯。"村民一说。

"可不嘛，这媳妇儿连绪宁他娘都敢骂！老村长大半夜起来给他们家断公道，着了凉，咳嗽一夜没好，天不亮，就被大顺带去医院瞧病了。大过年的，作的什么孽！"村民二说。

"男人找错媳妇儿，一辈子的祸害。还没结婚就闹成这样，往后还了得？我看啊，绪宁还得找咱们休休这样的……”村民三说。

于休休送走小姐妹，正在二楼客厅里剪窗花，听到楼下亭子里越来越大的聊天儿声，放下剪刀。

“唐绪宁打人，还成了受害者，这什么逻辑？”于休休无语。

人都是帮亲不帮理的。卫思良在于家村是外人，而唐家每次回来都会给村民带东西，谁去申城有个什么事求着他，也是能帮就帮。唐家老好人的形象深入人心，哪有人会帮卫思良说话？于休休是唯一一个。

霍仲南坐在沙发上，不知道在想什么：“你不恨她？”

于休休道：“我为什么恨她？”

霍仲南没有吭声。

于休休知道他的想法，“嘿嘿”一声笑道：“我都恨不得给她送一面锦旗，感谢她为民除害呢。”

于休休想到唐绪宁昨晚发神经找自己的事，再听到他家的八卦，隐隐有些想法，但不敢告诉钟南。

她暗自琢磨着，又问：“中午去于爷爷家吃饭，你要去吗？”

老村长家里团年，几乎全村的人都会去。于休休怕他因为都是陌生人会觉得拘束，正想说留在家里陪他，霍仲南就同意了：“去。”

于休休意外：“我以为你更愿意留在家里。”

霍仲南道：“你喜欢，陪你！”

哇喔，于休休心里一甜，眨了下眼：“好呀。”

“又一年过去了。回想前半生，除了老公和儿女，我竟然只收获了一堆的俗物。大概这就是有所得必有所失吧。一个女人，拥有太多的物质，真的会失去很多烦恼啊！”

汤丽桦在看苗芮的朋友圈。

配图是一颗大大的粉钻。

看苗芮俗不可耐的表演，汤丽桦常常会憋出火疖子。但她忍不住，强迫症一样天天看，年年看，默默地把苗芮当成了情敌。

嘭！里屋传来玻璃的碰撞声。

汤丽桦一惊，迅速推门走进去。唐绪宁和卫思良又在闹别扭，一个黑着脸，另一个满脸是泪。汤丽桦压着嗓子训斥："又在闹什么闹，还嫌不够丢人吗？下面来了多少人你们不知道？"

这里是于大顺家的二楼。外面热热闹闹，来了很多人。汤丽桦把今儿当成重要的日子，看他们这样很上火。她看了一眼穿着睡衣的卫思良："你还不换衣服化妆，这是要干什么？非要让我们老唐家丢人是不是？"

卫思良的左边脸有些浮肿，两只眼睛也哭肿了。闻言，她更是委屈："阿姨，我这样子怎么出去见人？我不想凑这热闹，他偏说是我不给他面子……"

怕见人，是真的，但她更怕……碰上霍仲南。现在卫思良唯一的底气就是霍家人的身份，靠着这一点，唐文骥勉强接受了她，汤丽桦也不敢太过分。至于唐绪宁……无论如何，孩子得留下。这是她的青春，她的所有，她和唐绪宁唯一的联系……因此，她一定不能让霍仲南看到自己。

唐绪宁不明白卫思良为什么这么拧，压着火说："我都说了，下去我就当着所有人的面，给你道歉。你还要怎样？你这么藏着掖着，人家会怎么想？"

卫思良道："人家怎么想，重要吗？你在乎的只是于休休怎么想吧？"

"你……不可理喻。"唐绪宁说完，甩袖子走人了。

汤丽桦看儿子生气了，再看看卫思良，居然生出几分怜悯："你这是闹什么？男人好面子，你说几句软话不就过去了吗？非得拧着干，不是自找罪受吗？"

卫思良冷笑："阿姨，不是每个女人都像你这么能忍的。我们小两口儿的事，你少操心吧，积点儿德。"

汤丽桦被堵得一口气上不来。她黑着脸出去，下楼的时候，又理了理衣服，换上笑脸。

有人打招呼道："哟，几年不见，你还是这么年轻。"

"对啊，城里的水色就是好，你这皮，就是比我们白亮几分。"村里的另一位熟人说。

汤丽桦正在享受众人的恭维，苗芮就从院门口进来了。与汤丽桦清冷的打扮不同，苗芮一身富贵气，高跟鞋配丝袜，浓妆艳抹，走路都带风，一颦一笑张扬恣肆，闪得让人睁不开眼。

于休休和苗芮一样，她们母女俩的脸都美得富有攻击性，是那种往人群里一站，就能把人比下去的明艳姣好。

汤丽桦的目光冷了下来，可苗芮好像没有自知之明。她将几十万的铂金包往桌上一放，从里面掏出一大把红包，笑嘻嘻地派发："东东、小明、丢丢……乖孩子，来姨婆这儿拿红包啦！还有你们，秀秀、瑞儿……又长高了呀！怕什么？别躲，快叫舅婆婆。真乖！哟，这小丫头嘴巴真甜，香一个香一个……啵啵，你是咱村最靓的妞儿！"

整个院子成了她的主场。小孩子围着她，大人们也围着她。大家都很喜欢她……的红包。汤丽桦看不起她，又烦又躁。尤其看到男人堆里的唐文骥，目光落在苗芮身上就挪不开，她脑子都气疼了。

于休休和于家洲嘻嘻哈哈。于大壮人未到，声先至，这个老哥那个老弟，一副财大气粗的样子，跟谁都能打成一片……

于家人怎么这么可恨？汤丽桦看向于大壮。大概是气糊涂了，她发现于大壮除了那几颗讨厌的大金牙，五官是极其端正的。

汤丽桦依稀想起来，年轻时的于大壮也是好看的。只可惜，那时他太穷，又一身匪气，汤丽桦被斯文有礼的唐文骥迷得晕头转向，哪儿会多看一眼他这种匪里匪气的穷小子？那时，苗芮执意嫁给于大壮，谁不说她疯了？可谁会料到，最不靠谱儿的于大壮对老婆是最好的。

汤丽桦意难平，装看不见。

苗芮却不肯放过她，拿着红包走过来："老唐媳妇儿，你们家儿媳呢，怎么没见人？这是我和老于给她准备的红包……你帮她拿着吧。”

汤丽桦拉着脸：“不用。”

苗芮一副没眼力见儿的样子：“老唐不常说他是半个于家村人吗？于家村的新媳妇儿都有，我怎么能怠慢了你家儿媳？”

汤丽桦看她红包都快伸到自己鼻子跟前了，气不打一处来，正想推开时，一只手伸了过来。

“多谢多谢！”唐文骥把红包接过去，递给汤丽桦，又微笑着对苗芮说，“那孩子水土不服，有点儿不舒服，在房里休息。”

汤丽桦默默把红包收下。

村里人都在，大家都有眼在看，她不想做得太难看——苗芮也一样，论吵架损人，十个汤丽桦都不是苗芮的对手。但得饶人处且饶人，苗芮不想惹闲气，笑眯眯地拉了于休休姐弟，坐下来聊天儿。

于休休紧挨着钟南。她知道小哥哥从小缺爱，不喜人多的场合，更不习惯社交，因此很照顾他的情绪。然而，她错了。钟南对大家的聊天儿内容似乎很感兴趣。他尤其喜欢听老人们聊过去的事情，甚至主动向于休休提要求：“下午去水库看看。”

“哈？”于休休有点儿小开心，目光里跳跃着火焰，“哥哥，你喜欢于家村对不对？”

霍仲南目光微沉，点头。

于休休莞尔：“行，吃过饭我带你去转转。那个水库可大了呢，全是人力修凿的，好多好多人的青春都留在了那里……”

小院里，年味儿很浓。男人们喝茶、聊天儿、打牌，女人们也喝茶、聊天儿、打牌。

唐绪宁昨晚被于休休摆了一道，那口气始终没咽下去。趁着开饭前的间隙没人注意，他走到于休休面前：“你昨晚为什么失约？”

于休休愣了：“约？”她捋了捋长发，“哦，我这该死的无处安放的魅力……唐绪宁，你约我，我就一定要来吗？”

唐绪宁逼近她：“不来就不来，你为什么骗我？”

于休休笑嘻嘻地说：“因为我讨厌你呀。”

唐绪宁差点儿呼吸不上来：“于休休，你不知道你这样很过分吗？”

于休休：“哦。”

唐绪宁控诉道：“我在池塘边等了你一个多小时，晚上有多冷你知道吗？”

于休休：“哦，知道了呢。”

“于休休！”唐绪宁咬牙。

“唐绪宁你是不是爱上我了？”于休休惊奇地问，在唐绪宁盛怒的目光里，怪怪地笑，那样子特别欠揍。

有人忍不住发出笑声。

“于休休——”唐绪宁下不来台，伸手指着她，正要说话，手腕被人抓住。

“你很没礼貌。”霍仲南看着他，“不要指着她说话。”

在女人面前，男人与男人之间最容易燃烧荷尔蒙和暴戾之气。

唐绪宁要炸了！上次的气和昨晚的气累积到一起，令他顾不得场合：“你算哪根葱？我和于休休之间的事轮得到你插嘴？”

霍仲南面无表情地说：“你们分手了。”

唐绪宁气笑了：“你是想说，我跟她分手了，终于轮到你了是吗？我告诉你，别做梦了。于休休这个女人嘴里没一句真话！她今天喜欢你，明天就会喜欢上别人。你知道她以前有多喜欢我吗？”

霍仲南道：“闭上你的嘴。”

这发号命令的态度，唐绪宁还真没见过。他在哪儿养成的优越感？唐绪宁冷笑，想挣脱被霍仲南攥住的手腕，可是用力地拉扯几下，居然没能做到。

霍仲南丢开他的手腕：“走开，她不喜欢你。”

唐绪宁双眼冒火，摸了摸手腕，还得维持体面：“不好意思，钟先生是吧，我这是好心地提醒你，你不要被人骗了感情，最后鸡飞蛋打……”

霍仲南眉头微皱：“你的孩子是她骗出来的？”

他一本正经，脸上几乎没有嘲弄的痕迹，可越是这样，越有讽刺效果。看热闹的村民都忍不住笑了起来，笑完，又都出来打圆场。

“大过年的，一个人少说一句。”一个人说。

“算了，绪宁，你们都分了，各自安好吧。”另一个人也说。

大家都说得很对，可越是有人劝，唐绪宁越是不服气。

“谁先背叛谁？于休休你敢说你不喜欢他吗？不是因为喜欢他才跟我分手的？”唐绪宁咄咄逼人。

在喜欢这件事上于休休不想撒谎。她就是喜欢他家小哥哥啊，很喜欢、很喜欢啊！她谢谢唐绪宁让她有机会当众宣布这件事情。于休休张嘴正要说话，就听到一道冷冷的声音——

“我们是兄妹。我没你那么龌龊！”

于休休：这该死的兄妹！你就不能龌龊一回吗？

面对冷漠英俊的霍仲南，唐绪宁心火越烧越旺，脑子快被气糊涂了。周围人的劝说声如火上浇油……

他觉得恨，恨到了极点，就像被人抢走了重要的东西，恨不得把这个人的脸撕烂……

“绪宁！唐绪宁！”卫思良在楼上听到动静，偷偷地看了片刻，再也忍不住了，“我肚子不舒服，你快上来一下。”

内部矛盾内部解决，她可不想唐绪宁惹恼霍仲南，让自己的下半辈子跟着遭殃。

唐绪宁瞪了霍仲南一眼，匆匆上楼，看卫思良好端端地坐在床边，忍不住生气道：“你在搞什么？你怎么越来越不懂事了？”

卫思良看着他：“不要惹那个人。”

唐绪宁问：“哪个人？”

卫思良浮肿的脸怪异地扭曲着。

她说："就是于休休身边的那个男人。绪宁，你千万不要惹他。"

唐绪宁发现她情绪不对，问："怎么了？我干吗怕他？"

卫思良道："你听我的。他是个魔鬼。他比……霍家的人还要可怕。我们……没有人敢得罪他。"

唐绪宁惊讶道："他什么来头？"

楼下，于休休在和钟南说悄悄话："哥，你别惹那个人。我怕他对你不利。"她皱了皱眉，瞄了一眼汤丽桦，"他们家的人心眼儿比鸡的心眼儿还小，喜欢背后使坏。"

霍仲南眼神凉凉的："我是男人，我会保护你。我们不怕小人。"

于休休眉开眼笑："你要怎么保护我？"

霍仲南思考了一下："不让人欺负你。"他冷眸里的坚冰融化一些，声音低沉有力，"靠近也不行。"

咦？于休休灵动的眼睛里焕发一抹光彩。她歪歪头，贴近他的肩膀，天真地问："可是，我以后会交男朋友呀，不是唐绪宁，也会是别人。到时候，你也不让人家靠近我吗？"

霍仲南一怔，看着她的眼睛。于休休有一双黑亮的眼睛，眼里不含一丝杂质。这样近的距离，女孩儿身上的香味儿强势地裹挟着空气渗透到鼻腔里。霍仲南呼吸微顿："那不一样。"

于休休眉头微蹙："我如果有男朋友了，陪他的时间就会多了，还会给他做饭，就很少有时间陪你了。这样……你不会难过吗？"

霍仲南眼神一黯，沉默片刻："你幸福就好。"

于休休道："你为什么不考虑一下我们其实可以有……别的可能？"

孩子放的炮仗声和大人的聊天儿声很大，于休休的脸掩在节日的喜庆里，像剥了皮的煮鸡蛋，白生生地染上一点儿羞涩的红晕。她饱满的双唇微抿着，眼眸含情。那一刹的冲击让霍仲南一个字都说不出来。

“钟南？”于休休见他表情僵硬，像发现了什么了不得的秘密，促狭地拉他的衣角，笑吟吟地问，“你听懂我的意思没有？”

霍仲南道：“懂了。”

于休休突然有点儿慌：“那你是怎么想的？”

霍仲南道：“你有喜欢的人了。他是谁？”

于休休有点儿挫败感。

从于休休记事起，她就很受男孩子喜欢。大概是收到的表白太多，她从小就能敏锐地察觉到男孩子的眼神里更深一层的情绪——他们欣喜、狂热、想要亲近她……她认为这些都是正常人能领悟到的情感——可是钟南让她开了眼界。

“你当真看不出来吗？我喜欢你，”这句话说得如此轻松，于休休觉得自己的无耻程度又加深了几分，“不是妹妹对哥哥的那种喜欢。我以前不说，是因为我怕失去你。”

霍仲南没动，好一会儿，就那么看着于休休，看得她心脏怦怦乱跳。她不怕死地追问：“现在你懂了吗？”

霍仲南用了好几秒消化：“懂了。”

他听得懂她说的吗？于休休表示怀疑。她做了最坏的打算，大不了他还是听不懂或者装不懂，没什么了不起的，自己可以屡败屡战。可她没想到，他给她的回答是十万伏的电击。

霍仲南说：“休休，我心里有个人。”

于休休耳朵嗡了一下：“你说什么？”

霍仲南知道她听清楚了，没有重复，只是说：“她对我很重要。”

于休休深吸口气，听到自己的声音都颤了：“她是谁？”

霍仲南摇头。他不知道，也不能告诉她，那个女孩儿其实只存在于他的梦里。他不知道她是谁，更不知道她的长相，但她就是一直在自己心里。她占据了很重要、很重要的一个位置，带给他一种无法分辨却已超越现实的情感。因为那个她会永远存在，不会离开，这是属于他的秘密，神秘而踏实。

于休休还在震惊："是我认识的人吗？"

霍仲南摇头。

于休休问："那她在哪里？"

霍仲南说："我也在找她。"

霍仲南看了看四周的人群，委婉地说："你是我妹妹，只要你需要，就不会失去我。"看到于休休无辜的双眼，他沉了沉声，问，"生气了？"

不！她不生气。即使她于休休有千般本事，晚了一步，能怎么办呢？

"哈哈哈，怎么可能？"

于休休确实没有生气。钟南能认真地告诉她事实，而不是脚踏两只船、左右逢源地忽悠她，足以证明他对这份兄妹情感的重视。既然如此，她怎么忍心让这个缺爱的孩子失去一个亲人？

于休休说："哥，我和你开玩笑的。看你紧张的，乐死我了，哈哈哈。"

霍仲南松口气："下次不许这样。"

"哦。"于休休笑眯眯地眨眼。

于家村水库在于家山的一片山峦中间。这里是丘陵地貌，于家山是整个山林镇里最高的山脉。水库夹在群山之间，灌溉了整个县的农田，也是居民供水区，近些年已经慢慢地发展成了旅游区。不过，平常来水库旅游的人不多，只有逢年过节的时候最热闹。观音庙就在水库旁边的半山腰上，香火旺，来烧香的人多，水库大坝上人来人往，小摊贩络绎不绝。

"那边的房子你看到没有？"于休休站在高高的大坝上，指着几排房子，"以前那些插队的叔叔、阿姨就住在那里，这个水库就是他们的青春呀。"

这段特殊的岁月和经历对那一代人来说，有着不可磨灭的印迹，蕴含着十分复杂的情感。所以，“于家村水库人”那个群里，几十年后重新“团聚”的人亲如一家。

于休休问：“要不要下去看看？”

霍仲南点点头。

“走吧。”于休休笑着转身，发现他眼里有一抹稍纵即逝的光。

他那眼神是复杂的、悲凉的、深沉的，转瞬又归于黯淡。

“我们去那边走走。”于休休说。

日落微风轻，水深不见底，大水库上方的云朵飘浮在阴沉的天际，山林里的青砖瓦房渐行渐远。大坝上“于家村水库”几个大字将过往的故事掩埋，只有无忧无虑的孩子在嬉戏……

除夕夜的晚上，于家村很安静，热闹都被藏在了自家院子里。于休休带回来的烟花派上了用场。天刚黑，她就去院子里把烟花燃放起来，兴奋得手舞足蹈，压根儿没有表白被拒的挫败感。

霍仲南走上前：“应该多买些。”

“够了够了，”于休休挥着烟花魔法棒，笑容明艳，“可惜于家村没有卖烟花的。”

霍仲南道：“明天去镇上买，不行去县城。”

于休休一怔，回头看他，笑得眉眼弯弯：“好的。我要许愿了！”

“嗯？”霍仲南还没反应过来，就见于休休重新点燃两根烟花，双手合十将烟花握在掌心。

“如果可以许很多新年愿望，我希望我的家人平安健康，希望弟弟考上理想的大学，希望哥哥早点儿找到他心爱的女孩儿，希望我的王子明年能骑着黑马来找我……如果只能许一个愿望，我希望……我和我的家人永远在一起。”于休休说。

霍仲南看着她，眼前突然一黑。

除了于休休手上的烟花，整个世界陷入黑暗。

“停电了！”姑婆在屋里喊。

于休休睁开眼，拿着燃尽的烟花，一头雾水。

“是不是神仙听到我的愿望了？”于休休说。

霍仲南默默地又给于休休点燃两根烟花，说：“玩儿吧。”

停电是这个新年最大的意外，好在家里有蜡烛。姑婆找出蜡烛来，把客厅照得通亮。一家人围坐在一起，欢欢乐乐地吃“烛光年夜饭”，没有人抱怨。于大壮搬出桃花醉，一人一杯，就连于家洲都被允许喝一点儿。

于大壮：“干杯！”

苗芮：“干杯！”

于休休：“新的一年也要发财、平安如意呀！”

烛光里喝酒，于休休有点儿小兴奋，觉得今天的桃花醉口感出奇好。大过年，大家都很开心，谁也没注意到她喝多了，直到她喝醉后开始胡说八道：“于家洲，你逃课的事爸妈其实早就知道了，哈哈哈！”

于家洲：“于休休！”

于休休：“嘘！不是我说的……小学妹给你写信的事情，学姐给你电影票的事情……我通通都没有说！你也要帮我保守秘密哟！

“哈哈哈，我最会撒谎了，是个撒谎精！我是个快乐的撒谎精，要骗哥哥，骗他，骗他，把他骗得精光……光光的……光溜溜的。”

于家洲咬牙切齿。

于大壮和苗芮对视一眼，前者一脸尴尬，后者捂脸：“休休！你醉了，赶紧上去睡觉。”

“嘘！小声点儿。我要和我哥说话。”她脑袋快垂到桌子上了，眼睛却准确地瞄向霍仲南：“你为什么喜欢她，不喜欢我？

“你说！你说！她身高、体重、三围是多少，我想和她单挑！

“小哥哥你要不要再考虑考虑？唐伯虎点秋香都可以换人，唐明皇和杨贵妃……也能凑成一对，我们兄妹俩就是天生一对呀！”

于家人的脸火辣辣的。苗芮扶住女儿，怕她从椅子上滑下去。于大壮想方设法地跟她讲道理，可于休休全然听不见。

“你们都给朕速速退下。这个小哥哥是我的了……今天谁也救不了他。”她揪住霍仲南的前襟，眼睛半眯不眯：“服不服？你服不服？”

于大壮道：“休休啊，你先放开人家。哎哟，我说乖女儿，强扭的瓜不甜，咱明儿酒醒了用刀割回来的瓜可能会甜些！”

“不放不放，说什么都不放。今天村东头的恶霸要霸占村西头的小南瓜了。这南瓜是我的，你看这南瓜多可爱。”于休休道。

见于休休去揪霍仲南的脸，苗芮气笑了：“于休休！于大壮，你看你把你闺女给惯的，赶紧把她拉上去，让她好好地清醒清醒。”

于大壮又是心疼又是无奈，哄着劝着，想把八爪鱼似的于休休从霍仲南身上扯下来。可是于休休力大如牛，扒着人家就不放：“爸爸，帮我摘了这颗大南瓜！”

于大壮道：“这是喝了多少酒，为啥不吃几粒花生米呢？”

霍仲南忽然开口说：“我来。”

今天的事于家人不知道，霍仲南是知道的。小丫头是受伤了，将委屈压在心里，只有喝醉了才敢将情绪发泄出来。

于大壮疑惑地说：“钟南……”

霍仲南道：“我单独和她说。”

于家人不知道他要怎么说，只见他拽着于休休的手腕就往楼梯走，样子怪吓人的。

“我说小钟啊，”于大壮跟上去阻止他，“我这闺女从小到大都皮厚，但从没挨过打……你看，骗你是她不对，但打人是力气活儿，你不如交给我来。”

霍仲南一愣，然后说：“你劝得住她？”

他劝不住啊！他能劝住她，她现在还能这么作吗？

苗芮看看霍仲南，又看看于休休，赶紧拉回于大壮：“你吃你的年夜饭！年轻人的事，你一个糟老头子瞎掺和什么？吃吧吃吧，你年夜饭吃饱点儿，明年发大财养我。”

楼道长，光线暗，于休休从楼下闹到楼上，好像被酒精点燃的小妖精。霍仲南举着手机的手电筒面无表情地把她带回房间里，将她放到沙发上，又把蜡烛点燃。

“对不起。”他忽然开口，“是我不好。”

被他拽上来时，于休休手腕被拉得好痛。闻言她嘴一撇，委屈地缩到沙发里，像个孩子般哭起来：“我又不要你说对不起，你对不起什么呀？你不喜欢我又不是你的错。我只是讨厌我自己，为什么不跑得再快一点儿？呜呜呜，我上学的时候，400 米、800 米都拿过冠军，1500 米跑得也很快……我明明是跑得最快的人呀。不公平！不公平！肯定有人犯规！”

她这都在说什么？霍仲南默默地听着。

于休休抱住膝盖，掉眼泪：“怎么这么难呢？喜欢一个人怎么这么难呢？除了钟南我再也不要喜欢任何一个男生了。”

霍仲南抿紧了嘴唇。如果于休休被别人惹哭，不管是谁，他都不会放过对方。可现在让她哭得梨花带雨、肝肠寸断的人是他自己——他该怎么办？

“你说话呀！”于休休拄着泪水看他。

霍仲南站在她面前——他人本来就长得高，此刻停电光线暗，于休休泪眼蒙眬间就看到高高的一个人堵在面前。

于是她又不高兴地撇嘴：“长这么高干什么？长这么高我就不能凶你了是不是？”

霍仲南道：“休休？”

于休休道：“我已经锁定你了，你别想逃！”

“于休休。”霍仲南弯下腰，面对面看着她，“你能听我说吗？”

于休休说：“我不听，我不听，王八念经。我让你说你不说，我不让你说你偏说。”

霍仲南哭笑不得。在他将近三十年的人生中，他早已习惯掌控一切、凭心而行，哄女孩子真没经验。这样的于休休，哪怕他是铁石心肠，也无能为力。他更是破天荒地第一次对一个女孩子服软。

“你要我怎么做？”他问。

“你听我的吗？你那么冷漠，那么不近人情。”于休休挂着眼泪，把过去的委屈都哭了出来，一把鼻涕一把泪，可怜兮兮地指控。

“嗯。”霍仲南认命，谁让这丫头是自己招惹的呢？

于休休仰着脑袋，久久不转眼。

窗户没有关严，凉风进来，蜡烛的火苗轻轻地晃动着，柔和的光线落在于休休的小脸上。她的皮肤像上了一层釉的白瓷，自带朦胧的滤镜，她是个正常人都忍不住怜惜的小姑娘。

霍仲南一叹：“休休。”

“你可以拒绝我，但不能阻止我。”于休休忽地直起身，双眼小鹿似的盯住她，在烛光下泛着异样的神采，“你心里有人，但身边没有人，还是单身，对不对？”

霍仲南一怔：“对。”

于休休问：“那我有权利喜欢你，对不对？”

霍仲南不知道该怎么回答她。

于休休逼近一步：“对不对？”

女孩儿带着桃花醉香气的呼吸落在他腮边。他神经紧绷，血液仿佛突然下蹿。

霍仲南脑子短暂地迟钝：“对！”

“那太好了！”于休休突然跳起来，袋鼠似的挂在他身上，圈住他脖子使劲儿地摇，“你喜欢你的，我喜欢我的；你追你的，我追我的；你找你的，我找我的。咱俩就比赛一下试试，看是你先追上，还是我先追上。我告诉你，我 400 米、800 米、1500 米都超级厉害。”

霍仲南深吸口气，解开她的手：“于休休。”

于休休大笑：“哈哈哈！你不敢吗？你太㞞了，你太㞞了。”

这颠三倒四的丫头。霍仲南顺着她的手腕，转个身想把她丢到床上去，让她乖乖地睡觉。于休休半醉不醉，顺着他的推力躺了下去，只不过两只胳膊忘了松开，力道极大地拽住他，霍仲南直接压在了她身上。

于休休的脑子嗡的一声，心脏狂乱地跳动着。

黑暗把两个人笼在里面。她的脸在烛光中是亮的；他的脸在阴影里是暗的。深深浅浅的光影朦胧，于休休咽了口唾沫，心里的千军万马突然就冲出重围，杀到阵前。

她揪住了霍仲南的衣服："你是故意的，对不对？"

恶人先告状！

"于休休！"霍仲南情绪不明地喊了她一声，拉开她的手就要站起来。

于休休腿一圈，用力地箍紧他的腰，胳膊用力地把他拉下来："我忘了告诉你，我不仅400米、800米都拿过冠军，我力气也很大，我可会打架了。我不想让你走，你就走不了。"

霍仲南不说话，抓住她的手腕要她松手。可是，撒谎精这次真的没有撒谎——她从小在乡下长大，爬树、下河、做粗重的活儿啥都干过，力气真的很大。她真实的力量和那看上去柔柔弱弱的身板完全不同。

"好多年没打架了，今儿就陪你练练。"

于休休说打就打，一副要拼命的样子。她在黑暗里与他"打"起来，毫无章法，却十分勇猛。霍仲南顾了东就顾不了西，又害怕伤到她，一时半会儿居然拿她没有办法。他根本就制不住这个撒泼的小疯子。

霍仲南道："放手。"

于休休道："不放不放，就算你求饶我也不放！有种你把我打趴下。"

霍仲南喝道："于休休！"

霍仲南终于爆发了，一把将她拎起来，将人往上提了提后丢在枕头上死死地按住："疯够了吗？"

男人盛怒的声音在急促的呼吸声里十分清晰。

于休休知道他生气了，鼻子轻轻地吸了一下，语气突然泛酸："我知道我做得不好，我知道你讨厌我这样子，可是今天是过年呀。”

霍仲南听她的声音有点儿不对劲儿，皱皱眉头，在她的脸上摸了一把，摸到一脸冰凉的泪水，不由得咬牙，然后道：“你酒品太差了。下次我如果再这么纵容你，我就是狗。”

他这是真的气急眼了吧！都语无伦次了。

于休休双眼湿漉漉地看着他，从他愤愤的话里寻到了一丝勇气，继续作妖，继续撒泼：“你为什么这么凶？你不是说不会让人欺负我吗？说话不算话，你就是最爱欺负我的人。”

霍仲南无语。好吧，他是狗。

他把她脸上凌乱的头发拂开，抽了张纸巾，给她擦眼泪：“不哭了，是我不对。”

于休休讶异了一秒，勇气倍增，诚挚地表达了内心真实的想法：“那我可不可以要一个新年礼物？也算是你赔罪。”

霍仲南眯起眼看她。

屋子里久久无声。

于休休与他四目相对，在他的眼睛里寻到一片望不穿的荒原，根本看不出半点儿情绪。

“哥哥！”她拉他袖子，“你假装一下喜欢我，好不好？”

霍仲南的手撑在她的身侧，用了些力，可是被子太软，他好不容易起身，手腕就被她拉住了。

她说：“假装一下，不行吗？就今天，不，今年。马上就过年了，过完今年，约定就作废……”

她话说到一半，忽然停住。有人在楼下吼了一句“来电了”，接着就传来电视机里春节联欢晚会的声音。

主持人在新年倒计时：

“十！

“九！

“八！”

马上就过年了，新年礼物她收不到了。房间里没有开灯，烛火送来的光将她脸上的失望之情照得更加明显。于休休撇撇嘴，吸吸鼻子，那水汪汪的眼似乎马上又要掉下泪来。

“你走吧。”她松开他，转过脸去要拿纸擦眼泪，突然就听到一声认命般的叹息声。

他说：“我喜欢你！”

霍仲南的嗓音有磁性好听，在暗夜里，有浓浓的情意。

于休休怔住，傻傻地看着他。

“六！

“五！

“四！”

倒计时还在继续，马上就要跨年了。

于休休飞快地攥住他：“不是哥哥对妹妹的那种喜欢？”

霍仲南静静地看着她。

“三！

“二！”

于休休道：“我是说，今年……今年不是哥哥对妹妹的那种喜欢？”

“是。”

“一！”

新年的钟声敲响的时候，于休休听到了她要的答案。她大大地绽放了一个笑容。明知道这是自己厚着脸皮要来的新年礼物，她还是很开心：“我也喜欢你，谢谢哥哥！”

她眉弯弯，眼弯弯，声音软软、黏黏糊糊的样子，乖巧又明媚。她说：“新的一年了。我说话算话，我就当……做了一个梦。”

她有些累，有些醉，说着就躺了下去，拉上被子，乖乖地闭上了眼睛。

于休休说：“哥哥，新年好。晚安。”

霍仲南站在床边，脸上看不出情绪："晚安。"

于休休次日起来，骨头像被人拆过，脑袋昏昏沉沉的，如同戴了一个箍。她揉了揉脑袋坐起来。天早就亮了，院子里是拜年的人们在聊天儿，小孩子们在欢快地奔跑。于休休抓起手机看了看时间，飞快地洗漱下楼。

她第一个碰到的人是于家洲。

于休休问："渣弟，我昨晚怎么上去睡觉的？"

于家洲眼睛瞪了瞪："哦，你喝大了，南哥带你上去的。"

"是吗？"于休休对发生的事有隐隐约约的印象，但一时又想不完全，甚至不知道是不是在做梦，"我喝多了，有没有乱说什么？"

"没有没有，你可乖了。"于家洲脑袋摇得像拨浪鼓，"我去带小宝他们玩儿游戏啦。"

见他逃得飞快，于休休觉得莫名其妙，就又去问了苗芮和于大壮。父母一如往常，甚至提醒她赶紧收好表情，不要让钟南发现了破绽。

"他还不知道吗？"于休休觉得有点儿奇怪，"我怎么记得我昨晚喝多了，说了很多乱七八糟的话，好像都告诉他了？"

"没有没有，你可乖了，什么都没有说，乖乖地去睡了。"苗芮道。

于休休很困惑——这不是她的风格啊！

"钟南呢？"于休休问。

于大壮咧嘴一笑："买烟花去了。"

苗芮点头："他说你喜欢烟花，去多买些，让你放个够。"

于休休松了口气："哦。"

好吧，什么都没有改变，挺好的，她果然是做了个梦。于休休揉着脑袋走出门，想去厨房弄点儿吃的。这时，外面传来汽车的声音，几个半大的孩子一窝蜂地往外跑。她困惑地跟过去，看了一眼，脑袋要炸了。

她让他多买些烟花，也不是让他买一车烟花啊！这辆车还是辆小货车。

“他是把烟花摊子给买回来了？”于休休自言自语。

于休休的脑子转不过来了，她怀疑自己可能没有睡醒。这个新年过得像做梦一样——在远离城市的小山村里，她陪伴着家人，度过了几日。爸爸、妈妈、渣弟，一如往常，钟南也莫名其妙地开启了哥式宠爱。

这生活很幸福。

初五早上，众人返城。姑婆舍不得他们，准备了大包小包的土特产，恨不得把他们一年的伙食都备齐。村里的大人、小孩儿都来了，热热闹闹地送别。

于休休没有看到唐家人。这几天唐家没找事，于休休也没关注他们。回到申城，她才从苗芮的嘴里听到唐家的八卦——唐家人大年初一就急匆匆地走了，好像是卫思良小产。

他们水库没来得及去，观音庙也没有去烧香，白来一趟。于休休唏嘘一番，就把这事情丢到了脑后。自从知道霍仲南心里有人，于休休有了危机意识，常常偷偷地观察他，可是没有发现他和女生有接触，越发纳闷儿。

没忍住，她联系了钟霖：“钟南喜欢的那个女孩子是谁？”

钟霖一头雾水地说：“不知道，先生身边没有女孩子！”

她不是女的吗？于休休道：“他说他心里有人。”

钟霖：“心里有人？我的大小姐，那不就是你吗？”

于休休：“你别哄我，你肯定知道。”

钟霖叹气。他要是有办法走入先生的内心，那先生的钱早就走入他的银行卡里了。

钟霖道：“这个事我真不知道。不过我听他说起过，他在找一个女孩儿。”

于休休问：“她在哪儿？”

钟霖要为难死了:“我要是知道她在哪儿,我还会在这儿跟你闲扯?”

他早就把人带给先生换年终奖去了，至少不用担心后半辈子会种红薯吧!

“你都不知道，会是谁呢？我要好奇死了啊！”于休休百思不得其解。

嗯，她得想个法子……不然煮熟的鸭子就飞了。

霍仲南坐在书房的单人沙发上，手里握着一本弗洛伊德的《梦的解析》。书已经被翻过很多遍，不新了，有折痕，有磨损，但他看得十分认真。

钟霖轻轻地敲门：“霍先生，丁小姐来了。”

霍仲南抬了抬眼皮，有点儿不耐烦：“谁？”

“丁小姐，丁曲枫丁小姐。”钟霖道。

霍仲南昨晚睡得不好。从于家村回来的每一个晚上，他都睡得不好。新年的气氛还没过去，他这两天把自己关在家里，根本就不想见什么人。

钟霖看了看他：“不然，我让她改天再来？”

“不用。”霍仲南放下书，“让她稍等。”

丁曲枫是丁跃进和毕红叶的女儿。她和霍仲南同岁，打小儿就认识，从幼儿园到初中九年同学，高中也同校，直到丁曲枫出国念大学，从此他们的人生才少了交集。

不过这并不代表两个人的关系好。丁曲枫没有遗传到毕红叶半点儿艺术基因，倒像极了丁跃进，干练、精明，但生活里是个粗线条的人，不那么感性细致，像个男孩子。小时候因为霍仲南不跟她玩儿，他们还动过手。为此，她被丁跃进揍过好多次。她是那时候学校里少数不迷恋霍仲南的女孩儿之一，甚至说到他就嫌弃。

钟霖见过丁曲枫几次，以前和她随便开玩笑，两人可以像男人一样问候。但这次回国的丁曲枫明显有变化——一头利落的短发，小西装衬托着好身材，典型的都市精英丽人，但她整个人清减不少，脸色凝重，难掩悲伤。

钟霖开不出玩笑："丁小姐，稍等，先生马上就下来。"

"谢谢。"丁曲枫很有耐性，轻轻地抿一口管家泡好的茶，"好多年没见，他变化挺大的？"

钟霖微笑道："没变。"

"不是有喜欢的女孩儿了？"丁曲枫问。

"这个……我不太清楚。"钟霖回答得委婉又官方，"先生的私事，我不好过问。"

丁曲枫点点头："看来是我妈胡扯的了。每个男人都可能有女朋友，霍仲南不可能。"

她瞄了钟霖一眼。

钟霖一动不动，当没听见她的话。

"你来就为了说这个？"霍仲南面无表情地走下楼梯，坐在丁曲枫的对面，"说吧。"

"果然没变。"丁曲枫扬了扬眉梢，"那我就直说了。我想知道我爸和我妈的事。"

"他们没有告诉你？"霍仲南问。

"我见不到我妈。"丁曲枫沉默一下，"每个人都有不同的说法，我想来听听你怎么说。"

霍仲南沉默地看着她。

丁曲枫道："任何人都可能有立场，唯独你没有。"

"我没有立场，也不想掺和。"霍仲南说，声音很平静，"成年人都该为自己的言行负责。你回吧，不用找我。"

丁曲枫的脸慢慢地沉了下来。他还是一点儿都没有变，冷漠、疏远人、不讲情分。她什么都没说，他就知道她有求于他。

出了这事，丁曲枫现在很恼火。丁跃进每天关起门来喝酒，从早醉到晚，工作和生活一塌糊涂。毕红叶在看守所里，开庭前，丁曲枫连妈妈的面都见不到。律师带话说，毕红叶很好，也很平静。可是，丁曲枫这个做女儿的怎么能心安理得地相信自己的妈妈很好、很平静？

她得做点儿什么。她知道霍仲南有办法，可——霍仲南毫不犹豫地拒绝了。妈妈说，他认识的那个女孩儿就像阳光，阳光照亮了他的人生，让他温暖得像个正常人了……原来，并没有，他并不是人。

“我妈妈把她的画都留给了那个叫于休休的女孩儿。”丁曲枫说得很慢，“我妈妈的性子我最清楚，一身艺术家的臭毛病，爱感情用事。她眼里的画只有价值，没有价格。她不跟我商量就把这么贵重的东西给人，你说，我怎么做才好？”

霍仲南面无表情地说：“那是她的画，不是你的。”

丁曲枫被堵得哑口无言。

“那我爸呢？你也不准备管吗？”片刻，丁曲枫说，“霍仲南，当年你父母离开的时候，我爸可没撂挑子，而你现在是要放弃他了吗？”

于休休已经上班了。在和谢米乐去见客户的路上，接到了丁曲枫的电话。

听到对方语气不好，于休休连忙解释：“丁小姐，那批画的价格我心里有数。无功不受禄，我肯定不会厚着脸皮去拿画。我想，那一定是红叶老师一时冲动，等她的事情有眉目了，我去见见她，到时候会当面道谢并将画归还给你。”

这个案子很大可能是毕红叶被判死刑。

丁曲枫心如刀绞，冷冷地说：“于小姐别客气。我妈说出口了，那就是你的，我们家也不差这点儿钱。你看什么时候合适，咱们见个面，当面聊聊。”

于休休道：“行吧。”

丁曲枫沉默了一下，才道：“下午。”

于休休看了谢米乐一眼："那得晚点儿。5 点后，可以吗？"

"可以。"丁曲枫说。

挂了电话，于休休久久不能平静。

谢米乐这个小财迷给不了她什么有用的建议。她想了想，给霍仲南发消息："钟南，红叶老师的画你说我该拿吗？"

她连名带姓地称呼他？霍仲南看着手机，皱起了眉头。

从那个醉酒的晚上开始，她就很少再叫哥哥了。她是要与他划清界限吗？还是回城里她就和他生疏了？霍仲南揉着太阳穴，有一种说不出来的困顿感。他本想小眯一会儿，看到这消息，莫名想到在于家村的那几天，还有那个停电的夜晚，醉话不停、满脸酡红的女孩儿。

他突然没了睡意："为什么不叫哥哥了？"

于休休："哥哥，我在问你画。"

霍仲南思考一下，说："她给你就是你的。有手续，符合法律意义上的赠予。"

于休休："可红叶老师有女儿，我平白拿人家的财产……不好吧。"

霍仲南："你喜欢那些画吗？"

于休休："喜欢。"

霍仲南："那就拿。"

于休休一愣。

"在她眼里那批画只有价值，没有价格。"霍仲南借用了丁曲枫的原话，又说，"这些画就像她的孩子。你说父母把孩子托付给什么样的家庭不经过深思熟虑？"

于休休道："我明白了。"

这个小傻子明白什么了？

霍仲南等了好久，没有等到下文，放下手机，让钟霖进来："约吴梁。"

钟霖有些奇怪，说："先生，你不是说他没什么用，对你的病情没有帮助吗？”

霍仲南不看他，脸上也没有表情：“我就想听他一本正经地胡说八道，不行吗？”

“好的，先生。”钟霖说。

先生，何止行，简直太行了啊。钟霖突然觉得吴梁有点儿可怜，一个心理医生变成了陪聊……

“钟霖！”霍仲南叫住他，目光微闪，“给我找个人，我要调查点儿事。”

“房子层高太低，装修的时候要多用垂直元素。柜子要多用嵌入式的，多余的墙砸掉，用隔断代替……后期的软装也需要注意挑选家具，小户型不宜用大家具……”于休休侃侃而谈，“不管你选不选择我家，我都建议你，一定要看看我们的设计方案再决定。”

客户是个二十岁出头的年轻女孩儿，娃娃脸，个子不太高。于休休猜她和自己的年纪差不多，可她已经是个宝妈了。这是个小户型的二手房，建筑面积七十多平方米，除去公摊面积，使用面积不足六十平方米。客户一家三口居住，还需要考虑将来的二胎。装修预算不高，而且他们希望尽快入住。

她的需求本身就有矛盾点——预算少就意味着他们能选择的装修主材价格不高，带孩子居住就还要考虑环保问题，也无法尽快入住。

谢米乐问：“夏小姐，你是准备整装呢，还是只包主材？”

夏琪问：“哪个划算？”

这是个天真的问题。

装修公司一般只考虑怎样从客户那里赚更多的钱，而不是帮客户考虑如何划算。

谢米乐正准备开口，于休休就接过话：“整装的效果会好些，但花钱多些；只包主材的话，会节约一些，但你自己就得更操心。就看你是在乎时间、金钱还是效果了。”

于休休的话十分中肯。

谢米乐点点头。

夏琪有点儿为难："都想要。"

没有鱼和熊掌兼得的事啊！谢米乐刚张开嘴，于休休又说："等你看了设计图，要是觉得满意，我可以给你做两种方案，你看着取舍。当然，价格方面我们会尽量给你压到最低，不让你花冤枉钱。不过你有孩子，我不建议你们那么快入住。"

夏琪道："可是我们租的房子再有三个月就到期了。我希望三个月内完工，然后就搬进来。"

于休休道："那太快了。"

夏琪抢过话，说："我之前联系的那家公司，他们说可以用安全环保的材料，装修好三天我们就可以入住，屋里没有异味儿，没有甲醛……而且他们价钱也合理，不瞒你们，我其实已经有意向包给他们了。"

于休休皱皱眉："我也可以这么说。你信吗？"

夏琪看着她的眼睛，愣住。那是一双黑白分明的大眼睛，眼神清澈无垢，她仿佛一眼可以望到底。这样的眼睛在成年人的脸上很难被看到。

她莫名地点点头："那我先看看你们的设计方案再决定吧。于小姐，要尽快哟。今天晚上可以给我吗？"

今天晚上？谢米乐想也不想就要拒绝。

于休休挣扎一下，咬牙说："明天上午，好吗？"

从客户家出来，谢米乐想掐死她："你是不是傻啊？人家明显诓你啦。十来万的装修预算，我们根本就没有多大的利润空间。既然她觉得别家更好更有良心，就让她找别家去呗。"

"不能这么想。"于休休眨眨眼睛，"每一个客户都是潜在的口碑传声筒。今天是一个人，后天就可能变成很多人。我们不能因为单子小，就不在乎呀。"

谢米乐看了她一眼，没吭声。

刚入行的小朋友大概都是这么热情的，谢米乐想。

于休休接着道："而且，我想帮她，愿意帮她装。"

谢米乐一怔："为啥？"

于休休道："她是个带小娃娃的宝妈呀。我在她的眼睛里看到了爱，她很爱她的老公和孩子，这是很幸福的一家人。"

谢米乐想去敲她的脑袋。

于休休躲开，摆摆手："我约了丁曲枫，你自己回家啊！拜！"

一下午见了两个客户，于休休并不感觉累。年轻的心和过人的精力让她走路带风，精神焕发。

丁曲枫约她在红叶工作室里见面——这个地方于休休有阴影。

她在门口站了片刻，给霍仲南发消息："我有点儿紧张怎么回事？感觉像窃取了别人家财产似的。这个丁小姐好像很厉害的样子，我拿了她的东西，她会不会想杀了我？"

霍仲南正在忙，手机就放在手边。会给他发消息的人不多，他看了一眼手机，就拿了过去。

霍仲南："我来陪你？"

猝不及防的回复让于休休的心跳漏了一拍，她问："你下班了吗？现在走，'渣老板'会不会找你麻烦？""渣老板"内心一哆嗦："不会。"

于休休有点儿开心，发了个大大的笑脸："'渣老板'是不是被金发靓妹治愈了？他最近都不找你麻烦吗？"

"渣老板"想了想："大概是个黑头发的女孩子。"

于休休："哈哈哈，又换人了，世界第一'渣'非他莫属。"

霍仲南无法接话。

于休休接着道："你来吧，晚上一起吃饭。我先去会会她。你在工作室外面等我。"

霍仲南看着这条"颐指气使"的消息，唇角毫无察觉地挑高："好，我半小时后到。"

于休休：“好的，我争取半小时搞定。”

于休休推开那扇木门。荒废了一个春节的时间，红叶工作室就有了一种久不住人的败落感。门窗紧闭，光线昏暗，空气里充斥着封闭空间的霉酸味儿。

丁曲枫在等于休休，见到人，开门见山地说：“听说你家挺有钱的？”

“这个问题很难回答呢，”于休休望着她，微笑道，“那得看参照物是谁了。曲枫姐为什么问这个？”

丁曲枫看人的目光十分锐利。在同龄人中，她本就是厉害的角色，又比于休休年长几岁——像这样涉世未深的小姑娘，她自认为一捏一个准儿，这种小姑娘在自己的面前就没有不露怯的。

可于休休并没有露怯。更可怕的是，于休休除了笑，什么情绪都没有。

丁曲枫摸不准她到底是真傻还是装傻：“你喜欢这些画吗？”

丁曲枫指了指已经封箱打包好的珍藏画作。

于休休道：“喜欢。”

丁曲枫问：“那你愿意付多少钱来得到它们？”

于休休道：“在我眼里这是无价的。”

这个回答丁曲枫很满意：“于小姐也认为白拿这些无价之宝不太合适，对吧？既然你不缺钱，又很喜欢它们，我也不想违背母亲的意愿，那我们可以商量一个折中的解决方式。”

于休休道：“我买不起。”

丁曲枫笑了笑：“我不需要你按市价……”

“你的意思是贱卖给我？这不是亵渎红叶老师的珍藏吗？”于休休脸上的笑没有变过，但眼神犀利了不少。

丁曲枫不敢再轻视这个小姑娘了。她十指紧扣，盯住于休休：“行，那我先拿出诚意。我想用这批画抵一部分装修款，至少你得给我打个七折吧。”

七折？装修款的七折是多少？她真会做买卖。

“你自己留着吧。”于休休微笑起身，看着丁曲枫，指了指那些打包好的纸箱子，“最近申城天气不好，你这么放会毁了这些画的。红叶老师说，画布要防潮、通风，画纸不能直接重叠，避免粘连……”

交代一遍后，她没看丁曲枫，大步地走出工作室，给霍仲南发消息：“我好厉害，只花十分钟就搞定了。”

霍仲南吩咐司机停车，看着消息皱了皱眉：“我在前面的路口，你等我五分钟。”

于休休道：“我开老板车出来的。你发定位给我，我过去接你。”

霍仲南道：“不用，原地。”

他这么固执！于休休耸耸肩膀，不跟他争。

等她把车从停开场开出来，刚在路边停下，霍仲南就过来了。天这么冷，他却一脑门儿汗。

于休休怀疑他是跑来的，哭笑不得地说：“固执鬼！”

霍仲南坐进驾驶室，松了松衬衣领口：“晚上吃什么？”

于休休胳膊转过来，撑在他的椅背上，盯住他似笑非笑地说：“忘了你心里的女孩儿，我请你吃海底捞。要不然，我们只能去路边撸串了。”

霍仲南沉默。

于休休撸完串回去，吴桐就打电话来催钱了。

节后，“城市之春”项目复工，但上一个阶段的增项还没有被付清，马上又要进入下一个项目阶段。买材料、付工人的工资都得要钱，吴桐这个项目经理巧妇难为无米之炊。

“我找了丁跃进两次，这人喝得舌头都捋不直，没说几句话就把我的电话挂了。我找他女儿，他女儿说，让你去找她要。”吴桐说。

于休休有点儿头疼。她是个设计师，催款的事不用她办。但吴桐要不来钱，就得找公司。公司这边负责项目的是谢米乐——她去找丁曲枫，最后这个皮球还是会被踢到于休休这里来。于休休厚着脸皮给丁曲枫打了两天电话，丁曲枫都不冷不热地踢皮球。

“这不是耍无赖吗？”于休休气愤地说。

有钱任性的丁小姐成了于休休当下面临的大难题。

于休休入职以来遇到的所有难题都不及丁曲枫这个难题难。丁跃进已经喝疯了，丁曲枫不肯配合，那“城市之春”只能先停工。

这事搞得于休休很恼火。她怕把情绪带给家人和钟南，好几天没敢跟他发消息聊天儿，每天也早出晚归。

于大壮看在眼里，急在心里，拉了老婆就商量对策：“休休娘，乖女儿是不是又失恋了？”

“你这个‘又’字是什么意思？”苗芮不满地问。

“就是——”于大壮挤了挤眼睛，两根手指摸了摸她的头，做出个可怜巴巴的模样，“就是咱姑娘的婚姻建设项目又一次竞标失败的意思。休休娘啊，咱得想点儿办法，帮闺女把人追到手。”

苗芮若有所思地问：“你当年追我的那一套方法现在行不通了吧？”

于大壮皱眉：“可能不太适合现在的年轻人。咱姑娘这体力也不行，再怎么说都是女孩子，霸王硬上弓多不合适。”

“于大壮！”苗芮气得掐腰，“我说的是一回事吗？”

于大壮蒙了：“你说的不是这个是哪个？”

苗芮咬牙：“我是说你对我连哄带骗的那一套方法。”

“哦哦哦。”于大壮想了想，摸着下巴露出疑惑的表情，“按说咱乖女儿也学了十成十了，青出于蓝而胜于蓝，怎么就不行呢？我寻思可能不是我方不努力，而是敌方太牛。要不咱还是用另外一个方案，把人绑回来算了。”

苗芮咬紧牙，上手就捶他：“你个老不正经的东西！”

“嘿嘿嘿，你不就喜欢我不正经吗？我要是正经了，那休休和崽崽从石头缝儿里蹦出来啊？”于大壮捉了她的手，将她搂过来就要落嘴去啃她的手。

苗芮挣扎两下，脸都红了，越发捶得狠：“让你想办法，你就……”

他就怎样？于大壮正疑惑，苗芮的拳头停在了半空中。

于休休回来了，在她背后还跟着李妈和于家洲。

刚才于家洲去帮李妈拎菜了，明天过元宵节，家里要准备食物。这孩子嘴硬心眼儿好，怕李妈拿不动，不等父母吩咐就屁颠儿地跟去了。

这“不可描述”的一幕，她没眼看啊！

李妈眼皮直跳，慌张地说：“要不我把菜拿出去，重新拎回来一次？”

“得了，又不是啥大不了的，小时候我见多了。”于休休一副久经沙场的样子，换了鞋走进去，打开冰箱拿了水，看着尴尬的父母：“你俩还愣着干什么？是回房呢，还是坐过来聊天儿？”

苗芮瞪她一眼，看看小儿子：“崽崽……”

于家洲“嘁”一声，翻个白眼坐在他姐的身边，懒洋洋地笑：“多大点儿事，看把你们紧张成这样。”

于大壮清了清嗓子，坐下来，一副老父亲的样子，语重心长地说：“崽崽，你也不小了，是大孩子了。那个…关于两性知识，爸爸觉得是时候让你了解了解了……”

于家洲眼睛微微一翻，不羁又懒散地说：“行啊老于，你想了解什么？说吧，我都懂。”

于大壮和苗芮同时语塞。

于休休“噗”的一声，刚喝入嘴的水全喷了出来。

于大壮和苗芮对儿子的生理教育课失败，马上转战女儿的心理健康教育。夫妻两个人一左一右地坐下来，认认真真地和于休休谈心：“休啊，有个事我们得和你说。”

他们怎么这么严肃？于休休抬抬下巴：“说啊。”

苗芮和于大壮交换个眼神：“其实那天晚上的那个事，除了你，我们全家人……都知道。”

那个事，哪个事？于休休懵懂地望向于家洲。

渣弟一秒投降，说："姐，你别看我啊。我根本就不是为了钟南哥的大红包才瞒着你的，我只是为了维护你的尊严。毕竟那天晚上你喝醉了酒，像只傻猴儿似的吊在人家钟南哥的身上，又搂又抱上手上脚地胡乱嚷嚷……真是太损我姐的形象了！我们都不忍心说出来伤害你，这才合起伙来骗你的。"

什么？

于休休脸一热，耳根都觉得烫了："所以，那天晚上我到底做了什么？"

看她脸涨得通红，于家洲放下苹果，安慰地拍了拍她的后背："'渣姐'别急。你应该是没有得逞，不用怕！"

天啊！她都干什么了？

于休休道："妈妈，我觉得我需要喝几副中药才能好了。"

"喝啥中药？"苗芮挑高眉，"这个钟南对你来说就是毒药。你心病不治，啥药都治不好。"

于休休看她一眼，撇嘴。

苗芮语重心长地说："休啊！他不适合你。"

于休休"嗯"了一声，用牙签叉了一片苹果，边咬边笑："哪里不适合？"

苗芮道："追这么久没追上，当然不适合。"

"你妈说得对。"于大壮永远是老婆的小迷弟，苗芮一发话，马上附和，"乖女儿，长得好看的小伙子不是只有他一个，这个不行，咱就换一个！"

"可只有他符合我的审美。"于休休苦恼地捋头发，"认识他之后，我看谁都是庸脂俗粉，怎么办？就说唐绪宁吧，以前看着还好，觉得他眉清目秀的，现在我发现他怎么'油腻'成那样了？"

"一家子没心肝的。"苗芮成功地被她带偏，说到唐家就来气，"今儿我和你刘姨还在说呢，那卫思良虽然也不是什么好东西，可唐家更不是东西，祸害了人家姑娘。"

于休休问："怎么了？"

苗芮道："小产啦。他们说……这不是第一次堕胎了，她怕是以后会怀不上。你说好端端的一个女孩子，唐家这不是作孽吗？"

于家洲啃着苹果，闻言瞪大眼："这么惨！"

苗芮一个巴掌拍在他的背上："你这个小坏蛋以后敢这么欺负人家女孩子，老娘打断你的狗腿。"

"哎哟！"于家洲莫名挨了老母亲一巴掌，委屈地哀号，"这关我什么事啊？我就是一个吃果子的。"

苗芮"哼"一声："你说唐家人这德行，那唐文骥怎么好意思还提结亲家的事？这脸皮太厚了。"

于休休吓得手一哆嗦："不是吧？他又来？"

苗芮翻白眼："今儿你唐叔给你爸打电话，说什么年少无知、犯了大错，还请咱们明天去他家过元宵节。"

于休休愣了愣："爸怎么说？"

苗芮偏头："你问你爸。"

于大壮轻咳："我说今年猪肉贵，我们吃得多，不好厚脸皮去蹭吃蹭喝。"

于休休笑得直抖肩，一把抱住于大壮的胳膊："爸爸你太好了，我好爱你。"

于大壮："别别别，一会儿你妈吃醋。"

苗芮乐得前仰后合："哈哈哈。"

一家人笑成一团，于休休也跟着笑，但心里有些困惑。丁曲枫那边她要怎么处理？哥哥为什么知道了她欺骗他后什么都没有问？

我就喜欢惯着你

如锦 著

下册

青岛出版集团 | 青岛出版社

第七章

宠得不像话

正月十六，于休休上班就被吴桐堵在了门口。他脑袋上顶着冬天的雾气，语气焦躁，说手上几个工地都没有结账，欠了工人的钱，让公司赶紧把上一个阶段的款项结清。

于休休问：“通知客户来验收了吗？”

吴桐道：“验收什么验收？通知两次了，不来。现在干脆连我的电话都不接了。‘城市之春’这项目，我看怕是要烂尾。”

于休休没吭声。

吴桐又大声地抱怨：“大过年的遇上这种事，真是倒了血霉。我今天过来，就想要问问你，还开不开工了？实不相瞒，我在凯利接了个大单，你这边要是不干，我就把人都带走了，到时候要是拖了工期……”

于休休道：“吴经理，你先等我两天。”

打发了吴桐，于休休回到设计部就联络钟霖。毕红叶那事发生后，丁跃进就搬离了以前的住所，于休休想找他，还得通过熟悉他们的人：“钟霖哥，知道你们丁总现在住哪儿吗？”

钟霖吓了一跳：“你找他干什么？”

于休休道：“催款。”

钟霖看了看面无表情的老板：“你稍等一下，我帮你问问，有消息了再回复你好吗？”

“好的好的。问不到也没关系，我再想办法。”于休休说完，又忍不住压着嗓子叮嘱他，“钟霖哥，这事不要告诉我哥，知道吗？”

钟霖头皮麻麻的：“为什么？”

于休休道：“我不想拿烦心事影响他。”

钟霖：哦！不想影响他，就可以随便来影响我吗？

钟霖心肝儿疼：“好的。我是个没有情绪的机器人。”

“哈哈哈，回头请你吃饭。你是个乐观向上又热情的好孩子，是不会被影响的。不像我哥，他是需要人呵护和照顾的乖宝宝啦。”

乐观向上又热情的好孩子：“……”

需要呵护和照顾的乖宝宝：“……”

钟霖接电话的时候，霍仲南示意他打开免提，这些话听得清清楚楚。他尬不尬啊？钟霖没在老板的脸上找到尴尬的表情，发现尬的只有自己。他咳一下：“休休真是个有心的好妹妹。先生，你真的不打算把她给……”

霍仲南冷冷地剜过来一眼，钟霖马上闭嘴。

“叫丁跃进来见我。”

于家最近其实很不顺。开年了，大禹的安全事故问题还没有解决，于大壮见天儿往各单位跑，这里请客吃饭，那里喝酒谢罪。于休休看在眼里，不想拿“城市之春”的事情去烦他。

下午，钟霖发来地址。于休休收拾收拾，拉了谢米乐就出门了，路上买了个水果篮，结果在大门口就被保安拦住了。小区不允许外来车辆和人员进去。于休休对这事有经验，下车说了几句，就又回来了，直接把车开进地下停车场。

谢米乐很吃惊："你怎么说通的？"

于休休道："说我叔不舒服，在家喝闷酒，我来看看他。登个记，就放行了。"

谢米乐道："颜值高的女人，真是丧尽天良！"

于休休笑："谢米乐，说话当心点儿啊！"

"可不就是吗？从小到大，你说你靠这张脸占了多少便宜？啧，男女通吃。"

于休休瞥她一眼："可我只想吃他一个。"

直接登门造访，于休休心里没底。门铃响了好几声，门终于开了，里面站着面无表情的丁曲枫。见到她，也不算意外。于休休绽放出一个大大的笑脸："曲枫姐你好，我们是来看丁叔的。"

丁曲枫扫一眼她灿烂的眉眼："不需要。二位请回。"

于休休递上水果篮："我给丁叔带了些水果——"

"我们只吃进口水果。"丁曲枫直接打断她，走出来两步，"你们走吧，我还有事。"

"哦！"于休休面不改色，将水果篮递给谢米乐，回头朝丁曲枫笑了笑："那我们就谈正事吧。当初的合同是红叶老师签的，我们想找丁叔确认一些问题。"

"我爸不舒服，不见人。"丁曲枫盯住于休休的脸，对她那种近乎绚烂的笑有种说不出的反感。她本身是个严肃的人，不喜欢这种看上去娇气的小女生，"我知道你想谈什么。于小姐，做人不要太贪婪。你又想拿我妈珍藏多年的画，又不愿给我们折扣，什么便宜都要占尽，会不会想得太美？"

"一码归一码。"于休休说，"我可以请红叶老师收回她的赠予，但装修费是白纸黑字写清楚的，我没有占谁的便宜。而且，装修费不属于我个人，是公司的合同，我无权做主。"

丁曲枫冷笑："别用这个唬我。谁不知道你是于家的掌上明珠？"说到这里，她扫了于休休一眼，皱皱眉，"其实我不明白，你拿走的画可不只这些钱。这两者有什么区别？"

"区别大了。"于休休脸上笑容不改，还挑了挑眉梢，"一个是心意，一个是金钱；一个是承诺，一个是合同。你说呢，曲枫小姐？”

丁曲枫没说话。在她看来，于休休计较这些，不是蠢就是坏。要么是真的不懂，要么就是装傻，什么都想要。毕竟她母亲的赠予公证是有法律效力的。就算她不同意，只要于休休走法律程序，也能得到。

“于休休，别得了便宜还卖乖了。”丁曲枫摊开手，“请回吧，你什么时候想通了，再和我联系。”

于休休道：“我不找你，我找丁叔。”

丁曲枫沉下脸：“不肯走？那我叫保安了。”

保安来得很快。于休休在门口叫了几声丁跃进，没得到回答，不好厚着脸皮逗留，让保安难做人。她告诉丁曲枫，如果拒不付款，“城市之春”这个项目只能暂停，他们家前期的投入全都得打水漂儿。然而，丁曲枫只给了她一个冷笑：“你看我像在乎这点儿钱的人？”

不在乎还不肯付钱？是觉得后期投入太大？是父母的装修风格她不喜欢，不想花钱了？还是单纯因为毕红叶赠画给自己？于休休灰溜溜地从丁家出来，和谢米乐吐槽了一路。

她没想到，霍戈会来电话：“恭喜你啊，又赚了一笔。”

于休休想了想，最近好像没有得罪这家伙，这人为什么来损她？

“恭喜什么？霍总要给我派红包吗？”

霍戈道：“毕红叶的私家珍藏，不比红包值钱？”

“哦，这事呀。”于休休笑嘻嘻地反问，“那你一定嫉妒坏了吧？”

霍戈温和地笑了一声：“你不用对我有这么大的敌意。你看，你挖了我们公司的项目经理，我不都睁一只眼闭一只眼吗？咱们在一个圈子，抬头不见低头见，不是敌人。”

于休休道：“我很忙。说重点！？”

霍戈道：“啧！小脾气还是没变呢！行，今天你霍哥哥做好人好事，给你提个醒吧。丁曲枫找我了，你那个项目怕是要黄。”

原来是这样？这丁小姐的想法连暴发户都理解不了。前期投入的钱不少，说丢就丢？

霍戈没听到她的声音，又笑了起来：“我以前说的话，永远有效。如果你愿意，可以到我这边来……”

“我谢谢您了。我土包子，没那品位。”于休休挂了电话。

“喂？”霍戈听到嘟嘟声，沉了脸。这姑娘还真是钢铁铸成的，从来不给人面子。在这个圈子里，不懂人情世故，不会虚与委蛇的人，早晚被踩死，可她居然能活蹦乱跳地活到今天。

“米乐！”停下车，于休休望了望大禹的Logo，突然叹口气，“你说我们家公司，是不是真的要倒闭了？”

过年的喜悦被冲淡，业务也不顺，那些倒霉的事情又被她想了起来：“我在想，我是不是不应该去追求钟南？天使降临人间，本来是为我带来运气的，而我……”她瞄谢米乐一眼，“太丧心病狂了——居然想追他。”

谢米乐无言以对。

“于休休，你没救了。”

两个姑娘打打闹闹地走进办公楼，看到钟霖迎面走过来。他满脸职业微笑，本就是个精精神神的小伙子，那风度翩翩的样子，让前台小妹和保安都忍不住多看了几眼。

“钟霖哥，”于休休奇怪，“你怎么来了？”

钟霖笑眯眯的：“找于总谈事情。”

“浮城的事？”

钟霖点点头：“王经理休假还没回来，这事暂时由我处理。”

于休休展颜一笑：“那钟南呢？”

“他啊……”老板的事情，他哪里管得到？钟霖轻咳一声，“钟南有别的工作。对了，你找到丁跃进了吗？他怎么说的？”

于休休摇头：“别提了。”她把水果篮塞给钟霖，“辛苦你啦，这个你带回去吃吧。”

钟霖怕被老板宰了，不敢伸手：“这个，我无功不受禄……”

于休休飞他一眼，不知道想到什么，噗一声就笑了起来：“你们家不会也只吃进口水果吧？”

这姑娘不管遇到多大的事，好像都能笑出来，乐观又开朗。说实话，钟霖挺喜欢她这性子，也突然理解了老板维护她的心情。这么干净、简单、善良的一个女孩子，值得世界温柔以待。他说：“丁跃进这周末要去看心理医生。我回头把诊所地址给你。”

于休休哇一声，惊喜道：“钟霖哥，你人真是太好了，这都帮我查到了。谢谢你，谢谢！”

钟霖尬笑：“借花献佛，借花献佛！”

“嗯？”于休休不解。

钟霖一脸尴尬而不失礼貌的微笑。老板听于休休说不想让他知道，就真的当成不知道，专心做一个需要呵护和照顾的乖宝宝。只可怜他这个热情乐观的好孩子，只能凭一己之力承受这些不该有的感谢。

“我同事告诉我的。那个心理医生很有名，他就介绍给了丁总……”

于休休脸上笑成了一朵花：“哇！谢谢，太感谢了！我发现你们公司，除了那抠门儿的渣老板，同事们都好好哦。钟霖哥，记得把水果分给同事呀。”

钟霖无奈地看着水果篮。老板挨骂，自己吃肉，会不会不太好？

于休休回家就钻到了自己的房间。苗芮送水果上去，看她聚精会神地盯着电脑，“哎”一声，没反应，又伸头去看：“在搞什么？”

于休休抬头，拍心窝：“妈……你吓我一跳。”

苗芮飞她一个白眼，又垂下眼皮：“乖女儿，是不是有叫什么鱼的软件，是专卖二手货的？”

“嗯。”于休休不解，“怎么了？”

苗芮咳一声，不自在地摸了摸腕上翠绿欲滴的镯子，眼神往外飘：“我寻思，我那么多包包、首饰、衣服……乱七八糟地放着也没什么用，想摆上去卖。”

于休休脖子梗了一下。

苗芮吓住：“怎么了？”

于休休道：“妈妈，我们家已经这么穷了吗？老于居然允许他的宝贝老婆卖包包卖首饰？”

苗芮嗔怪，掐她：“死丫头别多嘴。别让你爸爸知道……”

于休休哦一声，点点头，目光往下移，看一眼苗芮素净的睡衣，又皱了皱眉："妈妈，你是不是好久没买新衣服了？"

"我衣服太多了，买什么买？"

"包包也没买？"

"包包再多只能背一个。"

"美容院没去？"

"去的啊！充的卡没花完，又不给退，我凭什么不去？"

"……"

于休休撇撇嘴，突然重重地圈住苗芮的腰，脑袋贴在她的胸口："妈妈，你别这么节约啊，我都替老于心疼了。而且，看你这样，我这心里慌了一下……"

苗芮摸她头发："傻孩子。妈妈老了呀，衣服、首饰足够了，再多也浪费。"

于休休仰头，眼里雾蒙蒙的："咱们家这么困难了吗？"

苗芮戳她脑门儿："当然没有。只是妈妈想通了呀，买买买没什么意思。老娘的风华绝代，岂是那些俗物衬托得出来的？'清水出芙蓉，天然去雕饰'，听过没有？"

"妈妈……"

"玩游戏吧，乖。妈妈去给爸爸打电话，看他要不要回来吃晚饭。"

于休休乖乖地点点头。这些天，于大壮每天为了公司的事奔波。陪人吃陪人喝，很辛苦。苗芮心疼丈夫，想做点儿什么，可除了照顾好一家人的饮食起居，她又什么都做不了。于休休看着她的背影，突然觉得自己很没用。

叮！游戏屏幕闪了闪。

南院大魔王："人呢？"

于休休看一眼，戴上耳麦，给他打字。

休休小妖精："来了。刚才和……老板娘说了会儿话。"

"怎么了？"

"还是公司的事。老板娘让我帮她变卖细软……哈哈哈，她真是超级可爱！"

"很快就会解决。新年刚上班，没那么利索。"

“嗯呢，谢谢哥哥，我们是下本呢，还是玩儿一把王者？”

“随你。”

“下本吧。”

“好。那我跟随你，这会儿有点儿事。”

哪怕是在游戏上，霍仲南话也很少，除了于休休，他从不和别人互动。于休休组队带上他，又组上三个“野人”，一起下了日常副本。

这是于休休介绍钟南玩的一款角色扮演游戏，本来作为平常见不着面的一种消遣和寄托，随便玩玩。可于休休发现，她这个哥哥真的好讲究，哪怕是一款无聊的游戏，他也会把角色打磨得光鲜亮丽。

游戏里的他，是一个黑衣黑袍的剑士，风华尽显，清冷高贵，轻抿的嘴角有几分凌厉，那一张捏出来的人物脸，竟然和现实里的他有几分相似，眼神冷酷，又有一种别样的温柔。

于休休多看几眼，有点儿受不了。

“哥哥，周末有空吗？”

“嗯？”

于休休暗戳戳地小兴奋：“我们周末去看电影吧？”

“……”

“好久没有去看过电影了啊！周末晚上人多，会比较有气氛。一起去，好不好？”

霍仲南从来没有去过电影院，也不太喜欢那种嘈杂的氛围，可是听于休休兴奋地介绍影片，又不忍拒绝。

“嗯。”

“太好啦，哥哥你真的好好。我知道你不喜欢热闹，但是有时候呢，咱们的生活方式也是需要改变的，对不对？这样，周末我来接你吧？我先去见一个客户，完事就到你公司去。”

“嗯，我先做事。”

霍仲南慢慢敲出一行字，把电脑推开。

“霍先生，你……笑了？”吴梁在办公桌那边探过头。为了确认霍仲南刚才是不是在笑，他扶了三次眼镜。可惜，视线一旦离开电脑，他还是那个无情的制冷机：“继续说。”

吴梁不再废话了。他把测试的四幅图在桌子上摊开，包括他做好的批注，一并展示出来。

“霍先生，你能回忆起来的最小的年龄是几岁？”

霍仲南皱皱眉：“不知道。”

“想一想。”

沉默对视，吴梁妥协。

再这么治疗下去，他敢保证自己要头秃了。

他又从公文包里拿出一张照片，摆上去：“这是我找钟助理要到的。霍先生，照片里，你几岁？”

霍仲南瞄一眼：“五岁。”

照片上的小男孩儿一脸天真的表情，嘴角还藏着一抹调皮的笑容。不知道拍照的人是谁，他看着镜头的眼睛里充满了快乐——再对比面前这个冷漠的男人，很难让人相信，这个活泼的小男孩儿长大了会变成霍仲南这个样子。

“霍先生的记忆力很好。”吴梁比了个赞，“你试着回忆一下，最遥远的记忆在几岁？或者说，在你小时候，印象最深刻的是什么事情？”

霍仲南端起咖啡：“你为什么执意挖掘童年？”

吴梁道：“心理研究表明，童年阴影会伴随人的一生，童年经历会影响一个人的成长和性格……”

霍仲南看着那张照片：“你看到了，我的童年很好。”

吴梁问：“那是什么让你变得不好了呢？”

霍仲南抬起眼，冷冷地直视他：“你看我是哪里不好？”

吴梁：“……”

霍仲南又道：“你状态越来越不好了。”

吴梁：“……”

他快疯了。

你那么好，让我来干什么？大过年的，我屁颠屁颠地跑过来，难道就为了那几个臭钱吗？是的。为了那几个臭钱，我就算把自己治出精神病，也得继续帮你治。

“霍先生，那你今天想聊点儿什么？”

“你画的这个很有意思。”霍仲南突然开口，看向他画上的小男孩儿和批注，片刻，又放回去，双手一扣，冷冰冰地看着他，“我心里有个人，你能帮我画出来吗？”

空气里的温度瞬间降低。吴梁被他盯着，浑身冰冷。是哪个倒霉催的，被这个人看上了？

吴梁的心理诊所有点儿偏僻。于休休一个人开车过去，发现四周幽静，差点儿找不到门，好半天才问到保安。

在于休休的固有印象里，心理医生都是那种不苟言笑、眼神犀利，一眼就能看穿人心的危险生物。因此，当她忐忑不安地找到吴梁的心理诊所，看到那个眉开眼笑的年轻医生时，竟有一瞬间的怔愣：“你是吴梁医生？”

吴梁微笑：“你把‘梁’字省略掉，我会更开心。”

于休休忍俊不禁：“好的，吴医生。我今天不是来看医生的，是来找个人。”

吴梁道：“我知道。钟霖告诉我了。”

于休休有些意外。钟霖只告诉她，丁跃进会来这里看医生，但没说他和这个医生熟悉。而且，这个医生对她有明显的打量和探究，是不是误会了什么？

“吴医生，你认识钟霖？”

吴梁目光一闪：“嗯，朋友介绍的。”

“哦，钟霖的同事是你朋友。”于休休自行对号入座，看吴梁没有反驳，四周看了看。

“请问，丁总来了吗？”

吴梁看向房间紧闭的内室，微微一笑：“丁总有点儿疲惫，我让他在里面休息一会儿。”

在这里休息？于休休觉得不可思议。看着吴梁，她脑补了十八般心理疗法，一脸“你好厉害”的样子，朝他投去欣赏的目光。

“丁总情况怎样？”

“挺好的，没什么问题。”

他话音刚落，门从里面被推开。短短时间不见，于休休差一点儿没认出来这个男人就是意气风发的盛天 COO（首席运营官）丁跃进。他头发凌乱，衣服皱巴，胡子不知多久没刮了，整个人瘦了一圈，脱了形似的。想想第一次见到他和毕红叶站在一起的样子，恍如隔世。

于休休看向吴梁。这就是他说的“没什么问题”？

吴梁微笑着迎上丁跃进：“睡了一觉，感觉怎么样？”

丁跃进道：“很舒服。我做了一个梦，好像很久没睡得这么熟了。吴医生名不虚传。”话音刚落，他朝于休休看过来。

于休休尴尬一笑。丁跃进朝她点点头，不仅没有半分意外，还硬生生挤出个笑容：“于小姐，装修的事让你费心了。你放心，尾款和增项我会如数支付，接下去的工程，你就按蓉蓉认可的设计图来办。曲枫的意见你不用听。”

幸福来得太突然，于休休差点儿没接上：“丁总，您身体还好吧？”

丁跃进一脸疲态，苦笑一下：“好多了。不好意思，这段时间给你添麻烦了。”

“没关系没关系，您的身体要紧。”

“那个钱，我下午转给你。”丁跃进撑着椅子的扶手慢慢站起来，于休休甚至能感觉到他身体的虚弱，“吴医生，我先走了。感谢你指点，下周我再来。”

于休休和吴梁一起送他到门口。看着那个苍老而萧瑟的背影，于休休好久没有说话。吴梁看她一眼：“于小姐，进去坐会儿？”

于休休摇头：“不用了吧？你看我这个人，挺健康的。”

吴梁轻笑：“来都来了，不准备和我聊聊？”

于休休有点儿惭愧：“实不相瞒，我今天是来催款的，没想到事情这么顺利。幸好没有给你添麻烦。”

“我这个人最不怕麻烦了。”吴梁似笑非笑。于休休觉得他的眼神别有深意，想了想，问：“丁总的情况看着不太好。他是不是病得很严重？”

“呵！”吴梁居然笑了，“你觉得他有什么病？”

"抑郁症？酒瘾？"

吴梁再次摇头："只是心病。"

"心病，不严重吗？"

"心病找到心药就好了。进去说吧，咱们别站这儿。"吴梁把她迎入工作室，让助理倒了水，再看看于休休满脸不解的样子，笑了起来，"愧疚和遗憾是病，也是情绪。他只是暂时走不出来，我看他的情况，配合治疗，过些日子就好了。"

"厉害。像这种情况，他需要吃药吗？"

吴梁笑："时间就是良药。"

于休休不解："我看他的样子，陷得很深呀？抑郁症既视感。"

吴梁又笑了："抑郁症不是表现在脸上的。他能找到发泄的点，喝酒睡觉就能感到愉快，还能天天作别人、作自己，不是好得很？"

于休休摇头，表示不理解。

吴梁眼睛突然眯起："看上去有病的，不一定有病；看上去没病的，可能病得很严重。"

"是吗？"

"是。我有一个病人，比大多数人都健康、安静，从不歇斯底里。其实他病得很厉害，差一点儿把我都治出病了。"

"哈？"这是什么神仙病人？于休休笑出了声，"吴医生，你真逗。"

吴梁取下眼镜，慢慢地擦："我的话听上去就这么不真诚吗？"

于休休看着他的黑眼圈，啼笑皆非："看样子，你被这个病人折磨得不轻。"

吴梁点头："那不是折磨，是降维打击。病人比你专业过硬，动不动就反洗脑，了解一下。"

"哈哈哈，吴医生，你这个病人真好玩。祝你早点儿治愈他，也治愈自己。"

吴梁叹气："谢谢。"

于休休准备走了，再一次向他道谢："吴医生，这次你真是帮了我的大忙了。感谢你让丁总振作起来。你是这一个。"她竖起大拇指，满脸崇拜。

吴梁差一点儿被茶水呛住，一脸尬笑：“其实治愈他的也不是我，是……”

“是谁？”于休休偏偏头，对他的表情感到有些奇怪。

吴梁与她对视片刻，突然笑了：“有句话不知道你听过没有，金钱可以治愈99%的病。丁跃进也一样，一旦涉及利益，什么病都好了。”

“什么意思？”

“他再作下去，盛天能由着他？”

“你是对的。”

于休休从诊所出来，正准备去取车，就收到霍戈来电：“于小姐，给你报个喜啊！”

于休休抬抬眉：“你家又跳单了？”

霍戈深呼吸，尽量保持轻松的语调：“别这么损，咱们不是仇人。我真是来给你报喜的。丁曲枫今天找我，要把‘城市之春’那个单给我们凯利。我寻思，这项目你于小姐可是费了心血的啊，我不能夺人口粮，对不对？看你面上，我拒绝了。”

于休休忍俊不禁，回头看一眼吴梁的心理诊所：“我最近认识一个不错的心理医生，要不要介绍给你？”

霍戈道：“于小姐，你这么冷漠、这么无情合适吗？好歹我也是为了帮你……喂？喂喂？于休休？”她挂了？

下午财务就收到了丁跃进的项目款，不仅把上一阶段的尾款和增项付清，还预付了下一个阶段的装修费。设计部像过节一样，于休休也很开心。熬到下班，她去卫生间补了口红，正犹豫要不要回家换套衣服再和钟南去看电影，就看到魏骁龙进来。

“休休？”魏骁龙看了看她嫣红的唇瓣，“要出去？”

于休休高兴地嗯了一声：“晚上去看电影，新上的片子，我看口碑很好，准备去凑凑热闹。”

魏骁龙问：“一个人？”

于休休道：“和钟南哥。”

魏骁龙："哦。"

于休休挥手："大师兄，我先走了。拜！"

魏骁龙道："注意安全。"

看着女孩儿欢快的背影，魏骁龙原地站了片刻，默默地转身看向镜子。玻璃镜面里的男人，黝黑的脸，鲜明的五官，高大的身形，是个气宇轩昂的男人。但这样的他，永远只能是大师兄，连非分之想都不能有。

魏骁龙走向水龙头，大冬天的，捧着冷水，从头顶浇到脖子，一把一把地洗脸，几乎把整个脑袋都埋了进去……

这时，一张面巾纸被递过来。魏骁龙一怔，抬头看过去。韩惠的手伸在半空，脸上有短暂的尴尬，她说："擦擦。"

魏骁龙没有说话，也没有动。韩惠看着他脸上滚动的水珠滑过高挺的鼻梁，流过下巴落入脖子，滚过喉结，整个人湿漉漉地散发着最真实的荷尔蒙……

她不好意思地垂下眼皮："别难过。我懂。"

魏骁龙闻言，怔在当场。

霍仲南等在盛天集团大门口。于休休停好车，气喘吁吁地小跑过来，看他挺拔地站在那里，惹得过路行人纷纷看他，不由得嘿嘿一笑："等久了吗？"

"没有。"

"走吧。"于休休展颜一笑，又把头偏向他的肩膀，压着嗓子，"你知道你有多好看吗？刚才过路的人都在看你。还有刚才从你们公司出来的那俩男的，看到你，飞快地退回去了，肯定是在你面前感到自卑……"

霍仲南无言以对。

"我说真的。"于休休边说话边看他，甜甜地笑着，脸蛋默默地泛红，又忍不住掐了他一把，"我可不是为了哄你开心才这么说的。哥哥，你是我见过的最好看的男人，不过，你就是不爱笑，老是板着脸。你要是经常笑，这世界上的姑娘就都被你迷死了。"

霍仲南瞥一眼于休休，在她的脑袋上敲了敲：“胡说八道。”

于休休缩了缩脖子，笑嘻嘻地将他带到停靠的车边，拉开副驾驶座的车门：“走吧，王子哥哥。”

霍仲南摊开手：“钥匙给我。”

于休休道：“怎么啦，看不起女司机是不是？我开车可稳了。”

霍仲南将手里的袋子递给她：“给你买了吃的。我开车，你吃。”

于休休惊喜地接过，噌一下坐进去：“有哥哥的感觉真好呀！”要是情哥哥就更好了。她瞥了他一眼，脸红了。

“怎么了？”霍仲南目视前方，发动汽车。

“没什么？”于休休吐舌头。这人眼睛长哪儿的？偷看也能被发现。

一路上，于休休叽叽喳喳地说个不停，大多数时候，她一个人说，霍仲南只是沉默，两个人没有互动，但相处的感觉十分舒服。于休休很珍惜两个人在一起的时间，怕自己的小心思会惊吓到他，但视线又情不自禁地落在他的脸上。

这个哥哥太好看了。于休休痛恨控制不住自己：“哥哥，你找到她了吗？”

哪壶不开提哪壶，提起来自己又难过，于休休想掐死自己。她希望他没有听到，这样就可以进行下一个话题了。

可是他偏偏回答了。

“没有。”

“你们是怎么认识的？”

霍仲南皱皱眉，没有回答。

“她长什么样子，我帮你找呀？”

“不知道。”霍仲南扫她一眼，“你看看电影是几点。”

于休休明知他在转移话题，又不得不顺着他的话，去看手机购票信息：“来得及，还有四十分钟。”

“嗯。”

嗯就没了？于休休叹息。陷在爱恋里的女孩子，情感思维活跃，人家一个眼神，她就能构建十万字的言情小说。因此，尽管霍仲南一个字没说那女孩儿的事，于休休在去电影院的路上已经自行脑补了他和人家的旷世绝恋，因爱生恨，因恨生离，久别仍想，难以忘怀，生死悲欢……各种情节。总之这是一个为爱受伤的男孩子，需要她于休休去拯救，吃干抹净再问他美不美的那种拯救……

“到了。”

于休休还在发愣。霍仲南探手解她的安全带：“怎么了？”

他贴得很近，呼吸就在耳边。于休休的脑子嗡了一下，鼻腔有点儿充血。回过神来，于休休已经臊红了脸：“我在想……想一个设计方案，走神了。到了吗？哎呀，好快。你找位置停车，我去取票。”

于休休风一样地下车，冲入了电梯。

霍仲南摇摇头，去找车位。

于休休想到脑补的情节，取票过程晕晕乎乎的。电影院到处都能见到成双成对的小情侣，气氛莫名暧昧，她躁动的心停不下来，很慌。

“拿到了吗？”霍仲南从背后过来。

又吓一跳。于休休做贼心虚，脑子乱糟糟的，清了清嗓子，把票一扬：“还有十分钟检票入场。我去洗手间。”

她跑得比兔子还快！霍仲南看着那背影，皱皱眉。于休休从洗手间出来后，发现霍仲南抱了一大桶爆米花，还给她准备了一瓶水。他一本正经地说：“我看他们都买了。”

于休休愣了愣，扑哧一声，乐得不行。

霍仲南问：“你不喜欢吃？”

“喜欢，喜欢。”于休休接过来，抱在怀里，脚步轻飘飘的。

这个哥哥绝对不是那种会追女孩子、会浪漫的人，不过，肯学习，还是可以挽救的。怀揣着这样的想法，于休休心乱了，小心思都写在脸上，一路笑声不断，路过的人都为他们这一对的颜值投来羡慕的目光。

这是一部 3D（三维）电影，门口有工作人员发放 3D 眼镜。于休休走进去，当场惊住：“什么鬼？不是说这部电影口碑炸裂、场场爆满？怎么一个人都没有？”

霍仲南道："我不是人？"

于休休发愁了："天啊！我是不是被骗了？哥哥,要不要换一个？"

"将就看吧。"霍仲南推开门，扫一眼空荡荡的影院，寻了个最适合观影的位置，走过去。

门关上了，门外两个工作人员对视一眼，耸耸肩膀，站得笔直。

于休休懊丧不已，还以为可以趁着人多，和小哥哥拉近关系，没想到这影片一点儿气氛都没有。两个人，一左一右，坐得规规矩矩，她怎么好意思下手？

这是霍仲南第一次到电影院，哪怕清了场，他仍然有些不适应。电影院，本身就有一种青春和浪漫的味道在里面，可这些东西从来不属于他，他也没有喜欢过这种氛围。然而，坐在空荡荡的放映厅里，身边坐着于休休，他内心压抑多年的情感竟有些蠢蠢欲动。

沙发柔软，光线昏暗。银幕上放映的什么，于休休看不进去，她被自己蠢哭了……好不容易有一个亲近小哥哥的机会，怎么变成了这样？

"水军害我！电影口碑是刷的！"

她偷偷发了条朋友圈，屏蔽了"南院大魔王"，又心虚地看了他一眼。屏幕上的光点晃来晃去，她心不在焉，直到突然传来暧昧的声音，在安静的环境中，压抑的喘息声低沉而清晰地传入耳中……

于休休的汗毛竖了起来，她盯着屏幕。

"我从来没有尝试过，这么需要一个男人。我知道这条路很难走，我知道你中途就会下车，但是我……只想拥有这一刻。"

"想拥有，还会离开？"

"我说我离开你，是因为爱得太深，你信吗？"

"你信，我就信。"

台词，画面，灯光，声音……于休休的脸烫到了耳根。她飞快地瞄了霍仲南一眼。只一眼，只一秒，这暗光下英俊的脸庞致命般诱惑了她。有那么一刻，她觉得电影里的女主角说的是对的，哪怕只拥有一刻，她也愿意为了他一刻的温柔而沉沦。

于休休慌张地拿起爆米花，疯狂地往嘴里塞，以掩饰内心的不平静。

霍仲南看她一眼，把水递过来。于休休接过，喝一口，顺便放在椅子扶手的杯孔里。霍仲南又递给她一张纸。于休休接过来，擦了擦嘴，不知道往哪里放，刚想找塑料袋塞进去，霍仲南就伸手过来。

于休休看着他的眼睛，默默地放上去。他敛眉，默默放在垃圾袋里。于休休深吸一口气，挪开视线，鼻子却不争气地敏感。不知道他用的是什么沐浴液和洗发露，靠近他，那淡淡的香味就蛊惑神经。

一句话不说就这么撩的人，只有他了吧？

于休休有些失神："钟南。"

霍仲南看过来，没有听到她说话，又弯下脖子，把耳朵凑近她："怎么？"

于休休怔怔的，看着暗影里的轮廓，鬼使神差一般，在他耳边亲了一下。霍仲南猛地抬头，看着她。

电影院的光线很暗，银幕上的纱帘在随风飞舞，画面渐渐归于青黑。男女主角隐隐约约的身影在青纱之后，重叠起伏。于休休的鼻子差点儿喷血："我……"她不知道该怎么解释自己刚才的动作。

"没事。"霍仲南凝重的表情在一秒化开，像什么也没有发生过一样，嗓音低沉地、凉凉地落在于休休的耳朵里。

"你……就这样算了？"于休休组织不起语言，杂乱的思绪让她有一种呼吸不畅、随时可能晕过去的感觉。

"钟南，你就没有别的话想说？"

轰！一声巨响，银幕上的色彩突然明亮，两个人还处在黑暗里，距离很近，听得见彼此的呼吸。霍仲南道："我知道，你不是有意的。"

"不！"于休休突然伸手揽住他的脖子，"我是有意的，是有意的。"她扑入他的怀里，脑子空白一片，只是本能地想去亲近他。

啪！爆米花散落一地。她的唇落在了他的下巴上，他偏开了头。刚刚刮过胡子的地方，有细微的扎刺感，于休休察觉到他的僵硬，那感觉就如同刺扎在她的心上："钟南……"

他没有说话，眸子黑沉。

于休休慢慢收回手，尴尬得语无伦次：“对不起。我确实……不是有意的。”她控制不住自己的感觉，飞蛾扑火般拼尽了勇气，终于在收回目光的一刻，冷静地挽回了尊严，“我是想谢谢你的……守护。谢谢你对我的守护。是的，哥哥，谢谢。”

她不知道自己在说什么，只觉得腮边凉凉的，好像有泪水滑下来。电影已经结束，没有人进来。于休休低头想去捡爆米花桶，以掩饰自己的情绪。

手刚伸出去，就被一只大手抓住。霍仲南把她拉起来，薄薄的唇在黑暗里抿成了一条线，他没有说话，只是将她拖了起来，一只手抬起她的下巴，凝视着她：“你这么坏，还需要我来守护吗？”

于休休瞪大眼，吓住了！她看不清他的脸。昏暗光影里的霍仲南，眼睛黑亮，眼神仿佛带着某种穿透力，看得她浑身发软。

电影院的设施有些陈旧，扶手的皮质黏黏糊糊，汗粘上去，令人十分难受。于休休死死攥着扶手，看着霍仲南的脸，不敢吭声：“哥哥，我……”

“你这么坏，是不是欠收拾？”他打断她，越发用力，仿佛要捏断她的手腕。

于休休瞪大眼，脑袋一片空白。

那天晚上回家，于休休睡得很晚，脑子晕晕乎乎的，一会儿看一眼手机，没有看到霍仲南的消息，心里有一种说不出的失望。熬到天快亮了，于休休才勉强入睡，结果瞬间进入噩梦状态。

梦里的雨夜，那个撑着伞的姑娘一遍又一遍地走向那幢大楼。她潜意识里知道自己有什么重要的事情要做，要去阻止一个跳楼的人，可是怎么走都走不到地方。她丢掉伞，抬起头，看向天空，天空不透光，青黑一片；她看不到顶，也看不到楼上有没有那个人。

她很难过，在雨雾里疯狂地大吼大叫，像疯子一样，痛心的感觉十分真实，吓醒过来后，脑门儿都是汗！

这什么狗梦！身体疲惫，又睡不着，于休休打着哈欠下楼，把客厅里的于家三口吓了一跳。

“乖女儿，你昨晚干什么去了？”苗芮拉着她，看她的眼睛。

“看电影啊！”于休休趿着拖鞋找吃的。

于大壮和苗芮对视一眼，心疼不已：“你这孩子就是心软，随便看个什么电影、电视剧都哭，看把你眼睛肿的……李妈，拿个冰袋给休休。”

李妈哎了一声。

于家洲窝在沙发上玩游戏，闻言抬头看了一眼他姐：“电影……怕是不想背这个锅。”

苗芮转头问：“你说什么？”

于家洲坏笑：“我啥也没说，就是昨晚游戏玩得晚，看到我姐做贼一样，满脸通红地跑回来……”

于休休回头瞪了于家洲一眼：“你胡说八道什么？”

于家洲做了个鬼脸：“我什么都没说啊，你心虚什么？”

于休休的脸瞬间臊红。昨天晚上发生的事，像做梦一样。他的呼吸，他的眼神，他的责怪，他的声音，在她心里烙出了痕迹。

为了躲避父母的“三堂会审”，于休休吃过早饭，以最快的速度蹿到公司。

装修行业和事业单位不同，周末正是热闹的时候。于休休坐下来，正准备去冲咖啡，就接到了夏琪的电话。多方比较，夏琪选择了大禹，但是她性子很急，一再表示希望能尽快施工，尽快完工。

于休休说：“合同签好，确认了方案，我们就可以开工了，速度很快的。”

夏琪道：“那今天你在公司吧？我来签合同，你看好不好？”

客户最大，哪能不好？于休休准备好了合同和方案，等了不到一个小时，夏琪就来了。她带着一个不到三个月的孩子，还有一个年纪和她差不多大的年轻男人。

一家三口坐在大厅里。于休休走过去，笑着问：“我们有柠檬水、菊花茶和咖啡，你们喝什么？”

夏琪道："咖啡——"

"哺乳期喝什么咖啡？"男的不等她说完，就剜了她一眼，不高兴地抢过话，"给她来杯白开水。"

于休休道："好的。"她转头让接待小妹去准备，然后把电脑放在桌子上打开，"我们先看看方案，你们要是没什么改动，咱们就把合同签了，下周就可以开工。"

夏琪道："下周这么久，不能快一点儿吗？"

今天是周日，于休休猜到她理解错了，以为是隔一周。她正想解释，那男的就不耐烦地顶了过去："你说话能不能带点儿脑子？"

于休休："……"

夏琪抿了抿嘴巴，轻轻推他一把："人家记错了嘛，你凶什么凶？"

男的看她一眼，抬起下巴："快点儿看方案，我一会儿还有事。"

夏琪嗯一声，伸过头来看于休休的电脑。

不知道为什么，短短几句话的互动，让于休休对自己之前的判断产生了怀疑。夏琪嘴里那个爱她宠她的老公，就是这样子的？她的幸福规划里，这个男人占了很大的比重，可是这个男人的眼睛里有她吗？

签完合同，确定好方案，去展厅选好主材，已经十二点多了。于休休本想请他们在食堂就餐，但是夏琪忘了带孩子的奶瓶，在男人的责怪声里匆匆离开了。

于休休把他们送到电梯口，回来就听到谢米乐吐槽："日常恐婚恐恋。有这么个老公，我宁愿单身，亏她之前还那么吹。这人设，崩得好快。"

于休休看她一眼，没吭声。韩惠突然开口："也不是呀，不是每个男人都这样的。好的男人还是很多的。"

"哇！"谢米乐一秒扭头，"韩惠，你是不是……有情况了？"

前阵子还天天说渣男如何如何，恨不得把天下男人都杀尽，怎么突然就转了风向？于休休瞎凑热闹："惠惠，快说快说，是哪个帅哥？"

"无聊。我就那么一说，看把你俩激动的。"韩惠眼神飘开，"反正也不能一棍子打死一船人吧。渣男头上又没写个'渣'字，哪里看得透。”

渣男头上又没写个“渣”字……

可于休休觉得自己脑门儿上就是写了个“渣”字。

昨晚她轻薄了小哥哥，人家刚表示要收拾她，她就……脚底抹油跑了，就那么跑了。

太不负责任了。

再怎么也得表示一下，是不是？

回到座位上，咖啡已经冷了。于休休摩挲半天手机，给霍仲南发消息。

“那个电影你喜欢吗？”

过了很久都没有收到他的回复。

两个人确认兄妹关系以来，这是于休休等得最久的一次回答。

第二天清晨，于休休从被窝里爬出来才看到他的回复，是昨夜凌晨3点发的，短短两个字：“喜欢。”

喜欢？他说喜欢！于休休激动得差点儿当场去世。她拿着手机，横看，竖看，躺着看，侧着看，一边看，一边笑，嘴都合不拢。

“我也喜欢。”于休休臊着脸发消息，“你不介意我下次还请你看电影吧？”

霍仲南：“下次我请你。”

“哇！”于休休抱着手机又是一阵狂笑，这种怦然心动的感觉，如同初恋。不，本来就是初恋，打死她都不会承认唐绪宁——那个人已经死了，火化了，渣都不剩了。

于休休咧着嘴：“我昨天那样做……你生气了吗？”

“没有。”

“真的？你不在意？”

“小孩子不懂事。我在意什么？”

谁是小孩子？她是一腔热血的成年少女好不好？

于休休：“我不小。”

“二十出头的黄毛丫头，还说不是小孩子？不许再有下次。知道了？”

唉！看来他这个“喜欢”是深思熟虑后，因为害怕伤害她，不得不违心说出来的。好在，那个唐突的吻没有让他讨厌自己。

不讨厌就是喜欢。只要她肯再往前走一步，下次就有机会了。

“那我们改天再约火锅？”

霍仲南看着屏幕，使劲压下心里的躁意，将腰上的浴巾扯下来，长舒一口气，慢吞吞地敲出一个字：

“好。”

于休休这两天的状态很不对，莫名其妙地笑，莫名其妙地出神，有时候身体很疲惫，精神却格外亢奋。她认真地把这些反应向谢米乐和韩惠说了，结果换来她俩一顿嘲讽：

“恋爱综合征。没治了你！”

“一定是和小哥哥有情况了。说，到哪一步了？”

看她俩调侃，于休休的耳根莫名发热，虽然那个蜻蜓点水的吻是她凭一己之力得来的，但她总是忍不住回忆，每次回忆就脸红心跳。她和唐绪宁恋爱过，但没有过这种失控的感觉。而她和钟南还没有恋爱，但这种心心念念、魂不守舍的感觉，让她恍恍惚惚地觉得真的像恋爱。

好，那她就当是恋爱了吧。想通了，于休休的世界就亮开了，她整天眉开眼笑，一言不合就在设计部发红包，吓得设计部的小伙伴们瑟瑟发抖。

这姑娘……怕是又要作妖了？果然，红包收到手软是要付出代价的。好端端一个软萌软萌的妹子，突然接管了工作室的事务，变成了工作狂。

大禹装修刚成立不久，好多规矩还没有立起来，大家都松松散散的，已经习惯了。于休休刚进来的时候，常和大家嘻嘻哈哈，一副没心没肺的样子，可是她把地盘混熟了之后，居然是第一个要给他们立规矩的人。安排学习，安排任务，工作态度，工作规划，工作安排……条条款款，林林总总。

设计部的人如坠魔窟。

“这不是我们的大小姐！我拒绝承认。”

“兄弟姐妹们，大小姐是不是被什么奇怪的东西附体了？”

“还我休休，还我休休，你个魔鬼，请你把我们温柔善良的休休小可爱还回来！”

“哭哭，休休不在的每一天都想休休，想得千疮百孔，要一万个这么大的红包才能治好。”

“快！发红包把那东西招出来，远离我休休，恢复设计部光明。”

于休休看到群里的调侃，果断地发了一个大红包：“干活儿！”

“呜呜呜！这是一个没有灵魂的红包。”

“干活儿干活儿，大家都干活儿吧。没有什么是一个红包解决不了的。如果有，那就再发一个。”

于休休看着这群人，忍不住笑。

爸爸最近太忙，装修这边的事情他没有精力顾及，她得把摊子撑起来，守好爸爸的钱，以后才能继续啃老。

以前她和大家笑笑闹闹，是因为公司情况好，无所谓。现在寒冬状态，如果公司想往长远发展，没有规矩就成不了方圆。该狠心的时候就得狠。

连续忙碌一周，设计部的工作差不多理顺了，于休休手底下的几个项目进展也都很顺利。

“城市之春”复工的第二天，夏琪的项目也开工了。开工当日，是于休休和韩惠两个人去的。当着夏琪夫妻的面儿，于休休把这个项目交给了韩惠，让夏琪以后有问题就和韩惠联系。

这个单子很小，一开始她上心，是因为被夏琪塑造的家庭人设感动了。而现在，她看到夏琪的那个颐指气使的老公就烦，不愿意掺和他们家的破事。可是，她把事情想得太简单了。夏琪加了韩惠好友，但大事小事，还是愿意找于休休。她的口头禅是“你让我签了合同，你不能不管我”，于休休被她磨了三天，都快没脾气了，和钟南的火锅也没约上。

于休休快上火了，没想到，霍仲南会突然邀请她去看话剧。正如霍仲南没有去过电影院一样，于休休从来没有看过话剧，甚至一度觉得这种高雅艺术不适合自己。

“我觉得我只配抱着 iPad 刷狗血电视连续剧，只要出现过的男人都爱女主角，全世界都爱女主角，女主角艳压力压智商压，压压压……压倒一切。”

霍仲南：“……”

现在的女孩子都想的什么？

于休休瞅他脸色，眼珠子一转，笑吟吟地问：“要是我看不懂怎么办？”

“我告诉你。”

“要是我的智商限制了我对话剧艺术的理解怎么办？”

“我告诉你。”

于休休叹息一声，突然压低声音：“可是我情商这么低，人家喜欢我，我都不知道；人家轻薄了我，我还装着什么都没有发生过一样……我这么欠收拾的一个人，哪儿能理解这些东西呢？”

霍仲南：“……”

片刻，他认命般叹息：“怎么又作起来了？”

于休休扬扬眉：“因为我欠收拾呀。因为有人说要收拾我呀。”

霍仲南身子一僵，看她片刻，突然抬手，在她的脑袋上揉了揉，像揉什么猫猫狗狗一样：“你别作妖，我就不收拾你。”

“喂，头发，头发，乱了！”

于休休气咻咻的，踮起脚就想去打他的头。可惜，他太高，只要往后仰，她就够不着。

“别闹！”霍仲南穿着长款大衣，没有系扣，双腿挺直修长，于休休猴子似的跳了半天也碰不到他的脑袋。

突然，也不知是哪根筋搭错了，她竟朝他腿上踢了一脚。

踢完，两个人都愣住了。

“呃。”于休休飞快地去拍他的腿，“对不起对不起，我不是有意的，这次真不是有意的。”

“还说不是小孩子？”霍仲南皱着眉头。

“我这只脚可能是疯了，居然成了精，学会自己踢人了。呵呵呵，回去我就剁了它。”

“成了精？”霍仲南似在咀嚼这句话，看她的眼神变得有些复杂，“嗯，你就是妖精。”

于休休一脸羞愧，恨不得把脑袋塞进地缝里，眼皮都不敢抬，更不敢看霍仲南的表情。这打架爱踢人的臭毛病，她已经好久没犯了，今儿自己怎么又犯起浑来？她撇撇嘴，把手指伸到霍仲南的面前。

“让你咬一口，扯平。”

霍仲南嘴角一抽，背着光的脸看不出神色，但嘴却抿出了一条直线：“咬你？”他压低的声音性感悦耳，于休休的耳膜受到暴击，脸颊火烧一样烫起来，手背却抬得更高，她说：“咬吧。”

霍仲南皱皱眉，看着她红透的俏脸儿，慢慢地低下头，盯住她，眼眸中浮出一抹若有似无的笑意，高大的身躯在她的脸上投下一片阴影：“小朋友，你几岁？”

于休休飞快地收回手：“给你机会了，你自己不咬的啊！我不欠你了。”

两个人都处于颜值巅峰，在人群里的互动十分抢眼。进场的观众很多，一边走过，一边忍不住投来暧昧的目光。

“这一对，好般配。”

“小哥哥好帅。天啊，我沦陷了，想问问他还缺不缺女朋友……”

“醒醒！那小姐姐会踢人，你的小命它不贵重吗？”

几个女生笑着走过去，于休休无地自容，耷拉着脑袋假装听不到。霍仲南好笑地看着她：“走吧，检票了。”

于休休：“哦。”

蔫蔫地往前走两步，她又咕哝：“你肯定是生气了。”

霍仲南停下，胳膊微屈，看着她。于休休瞪大眼睛，看看他的脸，再看看伸到面前的胳膊，不知所措：“你的意思是，我可以……挽着你？”

霍仲南道：“人多，怕你走丢。”

“不会啊，我都这么大的人了，怎么可能走丢？”于休休哈哈大笑。不等笑声落下，她突然反应过来，扑上去就挽住他：“对对对，刚想起来，我路盲路痴，一年走丢无数次，我父母到现在还能拥有我，全靠别人善良加警察给力。真的真的，我太容易走丢了我。”

霍仲南看她一眼。她灿烂地笑着，嘴都快咧到耳根了，还说得一本正经。他们走后，一个女生举起手机：“我拍到了！你们快看，帅不帅，美不美？我决定了，我要做他们的 CP（情侣）粉。”

照片的拍摄角度很好，女的仰着头，举起手指，像在可怜巴巴地讨宠爱；男的低头看着她，阴影下，眉眼间藏着温柔。

“绝美！这是什么神仙 CP！”

“好看的小哥哥小姐姐，为什么都是别人家的？这个世界对我不公。”

“你错了。就是为了公平，老天才让他们在一起。我要有一个这样的小哥哥，怕是活不过三天。所以，这神仙眷侣的一对，还是别来祸害我们凡人了。”

“咦，我居然觉得很有道理。”

于休休挽着霍仲南的胳膊检票进去，雀跃的心差一点儿从嗓子眼儿里蹦出来。她不明白霍仲南为什么会突然改变态度。看话剧的他，和那天看电影的他，完全是两副样子。

高雅艺术带来的情感体验？还是说，她终于感动了木头、感动了冰山、感动了天地，他爱上她了？

于休休和霍仲南坐下来，话剧还没有开始。

她瞥一眼霍仲南的侧脸：“你……为什么突然对我这么好？”

霍仲南皱皱眉：“好吗？”

于休休点头。

霍仲南牵牵唇：“你的要求就这么低？”

于休休觉得他今天对自己的态度十分奇怪，像换了个人似的：“你是被什么奇怪的东西上身了吗？”

霍仲南道：“妖精上身。”

于休休刚想张嘴说话，闻言差点儿咬到舌头：“哪来的妖精？”

霍仲南道：“梦里的妖精。”

什么？于休休惊住，鸡皮疙瘩都起来了：“你找到她了？”

霍仲南点头，看着她："找到了。"

于休休心脏跳得突突的。她想问清楚，他和那个女孩儿是不是已经确定了关系。如果是，那抱歉哦钟先生，兄妹怕是做不成了……

"钟南——"于休休清了清嗓子。

手机响了。

电话是韩惠打来的，于休休接起来就听到一声哭啼。

"休休，救我。"

韩惠在一个酒店里，离夏琪家的工地不远。酒店在小区外面的一个巷子里，招牌都没有挂明白，灯箱上的字，好多笔画已经不亮了，一看就不是什么好地方。

于休休在前台说找人，那小姐姐看她一眼，压根儿不管不问，就让他们上了楼。韩惠在三楼312，于休休走到门口，回头看一眼默默跟随的霍仲南："你在这儿等我一下。"

霍仲南面无表情，嗯了一声。于休休敲门，很快，门被拉开了，韩惠缩着身子，衣服凌乱地站在门后，不敢看她的眼睛，整个人瑟瑟发抖。

"是谁？"

韩惠慢慢地把胳膊伸出来，手臂上有细微的瘀青痕迹，眼睛哭得红肿不堪。她颤抖着身子声音说："是……冯子强。"

"冯子强是谁啊？"

"夏琪的老公。"

于休休的脑子嗡了一声，看着她苍白的脸："报警吧？"

说着，她就要拿手机打110，没想到韩惠扑过来拽住了她的手腕："不要，休休不要。"

"你怎么这么傻，为什么要跟他来这里？"

"我是被骗的。"韩惠哽咽，"他说有个朋友要装房子，那朋友这两天就住在这个酒店里……他约我见面谈，我就来了。"

咚！门口突然传来吵嚷声，有人重重地撞在门上。

"你让开，我要撕了那个小贱货的脸，她敢勾引我的男人，呵！

这是欺负谁呢？”夏琪的声音高亢而尖细，似是气到极点。于休休生怕钟南吃亏，飞快地冲过去拉开门。

夏琪和她老公冯子强都来了，一个在哭着骂人，一个缩着脖子靠在墙上，抚着胳膊。刚才被撞在门上的人，就是冯子强。霍仲南比他高了半个头，气势上的威压十分明显，冯子强不太敢直视他的眼睛。

“琪琪，我们走吧。别闹了，回家再说，好吗？”

“回家说什么？我告诉你，今天这事没完。我是请她帮我装房子的，不是让她来勾引我男人的。”

夏琪撒泼不讲理的样子于休休第一次见。她甚至觉得，如果夏琪早些这么凶悍，冯子强可能就不敢用那样的态度对待她了。

“夏女士。”于休休走出去，把门拉上，和霍仲南交换个眼神，说，“你老公做了什么事，你心里没数吗？还敢上门？行，来得正好，我刚准备报警。”

“报警？”夏琪似乎意识到什么，愣了足有两秒，又拔高了声音，“不可能。我老公我还不了解吗？他爱我，他爱的只有我，不可能做这种事。”

“不要吵，我们报警。”于休休拉着脸拿出手机。

“不要！”韩惠突然拉开门，“不要报警，休休，我不要。我就当……就当被狗咬了！”

与人争执是件很累的事，尤其是和泼妇渣男。夏琪死活都要捂紧最后一层遮羞布，认定老公没有做对不起她的事。

幸好韩惠和冯子强没有发生什么只是受到了惊吓。大家不欢而散，韩惠又坚持不肯报警，结果只能吃个哑巴亏。于休休扶着韩惠下楼的时候，气没消，肚子还吵饿了。

两个人站在路边，默默无语，不知道能说什么。霍仲南去把车开过来，停在她们面前。车窗打开，霍仲南面无表情地说：“上车。”

于休休把韩惠扶坐到后座，刚要钻进去。

“前面来。”霍仲南看着后视镜，侧脸有点儿严肃。

于休休捏了捏韩惠的肩膀，坐到副驾驶座上。霍仲南俯身为她系好安全带，顺手将一个盒子递给她。

“吃吧。”

于休休看着包装精美的盒子：“啊？”

“不是饿吗？”他侧目。

“你咋知道的？”不仅饿，还累。

“哈喇子都流出来了。”

于休休羞愧得无地自容。她饿了的样子有那么猥琐吗？盒子里隐隐飘出香味儿，她来不及跟他计较，打开一看，是一个诱惑她味蕾的提拉米苏：“你是想把我喂胖吗？”

她原是随口一说，没想到他认真地点了点头：“你太瘦！”

于休休说：“幸好我吃不胖，要不然我就被你毁了。”她咕哝一句，余光扫到霍仲南嘴角的笑意，挖了一勺子，正准备塞入嘴里，想起后面的韩惠来，回头递给韩惠，“惠惠你饿不饿？吃点儿？”

韩惠摇头：“你吃。”

这点儿眼力见儿她还是有的。而且这个时候，她实在没有心情、没有胃口吃东西。嘴上说当成被狗咬一口，可心里的恶心和疼痛，不是被狗咬那么轻松的。

她安静地坐着，看于休休吃东西，空气里的甜香让她更加难受。有时候她会忍不住地想，这个世界对她是不是太不公平？为什么她那么认真、那么努力，活得还那么累，而休休从来都不用努力，却有一堆人哄着宠着，要什么就有什么？

韩惠把头偏向了车窗外。车水马龙，人来人往，这座城市灯火辉煌，可她心中却一片荒芜。

于休休注意到了韩惠的反应。她没有经验，不知道朋友遇上这种事，自己该怎么劝解。如果不是怕惠惠不开心，她肯定要报警。但她不能代替惠惠做决定。在这种时候，她又不愿意说一堆不痛不痒的话。那样安慰不到她，只会往她的伤口上撒盐。

于休休认为自己能做的，就是用快乐去感染她，让她热爱生活。

于家。

苗芮亲自熬了汤，于大壮和于家洲今晚也在家，等于休休带着韩惠回去，家里就有热腾腾的夜宵可以吃了。苗芮宠女儿，可休休最近常不在家，她孤独寂寞冷，忍不住说两句老母亲的酸话：“这是我特地给你爸爸熬的汤，喝吧，便宜你了。”

于休休笑得合不拢嘴：“知道你心疼我。”

苗芮冷哼，于大壮嘿嘿直乐：“我终于拥有夜宵的署名权了。”

于家洲问：“什么时候轮到我？”

“没你什么事！”苗芮看了于家洲一眼，又笑盈盈地望着韩惠，“惠惠，你喝呀。别拿自己当外人，平常想吃什么就跟阿姨说。我让李妈去买。”

韩惠勉强地笑了笑：“谢谢阿姨，我……不太饿。”

“不饿也要喝一点儿呀。”苗芮佯嗔，说完，又起身去拿勺子，盛了一勺，轻轻吹凉，喂到韩惠的嘴边，“来，张嘴，尝尝阿姨的手艺。”

苗芮像哄孩子似的，温暖的感觉让韩惠立马红了眼睛。她垂眸，喝下：“谢谢阿姨，好喝。”

“再来一点儿。”苗芮很开心，“这是滋润养颜的汤，可以美容的呢，常常喝皮肤会变好哟。放心吧，不会发胖，女孩子可以经常喝的……”

“噗——”于大壮一口汤差点儿喷出来。

“媳妇儿？”他委屈地看着苗芮，“说好是专门为我熬的呢？”

“哈哈哈！”于家洲不厚道地狂笑，“爸爸，妈妈是嫌你太丑了，让你滋养滋养皮肤，这都不懂吗？”

苗芮道：“胡说八道！你爸爸皮肤是差了点儿，哪里丑了？更何况，他还傻嘛，这也是优点。”

于大壮道：“难道我的优点不是衬托了你的美丽和聪慧？”

于休休听不下去了，把碗放在桌子上，笑着抹嘴巴：“老于要不是被我妈收了，放归社会肯定是个大猪蹄子，这么会哄女人。哼！”

“老子白疼你了。”

一家子说说笑笑，其乐融融。韩惠低头喝汤，喝着喝着，泪珠子啪啪往下掉，全落在了汤碗里。

笑声戛然而止。苗芮惊住，赶紧拿纸巾给她擦眼泪：“哎哟，这是怎么了？想家了是不是？”

韩惠再也抑制不住，捂住脸，失声痛哭。

南院。

夜已经深了，霍仲南还没有睡，一个人坐在窗边的沙发里，手上拿着一张人物侧脸画像，在阴影中深思，眸色难懂。

不知过了多久，他站起来找烟盒，抽出一支，点燃，刚想送到嘴边，又忍住。这个躁动的状态，再抽烟，晚上就真的不用睡了。他叹口气，把烟摁灭在烟灰缸里，定了定神，给吴梁打电话：“她的正面画好了吗？”

吴梁打个哈欠：“快了，明天早上给你。”

“现在。”

好的，大爷，大佬，大魔王。

吴梁在三十分钟后传来了一幅画。一个动漫人物，除了能看出是个女人，别说长相，连五官都看不清。最可气的是，这张画里的动漫女主身材火辣不说，家里还穷得没有衣服穿。

“吴梁！”

霍仲南刚骂过去，吴梁就撤回了消息：“发错了，发错了。这一张才是。”紧跟着，一张图片发过来。

女孩儿长睫毛，小翘鼻，桃花眼，眼尾上翘，含情脉脉，甜美的笑容中略带调皮，脸蛋水灵灵的，让人很想掐一把。

霍仲南看着这张心理画像，深深叹气。

真的是她吗？

韩惠的事，对于休休是有影响的。夏琪那个项目，韩惠肯定不适合再接手，她换了一个人去，夏琪却嫌弃人家长得太漂亮，于休休不得已又换了个男同事。没想到，夏琪就消停了一天，又来找她闹，要求大禹装修在主材上降低一些费用，还威胁说要把事情闹开闹大，说他们装修公司不要脸，让设计师勾引客户签合同，给她设装修陷阱……

人不要脸，鬼都害怕。于休休让她解约，她不同意，一副吃定了她的样子。为了韩惠，于休休打落了牙齿往肚子里咽——给缪延打电话，说自己被讹诈了。

最后，缪延出面调解后事情才解决。

相比这些小项目，“城市之春”的进展倒是挺快的，丁跃进自从被吴梁“治愈”，不酗酒了，也不允许丁曲枫找于休休的麻烦，不论吴桐这边有什么要求，他都尽力配合，施工进行得比毕红叶在的时候还要顺利。

另外，丁跃进还派人送来了毕红叶赠送给于休休的珍藏画作。于休休冷不丁得了这么一笔财富，有点儿慌。为了保护好这些宝贝，她花了些心思购买专用的器材，又一件件地拿出来请专人打理好，再进行存放。

等她腾出手，想起请钟南吃火锅的事情，已经是一周后。发消息时，于休休有点儿心虚：“我猜到你最近比较忙，就没约你。这周末去吃，怎样？”

霍仲南：“是你比较忙。”

咦，这语气有点儿小哀怨呀。

于休休闷笑：“那就明天吧？”

“嗯。”霍仲南说，“我发地址给你。”

以前吃火锅都是于休休找地方，现在这货终于懂得自己寻找美食了吗？于休休心安理得地让他去操心。第二天下班，她自己导航开车就过去了。

火锅店的环境十分幽静。于休休走进去，甚至有点儿怀疑，在这里开店有没有客人上门。不过，她能肯定，这是钟南喜欢的调调。

不同于一般的火锅店，老远就闻到香料的味道，这里的环境干净清雅，院有回廊、假山、溪池，白色的轻纱帘随风飘动，独立的包间里，焚着香，煮着茶，浪漫又温馨。

这操作有点儿怪！又不太像钟南的风格了。

他不是浪漫的人，她也不是他浪漫的对象……

于休休狐疑地走进去，霍仲南坐在房间的沙发上等她。

四目相对的一瞬间，于休休就察觉到，这哥哥今天的眼神有点儿不对劲，就好像……要吃了她？

“嗨！”

于休休有点儿㞞，像个小狗狗似的慢慢蹭过去，把一罐从老爸的库存里拿出来的茶叶奉上，又狗腿似的笑：“谁惹到你了吗？”

“你。”霍仲南回答得一本正经。

于休休吓一跳：“我？不可能不可能，我这种人间小可爱，是不可能惹人的。”说完，她故意羞羞地一笑，装成小可爱去哄他，“大魔王哥哥，来笑一个嘛，要把嘴角扯到耳朵根那种。”

霍仲南：“……”

他忍不住勾唇：“就数你皮。”

“笑了，笑了，你笑了。”于休休像发现了新大陆，手指着他，夸张地笑几声，又开始撒欢儿，“我就知道，你是不可能生我气的。说吧，是哪个不开眼的家伙惹到你了，我明天就帮你收拾他！”

“渣老头儿是不是？”于休休想到盛天的老板，有一点儿泄气，把桌子上的小零食往嘴里塞了一个，“你说我要装多少套房子才能做到财压盛天，然后冲到你们公司，把你那个渣老板拉出来暴打一顿，再让他老老实实、详详细细地给我讲解一下，到底是金发美女好，还是黑发美女好？”

“喀喀喀……”霍仲南呛得咳嗽起来。

于休休丢下零食：“怎么了怎么了？你着什么急啊？来，喝点儿水。”

霍仲南摆摆手，按铃让服务员进来点菜。于休休托着腮，观察认真点菜的钟南小哥哥，一脸痴痴的迷妹笑——

他穿了件长袖衬衣，袖子没有扣上，微微挽高了些，露出一截手腕，腕上戴的那块手表承载了正品的力量，把他衬得气质高贵清冷。衬衣领口也敞开着，脖子修长有力，两块性感的锁骨，让他俊美的样子既荷尔蒙四溢，又柔和可亲。

柔和？这不像冰山美男呀。于休休确定，这家伙可能中邪了！她挪了挪，靠他近了些，眼睛飞快地瞄他。往常她这样，他会皱眉，或者不动声色地拉开距离。今天他不仅没有躲开，还偏头看她一眼，那目光……一言难尽。

于休休傻了。天啊！这个眼神好宠。她整个人都热起来，恍惚一下，大着胆子把脑袋伸过去和他一起看菜单。

“我喜欢吃这个……”

她指过去，发现已经勾上了。

“还有这个……”

她又指，结果也勾上了。

一连看了好几个她爱吃的菜，都已经被他打了勾。于休休愕然地望着他，眨眼睛，再眨眼睛。霍仲南说：“知道你爱吃。”

于休休拼命夸他：“长得好看又会点菜，真是个神仙小哥哥啊！”

两个人的互动十分有爱，满屋粉红泡泡，服务员忍不住抿嘴偷笑：“你们真恩爱。”

啊啊啊，恩爱？于休休脸热了。小姐姐好会说话，往后一定要经常来光顾她家。她轻咳一声，想要否认，不料霍仲南把菜单放到她的面前，出声打断了她：“你再看看，还有什么要吃的？”

于休休拿着笔，瞄他一眼。没有表情，这哥哥藏得深，她看不懂。于休休叹口气，蹙着眉头翻了一下菜单，摇头：“没了。我喜欢吃的你都点了。不过，全是我爱吃的，你吃什么呢？”

霍仲南说：“你喜欢的，我都可以。”

“呵呵，呵呵……”于休休发出一串尴尬而不失礼貌的笑声，大概是心里太过雀跃，或者说幸福来得太突然，她居然找不到话说，心里慌，“哥，你是不是发奖金了？”

霍仲南一怔：“比奖金好。”

呃，于休休又㞞了：“是因为找着她了吗？”

霍仲南看她：“大概是。”

于休休心里一沉，耳朵嗡嗡作响。她尴尬地收回贴着他的胳膊，看着他英俊的面孔，吸了吸鼻子，被一种说不清道不明的情绪左右着，眼底的光芒变得有些黯淡：“钟南。”

她唤他的名字。

“怎么了？”霍仲南看着她突然变色的脸，“不想吃火锅？”

于休休沉默了。她没有马上回答，脑子有点儿乱。如果霍仲南找到了那个她，那么依他的性格，必然是两个人已经有了感情，他才会变得这么开心。所以，他现在陪她吃火锅，她自以为是的宠爱，只不过是哥哥对妹妹的关心而已。

这是她要的吗？她的心思从来没有纯粹过。她的目的从来不是兄妹之情。所以，她觉得自己不配吃这顿火锅。他已经有了女朋友，她就再也不能以妹妹的身份待在他的身边了。一边称兄道妹，一边觊觎人家的美色，这么做太不道德。

“我突然有点儿不舒服。”于休休低下头，迅速拿起自己的包，“钟南，我想回家。火锅不吃了。”说完，她大步冲出房间，速度极快。

因为她可耻地发现，她的内心甚至会期待，期待他来挽留。恐惧感陡然上升，她的脚步越来越快。

“于休休！”霍仲南跟出来。

他在门口喊了一声，看她没有回头，心脏不由一紧。

吓到她了？是他太急切了。他的那个梦，她没有参与，她不知情。霍仲南眉头皱起，大步冲过去，将快要走出庭院的于休休一把拽住。

“不要生气。”他说，声音带着磁性的沙哑，没有一贯的冷漠，只有急切，“我做得不好，我道歉……”

道什么歉？感情的事又不能勉强。于休休抿了抿嘴，不太敢看他的眼睛：“你没有错，错的是我。以前是我不自重，以后，我改。”

霍仲南蹙眉：“那你为什么生气？”

这么明显，他都看不出来吗？于休休咬了咬唇角，看他沉默，索性狠下心，把他的手扳开：“钟南，我不缺哥哥，需要的也从来不是哥哥。往后我们就不要再联系了吧。你自己好好的，钟霖说你睡眠不好，现在你找到她了，应该会慢慢好起来。然后你……多多吃饭，注意加衣，反正，你就好好地跟她在一起吧。你那么好看，不要谈个恋爱就把自己变成油腻大叔。”她语无伦次，不知道自己在说什么，然后反应过来，又觉得自己操心太多。

“我走了！”于休休想要快一点儿逃离这个令人窒息的男人，要不然，她怕自己会忍不住抱住他，不要脸地蹭上去。可是这次，霍仲南没给她机会。

“你是不是傻？”他喟叹，一把将她抓回来，困在胸前，低下头，轻声哄她，“进去，边吃边说。”

“我不要。”于休休慌乱地挣扎，急得快要掉眼泪了，“你放开我。我都说了，我不缺哥哥。”

“我缺。”霍仲南从来没有哄过女人，更不知道这女孩儿内心已经脑补了十万字的故事情节，他丈二和尚摸不着头脑，只能耐着性子，“别耍小脾气。有人在看。嗯？”

“我没有耍小脾气。”

这是大情绪啊！可是，于休休对自己的大情绪，有点儿羞于启齿，更不可能在这个时候向他坦陈感情：“我不想再这样下去了。钟南，我最近太忙，不想多你一个牵挂，多你一个麻烦。”

“我想。”

“不，你不想。”

“我想。”

“你不想。”

霍仲南发现有人在看热闹，脑门儿突突地跳，再顾不得小姑娘的脾气了。他手腕用力，想拽她回包间。可是，于休休和大多数的小姑娘不一样，她力气大，挣扎起来十分要命。

“作！”霍仲南无奈。实在没办法，他伸手环住她的腰，一个公主抱就将她搂了起来，大步往回走。

“看你怎么作！”

砰！门一关。世界只剩他们两个人。

霍仲南把于休休放坐在沙发上。两个人，大眼瞪小眼。于休休把嘴噘得老高，像个受了气的小可怜，只看她一秒，霍仲南就破了功：“你在作什么幺蛾子？”

“我谢谢你啊！”于休休抚着被他捏痛的手腕，“谁在作？你都有女朋友了，以后让她来陪你吃火锅啊，有没有妹妹有什么关系？”

霍仲南身体一僵：“有没有妹妹是没有关系。”

于休休心里一疼，又听到他说：“但没有你，就没有我了。”她不解地抬高下巴，盯住他的眼：“你在说什么呀？”

霍仲南冷眼微眯，面孔严肃冷峻，不像在开玩笑，甚至都不像在哄她，而是在说一个事实：“需要我再重复？”

脸这么黑，还重复什么呀。于休休怔忡几秒：“我对你，有这么重要吗？”

他没有说话，慢慢弯腰，大手在她脑袋上轻轻顺毛，把刚才被他弄得凌乱不堪的头发归位，叹口气，像哄宠物似的拍了拍她的头。

“很重要。”

不对劲，不对劲，于休休的心脏怦怦乱跳，她睁着大眼睛看他：“钟南你是不是脑子被谁植入了？”

霍仲南脸一黑。

于休休摇头：“不对，看你的样子，好像吃了什么不该吃的东西。”她认真盯着他，“你精神亢奋，眼神灼热，难道是失眠导致的思觉失调？”

霍仲南深吸一口气，再三提醒这是自己的救命恩人，这才没有直接掐死她："你能想点儿我好吗？"

"不！我觉得你得找医生看看。"于休休越发觉得他今天不对劲，"你是不是失恋了？找到了那个女孩儿，可是她不要你？"

霍仲南头好疼。于休休毫无违和感地继承了于家人的奇葩思维和逻辑。他要怎么说得清？他不说话，于休休觉得这是默认，心疼了一秒，马上就帮他想办法："我认识一个心理医生，钟霖介绍的，好像很不错。你要不要找他看看？"

这时，服务员送了热毛巾进来，可算缓解了这丫头的索命十八问。霍仲南沉着脸，把毛巾递给她，一言不发。于休休不客气地朝他摊开手："我两只手都好脏，擦不了。"

霍仲南眼皮一跳，低垂着头，慢慢帮她把手擦干净，顺便揉了一下她的手腕，然后走过去拉开火锅桌的椅子："过来坐！"

于休休盯着他，虽然被照顾得心里美滋滋的，但还是担心他是哪里"串线了"，才会突然对她这么好，有点儿不放心，又继续作："我的腿刚才抽筋了，走不过去。"

她以为他会拉下脸生气，没想到他会走过来，像个兵马俑似的僵着身子，把她抱起来，往椅子上一放，顺便帮她系好餐巾，就是不说话。

于休休整个人都不好了："钟南你在谋杀我，知不知道？"

霍仲南皱眉："嗯？"

"你不知道你这样有多好看多好看多好看吗？"不仅好看，还很有男友力啊，这简直就是于休休看过的那些言情小说里的男主标配啊！

她不行了，呼吸不过来。

"钟南你到底怎么回事？"她拿手指去戳他。霍仲南低下头，看到那一截白皙的指头，小小的，在他手背上戳一下，又迅速收回，趁他不注意，又来戳一下，觉得于休休像个耍赖的孩子。他哭笑不得，一把将它抓在手里。

“火锅不想吃了？”

“吃的啊，怎么不吃？”于休休一本正经，“不仅要吃。吃完了我还得治治你的病。”

霍仲南眉头微沉，眼神凉了凉，又迅速收起情绪，摆手让服务员下去，掩饰地揉了揉额头：“你看出我有病？”

“呃，我开玩笑的。”于休休怕他不开心，一双大眼睛笑得弯起，咧开嘴，露出两排整洁的牙齿，“就算你有病也没关系，我于休休包治百病，专业是治疗脑残。”

于休休趴在桌上，歪着头看他：“能告诉我，你怎么了吗？”

“你看不出我的意思？”他问得太过正经，英俊的脸看上去比平常更为清冷。于休休下意识地紧张：“你不会是想……杀人灭口吧？”

行了，和这丫头根本就没法说。他那些梦和梦里的故事，于她而言只是天方夜谭。霍仲南放弃了并不成熟的幻想，转向那个沸腾的锅底：“我点的鸳鸯锅，没问题吧？”

于休休被带歪了话题：“我知道你不爱吃辣。”

“不是。”霍仲南瞥她一眼，“有点儿上火。”

“上火？”于休休问，“吃药了吗？”

两个人隔着一个锅底，陷入怪异的尴尬。火锅的香味儿飘出来，雾气袅袅，温暖、惬意。于休休深吸一口气，又找回了灵魂。她很爱吃火锅，只要有火锅，话就多，也会变得比较愉快：“你最近睡眠好些了吗？”

霍仲南顿了一下：“好些了。”

于休休又问：“是因为那个女孩子吗？”

霍仲南极淡地牵了牵唇："是。"

火锅雾气里的他，这一笑牵动了于休休的神经，她差点儿咬到舌头，哆嗦一下，喝了口酸奶压惊："钟南你不要再对我放电了。"

"为什么？"

于休休撇嘴："我会中毒。"

霍仲南问："你不是包治百病？"

于休休瞪大眼睛："你不会又要给我买包吧？别别别，我包太多了，都背不完！全拿去给你的相好吧。"

霍仲南沉下脸："我没有。"

于休休做了个鬼脸："不买就不买嘛，干吗这么凶？"

这是个傻子。电影院里那一吻，他以为这丫头会懂得这是什么意思。现在看来，她脑子就是缺根弦。他如果有相好，会在这里磨叽？

霍仲南沉默，不搭理她了。

空气里飘浮着火锅的香味儿，于休休看他不高兴，自己伸手去拿菜。他看了一眼，想去帮她拿，不小心就碰到了手。四目相对，气氛变得暧昧。于休休尴尬地缩手，又不小心碰到了滚烫的锅边。

"咝！"她惊呼。

霍仲南一把抓住她的手："我看看。"

"不用。"

"看看。"

"没事啦，已经不痛了。"

"你烫到了。"

"我皮厚……"

他黑着脸要看，于休休不让，两个人奇怪地拉扯着，不知道在争个什么劲，直到霍仲南的手机响起。

"霍先生，你在哪里？"钟霖的声音从电话里传来，隐隐带着笑。

霍仲南看了于休休一眼，放开她的手："怎么了？"

"你火了。你火了啊！你和于休休成了网红CP。"钟霖大声地笑。

霍仲南皱皱眉："说清楚。"

"看到我给你发的信息了吗？"

"在吃火锅，没看。"

"……你们又去吃火锅了？"

钟霖好受伤，感觉自己这个助理越来越没有存在感了，不知道老板的行程，也没法跟着老板去蹭吃蹭喝，最近生活费用好像都在直线飙高。

霍仲南没回答他，挂了电话，看信息。

那是几张截图，全部来自网上。有网友偷拍了他和于休休在话剧艺术中心的合影和一个小视频，然后传到网上，帖子迅速被转载，走红。

"太甜了！"

"太甜了啊妈妈！"

"好美的爱情！"

无数人被小视频里的互动感动。一个叫"寻找最美CP"的话题还上了热搜。还有网友建议经纪公司把这两个人挖出来，甚至还有热心网友给他们的组合取了个名字，叫"甜齁CP"。

"怎么了？"于休休看他盯住手机不说话，忘了刚才的紧张，又有了新的紧张，"出什么事了吗？"

"没事。"霍仲南放好手机，按铃叫服务员给于休休拿了一个冰袋进来，又黑着脸叫她，"手伸出来。"

于休休无辜地看着他："干吗？我要用手吃东西呀。"

霍仲南哭笑不得，将一盒酸奶摆在她面前："先喝它。"

于休休丢了个大白眼给他。没有办法，她只能由着他在自己那个并不明显的烫伤上用冰袋滚来滚去："你知道闻着火锅香味儿却吃不了是什么滋味吗？”

霍仲南不理她。

“喂！”于休休叫他。

他放下冰袋，仔细看了看她的手：“可以了，一会儿再观察一下。”

她哪有这么娇气啊？于休休很想告诉他，自己内心其实住了个爷们儿，但是想想，他的爱好大概率是娘们儿，就勉强忍住了。

两个人黏黏糊糊地吃完火锅，也没说出个所以然，于休休有点儿匪夷所思。不过，确认了他还没有女朋友，从他的言行上看，似乎对她有点儿好感，她就不敢大着脸，再得寸进尺了。

第八章
最美 CP

回到家，于大壮和苗芮都在客厅里。她一进门，他俩就齐刷刷地盯住她，然后收起手机。

“怎么了？”于休休奇怪地将包递给李妈，“我又变美了是不是？”

于大壮笑：“美美美。那个……乖女儿啊，你今天还好吧？”

苗芮看他一眼：“问的什么话，咱乖女儿红光满面，一脸春风，这像是不好的样子吗？”她起身搂住于休休，亲自把她送到楼梯口：“乖乖上楼睡觉，早点儿休息。妈也要睡了。”

于休休觉得他们都好奇怪：“这么早就睡？你不看电视？”

“不看不看，我今天吃‘瓜’呢。”苗芮神秘一笑，三两步又回到于大壮的身边，靠在他的身上，两个人刷着一部手机。

于休休就不懂了，什么“瓜”能让父母这么上心？她回到房间，好奇地上网刷了一下，明星八卦，社会新闻，热点时事，没什么特别的事情啊。老爸老妈在兴奋什么？

谢米乐的消息来得及时：“采访一下，做‘最美CP’有什么感觉？”

于休休终于发现，自己就是老爸老妈嘴里的那个“瓜”。她简直不可思议——她不仅上了热搜，还被人扒了皮。有人扒出她的身份，有人扒出她的历史。大家发现，原来她就是那个平白得了一套房和一堆名画的设计师小姐姐，更惊恐的是，老天居然如此偏爱她，不仅有好运，还有一个帅到销魂的男朋友。

“你说气不气？”

“天底下的好事都被她占尽了。”

“我愿用二十斤肉，换小姐姐一次幸运。”

热帖下面，有一个知情网友评论：“如果你们知道她还有一个幸福的家庭，爱她如命的老爸，貌美如花的老妈，帅气逼人的弟弟……不知道又会作何感想。”

“当然是——哭啊！”

“过分过分，这小姐姐运气好到违反自然规律！”

网友们群起暴走，为这个网红设计师取了一个“幸运女神”的绰号。于休休惊奇地发现，那个所谓的“知情网友”就是她帮老妈注册的账号。此时，她已经凭着“知情”二字，收获了几千个粉丝……

怪不得两个人没空理她！她觉得，世界上最可怕的事情，就是父母在吃自己的“瓜”。

“休休，恭喜你啊恭喜你。”谢米乐的消息如同魔鬼在催命，“追哥成功，有什么感受，说说看。”

于休休哭丧着脸：“哪儿有成功啊？这莫名其妙的热搜千万不要被他看到，要不然他会撕了我的，你都不知道，他变得好凶。”

谢米乐好奇：“他怎么凶的？”

“就是……”于休休回忆了一下今晚的相处，脸上慢慢变热，“反正就是很凶啦，我不敢惹他了。”

“哼！你个大猪蹄子。看照片就知道，你俩恋爱了，是不是？”

“真的没有啦，米乐，我恋爱了，不得第一时间告诉你吗？”

“这个我信。主动点儿，这块肉很快就是你的了。”谢米乐嘻嘻哈哈地玩笑几句，突然换了话题，“最近韩惠什么情况，我感觉她有点儿不开心啊！”

韩惠的事，于休休没有告诉别人，即使是谢米乐，她也不能背着韩惠去议论：“大概是工作不顺心？慢慢就好了。”

谢米乐想了想：“那我明天去见客户，把她带去吧。我最近挺忙的，可以把这个客户让给她。”

于休休沉吟一下：“让她休息休息吧，你不是说缺钱买车吗？干吗要让给别人？”

“我不想惠惠那么闲嘛。有时候，心情不好就是闲出来的。你想啊，我们的父母都在身边，有家可归，惠惠只有一个人，她比较需要关心。”

“嗯。”于休休一边和谢米乐语音，一边刷网上的消息。

很快，她发现有一个叫“百晓生爆料君”的微博。对方在“寻找最美 CP”的话题里乱带节奏，爆他们的假料。

“女主是一个建筑商的女儿，她父亲是暴发户起家的。女主没文化，爱炫耀，农村出来的，也就是摆拍的时候好看点儿，真人没什么气质。男主是盛天集团的一个小职员，好像之前负责浮城项目的招商，打工仔。不知道他俩谁先勾搭谁，反正后来大禹拿到了浮城项目（虽然后面又黄了），男主也顺理成章地做了大禹的上门女婿。男主是个没父没母的孤儿，家里一穷二白，这也算是攀上高枝了吧。”

这条回复一开始没有多少人关注，结果被一个女主播捞了出来，借机炒话题。她甚至用调侃的语气说：“不知道暴发户的女儿一个月给小哥哥多少生活费，我愿意出三倍价格。有认识的帮忙牵个线啊，付佣金。”

于休休顺手截图给谢米乐：“看我哥哥这该死的魅力！明明可以靠脸吃饭，他为什么要靠才华？”

谢米乐在那边笑得够呛：“你不生气？”

“生什么气？有人喜欢他是好事啊，证明我的眼光很有社会性。”

她是不是傻？谢米乐笑：“于休休小姐，我提醒你，这男人没拿你的钱，身上没盖你的章，还不属于你。请问，你到底要什么时候才能把人吃到嘴里，入腹为安？”

对哦！于休休从自己的“瓜”中清醒过来：“我已经尽力了呀！吃不到怎么办啊？”

“你就是夙！从他看你的眼神，我就知道他喜欢你了呀，傻姑娘。”

钟霖快要笑死了。

女主播有人气基础，她这一带节奏，好多人都掺和进来，表示要养他们家老板。出于某种暗戳戳的、不怀好意的小心思，他看到某些情节时感觉特别爽，但是不敢截图告诉霍仲南。

没想到，老板会半夜给他发消息：“进来一下。”

钟霖今晚住在南院，听到呼叫，马上推门进去，因为刚才看过老板的八卦，他的头垂得很低：“霍先生。”

霍仲南把手机丢在桌子上：“你看看。”

钟霖瞄一眼就明白了，老板看到了那个女主播的微博，可是，他压根儿就没有想到，老板会去关注这件事。完了完了，他刚才用小号给人家点过赞，不会被老板发现了吧？

霍仲南看他一副如丧考妣的样子，皱了皱眉：“去，处理掉。”

不是说他？钟霖松口气：“好的，霍先生，我马上去办。”说完，他探究般扫一眼老板的面孔，“‘寻找最美 CP’这个话题，要不要一并处理掉？让他们把热搜撤了，话题封了？”

霍仲南敛眉，看他一眼。钟霖脊背微寒，感觉到了杀气，马上严肃表态：“这些人毫无法律意识，未经允许偷拍上传，有些人甚至以此牟利，严重侵犯了肖像权。霍先生，明天我就让法务去处理……”

“不用。”霍仲南翻看好半天了，大概了解一些情况，“几个小姑娘的恶作剧罢了，不用计较。”

钟霖有点儿不懂了：“那话题到底撤，还是不撤？”

霍仲南半合着眼，躺在沙发椅上：“不。”

嗯？钟霖有点儿怀疑自己的耳朵。他不相信这么荒唐的话是从他的老板嘴里说出来的。要知道，霍仲南对私人信息的保密程度堪称变态。这么多年，网络上从来没有出现过一张他的正面照片，也没有人能了解到他的私事……现在，他居然允许这个视频和照片存在，允许一群人吃他和于休休的“瓜”？是老板傻了，还是他的耳朵出问题了？

钟霖试图挣扎一下：“可是霍先生，网上有些话说得很难听，说你是……”后面半句他有点儿说不出口。

没想到，老板居然很平静：“有人养，不好吗？”

钟霖想了想，很好，确实很好，他也想有人养。这一瞬间，钟霖居然觉得这话并没有什么毛病。

于休休这两天很亢奋。她没有告诉钟南“最美CP”的事，怕他看到那些过分的言论会不舒服，但她又不愿意他被人说闲话。所以，她申请了几个小号，上班下班，一有时间就泡在网上，和那些诬蔑钟南吃软饭的人“战斗”。

战斗到什么程度呢？于休休没时间理会钟南。战斗到“最美CP”都有了自己的粉丝团，战斗得忘乎所以。第三天，霍仲南主动给她打电话：“在干什么？”

于休休顺口回答：“玩游戏。”

霍仲南听到她键盘敲得噼里啪啦，但是游戏上的“休休小妖精”并没有在线，只有“南院大魔王”孤苦伶仃一个人。也就是说，她抛下他去玩别的游戏了。

天道好轮回。霍仲南沉默了。

“有事吗？”于休休没有听到他的声音，又问了一句。霍仲南听出她心不在焉，闷了许久：“你那天，是不是吓到了？”

那天？哪天？吓到什么？于休休好半晌没反应过来，又随口敷衍：“没事没事，你长得那么好看，怎么会吓到我？哥哥，你早点儿休息吧，工作忙，照顾好身体。就这样啦，拜拜。”

霍仲南：“……”

这么迫不及待？

他默默挂断电话，而她没有打过来。

霍仲南一个人坐在房间里，看着黑夜里的孤灯，翻出吴梁给的画像，看了许久，最后给于休休发了一条消息，是一个微笑的表情。

于休休没反应。

他发了同样的表情过去。

于休休还没反应。

他又发了一条。

她仍然没有反应。

许久后，于休休终于看到微信，打开看到一连串的微笑表情，手一抖。大半夜的这么笑，是要让人做噩梦的啊！

“你怎么了？”

霍仲南放下叠放的腿，认真打字：“钟霖说，有一家新开的江湖菜馆，叫‘降龙十八掌’，要不要去？”

于休休说：“去啊！”

霍仲南松口气：“周六还是周日？”

于休休想了一下：“周日吧，周六我妈妈生日，去不了。”

这个妈妈是谁，两个人心照不宣。虽然谁也不戳破，但都知道对方知道自己知道，这感觉有一点儿隐秘的羞愧，于休休有点儿不好意思：“那周日我来接你。”

“周六在哪里？”

于休休琢磨一下他这话的意思：“哦，那天会来很多客人。你不喜欢热闹，我就没叫你。”

“我那天闲。”

“闲”是什么意思？“闲”就是快点儿叫我去的意思。可惜，于休休一心在“战斗”上，随口说：“那你好好在家休息，把前面没睡的觉都补回来。”

霍仲南胸口生出一股闷气：“好，晚安。”

二月初一，是苗芮的生日。

于家人十分重视亲情，每个人的生日都是重要日子。他们家会把每个节日过出仪式感。穷的时候，煮一锅面条，一家四口也要唱个生日快乐歌，期待来年更好；现在日子好过了，升级了排场，但内容不会变。于大壮会隆重地为老婆庆生，于休休和于家洲会细心地为母亲准备礼物。

在生日前一周，于休休就精心设计了一个电子请帖，发在“于家村水库人”的大群里，还顺便发了一个大红包。这也是他们多年的习惯，于大壮很重视那一批老乡、老朋友，在申城的，能来的都会邀请，外地的，来不来随缘。

一些人发来了生日祝福。一些人发了祝福，表示那天来不了。还有很多人，默默地拿走红包，不发一言。最近，这个群冷清不少。群主是于大顺，老村长的儿子，他工作忙，很少顾群，以前大多数时候是暴发户于大壮在里面撒钱。

这些日子，于家的工地停了，还有可能面临行政处罚，正在走背运。一开始，三不五时地还有人在群里安慰于大壮，打听消息，时间久了，大家的热情就没了，默认了于大壮家走下坡路的事实。于是，于家接到浮城项目时的高调，变成了大家私底下吐槽的笑料。甚至有人传闻，于家欠了几个亿的外债和银行贷款，公司撑不下去了，现在是打肿脸充胖子，等待接盘侠。

消息甚嚣尘上。

于休休看了看群里拿了红包又潜水的人，问于大壮：“爸爸，这些人是不是害怕我们找他们借钱呀？”

于大壮打个哈哈：“正常正常。”

“有钱亲兄弟，没钱陌生人。”

“不用管别人怎样，做好自己。”

现实的残酷，于休休早就知道。苗芮以前就常常为此责怪于大壮，说他太老实，对家乡人太好，而很多人是没有良心的白眼儿狼，养不熟。

于大壮常常一笑了之，不当回事。有时候，于休休并不十分了解于大壮的处世逻辑，但她没有经历过爸爸的人生，不会去置喙他的决定。

苗芮从房间里走出来：“这个生日要好好办，让他们知道，咱们家最不缺的就是钱……”她有点儿不高兴，拉着个脸，数落道，“这些人，永远只会高看唐家，咱们要是穷了，于大壮你等着看人家的脸色好了。”

于大壮揽揽她的肩膀：“过生日的大寿星呢，不许生气。生气不漂亮。”

“讨厌！”苗芮拂开他的手，瞪他一眼，“每次都这样。我不是见不得你吃亏吗？你乐意做烂好人，你做去吧。”

苗芮气咻咻地转身，进房间去了。

于休休吐舌头：“老于，你完了。咋办？”

于大壮挠了挠头：“还能咋办？自己宠出来的媳妇儿，哄呗！”

于休休朝他竖了个大拇指。

于大壮很喜欢看闺女笑，她一笑，就能治愈所有烦恼。他说：“你是不是也不理解爸爸？”

于休休摇头。于大壮叹了口气：“我不是做烂好人，是不想得罪小人。大家都知根知底的，我在外面做工程，少个敌人，少个隐患，你懂吗？”

“不太懂。”

“我还是去哄你妈吧！”

很多人以为于家的生日宴会办得低调一点儿，毕竟现在情况特殊。没有想到，于老板宠老婆的个性，几十年如一日，生日宴操办得豪气又隆重，从酒店到食物，从司仪到嘉宾，全是一流的排场。

而且，于家不收礼金。有人说于家人特别装，一年四季装得画风清奇，但于家人满不在乎，年复一年地装。不仅如此，苗芮还特地发朋友圈：“老于和大宝、小宝硬是倔得很，非得给我过生日。我都过烦了，又老一岁，有什么值得庆贺的嘛。所以，我今年的生日愿望是——年年有今日，岁岁有今朝！”

那您到底是开心呢，还是开心呢？于休休看着老母亲的朋友圈，一言难尽。谢米乐和韩惠坐在她身边，一个在低头玩游戏，一个在发呆。苗芮走过来，一脸八卦地笑说：“你刘姨把侄女带来了，看到没有，那个穿巴宝莉的姑娘，样貌还周正吧？”

于休休一脸蒙：“渣弟还小啊，你不会想要对他下手吧？”

苗芮敲她的脑袋："想什么呢？"她压低声音，"这姑娘学历高，会赚钱，年轻的时候眼光高，把年纪拖大了，一直没处对象，现在家里着急了。你刘姨啊，想把她介绍给你大师兄。"

"啊！"于休休瞪大眼，仔细看了看那姑娘，"她几岁啊？"

"二十八。"

"二十八就叫年纪大？妈妈，女性在婚恋市场上就这么没有竞争力吗？"

"你懂什么？"苗芮横她一眼，又笑，"你瞧着这姑娘怎么样？"

于休休也笑了起来："苗女士，我瞧没用啊，得大师兄瞧。"

苗芮抿了抿嘴巴："骁龙是个不开窍的，这么多年，我也没看他处个对象。说实话，我跟你爸也替他着急。嗯，我看这姑娘成。等等，我先去探探他的口风。"她是个急性子，说走就走。

于休休笑着摇头，回头找谢米乐一起玩游戏："惠惠，要不要玩？"

韩惠死死捏着衣角，好不容易才松缓了嗓子，发出正常的声音："不了。我玩不好。"

于休休抬头，发现她眼底有雾气："你怎么了？不舒服吗？"

韩惠笑得勉强："没有，昨晚没睡好。"

于休休了解她的情况，不好多说什么，只捏了捏她的手："去楼上开个房睡一会儿？你这手，冰冷。"

"没事的。"韩惠哪舍得花那个钱？她低下头，"你俩玩吧，不用管我。"

于休休道："好吧。"她话音刚落，门口传来一阵喧闹声，然后传来于家洲夸张的笑声："姐，我钟南哥来了。"

霍仲南带了个牛皮纸信封，看到苗芮和于大壮，把它递了过去："这是给阿姨的生日礼物。"

"你这孩子，来就是，送什么礼物？"苗芮不确定他和于休休现在的关系，左右看了看，觉得单单收他的礼物不太好，赶紧推回去。

"阿姨心领了，咱们自家人，不用客气。"

一句"自家人"，让霍仲南的眉目柔和下来。

“不是什么贵重的东西，收着就好。”

苗芮不好再推辞，放到包里，又热情地邀请他进去：“休休，你哥来了，你咋不过来接一下？”

“打游戏呢。”于休休弱弱地回应，正想说点儿什么，于大壮的笑声就传了过来：“哎呀，老唐，说好不带礼的，你这是干吗啊？哈哈哈。”

于休休看过去，与唐绪宁的视线撞了个正着。

唐绪宁的目光凉了凉，又笑着打开礼盒：“于叔，这个玉观音是我爸爸的珍藏，还找大师开过光，是专程给阿姨贺寿的。”

玉观音很大一尊，仿佛从画里走出来的一般，可见雕工巧妙精致。

懂玉的人一看就知道价格不菲。送这样贵重的礼物，可想而知，两个人关系匪浅。周围有人在惊叹好玉，于大壮却委婉地推拒了：“太贵重，这礼物太贵重了，我一个大老粗也不识货。带回去吧啊，老唐。”

唐绪宁以为他是客气，又一次塞过去：“于叔，你和我爸是生死之交，一尊玉观音而已，再贵重，能有你们的情分贵重吗？不值什么，收下吧。”

弦外之音，这种东西我们家多得很。于大壮知道唐文骥爱收藏古董玉石，挑挑眉，打个哈哈：“那就笑纳了。”

唐文骥松一口气，拍拍于大壮的肩膀，两个人并排往里走：“老于，你最近和我生疏了啊！”

于大壮满脸是笑：“哪有啊，还不是老样子？”

唐文骥脸上露出责怪的表情：“你公司出那么大的事，也不说来找我？”

于大壮心道，你既然知道，也没说主动帮一把手啊？

“哈哈，你处在那个位置，也不方便不是？老唐，我不想给你添麻烦。再说了，小场面，我可以解决。”

唐文骥摇头：“你啊，就喜欢说大话。我要是真不管你，你这公司怕是要被你玩坏了。我早就说过，你这个人太实诚，不适合接这种大项目……行了，这事包我身上，回头我找人去问问。”

他循循善诱，十分友好。可是，这话传到在座的人的耳朵里，却不是那么回事了。这不是摆明了说，于家离了唐家就不行吗？就算于大壮这一次侥幸翻身，好像也成了他唐文骥的功劳？

苗芮的脸色不好看，她拿过礼盒，塞给唐文骥："老唐啊，你家天天拜观音，还能把孙子拜掉，怎么想到把观音送到我这里来了？喏，拿回去给汤丽桦吧。我看她那心性，最需要菩萨静静心了。我虎大胆，又不做亏心事，用不着。"

唐文骥的眉间纹深了些，他看着张扬的女人，说道："我是诚心的，没别的意思。"

苗芮把眉一扬："诚心的？诚心等着我们老于家日子不好过了，工地停了，欠工程款了，公司快开不下去了才来问这事？我谢谢你了，还是请你继续盼着我们倒霉吧！"

今天来的客人很多。苗芮的性子是被于大壮宠坏的，她生气了，就不会给任何人留面子。这么一说，唐家父子俩十分尴尬。于大壮打个哈哈，拍唐文骥的后背："走走走老唐，我媳妇儿刀子嘴豆腐心。"

"谁豆腐心？老娘是刀子嘴刀子心。"

这两口子向来恩爱，在这种场合拌嘴，好多人都是生平第一次见。有人在看热闹，于大顺几个和他们关系亲厚的赶紧过来规劝："算了算了，几十年兄弟，别为这点儿事伤了和气。都过去了。"

"是啊，以前别别扭扭的都过去了。"老村长也走过来，看着唐文骥。

"文骥，你是有办法的人。大壮现在摊上这事，你做兄弟的不帮，说不过去。"

唐文骥连声称是。唐绪宁今天的态度也好得出奇："于爷爷，您放心吧，我爸和几个单位的负责人都打招呼了。"

他这态度十分暧昧，让人看不懂。他过年带了卫思良回去，一副和于家老死不相往来的样子，这才一个月，怎么就像要抢着做于家的女婿似的？不过，这唐家转了风向，大厅里一些趋炎附势的人也赶紧凑上来插几句话，一个个争先恐后，帮于大壮出谋划策。

这场面真是尴尬。

于休休看着，哼了声："虚伪！怪不得我妈生气。"

谢米乐耸耸肩膀："这就是现实。在他们眼里，唐家就是香饽饽。这些年，谁家有大事小事的，什么孩子升学啊，找工作啊，要床位啊……只要拜托给唐叔，都能解决。谁会得罪他？"

于休休哼一声："让他们狂。"

"事情已经解决了。"霍仲南突然说。

于休休怔了一下："什么事情？"

霍仲南说："浮城。"

于休休一脸不解。霍仲南淡淡地说："今天我给阿姨的生日礼物。"

"什么？"于休休惊愕地睁大眼睛，瞬间站了起来，以百米冲刺的速度奔向苗芮，从她包里把霍仲南给的牛皮纸信封掏出来。

那是一份红头文件——相关机构对大禹建筑的处理意见。几个章并排在一起，内容就一个——刑事犯罪导致的施工安全事故，盛天和大禹公司都无责，还可以追究当事人的民事赔偿责任。

这份文件来得太是时候了，就连出现的地点也这么恰当。如果霍仲南今天没有带来，明天于家的事情解决了，别人会怎么说，指不定就成了唐文骥的功劳。

"钟南，我爱你！"于休休激动地叫了一声，恨不得冲过去拥抱他。而人群的另一边，霍仲南身体僵了一下，唇角露出隐隐的微笑。

"爸爸，太好了，钟南都帮我们解决了。"于休休的快活看得见，十分有感染力，一些与于家交好的亲戚朋友都跟着开心起来。

有一些人却沉默了。这一刻，于休休不知道该怎么形容他们脸上的表情。尤其是唐家父子，那两张脸极是精彩。

"哈哈哈！"于大壮是个天生的演员，他淡定地从于休休手里拿过文件，放入牛皮纸信封里，不无意外地说，"其实，这件事我早就拜托给钟南了，也没有太过在意，停了工，就休息一阵子呗。我老于家也没欠什么外债，有点儿贷款，有点儿建材款，不算啥，还有几十套房子不是吗？不差那点儿，不差那点儿，兄弟们，都别为我担心。"

啪啪打脸。

于大壮还在火上浇油："钟南这小伙子，年少有为，了不起的。

这么难办的事交给他，这不，就过个年的工夫，全解决了。”

钟霖听得快哭了。跑腿和上下打点，都是他去做的，可是他仍然不配拥有名字。他幽幽地看了老板一眼，发出了打工仔最绝望的眼神杀。

霍仲南看他：“这事办得好。”

钟霖挺直脊背：“为老板服务，是我的荣幸。”

宴会散场的时候，于休休是和霍仲南一起离开的。钟霖原本想跟着，却被霍仲南派去送谢米乐和韩惠了。一人独享两个美女，钟霖艳福不浅。这一刻，他原谅了老板的凉薄。

钟霖不是那种长相绝艳的美男子，但是，霍仲南为人挑剔，能常年待在他身边的人，至少也是个眉清目秀、长得顺眼的。而且，在盛天长年的锤炼下，他更是养成了“见人说人话，见鬼说鬼话”的优点，不骄不躁，谦逊有礼，从骨子里透出了修养，懂得照顾女性，细腻又温柔。

这种暖男，是很容易讨女孩儿欢心的。回去的路上，韩惠发现谢米乐的话明显比平常多，明明她家离得比较近，却主动让钟霖先送自己……

这两个人挺般配。韩惠不吭声，尽量减少存在感。他见到那个女孩儿时，脸上有羞涩的笑。他们聊了很久，吃饭的时候也坐在一起。

大概……看对眼了吧？

韩惠默默地将视线投在车窗上，看到了自己的影子。

这个世界，没有公平。她想。

上了车，于休休才想起来问他们要去哪里。霍仲南想了想：“‘降龙十八掌’？”

刚吃过饭啊，我的哥！于休休内心是抗拒的，但是她又舍不得和哥哥单独相处的机会。其实，这个时间点和大魔王出去是危险的。不知道为什么，她觉得从那天开始，他突然就变了，变凶了，变霸道了，看她的眼神，有时候像是要吃了她。

“冷？”霍仲南摸了摸她的手。

“你好好开车。”于休休吓一跳，“我不冷呀。”

“不冷缩成一团？”霍仲南对少女心一无所知，皱着眉头审视她，片刻，默默地把自己的大衣丢过去，“我不会吃人。”

于休休把衣服扯了扯，勉强盖住自己，没话找话。

“哎，哥，你为什么要用‘南院大魔王’这个名字？”

“我住南院。”

“大魔王呢？”

霍仲南瞥了她一眼，突然笑了一声：“谁让你叫小妖精？”

这……为什么他最近说话总有种释放暧昧气息的感觉？谁能告诉她，这哥哥为什么会突然变成这样？她一点儿心理准备都没有啊！

于休休清清嗓子，觉得可能是自己多想了：“小妖精和大魔王，很有 CP 感呢。”

霍仲南握住方向盘的手一紧，他没吭声。于休休偷笑。

到了江湖菜馆“降龙十八掌”，两个人刚坐下来，于休休的手机就嘀嘀叫个不停。她赶紧调成静音，低头看了一下，发现是“战斗群”的一个小姐妹发来的。

于休休瞥了霍仲南一眼，心里忖度道，如果他知道自己和一群小姑娘天天泡在网上谈他的神仙颜值，为了他天天跟人吵架斗嘴，他会不会吓住？不可以。

于休休将手机放下：“点菜吧，我都饿了。”

霍仲南默默地看着她，好一会儿，沉声问：“最近玩的什么游戏？”

“嗯？”于休休有点儿蒙。

霍仲南沉默了片刻：“认识别的大魔王了？”

霍仲南双眼漆黑，深深地看着她。有那么一个瞬间，于休休以为自己听错了：“大魔王不就是你吗？哪里还有别的大魔王？”

“跟谁在玩？”

柔和的灯光打在霍仲南的脸上，他的脸在光影里像铺了一层蜜色，看不到瑕疵，情绪又恰到好处地外露出来，哪怕于休休神经不那么敏感，也察觉到了他淡淡的不悦。

酸啦！于休休啧了一声："我就和我自个儿玩呢。"

霍仲南问："不叫我？"

呃！于休休小声咕哝："你不是不喜欢嘛。"

一开始霍仲南就不是喜欢玩游戏的人，是于休休生拉硬拽带他玩的。大多数时候，他只出钱做装备，然后就默默跟在于休休背后做神秘大佬，从不与别人互动。于休休道："那游戏特无聊，我怕你玩着没劲。"

霍仲南眼皮微垂，再一次看她的手机："你对我生疏了。"

于休休眼珠微转："因为强扭的瓜不甜呀。"

"嗯？"霍仲南迟疑了一下，"要是瓜自己成熟了呢？"

瓜自己成熟了是什么梗？于休休拼命搜索着自己看过的网络段子，并没有发现这个梗有什么特别。不对！瓜熟了可以摘了。是等着她去摘吗？

有什么呼之欲出的情绪像小锤子似的在心窝里敲打，既怕是心中所想，又怕不是心中所想，于休休从来没有过这样的体验。同样是与男人相处，但这和与唐绪宁相亲，看着长得还行，就决定交往，完全不一样。

"你在防着我什么？"霍仲南沉着嗓子问，漆黑的双眼安静地看着她。

于休休紧紧闭嘴。瞒是瞒了，可这个真的不能说啊！太羞耻了！她怎么好意思说？再说了，她为什么要告诉他？于休休很快找回底气："不就是玩游戏没叫你嘛，干吗质问我？好啦，大不了下次叫你一起啊！"

霍仲南直勾勾地看着她："骗子。"

于休休："……"

有前科的人，不配拥有解释权。

是不是"最美 CP"的事情被他知道了？

于休休沉默了一会儿，霍仲南也不说话，只是等菜上桌时，默默地将菜挪到于休休的面前："喜欢吃哪一个？"

于休休摇头："不饿。"

霍仲南问："这个？"他夹了菜，放在于休休的碗里，看她不动，又挑起来，喂到她的嘴里。于休休震惊地瞪大眼，呆呆地张嘴，呆呆地吃。

这家伙变得太快了！天啊，撒谎果然是要付出代价的。于休休暗叹一声，发现也许是自己想得太多，万一钟南没有那么腹黑呢？从小到大，除了父母，还没有人这么照顾过自己吃喝。嗯，他是个好人。

"钟南。"

霍仲南看向于休休："嗯？"

于休休问："你找的那个女孩儿是什么样子的？"

霍仲南停下筷子："这么上心？"

当然上心啊，关系到终身大事。

于休休咧嘴一笑："我就愿意关心你，不行吗？"

霍仲南想了想："她，很好的样子。"

我呸！很好的样子是什么样子？能有她好吗？

"什么类型的？"她问。

"我喜欢的类型。"

妈呀酸死了。于休休打蛇随棍上："你喜欢的是哪种类型啊？"

霍仲南注视着她："笑容干净，眼神清澈，睫毛很长。她一笑，好像全世界的花都盛开了。"

有这么好的女孩儿？

于休休不肯认输："就这样的？没了？"

霍仲南想了想，淡声说："话很多。"

"话多的女孩儿最麻烦了。缺点，这是缺点啊，哥哥，你就没有考虑过吗？你看看你这么喜欢安静，要是她话很多，每天在你耳边叽叽喳喳地说个不停，你不烦啊？"

霍仲南看着她，似笑非笑。

于休休被他看得瘆得慌，觉得自己有点儿可耻："好吧，我不该批评你喜欢的女孩儿。"

霍仲南发现，她似乎真的没有意识到他在说什么，更不知道她就有他形容的那么好。

不明白就不明白吧。霍仲南不知道他给予对方的感受是怎样的，不敢唐突，不敢贸然，更不知道到底要怎样开始，或者，是不是应该维持这样简单纯粹的感情，不要开始。

因为不开始，就不会有结束。挺好。

吃完江湖菜，霍仲南送于休休回家。

汽车驶到小区，他没有要走的意思："送你到家门口？"

"不用。我自己进去，你早点儿回家休息。"

"不安全。"

于休休心情复杂。汽车驶入地下停车场，在车位上停好。两个人默默走到电梯口，于休休看他不说话，轻咳一声："你没有生我的气，对不对？"

霍仲南皱皱眉："什么？"

于休休低头："就是我骗你的那些事，我是于大壮的女儿，我……还说了很多谎话。"

霍仲南抿嘴："没有。"

于休休瞬间笑开了："我保证以后不骗你了。"

霍仲南拂了拂她的头发："回去吧。"

于休休纠结了许久的小情绪终于散开。相比他，她觉得自己真的太坏了。他总是纵着她，依着她，可她一直在骗他。现在拆穿了，他也不生气。爱不爱是虚无缥缈的，但情分是真的。

于休休磨叽着按了电梯："要不要上去坐坐？"

"不了。"霍仲南不愿打扰老人家。

"那就可惜了。我妈妈有熬的汤哦，好好喝，喝完了好睡觉……"于休休说着，条件反射地舔了一下嘴唇。

霍仲南的脊背紧了紧。

"那我进去了。"电梯来了，于休休朝他摆摆手，刚走进去，又像是想起什么似的，在电梯门合拢前，匆匆跑出来，把披在身上的衣服脱下来，"差点儿忘了，你的外套。"

她踮着脚尖，要把外套披在霍仲南的身上。霍仲南没有动，低头看着她。大衣很宽松，他一米八几的个子，衣服穿在她身上像睡衣，穿到他的身上却精神得很。于休休为他披好，忍不住欣赏了一下，又帮他理了理衣领。

“我哥真好看。回去吧，睡不着就给我发微信。”她拍拍衣服，转身。手在这时被人拖住了。于休休一怔，条件反射地回头，没有站稳，一个踉跄就扑入他的怀里。鼻腔里充斥着他的味道，她发现自己几乎是被裹在了大衣里。

“哥……”于休休喊了半声。后面的叠字没能发出来，就堵在了喉咙里。霍仲南将她裹紧在大衣里，抬起她的下巴，低下头认真地端详她的脸，唇要落不落，这撩人的动作看得于休休浑身发热。她突然踮起脚尖，主动凑上去。霍仲南喉头一紧，捏住她的下颌，双唇附上去，蜻蜓点水般吻了一下，松开。

于休休的脑袋嗡的一声，像烟花一样炸开。随后大脑一片空白。

吴梁是当天晚上接到电话去南院的，从车上下来，被房子的冷气一冲，忍不住打了个喷嚏。钟霖出来接他，吴梁第一句话就抱怨：“南院这么大个地方，就不能多请几个用人吗？太冷清了。走在这儿，我瘆得慌。”

“我也想。”钟霖叹气，“我也希望多几个人来分担我的工作。可是，有什么办法呢？老板只信任我一个，不喜欢有陌生人在身边。”

炫耀吧？吴梁啧了一声：“钟霖你有时候很欠揍，你知道吗？”

钟霖扫他一眼：“你今天很放飞自我啊！”

认识时间不短了，在他的印象里，吴梁是一个学院派风格的男人，端正，严肃，框架眼镜戴上，一看就有内涵。平常接触，两个人很少聊私事，说的话大多与霍仲南有关。

没想到聊起来，三观契合。钟霖来兴趣了：“听说你帮霍先生把梦里的人画出来了？”

吴梁推了推眼镜：“啊，是。”

钟霖好奇：“心理画像有这么神奇吗？你就听他说那么一下，就可以把人准确地画出来？”

吴梁横他一眼：“不要置疑我的专业。”

“呵！”钟霖还是不肯相信，指了指他，“你这小子没那么纯良。这样好了，你把我心里的女孩儿也画出来，我就信你。”

吴梁挑挑眉：“你心里没女孩儿。”

钟霖拉着个脸：“你这样不友好是要吃亏的，我告诉你。你得罪老板身边的人，很容易被穿小鞋。”

吴梁笑了一声，进门的时候，验了人脸识别并通过了安全检测，他拎着箱子从钟霖身边走过去，小声说：“如果那个梦中女孩儿是霍先生的一味药，那么，只要能为他治病就行，你管我上哪儿抓的药呢？”

钟霖怔住。

吴梁缓缓笑开：“重点是，他信，就行了。”

钟霖眼皮狠狠跳了一下：“吴梁，你个庸医，你别拉我下水。”

吴梁不理他，风度翩翩地进去了，可是，走到里间，在钟霖面前的收放自如就变成了束手束脚，就像面对带自己入行的导师。霍仲南不是一个可以亲近的人，话少，冷漠，思维敏捷，在他面前哪怕打起十二分的精神，仍然有可能……被搞出心理障碍。为了维护好自己的专业精神，吴梁端端正正地坐在霍仲南面前，准备再与他血战三百个回合。

不承想，霍仲南第一句话就把他杀死了：“以目前的状态，我可以和女性接触吗？”

“咯咯……咯咯咯！”吴梁一口气喘不过来，被唾沫呛住。

霍仲南拧拧眉，把水杯往他面前挪了挪。“谢谢，谢谢！咯咯咯！”吴梁双手捧着杯子，喝了一口，调节一下呼吸，大着胆子问，“霍先生，您指的是哪方面的接触？身体的，精神的，灵魂的，还是情感的？”

霍仲南冷冷地盯住他。吴梁感到身上有点儿发寒，勉强找回了职业笑容：“当然，我的意思是，不管哪一种，你都可以。”

身体的，精神的，灵魂的，情感的，好像每一种他都不排斥，只要对象是她。霍仲南迟疑片刻，问：“我会伤害到她吗？”

吴梁有点儿惊奇。往常这种专业问题，霍仲南是不会咨询他的。

因为他是一个自负到极点的男人，他知道自己有怎样的病，是怎样的人，对自己和世界的认识和掌控，他都接近变态的程度。

现在咨询吴梁的原因，不是霍仲南不懂，是他需要一个人来肯定。吴梁其实无法想象霍仲南这样的人也会有不确定的时候，不由感慨一声：“霍先生，你今后会是个好男人、好老公、好爸爸的。”

霍仲南目光微闪，表情十分微妙。吴梁冒着“生命危险”说出这句似是而非的话，内心是忐忑的。看他没有生气，他知道自己赌对了。

“霍先生，遵从你内心的声音。你要相信，世界上总会有一个人，刚好能适应你的状态，喜欢你的一切，包容你的不足，弥补你的缺憾，和你成就最好的彼此。”

霍仲南说：“算命、写书、做情感专家，会比心理医生更适合你。”

吴梁在心里咆哮，心理医生不是人啊？这么崇高的职业，赚点儿钱咋就这么难呢？他真的快要治出抑郁症来了。而面前这个男人，坐在光与影之间，一张英俊的脸上半点儿情绪都没有。

这是他的病人？不！

这是他的导师啊！他自己才是病人。

“霍先生，我最近头发掉得厉害！”

今晚的风很大，在窗外呜呜地响，吹得房间内轻纱飘荡，窗外的景象像有什么妖魔鬼怪闯入人间，在黑夜里兴风作浪。

于休休睡得很沉。那个人走进房间时，她能感觉到惊恐，可是喊不出来，也动弹不得。床边一沉，他坐下来，俯身看她，然后，缓慢地抬手，拂她的头发。

“休休。

“休休。”

于休休想张嘴，却发不出声音；想看清那个人是谁，四周光彩斑驳。又做梦了吗？于休休清醒地看到自己在梦里，四肢僵硬地躺在床上，想要攥紧什么，想要让自己清醒过来，却无能为力。

那个男人在叹息：“思良说，有你，就没有她。我不愿意这么对你，但是……我家现在的情况不比你家好。她逼得我没有办法了，休休。”

“那个人……为什么要跳楼？”男人似乎在哽咽，“他死，我不同情，但我没有想到他会影响我们这么深。”

“休休，盛天的势力太大，我不敢负她。呵，思良用了这么多年，得到了她想要得到的……而我用了这么多年，却不得不失去……我想要得到的。”

“休休，你原谅我。”

“我们下辈子再做夫妻。”

男人冰冷的手覆上她的眼睛。然后，他站起来，在床边看了她许久，突然拉高被子，蒙在她的头上。突如其来的窒息感让于休休嘴里发出呜呜的声音……

然后，她惊恐地从床上坐起来。

呼！噩梦。为什么会这样？房间里一片漆黑，窗外是暗沉的天空，窗帘被风吹得像疯了一样，带出窗口好远。

“阿嚏！”于休休吸吸鼻子，披上睡袍，起床喝了点儿水，然后把自己埋入被窝里，久久不能入睡。

夜已经深了。小区很安静，一点儿声音都没有。于休休仔细回想梦里的情形，有些逻辑缺失，有些忘记了。

她觉得好笑。早就不想唐绪宁了，为什么还会梦到他？还有盛天和卫思良有什么关系？她记得最清楚的是唐绪宁说那个男人跳楼了。

这个引起了于休休的注意。看来是她那个跳楼的梦延伸成了连续剧。于休休拿起 iPad 和笔，潦草地画出自己能记起的部分，在图上标注好日期，写上“梦境连续剧第五集”几个字。

睡不着了。于休休把头靠在枕头上，半合着眼看手机。

有一条“南院大魔王”发来的消息：“你嘴有点儿干，要多喝水。”

嗡！于休休的脑门儿炸了。这钢铁直男是个傻子吗？她刚才没有看到消息，要不然肯定是受不了这委屈要把他臭骂一顿的。哪有占了人家便宜，还嫌人家嘴巴干的道理？

大半夜的，于休休的脸红到了耳根，心里都是火。可是，想到电梯口那个没有丝毫铺垫的吻，她又觉得，先占便宜的人好像是她。一遍一遍地回忆，她又开始捂脸。好像是她主动的？不，是他，是他，就是他，是那个说她嘴干的大魔王。

于休休气不打一处来，回消息："睡了？"

凌晨两点半，她没有想到大魔王秒回："为什么还不睡？"

一个半夜不睡的人有什么资格质问她？"嘴太干"的梗过不去了。于休休咬着牙，想要狠狠地骂他，可打出来的字却变成了："我睡过一觉了，想和你说话。"

啊！

这不是她啊！

不受控制的爪子，她要它何用？

霍仲南没有回消息，一个电话打过来，他的声音性感而充满磁性，对声控妹子来说很要命。

"想说什么？说吧。"

于休休换了个舒服的位置躺下，说不出来了："嗯嗯，就是那什么嘛。"

霍仲南叹气："女孩子不能熬夜。是不是又偷偷玩游戏了？"

于休休听出他声音不对，捂了捂脑门儿："哥，你喝酒了吗？"

"一点点。"

果然，这家伙大半夜的不睡觉，喝哪门子酒？休休心疼自己，也心疼他。

"你是不是有心理负担，所以才喝酒？其实……那个不重要的。是我主动的，我又不会让你负责。再说了，只是碰一下，我嘴还那么干……体验也不太好。喀，我在说什么……哦，我是说，你想和那个女孩儿在一起，就放胆去追啦，我又不会怎样！"

"嗯。"

真要追啊，老子只是那么一说啊！是客气啊懂不懂？于休休快哭了，却听他沉沉地笑："在追了。"

呜！于休休狂捋头发："是吗？那我只能祝你幸福了，再见。"

"于休休，"他声音低沉，一字一顿地说，"你是个傻子吗？"

于休休当然不是傻子。此刻，她那颗欢腾的小心脏都快要从喉咙里蹦出来了，可想想他只是喝醉了，她又有点儿心累。

“钟南……”

“叫哥哥。”

“天哪！你喝酒的时候，就没搞几颗花生米吗？”但凡有几颗花生米，也不会醉成这样啊！

霍仲南头疼。女孩儿的心思他不会猜。他就事论事：“你如果还喜欢我，我也愿意。”

于休休好想捂脸，这叫什么话啊，这人到底知不知道这么说有多么伤女性自尊？

“你能不能换个方式问啊？”

霍仲南哦一声：“我以为你愿意。”

当然愿意，可她是理智少女！一个男人前些天还很冷淡，突然就换了态度，她能信？

“其实……我对你，还是不够了解。”她承认自己被男色所误，之前真的没有想太多。直到霍仲南坦言心里有个女孩儿，她才发现自己陷得太深。

“你想了解什么？”霍仲南更加不懂她的心思，她一会儿巴巴地跟着他，哥哥长，哥哥短，一会儿看到他就害怕，恨不得躲到天边去。

“我什么都想了解。”

“哪方面？”

“工作上的，我都了解了。我现在想了解一些你的个人情况。”于休休抿抿嘴，说得极认真。

霍仲南道：“你问。”

于休休说：“有过女朋友吗？”

霍仲南回：“没有。”

于休休说：“暗恋，被暗恋？”

霍仲南说：“暗恋没有，被暗恋——不是很正常？”

好吧，这理所当然的样子，可以说相当有排面了。于休休想了想，趁机追问：“那你，有过那种关系的女人吗？”

“那种关系？”霍仲南轻笑。

于休休心里一抽，被撩得咯噔一下，条件反射地点头，再点头，等反应过来现在是通电话，对方看不见，马上又轻咳一声："你说是就是吧，我就随口一问哦，你别想太多。你可以拒绝回答。"

小丫头的紧张都在声音里，霍仲南听着，不知道为什么，就想逗她一下："让我想想。"

这种事还要想一想，是不是多得没法计算？

"你不用说了。我也不是太想知道。"于休休幽怨地仰躺着，半眯着眼睛，叹气，"过去的事情就过去了。谁家少年不轻狂？往后改了就行。"

霍仲南："嗯？"

于休休气咻咻地说："怎么，你还不肯呀？我告诉你，这是底线，我不会妥协的。"

霍仲南快要忍不住了，嘴角抽搐："你有吗？"

于休休道："当然……"霍仲南神经一紧，就听她在电话那头哧哧地笑，像个小老鼠似的，"当然没有。"

"那你前男友？"说到唐绪宁，霍仲南的声音低沉了些，显然对这个人没什么好的看法。

于休休道："你不都知道的吗？他看不上我。我跟他的关系，比跟你还纯洁。"说完，她又觉得这话不对，她和他怎么就不纯洁了？

霍仲南笑了声："我也没有。"

"嗯？"

"你是离我最近的女人。"他说。

这冷不丁的反转，于休休倒没有很意外。这个哥哥冷漠得不近人情，除了她，谁敢凑上去为民除害？

"我早猜到了。"于休休得意地笑，"我刚才那么说，只是假装大度而已。"

霍仲南好笑："小孩子。"

"我可不小。"于休休皱眉，"二十二了呢。"

二十二还不是小孩子吗？

霍仲南叹口气："那你乖乖的，再长长吧。"

第二天，于休休是顶着熊猫眼去上班的。上午十点，她收拾一下东西，准备去“城市之春”工地上转转，出门碰到魏骁龙。

魏骁龙笑呵呵的：“顺路，我送你。”

于休休没有拒绝他的好意，自在地坐上他的车：“大师兄，那天我妈和刘姨给你介绍的女朋友怎么样？”

魏骁龙眉头蹙起：“女朋友？”

嗯，这是不知道吗？那天两个人都坐在一起吃饭了呀！

于休休吐了吐舌头：“难道是我大嘴巴了？”

魏骁龙明白了。这个年岁的男人，自然知道人情世故。他笑了笑，没有太在意的样子：“怪不得师娘说话奇奇怪怪的。”

于休休哈哈大笑：“我妈说话不总是奇奇怪怪的吗？”

“那倒是。”

“只有我爸受得了她。作！”

魏骁龙看她一眼，被她逗笑，也找到了询问的最好时机，状似不经意地说：“你和钟南发展得怎么样了？”

于休休倒没有忸怩。在大师兄面前，她就是那种可以随便撒娇说心里话的小妹妹，并不会在意自己的形象。

“我挺喜欢他的。可是有时候，我发现我只是享受追求他的过程。如果真的和他谈恋爱，我心里……有点儿怕。”

“怕？”魏骁龙满脸疑惑。

于休休撑着额头：“我也不知道为什么。可能和唐绪宁的不欢而散对我造成心理阴影了？我怕再受到伤害。钟南那个人吧，我有时候感觉他很近，有时候又觉得……他好远。他离这个世界，都很远。”

“怕是人之常情。”魏骁龙笑了笑，“你太在意他，太紧张，就会患得患失。”

“哇！大师兄，你好有经验。”

“不，我没有什么经验。只是从男人的角度给你分析，钟南比唐绪宁靠谱。而且，你不去试试，又怎么知道他是不是适合你的人？”

于休休看着他，啧啧发笑：“想不到大师兄你会讲出这样的话，哈哈。我还以为你是个木头，完全不懂感情呢。”

魏骁龙的嘴角翘了翘，没说话。

“你说得对。我是应该试一试。”于休休转过头，又看着魏骁龙，笑说，“大师兄，遇上合适的女孩子，你也要试一试。”

魏骁龙淡笑：“好。”

于休休冲他做了个努力的动作，又问：“浮城复工还顺利吗？”

魏骁龙点头：“工人都进场了。一会儿把你送到‘城市之春’，我就过去。”

于休休道：“辛苦你了，你看你这么忙，恋爱都没时间谈。大师兄，你这样不行的，要抽出时间来陪那个小姐姐呀。”

魏骁龙道：“只是加了个微信，陪什么？”

于休休好奇地问：“没聊天？”

魏骁龙想了想：“聊了几句。她问我申城哪里的粤菜好吃，我推荐了大众点评给她。”

“然后呢？”

“没了。”

“啊？”于休休笑喷了，“你为什么不说带她去吃，顺便约好时间，买束鲜花或者什么小礼物带过去？”

魏骁龙皱着眉头：“我又不喜欢吃粤菜。”

直男的思维真的很奇葩，于休休觉得自己认识的男人里面，最懂得女人心思的，一个是她爹，另一个就是唐绪宁，只可惜……于休休叹息一笑：“大师兄，你这是没有学会我爸爸的绝学啊！凭实力单身！”

于休休走到“城市之春”的工地，远远就看到了丁曲枫。上次的事情，虽然丁跃进出面解决了，但以丁曲枫的性格，她是不可能释怀的。

“找地方坐一下吧。”丁曲枫主动走过来。

于休休把车钥匙放包里：“我先看看工地。”

丁曲枫道：“我看过，刚和吴经理谈过。”

于休休看她一眼：“你看和我看，不一样。”

丁曲枫笑了起来："设计师不是做好方案和施工图纸就行了吗？施工是吴经理的事。于休休，你是一直就喜欢这样多管闲事，还是靠这个卖人设，讨好别人，比如我妈？"

她眼里充满了嘲弄。

于休休一言不发，从她身边挤过去。丁曲枫被撞了肩，第一感觉是这女人的力气好大，第二反应是——她居然敢这么对她？

忘恩负义、白眼儿狼，她觉得妈妈的珍藏都喂了狗。

于休休出来的时候，丁曲枫还等在那里。两个人相视片刻，于休休笑了："走吧，去哪里？"

丁曲枫眯眼："前面有个茶楼。"

丁曲枫走前面，短发西装小跟皮鞋，背影像一个身材纤细点儿的男人，她走路带风，姿态很潇洒。于休休走后面，默默入座，发现有一个讨厌的人也在这里。

霍戈？这是什么操作？于休休沉默不语。霍戈先打招呼："别误会，我是来谈别的事的。"他指了指丁曲枫，"枫子刚回国，要装一套房子。"

疯子？叫得这么亲热？霍戈看她表情，抿唇一笑："我和枫子小时候就认识。"那时候丁跃进就和霍家有关系，霍戈家和霍仲南家也没有现在那么生疏，逢年过节也有个来往。

那时候，霍戈父母会领他去参加霍家的宴会。一群小孩子里，霍戈和丁曲枫能玩到一处，不过，大了些就没再联系。这次丁曲枫回国找到他，两个人才找回童年的记忆。

于休休："哦。"

她并不感兴趣，礼貌一笑。丁曲枫很受不了她这个样子，在她眼里，于休休这种靠卖萌活着的小女人，就应该送到动物园里去享受大熊猫的待遇："于小姐，知道我想干什么吗？"

于休休道："你说了，我就知道了。"

丁曲枫深吸一口气，她发现和于休休说话，一定不能急，更不能按常理去考虑她的反应，要不然，肯定会比对方更容易气死。

"我妈妈的案子，快开庭了。"

"是吗？"于休休脸上终于有了反应，"有了具体时间，可以通知我一下。"

丁曲枫嘲讽："你已经拿到了想要的，我妈妈一个废人，对你还有作用吗？"

于休休皱皱眉："我很尊敬她。"

"尊敬？"丁曲枫脸色不太好看，近段时间受的所有委屈都恨不得发泄在于休休的身上，可是转念一想，今天来是有事相求，她又生生压下了那口气。

"行！我相信你的尊敬。那么，你给点儿诚意，好吗？"

于休休把玩着手指："你要的诚意是什么？"

丁曲枫说："我想见我妈妈。"

于休休道："你去见啊！"

丁曲枫气得差点儿站起来："于小姐，你是真不懂还是装不懂？没开庭之前，我根本就见不到她。"

于休休审视她："所以，你凭什么认为我可以？"

丁曲枫看了她片刻，一声冷笑："因为霍仲南。"

谢米乐和韩惠说了一会儿话，回头发现于休休一个人坐在电脑前，兴致缺缺，满脸不高兴。她有些诧异，走过去捧住她的脸，抬起来："昨晚又没睡好？"

于休休眼珠子在眼眶里转圈，就是不回答。谢米乐吃不准她怎么了，弯腰去哄："姑奶奶，这是怎么了？中午让食堂给你开小灶好不好？"

于休休摇头。

谢米乐微怔："大小姐，怎么了呀？你别这样，你丧着脸，这世界就没有阳光了啊！"

于休休唉了一声，把她的手拨开："我在思考人生，不要打扰我。"

韩惠拿着手机走过来，坐在于休休对面，把手机摆在她面前："看看这个，你就开心啦。"

于休休瞄一眼："嗯？"

韩惠道："你看看，这个是谁……"

"哇！"于休休差一点儿跳起来，"南言，是南言？"

南言对于设计和建筑专业的学生来说，是一个如雷贯耳的名字。他是四大建筑才子之一，某国最高建筑学府最年轻的客座教授。他不是科班出身，建筑生涯也极其短暂。南言 18 岁设计了成名作"蘑菇城堡"，20 岁为某国设计了著名的地标性建筑"外星人大厦"，这些设计使他成为闻名世界的建筑大师。最主要的是，传言他生得极为英俊，但凡见过他的人，无不拜倒在他的西装裤下。

可惜后来，他就销声匿迹了。没有人知道为什么，但是江湖上一直有他的传说。于休休上学的时候，专业课老师还拿南言举过例子，大概意思是真正的设计师是纯粹的、本性干净的，需要把灵魂奉献给作品，不能唯商业利益是图，才能成为一个真正伟大的匠人。

南言再没出现过，无数人深感惋惜。浮城立项时，一开始就有人炒作，说这是南言亲手设计的。后来，盛天集团出面否认了，这种猜测才渐渐消失。

南言是学设计的妹子们心中的神。

于休休翻了一下，不由得惊叹："老师说对了，才子的性格都古怪得很。谁能想到，南言……居然也会在线吃'瓜'？"

那个认证为"南言"的人，实名支持"最美 CP"，甚至还关注了超话，点赞了一些粉丝。妹子们把南言的个人简介扒出来，发现他居然有这么了不起的经历，是个神秘大佬，简直令人叹服。妹子们马上把他捧为"南神"，纷纷在网上求互关。

于休休看笑了："不知道南神这是受什么刺激了，太反常了！"

谢米乐道："你管他受什么刺激，反正他帮你说话就好。你要知道，他所代表的圈子和层次是不一样的，这和小姑娘们骂骂咧咧不同。他代表了社会主流人士的价值观。"

于休休摸脑门儿："还没有玩够呢，就这么结束了？不甘心啦！"说着，她撇撇嘴，又趴在了桌子上。

谢米乐发现不对，敲敲她的桌子："今天这么闲，你居然没有找你的小哥哥聊天？于休休，你不正常啊！"

于休休还是不吭声。

谢米乐和韩惠对视一眼。

“小两口吵架了？”

“谁和骗子是小两口？”

“骗子？”谢米乐八卦之心上头，“休休，你被骗钱了？”

“哎哟，不是啦。”

“骗……身？”

“滚！”于休休捂脸，“你们别问了，我想静静。”

谢米乐挺身而出：“我就是静静啊，小可爱。”

“谢米乐，你命没了。”于休休和她们玩笑几句，拿手机刷一会儿新闻，又去“最美CP”的超话逛了一圈，看见好多人在南言的评论下留言，希望“南神”放一张照片，供大家膜拜。

她有点儿无聊，也给南言留了一条消息：“谢谢‘南神’声援我们，小粉丝不易啊！‘最美CP’需要我们大家的守护，欢迎您哦。比心心！”

于休休发完消息，丢开手机，它就响了。她拿起来，发现是霍仲南的消息：“等一下同城速递送东西过去，你收一下。”

什么东西啊？于休休正想怎么回复，就看到魏骁龙进来了：“休休，同城给你送了个快递，我在门口碰到，顺便拿上来了。”

看于休休表情怪异，魏骁龙看了看包裹：“不是你买的？”

于休休道：“是。”

魏骁龙笑着把包裹放在她的桌子上：“我去忙了。”

于休休嗯了一声：“大师兄慢走。”

魏骁龙看她精神头不好，走了几步，突然回头，从兜里掏出一个纸袋：“来公司的时候，看到街边有糖炒板栗，给你买了一小包。吃几粒就行，不要多吃，上火。”

他走了。于休休看着纸袋，叹气：“为什么在大师兄眼里，我永远都是于三岁？我已经二十二了呀，不是小孩子了呀。”

“有人哄不好吗？”谢米乐笑眯眯地冲她眨眼，小声说，“哎，宝宝，大师兄其实挺不错的。你有没有想过……他有可能是喜欢你？”

于休休瞪大眼：“谢米乐你要死了，不要胡说八道！”

谢米乐哈哈大笑："傻瓜，你太迟钝了吧？一个男人只有对自己喜欢的女孩儿才会这么上心！"

于休休作势要去打她："我不许你这么说！不许说我大师兄，我打死你。"

两个人隔着桌子打来打去。韩惠默默听着，拿起桌子上的水杯，垂目喝水。闹够了，于休休想起了霍仲南的快递。昨天听了丁曲枫和霍戈的话，她有了心结，心里像堵了块石头似的，但她又不敢去问霍仲南。

这是典型的胆小鬼心理，怕拆穿，怕改变，怕面对。于休休拿了一把小剪刀，仔细地把包裹拆开，刚将里面的东西掏出来，就呆住了。

唇膏？不同品牌、不同款式、不同香型的唇膏。这些唇膏默默地躺在那里，诉说了一个她很不愿意去面对的梗——你嘴唇太干了。

于休休怒了。士可杀，不可辱，被人家亲了，还被嫌弃嘴唇干。而且，他居然还敢送唇膏来找死？于休休狠狠地拆着唇膏的包装："别怪我心狠手辣了！"

谢米乐一头雾水："休休，你买这么多唇膏，是准备当主食吗？"

于休休怒道："你滚！"

谢米乐拿起两支在手上："这么贵的唇膏，你一口气买了这么多。你用得完吗？于休休，我可以勇敢地帮你解决后顾之忧啊！"

于休休哼了一声，看着她和韩惠："你们自己选，要哪个拿哪个。"

谢米乐哈哈大笑，像捡到了宝似的，当真就去挑选起来。韩惠却只是笑了笑，摇头："我上次买了两支还没有用完，就不要浪费了。"

于休休看她一眼，觉得惠惠情绪不太高，但是她自己也烦得很，没时间去关注她。左思右想，于休休觉得还是得和钟南说清楚。她坐下来发消息："唇膏收到了，我谢谢你祖宗十八代啊！"

霍仲南看着信息，皱皱眉："怎么了？"

于休休："我和你开玩笑的。哥哥，你在干什么？在公司？"

霍仲南想了想："正准备过去。"

于休休："这都几点了大哥，还没到公司？怪不得你们那个渣老板会给你穿小鞋呢。"

霍仲南察觉到她今天语气不善，看了钟霖一眼："你心情不好？"

于休休："没有啊，哈哈哈，我可高兴了呢，哈哈哈。"

霍仲南："不喜欢那些唇膏？"

还敢提唇膏！这个人是一定要提醒她，她的初吻因为嘴唇太干，给了对方非常不好的体验吗？于休休想杀了他，咬牙切齿地打字："我想去你公司玩。"

霍仲南没有马上回复，过了一会儿，他问："什么时候？"

于休休："看你方便。"

霍仲南："你方便就行。"

于休休呵呵冷笑，后槽牙都快要咬碎了："那你看明天行不行？"

霍仲南："行。"

这么大胆，是问心无愧还是胸有成竹？于休休："你家那个喜欢金发美女的渣老板，不会找麻烦吧？"

霍仲南头皮隐隐发麻："不会。"

"哦。"于休休笑，"他现在的脾气变好了哈。"

霍仲南："大概是找到了喜欢的人，确实有变好。"

呵呵！还在编，接着编啊！这个浑蛋！

"那好吧，我明天上午过去，你在公司等我呀。"

明天？怎么可能？明天黄花菜都凉了。于休休想了很多种揭穿他的场面，在公司吃过午饭，拿了车钥匙就杀过去。谢米乐好心地上来关心："大小姐，要不要我去厨房帮你拿把菜刀？"

于休休道："麻烦把唇膏还给我。谢谢！"

"哎哟，别，我嘴唇太干了。"

啊啊啊！她有点儿后悔把这个事情分享给谢米乐了，估计要被嘲笑一辈子。

于休休觉得要拆穿霍仲南的谎言，必须突然袭击，抓住他的现行。要不然，单凭丁曲枫和霍戈那些挑拨离间的话就给他定罪，太不公平。她一走进盛天大厦，前台工作人员就热情地迎了上来。

"小姐，请问您找谁？"

于休休说："钟南。"

前台工作人员面带微笑："好的，您稍等。"

这态度和她上次来的时候截然不同。如果她没有记错，上次就是这个前台工作人员告诉她公司总裁办没有钟南这个人的。厉害，看来骗术又升级了。

于休休存了疑，坐在沙发上等。不到两分钟，霍仲南就下来了："不是说明天吗？怎么今天就来了？"

于休休莞尔："刚好从这边经过，想来看看你。吃午饭了吗？"

霍仲南扫她一眼："吃了。你没吃？我带你去吃？"

于休休摇头："吃过了。下午还约了一个客户，就在这附近。想去你办公室坐一会儿，喝点儿东西，不会不方便吧？"

霍仲南看着她，目光只停留了两秒："不会。"

两个人并肩走向电梯。然后，有人惊奇地发现，老板没有走向专用电梯，而是带着小美女进了员工电梯。

众人："……"

这是作的什么幺蛾子？于休休看着他平静的面孔，内心的天平在左右摇摆，一会儿信，一会儿不信，脑子乱乱的。电梯到了33楼，她还在发呆。霍仲南轻轻带她一下："到了。"

于休休："哦。"

她呆呆地踏出电梯，进入办公室，然后惊奇地发现，和盛天这样的大公司比起来，她家的大禹建筑就像一个私人小作坊，不管是规模还是风格，都差得太远。

"不会影响你吧？"于休休看着办公室里投来的视线，开始局促起来，来之前准备拎菜刀的冲动化为乌有。

气势压人啊！她有点儿蔫儿，甚至想拔腿就走。谢米乐没说错，她太㞞了，应该带把菜刀的。

"不会。"霍仲南带她进去，看着一双双瞪得铜铃大的眼睛，微微颔首，"打扰各位了，你们继续工作。"

众人："……"

老板，您不要这样，我们害怕。老板，我们该怎么做，您老人家能不能给个具体指示？我们都不是专业演员啊，没有台本很难演下去啊！

很多人都在发呆。于休休发现，这些人的样子比她还紧张。

钟霖机灵地走过来，打了个哈哈："这是钟南的朋友，你们别像看外星人似的盯着人家小姑娘看，都被你们吓住了。工作吧工作吧，都别看了。"

大家伙儿纷纷笑开，找回了演技。

"美女，要常来玩啊！"

"总裁办……挺好玩的。"

"是啊，我们好好玩。"

霍仲南扫了一眼这些马屁都拍不到点儿上的人，怀疑钟霖选的这些人情商都有问题。而于休休惊住了。本来只有两个人在骗她，现在已经发展到一群人在合伙骗她了吗？要不是事先知情，她就算来了公司，恐怕也只会被他骗得团团转吧？

霍仲南带于休休走了一圈，指着大厅角落的一张办公桌说："我的位置。"

于休休看了一眼摆放整齐的文件，一摞一摞堆积如山的样子，皱皱眉，有点儿心疼他的工作了："你可真不容易！"话说完，她才反应过来，这个人是个骗子啊，这些全是演的。

"你家老板不在？"她突然问，眼睛却瞄向不远处的一个牌子——总裁办公室。

霍仲南发现了她的目光："不在。"

于休休似笑非笑："找金发美女去了？"

霍仲南眼皮跳了一下："现在喜欢黑发的。"

于休休道："哦，渣老头子的口味变得还挺快的呢。"

霍仲南笑笑："老年人思想不稳定。"

于休休道："哦。还是你比较稳定哈。"

霍仲南笑了一下："你是在这里坐一会儿，还是我陪你出去……"

于休休坐下来，把玩着办公桌上的一支笔，突然抬头，笑眯眯地说："哥，我想去你家玩。"

公司是摆在这里的，不用怎么准备就可以应付，那家里呢？总不可能马上打造一个吧？于休休就想看他怎么编、怎么装。

霍仲南看她片刻，笑了："为什么？"

于休休觉得自己的要求是有些唐突，于是想了个借口，压着嗓子，羞涩地说："你都亲过我了……我不能连你家都找不到吧？万一你赖账，我上哪儿找人？"

霍仲南哭笑不得。他深吸一口气，换了个位置，把领口松开，袖口往上挽了挽，倚在于休休面前的桌子上，双眼直勾勾地盯住她："说吧，你到底想知道什么？"

于休休仰头望着他。四目相对，情绪呼之欲出。霍仲南看了她许久，她一直沉默，嘴微微噘起，有些不高兴的样子。他忽而一叹，拖住她的一只手腕："你跟我来。"

"嗯？"

霍仲南加快了脚步。于休休懵懂地看着他，脚步不由自主地跟上去。霍仲南没有说话，在无数人的注视下，牵着于休休径直走向了总裁办公室。

推开门，进去，关上门。

外面的人面面相觑。所以，他们刚才为什么要演戏？这直接就穿帮了啊！

于休休脑子一片空白，震惊地看着这一切。落地窗透入的阳光在办公桌上形成了一个漂亮的光圈，灿烂耀眼。这是一个可以全方位俯瞰申城的江边大厦，视野极好，办公室的装修风格很有设计感，是她喜欢的。

学设计的人，忍不住东看西看。

"这设计师是谁啊？好想认识一下。"

霍仲南一怔，不知该哭还是该笑。他拖着女孩儿，看她心不在焉的样子，索性将她抱了起来，把办公桌上的文件挪开，把她放坐在上面，然后圈住她，两人四目相对："说吧！"

他的脸近在咫尺。于休休不太习惯这样的距离，呼吸不畅，眯起眼看那阳光："说什么？"

"谁告诉你的，嗯？"霍仲南单刀直入。

于休休来气了，皱皱鼻子，哼一声："不演了啊你？"

霍仲南理了理她的头发，好笑地说："既然你知道了，为什么不直接问我，还搞突击检查？反了你了！"

于休休睁大眼睛。

没搞错吧？现在是他在凶她？于休休想训他两句，又很没有气势，结果只能自个儿气自个儿："我乐意！我就想看看你这个骗子要怎么编下去。"

霍仲南道："你还没有回答，谁告诉你的。"

到底谁审问谁？于休休觉得自己这样太被动了，明明她才是需要说法的那一个啊，为什么变成了他在审问她？她生气："钟南你不讲道理！"听她还叫这个名字，霍仲南那一口积压的气突然散开。这孩子什么情绪都写在脸上，或许是有些恼他的欺骗，但没有到厌恶他的地步。

还有救！他手指微屈，轻轻滑过她白皙的脸颊："一家人，只讲情，不讲理。"

于休休瞪他："谁和你是一家人？"

霍仲南抿了抿嘴，双目灼热："真生气了？"

于休休看他这表情，声音又弱了点儿："你现在才看出来吗？"

霍仲南皱皱眉，把头压低："我仔细看看。"

于休休偏头，心脏怦怦直跳。

不行啊于休休，你这样是不行的，你要主动啊，亮出你的爪子，挠他啊挠他，你不能由着他摆布啊于休休，你快醒醒！她心发慌，脸发红，僵在那里，脑子里想法很多，手脚却僵硬得一动也不能动："你看出来了吗？"

霍仲南眼中带笑："没。我再看仔细些。"

呼吸都落到她脸上了，他还要怎么仔细？于休休察觉到了什么，紧张地瞪他一眼，想要偏开头，他用大手扼住她，像那天晚上一样，不给她反抗的机会。

于休休快窒息了。

这家伙肯定是故意的，他没有办法解释，就想用这招来对付她。可怜的她，面对这张脸，真的生不起气来啊！哪怕她内心在拼命呐喊老子不服，可是看着他越逼越近的眼，看着他唇角隐隐的笑，她恨不得缩起脖子，找个地缝钻进去。

她的脸红得快滴血了："钟南！"吼完，想想自己的尬态，她生气地申讨，"你不能这么欺负我！"

"叫哥哥！"他戏谑。

"我呸！"于休休看他平静的样子，无耻地发现自己的心脏跳得快要不属于自己了，整个人在他眼神的扫荡里溃不成军，明明很生气的话语，说出来却是软软的，像在撒娇。

"你从一开始就在骗我。什么渣老板，什么渣老头儿，什么被老板穿小鞋，什么孤苦无依，需要人照顾……呵呵，你真会编！"

"我不是想骗你。"霍仲南眸色微黯，"而是想骗所有人。"

这样的理由？于休休无语死了。

霍仲南捏她的脸："你不也是小骗子？"

一听这话，于休休的底气就不足了："我又不是成心的。而且，我已经给你道歉了。可是你呢，还这么凶……你说，你是不是怕我知道了你是谁，我就会看上你的钱？"

"不。"霍仲南说，"我对自己的脸更有信心。"

我呸！这货脸皮居然这么厚。于休休羞红了脸，想到第一次相见就想上去拍照的自己，无地自容。

"原来你不喜欢？"霍仲南看她害羞，就想逗她。于休休是那种藏不住心事的人，在霍仲南眼里，几乎是个透明娃娃。他叹口气，"既然这张脸不能让你产生兴趣，我要它何用？"

"你本来就不要脸啊！"

两个人眼对眼，于休休突然不敢和他对视了，把头垂下去，小声说："我不喜欢你有那么多钱。"

霍仲南问："为什么？"

于休休说："有钱的男人都会变坏。"

霍仲南说："你爸爸不是很好？"

"我爸爸可没你那么有钱……而且，我妈多凶啊，我爸不敢。"

"那你也凶点儿。"霍仲南歪头盯住她的眼睛，带着笑意靠近，一双冷眼里仿佛有燃烧的火焰，冰与火融在一起，氤氲在于休休的心里，不断沸腾……

他的唇就要碰到她的。于休休喉咙发紧，突然推开他的肩膀："别！"

霍仲南微微抬头，看着她发红的眼圈，不说话。于休休的心脏怦怦跳："你是盛天的老板，我觉得我……我跟你不合适。我们两个……差距太大了。"

霍仲南微微一僵："你是认真的？"

于休休不敢抬头看他，像只小鸡似的缩着脖子，点了点头："那些过来人不是说了吗，门当户对，还是有道理的。"

霍仲南慢慢站直，双手仍然撑在办公桌上，将她圈在中间，不过，他只是那样看着她，许久没有动。于休休不懂他，看到他眼底的情绪，却辨不出那代表什么。

"哥哥……"她习惯性地喊了一声，又怕伤害到他，"我没有别的意思，就是心里……真这么想。"

霍仲南的眼里像有一场可怕的风暴在酝酿，可是在接触到于休休清澈的眼神时，风暴一秒就平息了。他看她片刻，突然叹息，揉了揉她的脑袋："那我还是做你哥哥吧。"

"做哥哥也不行了。"于休休抬高下巴，吸了口气，大着胆子说，"我们做不到以前那样了，不是吗？"

是，做不到了。有过亲密的接触，如何还能像兄妹一样纯粹？要么在一起，要么再无往来。

霍仲南危险地眯起眼。他看着于休休，忍耐的情绪突然崩塌。紧接着，他胳膊一紧，低下头。于休休一颤，身子像过了电："你……不要！"

霍仲南深吸气，嗓音喑哑："是你招惹我的。"

于休休说不出话来，直喘气。

霍仲南说：“你决定不了，就由我来决定吧。”

“钟南，我是……认真的。”

“我也是。”他看着她的眼神变得迷离，于休休的心跳几乎失控：“钟南你个坏蛋！”

霍仲南的血液直往上蹿，脑子有些醉意，听了她娇嗔的控诉，唇角扬起：“你在夸奖我？”

于休休道：“讨厌，讨厌啦！”

霍仲南道：“开心就多骂几句。”

换了以前，如果有人告诉霍仲南，有一天他会为了一个女孩儿发狂，他除了冷笑两声，都懒得去解释。别人不会信，他也不会信，他会幼稚地和一个小姑娘捉迷藏一般玩了这么久，而且玩得十分快乐。

一个长长的吻结束。霍仲南让她靠在自己胸前，让她可以听到他剧烈的心跳。许久，谁也没有说话，怀里的女孩儿柔软而脆弱，好像他稍稍用力就可以把她折断。可是这样的她，给了他从未有过的踏实感。

他无法形容这种感觉。

这一瞬间，世界仿佛都变得鲜活了，有了绚烂的色彩，不再只是简单的黑白。

于休休是被霍仲南送回家的，这时已经是黄昏了。于大壮和苗芮都已经到家，正在网上吃女儿的“瓜”。两个人一起进门，于休休低垂着头，像一个做错事的孩子。霍仲南像往常一样面色沉静，但礼貌地招呼了他们。

老两口是过来人，年轻人再会伪装，有些情绪是从骨子里散发出来的，根本就藏不住。尤其是于休休，那娇俏的嘴，那红扑扑的脸蛋儿，一双含情脉脉的桃花眼，流转间全是情意。

苗芮和于大壮交换了一下眼神：“小钟，你们吃晚饭了吗？没吃的话，我让李妈准备。”

霍仲南看了于休休一眼：“休休吃得不多。”

于休休梗着脖子犟：“我吃了很多。你都没吃。”

于大壮又和苗芮对了个眼神，然后哈哈大笑：“那就再吃一点儿，你们这些年轻人啊，都不懂得照顾自己的身体。”

霍仲南看了于休休一眼：“不了，于叔，我回去了。”

他双手合十，礼貌地揖了一下，转身要走。于休休看着他的背影，不满地哼了一声。霍仲南回头看过来。她又把头偏开，装着看不见他。

这别别扭扭的小儿女情意，看得苗芮直乐：“走什么走啊？吃了再走。老于！”

于大壮听到老婆吩咐，赶紧起身去拦人，直接把霍仲南拉到沙发上坐下：“回家也是一个人，多无聊。坐一会儿，陪叔聊聊天。浮城那个事，我还没好好谢你呢。”

霍仲南不好再推辞：“不用客气。我也是为了盛天。”

于休休闻言心里一梗，哼了声：“人家要走，就让人家走呗。”

苗芮道：“你这孩子，这么没礼貌，哪儿有撵人的！”

他不是人，他是浑蛋啊！他快把你女儿吃干抹净了啊！你还向着人家说话，是不是亲妈啊？于休休心里呐喊着，摸了摸脖子，没吱声。

李妈动作很快，饭菜很快上了桌。汤是苗芮亲自煲的，她很热情地介绍给了霍仲南，让他多喝一些。于大壮很想提醒他，这是“美容养颜”的汤，对男同志有可能不太友好，但是转而想想，女婿和自己这种糟老头子不同，养养颜也没什么不好，就闭嘴了。

饭桌上，老两口像参加展销会的小商贩，一个劲儿地推销自个儿闺女，恨不得霍仲南马上把人接走。苗芮道：“钟南啊，我们休休娇气是娇气了点儿，但是心地善良，没什么歪心思，是个能持家理事的好孩子……”

于休休脊背一僵，这说的什么话？

于大壮附和：“是的是的，你别看她吃得有点多，但体质随了她妈妈，怎么吃也不发胖。从小到大也很少生病，好养活得很。”

于休休快要气死了：“请问，你们在卖猪仔吗？”

苗芮道：“胡说，哪有这么贵的猪仔？”

于大壮道：“猪可比你可爱多了，猪都不会和爸爸顶嘴。”

于休休的脸红到了耳根：“啊啊啊，所以你们到底在说什么鬼话？”

苗芮咦一声，看向默不作声的霍仲南：“小钟，你知道我们在说什么，是吧？”

霍仲南抬头，瞄了于休休一眼：“知道。但我不敢回答。”

再说下去，她肯定就被卖了。于休休站起来，看了看霍仲南的碗，笑眯眯地说：“哥，你应该吃饱了吧？你不是说晚上还约了人谈事吗？我送你出去吧。”

霍仲南还没回答，于休休就拽着他的手腕把他拉出门，总算松了一口气：“你明明知道他们什么意思，你还听着，你为什么不反驳？”

霍仲南微微皱眉：“难道我们不是他们说的那个意思？”

于休休虎着脸：“现在还不是，我没同意。”

什么叫从将军到奴隶，霍仲南突然明白了。他有一点儿怀念当初那个跟在他后面哥哥长哥哥短的于休休。现在这只张牙舞爪的小老虎，是谁家的女孩儿啊？虽然瞒着她是不应该，可他不太明白，她为什么会在意这个身份，并且坚持不肯让他告诉她父母。

“我不想再骗下去。我进去和他们说清楚。”

于休休快哭了。要是父母知道他是谁，他们会不会承受不住这个暴击啊？然后，他们还敢放心让她和他来往吗？

“拜托，你快走吧，我要回去接受‘三堂会审’了。我们都需要冷静冷静，你也回去好好想想，想明白了再说。”

霍仲南沉默。半晌，他拂了拂她的头发：“我不是洪水猛兽，于休休。”

于休休想起他以前的冷漠，以及忽然的热情，对这段感情没什么信心：“你就是。”

霍仲南低头看她一眼：“我走了。”

事情和于休休想的不一样。

苗芮和于大壮没有对她进行“三堂会审”，因为很快韩惠和于家洲就回来了，大家坐在一起，聊了会儿天，看了一会儿电视，他们什么都没问，就让于休休回房去休息了。

于休休快感动哭了。她在“家有儿女”群里发了个大红包：“你们是世界上最好的爸爸妈妈。”

不问，不训，不干涉，更不用主观意愿去限制她的想法。这是最好的尊重，是最理解、最包容的父母。

渣弟：“我呢？我不是最好的？”

于休休：“你当然是最好的弟弟。”

渣弟：“好的哦姐，我生活费用完了。”

于休休：“不提钱我们还是好姐弟。晚安。”

顶级贵妇苗女士：“乖女儿，美容觉睡起来睡起来，特殊时期，要注意保养。”

什么叫特殊时期？于休休感觉自己的脑子里好像灌的全是水，怎么都听不懂？

镶了黄金的老爸：“妈妈说得对，听妈妈的话，快睡吧，要美美的。”说完，于大壮顺手发了个大红包。

“老婆儿女热炕头！”

渣弟欢呼：“感动到哭，明天中午我又可以添一碗牛肉了。”

于休休看着家人在群里笑闹，默默打开了另一个群——“舌尖上的家园”。这个五人群，霍仲南在里面，但群里已经许久没人冒泡了。

想到他总是一个人在家，总是失眠，她忍不住在群里发了一张图片：“晚安。”

这天晚上半夜两点，全家人都被于休休吵起来了。

好端端的一个姑娘，就像吃错了药似的，一惊一乍地爬起来，咚咚咚下楼，敲开父母的门，目的就一个——让大家检查自己收过的礼物。

于休休用了两个小时伤春悲秋后，突然灵台清明，想起一件大事——霍仲南不可能送A货。那么，他给家里买的那些东西——全是真的，真的啊！

怪不得！

怪不得人人都说太真了。

怪不得品牌官微会用她于休休的照片。

她的幸运不是天选，是她哥给的啊！

啊！于休休脑子一热，发现玩大了。她穿着睡袍，披头散发地出现在父母卧室门口，把于大壮和苗芮吓得够呛："哎哟乖女儿，这是怎么了？"

"冷不冷？快进来焐焐，发生什么事了？做噩梦了？"

"是姓钟那小子欺负你了吧？"于大壮咬牙切齿地问了一句，回头就找衣服套上，"你等着，爸爸这就去帮你削他。欺负我闺女，不要命了吗？"

苗芮替他披衣服："老于，你别冲动啊，揍一顿就行，大不了赔点儿医药费，别打折了胳膊腿儿，我们娘儿仨可不想去给你送牢饭。"

"爸爸，妈妈。"

于休休看着忙碌的二老，哭笑不得："不是，不是，都不是。"

于大壮和苗芮愣愣地看着她："那是怎么了？"

于休休问："妈妈，钟南送给你的东西呢？"

苗芮道："在啊！"

于休休松口气："都在？没有送人？"

苗芮皱眉想了想："有些是送人了。上次和你刘姨去做头发，她看上我那个包了，我寻思也值不了多少钱，她喜欢就送她了。"

"啊？！"于休休痛心疾首，"哪一个，H 家限量那个？"

苗芮想想："好像是哎，怎么了？"

于休休快哭了："只送了这一个吗？别的呢？别的都没送吧？"

苗芮摇头："没送没送。除了一副耳环、一条项链、一件衣服……那衣服是尺码大了些，我穿着不合身，你刘姨胖……噗，就她那身材穿得了。还有你张姨那天，看上你给我的那个小香了，我就给她了……"

"啊，我的亲娘啊！"于休休发出一声嚎叫，"你可别再送了啊！"

苗芮奇怪："干吗大惊小怪？钟南的朋友不是做这个的吗？让他再买不就是了。"

于休休有一种生无可恋的感觉："不不不，它们都是……"说是真的，妈妈会信吗？说是真的，她肯定会追问下去，而且，送出手的东西，难道还能去要回来吗？于休休喉咙卡壳，一脸僵笑地说，"收到的礼物，是送礼人的一片心意，怎么可以送人？而且，钟南的朋友都转行了，不做这个了呀。妈妈，限量就成限量了。你以后不要再送人，知道吗？要送，也要征得我的同意，听到没？"

苗芮一头雾水："本来就是假的啊，还限量呢。神经。"

于休休道："你能不能听我一回？"

苗芮问："到底为什么呀？"

于休休生无可恋："没什么，你听话就好。要不，你女儿的命……就没了。"

走出房间，于休休想到那个限量包，她的心像被人挖了一块，失魂落魄的样子把苗芮和于大壮两口子唬得一愣一愣的。两个人关起门来商量，仔细琢磨一下，想出一个理由，谈恋爱的小年轻都是神经病，他俩当初也没少干荒唐事，女儿像他们。

"正常正常，睡觉吧。"

谢米乐是于休休现在唯一可以分享这个秘密的人，凌晨两点多，她被于休休从温暖的被窝里挖出来，打着哈欠，头晕眼花。

"大小姐，你知不知道，我马上就要亲到偶像的脸了？马上就是只差一秒，你就这么给我破坏了。我……想掐死你可以吗？"

"你听了我的故事，就不想再亲了。"于休休有气无力地说，"谢米乐，你听好了，我哥给你买的那个包，还有我送你的那个包……都是真的，真的，真的！"

谢米乐瞌睡醒了："你再说一遍？"

"我已经说三遍了，是真的，包包是真的。"

谢米乐用了几秒的时间来思考，然后用一声尖叫回复了她："于休休，今天不是愚人节对不对？你是说，我花几千块钱买的包，其实是几十万的正品。然后，你还把价值几万的包白送给我了，对不对？"

于休休一本正经地说："对。"

"哈哈哈！"谢米乐笑了很久，然后又打了个哈欠，"早点儿睡吧啊，没事少做梦。”

于休休：“……”

这个死女人，得了便宜还卖乖，居然不肯相信她。一肚子的委屈和秘密找不到人说，于休休恨恨地坐回床上，抱着膝盖想了很久，也没能从这个真相里回过神来。

自从爸爸发迹，于休休就没缺过钱。一个有几十套房子的土豪，总的来说已经是令人艳羡的了。在金钱上，她没有过多的奢求，认识钟南的时候，始于颜值，没事看看脸就行，后来开始贪心，想要占为己有。但是，那有一个前提——钟南是无父无母的孤儿，是一个长得好看、做事认真、稳重有分寸的大公司职员。

在于休休心里，他俩是“门当户对”的。于休休的成长环境决定了她对自己和未来另一半的定位，还没有达到盛天总裁这样的层次。尤其和唐绪宁的恋爱失败，给了她很大的教训。

就唐绪宁那样的人家，唐家人和唐家亲戚都看不上她，尽管她长得很美。在婚恋市场上，阶层、实力，才是衡量一个人价值的高级因素，至于长相——美丽的女孩子太多，于休休从不认为自己特别。

当初和唐家议亲，爸爸妈妈为了她的幸福，常常在唐家人面前忍气吞声，明知道汤丽桦看不起他俩，爸爸妈妈还一直忍着，小心地对待。

最开始于休休不懂得这些利害关系的背后意味着什么，认为唐家人看不上她，是因为不喜欢她这个人。后来她发现，无关她这个人，他们只是看不上她的家庭和层次。卫思良的唯一优势，就是霍家小姐。仅仅是霍仲南瞧不上的表妹，出去就能装大尾巴狼，可想而知，阶层代表的是什么？

于休休从失败里总结出一些道理，结果，随便在路边捡一个男人，居然是盛天总裁，是他们家乃至唐家都望尘莫及的人物，父母双亡的顶级钻石王老五。这样的他，凭什么就看上她于休休了？而且，前后态度差别还那么大？

于休休睡不着，半夜三点左右，电话突然响了，接起来就听到谢米乐在那边撕心裂肺地叫：“休休，我刚才睡蒙了，没有反应过来。你打电话说的事，是真的，是真的，是真的吗？”

于休休望着天花板，伸长了双腿："假的。"

"不可能，你大半夜吵醒我，肯定是真的。"谢米乐哈哈大笑，听那声音是真的已经清醒了，"我刚才把那包包翻出来，里里外外地擦了一遍，明天就把它供起来，再烧几炷香什么的……"

"谢米乐，你够了！"于休休哭笑不得。

"怎么了小宝贝？我逗你玩儿呢。"谢米乐正经起来，"是不是钟南为了哄你开心，贷款买了包？

于休休道："你命没了，谢米乐。"

谢米乐道："别愁了。我明天就把包带过来。我们看看，能不能卖点儿钱。"

于休休被她说笑了："谢米乐，大半夜的你脑洞开这么大。要不要我介绍个小说网站给你，你去写书？"

"那你到底怎么了？这包到底是真的还是假的啊？"

于休休呻吟般叹息："我这里有一个故事，你有酒吗？"

谢米乐道："没有。"

于休休说："我可能泡到了盛天总裁。"

谢米乐愣了一会儿，哈哈大笑："于休休，你是大半夜的发神经了吗？把我瞌睡都笑醒了。不陪你瞎扯了，明天还要上班呢。赶紧睡，再见。"

她挂了。

第九章
毫无人情味的人

汽车停在盛天大厦门口。

丁曲枫抬头望了片刻，在墙面流转的光晕里，有些睁不开眼——

这个霍氏，在当年霍钰珂和赵曜选过世的时候，许多人都曾经唱衰过。谁能想到，它不仅屹立不倒，而且还在蒸蒸日上？

那一年，稚子掌权，群狼环绕，会有什么结果，所有人都能预见。

丁曲枫向来瞧不上自己的父亲，但是在这件事情上，丁曲枫是佩服他的。那时候，无数霍氏老臣倒戈，要么和霍钰柠或者赵培选狼狈为奸，要么干脆作壁上观。但丁跃进和许宜海、温仁和几个人，愣是在那场波澜壮阔的权力交替中，扛住压力站在了霍仲南的身边，从而有了今天的荣华富贵。而那些“聪明的老狐狸”，现在怎么样了？

丁曲枫常年在国外，得到的消息都是碎片化的，可即便这样，她也常常忍不住打个寒噤。深藏不露，心狠手辣，是霍仲南在丁曲枫心里的定位，也是丁曲枫这么多年来再不敢招惹他的原因。而父亲临危时的明智选择，是丁曲枫今天还有资格走入这座大厦，走进总裁办公室的原因。

富丽堂皇的大厦，让丁曲枫做梦一般回顾了过往，然后压抑住心里的躁动，担心起今天的见面来。

霍仲南在等她。办公室里只有他自己。钟霖把她带进去，关上了门。丁曲枫自诩内心强大，但是，看到办公桌后的男人，仍然有些紧张。哪怕这是她从小就认识的玩伴、同学，哪怕两个人从来没有过正面矛盾。

她捋了一下短短的头发，勉强一笑："不请我坐？"

霍仲南指了指椅子："知道我找你做什么吧？"

丁曲枫笑："肯定不会是叙旧。"

霍仲南反问："我们有旧可叙？"

"嗯，是没有。"丁曲枫是个识趣的女人，霍仲南的态度这么明显，她便不再和他套近乎，寒暄那些并不存在的往日情分，"是因为我找了你的小可爱，你不高兴了？"

听她这么说，霍仲南紧绷的冷脸松缓了些："你不该招惹她。"

"我也不想招惹她。"丁曲枫抿唇一笑，"你不肯帮我，我只能曲线救国了。她是个善良的女孩儿，我妈妈对她有恩情，她会愿意帮助我的。"

丁曲枫没有隐瞒自己的想法。在霍仲南面前，不用伪装，把自己功利的一面都摆出来，反而不会招他反感。而且，她很聪明地间接夸了一下于休休。果然，霍仲南的表情又好看了些："很聪明。你利用了她，而我，还不得不帮你。"

丁曲枫一怔，过了半晌，竟是笑了："能让你不情不愿地帮我，不是因为我聪明，而是因为她对你太重要。重点还是在你，不对吗？"

霍仲南不语。

丁曲枫想到什么，忽然笑了："你应该感谢我。"

霍仲南挑挑眉，不作声。

丁曲枫说："就你这个性格，要不是我帮你捅破这层窗户纸，你们这哥哥妹妹的，得等到什么时候？”

“我乐意！”霍仲南剜了她一眼。

这一眼，不太善良。丁曲枫却笑了。因为这是有情绪的一眼，是她小时候看到的那个酷酷的小男孩儿因为不高兴而表达的内心世界，而不是之前那个冰冷的霍氏大当家毫无情绪波动的死样。

“所以，霍先生，你是答应了吗？”丁曲枫想要一个确切答案。

霍仲南冷眼：“明天陈述会联系你。”顿了顿，他又淡然地说，“叫上她一起。她应该想见你妈妈。”

丁曲枫笑了：“如果她愿意去，我没意见。”

霍仲南嗯一声，没再言语。丁曲枫知道自己该滚蛋了。可是，不知道为什么，看着这张脸，她的脚又迈不出去。

少女时期，被霍家小少爷吹皱过一池春水的女孩儿，不只丁曲枫一个。可她一直很清醒，清醒地知道霍仲南对她没兴趣。那个时候，女孩儿们为了引起霍少的注意，用尽了献媚的手段，丁曲枫是个男孩子性格，同样是喜欢，她能想到的却是——故意嫌弃他，找他麻烦。

现在想来，丁曲枫居然有点儿庆幸。她没有像那些女孩儿一样，要不然今天怕是多看他一眼，都不能够呢，更不用说同他说话。

“阿南。”丁曲枫感慨着，换上了儿时的昵称，用了一种相对亲近的谈话方式，“我有一个问题，可以问吗？”

霍仲南看着她，没说话。

丁曲枫说：“这些年你到底经历了什么？怎么变成了今天的样子？”

霍仲南皱皱眉：“我用回答你吗？”

这是一个比不回答还要令人尴尬的回答。丁曲枫双手一摊，做了个无所谓的动作，洒脱地一笑：“行吧，不想说就不说。本来还想告诉你，当年我和温蔓菲打的一个赌……”

霍仲南问：“赌什么？”

丁曲枫笑了，想起少女时的梦：“赌你会不会单身一辈子啊？我赌的是不会。因为那时的你，虽然不爱说话，冷了些，但还是一个萌萌的可爱男孩子啊！而且小时候的你，很善良。不像现在——只剩冷了。”

霍仲南看她一眼："你可以走了。"

丁曲枫识趣地一笑："放心吧，我有自知之明，对你没那心。不过……我听说，许沁要回来了。什么时候，大家约个时间，吃个饭呀？"

霍仲南面无表情："没空。"

丁曲枫道："大家都好多年没聚了呢。"

霍仲南不耐烦："你是想留下来吃中午饭吗？"

真的是毫无人情味儿呢。丁曲枫摆摆手："走了，老同学，恭喜你找到所爱，我找温蔓菲要赌资去了。"

一个年近三十岁的"老男人"，身上肯定会有许多故事。他的成长，他的工作，他的生活，他喜欢过谁，被谁喜欢过，他工作中是什么样子，他生活中又是什么样子，他和女孩子相处的时候又会怎样说话。这些全是于休休对霍仲南的好奇点。

陷入爱恋的女孩儿，疯魔一样。那种悸动的情绪，让她没有办法不去想霍仲南，时时刻刻地想，吃饭想，睡觉想，工作想，和朋友聊天的时候，不知不觉就会想。那天她让他回去冷静冷静，可是后来她发现，她才是不冷静的那一个。

一天一夜，他没有给她发消息。这简直是一个漫长的过程，是于休休所能承受的心理极限。

浑蛋啊！吃完擦个嘴就不管了吗？于休休在办公室里坐着，像热锅上的蚂蚁，一次次想着霍仲南在做什么——然后，就收到了钟霖的消息："老板早上没吃饭。"

于休休假装正经："关我什么事？"

钟霖说："好像情绪不太好呢。"

于休休："与我无关。"

钟霖没有打字，忽然发来一张照片，一个美女的背影。短发，职业装，腰很细，臀很翘，她推门进入了总裁办公室——

于休休心里一激："丁曲枫？"

钟霖说："男人在情绪不高的时候，很容易接受向他示好的女人。小休休，这女人跟他是发小，从小一起长大的……你懂的。"

懂个屁！于休休什么都不懂。她说：“钟霖，你中午吃什么？”

钟霖说：“我吃公司食堂，都吃腻了。至于老板嘛，不知道会不会和丁大美女一起去吃饭喽。”

于休休想了想，说：“我们食堂今天加餐，有西湖醋鱼，还有辣子鸡丁、芙蓉水晶虾，全是宋妈的拿手好菜……这样吧，我给你带便当吃。”

钟霖快笑死了：“你是帮我带的？”

于休休说：“当然啦。顺便也给你们老板带点儿吧，你告诉他一声。我等下就过去。”

钟霖一连发了五个“嗯”，然后放下手机，直起腰，神清气爽。老板心情不好怎么办？等着挨训挨骂看脸色？开什么玩笑！当然要及时搬救兵啊！

于大壮和魏骁龙走进食堂，大笑着说：“这两天累坏了。我让厨房加了餐，反正下午不去工地，咱爷儿俩喝一杯。”

这两天很忙，爷儿俩都精疲力竭。魏骁龙把工装脱下放好，笑着去洗了手，挽着袖子去拿酒，又往门口看了看：“休休还没下来呢？”

于大壮哈哈笑道：“女孩子就是磨叽，不用管她。我们饿了先吃，一会儿留点儿给她就行……”

话音没落下，于大壮就看到魏骁龙变了表情，满脸尴尬。于大壮奇怪地回头，就看到从厨房里钻出来的于休休，手上拎着几个食盒，一副要溜走的样子。

“乖女儿，你干什么？”于大壮还不知道自己的食物被“劫持”了，“快坐过来，吃饭了。”

“我……出去一趟，今天中午就不在食堂吃了。爸爸，大师兄，你们多吃点儿。”于休休做了个鬼脸，飞快地走到门口，又回过头来。

“对了，醋鱼和芙蓉虾我带走了。鸡丁给你们留了一点儿，可能不太够吃。我让宋妈炒了两个蔬菜，爸爸，你要多吃蔬菜哈。拜拜！”

魏骁龙和于大壮对视一眼。

于大壮痛心疾首："女大不中留，老子就只配吃草了吗？老子的肉呢！"

魏骁龙拿着酒瓶："师父，这酒还喝吗？"

于大壮道："喝个屁！算了，让你宋妈弄点儿花生米！喝！"

盛天大厦。

看到于休休，公司前台的工作人员一脸姨母笑。她们亲自把于休休送进电梯，按好楼层，一口一句"于小姐慢慢走"。

于休休被她们看得毛骨悚然。这电梯直达总裁办，她要怎么"慢慢走"？这些小姐姐都吃"可爱多"了吗？

电梯门合上。两个前台小姐姐对视一眼，飞快地掏出手机："你看是不是？我就说是她吧！"

两个人头碰着头，看着"最美 CP"的八卦，一脸"猥琐"的笑："我刚才偷拍了一张，你说要是传上去，会不会爆？"

"你要作死，别连累我啊！话题爆不爆我不知道，我只知道我们俩肯定会被爆掉！"

"呃！"

"不过，你可以把照片传给我。咱俩私藏！"

"哈哈哈，没想到你也喜欢……"

"他们两个太般配了啊，我受不了他们对视的眼神。少女心怦怦乱跳！"

于休休并不知道自己被人议论了，拎着食盒上去，在电梯门口看到钟霖，左顾右盼："我哥呢？"

钟霖看她一张"捉奸"脸，有点儿好笑："你不是说给我送便当吗？"

"是呀！"于休休随口说，目光像机关枪似的扫着霍仲南的办公室，"他还在忙？"

"是的。"钟霖伸手去拿她手上的食盒，"你给我就行了。我先吃。"

于休休紧捏着不放："虽然他是顺便，但他是我哥，我还是先给他吧。"

“明明我才是顺便。好伤心。”钟霖唉声叹气，一脸“我不好了，我很受伤”的样子。

于休休“怜香惜玉”，拍拍他的胳膊：“别闹！有你的。”说罢，她又低下头，小声说，“你说过我要来给你送饭吗？我这么进去，会不会不太好？”

钟霖心里想：我有几个胆子敢说于休休给自己送饭？脸上却笑开了花：“放心吧，说了说了。老板在跟人谈事，看到你，肯定会很高兴的。”

他在跟人谈事？于休休眉头一拧：“丁曲枫还没走？”

钟霖眼珠微转：“不知道啊，我刚去了一趟人事部，没有注意到。有可能……还在里面吧？”

霍仲南还在里面？待了这么久？于休休记得霍仲南的办公室是套间，有带沐浴间的休息室，一男一女在里面，简直太方便……想着想着，她自己先把脸想红了。那天，她可不就差一点儿落入魔爪了吗？

于休休对那间办公室充满了怨念：“我在外面等他好了。”

钟霖还没说话，就收到霍仲南的消息，然后轻咳一声，笑道：“老板说，你要是到了，可以直接进去。”

可以直接进去，小伙子很坦荡啊！于休休走进办公室，发现里面确实有人在谈事，不过，不是丁曲枫，而是丁跃进。

两个人不知道在说什么，霍仲南表情很严肃，看到她，抬了抬眼，示意她先在沙发上坐，然后扯了扯领带：“行，丁叔，把报表放这儿，你先去忙。”

丁跃进站起来，微微弯着腰朝他点点头。霍仲南摆摆手，没有多说，可是这小小的举动，在观察他的于休休看来，也有魅力。她看过许多好看的男人，可是从来没有一个人能像霍仲南这样戳她的心。

以前她不明白为什么，这一刻，突然悟到了。好看的男人千千万，但气质是骨子里带的，是修养，是本事。唉！怪不得唐家人看不上她，毕竟她除了脸，一无是处啊！

想到这里，于休休缩了缩脖子，不太敢看霍仲南：“你忙完了吗？”

霍仲南脱下外套，搭在椅背上，走过来，坐在她的旁边，侧着身子看她："怎么想起送饭来了？"

于休休道："听说……你早上没吃饭？"

不知道为什么，说话的时候，她的眼神还是忍不住往休息室瞄。她在想，会不会丁曲枫就藏在里面？

这捉奸的心思，都流露在脸上。

霍仲南虽然不明所以，但十分喜爱她的小动作。

"给我带的？"他打开食盒。

于休休紧张了一下，条件反射地否认："是想带给钟霖，他说食堂不好吃……"

钟霖正好端了水进门，闻言，手一哆嗦，差点儿原地死亡："没有没有，我们公司食堂是好吃的。休休是担心霍先生你肠胃不好，吃饭不香，专门给你带来的。"

于休休困惑地看他一眼，然后，有种小心思被揭穿的尴尬。以前把他当哥的时候，她倒没这样的自觉，恨不得整天黏着他，现在，莫名其妙地不敢对视，不敢主动，不敢太直接……

于休休笑着瞪了钟霖一眼："那你不要吃了。"

钟霖求生欲很强，简直感恩戴德："好的好的，我去楼下吃。"

他识趣地走了，关门时，还特地冲于休休眨了个眼，猥琐地笑着。于休休看着他的样子，有点儿为他犯愁，特地发了条微信："钟霖你这个样子，好像古代的御前太监。"

钟霖差点儿阵亡在电梯里。

办公室里，霍仲南亲自摆好了饭菜，温和地放在于休休面前："想吃醋鱼，晚上我带你去亚湾鱼庄。"

"怎么，看不上我的小厨房啊？"于休休眼皮一翻，人就往边上坐，然后去收拾食盒，"那我带回去好了。"

霍仲南一把捞回她的手，将她扯到面前："小孩子脾性。"

"我哪里就小了？"于休休气哼哼地挣扎。霍仲南一叹，索性将她圈在怀里："考虑清楚了？"

说到这个于休休就来气。一天一晚不给消息，他现在还好意思问这个？怕不是钢铁直男的钢铁灵魂主宰了大脑吧？

"我没什么要考虑的。倒是你，信息都没有一个，是考虑好了吧？"

霍仲南皱皱眉："你让我冷静，没有解除禁令，我不敢发信息。"

于休休："……这借口一点儿都不高明。"

霍仲南凝视着她闪烁的眼，慢条斯理地将她鬓角的落发顺到耳后："你怎么考虑的？"

这儿一本正经，像在谈生意。于休休耳边被他拂过的地方，有些发热，闻言瞪他一眼："一刀两断，见面不识，老死不相往来。"

霍仲南把她别扭的身体转过来，面对自己，顺便在她脑袋上敲了一下："你啊，就数这张嘴厉害。"说完，他喉间微动，低下头盯住她，轻笑，"厉害得一看就想亲。"

于休休耳根一红，感觉整个人都飘了，飞快地偏开脸。她挪动食盒，想让他赶紧吃东西，不承想，他忽然圈住她，胳膊一紧，低头就要亲她。

"你吃不吃东西啦？"于休休心脏怦怦乱跳，侧开脸，"先吃饭。"

霍仲南问："吃完，就可以？"

于休休被他说得快臊死了，眼皮乱眨着想要逃离。他笑着将她摁在怀里，大手在她后背轻轻拍着，像在哄小孩子："躲什么？我会吃了你？"

这般亲近的姿势，于休休抬头就能看到他俊美的面孔。

这么好看、这么优秀的他，为什么偏偏就看上她了？

接到丁曲枫的电话，于休休有些意外，不是意外霍仲南会帮她这个忙，而是意外她会叫上自己。其实这些日子，她常常会想到毕红叶。

那个优雅的前辈是她二十多年的人生里遇到的比较特殊的一个女性。她的身上有很多于休休无法理解的东西，而她赠予的那些珍藏名画，又让于休休心里存了几分感恩。能去看她，于休休很开心。

她真诚地说："谢谢曲枫姐，那明天九点，我们看守所门口见？"

丁曲枫嗯了声："恭喜你。"

于休休纳闷："恭喜我什么？"

丁曲枫心里说不出是什么滋味，得到了帮助却并不开心。即便明知道霍仲南是她得不到的男人，她还是不甘心于休休这样的女人得到他。在她的眼里，于休休肯定是不配的。除了那张脸还看得过去，于休休身上有什么是能吸引霍仲南的？丁曲枫不太愿意承认霍仲南与其他的男人一样肤浅，只会看脸。

她想了想，冷冷地笑道："认识他很多年了，我从没有见过他对谁这么上心。于休休，你很幸运。"

于休休问："为什么不是他幸运？"

丁曲枫愣住。

于休休乐不可支："遇上我这么优秀的女孩儿，算他小子够好运。不过，我还没有想好，要不要给他机会呢。"

丁曲枫喉间一口老血："于休休，我劝你别太得意。他这样的男人，你以为随便哪个女人都可以拴住他的心吗？你不过是暂时的替代品。等人家回来了，你屁都不是。"

人家？于休休心里激灵一下，是那个他一直在寻找的女孩儿吗？

于休休撇撇嘴："我感觉你特别嫉妒我可以成为替代品？呵呵，玩笑。"

次日早上起来，于休休好好地收拾了一番，在衣服的选择上，还特地征求了苗芮的意见。看守所不是什么好地方，见毕红叶也不好太随便，不能穿得太张扬，也不能太晦气，她为此很是费了一番脑子。

丁曲枫比她先到，在看守所等她。和她在一起的，是一个叫陈述的律师。于休休觉得他看自己的眼神有些复杂，待她看过去时，陈律师又赶紧收回视线，一眼都不多看。

于休休不知道他搞什么，只是甜甜一笑："麻烦陈律师了。"

陈述道："不麻烦不麻烦。"末了，他给钟霖回了消息，"等到人了。让老板不用担心。"

钟霖道："收到，代表老板给你加鸡腿。"

陈述道："谢谢你了，钟大爷。"

他把人带进去，办好了手续。等了一会儿，管教一个人出来了。

“她不肯见你。”他是对着丁曲枫说的。

“怎么可能？”丁曲枫噌地站了起来，一脸的不可思议，“我妈妈怎么可能不见我？你们是不是弄错了？”

管教道：“抱歉，我再三确认过了。”说罢，他转向于休休：“你是于休休吧？你跟我来。”

什么？丁曲枫看看管教，又看看于休休，脸涨得通红，快要气炸了：“你是说，我妈不见我，却要见她？”

管教点头：“是。我也不明白为什么。”

没有人知道为什么，于休休同样不知情。在丁曲枫愤怒的目光中，于休休跟着管教到了会见室，看到了戴着手铐、穿着囚衣的毕红叶。

短时间不见，于休休几乎认不出她。她头发花白，皮肤蜡黄，一头柔顺的长发剪成了没有任何造型的短发，干枯地耷拉着，整个人瘦得脱了形。脸上没肉，颧骨就显得格外高挺。不过，她那双眼睛倒比她犯案的时候看着平和了很多，好像整个人都沉寂了下来。看到于休休出现，她甚至露出一个微笑：“好孩子，谢谢你来看我。”

于休休有些惭愧：“红叶老师，我早就该来的。”

毕红叶怎会不懂个中关键？这是她想来就能来的地方吗？她笑着摇了摇头：“不晚，能看到你，我已经很开心了。”

于休休看着她微乱的白发，没有吭声。毕红叶兴致却很高，微笑着问了于休休很多问题，她的工作室，她的别墅装修，尤其是她的那些宝贝，关于收藏和养护的问题，她问得很细。

于休休知无不言。得到答案后，毕红叶满意地点头：“我就知道你会好好对待它们，这样我就放心了。”她没有问丁跃进，也没有问丁曲枫。于休休有点儿别扭，明知不合适，还是忍不住问：“红叶老师，你为什么不见曲枫姐？”

毕红叶沉默了很久。好一会儿，于休休听到她的叹息：“休休，你有没有听过一句话，‘近乡情更怯，不敢问来人’。当然，这话用在这里不合适，但我的感受大抵相同。我不敢见小枫，不想让她看到我现在的样子。”

于休休似懂非懂："可是曲枫姐很想你。她回国很久了，每天都在想办法救你……"

"我有什么可救的？罪有应得。"毕红叶笑着摇头，"我的想法都告诉律师了。对我未来的归处，我也已经有了心理准备。"

于休休鼻子有点儿酸。淡然的毕红叶，比撕心裂肺的她，更让人心疼。毕红叶语气幽幽："我对不起小枫。在她很小的时候，我就醉心于艺术，没有分给她更多一些时间和陪伴。这孩子独立、要强，做什么都有主见，从来不让我操心。那时候，我曾引以为傲。现在回想，小时候的她，应该是孤独的吧。

"那时候，我总以为，未来很长，我们会有大把的时间。可是，小枫慢慢长大了，飞远了，渐渐走出了我的视线……现在，她终于回来了，我却是这个样子，怎么好意思见她？我是个失败的妈妈，我没脸见女儿。"

于休休皱皱眉："红叶老师，她不会在意的。你什么样子，她都会爱你。"

毕红叶微笑："你替我告诉她，我也很爱她。但是，我希望在她心里，我永远是那个美丽的妈妈——我会永远爱她，但她不必再来见我。"顿一下，她补充，"开庭的时候，也不必来。"

这是什么想法？这想法是不对的啊！怪人！

于休休的人生和家庭环境，令她无法理解这样极端而偏执的爱。她有点儿小激动："可是，她很想见你呀。红叶老师，女儿是不会嫌弃妈妈的，不管妈妈变成什么样子——"

毕红叶道："也许是的。但我心有魔，没法说服自己。"

"什么魔能比女儿重要？你不觉得你这样很自私吗？"于休休脱口而出，涨红了脸，"抱歉，我不该指责你。"

"你这孩子，还是这么直爽单纯。唉，幸好你是遇到了他，要不然……"毕红叶笑笑，话锋突然一转，"老丁，还酗酒吗？"

这是关心那个伤害她的男人吗？于休休摇头："前阵子他有些不太好，看了心理医生，最近好像调整过来了。"

"那就好。"毕红叶长叹，"夫妻一场，我还是希望在我走后他能好好过完后半生。有他在，小枫至少有个家。”说罢，她看了管教一眼，“时间差不多了，你走吧。”

于休休站起来：“红叶老师……”

毕红叶没有说话，朝她微微一笑，慢慢转身，走了。她越走越远，微微佝偻，再找不到当年风华。

于休休愣愣地坐回去。这样的亲子关系，在于家，简直是不可思议的。不论发生什么事，她和父母、弟弟都会一起扛，不会放弃谁，不能离开任何一个……

可怜这一家人。这一刻，于休休忽然原谅了丁曲枫。

于休休觉得对于看守所探视的事，丁曲枫可能不太高兴，就像红叶老师把珍藏的画送给她一样。然而，丁曲枫什么都没有说。她探视毕红叶出来，丁曲枫已经走了，一句话都没有留下，只有陈述在等她。

于休休没有转达毕红叶“不必相见”的意愿，一是因为理解丁曲枫，二是因为丁曲枫并不是那种会受人左右的人。

下午，于休休去巡视了两个工地，其中一个就是“城市之春”。

吴桐没有在现场，只有十来个工人在懒懒散散地干活儿。于休休给吴桐打了个电话，让他盯着工地，怕没有人盯会出问题。吴桐好像有点儿不高兴，说自己有分寸，就把电话挂了。

于休休看着手机，有点儿蒙。今天什么日子？怎么走哪儿都讨人嫌？她是个藏不住心事的人，火速打开手机找她的幸运天使霍仲南转运。她发了条语音，把今天的事一股脑儿地告诉了他，等发泄完心里的不满，烦恼就没有了，然后，眉开眼笑地去开车。

可是，她那条语音，霍仲南反复听了五六遍。他把钟霖叫了进来：“我出去一趟。和詹姆斯先生约明天。”

钟霖：“霍先生？”

这次会见是上个月就安排好的，就在一个小时后。霍仲南不常会见客人和商业合作伙伴，能够约他见面的人，都是重要的人。他从不会失约。

这是怎么了？钟霖一头雾水，提醒他：“詹姆斯先生脾气不是很好，这次还带了太太过来，怕是……”

霍仲南扣好衣服，扫他一眼：“那丫头情绪不对，我得去看看。”

又是为了于休休？钟霖快哭了：“老板，我的情绪也不对了啊！”

霍仲南走出房间，就给于休休发消息：“你现在回公司吗？我去接你。晚上一起吃饭。”

于休休：“你今天不忙吗？”

霍仲南皱皱眉：“不忙。”

于休休：“可是我忙啊！夏琪昨晚给我发了十几条消息，说她家卫生间的防水没有做好，还说什么项目经理不负责任，我得过去看看。”

霍仲南不吭声。于休休知道他对那两口子没有好感，也不多说：“唉，现在的男人真是渣得很，她那个老公太让人倒胃口了。今天上午把我们家客服骂得狗血淋头！我去处理一下就走。晚上和你约饭没有问题。我弟说想去吃柴火鸡，你有没有兴趣？”

霍仲南：“有。”

于休休笑开了：“那要不然你去刘婶那边等我？我很快就过去。”

霍仲南许久没有回答。

于休休都把车开到夏琪家小区了，这才收到一条他的消息：“我不是渣男。”

呃！反射弧也太长了吧？于休休笑了起来。她只是一时嘴快而已，这人闷头想了这么久？于休休发了个“顺毛”的表情包：“你当然不是渣男，你是喜欢金发美女的渣老板，是心里有个女孩儿还亲另一个女孩儿的渣老头儿。一会儿见啊，渣老头儿，我快到了。”

冯子强吹着口哨，晃进了卫生间。

卫生间里刚做的防水测试，地上全是积水。他喝了一点儿小酒，脑子有点儿微醺的小兴奋，踩在垫脚的砖头上，想也没想，拉开裤链，直接淋在了地面上。

今天没有工人施工，有一点儿声音就很响亮。夏琪正在客厅里检查墙面，听到声音气不打一处来，冲入卫生间就开骂：“你是狗吗？去楼下公厕不行？这是咱们自家的房子……”

冯子强转过头瞪她："自家的房子怎么了？不是自家的房子，我还不尿呢。"

夏琪和他最近关系不太好，想到他做的那些事，更是无名火起："你看不见吗？这里没有马桶！这是你该撒尿的地方吗？你这个人就是……什么不能干，就专干什么是吧？你上次差点儿坐牢，你不知道？这脾气，还不知收敛。"

冯子强皱起眉头，不悦地说："你这婆娘又要翻旧账是吧？闭嘴吧你，老子不爱听。"

夏琪气得面孔发绿："你别不爱听了。我约了设计师过来看地漏和防水，你这搞得全是尿臊味，让人家闻到，丢不丢人？"

冯子强被她说得火起，突然转过身来，一脸邪佞的笑："老子就这样，怎么着？老子就是想尿哪里就尿哪里……谁不爱，你不爱，还是她不爱？"

夏琪气得身子发抖，冲过去就推他："冯子强，你太过分了！我今天跟你拼了！"

冯子强反手就是一个耳光，顺手揪了她的头发，就摁在几厘米深的防水地面上："你这婆娘，老子惯你了是不是？房子是我买的，老子爱咋样你管得着？"

"你松手，松手，痛痛痛……"

夏琪打不过，气不过，又哭，又骂，又叫。

于休休就是这个时候进门的。还在装修的房子，味道大，夏琪进来的时候并没有关门。小户型的房子，大开的门离卫生间不到十步，哭闹声和求救声清晰入耳，于休休怔了一下，冲了进去："你住手！"

她眉毛竖起，样子很凶。地上的夏琪抬起头，满脸是污水，脸颊已经肿了，楚楚可怜地看着于休休，失声痛哭："这个丧尽天良的东西……呜呜……"

冯子强愣了一下，看到只有于休休一个人，抹一把嘴巴，丢开夏琪，吊儿郎当地走过来："我当是谁呢？原来是你！这就送上门来了？"

于休休发现这个人双眼赤红，不像是正常状态，立马往门边退去："我警告你啊，别乱来，我哥就在楼下，马上就上来。"

“你哥？情哥哥吗？”冯子强酒精上头，说话早已没了分寸，“行啊，等他上来，这样才刺激……”

他说着就要去抓于休休。夏琪一把扑过去，抱住他的腿：“于小姐，你快走。他喝多了，没人性的，你快走！”

冯子强踢她一脚，骂骂咧咧：“你这臭娘儿们，胳膊肘往哪儿弯呢？老子才是你男人，看清楚。”

于休休看他打人，心肝儿颤。太恐怖了，这个恶魔。她睨着墙边，随手抄起一根钢筋，然后拿手机：“你别怕！我报警！”

夏琪大惊失色：“不要！于小姐，不要报警！”

于休休震惊地看着她：“他在打你！他把你打伤了！你不要怕他，这种渣男，就该受到教训。”

夏琪呜呜地哭，又哭又叫：“不要报警，我求你了。报警的话，他就要坐牢了，我们这个家就完了……”

家？这是家吗？这不是于休休理解的家：“你可以不报警，我不可以。”

“于小姐，你就算不为我，也为你的朋友想一想，要是报警，她的事就瞒不住了！”

于休休微微一顿：“我管不了那么多了，今天就要好好地收拾这个畜生。”

冯子强见状，一脚踢开夏琪，朝于休休扑了过去，想抢她的手机。于休休退了一步，条件反射地就着手上的钢筋朝他砸了过去。

准头很好，刚好砸在他的头上。

霍仲南拨了好几次于休休的电话，一直无法拨通。大冬天的，他坐在车里，觉得胸口有些闷。他扯了扯领口，找钟霖要了谢米乐的电话：“把夏琪家工地的位置发给我。”

谢米乐加了霍仲南的微信，把地址发过去，然后给于休休发消息：“你哥在找你。听语气不太好哎，你俩怎么了？是不是你背着他又看上别人了？”

谢米乐发了消息，没等到回复，又打电话，无法接通。她也有点儿慌了，来不及多想，一边出门打车，一边给于大壮打电话。

“于叔，休休好像出事了！”

刚交房不久的新小区，入住率非常低，一幢幢高楼密密麻麻地沉在夜色里，好像一个个潜伏的黑影。

这样的安静，让霍仲南心急如焚。从地下停车场进入楼道的时候，他看了一眼靠在墙角的建渣，黑着脸从里面挑出一根钢筋……

从负一楼到一楼，电梯门开了。等在外面的是一个带孩子的女人，看到杀气腾腾的霍仲南，她条件反射地叫了一声，抱着孩子就往后退。

霍仲南道：“不走？”

女人飞快地摇头。霍仲南按关门键。门合上，他望着跳跃的楼层，理智几乎被吞噬。一路上，他都在拨打于休休的手机，一次都没有拨通。他不敢去想后果，只是双眼渐染戾气，嗜血一般赤红。然而，现实比他想象的更加可怕。

24层。昏暗的灯光下，房门口一地的血迹。于休休坐在门槛上，背对着他，拿着一根与他手上一模一样的钢筋，比画着在说话。

“道理都说给你听了，如果你还是不想报警，那我就不再管你了。你好好一个女人，能不能有点儿志气？没工作，带孩子，有什么关系，好手好脚的，还能饿死？男人都是渣，都是渣，你不知道吗？”

霍仲南看不到她说“男人都是渣”时的表情，却从语气里听出了几分咬牙切齿。他脊背隐隐有些发寒，总觉得这个“渣”里，可能包括了他自己。

夏琪坐在地上，捂着脸哭，不说话。

冯子强靠坐在另一面墙上，满脸是血，瞪着两只眼珠子：“你少在这儿假惺惺，挑拨离间，我们两口子感情好得很。你问问她，我对她好不好？我供她吃，供她喝，没让她出去抛头露面……”

“我呸！”于休休痛骂，“你要不要脸？你老婆出去赚钱，说不定比你赚得还多，你还当什么大爷？”

“你懂个屁，我是她男人！”

"男人了不起？一会儿警察来了，你也这么说吧！"

冯子强气得发抖："你别吓我。我告诉你，报警咱们谁都跑不了，你打伤了我，你一样要坐牢。"

于休休道："哦，想我坐牢啊，可能还得多打几下才行哦。要不要试试？"

她抬手指过去，冯子强吓住了，身子往后退："你这娘儿们，你是不是个女的？是不是个女的？你下手怎么这么狠……"

于休休道："你一个强奸犯，好意思说我狠？"

冯子强抹了一把鼻血，气到了极点，打不过，又骂不过，一身是伤，还不敢报警，这让他男人的威风大受打击。

"我不是强奸犯。我让她来宾馆，她就来？她不知道人家要干什么吗？"

听他这么说韩惠，于休休气急了，猛地站起来，手拎钢筋："你再说一次！"

冯子强条件反射地抱住脑袋："是是是，我是强奸犯，我错了。我以后再也不打老婆了，我要好好爱我的妻子，爱我的亲人，我要痛改前非……"

这些都是于休休的"教诲"，虽然他不明白这个女人为什么有这么好的精神，打完了人还在这里给他上课，也不明白自己一个大老爷们儿为什么打不过一个女人，任由她摆布，还得拍她的马屁。

"哼！再胡说八道，把你嘴缝起来！"

于休休把钢筋往地上一杵，一只手叉着腰，活生生一个小太妹。骂完人，她突然发现夏琪的眼神不对，后脑勺隐隐有点儿凉。她猛地一个转头，吓住了。

门外的阴影里有一个人，身形高大挺拔，他安静地站在那里，不知道什么时候来的。于休休看不清对方的脸色，但他的一双黑眸穿透力极强，好像要透过皮肉看入她的骨髓。

"啊！"于休休钢筋落地，"你怎么来了？太好了，你终于来救我了。哥哥，你都不知道，刚才吓死我了。"

她一副"我好怕怕"的样子，突然变得细软温柔的声音，听得夏琪和冯子强身子一抖。这和刚才那个凶巴巴的女人是同一个人？

霍仲南刚才有点儿闹不清状况。可是，于休休转头时，他看到了她脸上的血迹，还有她惊恐的眼神。

“你在干什么？”

“我……”于休休看了一眼地上的那根钢筋，撇了撇嘴，好像刚才拿着它打人的不是自己，“弱小可怜无助但很勇敢”地走过去，挽住霍仲南的胳膊，指着冯子强，“这个家暴男，打他老婆，还想……还想欺负我。”

霍仲南眼一沉，看向冯子强：“是吗？”

冯子强瞪大了眼睛，吓得用手撑着地不停地往墙边挪：“我没有，我没有……”

于休休道：“没有？你再说没有？”

冯子强不敢看霍仲南的眼睛，霍仲南眼里的戾气和于休休那种凶悍是不一样的。于休休打他一顿，还能坐下来讲道理，这个男人……可能会杀了他。他连连摆手：“不要误会，我只是逞个嘴快。我就是嘴贱，绝对没有那个心思。”

霍仲南不说话，冷眼如刀。

冯子强被那目光逼得浑身冰冷。

他真的看到了杀气。

啪！冯子强眼睛一闭，一个耳光结结实实地打在了自己脸上，接下来，又是一个。他一边打一边说：“我这张臭嘴，不该胡说八道。我这张臭嘴，该打！”

霍仲南抿嘴不语。

于休休仰头，委屈巴巴地说：“哥哥，我刚才以为，我再也见不到你了。我好害怕……好害怕。”

霍仲南揽住她的肩膀：“怎么不打电话给我？”

于休休摇头：“我的手机被他打坏了。”她从兜里掏出摔坏的手机，献宝似的摊在霍仲南面前，“你看，没法用了。他打掉我的手机，断了我的退路，还想……欺负我。”

冯子强好恨！谁欺负谁？被打的人是他呀！那个手机是他抢过来的没错，但一钢筋把手机打翻在地上的人，不是她自己吗？

霍仲南皱皱眉，见冯子强不动，沉声道：“不要停。”

不要停？继续扇下去？冯子强有点儿恼火，垂死挣扎起来：“我……我告诉你们，不要欺……欺人太甚。兔子急了还会咬人呢。”

霍仲南冷笑：“今天就欺你，如何？”

冯子强瞪视着他。霍仲南说：“自己掌嘴，就痛一痛，得个教训。如果我来掌嘴，你可能就没有后半生了。”

冯子强打了个冷战。

这个男人带给他的压力是空前的，哪怕他并没有说什么狠话，但不知道为什么，冯子强就是怕他，甚至肯定他说的每一句话都会变成现实。

“我，行，大不了我跟你们……”冯子强提一口气，“大不了我就给你们跪了。”

咚！他跪下来。

啪！一个巴掌。

啪！再一个巴掌。

霍仲南眯起眼：“快一点儿。我没时间等你。”

于休休嗞一声，一副紧张得不敢去看的样子，把头靠在霍仲南的胳膊上：“哥哥，你好厉害啊！你看你一来，他就怕了。刚才……他好凶的，还想打我。”

冯子强心里直骂娘。谁更凶？谁打谁啊？一根钢筋舞得虎虎生风的是谁？啪！啪！啪！他加快速度，拼着一张脸不要了，也要护自己下半辈子的周全。可这样就结束了吗？

不！远远不够。于大壮在三分钟后气喘吁吁地冲了上来，手上拎着一根同款钢筋，看样子和霍仲南一样，也是在地下停车场入户那里拿的。

爷儿俩对视一眼，于大壮的眼圈瞬间红了："浑蛋，欺负我姑娘，看老子今天不揍死你！"

冯子强大概是世界上最惨的"施暴者"，被于休休打了一顿，霍仲南来后，又自扇了五分钟耳光，最后，还要被于大壮胖揍一顿。

冯子强吃痛不已，尖叫连连。于休休看得不忍心："爸爸，打断他几根骨头就行了……千万不要闹出人命啊！咱们赔不起。"

于大壮道："老子晓得。"

夏琪刚才一直旁观。对老公，她是有恨的。于休休没有报警，不管怎么打他，她都睁一只眼闭一只眼，想让他受点儿教训，可是看于大壮这样揍，她心惊胆战，忍不住开口求情。

于休休怒其不争，不想看她："你太让人失望了。你等着吧，他能好好活，你就别想好好活。"

这时，谢米乐来了。同她一起上来的还有几个警察。是那个抱孩子的女人报的警。她就住楼下，看到杀气腾腾提着钢筋上楼的霍仲南，又听到了楼上的动静，悄悄地打了110。

警察上来一看："怎么回事？"

于休休看到警察，就像看到了亲人，哇的一声哭了。她双手在脸上一抹，不知道哪儿沾的鲜血，眉上、脸上到处都是，那模样十分可怜："警察叔叔，你们来得太好了。我……我们被那个人欺负了……"

刚刚接受过"正义洗礼"的冯子强，肚子里全是脏话，嘴上还得笑嘻嘻的："没啥事，没啥事，我们几个就是闹着玩的。"

"闹着玩？"警察看着他肿成了猪头的脸，鼻血长流，一身的伤，有点儿怀疑自己的耳朵，"你确定？不是被打？"

陈述从来没想过自己会因为老板"打架斗殴"去派出所，在给钟霖打电话的时候，他几乎是笑着说出口的。

钟霖比他还要震惊："你在哪儿？我们一起去。"

陈述告诉他地址："一会儿派出所见吧。"

钟霖道："你先打个招呼，这事别声张，不能让人知道。我……我觉得盛天丢不起这个人。"

陈述道："老板丢人而已，丢不到盛天去，也没人认识他。"

钟霖放心了些："这倒是。一会儿见。"

两个人匆匆赶到派出所，没有想到，老板正在陪于休休吃方便面，而且还是派出所友情提供的方便面。

冯子强有前科，两年前就因为寻衅滋事被警察拘留过。到了派出所，于休休讲自卫过程的时候，一阵痛哭，警察小哥哥怜悯心大起，这么可怜、这么单纯、这么善良的小姑娘，居然有人狠心打她、欺负她？！

孰是孰非，肉眼可见。

夏琪一直想帮冯子强说话，可是她一脸的伤，全是证据，哪怕她表示夫妻矛盾不想追究，但警察认真起来，哪儿会由着她狡辩？

冯子强又要被拘一次。而于休休因为太饿，做完笔录后，在派出所里得到了一包方便面。警察小哥哥还亲自泡好送到她的面前，像对待可怜的流浪儿童——

谢米乐叹为观止："你这一顿操作，猛如虎啊！"

于休休道："谢米乐，你乖乖闭嘴。"

谢米乐嗤笑，趴在她面前的桌子上，眼都不眨地盯着她："我早就说过，你靠脸靠演技就能吃饭了，你还不信，偏偏要靠才华。"

于休休吹了吹方便面，吸溜一声："你不懂，我这叫真实。"

谢米乐笑："能不能把你的真实教我两招，回头我也去混个饭钱？"

于休休抬起头，认真地端详她："你不行，不具备先天优势。"

"先天优势？"谢米乐一头雾水。

"颜值不能打，架也不能打。"

"于休休，信不信我打你？"

于休休并非没有受伤。

她的手背、胳膊、肩膀都有不同程度的碰撞伤痕。那些瘀青全部成了冯子强的罪证。只不过，她打架狠，不要命，手上又有武器，冯子强比较吃亏就是了。

这点儿小伤，她不当回事，可于大壮却如临大敌："等会儿回去让你妈妈看见了，不知道多紧张呢。唉，乖女儿，下次遇到这种事，你要跑，先保护好自己，再想办法报警，知道吗？"

于休休道："我跑什么？我又不是打不过。"

于大壮："……"

于休休又道："就他那样的弱鸡，只会吓唬自个儿老婆，遇到我，我一个打俩。"

于大壮拼命地朝她眨眼，示意霍仲南就在身边，女孩子还是要假装斯文一点儿。

于休休接收到爸爸的信号，幽幽一叹，声音立马弱了：

"就算明知道要受伤，我也不能见死不救，是不是？人家在喊救命，万一我迟疑一下，一条人命就没有了呢。"

霍仲南走过来，低声说："你很勇敢。"

于休休眉眼弯弯，笑得毫无心机："你是在表扬我吗？"

霍仲南嗯了声，点头。

不是每个女孩儿面对危险时都有这样的勇气敢上去帮助别人的。于休休的热情和善良，真实地刻在了她的每一个笑容里。有人会说她愚蠢，说她幼稚，说她一腔孤勇，说她意气用事，不顾死活。可是霍仲南喜欢的，不就是这样的她吗？如果她计较那么多得失，权衡那么多利弊，她又哪里还是于休休——那个双眼清亮得可以照亮世界的女孩儿？

离开派出所，爷儿几个在外面吃了点儿东西，到家时已经是深夜。苗芮还没有睡，一个人坐在沙发上，百无聊赖地看电视。父女两个一起进门，于休休手插在兜里，朝老爸递了个眼神，打哈欠走人。

"老于，苗女士，我好困啊，先上去睡了。晚安。"

她噔噔噔上楼，可怜于大壮要接受老婆的审问："你不是说休休加班，你去接她了吗？怎么回事？"

于大壮不想苗芮担心，摆摆手："可不是吗？这孩子加班，困了，就想睡觉。"

苗芮道："我咋觉得你们爷儿俩不对劲呢？挤眉弄眼的。老实说，有什么事瞒着我？"

于大壮想了想："可能是小姑娘刚谈恋爱，有点儿恋爱病，小情绪嘛。没事没事，你别操心。"

苗芮的脸沉了下来："小姑娘恋爱有情绪，你呢？也有恋爱病？哟，上哪儿找第二春了？"

于大壮光速冲过去，抱住老婆，一脸傻乐："我这恋爱病都几十年了，可算让你看出来了。"他拖了苗芮的手，捂在胸口，"媳妇儿，赶紧给我治治呗。"

苗芮哭笑不得，推他肩膀："讨厌，谁和你开玩笑了？"

蒙混过关。于大壮看她笑了，弯腰就把她抱起来："走喽，咱们回房治病去了。"

"老不正经！"苗芮又笑又气，最后还是没有再追问。

于休休为了犒劳自己，第二天没去上班，在家睡了个懒觉，赖在家不想出门。给自己放假，就要玩得彻底。她手机坏了，也懒得买，抱着 iPad 画了一上午表情包，从中挑出两个满意的，一个命名为"南院大魔王"，一个命名为"休休小妖精"。

保存好，她伸个懒腰下楼觅食。于大壮去工地了，苗芮打牌去了，两口子都要晚上才回来。李妈的侄女结婚，昨天就走亲戚去了，于休休一个人在家，说不出的自在。

门铃响时，于休休正在啃冰激凌。

"谁啊？"她走到门口。

可视门铃里是霍仲南高清的俊脸，于休休心里一跳，首先臣服于颜值，隔了两秒，才反应过来，他的脸色有点儿不好看。

“这是咋了？”于休休咬着冰激凌开门。

霍仲南看到她，脸更黑了：“大冬天吃冰激凌？”

于休休做了个鬼脸：“反正我又吃不胖，怕什么。”

这是吃不吃得胖的问题吗？霍仲南皱皱眉，没有多说，迈步就往屋里走：“我给你带了药来。”

药？什么药？她有生病吗？于休休站在门边没动。霍仲南回过头来，看一眼，叹息，自然地牵过她的手，拿过冰激凌丢在垃圾桶里：“过来上药。”

于休休看了看手背：“唉，这点儿小伤，上什么药？过两天就好了。”不对！这说法太爷们儿了。于休休琢磨一下，换上温软的声音，娇滴滴地说，“虽然是有一点点痛啦，但是我还可以再坚持坚持。”

霍仲南看她一眼。两种截然不同的态度、语气和声音，这姑娘是哪里坏了？于休休被他专注的眼神盯着，心乱如麻，突然觉得他今天来，可能不是送药，而是另有所图——比如想趁着她家里没人，把她那什么。

霍仲南看她眼珠子转来转去，若有所思——这丫头该不会是打架的时候把脑子伤到了，有创伤后遗症吧？

于休休娇羞地笑：“嗯？看我干什么？”

霍仲南发现她的表情越发不对，脸红如上了胭脂，渐渐地扩展到了耳朵——是不是受伤发炎，发烧了？

两个人你看我，我看你，一句话都没有，但脑补了很多。霍仲南伸手，覆上她的额头：“不烫啊！”

于休休一怔，把快要跳出嗓子眼儿的心收了回来，伸出手背：“你要不要擦啊？”

霍仲南：“擦！”

于休休道：“那你快点擦啊！”

霍仲南：“我……”

他没有说下去，因为于休休突然露出惊愕的表情，然后，她扑哧一声笑了起来，不知道在笑什么，腰都弯了下去。

霍仲南默默地拉过她的手，低头看去。这伤比她自己说的严重多了。手背浮肿，皮下有一个个血点，有一个指关节都肿大了。尤其这些伤还在一个漂亮女孩儿白皙柔嫩的小手上，就格外惹人疼惜。

“下次不许那么傻。”

他的声音似乎是从喉咙里发出来的，带了一丝心疼的叹息，低沉而性感，在棉签压过她的手背时，尾声的轻颤像羽毛做的刷子，扫在于休休的心上。

“咝！”她缩手，“痒。”

“痒？不是痛？”他不解。

于休休把手伸出去，那种痒，不在手上，是从心里发出来的，是他的声音掠过耳膜时灌入脑子，再从脊椎扩散到全身……刺激得像突然被人挠了脚心。

于休休看他认真为自己擦药的样子，看他的眉眼，看他低垂的眼睫毛，一种偷偷萌芽的小情绪，在棉签左左右右的擦拭中，突然冲上天灵盖，有点儿抑制不住。

擦好手背上的伤，霍仲南松口气，抬头看她：“衣服脱了。”

于休休直视着霍仲南，大概用了三秒钟时间来消化他这句惊世骇俗的话，突然浅浅一笑：“好嘛。”她压低的声音，酥麻入骨，带了一些异样的尾音，把一句明明正常的话说出了九曲十八弯的韵味来，“稍等！”

她说着，侧转过身。霍仲南皱了皱眉，拿着棉签，没吭声。今天于休休在家里休息，里面穿了身真丝睡衣，外面就套了一件居家的外袍，腰上系着带子，内外两层都是浅色，领口一开，她柔美的脖子在灯光下白得发亮，几乎找不到一丝瑕疵……脖子，肩膀，上面的瘀青清晰可见。

霍仲南眸色渐深。于休休用葱白的手拉开外袍带子，眼看就要去解里面的衣服扣子。

霍仲南喉咙一动："你做什么？"

于休休困惑，眨眨眼："你让我脱衣服的啊！"

"肩膀和胳膊露出来，我给你擦药。"大概是于休休的眼神太过直白，他嗓子有点儿发干，明明很简单的解释，他却说得呼吸都热了起来。

"哦。"于休休笑着嗔他一眼，"早点儿说清楚嘛，我还以为……不过，今天好热啊，脱了擦药也好。"她笑盈盈地说着，忽地一下子拉开外袍，脖子那一片刺目的白，让霍仲南条件反射地闭上了眼。

"哈哈哈！"于休休大笑起来。

霍仲南睁开眼，看到她外袍里面是规规矩矩的睡衣，根本就没有他以为的香艳。

于休休笑得脸都抽搐了："惊不惊喜，意不意外？"

霍仲南沉下脸。

这丫头就是野，脑子里那些稀奇古怪的念头十分考验正常人的承受能力。可是，这种青春的、阳光的、鲜活的生命状态，又极有吸引力。

一次次被她捉弄，还一次次地想要靠近。

"逗我很有趣？"霍仲南眼神微凉，一双漆黑的眸子带着野性的危险，于休休扫他一眼，皱皱鼻子，摇头，又点头："有趣。"

"然后？撩完就算了？"

"那你撩回来好了。"于休休不安地低头，发现刚刚恶作剧时将衣服的扣子弄开了，堪堪披个外套，纤细的锁骨露了出来，在黑发的遮掩中若隐若现，她连忙整理衣服，双颊通红。

霍仲南哼了声："怕了？"

"谁说的？"于休休做个鬼脸，外套像扇风一样开合，"你不会是生活在旧社会吧？穿这么保守的衣服，我怕什么……"

霍仲南没有说话，心思深沉难测。于休休默默地扫他一眼，半晌，突然反应过来，笑得像只狐狸："你该不会是……从来没有接触过女孩儿吧？瞧把你严肃的。”

于休休说到这里，突然闭嘴，头一转，听到门口传来的响动：“有人回来了。”

门厅和客厅有一段距离，于休休一把抓起霍仲南的手，撒腿就往楼上跑，一副落荒而逃的样子。

霍仲南：“你怕什么？”

于休休嘘声，直到把他拽上楼，躲在楼道看到是苗芮进来了，这才小心翼翼地后退，把霍仲南带入自己的卧室，关上门。

“吓死我了！”于休休背靠门板，拍胸口。

霍仲南好整以暇地看着她：“在自己家，为什么躲？”

“你不知道。”于休休横他一眼，“一会儿让我妈看到我们那样，就完了。”

“我们那样？”霍仲南眉心微皱，“我们哪样？”

这个还用问？于休休不想理他，接着说：“你不知道我妈这个人，想象力丰富，脑补能力强，哪怕是捕捉到一丝衣角，她也能想象出抱孙子的样子……”

霍仲南嘴角抽搐一下。于休休瞥他一眼，指了指房间里的单人沙发：“你坐一会儿，我下楼去问问。我妈可能是回来拿东西的，一会儿还得出去打牌。”

霍仲南不说话。于休休拉开门走出去，又缩着脖子回头警告他：“我妈没走，你别出声啊！”

她做贼似的出去了。霍仲南原想提醒她，自己的鞋子就在门厅，但是看她玩得这么起劲，又不忍心打断她的乐趣。他四处看看，参观起女孩子的闺房来。

轻纱曼舞，暖香拂面。霍仲南走到书架前，从中抽出一本书，却手滑没有拿稳，书掉落在书桌上，打翻了她竖起的 iPad，同时，一瓶没有拧好盖子的墨水顺着桌沿流了下来……

于休休像个小尾巴似的跟在苗芮的背后，从客厅走到卧室，又从卧室走到客厅：“妈妈，你不去打牌吗？”

“我去打牌，你吃什么？李妈不在，我回来给你做午饭，一会儿晚点儿再去。”苗芮找到围裙去厨房。

“妈，妈……”于休休拦住她，笑得天真烂漫，“我都这么大了，还不能做饭怎么的？”她顺手把苗芮的围裙扯下来，“我自己做。”

苗芮抬抬眉：“好吧，你做。”

于休休笑出两排白牙：“那你打牌去吧。”

苗芮在凳子上坐下：“这会儿打什么牌？人家都回去了，我和鬼去打。我得吃了饭睡个午觉再走啊！”

于休休低头看着围裙，欲哭无泪。所以，这是干什么？没有把人弄走，反倒捡了个煮饭的活儿。

“去啊，怎么不去做？”苗芮看她不动，皱了皱眉，“你手怎么了？”

于休休哦一声，抬了抬手背：“不小心碰到了。喏，我已经擦药了。”

茶几上的药和棉签都在，骗不了人。于休休干脆主动说出来，然后把煮饭的活儿还回去：“妈妈，既然你要在家吃，你看我这手不太方便，所以这饭……还是你做吧。嘿嘿！”

她一脸乖笑。苗芮懒洋洋地看她一眼：“行，你放那儿吧。”

于休休刚松口气，苗芮就站了起来，往楼道走：“我的水杯昨天好像放你房间了，我去拿，下午打牌要用。”

什么？于休休瞪大眼，紧跟着追上去，拖住苗芮的胳膊：“妈！你水杯不在我房间。”

苗芮看她一眼：“在，我昨天放的。”

“不在不在，我刚在上面都没有看见。”

“呵！你能看见？”苗芮笑得眯起了眼睛，上下打量着女儿，“地上长金子都看不见的人，还能看到水杯？”

于休休快哭了。被她看到霍仲南在房间怎么办？早知道就不藏人了，这不是越描越黑吗？

“妈！”于休休看苗芮走得那么快，拍了拍脑门儿，匆匆跟上去，一次次拦在她的面前，“你的水杯真的不在我房间。”

“你这丫头！在不在，我看一眼不就知道了？”

“它不在，你看它不也不在吗？妈，我给你找找去，走，咱们楼下去找。”于休休拖住她就想往下拉。

“哎哟，你这丫头，我差点儿摔倒了。”苗芮黑着脸瞪她，“你干吗这么怕，房间里藏什么宝贝了？”

宝贝没有，男人有一个。于休休苦着脸，只能期待霍仲南能自己找地方藏起来，或者躲去卫生间，不要出来。她一边走，一边寻思要怎么给苗芮解释霍仲南在自己房间里的事。妈妈是个开明的人，应该不会胡思乱想吧？朋友来了，给她带了药，她邀请他去房间……

不对，邀请男人去房间干吗呢？说不通。于休休苦恼极了。然而，她没有想到，更苦恼的事情在后面。苗芮推门进去的时候，霍仲南居然是从卫生间出来的——头发湿漉漉的，脸、脖子、手上，全是水渍，他身上的衣服也是皱皱巴巴的，像是没有干透就穿上去的一样。

这……于休休瞪大眼。

苗芮也瞪大眼睛。她看看霍仲南，再看看于休休：“你们……”

于休休倒抽一口气，急得眼睛都红了：“妈，没有没有，我们并没有什么。他只是……只是……”于休休拼命朝霍仲南使眼色，让他解释。

霍仲南很平静：“阿姨，不知道您回来了，我……”他指了指卫生间，“我去洗了洗。”

哥，你会不会解释？于休休快疯了。

霍仲南看到她龇着牙警告的小样子，皱皱眉：“我身上脏了。”

于休休吸气，好端端的你脏什么脏？她脸红得滴血，想把霍仲南从窗户丢出去。苗芮却十分开心的样子："没事没事，是阿姨不好，回来得不是时候。那个，休休啊……"她侧过头来，看到女儿红成了猴屁股似的脸，努了努嘴："妈下去做饭，你看看阿南有什么需要的，在这儿陪陪。"

是亲妈吗？于休休觉得这话像在卖女儿。

苗芮道："你们忙吧，一会儿饭好了，我再上来叫你们。"她转身走了几步，又探出头，"我做饭很快，最多一个小时。"

于休休推她出去："你快去做饭吧，说些什么乱七八糟的。"

苗芮瞄了霍仲南一眼，附在她耳边小声说："你们年轻人的想法，妈妈干涉不了。但是你要学会保护自己，知道没有？措施做了吗？你懂不懂要怎么弄？"

"妈！你快去做饭吧！"

苗芮笑呵呵地走了，顺便替他们拉上了门。

"啊！"于休休暴跳如雷，整个人猴子似的捶向霍仲南，"都是你，都是你，你洗什么洗啊？！"

霍仲南把于休休拉到里面的书架前："墨水倒了，衣服脏了，脸脏了……顺便洗了一下。"

于休休崩溃！

霍仲南看一眼放在桌上的 iPad，说："刚才不小心碰到地上了。你检查一下，有没有摔坏。"

于休休生无可恋地看着他。

这个时候，哪里还管 iPad 摔没摔坏？她现在希望坏掉的是脑子。

于休休一直想找机会和妈妈解释今天中午发生的事情，可是后来，她发现根本就没有用。不管她说什么，苗芮都是一脸的慈母笑。

不仅如此，不到半天时间，爸爸也知道了。晚上，老两口等于家洲睡下，像做贼一样敲开了于休休的门，对她进行了好一番语重心长的"知识教育"……

于休休面红耳赤，想找个地缝钻进去："我没有，我没有，我没有。冤枉，冤枉。”

于大壮道：“爸爸当然知道你是冤枉的，有问题的是那个钟南。闺女，明天把他约过来，爸爸得好好和他谈谈。”

于休休噌地坐起来：“你跟他？谈什么？”

于大壮轻咳一声，目光闪烁：“男人间的问题，你小丫头别多问。”

于休休愣了两秒，抱住头，缩到被窝里：“啊！”

六月飞雪，冤比窦娥。

于休休在家休息的第二天，大清早的就被快递吵醒——霍仲南给她买了部手机，送货的来了。

于休休起床气不大，但是现在对某人的火气很大。她换好手机的第一件事，就是发消息骂他：“你知不知道，我快要被你害死了？”

霍仲南没有回复。

“在干什么呀？”于休休怕打扰他工作，语气又乖巧了些，泄气般踢了一下被子，“算了，你先忙吧。忙完了抽个时间，让我慢慢骂。”

霍仲南打下一串省略号。

于休休来精神了：“省略号什么意思？省略号我就不骂了吗？”

“我和一个朋友说点儿事，回头找你。”霍仲南叹气，“到时候由着你骂到消气为止。好吗？”

于休休看到他在句末附加的一个微笑表情，脸颊火一样热。她觉得这张脸是在嘲笑她。于休休：“以后不许这么笑。”

老干部霍某人明显不懂。于休休：“这个微笑表情是不能随便用的。有些表情，在我们年轻人看来，意义是不同的……”带上了“对老年人的人身攻击”，她以为某人要生气。然而，某人很淡定地发了一个微笑表情，还问道：“是这个吗？”

“还用。”

“哦。”结尾又附了一个微笑表情。

于休休把枕头蒙在脑袋上：“我死了！”

霍仲南刚发完消息，微信就传来一个视频通话的邀请。他皱了皱眉，直接改成语音通话："不好意思，刚才掉线了。你继续说。"

对方声音带点儿叹息："你父亲当年的事，就是属于集体无意识。你可以说那些人冷漠、自私，但他们没有犯罪。而且事过多年，很难追究。"

霍仲南目光微黯，想到了那个遥远的村子，那一群看上去纯朴的村民，那个父亲奉献了青春和热血，最后九死一生的地方，慢慢地加重了语气："我父亲不可能做那样的事。"

"有证据吗？还是你父亲告诉过你什么？"

霍仲南想了想："我父亲什么都没有说。"

在父亲与母亲长年的拉锯战中，父亲永远是沉默的那一方，不论母亲如何怒吼、谩骂、歇斯底里、摔东西，甚至闹自杀，他从来不解释……也从不对任何人说起那一段艰难的岁月。而他所能知道的东西，全是从母亲的骂声里整理出来的零星信息。

他知道父亲下过乡，受到了很多的恶意对待和屈辱敌视，却不知道那就是于家村，也不知道父亲战斗过的地方叫于家村水库。他知道父亲当年是背着一个乱搞男女关系的作风问题，偷偷跑回城的，但他不知道事情远比想象中复杂。

这年春节和于休休一起去于家村，他看到了姑婆，从她嘴里知道了更多的事情。原来，父亲当年的"作风问题"是最轻的一种描述。如果不是于英喜欢父亲，一口咬定是她自愿的，那就不是作风问题，而是强奸罪——还是被全村人一起抓了现行的那种，辩无可辩。

于家村人嘴里的父亲，是一个霍仲南完全不认识的人。他不相信父亲会强奸，还是用那种自毁的方式。父亲是个智者，是霍仲南的明灯，是他尊敬的人。当"作风问题"变了质，霍仲南再不能做一个历史的旁观者。

"我翻查了档案。村人集体做证，看到了你父亲……不过，因为受害者咬定是自愿的，你父亲这才没有被法办。后来，你父亲留在村里，因为背着这个案件，确实受到了一些不好的对待，也失去了回城的机会……”对方把嗓音放得更低，“这种事情，只能说……人们没有什么同情心，冷漠、起哄……”

“那是你不知道，那些人做的事就不是人事。”霍仲南突然冷嗤。他是个寡言少语的人，情绪平静，不喜不怒，而这句饱含愤怒的话，戾气很重，阴冷得像把刀子，对方隔着屏幕也能感觉到杀气。

“这是道德层面的问题，不能定人家的罪。而且，这都几十年过去了，这真的是……无能为力。”

霍仲南许久才开口，说得很认真：“我一定要搞清楚当年究竟发生了什么。”

于休休没有想到南言会回复她的留言，看到评论区回复的瞬间，她有一种人生圆满的感觉。尽管她知道，南言或许只是随便挑了一个人回复，她恰巧运气好碰上了，但还是忍不住地兴奋。

南言啊！那是设计界的标杆、旗帜、偶像啊！她截图下来，发到和谢米乐、韩惠的闺密三人群里：“怎么办？我好想把这个发到同学群里去炫耀！”

谢米乐：“我支持。不炫耀不是休哥作风。”

韩惠：“不合适。你这是微博小号，发出去，不是全班同学都知道那个号是你的了？”

“还是惠惠最好、最聪明。”于休休最近特别爱夸奖韩惠，对她也特别好、特别照顾，“我当时怎么就傻了，会用这个战斗号去给‘南神’留言呢？啊啊啊，我要疯我要狂，我想哐哐撞大墙，谁也别拉我。”

谢米乐：“钟南小哥哥，他是不香了吗？”

说到渣老板，于休休气就来了：“一个动不动发微笑表情的老干部，有我‘南神’那么可爱吗？”

谢米乐：“哈哈哈，大小姐，我可是有钟南微信的。‘小金条’

给我安排上。要不然……嘿嘿嘿，你懂的。”

“瞧你这点儿出息。这么大个把柄，就想要个‘小金条’？再怎么也得要一套别墅吧。”

“别了！毕竟你又买不起，还是实惠点儿的好。”

“谢米乐，咱俩绝交了。”于休休马上就@韩惠：“惠惠，还是你对我最好，最最温柔、最最贴心，我爱你，么么哒，我们抛弃米乐私奔吧！”

韩惠一笑：“你现在有时间在群里瞎扯，难道是‘南神’也不香了吗？”

“啊！对对对，香香香……只顾着炫耀，忘了他了。”

南言给于休休的回复其实没有什么特别的地方，无非是客气。可是于休休与偶像初次接触，心里美得很。这一次，她没有直接在评论区里回复，而是给南言发了私信：“‘南神’，我是你的小迷妹呀，互关互关吧。”

发了消息，她就忘了，女孩子常常干这种有头没尾的事，于休休并不认为南言真的会关注她。

可是，于休休真的很幸运。南言不仅关注了她的微博，还回复了私信：“你喜欢‘最美 CP’，是喜欢他们两个在一起的状态，还是喜欢那个帅气的小哥哥？”

于休休当然不会承认喜欢渣老板：“哼！帅气有什么用啊，谁知道现实里是不是一肚子的花花肠子？”

南言发了一个问号过去。

问号是什么意思？于休休：“我一时鬼迷心窍做了他们的 CP 粉，现在迷途知返，只做你的小粉丝了。”

南言又发了一串省略号过去。

这省略号又是什么意思？是不是自己太热情，把人吓住了？于休休：“‘南神’你别怕，我只是喜欢开玩笑，哈哈哈。是这样的，我上学的时候听教授讲过你的事迹，很崇拜你。对了，我也是学设计的。”

南言："是吗？好巧。我不是。"

于休休："哈哈哈，你好幽默。"

南言："你不想做他们的CP粉了？"

这问题有点儿严肃，很像是一个CP粉对另一个CP粉发出的灵魂拷问。于休休想到南言居然是她和霍仲南的CP粉，感觉到不可思议，灵魂颤抖。

"我做不成CP粉了。"

"为什么？"

"不为什么呀。"于休休当然不可能说出真相，只是嘻嘻哈哈，"年轻人嘛，风一样自由，今天粉这个，明天粉那个喽。

她并不知道自己的态度和那天留言时截然不同。毕竟那一天她和霍仲南的关系跟现在也不同。不知道南言是怎么想的，他又追问一句："他们不是你心里的'最美CP'？"

于休休确实很难做自己和霍仲南的CP粉，不过为了与"南神"保持统一战线，她没有犹豫，违心地说："当然。他们是最好的CP。我粉不粉，他们都是最好的。"

南言："你说，他们会永远在一起吗？"

永远在一起？于休休愣了片刻。她和霍仲南现在的感情，谈永远也许有点儿早。于休休说："我不知道。不过我希望我嗑过的CP都是真的，都会永远在一起。"

南言："好。"

好什么好呀！于休休笑了起来："我真的没想到，'南神'会对网络上看到的CP这么认真。"

南言："他们很般配，不是吗？"

于休休有点儿羞涩。她看看时间："'南神'，我要去忙了。如果你方便，可以加我微信。这个微博我不常上。"她留下微信号码，又发了个愉快的表情，"以后我遇到设计方面的问题，可以向你讨教吧？"

南言：“好。”

于休休心满意足，收拾一下桌面，拿了包和韩惠一起出门去见客户。自从浮城项目复工，有了盛天和浮城的光环加持，他们装修部门也沾了光。

每年都会有装修公司跑路的情况发生。公司收了钱，不等工地完工就做不下去了，然后卷款走人，而客户投诉无门。所以，设计部的小伙伴们去揽生意的时候，只要说一句“我们大禹建筑，就是修浮城的那个大禹”，客户好感度马上飙升，同等条件下，客户更乐意与他们合作。

大禹建筑有大公司背景，客户至少不用担心他们卷款跑路。生意好，设计师分成高，一个个精神抖擞，一致认为这次转运是因为于休休制定的那些严苛规则，是这些规则把公司带向了良性循环的道路。甚至有人更直接地说，好运是大小姐带来的。理由？因为于休休就是个好运的人呀。

于休休对此很满意，工作热情高涨。“惠惠，这单要是签下来，就签你的名字。”她一边开车，一边和韩惠说话，“我最近有点儿忙，可能没那么多精力跑工地。所以要辛苦你了。”

韩惠知道于休休是在帮她：“谢谢。不过，你不要跟我客气啊，休休。我最近自己也接了两个单子，我会慢慢适应节奏的……”

“我不是客气，是真的没有精力。”于休休转过头，朝她神秘一笑，“我可能……要谈恋爱了。”

可能？韩惠愣了愣，扑哧一笑：“是钟南吗？”

“嗯，是吧。”

不仅是钟南，还是个渣老板呢。于休休想到那个说好了“由着她骂”，但是直到现在还没有消息的男人，哼了一声：“这个人讨厌得很。有时候，真是不想便宜了他。”

韩惠观察她的表情，那眉间眼底的春情都快溢出来了，又哪里是

“讨厌”呢？于休休那点儿小女儿家的情绪，怎么能瞒得了她的眼睛？

“要是不喜欢呢，就不要勉强自己。”她故意逗于休休。

“喀！也不是不喜欢，嗯……也没有太勉强。”于休休朝她眨了眨眼，“就是有时候感觉……不是很了解他。”

“了解做什么呢？”韩惠笑，“这世界上的男人大多薄情寡义。不了解的时候，还有滤镜和新鲜感，一旦了解了，差不多情分就尽了。”

于休休咦了声：“我居然觉得你说得好有道理。所以，我还是不要去了解他好了。”

这一单果然很顺利。

于休休来之前就和客户在电话里聊过，客户原本就有诚意和意向。于休休量了房，和客户谈了一下装修风格、个人喜好，这一单就确定了下来。

两个人约好了签合同，可是，客户一听说设计师是韩惠，脸上就有了明显的不悦。

“不是你来设计吗？”她问于休休。

于休休甜甜一笑：“你放心吧，设计师是谁不重要。我们有规范的流程和纪律，一定会做到你满意为止。”

客户还是有点儿不放心的样子：“这个房子我们是准备安家的，一家三代人，要住很多年，可能会住到老。所以，我们不太愿意找新手设计师，怕后期有什么麻烦……”

韩惠略微垂眼，脸有点儿红。于休休挽住她的胳膊：“亲爱的，你就放心吧。韩惠是和我同一个设计班的学霸，成绩好，又努力，不算是新手。而且，设计方案最终还是要经过你本人确认的。”

客户很坚持：“不能是你吗？我一直以为是你。”

于休休想了想：“行的。我来帮你设计。不过，合同是韩惠和你签。因为，你算是她的客户呢。”

客户点点头，一副了解的样子：“好的好的，这样可以。”

从小区出来，于休休发现韩惠有点儿落寞，赶紧安慰了她几句，韩惠无所谓地摇头：“我需要学习的东西还很多。我知道自己的短处。”

接触这行不久，可是她发现了一个道理。设计好不好，其实不是最重要的，公司背景和设计师的嘴才是关键。休休是个讨喜的人，所有和她接触的人，都会被她的笑容感染，信任她，喜欢她，迷失在她弯弯带笑的眉眼里，而韩惠分明缺少这样的先天条件。尤其在接二连三的打击后，她越来越不自信，越来越自我怀疑，也就越来越不容易争取到客户……这似乎进入了一个死胡同，她走不出来。

“慢慢就会好起来的。”于休休笑嘻嘻地打开车门，请她入座，然后笑着说，“我们去撸串吧。我请客，你发消息给米乐。”

韩惠道：“好。”

于休休发动了汽车，看她许久没动，呆呆地看着路边，不由得有些奇怪：“惠惠，你怎么了？”

韩惠回头，朝她一笑：“没事。”

下午去撸串，人很少。于休休和韩惠开车过去的路远一点儿，还在门口，就看到谢米乐在招手：“你们猜，谁在里面？”

这家串串店离公司近，味道好，常有公司的人过来吃，于休休不奇怪：“猜不到。是哪个小可爱啊？”

谢米乐扑哧一声：“不是小可爱，是大可爱。”

“啊？”

“你大师兄。”

这倒是没想到。于休休愣了一下：“他一个人？”

谢米乐边走边笑：“当然不是，还带了个大美女呢。大师兄居然会和女孩儿一起撸串。”

“噗！这很奇怪吗？”

“当然啊，你不知道吗？大师兄在我心里就是一个守清规戒律的唐僧。我一直觉得他不近女色呢。”

“哈！代表地球人给你点个赞。”于休休想说的话，全被谢米乐说了。两个人嘻嘻哈哈，说笑着走进串串店。

于休休张望一下，看到了坐在最里面的魏骁龙：“我们过去打个招呼吧。”

她说着就要过去，韩惠却拉住了她的胳膊：“不要了吧。”

于休休回头：“怎么了？”

韩惠的目光越过人群，看到那个男人的背影，然后慢慢落在他对面那个女孩儿的身上。连衣裙，长鬈发，淡妆，很有书卷气，辣得红扑扑的嘴一张一合，在开心地说着什么。没有十分的漂亮，但有七八分的气质——是快乐的气质。

韩惠心脏一蛰：“不要去打扰他们的二人世界了。”

于休休嗯了声，觉得有道理。她正准备去找位置，魏骁龙就转过头来：“休休？”

于休休和魏骁龙对视一眼，马上就笑开了：“大师兄！”

没办法，两个人太熟了。于休休从小就认识他，这个男人在她眼里就是亲人，是哥哥，是一个不用伪装情绪的男人。她指了指服务员引导的那张桌子，朝魏骁龙招了招手：“我们坐这边。”

不承想，魏骁龙自己走了过来：“干吗坐这边？过去一起。”

魏骁龙是个温和的人，但是很多时候，他其实也有大男人的一面。在他用了肯定句的时候，于休休就知道自己没有办法拒绝。

她看了看那边的女孩儿，做个鬼脸：“会不会影响你谈恋爱？”

魏骁龙失笑：“谈什么恋爱？人家找我帮个忙，又刚好到了这附近，约我吃个便饭而已。”

“嘿嘿。这就是喜欢啊！”

魏骁龙哭笑不得：“第一次吃饭，喜欢什么喜欢？”他叫服务员加了椅子，五个人坐一桌很宽敞。于休休她们走过去的时候，和魏骁龙在一起的女孩儿全程没有说话，但是表现得非常友好。

于休休主动打招呼："哈喽，小姐姐，我是魏大侠的小师妹于休休，这两个是我的好朋友。不好意思，打扰你们了。"

"你好，我是金巧巧。"女孩儿听到她自我介绍，变得热情了一些，"我听魏哥提到过你，果然是很可爱呢。"

于休休啊哈一声："大师兄居然说我可爱？"

金巧巧笑："本来就很可爱啊！"

于休休故作失落："我还以为，他会说我美丽。"

"哈哈哈，你真有趣，果然是个很好玩的人。休休，我们加个微信吧。"金巧巧是个会来事的姑娘，趁着魏骁龙去拿菜的工夫，把三个女孩儿的微信都加好了。

看得出来，她对魏骁龙很有意思，很愿意和他身边的人成为朋友。于休休也很乐意认识这样善良的女孩儿，大师兄岁数不小了，能找个这样的嫂子，她当然也开心。

这个金巧巧初步符合她的预期。魏骁龙拿了两盘串串回来，于休休一看，全是自己喜欢吃的，整个人都开心起来。

"大师兄，我们漂亮的女孩儿要聊自己的天。服务的事情就交给你了。"

魏骁龙笑了笑："乐于效劳。"

于休休对火锅和串串有天然的好感。有吃的，话就多。对着香气飘飘的汤锅，她大快朵颐，什么不愉快都能忘到脑后。一口气吃了个半饱，她擦嘴巴，吸鼻子，赞叹不已："这家味道是真好。巧巧，你往后要常来公司玩。我们可以经常来撸串。"

"好呀。"金巧巧瞥了魏骁龙一眼，眼里的情意看得见，"我今天找魏哥，正是为了经常来你们公司的事找他帮忙呢。"

于休休笑盈盈地问："啥事？"

金巧巧说："我这不是回国定居了吗？准备买房装修。"

"哈！"于休休笑得眼都弯起来了，"这个事啊，你找大师兄算是找对人了。他经手的楼盘多如牛毛，哪个楼盘好，哪个不好，他最专业，然后装修的事情嘛，哈哈哈，我就专业了。”

“好吧好吧，你真是个宝藏女孩儿。不，你们真是个宝藏公司。”

金巧巧不知不觉地被于休休带动了情绪，早先的担心和不自在都化成了友好。

几个人相谈甚欢，只有魏骁龙和韩惠比较沉默。魏骁龙是要忙着为女孩儿们服务，烫串串，捞串串，拿串串，拿水，倒饮料，递纸巾……而韩惠是因为插不了话，也不知道能和他们说什么。也许是因为她格外像个旁观者，所以更容易客观地理解魏骁龙的情绪——他的眼神，不管对谁都是温和有礼的，唯独对于休休不一样。那是宠溺的、饱含感情的眼神。

他无时无刻不在注意着于休休。她的袖子有没有沾油，手伸到锅边会不会被烫到，嘴上有东西，马上要给她递纸巾，看到她的笑脸，他就会不由自主地微笑……

感情是世界上最无法隐藏的东西，只要存在，就会从眼睛里流露出来。只可惜，于休休没有察觉，还在拼命撮合魏骁龙和金巧巧。而金巧巧也是傻，真把于休休当成魏骁龙的妹妹一般对待。难道她不知道，这世界上，没有哪个哥哥是这样对妹妹的吗？这分明是男女之情。

冬日的下午，和三朋四友一起撸串，天南地北地聊生活、聊工作、聊日常，其乐融融。有于休休在的场合从来不会冷场，几个人聊得很好，欢笑声不断。只有韩惠如坐针毡，每一分钟都是煎熬。

大家吃得差不多了，魏骁龙主动去结了账：“休休，你们怎么回去？”

于休休说：“我开车了。你不用管我，你和巧巧自己走吧。”

魏骁龙看了金巧巧一眼：“好，注意安全，到家了给我发消息。”

于休休点点头：“大师兄拜拜，巧巧姐拜拜！”

“拜拜……”金巧巧主动过来拥抱于休休，“很高兴认识你。下次再聚。”

“好呀，来公司找我玩。”于休休朝她做了个眨眼笑。

三个女孩儿没有马上回家，又在附近的商场逛了一会儿，于休休才把谢米乐送回去，然后和韩惠一起回家。路上，韩惠一直沉默。于休休发现，她整晚情绪都不太高，于是和她开玩笑：“是不是刚才那条裙子没买，心里不高兴？要不我们再转回去，买下它？”

韩惠笑着说：“太贵了，不买。”顿了一下，她突然转过头，认真地看向于休休，“休休，我这两天去看看房子，找到合适的，就搬出去。”

“怎么啦？”于休休放慢了车速，拧拧眉头，“惠惠，是不是我哪里做得不好，惹你生气了？”

“没有。”韩惠轻轻一笑，“就是因为你们太好了，我才不能这样厚着脸皮总是打扰你们呀。”

“不打扰的，只是……”于休休很少对朋友说什么大道理，可这时也忍不住劝一句，“惠惠，你最近心思太重了。你要放开些，要不然，只会为难自己。”

韩惠朝她莞尔一笑：“我会努力的。”

第十章
又一个客户

第二天，韩惠就在中介的帮助下找好了房子。

隔天是周六，她早早起床去市场买了菜，拎回于家，塞满了冰箱，然后又亲自下厨去做饭。苗芮很 过意不去：“你这孩子！买好菜，让李妈做就是了。这么客气做什么？”

韩惠笑道：“阿姨，我不是客气。我这是不拿自己当外人。白吃白住这么久，都没有什么能孝敬你和于叔的。做顿饭算什么？”

苗芮看上去粗枝大叶，其实心很细。

她看得出来，韩惠是个心思细腻的女孩儿，在于家住的时间长了，韩惠肯定会有些别扭。所以她要搬走，苗芮并不会拦她，而是尊重她自己的想法。

“回头有时间，就和休休一起回来，阿姨给你做好吃的。”

“我会的。”韩惠突然停下手，走到苗芮的面前，拉起她的手，“这段时间，多亏了你们照顾我。阿姨，我把自己当你半个女儿，有时间我会回来陪你的。”

苗芮笑着点头：“好好好。”

从厨房出来，苗芮看到于家洲在沙发上玩游戏，又忍不住数落了几句。于家洲呻吟一句“高三狗没有尊严”就乖乖交出平板电脑，复习功课去了。

苗芮正准备上楼去叫睡懒觉的于休休，门口就传来开门声。于大壮早早出门健身去了。她以为是丈夫回来，没有太注意，可是刚走到楼道中间，就看到几个人进了客厅。

除了于大壮，还有唐文骥父子。苗芮变了脸色，三两步上楼，把于休休从被窝里揪了出来：“还不起床，你爸爸把唐家人带回来了。”

“啊！”于休休用手遮挡阳光，有点儿蒙，“家里又不缺腊肉，把他们带回来干什么？”

苗芮被她说笑了：“就会贫！快点儿起来。”

她在于休休的屁股上拍了两下，拉开她的被子就出去了。

“啊！你是亲妈吗？”于休休不满地叫嚷着，在床上打了个滚儿，起床洗漱。

于休休下楼的时候，唐文骥和于大壮去了书房，俩老头儿不知道关起门来聊什么，惹得苗芮一直黑脸。唐绪宁一个人坐在沙发上，苗芮愣是水都没有给人倒一口，直接把他晾在那里。换了以前，这是不可想象的。当年，这可是老于看中的金龟婿啊！

于休休怀疑，要不是因为唐文骥和爸爸几十年的老交情，妈妈一定会用扫帚把唐绪宁撵出去。

于休休双手抱臂站在唐绪宁的面前，抬了抬眉，不客气地戏谑：“说吧，这次来，又要搞什么鬼名堂？”

于休休说话向来直接，不留情面，但是这次唐绪宁没有生气。他也不知道为什么，以前这个让他深恶痛绝，一直认为没有文化、没有教养、不够端庄贤淑的女孩儿，现在看来格外顺眼，怎么看怎么可爱……甚至觉得她还能和他说话，能这么讽刺他，也是一种幸福。人啊，果然是贱的，他想。

“我是来负荆请罪的。”唐绪宁也不知道自己是怎么说出口的，这么丢人的话，不仅说了，而且说得毫无障碍，“休休，我觉得我们的关系……不应该是这样的。”

负荆请罪？于休休围着他左右转了两圈，看了又看：“你的‘荆’呢？别以为我没有学过成语。”

唐绪宁看着于休休。今天她只是穿了一身家居服，不华丽，不隆重，也没有化妆，一张干净的脸蛋儿，皮肤白皙，吹弹可破，桃花眼水汪汪地看着自己，清澈得像有一汪泉水在里面流动，哪怕她上扬的嘴角满含讽刺，可他一点儿也不觉得难堪、愤怒，甚至不再觉得她这个张扬的样子讨厌。

他想，自己可能是疯了。但是他从什么时候开始疯的呢？他从什么时候开始觉得，于休休并不那么坏、那么招人厌的呢？

“休休……”唐绪宁听到自己的嗓子破了音，“有些话，我想和你说。”

于休休挑挑眉，斜视过来，眼神虽极为平静，却莫名像带了钩子，可以轻易摧毁男人的意志力，让他瞬间迷失在那两汪清波里。

“我这阵子总是梦到你。”

于休休愣了片刻，大笑起来：“唐绪宁，你能再幼稚点儿吗？梦到我怎样？梦到我打得你满地找牙，然后你还感觉很痛快，是吗？”

“我梦到了婚礼。我和你的婚礼。”唐绪宁忽然开口，低低的声音，柔软又认真，那双热辣辣的眼睛，直勾勾地盯着于休休，一眨不眨，“这个梦太真实了，真实得我不想从梦里醒来。”

婚礼？于休休差点儿被口水呛到：“唐绪宁，你脑子是不是出了什么问题？”

“我没有开玩笑。”唐绪宁拧着眉头，认真地看着她，“我觉得上辈子你应该是我的妻。可能是我……没有好好珍惜你，让你走失了。休休，这辈子，我不想再犯同样的错误了，我是来找你的。”

这个人是小说看多了？

“哪个软件看的书？书名推给我。”

“休休，你能认真看着我的眼睛吗？难道你看不出来我的真诚？”

于休休看着他，过了会儿，突然“哇”一声，大笑：“好大一坨眼屎。”

唐绪宁目光微黯，叹息一声：“别闹了，你知道我是认真的。那个梦也很真实，休休，那是我们的婚礼，盛况空前，来了很多客人。你说不想穿婚纱，我们就办了中式婚礼，我在梦里看到，我们在父母面前跪拜……看到我们相视一笑。休休，你在梦里没这么凶，你笑得好美。”

“喀喀喀！”于休休深呼吸一下，拍胸口，“幸好是梦，太可怕了，太可怕了。”

唐绪宁浑身一紧，于休休说话向来刺激人，可是，再没有比这句话更让他觉得难过的了：“如果我们不闹别扭，说不定，这个梦已经成了真。”

于休休笑盈盈地看着他：“所以，你们今天来，是因为卫思良小产后身体不好，没办法为你生孩子，你们害怕老唐家的‘皇位’没人继承，又想起我这个备胎了？”

唐绪宁搓了搓脸，被她讽刺得牙都酸了：“思良她……身体是不太好。可是你非得这么说话吗？”

“我不关心这个。”于休休抱臂，瞥一眼书房，“我只想知道，你们又想撺掇我爸爸做什么。”

唐绪宁苦笑：“我父亲找于叔谈正事，我说的这些和他无关。休休，思良和我分手了。我刚说的这些是认真的，我希望你能重新考虑一下我们的关系。”

“哈！”于休休快要笑死了，“她不要你了，你凭什么认为我就会要你？”

不是她不要他了，是他没有办法再和卫思良生活下去。唐绪宁张了张嘴，想要辩解，可是又觉得这些事情说出来没有意义。而且，过去的种种都已经发生，现在怎么解释都显得渣。按于休休的性格，她应该不会愿意听他说卫思良的不好。

“都怪我。”唐绪宁干脆把错揽下来，想要换得一个回眸，“以前我鬼迷心窍了。不瞒你说，我现在回想过去，真像是做了一场大梦。

我一直以为思良温柔乖巧，从来没有想过她歇斯底里的样子……”说到一半，他住嘴，叹气。

“不说她了，说我们。我想，也许我真正介意的不是你，而是我们被父母包办的感情。我这一生太顺了，一切顺风顺水，从来没有叛逆过。人家说，少年时不曾叛逆，总有一天这些叛逆都会累积起来，在某一个节点集中爆发，而你就成了我的爆发点。我拒绝父母安排的感情，看不见你半点儿好……那时的我真的是鬼迷心窍。”

“你才不是鬼迷心窍。”于休休撇嘴，懒洋洋地坐下来，剥了个小橘子，往嘴里丢，话说得便有些含糊，“要是我们于家真的因为浮城项目一蹶不振，破产欠款，走投无路……那你和唐叔今天还会来我家吗？”

唐绪宁哑口无言。如果真发生这种情况，就算他愿意，妈妈和爸爸又可会愿意？于休休哼了声，瞥他一眼，不再理会。

于大壮和唐文骥一直在书房里没有出来。于休休去书房外面转了一圈，看苗芮黑着脸，又退了回来，去厨房看韩惠做饭，顺便玩手机。

南言加了她的微信，但是两个人的聊天状态还停留在“你好”上面。没有“最美 CP”的话题，其实他们并没有什么可说的。

于休休把“大魔王”的名字搜出来，气咻咻地看一眼，正准备问他什么时候来“由着她骂”，霍仲南就发来了消息：“吃饭了吗？”

一个消失了两天的人，冷不丁就问“吃饭了吗”。

于休休发了个不高兴的表情：“大哥，你是不是忘记了什么？说好的抽时间由着我来骂呢？”

霍仲南：“没忘。你打开门。”

打开门是什么意思？于休休眼皮跳了一跳，飞快地跑到大门口，发现可视门铃里是一片红彤彤的颜色。

她低头发消息：“干什么？”

霍仲南：“开门。”

于休休迟疑了一下，拉开大门，一大束玫瑰花映入眼帘，火红火红的颜色，极为耀眼，在玫瑰花的后面，霍仲南西装革履，男神发型，表情严肃，一丝不苟。

“你这是干什么？送红玫瑰？”

果然是老干部，送花也这么没有创意啊！

于休休哭笑不得：“谁告诉你我喜欢玫瑰花了？”

霍仲南皱皱眉，看一眼为了不抢他男主风采，刚从电梯口转过来的钟霖：“钟霖说，小姑娘都喜欢。”

钟霖抚额，无言以对，然后内心十分想哭。老板，谈恋爱不用这么老实，不要什么事都交代清楚啊！你可以说，你猜的，因为玫瑰代表爱情；也可以说，因为玫瑰热情，很像她天真烂漫的性格……那么多网络教程，你都白看了吗？

霍仲南确实白看了。他一本正经地问：“那你喜欢什么花？”

于休休看一眼他手上的大把玫瑰花束：“生气的时候，都不喜欢。开心的时候，都喜欢。”

这么说，她还在生气？霍仲南沉默片刻：“我这两天有事在忙。”

于休休瞥他一眼：“那你回去继续忙吧。”说完她就要关门。霍仲南一只胳膊伸了进来：“我们还没有吃饭。”

于休休一怔，差点儿破功笑出来。这个男人是块大木头吗？枉费了这么英俊的脸，这么不懂得哄女孩子？

“我家没有饭。”于休休故意板着脸，想要逗他。刚好苗芮出来了。丈母娘看女婿，怎么看怎么顺眼。尤其跟里头的唐家人一比，苗芮看到霍仲南更开心。她不管于休休，把霍仲南连人带花一起拉了进来，丝毫不顾及沙发上的唐绪宁，热情地招呼：

“阿南，阿霖，赶紧进来坐。”

于家的房子是一套宽敞的复式别墅，客厅非常大。苗芮一眼都没有看坐在中间沙发上的唐绪宁，直接把霍仲南和钟霖引到窗边的沙发上。

“这边坐，阿姨给你们泡茶，拿水果。”

霍仲南看一眼唐绪宁，又皱着眉头看一眼于休休，没有说话。

气氛突然凝滞。

两个男人的眼神在空中交错，平静里隐含着冰冷的较量。

苗芮一看这情况，突然有种“吾家有女初长成，男子竞相来争抢”

的感觉。她是过来人，知道男人在争夺女人的问题上从来都是咬死不放松，最容易激动。她怕他们打起来，又怕惹钟南生气，赶紧笑着缓和气氛：

“阿南啊！上次你送来的茶好好喝，老于喝顺嘴了，别的茶他还不爱喝了呢。”

霍仲南果然被她的话带了过去：“回头我再给于叔拿些来。”

苗芮的眼角都笑出了皱纹：“好嘞好嘞，一家人，我就不跟你客气了。谁叫那老东西就爱这一杯呢！”

“不用客气。”

霍仲南对“一家人”这个词很受用，理了理衣服，规规矩矩地在沙发上坐下来，见于休休戳在中间不动，又皱了皱眉：“过来。”

于休休噘着嘴，剜了他一眼，只当没有听见。

霍仲南淡淡地看过去，似是喟叹了一声：“还在生气？”顿了顿，他拍了拍身边的位置，“到哥哥这儿来。”

这浑蛋那天得罪了她，现在还没有道歉呢，又来命令她？她会过去就有鬼了！不过去，打死她都不过去。可是——等她回过神，惊恐地发现，她已经坐在了霍仲南的身边。而她的反应，让唐绪宁几乎凝成了雕塑。

于休休在他面前什么时候这么听话了？他不就是一个普通职员，打工仔吗？于家人也看得上？唐绪宁想不通，于休休同样没有想明白，她怎么就乖乖坐过来了？

“说吧，让我过来干什么？”

霍仲南淡笑一下：“骂吧，可以开始了。”

于休休是一个禁不住逗的女孩儿，心思单纯。霍仲南这么一说，她眼珠子瞪了不到两秒，就忍不住笑了起来：“讨厌！把我的火都浇灭了。”

霍仲南皱皱眉，目光从她的脸上挪到她的肚子上：“火？在哪儿？”

还能说什么？年轻女孩儿和老干部的思想，至少有一个世纪的代沟吧？于休休问他：“你今天来，就是为了给我送花赔罪的？”

霍仲南沉吟一下："家里没人做饭。"

于休休好笑："霍老板是不知道今天该选哪一个厨师吧？"

霍仲南一本正经地看着她："早饭都没吃。"

于休休从零食袋里翻出一盒小饼干，递到霍仲南面前："垫垫肚子吧。"

霍仲南看了一眼那些长相怪异的饼干："我不想吃。"

于休休道："不是没吃早饭？吃一块试试。"她从中间挑出一块，往他嘴边塞，"来，张嘴。"

霍仲南偏开头，把饼干塞回去："中午饭一起吃。"

于休休无奈，叹息一声："这是我自己烤的饼干，它们常常因为长得不够美丽而遭人嫌弃……但是，味道是真的很好的呀。男人果然都是以貌取人！"

"我吃。"大魔王的求生欲很强，"忽然有点儿饿了。"

旁边的唐绪宁如坐针毡。

好在没过一会儿，唐文骥和于大壮出来了。苗芮没给他们好脸，皮笑肉不笑地说："老唐啊，你们家汤丽桦不知道你来我家吧？要是知道，她不是又得鸡飞狗跳？所以，为了你们夫妻和睦，往后我们两家还是少来往得好。"

唐文骥看她一眼："我和老于几十年的兄弟情分，不是说断就能断的。"

苗芮冷笑："你这么想，汤丽桦不这么想啊！"

"没她什么事。"唐文骥笑了笑，目光投向了沙发上的霍仲南。也许是他们的出现太过突然，唐文骥难掩眉眼间刹那的黯色，不过只一瞬，又恢复淡然："老于，你有贵客，我就不打扰了。绪宁，我们走。"

于大壮没有挽留，打个哈哈就借坡下驴："我送你，老唐。"

唐绪宁看于休休和霍仲南坐在一起，眼风都不给自己一个，一颗心揪得生疼。曾经得到过再失去，远比从来都没有得到过更令人痛苦。他不情不愿，又受不了难堪，一张脸难看至极："于叔，苗姨，我走了。下次再来拜访。"

这是唐绪宁好不容易从齿间挤出来的教养，可是苗芮压根儿就不领他这个情：“不用拜访了。咱们井水不犯河水就行。”

唐文骥再次转头看苗芮：“杀人不过头点地，年轻人犯错，苗芮你给绪宁个机会改正吧。”

苗芮微微一笑：“我只有一个女儿，机会只有一次。”

唐文骥道：“做不成情侣，做朋友、做兄妹也是可以的。”

苗芮一怔：“分手不做朋友，是对下一段感情最起码的尊重吧？你回去问问汤丽桦，要是你和她离婚了，她愿不愿意和你做朋友、做兄妹？”

空气凝滞了一秒，于大壮轻轻拉苗芮一下，暗示她不要说了。可是他这老婆什么时候听过他的？尤其在对待唐家人的问题上，苗芮憋了一肚子气，稍一上头，当然是什么话不中听就拣什么说。唐家父子没有再说话，在难堪中离开了于家。

他们前脚一走，于大壮后脚就告诉苗芮：“老唐和汤丽桦正在办离婚。”

“啊？我这嘴难道是开光了吗？”苗芮诧异道，“为什么离啊？汤丽桦那么喜欢唐文骥，杀了她恐怕也不肯离婚吧？她为什么同意？”

“不同意能怎么办？”于大壮不甚在意地说，“她那个不争气的弟弟，欠了一屁股债。这讨债的快要拖死老唐了，汤丽桦也没办法……”

“假离婚？”

“假不假谁知道？”于大壮好像不愿意多说。

他走过去，和霍仲南打个招呼，坐下来聊天。苗芮内心那个八卦的小宇宙还没有平息下来。她跟过去问于大壮，唐文骥今天来找他，除了说他和汤丽桦离婚的事，还说了些什么。可是，于大壮始终不肯回答这个问题。苗芮有点儿生气，要不是家里有客，可能当场就要发作。

于休休敏感地察觉到了父母间的暗流涌动。吃过午饭，霍仲南和钟霖刚走，她就把于大壮抓到一边审问：“老于，唐叔找你干什么？”

于大壮做出一副投降的样子。

“臭丫头，你怎么和你妈一样啊？”

于休休挑挑眉："因为我是妈妈的女儿。老于，因为你不肯回答，已经得罪妈妈了，难道你还要得罪我吗？我告诉你，我比妈妈难哄多了。"

于大壮叹息一声："都是过去的事，老皇历。我不想你妈操心。"

"那你告诉我，我这个人最不爱操心了。"

于大壮说："你唐叔说，最近有人在调查他，调查过去于家村发生的事情。"

"于家村发生什么事情了？"于休休好奇不已。

"说来话长，那时候你还没有出生呢。"于大壮并不想和女儿说那些糟心的事情，但又熬不住于休休的软磨硬泡，只能随意地敷衍几句，"就是修水库那几年，有个人犯了事，后来又跑了。"

于休休似懂非懂，不明白这有什么可隐瞒的。看老于脸色凝重，她笑嘻嘻地走开了："好吧好吧，我不问了，你赶紧去哄你老婆。我要去找我哥了。"

对于上一辈的事情，于休休没有什么兴趣。她正处于和霍仲南从暧昧走向恋爱这个令人着迷的多巴胺分泌的旺盛期，对无关的事情没有那么上心。除了和霍仲南"相爱相杀"地相处，她剩下的精力都用在了工作上。

于休休从前是个"啃老族"，从不认为自己有工作的天分。在别人眼中，她也是个懒散性子，为此曾被无数人私底下说闲话，甚至唐家对她的嫌弃也大多来源于此。所以，她能在工作中找到乐趣，还工作得很好，不仅让人对她刮目相看，就连她自己也觉得不可思议。

于大壮看女儿这么能干，顺手就把装修设计这一块工作全部交给她了，一是他自己本不专业，二是装修设计部的成立一开始就是为了女儿，这也算是顺理成章。

于休休理顺了工作，渐入佳境。一切都很顺利，唯独就是那个夏琪有点儿让人头疼。于休休"哀其不幸，怒其不争"，坚决要解约。可是夏琪不愿意，装到半途，重新找装修公司是很麻烦的事情。现在冯子强被拘留了十五天，她没有别的办法，干脆破罐子破摔，没事就到公司哭，还总是选择公司搞活动的时候。

一个女人带着几个月大的孩子，这种捆绑卖惨，很多人吃这一套。这种情况被来公司的客户看到，难免会产生不好的影响。于休休无奈，每次她一来，就让谢米乐好吃好喝地伺候着，可夏琪就认准了于休休，每次看到她，就要痛诉一遍自己的不幸。

“于小姐，你说得对，全都对。我这辈子，全是让自己害的。挑男人眼光不好，人又软弱，我知道我错了……”

于休休头疼。其实夏琪和冯子强的故事，总结起来都用不了一百个字——女学生被渣男一步步套牢，放弃学业，投奔爱情，最后落了个悲惨结局。在这个故事里，冯子强就是一个情感骗术高手。他只是个收售二手手机和维修家电的小商铺老板，却把自己包装成创业老板，诱哄，宠爱，生气，侮辱，买买买；谩骂，攻击，诱哄，宠爱，买买买，循环往复。

对涉世未深的女学生来说，这就是毒药。不到三个月，夏琪就全面沦陷。夏琪大学没有念完就因为怀孕而辍学，一心一意跟着他，结婚生子……哪怕后来得知真相，也因为沉没成本太高，夏琪越来越输不起，越来越没有了自我，然后眼睁睁地看着自己泥足深陷。

这值得同情，又不值得同情。

于休休好话歹话说尽，已经无话可说。

“我知道，我错了。我不该纵容他，他也确实不是个好人。于小姐，你说的道理我都好好想过，可是……不论他是不是好人，这个房子你还是要给我们装完的呀。你们公司收了钱，不能不装的呀。半路甩锅，说出去也不好听对不对？我们是有合同的。”

这些话，于休休听了很多遍。不论是她和冯子强的恋爱史，还是她为自己找的理由，于休休都不爱听了：“不解约可以，但我有条件。”

夏琪的脸上恢复了光芒，个人的力量太渺小，其实她不敢真的和大禹公司对着干。她心里很怕，很没有安全感。如果公司不退钱，也不给她装房，就算去打官司，吃亏的也只是她——因为她没有钱，只要于休休肯把房子装完，她什么都可以答应。

于休休看她连连点头，眉梢扬了扬："一是你不要再找我了，有事找项目经理，或者打公司客服电话，我再另外给你安排个男设计师。二是你的老公不许再来公司找事，也最好不要出现在工地上，直到交房。你答应吗？"

夏琪想了想："我答应。"

"行，我们白纸黑字写清楚。"于休休让人用 A4 纸打了个补充协议，让夏琪签字。

如果可以，于休休希望冯子强这样的人渣永远不要出来，可是她又不能自私地用自己的价值观去左右韩惠，让她走法律程序。而且，事情过了这么久，男女间那点儿事，又如何调查？处理完夏琪的事，于休休第一次感到疲惫，一种无能为力的疲惫。

"人长大的代价，是不是就是必须学会接受不想接受的事情？我不想长大。"

她还是习惯性找"南院大魔王"吐槽，顺便汇报思想工作。发完，差不多等了小半天也不见回复，这才后知后觉地发现，这些天好像他回复信息都很慢的。

工作太忙，她都没有注意到。

这哥哥最近在忙什么？正在追求小仙女的他，也能这么消极怠工的吗？

于休休收拾桌上的东西，叫了谢米乐过来："宝宝想请假。"

"请啊！"

"一个星期。"

谢米乐诧异："'拼命三娘'要请一个星期假？怎么了？"

于休休没给她好脸色："你的小可爱很累很累。懂不懂？"

谢米乐皱皱眉："最近公司发展势头很好。休休，你可不能撂挑子啊！"

于休休垂下眸子："不撂，只是休息休息。辛苦你了，米乐。"

在某些方面，谢米乐没有于休休那么细腻的心思，不会像于休休那样去思考，也体会不到于休休的那种心累。但好朋友就是用来互相理解和包容的。

“重色轻友的家伙。”谢米乐瞪她一眼，“去吧，和你的小哥哥玩去吧。公司有我，没有问题。”

“你最好啦，米乐。”

于休休休假是为了放松，想过一段什么都不去想的日子，就像当初没上班时的她一样，没心没肺，陪妈妈买买买，吃吃吃，玩玩玩，有老可啃，心里不慌。可是，她发现自己错了。内心有了牵挂，是没有办法回到以前的。

她没有等到霍仲南的回复，就给钟霖发消息：“钟霖哥，渣老板最近在忙什么呀？不会又认识什么金发美女了吧？”

钟霖看到于休休的消息就紧张。她的每个问题，都有可能成为大难题。两个祖宗都得罪不起，钟霖的机智支撑起了他内心的小太阳。于休休隔着屏幕也能感受到他的热情：“休休啊，老板心里眼里脑子里都是你，哪来的什么金发美女？”

于休休：“钟霖哥，我找不到他了。”

钟霖：“不可能。”

于休休：“我发消息他不回。”

钟霖：“最近老板是挺忙的，虽然我不知道他在忙什么。他好多天都没有来公司了哦。”

于休休惊诧不已：“你都不知道他在干什么？”

钟霖：“不知道。”

不是钟霖在骗她，就是霍仲南确实有什么了不得的事。于休休认为前者的可能性更大。毕竟他有什么事是可以忙得连助理都不知道的呢？

下午，霍仲南终于回复：“我和朋友在做些事。”

“咦，你最近朋友多起来了？”在于休休的印象中，这是个永远都不会有朋友的男人，最近动不动就朋友，她对这个“神秘朋友”好奇死了。

“男的女的？”

“男的。”

“哦。”于休休面带微笑地打字，“那你谈完事了吗？”

“谈完了。”

“我给自己放了一星期假。这会儿闲得无聊。”

把梗抛过去了，看他接不接得住吧，于休休等着。霍仲南果然问：“晚上一起吃饭？”

“好呀好呀。”于休休笑逐颜开，“你可以带上你的朋友。”

于休休洗了澡，换好衣服，仔仔细细地化了个妖精妆，收拾好，霍仲南的司机就过来了。

这是个中年男人，于休休曾经见过一次，只不过那时候她不知道他是霍仲南的司机，只以为是同事。他不爱说话，中途于休休问了好多事，他只回答了一句：“先生说带你去吃柴火鸡。”

早知道是去刘婶那儿吃柴火鸡，她为什么要打扮成这样？于休休掏出镜子，看看自己为了配得上大总裁特地化好的精致妆容，特地换上的裙子和大衣，一水儿浅色调的衣服啊！

她欲哭无泪：“所以，你先生这个朋友，就是一个只配吃柴火鸡的家伙？”

司机没有回答。于休休带着满满的好奇心，在“乡村柴火鸡”见到了他的朋友，一个叫权少腾的年轻男人，长得比于休休想象中的更为英俊。人家没有客气，在她来之前已经吃上了，而且嘴还很甜，一次次夸赞，把刘婶哄得心花怒放。

于休休刚进门，刘婶就借口拿饮料，把于休休拉到一边：“休休啊，阿南这个朋友真是个不错的小伙子，人又帅，嘴又乖。你待会儿打听打听，他有对象了没有啊？我们家毛子还没有对象呢。”

一个让中年妇女见面就想带回家当女婿的“朋友”，这是于休休对权少腾的第一印象。这个男人长得太“美”，是于休休的第二印象。这个男人可能是个“花心大萝卜”，是她的第三印象。

“最近很累吗？”霍仲南发现她的视线在权少腾脸上停留，眉头皱了皱。

“没有没有。我怎么会累？”于休休莞尔，没有收回目光。

霍仲南迟疑一下：“不累为什么请假？”

于休休笑了笑：“请假就是想放假了啊！我喜欢玩。”

权少腾也察觉到了于休休的目光。他似笑非笑地朝霍仲南投去一个挑衅的笑容，然后又朝于休休展颜一笑，释放“少女杀手”的魅力：“美女，听说这家柴火鸡是你介绍给大霍的？不错，你很有品位。”

于休休眯起眼，心想这个家伙果然是个“花心大萝卜”。虚与委蛇谁不会？于休休甜甜地笑：“那小哥哥你要常来吃啊，报我的名字，刘婶给你打折。”不过，要是敢打我的主意，那就要打骨折了。

权少腾觉得这小美女目光有点儿奇怪，那笑容，毛骨悚然的，好像要吃了他——难道是又一个拜倒在他的西装裤下，想抛弃男友和他走的女人？权少腾被自己的想法吓住，心想一定要避嫌。

霍仲南的脸也沉下来了。这丫头居然敢当着他的面盯着别的男人，看来需要好好收拾了。权老五这人，走到哪里撩到哪里，要不是需要他帮忙，霍仲南直接就把人丢出去了，哪能让他在这儿耍帅？

吃完饭，刘婶送他们到门口。

霍仲南黑着脸先上了车。

权少腾觉得气氛不对：“大霍，我自己打车吧。”

霍仲南瞥他一眼：“我送你。”

权少腾觉得这眼神饱含杀气，生怕自己会客死异乡：“不用不用，我自己就可以。”

于休休觉得他那个眼神饱含对朋友的关心：“要不这样吧，你送权先生……”

霍仲南拉着脸：“上车！”

权少腾：“叫我？”

于休休：“叫我？”

二人异口同声，霍仲南深呼吸：“叫你们两个。”

回去的路上，于休休有点儿闷，觉得霍仲南好像生气了。

权少腾坐在副驾驶座上，啥也不敢说。大霍的女朋友看上他了，大霍很生气，怎么办？虽然他这张脸不无辜，但他的内心很无辜啊！

司机把权少腾送到酒店。

于休休看着他下车，抬头望了一眼，把酒店名字记住。这“花心大萝卜”住在这里，自己千万不能来这儿。霍仲南看她盯着酒店不转眼，车都开远了，还频频回头，一双眼灼灼逼人。他哼了声："还舍不得？"

谁舍不得？于休休正奇怪，汽车突然一个急转，她收势不住，整个人朝霍仲南身上扑了过去。

"啊！"她惊叫，随便一抓。霍仲南闷哼一声，顺手用胳膊将她捞过来护在怀里，沉声道："周叔，别停，闯过去！"

汽车疾驰而过，耳边传来砰的一声巨响，车灯像直射光一样扫过来，刺激得于休休浑身像过电，完全动弹不得。霍仲南压住她的后脑勺，脸上闪过一片冰冷的光。

于休休的脸埋在霍仲南的怀里，闷声问："发生什么——"话未说完，汽车一个急速摆尾，她的声音就生生卡在了喉咙里。尖叫声此起彼伏，好像有什么东西重重地滚落到汽车外，激起强烈的震动。

于休休只觉得身体一弹，整个人被一股巨大的力量往上抛，又重重落回到霍仲南的怀里，他有力的胸膛围住了她，将她的脸擦得生疼。

"钟南——"惊惧中，她低呼。

看不见会加深恐惧，她想抬头，霍仲南却再次摁住她的头："别动。"

于休休看不见四周的变化，在脑袋侧开的瞬间，感觉有一团巨大的黑影从天上俯冲而下。砰！有什么东西重重地砸在了汽车上，车窗破碎，玻璃碴儿溅到了于休休的身上。

"啊！"她条件反射地尖叫。

霍仲南把她搂紧："别怕！"

于休休承认自己很屄，像个顾头不顾尾的小老鼠，拼命往他怀里钻，双手死死地抱住他的腰不放。

刹车声、尖叫声，鼓噪在耳边。她的脑子有刹那的空白，潜意识里认为是出了车祸。不过，这是通往她家的路，不在主干道，平常车辆和人都不算多，而且该路段限速40公里/小时，他们的车速不快，怎么会发生这么严重的车祸？

于休休还在思考，汽车就停了下来。

车厢里突然安静下来。于休休察觉不到霍仲南的动静，慢慢从他怀里抬起头。车窗外，人群涌动，喧闹阵阵。一群人站在街边，望向他们刚才经过的地方。于休休顺着视线回望，看到了一片狼藉的地面。

她倒吸一口气：“天啊！我们的车被砸到了！”

街边一幢楼房的阳台忽然坍塌，整排从高空掉落，连同搭建在阳台外面的广告牌一起，重重地砸在路上。有一辆汽车没能通过，被压在钢筋混凝土下，已经变了形，不知道有没有人受伤。而他们这辆车，车尾被砸得翘了起来，于休休坐的那一侧的玻璃被重物击碎，座椅上全是玻璃碴儿和溅入的建材碴儿。

“我的妈！”于休休用了好几秒才缓过气儿，苍白着一张脸，感觉像在阎王殿里走了一遭，如果再慢一点儿，被砸中的不是车尾，而是车身呢？他们还有没有命在？

于休休简直不敢想后果，司机大叔紧紧地抓住方向盘，大口地喘着气，似乎也在后怕，一个字都说不出来。

霍仲南望向窗外的人群，过了好一会儿，又问司机：“周叔，车还能开吗？”

司机慢慢地直起腰，吐出一口气：“能的，先生。”

霍仲南嗯一声：“走。”

司机刚想发动汽车，就有人走过来敲车窗：“把我的车撞成那样就想走？开豪车了不起啊？”

霍仲南望向那辆停在路边的车，眉头皱了皱，就在刚才，他的车冒险闯过来的时候，有一辆汽车就横在前面，慢吞吞地挡住了道路。是不是这辆车？

他望向司机：“周叔。”

司机和他交换了个眼神，从兜里掏出一张名片，礼貌地递给那人，说：“有什么损失我们会承担。我家先生受了点儿伤，我要先把他送去医院，等我回头再来处理，行吧？”

那人看了看名片，又看了看这辆车，然后对着车牌号拍了一张照片，倒是没有过多纠缠：“行。看你们也不像赖账的人。”

司机道：“出了这种事故，谁也不想的。大家都不容易，理解理解。”

那人瞄他一眼，拂了拂头上的灰尘：“是啊，这也太倒霉了。不知道这种事保险公司赔不赔。”

“没关系，保险公司不赔，我们赔。”

司机先生长了张忠厚老实的脸，那人看他态度这么好，早就已经笑开了：“好的好的，我也不是那种斤斤计较的人。你们先去医院，回头再联系你。”

“好嘞，谢谢你。”司机发动汽车，驶离了现场。

“先生，看他的样子不像是故意的。”司机说道。

霍仲南点点头：“走吧。”

于休休不知道他们在说什么，从霍仲南怀里挣脱出来，她回望事故发生处越来越多的人，纳闷儿地问：“我们为什么要走？”

霍仲南看她一眼，没有说话。

于休休说：“我们不应该走啊，留下来可以看看这边事故怎么处理。”

霍仲南道：“不留下来也可以知道。”

于休休偏偏头，发现他望着路面出神，似乎有点儿心不在焉，她轻声问：“你在想什么呢？”

霍仲南低头看向她，一只手自然又温柔地替她理了理头发：“没什么。”

于休休道：“吓住了？”

霍仲南神色微黯，嗯了一声。

“骗子，你才没有怕。”于休休想了想，“不过刚才幸亏你和司机大叔反应够快，要不然……我们可能就砸在那里了。”

霍仲南看看她的侧脸，再看看臂弯的头发，皱眉：“你没有受伤吧？”

受伤？于休休用了两秒来消化这个词，突然感觉腿上一阵火辣辣的痛：“我……好像被什么东西砸到了。”

这丫头是傻的吗？霍仲南脸色一冷：“受伤为什么不说？”

于休休被他恶狠狠的语气吓住了，做了个鬼脸，可怜巴巴地说：“我没有感觉到太痛啊，可能是痛麻木了。你问起，我才反应过来。”

刚才霍仲南把她抱过去，只是护住了她的脑袋和上半身，而她完全没有意识到那个从天而降的阴影是坍塌的阳台，更没想过断裂的建材碴儿会砸碎玻璃，砸到她的腿。

“去医院。”霍仲南沉声命令，“快一点儿。”

司机满头大汗：“是。”

从出事到现在，司机身上的汗水就没有干透过，他闻言便加快了速度。

车厢里持续着低气压，霍仲南在知道于休休受伤的那一刻，就没有了顾忌。他直接把她抱过来，大手在她的后背轻拍着，像安抚受伤的小动物，平均半分钟问一次：“痛不痛？”再隔一分钟说，“忍一忍，再忍一忍，就快到医院了。”

“只是有一点点痛啦，我可以忍的。”大哥，她真的没有那么娇气啊！于休休微微仰起小脸，愉快地看着霍仲南，“你很担心我，对不对？”

霍仲南看着她不说话。于休休低笑，发丝在他肩窝荡来荡去，一张精致的小脸活色生香，花儿般绽放在他面前，她软绵绵地说道：“跟你在一起，就算受伤也不痛呢。”

妖精！霍仲南一叹。

于休休本来就很美。精心打扮过又受了伤的她，苍白的面色，可怜无助的表情，明明痛苦还要假装坚强的样子，更是令人生出怜惜。霍仲南看着她道：“傻。”

于休休嗔笑：“你才傻。”

如果刚才霍仲南不把她搂过去，也许那东西砸过来，不是砸到她的腿，而是她的脑袋了。而他那样护住她，会不会受伤？于休休反应过来，抓他的胳膊：“你有受伤吗？”

霍仲南摇头：“胳膊砸了一下，没大问题。”

于休休皱起眉头：“没大问题是多大问题？”

霍仲南怕她担心，强忍疼痛抬起胳膊动了动：“你看。”

“嗯，没残。”于休休笑了。

每当她笑起，霍仲南就觉得心里一亮，好像整个世界都充满了阳光。这种笑，有一种惊心动魄的力量，他看得失神，怔忡片刻，忽然收紧胳膊，把她搂在怀里，下巴抵在她的头上：“你没事就好。”

于休休感觉到他的呼吸，听到他语气里流露出的紧张和后怕，心里泛甜。看来，她对大魔王还是很重要的。于休休胡思乱想着，与他静静依偎，在这个不太平静的冬夜，感到一种特别的温暖。

于休休的大腿被破窗而入的建材碴儿砸中，瘀青了一大块，又被车玻璃擦破，出了点儿血，但伤口不深，医生消毒处理一下，开了点儿药，就让他们回去，可是霍仲南很不放心：“不用住院？”

医生看他的眼神有点儿一言难尽：“不用。伤口不沾水，过几天就好了。”

“要不要照CT（计算机层析成像）？”

“不用。”医生看了于休休一眼，大概意识到他为什么那么紧张了，又笑着补充了一句，“没那么严重。不过，要好好休息，好好照顾，这几天就不要乱跑了。”

霍仲南没有再说什么，但是出了医院，没有送于休休回去，而是让司机开车去南院，并在路上联系了他的私人医生孔呈。

司机全程无语。受这么点儿小伤就如临大敌，于小姐在老板心里的地位可想而知。整个南院也如临大敌。钟霖得知霍仲南出了事故差点儿没命，吓得魂都快没了。他把刚刚相亲不到一个小时的对象丢在了饭店，一个人开车回来，等在南院。

汽车停下，一群人候在停车场。于休休看到这阵仗，吓住了。大魔王请这么多人伺候他一个，不怕折寿吗？南院的工人们看到霍仲南的汽车，也吓住了。老板的车都砸成这样子了，还能活着回来，太不容易了。感谢老天，一定要保佑老板长命百岁，他们才能高薪到老啊！

钟霖开车门的时候，手都在抖：“霍先生，你伤到哪儿了？”

霍仲南面无表情：“孔呈到了没有？”

“孔医生刚来过电话，他马上就到，还有几公里。”

钟霖这时已经发现，受伤的是于休休而不是老板。他看了看于休休的状态，想到那个抛下探亲的老婆匆匆赶来的老孔，叹息一声，让阿姨过来扶于休休上楼。

可是，霍仲南拦住了阿姨的手：“我来。”他弯下腰，把于休休抱了起来，又吩咐钟霖：“让孔呈上二楼来。”

霍仲南居住的主楼，除了打扫的人，别人不允许随便进出。而保洁的阿姨也只有固定的两个。南院一大帮子人看他抱着于休休进入那座神秘的住宅，纷纷震惊。

“钟助理，这是……老板的女朋友吗？”

钟霖搓了搓鼻子，跟上去：“是不是女朋友不知道，反正是未来的老板娘没跑了。”

于休休芒刺在背。在一群人的围观中被霍仲南抱上二楼，她觉得十分尴尬：“他们会不会认为我病入膏肓，快要死了啊？”她小声地嘀咕了一句，霍仲南身体一僵，目光冷冰冰的：“不许说这个字。”

这个字，哪个字？于休休怔了怔，过了片刻才反应过来是“死”字。他似乎很忌讳这个，而于休休是个口无遮拦，什么都敢说的人，看他这么慎重，吐了吐舌头：“放心啦，这点儿小伤，我死不了。”

霍仲南皱了皱眉，没有说话。

霍仲南抱着于休休进入卧室。这是他的房间，简单的黑白灰色调，和于家暴发户似的豪装不同，这个装修风格偏向简约，比于休休想象中朴素得多。不过，男人的房间就是与女孩子不同，连空气里似乎都弥漫着雄性的荷尔蒙气息，感觉很不一般。

于休休心跳得很快。这个进展，会不会太快了？怎么她就登堂入室，直接到他的房间了呢？

霍仲南把她放在床上，皱着眉头看了看，又抚了下她的额头，似乎在确定她有没有发烧：“还好吗？”

大哥，真的是小伤。于休休吸了吸鼻子，逗他：“就是有点儿头晕耳鸣，无力，发虚，”她又摇了摇头，“好像随时要晕过去的样子。”

霍仲南审视她片刻：“医生很快就来。我去倒水。”

看着他的背影，于休休心里差点儿乐开了花。好吧，既然他希望自己是一个“高危病人”，那她就姑且“弱不禁风”一回吧。

于休休好奇地打量着房间。霍仲南一定是个极简主义的人，房间里没什么装饰的东西，最惹眼的是床头柜上的一张照片——一对年轻的男女和一个小男孩儿，三个人脸上都带着笑，仰望天空。很明显的一家三口，单从照片就能感受到他们的幸福。

这是霍仲南和他的父母吗？于休休忽然明白了他忧郁的原因，也明白了他为什么不允许她说“死”字。在她看来，随意的玩笑只是玩笑，而在他心里，这是一个令人窒息的字眼，是痛苦和失去。

霍仲南很快就回来了，带着一个气喘吁吁的医生。孔医生带了医疗设备，神经高度紧张。可是，当他在霍仲南满带杀气的眼神的监督下看到于休休的伤口的那一瞬，整个人都呆滞了，甚至开始怀疑人生。

这是重伤？孔医生看着霍仲南，很希望老板告诉他，这只是个玩笑。可是，霍仲南的表情并不轻松：“怎么样？”

孔医生轻咳一声，尽量不让自己的埋怨情绪表现在脸上，温和一笑：“幸好送医及时……”要不然，伤口说不定就痊愈了呢，“血已经止住。接下来擦擦药，不沾水，用不了几天就好了。”

霍仲南皱眉看看他，再看看于休休瘀青的一大片肌肤，用指头戳了戳：“这里肿得很厉害。”

“这是正常的，需要一个过程才能消肿，可以冰敷一下，会恢复得比较快。”孔医生回头看了一眼他严肃的冷脸，“不过……还是密切关注吧。”毕竟是一块“仙女肉”啊！破了皮就像塌了天。

这是孔呈处理过的“最细致”的伤口，哪怕他用尽了毕生所学，最多也只能坚持五分钟的医嘱，就结束了。该处理的都处理了，再没有什么可做的了。好在霍仲南没有为难他：“你今晚就住在南院吧。有什么事我再叫你。”

孔呈：“好的。”

孔医生走了，于休休看着自己大腿上裹着的纱布，欲哭无泪：“哥，你对我真好。”

霍仲南皱着眉头看她的伤，视线不知不觉就有点儿飘，女孩儿凝脂般的肌肤有一种柔和的质感，这和男性的肌肤是截然不同的，哪怕他没有半分不良企图，仍然觉得呼吸紧张。

“你今天就住这里吧。”他说。

于休休愣了一下：“我得回家啊。爸妈不知道呢。”

霍仲南道：“你受伤了，回家不方便。”

这算什么伤？纱布一扯，她就能再打几个渣男好吗？于休休深吸一口气，假装坚强地说：“你叫周叔送我就是了。送到楼下，我叫我弟来背我，你不用担心。”

霍仲南沉下脸：“没听医生说吗？不要随便走动。今天不回去了，我跟你父母说。”

“不行啊！”于休休慌忙抓住他的胳膊，“我来说，我来说。”

上次的事情还没有解释清楚呢，要是让父母知道她住在霍仲南家里，那还了得？说不定明天那两口子就要把她打包好，嫁出来。霍仲南看她一眼：“现在就说。不要让他们担心。”

于休休脑袋好痛。过了好久，她磨磨蹭蹭地发消息到群里：“我请了一个星期的假，为了一场说走就走的旅行。@镶了黄金的老爸@顶级贵妇苗女士，不要太想念我哈，等我回来给你们带礼物。”

苗芮第一个反应：“于休休你要野了是不是？说走就走？赶紧回来，一个女孩子在外面多不安全，你不知道吗？”

于休休：“不会啦，妈妈。我会每天给你们报备行程的，不要劝我，因为我马上就要起飞啦，哈哈哈。”

顶级贵妇苗女士：“飞飞飞，把翅膀给你折了。于大壮，快来管管你女儿。”

镶了黄金的老爸：“乖女儿，下次把你妈妈带上，知道没有？”

于休休吐了吐舌头，松了一口气：“还是老爸最疼我。哼，管管你老婆，越来越凶。”

渣弟：“又去玩了？我刚放学就看到‘噩耗’。高三狗没有尊严，古人诚不我欺。”

于休休嘻嘻笑着，发了个红包，收好手机，双眼亮亮地望着霍仲南：“好啦，搞定！”

霍仲南审视她：“你说在我家？”

于休休心虚地移开视线：“没有啦，那样说多不好。”

“有什么不好？”霍仲南眉头微敛，“没良心的东西！”

于休休偷偷地笑，心里突然觉得，自己对霍仲南似乎真的很重要呢。

于休休被当成“高危病人”照顾着，很受不了。她想回家，可是霍仲南把她看得很紧，照顾得无微不至，一日三餐，换着花样地端上来。可怜于休休没有被他制服，最后拜倒在了他家厨子的锅铲下。

“你居然说你家没有人做吃的？”

于休休含着热泪，吃得开心极了：“真好吃，比米其林大厨做的还要好，霍仲南，你就是个小气鬼，有这么好吃的东西从来都不分享给我。”

霍仲南不吭声。内心很纳闷儿，为什么好说歹说都说不服的女孩儿，给一点儿好吃的就乖了？

于休休白天很能折腾，一入夜就睡得很沉，完全没有意识到房间里有一个男人会有什么后果。

霍仲南洗了澡进来，看她睡得安好，目光在她脸上停留片刻，拉上门出去抽了一支烟，再回来，就倚在沙发上看着她的睡颜。

夜渐渐深了，钟霖来敲门的时候，他已经有了睡意。

这两天，有于休休在身边，霍仲南的内心反常地安定，睡眠很好。听到钟霖的叫声，一开始他以为在做梦，好半晌才反应过来。他看了一眼时间，凌晨一点。

“霍先生？”钟霖叫了第二声。

霍仲南皱皱眉头，开门走出去，怕钟霖说话吵着她，指了指书房的方向。

钟霖眼皮微垂，有种一言难尽的感觉。曾经他以为老板会单身一辈子，或者要和他相守一辈子，无欲无求。没想到有了于休休，他突然就有了七情六欲。

见他不吭声，霍仲南不悦地扫他一眼："有事就说，你在磨叽什么？"

钟霖收回心神，走进书房，顺手掩上门："霍先生，那天的事故有结论了。"

于休休在南院待了三天。这三天她过着与往常截然不同的生活，有一种被霍老板当成"金丝雀"养起来的感觉。三天里，霍仲南没有外出，除了去书房办公，其余时间都在守着她。于休休哭笑不得，觉得这人真的病得不轻，必须治治了。好不容易等到第四天，他接了个电话，换了身衣服，告诉她："我出去一趟，你好好在家待着。"

于休休心花怒放，恨不得放鞭炮："你忙你的，不用管我。我没事，伤口都快好了。"

"嗯，有事给我打电话。"霍仲南看她一眼，转身离开。他一走，于休休快活地从床上蹦了起来，有一种翻身农奴把歌唱的幸福感。她换好衣服，正准备出去晃一圈，两个阿姨进来了。

这两个人都是四十来岁的样子，看上去慈眉善目，可是无论于休休怎么说，她们都不肯放她离开，脚跟脚地伺候着，寸步不离："霍先生吩咐我们必须把你照顾好，于小姐，你别让我们为难。"

于休休快疯了，嘴皮都要磨破了，还是没能走出南院。

她拿阿姨没办法，只有找霍仲南的麻烦了。他不是说"有事就给他打电话"吗？行啊，她事可多了，她就是个事精啊！于休休平均两分钟给他拨一个电话。

"哥，我想去你的书房看看书，好吗？"

"哥，你家居然没有东野圭吾的书啊！"

"哥，我不想看东野圭吾了，我还是看《鬼吹灯》吧。"

"哥，我可以去花园走走不？"

"哥，我想去楼下弹钢琴。"

"哥，我突然想起来，我好像不会弹钢琴，要不我还是画画算了。"

"哥，你家没有画画的工具啊！唉，不好玩啊，你家怎么什么都没有？"

“哥，我想看电影。哦，家庭影院不热闹，看得没兴趣。你什么时候回来，咱们去电影院嘛，不清场的那种，好不好？”

当电话铃再一次响起的时候，权少腾的神经终于炸了：“你这是搞对象吗？你这是养祖宗吧？”

霍仲南给了他一个“少安毋躁”的眼神，淡声地安抚好于休休，挂了电话，继续说：“那天晚上的事不是偶发事件。我认为跟我们正在调查的事情有关。”

权少腾想了想：“你不是说唐家人不知道你是谁？”

霍仲南慢慢地端起咖啡：“也许唐文骥也在演呢？”

“这种可能也不是没有。”权少腾抚了抚眉梢，瞥他一眼，“不过，我的调查结果可能又会让你失望了。唐文骥的风评很好，在于家村，在申城，在单位，在那帮老哥们儿心里，他一直是个好人。”

“好人是褒义？”

霍仲南冷酷的眉眼间多了一抹厉色。

权少腾抬抬眉，笑了：“大多数时候不是。”顿了顿，他轻笑一声，“大霍，你的担心是有道理的。可是，容我再提醒你一句，前晚发生事故的林庭大楼……是你未来的岳父于大壮先生当年做工程队的时候修建的。如果说有人刻意谋害你，那他是不是也有嫌疑？你别忘了，他也是于家村人，和唐文骥走得很近。”

霍仲南看着他，久久不语，电话铃声打破了寂静。权少腾看了他一眼，听到于休休的声音再一次从电话里传来，深吸一口气，忍不住调侃道：“大霍，你还能不能认真陪我喝杯咖啡了？你再这样，我走了啊！”

威胁有效。霍仲南沉下声音：“于休休，作得差不多了。”

“是我想作吗？你放我回家，我就作老于去了呀，这不是你自找的吗？”

霍仲南听出了她的小脾气，皱了皱眉：“你看看书，我一会儿就回。”

于休休撇撇嘴：“你不用回来了。和你的朋友好好喝咖啡去吧。”她正说着，突然瞥到书架上的一本书——《于家村水库人》。

她怔住。这本书是为了记录于家村大水库的修建，由水库人自费出版的一本纪实文学，记录了他们那一代人的青春，而承头做这件事的人，就是唐文骥。

在于家村水库人这个群体里，唐文骥是极有威信的，大家都很尊敬他，包括于休休自己，哪怕和唐绪宁闹得这么不愉快，她对唐文骥还是没有真正的恶意。可是，霍仲南为什么会对于家村水库的往事感兴趣呢？

是因为她吗？于休休挂了电话，把书抽下来。

霍仲南回去的时候，于休休正躺在椅子上在院子里晒太阳，两个阿姨陪在她的身边，桌上摆着水果、零食、手机，她跷着二郎腿，日子过得好不惬意。不知道她说了什么，把两个阿姨逗得哈哈大笑，似乎早就忘记了他的叮嘱，不能让她到处走动，不能让她吃零食……

他有点儿头大，不知道她是怎么收买阿姨的。

"先生回来了。"陈阿姨首先站起来，另一个李阿姨也马上起立，看样子似是吓得不轻。

于休休正用牙签吃阿姨剥了皮的葡萄。闻言，她把葡萄吸进嘴里，偏头看过去。男人迎面而来，目光冷冽，脸色暗沉，似乎不太高兴。于休休的求生欲极强，她咽下葡萄，朝他挤出一个灿烂的笑容："哥，你回来了。"

她趿上拖鞋，朝他跑过去："哎呀，我可想死你了。"

这浮夸的动作——要不是于休休，得多难看？看她一瘸一拐地朝自己小跑过来，霍仲南马上收住脸上的郁气，顾不得有外人在场，冲过去接住奔跑的于休休，一把抱起来，放回躺椅上，黑着脸教训："谁让你跑的？"

"看到你开心嘛。"于休休眨眨眼，干净的小脸上满是阳光，像个刚成年的女孩子，俏丽的眉眼，弯弯的眼角，明艳而可爱，"我等你回来吃饭，都等饿了呢。"

霍仲南嘴角微微一抽，目光扫向桌上的零食和果皮。知道这丫头在忽悠他，霍仲南又冷下脸，眼底厉色更浓："以后不许吃垃圾食品。"

两个阿姨低下头，不敢吭声。于休休看她们一眼，知道她们怕担责，马上笑盈盈地圈住霍仲南的胳膊肘：“我就是特别想你，特别饿，特别想吃，这才逼着她们去买的。”

霍仲南冷哼一声，戳她的脑门儿：“你啊！”

于休休朝两个阿姨挤了挤眼睛，偷笑。

霍仲南坐下来，冷冷地看她片刻，眼睛里多了一层她看不懂的晦暗：“你家里人有和你联系吗？”

于休休愣了一下：“有啊，怎么了？”

霍仲南深深地看着她：“说什么了？”

“没说什么。”于休休琢磨着他的神色，“发生什么事了？”

霍仲南摇头，既然于大壮不愿意把那件事告诉她，他自然也不会多说：“我怕你家里人担心你。”

“不担心不担心。我野惯了。”于休休笑弯了眼，两眼亮晶晶的，霍仲南瞧着瞧着就出了神。

于家。

夜深了，灯还亮着。

于大壮和苗芮躺在床上，许久没有说话。苗芮看着于大壮没来得及刮的胡子，突然伸手碰了碰：“老于，你说……咱们是不是冲撞了水库的观音菩萨？”

于大壮盯住她：“想什么呢？我们没做亏心事，冲撞不了观音菩萨。”

苗芮叹气：“好端端的，你说怎么林庭的阳台就塌了呢？这房子都修了好多年了吧？怎么这事还能算到咱们头上？”

于大壮道：“这有什么？人一辈子不就是这样的吗？事赶事，事挨事。一个人啊，要接得住大福气，就要受得了大委屈。”

苗芮哼了一声：“你受得住，我可受不住。”

于大壮笑着哄她：“你看啊，咱们造了那么多房子，不是只出了这一个事故吗？偶发性的，不算什么。”

苗芮道：“那上次浮城……”

于大壮笑着把她的头扳过来，靠在自己的肩膀上："浮城那是刑事案件，和咱们没有关系。换句话说，连杀人犯都挑中了咱们的地方，说明风水好。"

苗芮哭笑不得，不满地瞪他："你就知道哄我。当真以为我不懂啊？出了事，是要负责任的。"

"要负责任，也要看是谁的责任啊？"于大壮安慰她，"如果是我们工程质量的问题，那不用说，该怎么办就怎么办，我认。如果不是，那也赖不到咱们头上。你就放宽心吧，你老公有办法。"

"嗯。"苗芮把脑袋在他的肩膀上蹭了蹭，又想到于休休，"乖女儿是不是还有两天就回来了？你说这孩子，招呼都没有一个，说走就走，以前可从来没有这样……"

"孩子大了，你就别操她的心了。"于大壮低头看她，眼睛里满满的宠爱，"咱闺女机灵着呢。比起她，你才更让我担心。开春了，最近流感挺严重的，你注意着些，出门戴上口罩，别嫌难看。"

在一起几十年了，丈夫还把她当成孩子一般，苗芮心里是美的，轻轻嗯一声，往他怀里拱。于大壮搂住她的肩膀："别闹。今天有点儿累。"

"你以为我要干吗？"苗芮笑出声来，拉被子，"快睡吧你。明儿我陪你去拜访那几个伤者，多买些东西，别舍不得钱。咱们做好本分，不招人恨……"

"我媳妇儿就是好。"

中年人的感情生活，时间长了，大多数就只剩下生活了，感情早已磨灭不见，但是苗芮一直觉得自己很幸运，比起身边的小姐妹，她是真的被丈夫放在心尖尖上的人。

于大壮太累，睡得很快，一转头的工夫，已有鼾声。苗芮为他掖了掖被子，拿手机刷了下无聊的热点，发了条朋友圈："生活就是一地的鸡零狗碎，可我，总能在碎渣里找到糖。"

于休休在南院住了五天，被一群人好吃好喝地伺候着，过着神仙般的日子。第六天，于家洲给她发消息，她才知道那个差点儿砸死她的林庭阳台是爸爸修建的。

“这也太巧了。”她问于家洲，“大禹不会受到影响吧？爸爸怎么说？”

于家洲：“鬼知道呀，我又不是亲生的，什么事都瞒着我。”

于休休：“你是高三狗，高考为重，爸爸妈妈当然不肯告诉你。等我回去。”

霍仲南倚在落地窗前，望着院子里的树木新长出的嫩芽，指间的烟快要烧到手指了，他还浑然不觉。

权少腾坐在他背后的椅子上：“这是我目前能查到的全部信息。林庭是挑板式阳台，外延部分承重力较小。目前相关部门还没有做出事故责任认定，但不排除施工单位的问题。如果施工没有按照标准，以次充好、偷工减料……那么这肯定就是造成这次事故的原因。”

“你是说，事故是由施工问题引发的？”

“这是大家目前的共识。不过，我也说了，挑板式阳台承重力小，如果当时有什么东西放置在上面，重量超过了阳台的承重力，也会引起阳台坍塌……”

“这个查不到？”

“正在调查，但这个事又不归我管，什么时候出结果，我也只能帮你打听。”

霍仲南没有说话。

“你准备怎么办？还要继续调查下去吗？”权少腾瞥一眼他的背影，把放在桌子上的资料归拢一下，“要不算了，几十年过去了，伯父也不在了……人啊，得往前看，你要学会放下。”

“你不像会安慰人的人。”霍仲南看他一眼，“我相信我的直觉。我父亲的事情，绝非表面那么简单。”

“直觉不能用于定罪。”权少腾笑了笑，“你是赵曜选的儿子，从情感上来说，肯定不能接受自己父亲当年做出那样的事情。可是，恕我直言……”他顿了顿，用一个淡定的笑容回应霍仲南冷漠的眼神，“我站在中立者的角度，认为一切都是合情合理的。一个大男人，在漫长的乡下岁月里对异性产生冲动，这其实是符合人性的。更何况，那个女人本就对他有好感。”

“有好感，他为什么要强奸？”霍仲南问得十分冷静。

权少腾看着他，良久之后开口：“你父亲不喜欢那个女孩儿，不愿意承担责任。但我们不可否认，对有些人来说，爱和性是可以分开的……”

“那女人喜欢他，为什么又要喊叫？”

“那不是事先不知道是他吗？”权少腾见他眼神冷漠，摊了摊手，“你别这么看我。我又不是那女的。我只是陈述事实。来，我们模拟一下当年的事情。”他推开面前的文件，从霍仲南的笔筒里抽出一支笔，在纸上写写画画，“你父亲光棍多年，想女人正常的吧？可是，他想女人，但不想娶那个女人，所以，就在黑灯瞎火的情况下干了那事……结果，在强行发生关系后，他被村民们抓了现行。要知道，在那个年代，认了，一辈子就毁了啊！他肯定是抵死不认的。

“村民们愤愤不平，他们没有想到，女孩儿认出是你父亲后，居然会当众反口，睁着眼睛说瞎话，一口咬定是自愿的……村民们感觉自己受了愚弄，就把怒火都发泄在了他们俩身上。所以，这就导致了后来的那些年，他们对你父亲、对那个女孩儿的不友好。”

那些令人发指的行径，只是不友好？霍仲南冷笑：“权队，你没办过冤假错案吗？”

“没有。”权少腾懒洋洋地笑，“你别犟了。卷宗上就是那么写的。大霍，从情感上来说，你肯定很难接受，但咱们要相信科学，是不是？虽然当年侦查技术不如现在，但是于家村那么多村民，那么多双眼睛看着，那么多的证人证词，不可能全是假的吧？”

“是不假。”霍仲南冷笑，“但也未必是真。”

“你这不是拧吗？”权少腾摇摇头，“反正我不陪你玩了。我明天就回京都。唉，可怜我的假期，就这样浪费了。”

“我会让你看到真相。”霍仲南说。

“你？你要干什么？”权少腾吓一跳。

霍仲南不说话，抬眼看他，缓缓将烟灰抖落在烟灰缸里，正要拿起再吸，就听到书房门口的声音。他皱了皱眉头，把烟摁灭。

这时传来敲门声："哥，你在里面吗？"

权少腾挑了挑眉，似笑非笑："哥？你们还玩角色游戏啊？"

霍仲南剜他一眼，走过去拉开门，看着急急赶来的于休休："怎么了？"

"我……"于休休刚想说话，就看到坐在里面的权少腾，那张祸国殃民的脸似笑非笑，仿佛在嘲笑她。

于休休心里七上八下，咬了咬下唇："我想回家。"

霍仲南还是那句话："怎么了？"

本来于休休想告诉他家里发生的事情，可是看他和朋友在一起，表情还有些许不耐烦，就不准备说了。这不是她的家，她要回家不是天经地义的事情吗？还找什么理由？

"我腿上的伤已经好了，不能再打扰你。"

霍仲南的脸色黯了下去："我说你打扰了？"

于休休微微一笑："你当然不好意思说嘛，但我不能厚着脸皮装不知道呀。所以……"她望了权少腾一眼，摆摆手，"你们聊吧，我就先走了。你不用送我，拜！"

说走就走。她的身影很快消失。

霍仲南喊道："于休休！"他面无表情地看了片刻，突然低骂一声，大步冲了出去，速度极快地在楼梯口抓住她，"就这么走？"

于休休歪了歪头："不然呢？在这儿吃你一辈子？"

霍仲南道："可以。"

噗！于休休笑，戳他肩膀："傻不傻啊！赶紧松手，我要回我自己家了。"

霍仲南面无表情地看着她。于休休不懂他的表情，笑问："怎么啦？我肯定是要回家的啊，总不能在这儿待一辈子吧。难道说，你想……囚禁我？"

如果可以，他想。霍仲南怔了怔，压下内心荒唐的想法，问："你不喜欢和我在一起？"

于休休抿了抿唇，没有抗拒自己内心的想法，点点头。喜欢的，怎么会不喜欢呢？不喜欢能这么没心没肺地在他家里玩几天吗？她低着头，没好意思去看霍仲南的脸色，只是感觉到他捏住自己手腕的力道慢慢变大，又慢慢变小，然后，他一点点松手：“我让周叔送你。”

于休休揉了揉手腕，嗯一声：“这几天谢谢你啊，我的事不要告诉我爸妈。”

霍仲南沉默一下：“瞒不住的。”

“为什么？”于休休愣了一下。

“当天的事故人员名单，上面会调查的，他们很快就会知道。”

事故人员？不就是受了点儿轻伤吗？怎么成事故人员了？

于休休脑壳疼，她爱她的家人，此时此刻，满脑子都是爸爸会不会有麻烦，只想和爸爸妈妈在一起。然而，事情的发展完全出乎意料。当于大壮和苗芮带着礼物去医院看望几个事故伤者的时候，人家比他们还要客气，还要谨小慎微。

要赔偿？不存在的。

“我自己走路不专心，怪不得别人。”

“天要下雨，娘要嫁人，阳台要坍塌，谁也想不到的，能怪谁啊？我们不是胡搅蛮缠的人。”

“是啊，这事和你于老板一点儿关系都没有。”

于大壮感动得差一点儿掉眼泪。这是他见过的最为温和的受害者了！世界上怎么会有这么体贴、这么善解人意的受害者？于大壮把带来的保养品和几个鼓胀胀的红包塞过去，要跟人家意思意思。可是，人家死活不肯收。最后，推来推去，也只收下了保养品，退回了红包。

“我们这儿有人照顾，于老板，你贵人事忙，以后就不必来看望我们了。”

“是啊，我们不想耽误你的正事，你是大忙人，不要为了我们这点儿小伤来回奔波。”

于大壮一次次被感动：“好人啊！”

两口子走出医院还在感慨，觉得人间处处是温暖，社会人人有真爱。

没想到，去开车的时候，他们看到了钟霖。

“咦，小钟经理，你怎么在这儿？”苗芮第一个发现他。

“我？”钟霖当然是来替老板的岳父大人擦屁股的，现在看到正主儿，还不敢说出原委，只能随便找个理由，“我有点儿不舒服，过来看看。”

一听到这话，苗芮就着急了：“哪里不舒服？是不是最近工作太辛苦，压力太大了？”

钟霖感受到关爱，感动道：“还好还好，不太辛苦。就是受了凉，小感冒，不严重。”

苗芮哦一声，又紧张地问：“那钟南呢？他工作不辛苦吧？”

钟霖无语，原来他只是被人顺便关心了一下。

“他挺好的。”钟霖看老两口完全不知道女儿的事情，赶紧开溜，“于叔，苗姨，我得回去上班了，一会儿老板发现我翘班，要找麻烦。”

“你们老板真不是个东西，生病还让人上班！”苗芮不满地哼了一声，看他一脸紧张的样子，摆摆手，“去吧去吧，路上慢点儿。”

钟霖灰溜溜地上了车，长吁一口气，向老板汇报工作：“都搞定了。他们拿了钱，表示不会找于老板的麻烦，更不会去大禹闹事。”

霍仲南嗯一声：“钟霖，你再去帮我做一件事。”

钟霖身子绷紧：“您说，霍先生。”

霍仲南说：“以赵曜选儿子的名义，邀请于家村水库人吃饭。”

“嗯？”钟霖愣了半晌才反应过来，“霍先生，你……这事，你考虑好了吗？”

“考虑好了。”霍仲南说，“现在不做，我怕会后悔。”

为什么现在不做就会后悔？钟霖没有多想，低声说：“好的，我这就去办。”

霍仲南放下手机，走到卧室门口。四周安静得一点儿声音都没有，好像前几日的热闹和欢笑不曾存在。没有了于休休的南院，就如同一口精致而华丽的棺材。霍仲南推开门，停下脚步。空气里，似乎还有女孩儿留下的味道，淡淡的，若有似无，骚扰着他的嗅觉。可是，仔细去闻，他又什么都没有闻到。

就像于休休吧？突然闯入他的生活，又突然离去。她总是会走的，总是会腻的，并不会有人长久地陪着他，他不是她最重要的人。霍仲南走进房间，默默关上门，在一个人的空间里安静地慢慢行走，然后坐在床边，在枕头上捡起一根长发，拈在指尖端详着，目光幽冷。

不知道过了多久，他站起来，从抽屉里找出一个玻璃药瓶，把里头的药片全部倒了出来，将那根捡来的头发放进去，细心地收藏好，又默默地拿起两片药，就着温水吞咽下去。

漫长的时光。一个人的世界，他总得找些事做。

钟霖回到南院的时候，房间的灯光已经暗了。

他突然有些怀念前几天灯火通明的样子。那几天，南院上上下下都像过年。于休休是老板的开心果，也是他们的小福星，她在，欢乐就在。她一走，好像带走了南院的灵魂，一切都死寂下来，就连院子里的树木都不如前几日鲜活。

钟霖给吴梁发消息："霍先生的情况好像不太好。"

"又没睡？"吴梁问。

"没有开灯。应该是睡下了，但肯定没睡着。"钟霖把霍仲南这几天的情况和吴梁说了一下，有些担忧，"最近我需要注意些什么？你上次是不是说，他的情况在好转？我想知道，如果他情感上有波动，病情会不会恶化。"

吴梁看着他的消息："钟霖，你的样子好像一个老父亲，你确定你对老板的关心没有超出本分？你有没有想过，你应该有自己的生活？你的生活中，不只一个霍仲南。"

钟霖没有想过这个问题。被吴梁问到，他久久说不出话来。好一阵，他突然反应过来，和他说话的人是个心理医生，一个不小心就会把他绕进去的人。

"要你管？这是我的工作。"钟霖嘿嘿冷笑，"你知道我拿多少奖金吗？知道我银行卡里的尾数有多少个零吗？不要说做老父亲，做儿子、孙子，我都愿意，咋的，不服？"

很好，降维打击。

吴梁："服！"

为了钱他也可以把老板当儿子啊，只要银行卡里尾数的零够多，就算当爸爸、爷爷来孝敬，又有什么不可以？

“你最近多关注一下他吧。恋爱中的人，情绪容易波动，患得患失。不过，只要他还有所追求、有欲望，那就不会轻易寻短见。”

钟霖道：“嗯。明儿你有空就过来陪他聊聊，让他帮你治治病。”

这叫什么话？他是心理医生，不是病人。吴梁道：“我说，你的零，可不可以分我几个？”

钟霖道：“我觉得霍先生说得没错，你这人浑身上下最真实的地方，就是你的名字。”

“于家村水库人”群里，突然热闹了起来。

一个叫“赵曜选”的名字，频繁地跳跃在屏幕上，年轻一辈大多不知道什么情况，老一辈人说得津津有味。于休休有点儿好奇，跑去问于大壮：“爸爸，赵曜选究竟是哪个大佬啊？为什么大家都是一副讳莫如深的样子？”

于大壮正准备去给于家洲开家长会。半学期考试刚刚结束，于家洲同学“不负众望”地考了全班倒数第五。昨天晚上，两口子为了谁去开家长会的事情商量了一晚上，各施手段，最后苗芮使出撒手锏——一哭二闹三撒娇，终于略胜一筹，躲开了家长会。

听到女儿的话，于大壮还在唉声叹气：“赵曜选啊？是以前和你唐叔他们同一批下乡到于家村的人。干吗问这个？”

“你不看群的吗？”于休休笑嘻嘻地凑到他面前，“为什么大家都在讨论他，又都不愿意说明白的样子？神神秘秘的。”

于大壮目光闪了一下，从她面前绕过去：“谁知道呢？都多少年了，不知道有什么可讨论的。”

于休休又赶上去：“那为什么大家都对他那么感兴趣呢？”

于大壮拉了拉衣服：“别拦着我，一会儿家长会要迟到了。本来就很丢人，迟到了溜进去就更难堪了。于家洲这小子，从来不知道给老爹长长脸。这丢脸的事，全是我去！”

噗！于休休笑说：“爸爸，下次我教你一个办法，保管你赢过妈妈，不用开家长会。”

于大壮回头看她一眼："小丫头片子，我要你教？你以为我是输给你妈妈的？笨！对付你妈妈，老于我有的是招儿。哼！"

他开门走了。于休休撇着嘴，好半晌才反应过来："这老两口，天天喂我吃狗粮！"

在于大壮那里没有得到需要的消息，于休休的下一个目标就是苗女士。可是，她没有想到，向来没什么心机的苗女士，对赵曜选的事居然会三缄其口，不论她怎么问，都不肯说他的事。

于休休的好奇心更重了："算了，你们不说，我去群里问。"

苗芮在画眉毛，闻言眼皮都不眨一下："爱问就问去呗，看谁会告诉你……"

于休休呵呵一声："大不了我去问汤阿姨，我觉得她这个人嘴巴挺大的，指不定就告诉我了呢？再不济，我就去问唐叔呗，他知道的事情说不定比你和爸爸都多。"

苗芮的眉毛画不下去了。她顿了顿，放下眉笔，回头看着于休休："我说你这丫头，什么时候对别人的事这么感兴趣了？"

"你不知道越是隐瞒越是容易激起孩子的好奇心吗？妈妈，做家长不能这样的。"于休休严肃地说完，又撒娇般挽住苗芮的胳膊，"说嘛说嘛，不要卖关子了。我保证不出卖你，就连老于都不告诉。"

苗芮把眉笔递给她："来帮我画。"

这老小孩儿！不肯吃亏。于休休接下眉笔，慢慢帮苗芮画眉："说吧！"

苗芮瞄她一眼："其实我知道的也不多，那时候年轻，一天就知道玩，家里人也不太乐意告诉我这种晦气的事情。"

"晦气？"于休休手一抖。

"你好好画呀。"苗芮嗔怪她，又接着说，"可不嘛，你姑婆……"说到这里，她顿了顿，"就是村里有个女孩儿，被那个赵曜选给强奸了。那会儿可不像现在，这种事是很见不得人的，提起来都像染了瘟疫似的。你外婆和人家聊天都瞒着我。要不是这事闹得挺大，我都听不到风声。"

于休休似懂非懂地点头："这都几十年了，为什么群里说起这个人，还是这么遮遮掩掩的呢？"

苗芮想了想："因为后面又发生了一些事情吧。而且，那个被强奸的女孩儿不肯承认这事，认定她跟赵曜选是情投意合。所以呢，强奸罪就变成了生活作风问题……然后呢，这个赵曜选也不是一般人，大家就不敢再开口多说什么了。"

于休休道："他不是一般人，是哪般人？他究竟是谁啊？"

苗芮沉下眼皮："这个事，我也是以前听汤丽桦说的，不知道真假。她说，赵曜选那会儿本来有一个未婚妻，来自申城的一户殷实人家。后来他出了那档子丢人的事，未婚妻没了，他还失去了回城的名额，所以又在于家村待了好几年，最后逃走了。没人知道他的去向，于家村人都以为他死在外面了，结果你猜怎么着？"

"怎么着？"于休休像在听故事。

"汤丽桦说，那女的真是爱惨了他，那么多年没有嫁，一直等着他呢。后来，两个人结了婚，生了个男孩儿，公司越做越大……小日子过得可舒心了。只可惜……"

"可惜啥？"

"可惜福寿太短，两口子出了意外，早早就走了。唉！他们都说是赵曜选当年作下的孽，报应不爽，还连累家人。那女的，可怜呢！"

于休休听得云里雾里："出什么事走的？"

"这就不知道了。"苗芮摇了摇头，"这些闲话，我是以前听汤丽桦说的。她知道的事情多。那种阶层的人我又接触不到，哪知道真假？"

说到这里，苗芮皱了皱眉，似是想起来什么，突然抬起头："对了，就是盛天集团啊！"

盛天集团？于休休手一紧："关盛天集团什么事？"

苗芮道："赵曜选，就是盛天前总裁霍钰珂的老公啊！那时候我们和盛天没有接触，我听听就过去了，没把那个盛天和这个盛天联系起来。刚反应过来，这就是一家公司啊！"

于休休震惊。

苗芮道："我听说盛天这个公司的母体来源于女方的家族，好像是霍钰珂继承的家族遗产。所以，两口子结婚后，一直是女方在当家。不过，真正管事做事的人还是赵曜选。他是个很能干的男人，老婆继承的是个小公司，他愣是用十来年的时间把公司发展成了数一数二的大企业……咦，休休？"说到最后，苗芮发现于休休根本就没有在听她说话。

"你在想什么？"她拍了拍于休休的手臂，"画眉啊！"

"呃！"于休休回过神，放下眉笔，飞一般地跑了，"画好了，我先走了。"

苗芮回头照镜子，发现了两条超级粗的大眉毛，啧一声，气得跳脚："这孩子，一惊一乍的！气死我了，抓回来，打断腿。"

赵曜选的儿子要请大家吃饭的事情在"于家村水库人"的群里已经传开了。不过，没有人知道那个儿子是谁，更不会有人想到，其实他就是跟于休休回去过年的钟南。

于休休看着群聊瑟瑟发抖。她知道太多，会不会被灭口啊？这个哥哥到底要干什么？怪不得他的书房里有《于家村水库人》这本书，亏得她当时还以为他是为了自己才买的，自作多情了。而且，认识这么久，人家藏得这么深，愣是一点儿风声都没有透出来。这让于休休不免有些怀疑自己的智商，以及怀疑他的目的——他们最初的认识，包括盛天和大禹的合作，是不是霍仲南刻意为之？

相比那个"大禹所在地风水好，是发财位"的荒唐借口，于休休更愿意相信霍仲南是知道父亲来自于家村，这才找上门的。可是，他为什么选中爸爸呢？

赵曜选有那样不堪的经历，霍仲南身为他的儿子，对当年的事情知道多少？又有什么样的看法？

于休休脑子有点儿乱。她看了许久和霍仲南的聊天记录，又望着天花板愣了半天，终是叹着气，给霍仲南发消息："哥哥。"

霍仲南："嗯。"

秒回？于休休抿了抿嘴："是你吗？"

霍仲南："是我。"

于休休："我是说请客吃饭的人，赵曜选的儿子。"

霍仲南沉默，许久没有回答。

这在于休休看来就是一种默认。她想到他冷着眉眼沉思的样子，笑了笑，慢慢地打字："你不是恨不得与世隔绝，不和任何人来往吗？怎么突然想到要请客？"

霍仲南："一个人待久了，无趣。"

哦，他还知道自己的生活无趣呀？

于休休想到那个安静得令人发指的南院，一言难尽。

"恭喜你啊，大魔王终于醒悟过来了。"

霍仲南发了一个微笑表情。

又是这表情！这人有毒吧？

于休休脊背发寒："我有个问题想问你。"

霍仲南："问。"

于休休："你收购大禹的旧办公楼，又把浮城的项目分包给大禹，是不是因为……你父亲和我爸爸这一层关系？"

霍仲南反问："他们有什么关系？"

想到赵曜选难以启齿的过往，于休休尴尬了一下："难道不是因为认识，你才专门选上大禹的吗？"

霍仲南："我说不是，你信吗？"

这个问题把于休休问住了。老实说，她内心其实已经有了自己的判断。因为一个正常人，几乎不可能因为什么"财位"花高价去购买一幢办公楼。当初她以为是旧楼可能会拆迁，盛天提前知道了消息，现在看来并没有这回事。那么，霍仲南为什么会做这笔赔本的买卖？唯一能说服她的就是他父亲这一层关系了。

"相信你自己的感觉吧。"霍仲南没有等到她的回复，紧跟着就发来消息，"周末见。"

他不想聊了吗？

于休休抿了抿嘴，把打好的长长一段话，一个字一个字地删除：

"周末见。"

家里人都不知道钟南就是赵曜选的儿子，于休休守着这个秘密就像守着一颗定时炸弹，心里很是不安。她想和爸爸妈妈说清楚，却一直没有找到机会。因为渣弟倒数第五的"优秀"成绩，家里进入了紧急状态。还有三个月就要高考了。

于家人决定临时抱佛脚，让于家洲也抱一把。为了最后的冲刺，于大壮为儿子请了好几个一对一的辅导老师，就为了高考这临门一脚。苗芮甚至放了话，现阶段的主要任务就是把于家洲丢进大学，在复习期间，一切为高考服务，不管什么事情，都要往后放，全家人的目标一致——打赢高考这场硬仗。于休休不想破坏这浓郁的学习气氛，这事就一直憋到了周末。

"于家村水库人"群里的人都知道赵曜选的儿子——盛天唯一的继承人霍先生，至今都没有婚配，是个钻石王老五，于是私下里都打起了自己的小算盘。在酒宴的前一天，于休休就听苗芮说了，各家各户有未婚女孩儿或者打算给霍先生介绍对象的，都准备好了，一定要让自己家的人入主盛天当老板娘。

"你等着看吧，明儿各家各户肯定又要争奇斗艳一番。"

于休休不知道该说什么。

其实往常的聚会，水库人就有争奇斗艳的"习俗"。当年，一群人处于同一个起点，但是在几十年后的今天，各自的命运和生活已是天上地下，不论是为了炫耀还是为了维护自尊，每次相聚各家都难免会有不可描述的攀比。谁家发了家，谁家孩子有出息，谁家生了大孙子，谁家买了新房、提了豪车，这些都是比较的点。

姑娘们也大多会打扮得漂亮些，给自己家争脸。而于家这个有目共睹的暴发户，往常是这群人里极为惹人注目的。苗芮从来都不愿落后于人。酒宴那天，一大早她就揪着于休休起床，去了早早约好的一家私人形象工作室，化妆造型、搭配礼服。

于休休看着苗芮身上的旗袍，十分想笑："妈，要不要这么正式啊？你是不是又听谁说了什么？”

苗芮瞪她一眼：“正式点儿不好吗？这是尊重。你刘姨说了，人家霍先生举办的是晚宴，晚宴懂不懂？这和咱们那种聚会是不同的，这个格调高，去的人都要穿礼服。”

于家有钱，也算发了家，可是他们接触的人以及社会阶层并没有跟着拔高。苗芮往常参加的所有聚会都没有这么高的规格，因此她非常重视，怕给于大壮丢人，怕给大禹丢人。

“妈，有时候呢，越是在乎一件事，越是容易出错。”于休休在这个时候已经没法开口告诉她，霍先生其实没有什么了不起，他来于家蹭过饭，吃过火锅、剥过大蒜，他就是钟南啊……

于休休不敢说，怕苗芮掐死她。

“准备好点儿总没错。”苗芮在工作室里选着礼服，不时拿出一套在于休休的身上比画，“这个不错，等下试试。这个也行，很显腰身。我女儿腰细，这个有没有小码……”

于休休看她忙活，像个人形木偶似的被拎来拎去，简直生无可恋：“妈妈，我们又不用跟人家抢着去攀亲戚，打扮得这么隆重，会不会显得太刻意了？好像我们多在乎他似的。”

“跟你讲了，这是礼节。”苗芮眼一翻，突然压低声音，“再说了，我们本来就在乎他呀。盛天总裁，你能不在乎吗？捏死咱们大禹就像捏死一只蚂蚁，你懂不懂？”

于休休：“……”

好的，捏死她吧。她正好也想捏死对方。于休休被苗芮和设计师推入更衣室，一连试了好几套衣服。在于休休看来，这些都差不多——人长得好看，身材又好，穿什么都好看的啊，有什么区别吗？然而，苗芮愣是挑了半个小时。最后，化妆、配首饰、选鞋子，全部弄好，中午饭时间都过了。

于休休饿得有气无力：“妈，可以走了吧？”

“慌什么？你妈我还没弄好呢。”

苗芮不仅给女儿打扮，也把自己收拾得十分仔细。于休休看她像个花蝴蝶似的穿来穿去，有些哭笑不得："不知道的，还以为你要嫁人呢。"

"呸！"苗芮扭头瞪她，"中年妇女就没有打扮的权利了吗？"

"当然啊！你都这么漂亮了，能不能给我们年轻女孩儿留一条活路啊？"

这话苗芮爱听。她摸摸微鬈的头发，妖娆地哼了一声："走吧。"

于休休看了她一眼，不得不承认，苗芮有一点是对的——她自己审美不行，在工作室里搭配出来的效果，确实比她的乡村风打扮提高了不少档次。

"妈妈，你有没有想过一个问题，"于休休提醒她，"以你今天的美丽，爸爸已经配不上你了。"

苗芮笑眯眯地哼一声："当然。所以，我把他发配走了。"

"什么？"

"今天你弟要赶几个补习班，我让他去当司机兼陪读。"

"爸爸不去？"

"不要他去。"苗芮嫌弃地说，"要不然碰到唐文骥那几个人，你爸又被哄得颠三倒四的，白贴钱给人家。"

"白贴钱，什么意思？"于休休微微吃惊。

苗芮说起这事就来了气："你唐叔啊，鼓动你爸去搞什么金融、做什么投资。哎哟，可要把我气死了，你爸就一个干老实活儿的人，大字不识几个，哪懂什么金融、什么投资？"

于休休道："爸爸同意了？"

"可不？"苗芮说，白眼儿快翻上天了，"他就相信你唐叔的话呗，还兴高采烈地告诉我，他已经是混金融圈的人了。可怄死我了。"

于休休："……"

妈妈的担心不无道理，于休休同样不认为爸爸会做投资。那是一个他们不曾涉足的领域，以小博大的事，就像天上掉馅儿饼，于家人是从来不相信的。所以，于休休很奇怪向来慎重的爸爸为什么会这么做。

“爸爸是中邪了吗？”

“哼！”苗芮有点儿不高兴，但还是没有一味地打击丈夫，“倒也不是。他啊，心里明白着呢，就是抹不开面子，放不下老交情，老是记着你唐叔的好，说是那点儿钱，赔了就赔了，赚了就是意外惊喜，他压根儿不当回事。”

这就可以理解了。于休休哦一声：“难怪。”

第十一章
聚光灯下的意外

这是于休休见过的最漂亮的晚宴现场，比她在电视上看到的还要大气上档次。也是走入这里，她才真正意识到——自己家是暴发户，哪怕拥有再多钱，也仅仅是暴发户，和上流人士有着本质的区别。

请帖是电子的，扫二维码就可以进入。大家都觉得很新奇，熟悉的人进去后都聚在门口闲聊，引导的服务员走过来接待，也没有人搭理，大家还是扎堆地说笑。

于休休扫了一眼，对老妈又有了新的认识。苗女士表现得十分得体，而且，幸亏她们去找了造型工作室，要不然由着苗女士自己那个审美搭配，穿出来大概就和现场那些人一样吧？

“怎么样？”苗芮看她一眼，神秘地笑道，“咱母女俩还是艳压群芳吧。就问你，美不美？”

于休休还能说什么？

“来闺女，给妈妈拍张照片。”苗芮拎了个小包包，往宴会厅门口一站，摆好优雅大方的造型，又告诉于休休，“记得把里头那个背景板一起拍下来。”

于休休知道她要发朋友圈，不忍拒绝这么美好的要求，举起相机，从镜头里看到背景板上的字幕：“于家村水库人，我们在一起。”

莫名地，她觉得这字幕有点儿刺眼。在一起都这么久了，为什么现在还要正式“在一起”？

“好了。”她把照片发给苗芮。

“这个角度，美绝了呀。我闺女真棒。”苗芮看了半天，抬头，“能不能顺便把我这腰身修一下？太粗了。”

于休休无奈修图，然后发给苗女士，马上就看到她发朋友圈，并配文：“红了樱桃，绿了芭蕉！今天是个不寻常的日子，感谢盛天霍先生的邀请。”

苗女士可不是文化人，在这里装什么深沉？于休休正奇怪，突然发现照片的角落还有一个人——拍照的时候，于休休只注意了苗芮和背景板，没有发现汤丽桦站在苗芮的背后，把她的背影也拍下来了。

汤丽桦穿着绿色的裙子，身材有些发福，从这样的角度拍出来，显得十分臃肿，就像一棵芭蕉树，而苗芮的气色很好，红色旗袍衬托出她的小蛮腰，直接把汤丽桦虐得渣儿都不剩。

这配文简直是绝了啊！

苗芮很骄傲，不忘夸女儿照片拍得好。母女俩妖妖娆娆地走进去，十分吸睛。汤丽桦面无表情地望了她们一眼，高冷地板着脸，状若没看见，低头玩手机。结果只刷一下朋友圈，她的脸就以秒速黑了下来。“绿了芭蕉”？苗芮这是想暗示什么？

苗芮知道老唐外面有女人？她是不是也知道那女人是谁？今天有多少人在看她的笑话？是不是都知道老唐要和她离婚的事了？苗芮是生怕别人想不起，故意在朋友圈损她的吗？汤丽桦的脸色难看到了极点，那双带着血丝的眼眸里迸射出来的光芒，锐利而冷冽，咬牙切齿也嚼不碎那滔天的恨意。

“休休！”谢米乐走过来。

于休休一看，愣了愣，乐不可支：“认识你这么多年，第一次看你盛装打扮的样子呢。好看，好看，又温柔又淑女，要是我不认识你，肯定都不知道你是一只母老虎呢。”

“于休休，你命没了。”谢米乐理了理裙子，在她身边坐下来，有点儿不好意思地说，“我爸和我哥我嫂，真的是醉了，非得让我这么打扮。”

苗芮偏头看一眼，笑道：“你爸想让你给他钓个金龟婿呢。”

谢米乐脸颊微微发烫：“哪能啊，就我这样的人家哪看得上？看上休休还差不多。”

于休休哼一声回应，左顾右盼，没有看到霍仲南，一个人影却进入眼帘。那眼神直直地盯着她，像是要粘在她身上。于休休认识唐绪宁很久了，可是从来没有在他的眼睛里看到过这么炽热的光芒，她有点儿慌。

“唐绪宁不会是爱上你了吧？”谢米乐察觉到了唐绪宁的注视，捏了一下于休休的胳膊，“他眼神太露骨了，看得我都一身鸡皮疙瘩。你没感觉？”

“要什么感觉？”于休休懒得多瞄他一眼，“分手后爱上前任的男人，是不是渣男？”

“不是渣男，是渣烂。”

“哈哈哈！我就爱你这张嘴，谢米乐。”

谢米乐朝她做了个亲吻的口型，笑着说：“不过，当初咱们都觉得唐绪宁长得人模狗样的，也是个社会精英了吧，咋就变成现在这样了？你发没发现，他的眼神有点儿阴？”

“这个问题你就问对了。”于休休勾起一侧唇角，“你知道吗？一个人跟什么样的人接触，就会变成什么样的人。他是我于休休的男朋友的时候，自然会被我的阳光笼罩，人就温暖。他和卫思良在一起，谁知道那是个什么人？”

谢米乐拍她一下，乐不可支：“没见过这么夸自己的。”

两个人低声笑着说话，没有想到唐绪宁会走过来。他居高临下地站了两秒，像个挡光的背景板，没有得到于休休的回应，他也不生气，笑了笑，在旁边找了一把椅子坐下来，往于休休这边挪了挪：“我于叔没来吗？”

于休休没理他，苗芮却转过头说：“他在家带孩子呢，走不开。”

“于叔真是个好男人，苗姨，你真有福气。”

“他带个孩子就是好男人了啊，我还生了俩孩子呢。”

唐绪宁笑了笑，知道苗芮的性格，也不多说，那斯斯文文的样子，有了于休休刚认识他时的模样了。

“休休今天打扮得很漂亮。”

苗芮哦一声：“我女儿一年三百六十五天都艳光四射。不过有些‘狗眼’瞧不见而已。”

唐绪宁有点儿尴尬，轻笑一下，重新找了一个话题：“知道霍先生为什么请我们吃饭吗？”

苗芮问：“你知道？”

唐绪宁摇头：“不知道，才问你们。”

于休休想了想，老实地说：“可能他有点儿欠揍。”

唐绪宁道：“这么说不好吧，休休你这嘴，唉！还是没变。”

苗芮呵呵冷笑，瞄了不远处的汤丽桦一眼：“绪宁啊，你别挨我们这么近，一会儿你妈的眼珠子要瞪出来了，今儿人多，可不方便找。”

母亲不喜欢于家，唐绪宁知道，就像他一样，以前也不喜欢。可是，他也不知道自己现在犯的什么贱，就是觉得于家香得很，看到于休休就想往前凑，哪怕他以前看不起的暴发户老婆苗芮，这一身打扮也贵气逼人，甚至比他母亲还要胜上一筹。

唐绪宁不明白自己以前为什么眼瞎，到底被什么迷了眼睛呢？

"阿姨，可能有点儿误会。"他清了清嗓子，"不知道能不能找个机会，两家人坐在一起，大家把话说开……"

"别别别。我们的时间宝贵，还是不要彼此打扰了。"苗芮语气尖酸又刻薄，"你要真这么闲呢，不如好好陪陪你那个流产伤了身子的女朋友，别像个蜜蜂似的，看到花儿就想招惹。"

唐绪宁完全说不上话，尴尬又无奈："苗姨……"

他的悔意呼之欲出，苗芮哼了一声："绪宁啊，我也算是看着你长大的，说良心话，苗姨以前对你好不好？你不要以为我不喜欢你，是因为你和休休分手。不，我是因为你对卫思良做的那些事……"苗芮用手指了指自己的脸，"羞啊！我都不想让人知道我认识你，懂吗？一个男人，没点儿担当，谁敢把闺女交给你？卫思良碰到你们家，真是倒八辈子霉了。不怕告诉你，我都想给她送一面锦旗，感谢她的抢人之恩了。"

唐绪宁深深吸一口气。

一个男人肯定是不好和女性长辈争执的，他忍住，转头看于休休："微信，可以加回来吗？"

于休休甜甜地一笑："你吐口唾沫在地上，再咽回去，我就加你，好不好？"

唐绪宁目光微黯。

她哪怕说了这么不堪的话，脸上却连一丝恶意都看不到，唐绪宁觉得这个女人既是天使，又是恶魔。他有些想不明白，曾经那么喜欢他的一个人，为什么可以说出这么扎心窝子的话。

"我哥来了！"于休休突然发出一声低呼，微微仰起的小脸，美好又明媚，目光里全是笑，她的注意力全被那个男人拉走了。

唐绪宁回头看到从人群里走过来的霍仲南，眯了眯眼，一股浊气从心底生出，拳头紧紧攥着，气血上涌，头发昏。

"好帅！"谢米乐发出一声低叹，"于休休我感觉你赚翻了。"

"还没有赚到。"于休休朝她挤了挤眼睛，"这人太难搞了，闷骚。"

“喀！”谢米乐捅捅她，示意她唐绪宁已经走了。然而，于休休什么时候在乎过他？她像个小迷妹似的，眼巴巴地盯住霍仲南。

“我哥今天真的超级帅啊！”

霍仲南被她看得瘆得慌。这崇拜又喜欢的眼神，是那个说不喜欢和他在一起的姑娘的吗？所以，他为此怄了几天气，失眠难过，到底是为什么？没有人知道霍仲南的身份，见过他的人只知道他是于休休的“哥哥”。不过，单凭他那张脸和气质，就足够吸引目光了。他从人群里经过，引来一片注目。

于休休远远地冲他竖个大拇指，甜甜一笑：“帅呆！”

霍仲南脊背又是一僵。

他看了于休休一眼，回头问钟霖：“你怎么安排座位的？”

这语气有明显的指责，钟霖有点儿慌。每一张桌子上都有桌牌，桌牌上有就座人的名字。他让人排位子的时候，是把于休休一家排在一号桌的，怎么会被人安排到六号桌去了呢？钟霖也很困惑：“我问一下。”

他匆匆下去了。霍仲南没有说话，朝于休休走过去。

汤丽桦冷笑，理了理衣服，慢条斯理地轻嗤一声：“于家的上门女婿来了。”

她声音不大，就身边几个人能听见。这几个人都是平常和唐家走得近的，对视一眼，嘲弄地笑：“于家还真有意思，走哪儿都把这上门女婿带上，是想让霍先生给他换个工作？”

汤丽桦哼一声，一脸看不上：“苗芮这眼光，也就只有这样了。”

“这男的长得还可以。”那女的嘴快，看汤丽桦脸色不好，马上换个表情，“但是比咱们家绪宁……差的不是一点儿半点儿。不知道苗芮怎么想的，路边随便捡来的女婿吗？”

“可惜苗芮现在不跟咱们一块儿玩，要不然可以问问她，哈哈。”

几个女人又想到了当初合伙捉弄苗芮的愉快，相视一笑，又酸又讽，满是嘲弄。这时，一个胖胖的中年女人开口了：“于家的女婿不是在盛天上班吗？也有可能，他是来帮霍先生做事的呢？”说到这里，她突然低下头，神神秘秘地说，“我来的时候，看到苗芮一家的桌牌放在一号桌呢，肯定是上门女婿故意的，让于家和霍先生套近乎。”

众人看着她，又看看桌牌：“那为什么……？”

这位女士神秘一笑：“我来得早，看没什么人，就直接把桌牌给换了。噗！要不然，我们就坐六号桌去了，那么远，霍先生长啥样都看不清楚，哪来的交情？”

几个人面面相觑。虽然觉得这做法有点儿小人，不过反正也不是自己做的，大家受了益，也就睁一只眼闭一只眼了。要知道，能和霍先生在饭桌上说几句话，说不定就改变命运了呢？

“一会儿霍先生会坐一号桌吧？”

“不知道，没看到他的名字，会不会和我们坐一起呢？”

“肯定会啊！”

“丽桦你最会和上流社会的人打交道了，一会儿你带我们，咱们也和霍先生攀个交情。”

汤丽桦淡笑一下，不太在乎的样子：“我会什么呀？我一个女人。这都是男人的事。我们家老唐和他父亲早年一块儿下乡的，还住过一间屋呢，他们爷儿俩估计能有话说。”

“那是那是，咱们也插不上话。”

几个妇女嚼着舌根，说了不少于家的坏话，而霍仲南在于休休的身边坐了下来：“穿得这么隆重？”他语气有点儿不悦。

尽管于休休不知道他为什么不高兴，还是乖乖地交代：“我妈说了，这叫礼节……”她眨眨眼，撇撇嘴，“毕竟是第一次来参加霍先生的晚宴嘛，必须庄重一点儿，是不是？”

霍仲南沉下眉：“哦，为了霍先生打扮的。”

“吃醋吗？”于休休像只狡猾的小狐狸，“你最近又没有睡好，脸色好差。”

“睡不着。”

“为什么？”

霍仲南直直地盯着她：“你不知道？”

“知道什么呀？”于休休笑意浅浅。

霍仲南看着她，说不出话。不知道为什么，他看她这样打扮，就有一点儿气。为了霍先生打扮得这么好看，那他呢？他虽然就是霍先生，可他在于休休心里，不应该是霍先生。分裂，自己跟自己生气。

霍仲南回头看苗芮和谢米乐：“阿姨，你们跟我去前面坐。”

苗芮问：“为什么？”

谢米乐看看他，又看看自己的父亲，也是一脸问号。霍仲南的目光有一点儿冷，他看了看一号桌那几个讥笑的女人，说道：“我们坐前面。”

“不用争这个了吧。”苗芮看出他不高兴，一副不以为意的样子，“坐哪儿都一样，反正我们又不攀高枝，什么霍先生啊，老娘看不上，不在乎。阿南，我让服务员加个凳子，你坐休休身边。”

于休休无语。

妈妈，不在乎霍先生，为什么要打扮得这么隆重？这么假的话，你是怎么一本正经地说出来的？苗芮果然让人张罗凳子去了，于休休有点儿头大，觉得有什么呼之欲出的东西，就快要烧到她的眉头上了，然而，霍仲南却挑开唇角，隐隐有了笑意。

“不用麻烦了，阿姨。”说完，霍仲南拽了于休休的手，往前面走。钟霖也恰好在这个时候进来，附在他的耳边，低低地说了几句。霍仲南脸一沉，眉头皱了起来：“去！把桌牌换过来。”

钟霖道：“好的。”

当霍仲南牵着小鸟依人的于休休走到一号桌的时候，几个女人还在说笑，一脸得意加恶意，并不理会他们。可是，看到钟霖直接把桌子上的号牌拿起来，换上另外一张时，一桌子的人都黑了脸。

“你们这是干什么？”

于休休甜甜地笑：“汤姨，换个桌。”

汤丽桦看她这么嚣张，气得脸都快白了："于休休，你要不要脸？"

霍仲南冷着脸："这位女士，注意你的言辞。"

汤丽桦哼了一声，扭开头："德行！"

钟霖看老板不高兴，吓得瑟瑟发抖，可是当着众人的面，仍然保持着礼貌："各位先生、夫人、小姐，你们的桌位在六号，请随我来。"

"凭什么？"汤丽桦这个大姐头肯定要站出来的，她睨一眼于休休身边的霍仲南，笑着问钟霖，"就因为你们是盛天的员工吗？厨房有人好盛汤？"

"不是这样的。"钟霖看了霍仲南一眼，轻咳一下，"这里原本就是于小姐的位子，我不知道是谁把号牌换了。不好意思，麻烦各位换回去。"

汤丽桦冷笑："你们搞这种小动作，霍先生知道吗？"

钟霖头皮发麻："知道。"他稍稍抬头，"是霍先生让我们搞这种小动作的。"

"哈哈哈！"几个女人凑成一堆，胆子又大又敢说，完全有搞事的能力。她们对视一眼，当即嘲笑起来，丝毫不给钟霖面子，"小伙子，你怕是要笑死我。这话你敢当着霍先生的面再说一次吗？"

钟霖哭笑不得。可是他还没有来得及"敢"，于休休就笑了。她挽着霍仲南的胳膊，脑袋倚在他的肩膀上，眼含情唇含笑，声音娇软得像撒娇："霍先生，他们抢我的位子，好讨厌啊！你快帮帮我呀！"

这简直就是电视剧里的奸妃嘛！于休休觉得自己可能演得有点儿过，可是，一屋子人都被她说愣了。霍先生？她在叫谁？

于休休故意羞答答地摇霍仲南的胳膊："霍先生！人家腿都站酸了……"

"霍先生？"

"是霍先生？"

于休休无法描述这些人脸上的精彩。不信的、信的、怀疑的、探究的，各种各样的目光都落在她和霍仲南的脸上，谁也没有说话。然后，两个工作人员过来了。他们穿着整齐的西服，毕恭毕敬地走到霍仲南的面前。

“霍先生，时间到了，请问可以安排上菜了吗？”

众人发出一阵吸气声。于休休仿佛听到了无数人的心碎声。她回头朝呆若木鸡的苗芮眨了眨眼睛，然后就听到霍仲南说：“把这桌撤下去，重新换上餐具再上菜。”

“是，霍先生。”

汤丽桦不知道自己是怎么走到六号桌的，其他人也默默无语，刚才还和她打打闹闹、说说笑笑的“好姐妹”，瞬间离她八丈远，好像她是瘟疫，生怕和她靠得太近，哪怕和她坐在一桌，也不敢再和她碰头说话，满脸尴尬。

她的心像被刀子捅过一般痛！

爱情、婚姻、事业、孩子，一切都和她的希望背道而驰。她曾经引以为傲的所有，似乎都成了一个笑话。汤丽桦第一次后悔撺掇儿子和于休休分手了。如果不分手，这一切就不会发生。他们家和于家也还可以像以前那么相处。哪怕是最坏的结果，好像也没有现在这么艰难吧？

“你开心吗？”唐绪宁坐在她的身边问道，“妈妈，这就是你想看到的吗？”

汤丽桦猛地转过头：“你怎么说话的？”

唐绪宁道：“你嫉妒苗姨，因为爸爸喜欢她，现在还喜欢她。你不喜欢于家，总是在我面前说于家的坏话，说于休休的坏话，不停地给我洗脑，让我讨厌她，看不起他们……所以，妈妈，你现在好受了吗？是不是不用再嫉妒了？”

他的双眼冷得刺骨，像剜心的刀。

汤丽桦一口气提不上来，喉咙腥甜，眼前一阵发黑。而唐绪宁拉开椅子，在众人复杂的目光中，大步离开了晚宴。

他丢不起这人！

场面一度尴尬，许久没有人说话。钟霖看着自己家老板，目光几近膜拜。谁说他们盛天的老板不懂追女孩儿？瞧瞧，这非常规手段根本就不是一般人会的好吗？再说了，就算一般人会，也没有这样的实施条件啊！

绝了！钟霖佩服不已。

汤丽桦是第二个走的，在满场的惊叹声里。离开只是难看，留下来会一直难堪。她没有招呼同桌的朋友，甚至没有招呼唐文骥，一个人拎着包，离开的背影像个逃兵。

于休休吐了吐舌头，小声说："怎么办？我把你的客人得罪了。"

霍仲南低头看她："你高兴就好。"

于休休双眼晶亮，望着他笑。虽然霍仲南是盛天老板的事情她那天就已经知道，但是心里的震撼远没有今天来得强烈。之前是在一个相对私人的空间里，只有他们两个人，那时的他是一个可以亲近的人，于休休并不觉得身份有什么问题，甚至可以在南院对他大呼小叫。

可是今天不一样。今天来的客人太多了，包括唐文骥在内，很多都是有头有脸的人，他们对霍仲南的恭维和尊敬，完全出乎了于休休的意料。明明霍仲南比他们小，是晚辈，他们却全然没有身为长辈的自觉，一个个在他面前小心翼翼，说话都怕风吹到他，身子不自然地佝偻着。

于休休有点儿不适应，霍仲南却全无感觉，他为每一位客人都派发了礼物，礼数周全得体，而他本人虽然谈不上热络，但是一直保持着该有的礼貌。

苗芮、谢米乐、谢晋原等人被安排到了一号桌，和他坐在一起。让人没有想到的是，他还专程把唐文骥请了过来。霍仲南对唐文骥十分客气，第一个朝他举起杯子："唐叔，我不会喝酒，以茶代酒，敬你一杯。"

唐文骥微微一笑，神色比大多数人都淡定："仲南，今天能见到你，喝什么都不重要。"

他仰头，将杯子里的酒一饮而尽，放下酒杯，重重一叹，眼圈已经红了："这一晃三十多年就过去了，物是人非啊！那时候，我和你爸爸都还很年轻……"

霍仲南默默地看着他。

唐文骥长长地叹口气，摆手，说不出来的伤感："老了老了，一说往事就伤感，不提也罢，不提也罢。来，老朋友们，喝酒喝酒。"

他亲自给谢晋原等人倒酒，给苗芮倒时，被苗芮捂住了杯口："不用。老娘今天不喝酒。"

于休休看到妈妈那个跩劲儿，脊背上都写着尴尬。幸好她遗传到了老爸的好脾气，要是像老妈这个样子，一口一个"老娘"，不知道霍仲南看见会是什么感觉。

她忍不住想笑。唐文骥倒是习惯，坐了回去："你啊，这性子，多少年都没变。"

苗芮微微一笑，捋头发，动作十分妖娆："我看你们家汤丽桦也没怎么变啊，遇到点儿事，就像点着了的炮仗似的。"

唐文骥看她一眼，只是笑。

苗芮抬了抬眉："不过我倒觉得吧，她脾气是暴了点儿，倒也是个直爽的性子，恩怨分明。不像老唐你，肚子里的弯弯绕绕多了，谁也看不懂。"

也只有苗芮会这么说话了。她有自己的一套理论，虽然直接了点儿，但是于休休常常觉得老妈十分会抓重点。只是，场合不对，就让人尴尬了。唐文骥苦笑："你还真是从来都不给我面子。"

苗芮道："那有啥办法？你们老唐家也没给过我们面子啊！"

"这是还在记仇呢？"唐文骥笑着摇了摇头，望向霍仲南："休休和绪宁的事，仲南你应该也听说了。他俩呢，其实就是被父母强按头处的对象，也没有建立什么感情，就像爱吵架的兄妹俩，没缘分，凑不到一块儿。这事过去了就过去了，你们呢，看唐叔面子，就别和绪宁一般见识了，行不行？”

这话没毛病，很委婉、很客气。可是霍仲南听着“兄妹”这描述，怎么都觉得刺耳：“做兄妹，也要看缘分。”

唐文骥一怔，打个哈哈：“是，你看今天，绪宁不就被气走了吗？休休这丫头，可是从来不会吃亏的。你往后啊可要小心些，老于家的丫头厉害着呢。”

于休休笑嗔道：“唐叔，你这是当面说我坏话。”

唐文骥哈哈一笑：“你就是这样的丫头啊！我看着你长大的，能不知道你吗？”说到这里，他顿了顿，看了看于休休，又看了看霍仲南，“今天来呢，唐叔没有准备，没给你俩带什么礼物。不过，能看到你们在一起，唐叔由衷地开心，我相信你爸在天上看到……也会很开心。”

他这一说，话题就沉重了。霍仲南不说话。唐文骥自己举起杯，朝苗芮遥敬一下：“他们是很般配的一对年轻人。我们老一辈，要欣慰！”

老娘欣慰和你有关系？苗芮冷哼：“那是当然，我闺女选男人的眼光和我一样好。”

唐文骥手臂一僵，没有说话。于休休脸颊却有点儿热。什么男人不男人的？他俩八字还没有一撇呢，老妈，人家还没有说什么，她们这么主动合适吗？大写的尴尬。

她低垂着头，在桌子底下扯苗芮的衣角。可是苗芮好像没有接收到她的信号，猛地抬头：“你拉我干什么？我又没说错。”

于休休：“……”

满桌子人都看着她，她恨不得钻地缝儿。

霍仲南轻轻握住她的一只手：“冷吗？”

于休休不冷，反而很热，都快被别人的目光给烤熟了。霍仲南语气宠溺地说：“我要不要让人把空调温度调高一点儿？”

于休休恶狠狠地龇了龇牙：“再高我就成烤猪了。”这眼神有点儿凛冽，众人看得心惊胆战，霍仲南却笑着拍拍她的头：“你最多变成烤鹌鹑，浑身没二两肉，怎么变得了猪？”

大魔王你认真的吗？于休休被四面八方的眼神淹没了。经此一宴，没有人不知道于大壮的女儿和盛天大老板好上了，不仅如此，她还被霍老板宠得如珠如宝，简直就是“心头肉”。整个晚宴上，霍仲南的视线就没有离开过她，那宠溺的眼神，用一句通俗易懂的话来形容——“捧在手里怕掉了，含在嘴里怕化了。”

来参加晚宴之前，很多人都在猜测，霍仲南为什么突然请他们来，又为什么要声势浩大地搞这么一场聚会，还是以“于家村水库人”的名义。现在，他们全懂了。

敢情这场宴会就是为了给于小姐争脸的，他们这群人来的作用，就是做看客和陪衬。宴会的主角只有一个于休休，充其量再加上于家人。因为从头到尾，大多数人没能得到霍老板的一个眼神，哪里来的交情？要说唯一值得炫耀的事情，大概就是霍仲南送的礼物了——拍张照，发个朋友圈，够用。

半小时后，“最美 CP”超话就炸了。

“姐妹们，兄弟们，咱们嗑的 CP，男主身份水落石出了，盛天总裁霍仲南，你敢信？王子和灰姑娘的故事现实版，你敢信？”

“王子和灰姑娘这比喻不恰当吧？于休休好歹是个‘房二代’，可不算灰姑娘，算是黄金姑娘和钻石王子。”

“反正我心态崩溃了，吃一百斤柠檬都没我这么酸。这个于休休是拿着女主的剧本作女配的妖啊！爸妈宠，弟弟爱，毕业去自家公司做部门负责人，装修一套房子客户送一套房子，装修一套别墅碰上客户送价值连城的珍藏名画……随便谈个小恋爱，就迷住了盛天总裁。好吧，未完待续，我想看看她还能作出什么妖来……”

于大壮带娃去补习班，坐在休息室刷手机。

“最美 CP”是苗芮教他关注的，看一群陌生人夸自家闺女好看，于大壮心里满足得比做成一桩大生意还要开心。他没事的时候看一看，渐渐养成了习惯，两口子没事还会互相分享一个超话里的段子给对方。

乍一看到钟南是盛天总裁，他心态也崩溃了。

曾经，他是不是喝了酒，拍着人家的肩膀叫“臭小子”？

曾经，他是不是在人家面前吹过牛，说自己有多少套房子？

曾经，他是不是故意炫耀过给女儿准备了多少嫁妆？

曾经,他还认识人家的老爸赵曜选的啊！这居然也是个旧人的孩子！

于大壮一拍脑门儿：“完了！”

苗芮今天有点儿飘。

出门的时候，霍仲南亲自送她到门口，亲手为她拉车门，让她觉得自己好像一夜之间就从一个乡间民妇变成了皇太后，身边的人全都伏低做小，看霍仲南的脸色行事，就连那些往常喜欢巴结汤丽桦的女人都转了风向，一个个往她的跟前凑，约美容、约牌局。

“然而，我并不想搭理。”她发的朋友圈，就这几个字，配了张酒店大门的图。什么也没有说，可仿佛什么都说尽了，把一群人的脸打得啪啪作响。

于休休从前觉得苗女士的朋友圈质量不高，炫耀的段位也不够，现在发现，经过天长日久的锻炼，苗女士已经很“硬核”了。

苗芮是霍仲南派司机送回去的。司机训练有素，穿制服，戴白手套，送到门口，把保安唬得一愣一愣的。不知道的，还以为哪个大人物来了。于大壮等在家里，一个人在客厅里转来转去，焦头烂额，一看苗芮哼着歌回来，愣了一下，赶紧迎上去：“媳妇儿，没事吧你？”

苗芮头发一甩：“我能有什么事？”

于大壮往她背后看了看：“休休呢？”

苗芮剜他一眼：“年轻人有年轻人的活动，你个糟老头子管那么多干吗？”

于大壮瞪大眼睛，不对！他发现媳妇儿今天的状态不对：“是不是出什么事了？”他把苗芮的外套和包包放好，又把她拉到沙发上坐好，握住她的手，小心翼翼地问，“是不是钟南为难你了？”

“钟什么南啊？人家叫仲南！”苗芮眼睛里跳跃着火焰，“知道那是谁吗？嗯？知道你老婆今天有多出风头吗？”

于大壮琢磨着她的表情，摸了摸她的额头：“这是吓糊涂了？”

“我呸！”苗芮拍开他的手，突然笑盈盈地挽住他的胳膊，双眼满是亮光，“老于，下次回去，咱们一定要给老祖宗上个坟，咱家啊，这是祖坟头冒青烟了。”

于大壮抿嘴不语，严肃地看她一眼：“你难道没有想过，霍仲南为什么要买我们的旧办公楼？又为什么要和我们大禹合作？为什么会喜欢我们的女儿？”

苗芮沉思半天，冒出几个字：“因为我们——优秀？”

“优秀个屁！”于大壮嗔完，揽住她的肩膀，轻轻地拍了拍，“媳妇儿，这事不同寻常。我得琢磨琢磨。”

于休休在宴会结束后，就被霍仲南给“拐”走了。日料十分新鲜，鱼子酱的口感就写满了两个字——昂贵。于休休吃得津津有味，早把尴尬抛到了九霄云外，等回到家里，发现于大壮和苗芮都等在门口，上上下下地打量她，心事重重，就像怕她少一块肉似的。

于大壮更急切：“闺女，他有没有把你怎么样吧？”

于休休累得打个哈欠：“有！把我的肚子都撑爆了。”

于大壮咳嗽一声，坐到沙发上，一副大家长的样子，敲了敲腿：“闺女，你也大了，感情上的事爸爸不能干涉太多，但是我们家呢，从今天开始也应该立立规矩了。”

于休休问：“什么规矩？”

于大壮想了想：“不能夜不归宿。晚上十点前，必须回家。”

这是他从网上抄来的。听说有女儿的人家都是这么干的，他说完就看到于休休大眼珠子瞪着自己，于是又干笑两声，用眼睛请示苗芮，用商量的语气说：“要不然，延迟到十点半？”

“爸，妈，怎么了？”于休休摸了摸吃撑的胃，“为什么突然要立规矩？是不是又要破产？林庭的事还没有解决吗？”

“呸呸呸！乌鸦嘴。”苗芮坐过来，把凉了的汤端给女儿，和于大壮你看我，我看你，状若无意地说，“是我和你爸想好了，女儿家得有女儿家的样子！”

“得了吧。这规矩过去二十年都没有立起来，现在你们也不嫌晚。”于休休推开汤碗，“说吧，到底为什么？”

苗芮看于大壮闷头不吭声，皱了皱眉头：“行吧，我们也不瞒你。是我和你爸爸想过了，这个霍仲南……莫名其妙地接近我们家，我们感觉有点儿猫腻。虽然不能说他不怀好意，但是还是得考察考察他。门不当户不对的，得慎重。”

这一点，于休休倒是赞同：“那你认为，他为什么接近我们呢？”

于大壮和苗芮齐齐摇头，于休休看着他们，也只能摊手。

这个问题对于家人来说，委实太难。他们家从来没有算计过别人，很难用复杂的反向思维去想问题。三个人面面相觑半天，仍是一头雾水。最后，于休休一叹：“不用伤脑筋想了，我就想知道，这跟我们家立规矩有什么关系呢？”

“当然有关系。我和你爸可不想你被男人骗走了还被傻傻地蒙在鼓里，莫名其妙就做了外婆外公……”

于休休总算懂了。拐弯抹角说了这么多，他们不就是怕她先斩后奏吗？

“就为这个？”于休休躺在沙发上，哈哈大笑，“你们放心吧，这么久了我都没有得手，想来短时间内他还是安全的。安啦安啦！”

这头，于休休收到了“严格家规”，必须和霍仲南保持“不那么亲密的关系”，要慢慢考察这个男人的情况。那头，霍仲南和唐文骥的联系居然多了起来。

盛天向唐文骥所在银行贷了大笔款项。

盛天投资了唐文骥介绍的某个金融产品。

唐文骥逢人就说他和盛天老板的家族渊源。

霍仲南和唐文骥这关系热络的样子，比和于家还要亲近几分。

于休休看不懂霍仲南了。周末，一个人在家玩了一天游戏，她有点儿闷，拉出霍仲南的微信：“哥呀，明儿有空吗？”

南院大魔王：“怎么了？”

“你先回答。”

“有没有空，是相对的。”

于休休好气呀，意思是说，有没有空要看对什么人什么事喽？

休休小妖精：“哦，那就没事了。”

南院大魔王：“好的。”

好的？好你个大头鬼啊！于休休一手撑着脑袋，一手滑动着鼠标，无聊到了极点。唐绪宁就是这个时候找她的，用一个小号给她发来了信息，要约她见面，于休休一边惊叹他到底有多少个小号，一边正准备拉黑他，唐绪宁又发来一条：“你就不想多了解了解霍仲南吗？”

哟！这话有诱惑力。

于休休抬了抬眉，回复：“好吧，你定时间。”

说完，她马上发给“南院大魔王”一条微信消息：“唐绪宁约我今晚见面，我觉得，既然你和他家的关系这么好，我也不能和人家太生疏了。见就见吧，我要学学你，把关系缓和缓和。”

大魔王发了一串省略号过去。

一个小时后，于休休打扮得漂漂亮亮地出了门。唐绪宁在离她家不远的一个私房菜馆要了个包间，点了一大堆菜，早早等在门口，看到于休休出现，顿时眼睛亮了。

漂亮！

这种漂亮不仅是五官、身材的精致和美好，而且是掺杂了某种内在的东西，自信，妖娆，让人惊艳。唐绪宁看到这样的于休休，越发后悔，甚至奇怪自己当初眼睛是不是瞎。是于休休变了，还是他变了？

唐绪宁说不清，一双眼睛却盯在于休休的脸上移不开。

“久等了。”于休休很礼貌，莞尔一笑，接过服务员给的热毛巾擦手，随意地说，“女孩子出门就是比较麻烦，尤其是见前男友，肯定要高调一点儿，漂亮一点儿，最好让对方痛彻心扉那样。理解一下。”

唐绪宁还没什么表情，服务员先愣住。

一个女孩子笑眯眯地说这种话，简直惊世骇俗。可是于休休说得坦然又真诚，一双明媚的大眼睛里有纯真的笑意，干净得不带一点儿杂质，只会让人产生好感，很难去讨厌。

“谢谢！”于休休把用过的毛巾放回去，双手一扣，看着唐绪宁，“说吧。”

唐绪宁把菜单递给她：“我不知道你喜欢吃什么，随便点了些。你看看，还要加点儿什么？”

于休休没接菜单：“我家不缺吃的。我不是来吃饭的。”

唐绪宁苦笑：“用不着这么生疏吧，就算不是男女朋友了，我们两家也是世交，一个地方出来的。”

“我是于家村的，你是申城的，咱俩可不是一个地方，我小村高攀不上。”于休休笑眯眯的，好话歹话在脸上都是同样友善的表情，“说重点吧。你知道，我耐心不算好。”

唐绪宁无奈一叹：“行。我是想问你，你了解霍仲南吗？”

上来就设套？于休休才不上他的当。她微微一笑：“你说呢？”

唐绪宁瞥一眼她眼睛里的笑意，发现她真的很爱笑，而且笑起来很好看，不管假意或真心，都让人心颤。

“可以冒昧地问一句吗，你是什么时候知道他的真实身份的？不是钟南，而是霍仲南。”

于休休仍然笑意盈盈：“知道冒昧，你还问？唐绪宁你别忘了，今天你约我来的理由。要是想从我这里探听些什么，我劝你早点儿放弃这美好的小奸诈吧。”

“我就知道。”唐绪宁撑着太阳穴，将桌上的盘子重新摆放一下，把自以为好吃的菜往于休休面前推。

“最近霍仲南和我父亲的银行有些财务往来,然后我分析了一下,盛天的财务状况可能没有外界以为的那么好。”唐绪宁说得慢条斯理,饱含深意地问,“你和于叔有没有想过,他接近你们,有经济方面的因素?”

于休休淡然地看他:“哦,为钱?”

“难道还能是为爱?”唐绪宁看她一脸天真的样子就笑了。

于休休也笑:“唐绪宁,你咋这么能损人呢?你是想说,我于休休不值得?”

“你值得。”唐绪宁紧盯着她,“可他是霍仲南,一个深居简出、不近人情,甚至不近女色的男人。”

于休休点点头:“算算资产,一千个一万个大禹都撑不起一个盛天。所以,你是想告诉我,霍仲南准备找一千个一万个,甚至十万个我这样的女朋友来撑住盛天?唐绪宁,黑人要有点儿逻辑。”

“我没有黑他。”唐绪宁把手机伸到她面前,“你加我微信,我发几张分析报表给你看,全是真实信息,不是浮夸数据。”

于休休目光带笑,看着屏幕上的二维码:“搭讪方式又升级了呀!”

唐绪宁道:“这次我是认真的。”

于休休嗤之以鼻:“你哪次不是认真的?”

唐绪宁迟疑地看她半晌,双眼渐染厉色:“休休,虽然我们分手了,但我不想你走错路,毁了一辈子。”

“哈!你这样的渣男都毁不了我,何况他?我还能比上次更瞎吗?不能够。”

唐绪宁从她面前收回手机:“行,不加微信,我回头发你邮箱。”

“别了,我看不懂。”于休休瞥他一眼,“当然,我也不想看,甚至不感兴趣。就算他没钱又怎样?我又不图他的钱。盛天破产了我才开心呢,我可以理所当然地养他啊!他那么好看,看脸不就好了吗?

还看什么钱？”

唐绪宁无言以对。

于休休看他一眼，觉得今天这气已经顺了，出气筒没了价值，不走还留下来干吗？

“唐绪宁，如果你没别的话想说，那饭局就结束吧。我们不是可以叙旧的人，往后你不要再联系我。”

“于休休……”唐绪宁目光微厉，“你看不出来，我是为了你好？你但凡用点儿脑子好好想想，也不会相信霍仲南是因为真的爱你，才高价收购你们大禹的破楼，还把浮城项目分包给你们吧？”

“哦。”于休休淡淡一笑，“那你告诉我，他的目的是什么？”

唐绪宁怔了怔，颓然叹息：“我现在回答不出来，但我相信，是狐狸总会露出尾巴。你给我点儿时间，我一定会查出来的，看他这个人到底是要干什么。”

“那我可谢谢你了。”于休休拿起包，起身就要离开，可不等迈步，她目光一转，又坐了下来，甚至拿起了筷子，“这家我以前都没有来吃过。来都来了，也不能浪费，我就尝尝好了。”

唐绪宁一怔，大喜。于休休“好吃”不是什么秘密。一直以来，“好吃、懒做、废物、啃老、花瓶”这些标签，几乎像烙印一般烙在于休休的身上。他身边的所有人都曾这么看她，只有她没心没肺，完全不知道。以前，汤丽桦每次都会给他灌输这些，他的亲戚朋友们只要提到于家女儿，就会摆出一副嘲弄的表情，会心一笑。

唐绪宁那时候以她为耻。他不喜欢告诉别人她是自己的女朋友。他和所有人一样，觉得于休休除了那张脸一无是处。可是现在，他却只能悲哀地用“好吃”这个所谓的缺点来诱惑她，并且因为她被诱惑而深深感动。

这是作的什么孽？唐绪宁近乎讨好地推菜盘子：“这个、这个都不错，你尝尝。要不要我帮你剥虾？”

“嗯嗯嗯。不吃虾。”

“为什么？”

“因为我不想剥，又不喜欢你剥。”

“你非要这么打击我才开心？”

“嗯嗯嗯。”于休休只顾吃，不顾说。

唐绪宁看她吃得开心，脸上露出满足的笑容，浑然不觉背后——包间的门口，站着一个满脸阴沉的男人。唐绪宁更不知道，他和他的菜，在于休休眼里只是一个道具。

“好吃吗？”他又问，像在照顾公主。

于休休对他的态度基本满意，点点头：“好吃好吃。”

“我还知道几家新开的中餐厅，都挺不错，回头带你去？”

“嗯嗯嗯。”于休休头也不抬。

唐绪宁的目光里几乎快要生出火光来，一张英俊的脸全都亮开了。

“有这么好吃吗？”这时，背后突然传来一个清浅的声音。唐绪宁怔了一下，回头看去，目光阴沉。于休休却点头不止：“当然好吃了。你要不要尝尝？”

霍仲南冷脸看着她。

唐绪宁道：“你也在这儿？”

霍仲南看了于休休一眼：“休休说你请我们吃饭。不好意思，我来晚了。”他自然地走过来，拉椅子坐在于休休的身边，表情淡定而从容：“钟霖，让服务员加副碗筷。”

钟霖还在门口看热闹，闻言愣了一下，脸上露出由衷的赞叹的表情：“是，霍先生。”

霍仲南面无表情：“然后，你和周叔在隔壁叫一桌，随便吃点儿，一会儿唐先生买单。”

钟霖微笑：“好的。谢谢唐先生。”

唐先生怔怔不语，于休休也愣住了，刚才她还好心情地吃喝着，想要看看大魔王吃醋的样子，哪里知道，人家会坐下来和他们愉快地共进晚餐？

“吃啊！怎么不吃了？”霍仲南看她瞪着眼睛不说话，嫌弃地看了看桌子上的菜，“这些都不是你喜欢吃的，小傻瓜。”喟叹一声，他宠溺地揉了揉于休休的脑袋，漫不经心地说，“就算顾着唐先生的脸面，你也不该委屈自己。撤了吧，重新点一桌。”

大魔王你赢了，自叹弗如。就问唐绪宁你爽不爽？

唐绪宁不爽。他忍了半天，终于忍无可忍：“霍仲南，你什么意思？”

新仇加旧恨，他表情愤怒，就差拍桌子撵人了。可是霍仲南却十分淡然，目光有着明显的轻视和嘲弄：“嗯？唐先生是在生气？”

人家是不是在生气，你看不出来吗？

于休休快被他笑死了，因为她看得出来，唐绪宁的脸黑了几个度，就快被气得崩溃了。

唉！大魔王祸祸人太可怕了。对方要不是唐绪宁，她差点儿就要生出同情心了呢。

唐绪宁“呵”地冷笑：“霍仲南，咱们明人不说暗话，你这么装腔作势的不太好吧？”

霍仲南轻笑，压根儿不理会他，只是低头看于休休，用一种哄小孩子的语气说：“小傻瓜，叫你嘴馋，人家都不欢迎我们了。还吃不吃？”

大魔王还是唐绪宁，于休休站哪一边？这还用问吗？看霍仲南表现得这么好，接到消息就跟过来，她就暂且饶他一命，给他一个改过自新的机会吧。

“那我们走吧，不吃了。”于休休再一次拿包包，可是还不等挎到胳膊上，包包就被霍仲南自然而然地接了过去：“我来。”

于休休眼睛都笑弯了：“学乖了。”

霍仲南看她一眼，没有说话。

“于休休！”唐绪宁目光陡变，满是恼意，“你不要做让自己后悔的事。这个男人对你根本就不是真心的，人家玩玩而已。”

于休休回头看去：“哦，就像你对卫思良那样吗？”

“你——”唐绪宁刚吐出一个字，目光突然一变，吃惊地吸口气：

“思良，你怎么来了？”

没错，螳螂捕蝉，黄雀在后，卫思良和霍仲南是前后脚来的。她在那里站了好半天，见唐绪宁问起，没有回答他，而是朝霍仲南温柔一笑：“表哥说你在这里请客，我过来看看。”

表哥？于休休和唐绪宁同时看向霍仲南。

霍仲南沉默，看不出什么心思。

卫思良对于今天霍仲南能通知她，很有些意外，或者说，是惊喜。她甚至都顾不上去谴责唐绪宁的薄情寡义，还有点儿暗暗地庆幸——要不是唐绪宁厚颜无耻地缠着于休休，霍仲南这辈子都不会再联系她吧？

“表哥，让你见笑了。”卫思良自然而然地走进来，挽住唐绪宁的胳膊，发现他想挣脱，又用力掐了一把，微笑着说，“绪宁对你可能有些误解，我会和他说清楚的。”

霍仲南面无表情：“那就好。”

他说着，就要拉于休休走人。

卫思良看他攥住于休休小手的样子，那浓浓的保护欲和占有欲，不由暗暗心惊：“表哥！”

霍仲南停下脚步。

卫思良蹙眉，脸上露出哀恸之色：“这些年，妈妈其实一直都挺想念你的。当年的事，是她糊涂了，受了人家的挑拨，再怎么说都是血脉至亲，你……就原谅她吧。去年入冬后，她的身体就不太好，她常常念叨你，说她活不长了，愧对大姨，愧对你……希望能在有生之年见见你。妈妈还说，有一次她去吃饭，看到你了，可是你见到她，掉头就走，她很伤心，觉得自己这个亲姨做得很失败，整天都郁郁寡欢……”

卫思良说得情真意切，眼泪在眼眶里不停地打转，要掉不掉，本就是个楚楚可怜的美人，这样子更是令人心疼。可霍仲南脸上却没有什么表情。

“走了。”简单的两个字不是对卫思良说的。

老实说，像于休休这种从小生活在爱和亲情中的女孩子，是很难理解这种淡薄如仇人一样的亲情关系的。以前，卫思良和霍仲南没有当面相认，她倒也不觉得有什么，现在两个人面对面说话，让她不得不正视，卫思良和霍仲南不仅有亲戚关系，而且关系还十分亲近。

“我可真够倒霉的！”于休休咕哝一句，“干吗叫她来啊？不想看到她。”

霍仲南道：“不想看到她，倒挺乐意看到唐绪宁？”

这吃的哪门子的酸醋？于休休抬了抬眉梢：“你不是也挺待见他们家的吗？我这叫有样学样。”

这语气十分讨打，双眼瞪得又很可爱。霍仲南气也不是，笑也不是：“吃饱了吗？要不要再找个地方吃些？”

“气饱了。”于休休给了他一个不太友好的眼神，“我回去了。”

霍仲南皱皱眉，看了钟霖一眼。钟霖像是刚想起什么似的，叫住她：“休休，南院养了只小猫，好可爱、好漂亮，你要不要去看看？”

于休休脚步微微迟疑，看着钟霖夸张的表情，又摇头：“算了，不看。”

“很可爱、很漂亮的啊！”

“再漂亮的我都不稀罕。”

钟霖爱莫能助地看了看老板，霍仲南没看明白他挤眉弄眼是什么意思，突然捂住胸口，一脸痛苦的样子，沉声说：“钟霖，先送她回去。”

于休休愣住，赶紧扶住他：“你怎么了？”

“没什么。”

“还说没什么，脸色都变了。”

那是被你气的！霍仲南看她一眼，生怕一不小心演成了病入膏肓吓坏她，赶紧解释：“只是没睡好。”

于休休叹息：“哎哟，看你这个人，就是不懂得照顾自己。走吧，我先送你回去，顺便看看你的小猫。”

霍仲南眼里闪过一抹光：“好。”

晚上，有人把于休休和唐绪宁共进晚餐的照片发到了“最美CP”的超话里。几张照片，不同角度，拍得十分唯美，简直堪比专业的摄影大师。

“那这一对叫什么？‘最配CP’？”

一群人争论不休。随后，一条信息引起了众人的注意：“这个小哥哥可不是什么表哥、堂哥、小舅、小叔哟，她是小姐姐的前男友，懂？新欢，旧爱，好难抉择哟！”

“前男友，什么操作？！”

“我的心好痛，谁来给我颗糖，压压惊。”

于休休撸猫去了，对网上的言论一无所知，倒是在家里等女儿的苗芮和于大壮急了：“怎么办？”

“都怪你阻止女儿，让她和阿南保持‘不那么亲密的关系’……现在让人有机可乘了吧？我不管，哪怕霍仲南别有居心，我也绝对不让女儿和唐绪宁好。”

于大壮道：“你放心吧，咱闺女有分寸。”

“有个屁！”苗芮生气地把手机递给他，“你马上发帖，就说你是休休的爸爸，你是‘最美CP’的超级粉丝！”

于大壮道：“我宁愿给你洗一年的袜子。”

“出息。我来发。”

半小时后，正在逗猫的于休休发现，她已经被亲娘给嫁了！

苗芮发帖：“造谣的买方便面没调料包，生孩子全部父不详。我是休休的妈妈，霍仲南是我的女婿。我连彩礼都收了，怎么可能让女儿和别人组CP？”

发帖带图是操守，苗女士随帖附上了许多霍仲南送的包包、首饰，还有皮草……真真儿是闪瞎人眼。不过，这个帖子只是短暂地火热了一下，让很多CP粉得了点儿甜头，就被管理员以“不能确认消息真假”为由，进行了辟谣，甚至有人在这个帖子下面恶意回复：“女主的剧本不应该是幼年丧母，从小孤苦伶仃却十分懂事，和别的妖艳的女人不一样，这才吸引到男主的吗？”

“我敢打赌，于休休没妈，就算有妈，应该也是欺凌她的后妈。小说上都是这么写的。”

苗女士气得差点儿吐血。她拿着手机气咻咻地找于大壮：“看看，看看这些人都说的什么？啥叫女主就该没有妈，就算有也是后妈，我是后妈吗？女主就不能家庭和睦、父母恩爱，什么毛病？”

“知道人家有毛病，你还气？”于大壮笑呵呵地拉她，“到老公这里来，不气不气，我们有老公疼。”

于休休看到这些帖子的时候，就预感到苗女士会生气，但她没想到，苗女士会气得和老于打架。

她刚在南院吃撑了，小猫咪也确实可爱，她和猫玩得有点儿乐不思蜀，就接到苗女士打来的电话：“你在哪儿呢？”

于休休看了一眼霍仲南，不敢说实话：“那个……我和朋友在外面玩。怎么了？”

“在哪儿玩？这都什么时候了，你还在外面野？”平常苗女士是不会打破砂锅问到底的，很尊重女儿的想法，可是今天就像吃了火药，声音炸得于休休耳朵疼。

“妈，怎么了？”

“怎么了？还不是为了你？”苗芮冷着声音，“我们家是吃不起饭了吗？你要去和唐绪宁吃饭约会？是霍仲南不好看了吗？你要去看他那张臭皮囊……”

她声音很大，像放炮似的。于休休不得不把手机拿远，哭笑不得地说：“早知道不教你上网了，你看你都学了些什么乱七八糟的。”

“你还管上我了。问你呢，你在哪儿野呢？为什么还不回家？”

“好啦好啦，我马上就回来。”于休休察觉到她的火气，弱弱地问了一句，“你今儿咋了？是不是更年期提前了？老于呢，也不说给你治治。”

“你还敢提他？”苗芮冷声吼道，“于休休，我命令你，马上去澄清你和唐绪宁的关系，然后告诉网友，我是你亲妈，不是后妈。

于休休望着天花板：“你和老于吵架了？”

“你管我？”苗芮发飙，“你赶紧给我回来！”

于休休看一眼呆萌可人的美短小猫咪，一人一猫视线对上，她就挪不开眼睛：“妈妈，我很快就回来了。你别急啊，回来我就帮你收拾老于。”

“知道现在几点了吗？咱们家的门禁时间是几点？”

还真有门禁啊！从一开始，于休休就没把那门禁当回事。

“妈妈，我成年了，知道自己在做什么……”

“你知道个鬼！”苗芮生气了，“你在哪里，我马上来接你。”

于休休叹口气：“在南院。”

“南院是什么鬼地方？是南山院？精神病院吗？”

老娘你太有才了。于休休吸口气：“霍仲南家。”

这四个字也不知道产生了什么神奇的化学反应，苗芮听了，立马安静下来，隔了好几秒，说：“你没和唐绪宁在一起？”

“当然没有。”于休休哭笑不得，“你闺女是那么没分寸的人吗？我怎么可能和他在一起？我吃饭的时候哥哥就来了，把我带走了。”

“那就好，那就好。”苗芮明显松了口气，“那你赶紧拍一张你俩的照片给我，我去帮你澄清。”

于休休要疯了：“妈妈，网上的东西不用理它，也不用去管别人说什么，娱乐而已，你别太当回事。我们的生活和网友无关的。”

“我不管，我很气。我现在快气疯了。”苗芮哼了两声，“算了算了，不发照片也成。但是，为了证明我是你亲妈，你和阿南马上、立刻结婚吧。”

什么意思？他妈马上结婚？证明她是亲妈？于休休不知该气还是该笑，好半晌没说话。苗芮倒是解释了：“只要你俩结婚，就能证明我没有胡说，就能证明我那个帖子的真实性，就能证明我是你亲妈……”

“呃！我的妈！”于休休彻底服了。

“我马上就回来。”于休休待不下去了，“毕竟我们家有门禁。”

“禁什么禁啊？今天晚上你不许回来。就这样，我锁门打老于去了。再见。”

苗芮挂了电话。于休休拿着手机，好半晌没反应过来。更年期的妇女真的有这么恐怖吗？

“怎么了？”霍仲南看向于休休。

于休休不知道他有没有听到什么。霍仲南从她的怀里接过小猫咪，淡淡地问：“你家里催你回去了？”

“嗯。”于休休神色恹恹，一副不开心的样子。

霍仲南用目光锁定她微拧的眉：“我送你回去。”

于休休突然抬头，用几近微弱的声音问：“我今天晚上能住在你家里吗？”

这小可怜的样子让霍仲南迟疑了好几秒都没有做出反应。他不动。她抿了抿唇，半开玩笑半认真地说：“我妈妈和我爸爸吵架了，还打了起来。我妈让我不要回去，哥哥，我无家可归了，你愿不愿意收留我？”

一个正常的男人在这种时候会怎么回答？于休休用脚趾都能想得出来。霍仲南对她有心思，她看出来了。既然有心思，他怎么会拒绝呢？于休休已经做好了他同意后的准备——然而，他眉头皱了皱：“不好。”

于休休的脸发红，她感觉自尊心受到了伤害。

“我陪你回去。”霍仲南把小猫咪交给管家，看她表情凝滞，还以为她受了刺激，压低声音，温柔地劝，“这种时候，不要逃。”

她只是想知道，他愿不愿意自己留下来而已，哪里来的伤害？这位哥哥你的戏也很多啊，你想到了什么？

“我真的不想回去。”于休休说着，又依依不舍地看着小猫咪，“皮蛋这么可爱，我舍不得。”

当然，舍不得的还有他这个人。钟霖说，她不在的时候，霍仲南就睡不好，晚上常常失眠，但是她在南院的时候，他的精神状态就很好，睡得也饱，对下属也好，你好我好大家都好……

“那你就把它抱回去。”霍仲南面无表情地把柔弱的小猫咪塞入于休休的怀里，“走吧。”

不留人，还撵，还催？这不是直男，而是傻子啊！于休休抱着小猫咪，想想自己家里没有皮蛋的生活用品，无奈放弃，又把它交给了管家伯伯：“皮蛋，姐姐走了，改天再来看你。”

“喵——”皮蛋为她留下了悲伤的哀叫。

让自己来南院的是他，火急火燎要送走自己的也是他。这个人，她真的看不懂。回去的路上，于休休低着头不知道在想什么，没有说话。霍仲南坐在她身边，看了她好几次，默默抓住她的手，握在掌心里，迟疑了很久才问道：“是不是很害怕？”

她怕什么？于休休狐疑地望着霍仲南。

霍仲南的目光中流露出一丝疲惫和担忧：“父母吵架，对孩子是伤害。”

可是他们家吵架是家常便饭啊！而且于休休觉得，她不仅没有被伤害到，还常常觉得好笑。

“不要难过。”霍仲南用手揽住她的肩膀，将她半抱在怀里，又低下头用下巴蹭了蹭她的头顶，语气温柔似水，“你还有我。”

“其实……我并不那么难过。”于休休很尴尬，“他们吵架也不是一次两次了，我都习惯了。”

“我懂。”霍仲南把她揽得更紧，“我们改变不了父母，但可以改变自己。”

于休休看着他的表情，突然意识到什么——他早逝的父母，是不是给他带来过很多伤害？所以，他会下意识认为，父母吵架是很可怕的事情，才会这样来安慰她？

这孩子，原来并不如表面那么光鲜，内心是千疮百孔的啊！好，她就是上天派来拯救他的。

“哥哥，其实他们吵架是因为我。”于休休撇了撇嘴，似笑非笑，“我爸让我和你保持距离，暂时只能是‘不那么亲密的关系’，而我妈却命令我和你‘马上结婚’，这不，为了这件事，老两口……打起来了。”

霍仲南微微一震。

于休休看到他瞬间僵硬的面孔，内心暗自偷笑，吓住了吧？

哈哈哈，小样儿，谁要你安慰——

“好。”他用力地握住她的小手，在她诧异的目光中，慢慢地点头，用他充满磁性的声音缓缓地说，“我们结婚。”

于休休用了好久都没能回神。这是在说什么？他完全听不出来她只是开玩笑吗？结婚又不是小孩子过家家，哪有说结婚就结婚的？于休休快要被这些人给逗笑了：“咱能不能不要和老年人一个思想高度？咱们是社会主义新青年，要有理想、有道德、有情操、有追求……”

“我是老年人。”霍仲南抬高她的手，凑到唇边，轻轻一吻，“老年人的思维，很传统。”

于休休认识的男人不少，愿意承认自己是老年人思维的，霍仲南是唯一一个。虽然他平常的作风就很老干部，但于休休认为这是他身处的位置造成的，他的内心并不真的这么认为……

“那就太可怕了。”于休休龇牙一笑，“我觉得我才十八呢，还是小孩子思维呢，那咱们中间不得隔着十几个鸿沟？不妥不妥。”

霍仲南沉默地看着她，就像刚才只是开了一个玩笑。

于休休哭笑不得，觉得身边出奇人。

到了家，霍仲南坚持送于休休上楼，尽管于休休再三保证，父母吵架不会影响自己，他们也不是传统意义上的吵架斗嘴，但他仍然不放心。于休休无奈，只能由着他。可她万万没有想到，家门真的反锁了——是的，她被亲生父母关在了门外。无论她怎么敲门，里面的人都不回应。

于休休打电话给苗芮：“妈妈，开门。”

苗芮道："不开，你个不听话的东西，不是让你不要回来吗？"

于休休快气笑了，她又给于大壮打电话："爸爸，给我开门啊！"

于大壮唉声叹气："我被你妈打断了双腿，现在在床上养伤，不便开门啊！"

这是什么神奇的父母？

于休休看着霍仲南，憋笑憋出了眼泪："我被抛弃了，哥哥！"

直到现在，于休休仍然认为父母在开玩笑，不可能真的不让她进家门。她这么问，只是想逗一逗霍仲南，看看大魔王会有什么反应——果然，直男从来不让人失望。

"我帮你。"他皱了皱眉头，直接从手机里找到于大壮的电话，拨了出去。

于休休看他打电话那严肃的样子，脑子一蒙，心道：完了。如果爸妈不知道是他送自己回来的，说不定她卖卖惨，他们就开门让她进去了。现在他们知道霍仲南也在家门外，会怎么样？

电话接通，霍仲南道："于叔，我把休休送回来了，你开门。"

"什么，你说什么？"

"我说，我把休休送回来了。"

"我听不清，啊！你别吵，我听不清。"

霍仲南再三解释，然后，于休休就听到老爸在电话里大声吼叫："什么？她居然把我女儿关在门外？这个女人不得了啦，我看她要上天。阿南，你等等，我今儿非得振一振夫纲不可。"

霍仲南张了张嘴，还没有说话，就听到于大壮的哀叫声："哎哟，媳妇儿，我错了。别打了别打了，腿都折了，再打就要出事了啊！我吹牛的，我振什么夫纲啦，我于大壮这辈子，一身正气，以妻为纲……"

这是在干什么？霍仲南一脸不可思议。

于休休哭笑不得，对着他的手机吼了一声："老于，别装了，你马上给我开门！"

“闺女？闺女，为了你爸的小命，你今晚就忍一忍吧，委屈你了。”

“你是不是不让我进门？”

“不是我……是你妈太凶，哎哟，媳妇儿，别闹了。闺女，就这样，我挂了哈，再多说一句，我怕我就见不到明天的太阳了。”

“于叔。”霍仲南抢在他挂电话前，“有事好好说，你先把门打开。”

“我现在床都下不了了，怎么开门啊？”于大壮叹息，“阿南啊，我姑娘就拜托你了，帮我好好照顾她吧。等我解决好家庭问题，就来接她。”

那边挂了电话，世界安静下来。霍仲南凝重地看着于休休，默默放好手机，将她拉入怀里，轻轻地抚了抚她的后背：“不难过，你还有哥哥。”

于休休听着他强劲的心跳，无语。这个世界，只有他当真，也只有他一个人在难受而已。屋里的两个人，说不定正蒙在被窝里大笑呢。

“其实……”她很想告诉他真相，不忍心骗他。

“不想说的就不要说。我都懂。”霍仲南又亲昵地抚了抚她的头，“委屈你了。”

“不委屈。”她都开始想念小猫咪皮蛋了呢，哪里会委屈？她开心都来不及。

于休休露齿一笑，却被霍仲南看成了她独有的“坚强”。

他更是心疼她，牵住她的手：“走吧。”

回到南院，霍仲南就让阿姨张罗她的房间。

上次因为于休休的腿受伤，他让她住在了自己的卧室里，这一次，她好端端的一个人，住他的房间肯定是不合适的，他为于休休的名声着想，特地把她的房间安排得离自己远了些。可是，南院一群人看到他折腾的样子，都……无语至极。

阿姨道：“霍先生，都这么晚了，可能于小姐已经累了。要不早些休息吧！”

她在疯狂暗示，让他们同住一间房。

霍仲南道：“没关系，她平常打游戏也熬夜。你让人给她弄点儿夜宵。”

阿姨：“哦。”

于休休看到阿姨的眼神，摊了摊手：“不用了，我不吃。”

霍仲南眉头蹙起：“吃点儿？”

“不吃！我困了。”

“很快就收拾好，要不然，我陪你打一局？”

于休休噘了噘嘴，好想说“男人，你已经成功地惹怒了我”，然而，对面的人根本就看不懂，只知道安慰：“明天起来，你父母的气可能就消了。”

这一点于休休认可，因为他们根本就没有气。

“明天我再送你回去。”霍仲南说。

于休休愣了一下，差点儿以为自己耳朵听错了。

哪有刚住进来就撵人的啊？沉默了两秒，她看到他严肃的神情，忍不住笑了起来：“哥哥，你真的看不出来什么吗？”

“什么？”霍仲南问。

“看不出来他们……”于休休拖着嗓子，突然靠近他，手搁在他的肩膀上，贪婪地近距离欣赏着这张英俊的脸，深吸一口气，小声说道，“他们在撮合我们？”

“撮合？”霍仲南沉声复述，“我们需要？”

于休休被他逗笑了：“你认为我们不需要吗？”

“不需要。”他揉了揉她的脑袋，“我们本来就是一对。”

于休休心跳停了一拍，差一点儿就被这句话给杀死。不得不承认，这种不会撩人的男人偶尔一本正经地撩一句，杀伤力比那种整天招猫逗狗的男人强多了：“你就是我的灾难啊！”

于休休抚住额头，由衷地为他下了定义。可惜，霍仲南压根儿没有听懂，甚至还沉着脸怼了她一句：“你傻了？”

于休休深吸一口气，绝了！这个男人真的绝了！

“幸亏我是于休休。”

要不然，她不被气死，也得被气疯。

于休休当然不疯，也不傻。她看得出来，霍仲南对她是真的很好，即使爸爸的猜测全部很有道理，他确实没有理由无缘无故地对她这么好。但是，情感的第一感知者是她自己，女孩子有自己独有的敏感，他的感情是真挚的。而且，她并不认为自己有什么对等的价值，能让霍仲南费尽心机地来接近她……

那么，还能为什么？当然是因为喜欢了。

于休休很满足。夜阑人静，她睡在霍仲南专门为她准备的房间里，刚想打开手机向抛弃她的父母哭诉一下委屈，苗芮的信息就一条接一条地发了过来。

全是六十秒语音，于休休当场崩溃。

“妈妈，大晚上的你为什么还不睡？”

苗芮道：“因为我把你爸爸的腿打断了，他在哭，我要安慰他这个小可怜呀。那个休休啊，你现在说话方便不？”

于休休生无可恋地看着天花板：“你说方不方便？”

“一个人睡？”

“苗女士，你是亲妈吗？”

“我这不是担心你吗？对了，阿南有没有跟你提过结婚的事？你看啊，你俩这都谈了快两年了，也是时候考虑终身大事了。不过，我和你断腿的爸爸刚才商量过，阿南没有父母，可能他也不太懂这些结婚习俗和规矩，既然我们是他未来的岳父岳母，那和亲生父母也差不多了，你和他说，这事就不用他操心了，我和爸爸完全可以包办——不，不是包办，那个词叫什么来着？于大壮！问你呢，该怎么说？”

听着语音里的嘈杂声，于休休简直想痛哭一场。

翻了个年，就叫在一起两年了？动不动就要为她“包办”了？于休休也发语音："妈妈，我困了，我累了，我不想和你们说话了，我怀疑我才是你们捡回来的那一个。哪有这样逼女儿嫁人的父母！不要再给我发消息，晚安。我心碎！"

果然没有消息了。

这一夜，于休休睡得不太好，一个接一个离奇的梦境，扰得她心神不宁。雨夜，跳楼的男人，驶过水洼的汽车，歇斯底里的卫思良，唉声叹气的唐绪宁，还有父亲、母亲、弟弟……在梦里，她一会儿冷一会儿热，很不舒服，没有想到，睁开眼睛就看到了上次霍仲南为她找来的那个医生，好像姓孔。孔医生穿着白大褂，站在她的床边，神情凝重地看着体温计。

又是梦？

嗯，梦中梦没错了。

她以为自己醒了，其实并没有。

要不然，她好端端的，为什么会生病？

于休休淡定地看着孔医生，心里一直在琢磨，这是哪一个环节发生的梦？这个孔医生入梦倒是第一次，难道她连续剧一般的梦境又要展开新的剧情了？

孔呈看好体温，突然回头，看到于休休瞪着眼睛一动不动，吓了一跳："你醒了？"

"也许醒了，也许没醒。"于休休莞尔，表情有点儿小乖巧，"孔医生，你不是治跌打损伤的吗？怎么在这儿？"

孔呈被她逗笑了："你生病了。"

于休休眨了眨眼："这个梦越来越真实了，还给我安排了一个霍仲南的医生。稀奇。"

她在说什么？孔呈甩了甩体温计："烧退下来了。等下吃点儿东西，再吃药，多喝热水，病情可能会有反复，今天晚上可能还会烧……"

"孔医生。"于休休笑着打断他，"你是我梦里出现的第一个陌生人。

我觉得你不会无缘无故出现的。所以，我想问问你是不是那个人。”

“那个人？哪个人？”孔呈一头雾水。

于休休润了润嘴，换了一种说法：“孔医生，你有没有产生过……跳楼的念头？”

这大概是孔呈执业生涯中遇到的最调皮的患者了。他被于休休问得哭笑不得，挑高眉头思考半晌，仍然没有弄明白她这是什么问题：“我好端端的为什么要跳楼？”

于休休道：“哦，那就不是你。可是，你为什么会出现在我的梦里？”

孔呈抿紧双唇，看了她片刻，再次望向体温计：“烧明明退下来了呀，为什么糊涂了？”

烧？于休休激灵一下，难道她不是在做梦？

“孔医生，麻烦你掐我一下。”

孔呈无语。霍老板的心肝宝贝他敢掐？他是嫌弃人民币有铜臭味了吗？

于休休甩了甩头：“好沉。我从来没有做过这么真实的梦。”

孔呈总算是明白过来了，伸出五根手指在她眼前晃了一下：“于小姐，这是几？”

“啊？”于休休深吸一口气，摸向自己的脑袋，“完了，不是梦！”

她身体很好，平常壮得跟牛犊子似的，很少生病，但是只要一生病，整个人就会变得很娇气。犯困、犯傻、犯呆，需要被照顾，莫名觉得自己很弱小、可怜、无助……所以，她每次生病，于大壮和苗芮就像哄小孩子似的哄着陪着，心肝宝贝一样疼着。可这次病了，醒过来没有父母在身边，霍仲南也不在，于是，刚才还好端端的人，一个“确诊”，马上就蔫了下来。

“他人呢？”她四处张望，眼睛里满是失望。

孔呈叹息一声：“霍先生一直守着你，刚才有人找，他前脚下楼，你后脚就醒了。”

“哦。”于休休垂下眸子，又轻声说，“谢谢你孔医生，我这是怎么了？”

孔呈道：“你昨晚睡觉没关窗子吧？可能受了凉，有点儿感冒。小问题，别担心。”

于休休道：“哦。”她瞄向那个窗户，回忆了好半天自己为什么没有关窗，然后就忍不住红了耳根。昨晚在这个陌生的房间里，她一个人怎么都睡不着，就想打开窗户看霍仲南的房间灯灭了没有，然后看着看着，就忘了，忘了……

自作孽，不可活呀。于休休歪头靠在枕上，闭目养神，想着自己的梦。忽然一只大手落在额头上，冰凉的触感让她条件反射地睁开眼：“你来了？”

生病的她看起来更像一个小可怜，霍仲南的心里不由一紧：“舒服些了？”

“嗯。”于休休乖乖点头。

霍仲南皱眉：“怎么晚上睡觉不关窗？”

于休休摇摇头，霍仲南看向孔呈：“她情况怎么样？”

孔呈被这冰冷的目光看得有点儿心颤：“烧退了，吃了药，再观察一下，晚上不发烧，病情就稳定了……”

霍仲南点点头，平静地拿起水杯，扶于休休坐起来：“喝水。”

于休休的心里无端变得燥热，她轻轻抿一口温水，摇摇头：“我这病，肯定是被老于和苗女士合伙气出来的，我回头就找他们算账。”

霍仲南看她一眼，沉默。于休休说完，想到这哥们儿心思比普通人重，说不定一会儿又误会她是被家庭冷暴力伤害的可怜孩子了。她赶紧咂了咂舌：“我开玩笑的，他俩可疼我了。”

她第一时间就为老于和苗女士正了名，可是，霍仲南看到她眨动的睫毛，觉得这是一个女儿的懂事，于是更加心疼这孩子。

“没事了。”他微微俯身，握住她的手，很久很久没有放开，于休休的头皮发麻：“我说认真的，他们对我很好。我生活在一个很幸福的家庭里，比大多数的女孩子都要过得好。我以前对你说的那些，全是……胡说八道。”

霍仲南对她的“澄清”并没有多大反应，只是略微皱眉，用手轻轻抚上她的脸，然后又将手放在她的额头上，试了试温度，低声喟叹：“今晚别睡这个房间了。”

“嗯？”于休休没反应过来。

“你需要照顾。”霍仲南一脸凝重地望着她，脸上写满了担心，像大人对小孩儿那般小声训诫，“都这么大的人了，还不会好好睡觉，不关窗，踢被子。”

于休休苦着脸：“我并不经常这样。”

霍仲南哼笑一声：“经常这样，医院都住不下你。”

“人身攻击！”于休休瞪他一眼，逗他，“你的意思是，我晚上又睡你那屋吗？”

霍仲南：“嗯。”

“那怎么行啊？”于休休讶然地瞪大眼，脑袋摇得像个拨浪鼓，“我住你的房间，人家会以为我和你有一腿的。”

霍仲南微微一怔：“我们难道没有一腿？”

能看出来，他是真的在疑惑，声音低沉，目光有点儿烫，但绝非撩她。然而，不知道是不是于休休生着病，体温比平常高的原因，她觉得自己的鼻子、眼睛、嘴巴都热乎乎的，被他一句平静的话烧得头重脚轻。

“你认真的？”

“我何时不认真？”

霍仲南表情凝重，说完低下头，贴上她的额头：“乖，听我安排。”

于休休咬着下唇没吭声，心里莫名有点儿热、有点儿飘，几乎沉溺在他的温柔里。

这个男人太体贴了！于休休甜丝丝地想着和他在一起的美好未来，连续剧一般地开启了脑洞模式，脑子里的剧情差不多快连载到抱孙子这一步了，没想到，霍仲南只是把她移入了自己的房间，然后——

他住到隔壁的客房里，方便照顾她。

这……

于休休可能是被这家伙气的，这天晚上果然如孔呈所说，开始反复发烧，体温好不容易降下来，不到半小时，又升了上去。可怜的她都来不及享受美男在侧的幸福。霍仲南一直陪在她的身边，帮她物理降温，不假人手，一夜未合眼。

凌晨，于休休迷迷糊糊地醒来，看到他憔悴的脸，有点儿内疚。

“我没事，你去睡。”

“你在发烧。”

“发烧有什么关系？我身体很强壮。”

霍仲南皱起眉头，似乎对她的“强壮”二字有些想法，上下打量一番，伸手摸她的额头，似乎不放心，又把脸贴上去，然后松了一口气：“总算退烧了。”

于休休把他推开，咳嗽了两声：“你离我远点儿。”

霍仲南微怔。她想说话，又忍不住喉咙痒，用手捂着嘴巴，咳嗽了起来：“病毒性感冒，别传染给你了。”

霍仲南笑了起来：“最毒的就是你了。”

于休休疑惑地看着他。霍仲南却一笑，宠溺地拍了拍她的脑袋：“幸好，我百毒不侵。”

“又人身攻击？”于休休一说话就咳嗽，十分难受，索性睁大眼珠子瞪他。

“饿不饿？”霍仲南问，目光中有隐隐的笑意，“我让阿姨给你煮了粥。”

“我想吃小龙虾。”

“……”

“火锅也可以。”

霍仲南皱皱眉，像看“敌人”一样看她。

“要不你就亲我一下。”于休休耍赖，说完，又咳嗽起来，一边咳，一边红着脸，双眼有咳出来的泪花，可以说，这个索吻十分娇俏可人了。霍仲南沉吟，安静地看她片刻，忽地低下头，轻轻地在她的唇畔啄了下。

“我去给你端粥。”

“哦。”

“你睡。”

“哦。”

于休休看着他偷笑。

“闭眼！”霍仲南回头瞪她。

于休休马上乖乖地合眼，唇边残留着一丝来不及收敛的微笑，满心都是得逞后的愉悦。

霍仲南下楼的时候，孔呈正在楼下和钟霖聊着天，顺便吃东西、喝水，一抬头看到他脸上诡异的笑容，吓得一个哆嗦，差点儿没拿稳水杯。

“霍先生……”

“嗯。”霍仲南面无表情。

孔呈和钟霖对视一眼，不敢乱说乱动，一直等到霍仲南的背影离得远了，才长长地松口气：“吓死我了。我刚才说到哪儿了？”

钟霖道：“你说休休问你，有没有想过要跳楼！”

“啊对对对！”孔呈皱纹都笑出来了，表情极其夸张。

“我告诉你，她都不是在开玩笑，是很认真地问我：‘孔医生，你有没有产生过……跳楼的念头？’你说我好端端的一个人，跳什么楼？哈哈哈！”

孔呈笑得喘不过气，突然发现霍仲南走了过来：“你说什么？再说一次。”

霍仲南上楼的时候，于休休已经有些迷糊了。她病体未愈，整个人脑子有点儿混沌，看他一动不动地站在面前，双眼盯着自己，懵懂地看了看床头柜上的托盘：“端来了？”

“嗯。”霍仲南慢慢把她扶起来，端了碗喂她，语气淡淡地说道：“你为什么会那样问孔呈？”

于休休奇怪地转头：“问他什么？”

“问他——有没有想过跳楼？”

于休休愕然：“你连这个都知道了？厉害！”她咻咻地笑，四处看了看，开玩笑地问，“你是在房间里装了窃听器吗？”

霍仲南不说话，专注地看着她，许久没有转动双眼。这让于休休不适地皱了皱眉头，她叹口气，失神地望向窗口：“我做了一个梦。”

今天天气很好，蓝蓝的天际有几缕阳光，正从窗户探进来。

一室温暖。

她又补充道：“也许不是一个梦，是很多个梦。我这个人的脑细胞可能比普通人更活跃，我常常会做些稀奇古怪的梦，会梦到一些从来没有发生过的事情。比如唐绪宁出轨，我就是做梦梦见的，我甚至梦到——和他结婚后的事。”说到这里，她下意识望了他一眼，“我想，这或许是我的一种潜意识假设？会让我对自己的行为和决定进行慎重的思考？是老天赋予我的某种特殊的能力？”

霍仲南脸色一沉，他显然不喜欢这个假设。

于休休眨了眨眼睛，给了他一个甜美的微笑：“我这么说，你会不会笑话我？”

霍仲南摇头：“你和孔呈说的那个，是怎么回事？”

他对她和唐绪宁的事情不感兴趣，也不乐意听，却对这个事情感兴趣？于休休愣了一下，忍不住笑了出来：“有些东西很奇怪，我说了，你未必会信。”

霍仲南道：“你说，我就信。”

于休休笑了笑，半开玩笑半认真地说：“好几次，我梦到一个准备跳楼的男人。我不知道他是谁，但是根据我的经验，所有我梦里出现的人，都是在现实里认识的，或者见过的，至少也是听说过的，唯独他不是……”

霍仲南不说话，深深地看她。

于休休接着道：“这感觉我很难说得清楚，每次做这个梦的时候，我都有一种宿命感。就好像我的出现就是为了去拯救他的。我会因为来不及走到那里而难过，会因为看到他往下坠落的身影而撕心裂肺……”她眨了眨眼，看向霍仲南凝重的表情，“吓到你了？”

霍仲南再次摇头，于休休突然莞尔一笑：“所以，我今天看到孔医生，以为自己还在做梦，就胡乱猜测那个人是不是他……”想到自己作的这个幺蛾子，她有点儿不好意思，捋了捋头发，“其实我就是生病了，没有清醒。哈哈哈，太丢人了！孔医生是不是当笑话说出去了？”

霍仲南不动声色地望着她，出神。于休休不知道他在想什么，只是从他的目光里看到一种温暖的光芒。很暖，暖得她心脏怦怦地跳，就好像自己是他心底深处最珍爱、最重要的那个人。

“我是不是有点儿奇葩？”于休休小心翼翼地伸出手，钩了钩他的手背，“其实有时候，我也觉得自己……和别人不太一样。我的行为和处世风格在很多人眼里都是荒唐可笑、不太正常的。”她抿唇轻笑，望着透过窗户的阳光，脸上泛起一层柔光，“爸爸，妈妈，还有很多人都告诉过我，这个世界不是我想的那样。生活不是童话故事，每个人都会长大。长大了，就要去学习和懂得大人世界的种种行事规则，欺骗、防备、人心隔肚皮……”

阳光的线条扩散开来，洒在了于休休的被子上，她不知道自己为什么突然有了倾诉的欲望，莫名地就对霍仲南说了很多：“曾经有很多人说我的坏话，当然现在也有。哈哈，他们说我不学无术，不求上进，心安理得地啃老，还不以为耻，反以为荣，觉得我傻，脑子简单，还有点儿蠢……我心里知道，我不是别人说的那样，但是我不知道怎么去告诉这些‘大人’，告诉他们，我不是傻，也不是蠢，也不是荒唐，我只是还不想做‘大人’，只想做自己，按自己小宇宙里的行为准则来生活。哥哥，你说人为什么就不可以做自己呢？为什么一定要活在别人的眼光里，为别人、为‘大人’的规则而活？”

她看着霍仲南，一双眼亮晶晶的，泛着耀眼的光。

这不是荒唐可笑，不是不正常，只是这样的她——太过珍贵，珍贵到不是“大人”们能理解的样子。

霍仲南道：“别人不喜欢你的时候，你会难过吗？”

于休休点点头。

“那你会因为别人的话而改变自己吗？”

于休休摇摇头。

“你恨过人吗？”

于休休想了想，又摇头：“一般我有仇，当场就报了。”

霍仲南道：“你有失去理性，失去控制，想毁灭这个‘大人’世界的时候吗？”

于休休再次摇头：“我想改变他们，不想毁灭。”

霍仲南长长地松了一口气，伸手摸摸她的头：“这样的你，真的很好。”

“你理解我？”于休休眼睛笑得弯了起来，“即便我会做这么多奇怪的梦，我是个有点儿荒唐的人，你也觉得我是对的、是好的吗？”

“是。”霍仲南突然紧紧地拥住她，“读过法国作家圣埃克苏佩里的《小王子》吗？”

呃？于休休有点儿臊：“没有。我读书不好，不喜欢读书。”

霍仲南道：“你就是那个小王子。”

“哈哈！”于休休并不知道《小王子》是什么，但是听得出来这是夸奖她的话，“我认同你的看法。不过，我怎么可以做王子呢？我的性别……就这么没有辨识度吗？”她说着，还捋了捋头发，妩媚地笑了笑。

霍仲南一怔，扬了扬眉梢：“你不是小王子，你是小公主。”

“哇！”于休休扑过去抱住他的胳膊，“别再夸我了，我心慌手抖，有点儿怕。”

霍仲南低头吻她的额头：“休休，有你真的很好。”

今天他说的这些话，都有些奇奇怪怪的，于休休不知道他葫芦里卖的什么药，就安安静静地看着他，笑起来的时候眼睛里像有小星星。

“有你，我也很好。我现在都很少做噩梦了呢。”

“我也是。”霍仲南回答得理所当然。

于休休怔了怔，忽然有些想笑。这人知道她说的噩梦是怎样的吗？是连续剧那种的，是纠缠了很久的，让她怎么都摆脱不了，甚至与命运息息相关的噩梦呀。

“要不是这次发烧，我差点儿就以为他不会再出现了呢。说来也奇怪，这个人到底是谁呢？为什么会出现在我的梦里？”

霍仲南平静地为她端来一杯水：“不论是谁，都是缘分。”

“我也这么想。”于休休喝了一口水，“就是有时候会好奇，这个人到底在哪里？他都经历了些什么？难道说，他进入我的梦里，就是为了让我救他吗？”

霍仲南手一顿，淡淡地说：“说不定，你已经救他了。”

“咦，这么说好像也有道理哦！”于休休点点头，瞄他一眼，“你为什么对这件事感兴趣？”

霍仲南看着她干净的眼神，沉默了片刻，说：“对你的事，我都感兴趣。”

最佳答案，完美。

于休休发现这个人是越来越会哄女孩子了。

霍仲南接着说道：“吃药吧！”

于休休皱着眉头，心想这人太不禁夸了。

第十二章

画出来的她就是她

下午，吴梁正在诊所里和一个女病人聊天，听女病人热情洋溢地诉说自己与第七任丈夫不可不说的爱恨情仇，这时手机叮的一声响了。他低头看一眼，发现了霍仲南的一笔转账。没有备注，没头没尾。

吴梁热血沸腾了不到两秒，又有点儿怕。

老板怎么会无缘无故给他转钱？吴梁好多天没有见过霍仲南了，也对他没有什么帮助，这钱来得这么莫名其妙，答案呼之欲出——他转错了。

要不要“自首”呢？放入口袋里的钱要掏出来，简直就像割肉一样，何况是这么大一笔？吴梁让助手继续听女病人的故事，自己进了内室，硬着头皮给霍仲南发消息：“霍先生，你转错账了。”

霍仲南回：“没错。”

吴梁听到了自己心跳的声音：“给我的？”

“给你的。”

“为什么？”

“感谢。”

啧！他的业务能力，霍仲南可是从来都没有看上过，为什么感谢他？为什么？吴梁从多个角度思考了一下自己的优秀之处，仍然没有结论。而霍仲南似乎也不想细说，只告诉他：“你是个优秀的心理医生。”

吴梁感动到哭：“霍先生，有你这句话就够了，钱不钱的无所谓……”

霍仲南：“那你转回来。”

吴梁：“那多不合适。好歹是你的一片心意，我不要说不过去吧？谢谢老板。”

霍仲南把手机扣在桌子上，没再理他。最开始从吴梁那里拿到画像的时候，他连半信半疑都没有，而是根本不信。仅凭他的简单描述就能画出一个活生生的人？这不是心理学，是玄学。

其实，他很清楚，吴梁认识于休休。因为是他让钟霖介绍于休休去诊所的。吴梁那小子比猴儿还精，完全有可能故意为之，随便画一个敷衍他。那为什么他会愿意相信呢？因为画像上的人是于休休。

不管是内因驱动外因，还是外因驱动内因，那张画像都是他给自己的一个最好的借口，是选择，也是一种必然。不承想，画像居然是真的。吴梁居然真的画对了人。不管是巧合，还是他真有这本事，钱都是他应该拿的。

于休休在南院养病的第三天，还是没有等来父母。昨天晚上她就打了电话回去，说自己不想在这里被人当猪一样饲养，她要回家养病。没有想到，父母在详细询问了她的病情后，居然笑得合不拢嘴：“闺女，好时机啊，你要牢牢抓住机会。”

“生病就是女孩儿最大的武器，能不能吃住他，就看你这次的反应了。闺女，你要知道，男女间最开始建立起来的感情模式，会直接影响未来的整个婚姻生活。你现在吃住了他，让他听你的，往后日子就好过了。”

苗芮耳提面命，恨不得把自己多年的驭夫术悉数相传。于休休听得头大，八字还没一撇，怎么就婚姻了？她忍不住吐槽：“妈，你怎么不教教我怎么生娃呢？”

“这么快？”苗芮吃了一惊，“你们那什么了？是不是没有采取措施？休啊，你怎么不听妈妈的话？你还小，生孩子还早……”

“啊！妈，你在想什么啊？”于休休捧住脑袋，生无可恋地说，“什么都没有发生。我和他每天隔着八丈远的距离，生什么娃？所以，我什么时候能回去？”

“革命尚未成功，回来干什么你？”

“妈妈，我病了。”

“阿南照顾你，我很放心。”

“可是我很不放心啦。”于休休捏了捏自己的腰，“再这么下去，我号称‘永不长胖’的江湖绝技就要失效了。”

“没事没事，胖点儿更好。我和你爸商量过了，崽崽快高考了，你回来就撺掇他打游戏，你俩还是分开好，不要互相影响了。只要人家不撵你，你就住下来吧。”

“这借口，我给满分。”

于休休挂了电话，在设计部的群里“巡视”了一圈，又和谢米乐聊了一会儿，最近设计部的工作都走上正轨了，于休休手上的几个装修项目都有项目经理和售后在跟进，有些小问题当场就解决了，几乎用不到她。

这是她第一次体会到严格的工作守则带来的好处。最重要的是，工资到账，她发现比上个月还要多一些。于休休很兴奋，自己赚到的钱和拿父母的钱，是两个不同的概念。

“好爽！”于休休反复看着那个数字，开心了不到十分钟，又焦虑起来，“我有点儿担心，我这个月又是休假又是生病的，没有接到一个单子，下个月是不是拿不到这么多钱了？”

她会有这个困惑，让谢米乐很困惑：“大小姐，你缺这点儿钱开锅？”

“缺啊！”于休休垂着眼，“不行，我明天就得去上班。我得去接单子，赚钱，赚钱！要不然日子过不下去了。”

谢米乐正在喝奶茶，噗的一声，呛住了。

“于休休，你真的很欠揍！”

于休休是认真的，再没有比这更认真的想法了。以前她啃老的时候，虽然也不曾心虚，但真的没有付出劳动得到报酬来得愉快。她很享受工作的乐趣，也害怕不能跟上工作进度。可是，她的想法直接被霍仲南否定了。

“你在生病。”

“我已经好了。”

“你没好。”

“好了。”于休休气鼓鼓地说，“孔医生都说了，只是一个小感冒，我都吃三天药了，没发烧，病情也已经控制住了。”

“你还在咳嗽……”

“我没有咳……喀喀喀！”于休休喉咙一痒，亲自打了脸，双颊咳得通红，“感冒是有周期的啊，哪能好得这么快？我不需要休养，照样过两天就好了。”

霍仲南面无表情。

“哥哥！”于休休委屈地撇了撇嘴。

硬的不行，于休休就来软的。她软硬兼施，不怕他不肯就范。

“求你了，我再这么闲下去，头上都要长蘑菇了。你看你看……”她双手伸到头上，做了个兔子耳朵的动作，“你看，是不是长蘑菇了？”

霍仲南摸了摸她的头，没有再反驳。可是，当于休休第二天准备好去上班的时候，客户居然自动送上门了。一个打她电话，一个加她微信，都说是朋友介绍的，家里需要装修，直接就发了房屋的建筑图纸过来，只需要她出方案就行……

于休休去书房找霍仲南。

这个男人是个深度宅男，整天宅在家里，于休休这几天都没有见他去过公司，不过他在书房办公，接电话、开会、视频、工作安排，都会在这里完成。她敲门进去的时候，霍仲南正在开视频会议，看她气咻咻的样子，眉头微微一蹙：“怎么了？”

于休休看不到他的电脑内容，并不知道他在办正事，哼了哼，半是撒娇半是生气地瞪他："急事找你。"

霍仲南看了一眼电脑，指指面前的椅子："坐下来说。"

"不坐。"于休休咬牙，一个箭步冲上去，直接扑到他的身上，然后双手卡住他的脖子，"霍仲南，你欺负我，你死定了。"

霍仲南："……"

视频另一端的盛天高管们："……"

于休休并没有发现异样，因为霍仲南的脸上没有异样。他淡定地看着她："怎么了？"

于休休听他嗓子发哑，怕真的掐到他，手指微微松开，她一脸不高兴地问："我那两个客户是不是你找来的？为了不让我出去工作，对不对？"

霍仲南皱皱眉："客户？"

难道不是他？于休休看他一本正经的样子，抿了抿嘴，再细思一下，又觉得霍仲南不至于这么做。他要阻止她出门，都是干脆地直接拦人，怎么可能要这种手段，找什么客户来呢？

"不是你？"她温热的呼吸带着女孩儿特有的香气，萦绕在霍仲南的脸上，因为病刚好，两颊还有一点儿淡淡的红润。霍仲南眯起眼，看她片刻，垂下眼皮，不再直视："不是。"

她闹乌龙了吗？

"不好意思啊，误会你了。"于休休尴尬地笑着，卡在他脖子上的手迅速收了回来，像被烫到了一样，她甩了甩手，轻轻笑着，就想脚底抹油，"你忙，你忙，我就不打扰你了。"她随口说完，无意间回头看一眼电脑，想看他在忙什么。

只一眼，她整个人就僵住了。因为在电脑里，有几个比他们年龄加在一起都要大的长辈，僵直地坐着，一个个瞠目结舌地盯着她。

"啊！"于休休仿若见鬼。她刚才冲过来，骂霍仲南，掐霍仲南，整个人扑向霍仲南……居然有这么多观众？那他们是怎么忍住不出声的？于休休脸红地轻咳两声，朝他们招了招手，"你们好。"

视频另一端的盛天高管们："……"

看他们一动不动，于休休转头，小声问霍仲南："全是假人吗？"

霍仲南轻瞄一眼那群老家伙："嗯。"

视频另一端的盛天高管们："……"

老板什么时候多了一个妹妹？还是一个可以在他办公的时候自由进出，随意打断视频会议，还被邀请入座的妹妹？

大家都疯了！私底下到处询问。有人说，可能总裁办公室的人会知道一些。不过，总裁办公室没有一个人敢说，问就是不知道。前台的几个小妹，也是一副"我知道但不告诉你们"的样子，讳莫如深。再然后，才有看不过眼的下属把"最美 CP"的资料发给这群不怎么关注八卦新闻的老高管。于是，"闯入霍先生书房的女孩儿"终于有了姓名。

于休休回到卧室，发现心脏怦怦乱跳。"太尬了！"她跟谢米乐说了误闯书房的事情，然后不无遗憾地说，"早知道我换件衣服、化个妆再去啊，这蓬头垢面的样子，丢人。"

谢米乐笑得快要直不起腰来："可惜不能看到现场！有视频吗？发我一个。我想看看你的丑态。"

于休休呵呵冷笑："你想多了。我脸小，怎么都是好看的。"

谢米乐："啧！"

于休休："不信？"

谢米乐："信，所以你那两个客户究竟是谁介绍的，破案了吗？"

于休休一头雾水："我也想知道啊！问他们，他们只说是朋友介绍，看过网上的装修案例。可是我这才入行多久，能有几个装修案例？这不扯吗？"

谢米乐："可能又是你的哪个仰慕者。所以呢，你下午还要不要去见客户？"

于休休看了看时间，想到霍仲南的那张脸："我想去啊，几天没出门，我都快要发霉了。可是……好吧，我去。"

为了讨好霍先生，于休休简单地收拾一下，去了厨房。几个工作人员看到她来，说要自己做菜，都紧张得不行，怕她把自己的手指头剁了。在他们眼里，于休休就是那种十指不沾阳春水的娇小姐，大家都认为她只是图一时新鲜，做个样子给霍先生看，没有想到，她拿起菜刀就能切，条、丝、块，样样精致，她不仅会做菜，而且做出来的菜还有模有样。

大家都服气，对于休休赞不绝口。可是，霍仲南开完会下楼，看到她像个兔子似的蹦来蹦去，当场就黑了脸："你不是在生病吗？"

"我没病啊！"于休休解开围裙，洗了个手，摸自己的额头，"没发烧，头不疼，眼不花，还能笑……"说笑就笑，她咧嘴露出几颗整齐洁白的牙齿，冲他做鬼脸，"我做菜是因为我想讨好你呀，霍先生。"

霍仲南皱皱眉："非奸即盗。"

"恭喜你，说对了。"于休休笑盈盈地冲过去，拉住他的胳膊，把他拉向餐厅，指着桌上冒着热气的食物，一脸显摆的样子，"当当当，快看，怎么样？想吃吗？"

霍仲南的脸色稍稍缓和，他握住她的手："下不为例。"

"下次你想吃，我还不做呢！"于休休扬了扬眉，忽然想到自己的目的，又软了脾气，把他拉到座位上坐好，低声说，"我要去工作，我不能再宅下去了，再这样我会憋死的。"

霍仲南双目微闪。好半晌，他慢声问："和我一起在家不好吗？"

呃！好是好，但有谁能天天宅在家不出门的？认真说，于休休认为霍仲南的生活方式是有问题的。一个年轻英俊的男人，这大好的时光，美丽的世界，居然没能激发他丝毫的兴趣。每一天，他都像个囚犯一样把自己关在屋子里，这不是浪费好光景吗？

"我觉得闷。"于休休实话实说，"你在家时间长了不难受吗？"

霍仲南看着她，不说话。于休休与他对视着，突然有点儿胸闷气短。她是个善解人意的女孩子，对自己不了解的人和生活不会随便置评。她突然又觉得，霍仲南的经历与她不一样，也许这才是他认为舒服与安全的生活方式。所以，她的话可能会伤害到他。

"休休。"霍仲南突然唤她。

"嗯？"于休休猛点头，"你说。"

霍仲南问："你是想离开我，还是想去玩？"

这不是个大难题吗？于休休想了想："我想工作，也想玩，但不想离开你。”

霍仲南的脸色以看得见的速度转为柔和：“好。先吃饭。”

吃过饭，霍仲南带于休休上楼，让她带上一件外套，准备出门。来南院的时候，于休休并没有带生活用品，当然也没有带衣物，这些行头全是霍仲南为她置办的，整整放了一个衣帽间。不过，最开始那些衣服，要么款式显得老气，要么颜色太嫩，还有好几款都是少女粉，简直就是传说中的直男审美。好在，衣服尺寸一丝不差。单凭这一点，于休休就很佩服他了。

她没有忸怩，对霍仲南的准备欣然接受，甚至还指点了他审美上的不足——这与霍仲南事先的想法完全不一样。他以为她会不好意思，甚至拒绝他的好意。然而，她是于休休呀，根本就不带害羞的。她说：“你不差钱，那我就收下了。”

这直率的性子，让霍仲南又狠狠地为她置办了一些符合她审美的衣服，于是衣帽间都快放不下了，霍仲南索性专门腾出来一个大房间给她放衣服。

土豪的世界，于休休有点儿长见识。就是衣服太多，让她很伤脑筋。她选了半天才挑了件风衣，配上一双小靴子，挽住霍仲南的胳膊出了门。

阳光正好，空气里可以闻到春天的气息。

于休休很兴奋：“我终于又活过来了。哥，我们去哪儿？”

霍仲南看她：“你想去哪儿？”

于休休看着路边正在努力抽芽的树木，深吸一口气：“我想去郊外踏青。”

霍仲南说：“好。”

这就依她了？于休休问：“你本来的计划呢？”

霍仲南说：“我本来的计划就是听你的。”

于休休哈一声，笑得一脸天真：“那太好了，我们就去踏青吧。”

春寒料峭。出了城，天气就不算暖和了。即便有阳光，凉风吹过来仍然有些冷。

汽车停下来时，于休休看着近在咫尺的小山，左右看了看，这里不是风景区，也没有标志，她完全不知道这是哪里："咱们要上山吗？"

她奇怪地看着霍仲南，没有想到他点头了："踏青，这里清净。"

"呃！"是挺清净的，人影都不见一个。

于休休发现霍仲南的生活实在太寡淡。看电影、吃火锅，不论做什么，他都要选择没有人的地方，如果有人，他就直接包场，根本就是从本质上脱离了人类的群居生活。

相处越久，她越是感慨。这个男人沉默寡言的外表下，有一颗并不那么坚强的心。这些行为，会不会是他出于本能的逃避？于休休默默地靠着他，看着山上的密林："这山上会有野兽吗？"

霍仲南说："有。"

于休休惊恐地停下脚步："咱们不用这么想不开吧？"

霍仲南扬起一侧唇角："我。"

这话让于休休莫名地脸红了。她想说一句"讨厌"，又觉得这样太娇媚，好像打情骂俏一样，于是，话到嘴边又收了回去，惹来几声咳嗽，这时她恰好被山风一灌，咳得就更厉害了，眼泪盈满了眼眶。

霍仲南怔住，拍她的后背："又咳了，咱们回去找孔呈。"

"不要！"于休休忍着喉咙里的干痒，瞪着泪眼看他，"我只是被你吓住了，野兽。"

霍仲南眸色微黯，轻笑一声："我还没怎么你呢。"

那你是想怎么我呢？于休休的耳根微微一烫，她低下眸子，没吭声。霍仲南默默地脱下外套，搭在她的肩膀上，然后自然而然地搂住她，慢慢地沿着山脚唯一的一条水泥路往上走。

于休休很享受这样的照顾，没有拒绝。走到半山腰，她发现一幢闲置的精致两层木屋。木屋被掩在丛林里，只露出一个屋檐的角。路边还有一个木质的亭子，站在里面，可以俯瞰山下的风光。于休休欢快得像一只鸟儿，冲上去展开双臂，悦声道："这里太美了，太美了！纯天然的美啊！"她说着又转过头来，笑着问霍仲南，"为什么这里没什么人，路却修得很好呢？还有这么漂亮的亭子和木屋。天啊！哥哥，你是怎么发现这块宝地的？你太了不起了。"

霍仲南淡淡地看她一眼："不是我发现的。"

"啊？那是谁发现的？我要感谢他。"

"是我买的。"

"房子和路？"

"我修的。"

"什么？"于休休瞪大眼睛，不相信地看着他，"这座山，这幢房子，是你的，全部是你的？"

霍仲南点点头。

于休休泪目，土豪的世界，她真的不懂了："你为什么要买它？"

霍仲南走到她的身边，与她一起看着山下的风光："烦。"

于休休笑出声来："因为烦，就买一座山，建一幢房子，修一条路？所以，你做了这些之后再来看一看，就不烦了吗？"

霍仲南看她一眼，脸上没什么表情："我第一次来。"

好吧！同样是土豪的思想境界。于休休叹口气，摇头："失敬！我愧为暴发户的女儿。"说罢，她指着不远处那幢两层的木屋，"所以，这个房子我们能进去吗？"

霍仲南说："能！"

于休休开心得手舞足蹈："哈哈，走吧走吧，我们进去看看。"

她以为霍仲南带了钥匙，可以从大门进去，没有想到霍先生说的"能"，是……翻阳台、砸玻璃的"能"。于休休眼睁睁地看着他从路边抱了一块石头垫在脚下，然后攀着木质的屋檐，身手利索地爬上二楼，直接砸了窗户进去，从里面为她打开了门："请进！"

于休休的嘴好久才合上："这待客的方式好特别。你真是个宝藏。"

霍仲南将掌心盖在她的头上："小心撞头。"

于休休发现这个木屋的建造和传统意义上的木屋不同，不论是风格还是选材都极有特点。木屋内部的设施全部是由木头制成的，桌椅、餐具，没有一样例外。而且她走进去后发现，整个房屋的构造里没有一颗钉子。她讶然不已，已经顾不上欣赏风景了，这房子本身就是一道足够亮丽的风景。

“居然用的榫？

“这房子的结构真是独具匠心。我看看，我再看看。这幢房子的底部居然是撑在一块整石上的，这柱子……是整根的金丝楠木？这雕花，这工艺……

“不，主要是这设计！”

于休休猛地回头看着霍仲南：“你在哪儿找的设计师？这木屋可以得到世界级的设计大奖了啊！我佩服得五体投地，好想认识他。”

霍仲南挪开眼：“别人介绍的，忘了。”

忘了？于休休有点儿遗憾：“可惜了——”

话没说完，她突然发现几根木柱上都有雕刻，那是一种奇怪的图案，像文字，可她又认不出是什么文字，每根柱子上都有。她从来没有见过这么奇怪的图案，不由得轻轻抚摩上去：“这刻的是什么啊？”

于休休研究半天那图案，忽然转过头，发现霍仲南看着自己，眼神落寞无光，有一种说不出的忧郁，又格外让人心疼。她的心一揪，像被毛毛虫爬过，克制不住地痒痒，没有多想，她踮起脚尖就在他的脸颊上印上一吻：“怎么了？你不开心？”

女孩子轻柔的声音与温热的触感落在耳边和脸上。霍仲南觉得脸颊上有一处火辣辣的。片刻后，他说：“我母亲是研究古文字的。”

“古文字？”于休休回头看着柱子上的雕刻，充满了惊奇，“你是说，这些都是古文字吗？我为什么没有见过？”

霍仲南瞥她一眼，于休休觉得他看自己的眼神仿佛在看一个白痴。她轻轻地笑了起来，天真得像个孩子：“别鄙视我啊！我是真的不懂。”

霍仲南说：“历史上存在过的文字种类很多，只不过很多古文字都已经消失，没有文献保留下来，有一部分甚至无法追溯。”

于休休似懂非懂地点点头，一脸可惜：“这上面刻的文字都是什么意思，你知道吗？”

霍仲南瞄一眼柱子：“这是古代一个民族用来拜神和祈福的图案，也是他们的文字。”

于休休眼睛里充满了崇拜：“你懂得真多。你妈妈也好了不起，又会做生意，又有这么渊博的知识，让我这个差生……真是感到汗颜。”

霍仲南没有接话，只是用一种于休休看不懂的眼神看着那几根柱子，站立的姿态挺拔而僵硬，许久都没有动弹。于休休对霍仲南母亲的了解只停留在“盛天前总裁”的身份层面，除了名字，她几乎一无所知。

“哥！”她轻轻地拉他，“我可以拍照吗？这些文字，这个木屋？”

“嗯。”霍仲南低头看她一眼，“她不会做生意。”

于休休愣了两秒才反应过来，他说的“她”是指他的母亲，那个传说中的盛天前总裁霍钰珂。于休休吸气：“不会做生意还把公司经营得这么好，那就更厉害了。了不起，真是了不起。”

“是我父亲。”霍仲南轻轻抚上柱子，好像在透过那些诡异难懂的文字感受父母的体温，“公司由父亲一手打理。母亲……她的兴趣，不在公司。”

“哦。”于休休大概懂了。家里有一个能干的老公，大部分的女性都不会愿意去商场打拼吧？霍妈妈的兴趣可能就是研究这些古文字，这才让霍仲南在她过世之后，想要打造这个小木屋用以悼念。

于休休没有带相机，但是手机的像素足够支撑她把这幢漂亮的建筑拍出很好的质感。楼上楼下，屋里屋外，她一口气拍了几十张照片，然后跑到阳光下，对着光，低头认真地挑选和处理：“真漂亮！真是美死了。建筑奇迹呀！”

霍仲南看着她认真地自言自语，皱了皱眉：“你拍它做什么？”

于休休抬眼看他，笑盈盈地说：“留念啊！”

霍仲南说：“留什么念，你随时可以来。”

于休休眨了眨眼：“我还要分享给我的朋友呀。”说完，她转过身就拉出南言的微信，发了一个震惊的表情：“南神南神！我发现了一个了不得的建筑美学奇观，一定要跟你分享。”

她和南言上次聊天还是很久之前的事，不过，于休休看到好东西，第一个想分享的人就是南言。

叮！霍仲南的手机响了。他一怔，拿起手机看上一眼，低眉说：“不好意思，公司有事，打个电话。”说完，他朝于休休点点头，走出大门。

于休休倚在阳台上，看一眼他的背影，继续给南言发消息："南神，你回头有时间看看这个，然后告诉我，我的眼光毒不毒就行了。这虽然是一个隐藏在山里的建筑，由一个不知名的设计师设计，但是我觉得这设计水平简直就是国宝级的，不，世界级的……比起你，就差那么一点点而已。"

于休休打了一段话，正准备发图片过去，南言回复了："看看。"

"哈！"于休休笑眯眯地把刚才挑出来的照片一张张发了过去，一副急于得到表扬的样子，"怎么样，美不美？"

"美！"

于休休愣了愣，哈哈大笑："拜托，图片还在传输中啊！山里信号不太好，南神，你能不能不要这么幽默？吓人哦！"

南言："相信你的眼光。"

"哈哈，因为我是你的粉丝吗？"

"也许。"

"你的用词怎么也这样简练？"

南言："也？"

于休休看了一眼木屋的大门，用语音发了一句话："我认识的一个家伙也是这样。哈哈哈，他是个闷葫芦，我整天都在猜他想什么，你说累不累？"

隔了片刻，南言才回复："图片收到，建筑很好，就是缺少人气。"

"人气？"于休休微微一怔，望向幽静的山林，"这里本来就是在山里呀，而且不是旅游区哦，人烟都没有，哪来的人气？"

"房子是用来住的。人气就是灵气。这房子美则美矣，但没有温度，不是给人住的。"

于休休震惊地看着屏幕，半晌发不了消息。这个评价是南言看着照片给出来的。于休休没有提示过他什么，现在仔细想想他的话，居然觉得很有道理："南神，你对建筑和设计的理解，我自叹不如，有空一定要找你讨教讨教。"

南言发了一个微笑表情。

看到这个微笑表情出现，于休休差点儿无语了。难道话少的男人都是这种老干部作风吗？她发了个“你可以去骄傲了”的表情包给他，没等来回复，信步出门。霍仲南刚收好手机，回过头，就撞入于休休的眼里。

“好了吗？”于休休笑眯眯地问。

“嗯。”霍仲南眯起眼，“还要看看别的吗？”

于休休呼吸着独属于山间的清新空气，笑问：“如果有人说，你这个房子不像是住人的地方，而像是一个祭品，你会生气吗？”

霍仲南想了想：“不会。”

于休休诧异：“为什么？”

霍仲南眉梢微微一扬，手插在裤兜里，脚尖轻踢一下滚到路中间的石子，隔了好一会儿，才慢慢地开口：“他说得对。”

“呃？”

“不是用来住的，就当是祭品吧。”

他说了和南言差不多的话，这让于休休极为震惊：“可是——”她回头，看着阳光下的木屋，又慢慢地仰头，目光定格在一扇窗户上，“这么漂亮的房子，为什么要成为祭品呢？可惜了。”

“你想住？”

“想啊！”于休休莞尔一笑，指向木屋边上的大片荒地，“如果我住，我就把这边开垦出来，种上瓜果蔬菜，鲜花树木，让这里变得生动起来。有人气，有炊烟，嗯，那就是个世外桃源的样子了。”

霍仲南眼睛半眯着，看她半晌：“很乐观。”

于休休说：“这样不好吗？”

“好。”

“那下次咱们带上工具来种地，怎么样？”

霍仲南用了三秒才消化掉这个令人惊恐的建议，艰难地说：“可以。”

“哈哈哈，太好了。等等，我要自拍几张！到此一游……”于休休拿着手机，不停地找角度，要将自己和小木屋一起纳入镜头。她欢乐的笑声传出很远，整座山似乎都有回响。

霍仲南许久没有动，看着天空，看着她，听着风声，听着笑声，她的笑容在镜头里，也在他的眼睛里。她的衣角被山风扬起，整个人靓丽得像一朵生长在山野间的花，散发着清香，带着刺和露水，光彩夺目。

“哥！”于休休跑过来，“太美了！你看我拍的照片。啊！我觉得你简直修建了一个奇迹。它真的好美，应该得到更多人的欣赏啊！”

霍仲南看着她飞扬的笑容，有一瞬间，感受不到自己，整个世界仿佛只剩下了眼前的女孩儿和她的笑。

“你在想什么？”于休休忽然拉了拉他的胳膊，“你看我刚才拍的照片，这一张，这里，像不像藏了一个人？”

霍仲南回神，低头看向她的手机。那是她的手机镜头捕捉到的，在密林的一个角落里，好像露出了一个人的头，但是这张照片曝光了，疑似人影是不是一个人单从照片上很难被判定。霍仲南沉下脸，突然抓住她的手腕，顺着方位，走向那个角落。

“这里没有人啊！”于休休探头看着这条狭长的斜坡。空无一人的山林里，只有树木和风声，没有人。

“这照片真是奇怪了。”她掏出手机，再次放大那张照片，看了好几次，懊恼地说，“不拍糊就好了，还曝光，过分。”她想象力丰富，说到这里，又突然拉住霍仲南的胳膊，张望着四周，小声地说，“这山不是你的吗？平常不会有人来吧？”

霍仲南摇头。

于休休又问：“有人守吗？”

他再次摇头。

于休休道：“所以，你就任由这座山野蛮生长，任由你的木屋长出蘑菇来吗？不对，木屋一看就是有人打理的样子啊？”

霍仲南说：“钟霖请了一个护林员，每两天会上来打扫一次。”说完，他顿了顿，补充道，“山上太寂寞，他住山下。”

于休休又笑了起来，举起照片到他的面前：“再仔细看看，其实又不太像个人了，对吧？”

“嗯。”霍仲南没有多说，牵着她的手离开，“走吧。”

走出几步，他默默转头看向那棵树下，一个不太明显的脚印，还有那一片没有了露水的枯草。

下午的气温渐渐升高，于休休在附近转了转，发现除了小木屋那里是个很好的景点，再往山上越发荒凉，就失去了闲逛的兴趣。霍仲南带她下山。山脚下，他们遇到了护林员。那是一个憨厚的中年男人，他似乎并不太认识霍仲南，瞧了他好几眼，又反复看那辆停靠的汽车，然后紧张地走过来："请问，是霍先生吗？"

霍仲南朝他点点头："山上的窗户被风吹裂了，找人换好。"

"好的好的。"护林员看着他，露出和善的笑容，"钟先生只说你要来，也没说个时间，我这……霍先生，要不要去家里坐坐？"

他指了指不远处的一处小砖瓦房："我家就在那边，很近。"

霍仲南摇头，突然问："你今天上过山吗？"

护林员怔怔地看着他："没有呀，这刚准备上去呢。霍先生，怎么了？"

"没事。"霍仲南牵住于休休的手腕，走向停靠的汽车，"走了。"

于休休爬山有点儿累了，上车就瘫坐在那里，很快合上了眼睛。这说睡就睡的姿态，把霍仲南看笑了。他摇摇头，将外套搭在她的身上。两个人沉默着，没有说话，于休休渐渐沉入了梦乡。不知道走了多久，半睡半醒间，她感觉到汽车缓缓停了下来。她想睁开眼，可实在太困，上下眼皮打了一会儿架，没能睁开。

路中间停了一辆越野车，有一男两女，三个人。

这条路很窄，越野车往路中间一摆，他们的车就过不去了。

霍仲南降下车窗，看着前面的几个人不说话。

"我们的轮胎扎破了，有千斤顶吗？"丁曲枫走到他的车前，尴尬地笑了笑，回头指向汽车，"不换车胎，我们开不回去了。"

霍仲南说："怎么在这儿？"

丁曲枫看了一眼正蹲下身看车胎的霍戈，笑了一下："我们去陈村的农家乐烧烤钓鱼，哪知道会这么倒霉……"

"阿南，你不认识我们了？"一个女孩儿走了过来，一张小圆脸肉乎乎的，充满了胶原蛋白，看着机灵又可爱，“我们是同学！再看看我，看看，嗯，想起来了吗？我是温蔓菲啊！”

霍仲南没有说话。

丁曲枫笑一下，伸手揽住温蔓菲的肩膀，半开玩笑半认真地说：“霍总是谁？怎么可能认识老同学？蔓菲，你又输了。”

温蔓菲哈哈大笑，朝霍仲南比个心：“有你的啊，当年就冷酷狂霸跩，现在更胜一筹了。厉害厉害，小女子失敬了。”到底是老同学，温蔓菲说起话来十分随意。

这个时候，于休休已经醒了。她睁开一只眼，看了看前面那辆车，又看了看这个陌生的女孩儿。女孩儿颜值中等，但很热情、可爱，身上充满了机灵劲儿，和丁曲枫站在一起，生生比她小了一截的样子，很难看出来两个人是同学。

丁曲枫太商业精英范儿了。这个温蔓菲更像个邻居家的小姐姐。没有竞争力和杀伤力的女孩儿，不是情敌。于休休心里判断完，正准备睁开眼睛，以霍仲南“疑似女友”的身份帮这个根本不懂和同学相处的男人缓和一下气氛，就见另一侧的车门打开了。

居然还有一个人？

于休休愣了一下，神经不由一紧。

不仅有一个人，还是一个女人，一个漂亮的女人。乌黑柔顺的长发直直地垂到腰间，耳侧小小的粉钻耳钉闪着柔和的光芒，漂亮的小裙子，五寸高跟鞋，没有多余的饰品，但于休休一眼就能看出这一身价值不菲。温婉的笑容，二十七八的年龄，五官和身材都是上乘，这样的人，很难用“女孩儿”去形容她。

于休休觉得，还是用“娇俏丽人”更准确一点儿。因为这个女人是那种典型的直男杀手，对男人来说，这样的女人浑身都散发着荷尔蒙的诱惑力，是他们朝思暮想的那种梦中情人。

于休休莫名攥紧双手，又合上眼睛，只留一点儿余光。

“老同学，还好吗？”

于休休听到了那女人的声音，心里咯噔一下，如若遭受重击。人长得好看就算了，声音还这么好听。女神音啊！女神音啊！感觉自己的颜值受到了冒犯。

然而，身边静悄悄的。霍仲南没有回应，也没有说话，要不是能明显感觉到他的存在，于休休恐怕会以为车里只有自己一个人。

温蔓菲叫了起来："阿南你过分了啊，不认识我们这些小虾米就算了，校花你都不认识吗？许沁啊，她是许沁！"

霍仲南还是没有反应，于休休的眼皮就跳了起来。

许沁？许沁，这名字咋这么耳熟呢？是了！加她微信说朋友介绍来装修的其中一个客户，好像就叫许沁。是霍仲南介绍她来的，还是丁曲枫？

于休休动了动眼皮，没有睁眼，却明显感觉到霍仲南扫了她一眼，这莫名的一眼让她的表情管理瞬间失败，嘴唇忍不住抿了抿，但她还是选择了闭眼装死，不掺和他们的同学情。

霍仲南没有拆穿她，把盖在她身上的衣服往上拉了拉，下车打开后备厢，拿出千斤顶，递了过去。

霍戈伸手来接："阿南。"

霍仲南看他："你也在。"

霍戈笑了笑："嗯，枫子约烤肉钓鱼，我刚好闲着。"

霍仲南没有说话。霍戈拿着千斤顶，也没有说话，只是朝他笑，那表情极其丰富，不知道的还真以为他们是特别亲昵的表兄弟俩，或者是霍戈遇到了偶像，在向对方疯狂抛媚眼。

霍仲南不悦地皱起眉头："需要我帮你换？"

霍戈打个哈哈："不用不用，不敢劳你大驾，你稍等一下，或者……你们先聊聊，我很快就好。"

霍仲南没有说话，转身准备回到车里。

"阿南。"许沁叫住了他。受到冷遇的娇俏小女人并没有失去仪态，她似乎对霍仲南的反应早就有了适应能力，轻轻倚在车厢上，朝他抬了抬下巴，"车上是女朋友？"

很熟稔的动作，像老朋友。于休休看着，又觉得她并不如外表那么温婉柔弱，这小动作竟有几分像丁曲枫，很酷。她很好奇霍仲南会怎么回答，竖起了耳朵。然而，千算万算也没想到他会说："她还没同意。”

众人：“……”

他的话，让人很难接下句。许沁怔了半秒，微微一笑，目光越过霍仲南望向汽车里的于休休：“介绍介绍呀！”

“她睡着了。”霍仲南回头看了于休休一眼，“下次。”

“下次是什么时候呀？”丁曲枫接过话来，放大脸上的笑容，拉了拉温蔓菲，又瞄一眼许沁，似笑非笑地说，“霍总可是大忙人，我们要见你一面比登天还难呢。既然今儿碰上了，就当面邀请你吧。下周几个同学要聚一聚，为许沁接风，你要不要过来？”

霍仲南说：“不来。”

丁曲枫像她母亲毕红叶，性子急躁，一听这话脸色就有点儿难看。许沁却面不改色：“这么不给面子吗？”

霍仲南不经意地勾勾嘴角：“不给。”

这一回，换于休休无语了。见过各种各样的老同学相见，霍仲南这一款的，实在稀有，莫说丁曲枫她们，就连她都有点儿替她们尴尬。她以为许小姐会像丁小姐一样生气，可是失算了。

许小姐仍然很淡定，笑笑就过去了，然后轻声问他：“那我父亲的生日呢？你要不要来？”

霍仲南看她一眼。

这一次，隔了很久，于休休才听到他的声音：“来。”

于休休从来不知道换轮胎是这么麻烦的一个过程，时间要那么长。不过也可能不是时间长，是她烦。在这个被阳光直射的公路上，他们几个人都是从小就认识的，他们可以亲昵地叫霍仲南为“阿南”，是他少年时期的参与者，了解她不曾了解的他的人生。

于休休像一个半路的闯入者，十分尴尬。幸好，那件搭在她身上的外套散发着他身上独有的气息，让她有片刻的安慰——至少，他的衣服给了她，不是她们中的任何一个……倾慕他的女生。

“好了。”霍戈拍了拍手上的灰，笑着把千斤顶取出来，递还给霍仲南，“谢了。”

霍仲南不去接：“不用就丢了吧。把车挪开。”

他之所以等在这里，不是因为这个千斤顶，而是因为他们的车挡住了他的去路？霍戈没有想到，这么多年过去，霍仲南的性格和习惯仍然一成不变——别人用过的东西，哪怕只是个千斤顶，他也不会再要。

“上车吧！女士们。”霍戈招呼几个女孩子，看到她们脸上异样的光彩，心里郁闷。想当年，他也是有名的校草，引来无数女生折腰的风云人物好不好？为什么到了霍仲南面前，这些女人就全都只看得见他了？

“霍总，我们走了。”丁曲枫是三个女人里最理智的一个，得不到的人就不会再去痴心妄想。她爽利地转身，顺便拉走了还在原地犯花痴的温蔓菲，“你又输了，一会儿记得转账给我。”

温蔓菲道：“不要这么残忍啊枫子，为什么要让我人财两空？”

丁曲枫：“呵呵！”

温蔓菲不舍地频频回头：“阿南，同学聚会的时候你一定要来啊，我准备再和枫子赌一局。我赌你会来！阿南，我能不能翻盘就看你了，不要让穷人又流泪又伤财，谢谢谢谢！拜托拜托！”

许沁看她俩打趣，捋了捋头发，轻飘飘地瞥霍仲南一眼，带着笑：“我也走了。回见。”

霍仲南嗯一声。不温不火的一个语气词，听在于休休耳朵里，却像针扎似的。不对啊，大魔王有毒吧？丁曲枫和温蔓菲他都不回答、不理会，唯独这个许沁，是他要理的人哦？

前面的汽车发动了，离老远还能听到温蔓菲被风吹来的笑声：“阿南，你一定要来啊！阿南，我爱你！”

于休休察觉到霍仲南上车，拉上了车门，也察觉到他的视线落在自己的脸上，但是她仍然紧紧闭着眼，只当不知道。

四野沉寂。路上只有他们两个人。远处的山林田野间不时有鸟雀跃起，带来一串音符。两个人就这么僵持了许久，于休休听到霍仲南一声叹息：“还装？”

哼！于休休没有理会。

“眼珠在动，你不知道吗？”霍仲南用手指轻轻碰她的眼睫毛，

“睁眼。”

“讨厌！”于休休受不了眼睛上的痒痒，睁开眼，将“同学情”引来的酸味儿拼凑在一起，像个任性的女孩子在向男朋友撒娇，“吵醒我干吗呀？人都走了。”

霍仲南哼笑，不说话。于休休抿了抿唇，半开玩笑半认真地瞪他一眼：“罪魁祸首就是你这张脸。”

霍仲南没有发动汽车，只是突然升起了车窗。

清晰的田野微风声消失了。他的声音低沉而充满磁性：“休休。”

于休休的心一窒，她发现霍仲南盯着自己的双眼，表情认真又复杂。

“这么害怕，就嫁给我吧。”

于休休看着他说不出话来。

整个世界好像都安静了。从车窗缝隙里漏出的阳光落在他的脸上，那张英俊的脸上此刻有淡淡的笑容。

于休休道：“我没有听错吧？”

霍仲南看着她，久久没说话，只是突然低头，在她额际蜻蜓点水般一啄：“小姑娘，机会难得，要珍惜。”

说的什么话？说得好像她很稀罕嫁给他似的。于休休胡思乱想，心脏怦怦乱跳：“我……”

刚张开嘴，霍仲南的手机就响了。她停住嘴，安静地看着他。霍仲南将一只手搭过去，轻轻揽了揽她的肩膀，然后接起电话：“喂！”

那边好一会儿没有声音。霍仲南似乎意识到什么，侧头望了于休休一眼：“说话！”

“你在开车吗？讲话方不方便？”车厢里很安静，于休休听出是个女人的声音，凭直觉就想到了许沁那张漂亮性感的脸。而女人在这方面的直觉，准确率简直无法用科学来解释——打电话的人，确实是许沁。

霍仲南反问：“有事？”

许沁轻轻一叹，声音如水般温柔：“这次回来，我发现你变了很多。不过，是变得更好了呢。是因为她吗？”

霍仲南皱了皱眉："与你有关？"

许沁笑："你说呢？"

霍仲南沉着眸子，没有说话，而于休休倏地转头，瞥他一眼。要命！她听清了这两句话。车厢里太安静了，许沁似乎也没有想过要回避什么，这话一字不差地落入了于休休的耳朵里，让她莫名地感到不舒服。

霍仲南说："挂了。"

说挂就挂是他的风格。他收了手机，那边再没有声音传过来。于休休撇了撇嘴："被人查岗了？"

霍仲南淡淡地扫她一眼，屈起手指敲在她的额头上："继续说。"

于休休明明有一肚子火，却不知道怎么发。因为他其实什么都没有做，也说不上做错了什么，甚至在处理感情问题上，他是一个很稳重的人，但她就是不爽。这种不爽像一根埋藏在心里的导火线，几乎瞬间就被点燃了。

"说什么？"于休休朝他眨了眨眼，有点儿玩世不恭的意思，"要不要嫁给你吗？"

她最习惯用这样的保护性动作来掩饰内心的不安。可是，霍仲南并不懂得。他看了她很久，慢慢系上安全带，嗓音低低的："明白了。"

这就明白了？明白了啥？

于休休有点儿好笑："看不出来，你也有这么禽兽的一面。"

禽兽？霍仲南停下发动车子的动作，转过脸："理由？"

于休休道："看到漂亮的女孩子就失魂落魄，不是禽兽是什么？吃着碗里的看着锅里的，不是禽兽是什么……啊！"她的尾音被吞噬在短促的尖叫声里。霍仲南的反应太出乎意料，她没有想到他会突然解开安全带，俯身过来，将她罩在座椅里——她是系着安全带的，在他目光的注视下，感觉面前像有一堵铜墙铁壁，动弹不得。

"你做什么？"

他的目光太可怕了，是于休休从来没有见过的冷冽、凶狠，充满戾气，她甚至觉得这一刻的他，用"禽兽"来形容毫不为过。因为他背光的脸上的表情，像是要吃了她。

"我道歉。"

识时务者为俊杰，于休休是俊杰中的俊杰。

“我开玩笑的。”

他没有说话，双目紧紧地盯着她，一双大手扣住她的肩膀，用力一压。于休休“呀”一声，皱着眉头推他：“干吗啊？不能开玩笑，以后我就不开了呗。”她的回避和紧张都写在脸上，哪怕霍仲南是一个一窍不通的人，也能在这个时候体会到一些身为男人该有的反应……

“怕我？”他捏住她的下巴，把她的头转过来，面对自己，“现在呢？我是不是更坏了？”

于休休不知道怎么说，吸口气：“我怀疑你在报复。”

“嗯？”他挑了挑眉梢。

“因为我刚才没有同意……做你的备胎。”她本来想说，没有同意他的求婚，可是……人家也没有真心求婚的样子，她说出来太尬，就换了个不那么妥当的词。说完，看他变了脸色，她就后悔了。可是，后悔已经来不及了，她果然惹恼了大魔王。

“说得好。”霍仲南扼住她的肩膀，用力往前一带，于休休系着安全带的身子被猛地往上抬起，狠狠撞入他的怀里。

“喂！”于休休觉得这安全带十分碍事，害得她威风尽失，在他手上就像个被捆绑的小娃娃，没有挣扎的力气。她把心一横，咬牙哼笑，突然就势伸出胳膊，像只树袋熊似的缠紧他的脖子，把重心挂在他的身上，“是的，你这个人，坏。不过，我也不是什么好人。既然你这么主动，就不要怪我了。落在我休爷的手上，活该你倒霉！”

霍仲南微微一怔，于休休不按常理出牌的举动惊住了他，至少有三秒，他一动不动，像看怪物一样看着她，似乎不太明白刚才还羞答答的小可爱怎么突然间变成女王了……

于休休一把捏住他的下巴，像他刚才对自己那样，将他的脸扳过来，故意恶狠狠地问：“怕不怕？嗯？”于休休看他不动，有点儿得意，“你可能还不知道我的手段，是不是？啊！呀！”

话音未落，她就被霍仲南反制了双手，直接甩在座椅上。于休休嗞一声，皱起眉头抗议。

“不公平！有种你解开我的安全带。”

霍仲南欺身过来，黑眸紧盯她的眼睛："这样不是更刺激？"

搬起石头砸了自己的脚，偷鸡不成蚀把米。于休休此时落了下风，在他强硬的控制下，呼吸有些发烫："我知道你不会的。"

霍仲南微微挑眉，一字一顿地说："我会。"

咯噔！于休休听到自己不受控制的心跳，脑子里的剧情又开始飞快延伸……这荒郊野外的，在汽车上……好像不是很合适啊！

"哥哥！"她服软，黑亮的双眼化成一汪水，让人看着就心疼，"我错了，我再也不和你开玩笑了。"

霍仲南意味深长地看着她，低声一笑，又捏了捏她的脸："这么㞞？"

他声音低沉，充满了某种于休休描述不出来的荷尔蒙味道。她心跳得快分裂了，双颊滚烫："㞞，我㞞。"

霍仲南说："以前你从来不㞞。"

于休休尴尬地笑："是吗？以前我初生牛犊不怕虎，我错了，霍哥哥，霍总，霍大魔王，饶了我这次，行不行？"

霍仲南觉得她这服软的小样子鲜活又可人，令他身心十分熨帖，可他不愿意松开，这是一种从没有过的体验，他本能地纵容着自己，想要做更多来讨好自己……他的手，从她的下巴慢慢下移，扼住她纤细的脖子，他像在掌控着自己的猎物，一双眼燃烧着火焰。

于休休愣愣地看着他，在她意识到有什么东西纠缠在他情动的黑眸里时，已是无力阻止。

"休休。"他吻住她微微张开的嘴，"知道吗？大魔王不是吃素的。"

那吃什么？于休休为自己残存的意识还在思考这个问题而羞愧。很快，她就知道……大魔王是吃什么的了。而她混沌的脑子根本就不足以支撑她在这个时候做出最正确的反应。事后，她想，要不是这只大魔王还没有修炼到最高境界，她可能真的会被人家吃得渣儿都不剩还浑浑噩噩。

回到南院，于休休洗了个澡才彻底清醒过来。望着窗外漆黑的天空，她有些后怕，躺在被窝里左思右想，然后给大魔王发了条消息：

“多谢你今天手下留情……”

霍仲南看到消息，走到窗边，点燃一根烟。看了半天夜色，他缓缓回复了一行字：“承让！多谢你放我一马。”

于休休的脸蛋瞬间臊红。

到底谁被谁占便宜了啊？！于休休实在睡不着，给谢米乐发消息分享。谢米乐第二天早上才看到她的消息，先是畅快地大笑了一通，然后认真地恭喜她。

“大小姐，你终于占到便宜了，恭喜恭喜。”

于休休对谢米乐的反应很无语。她收拾好东西，滚出了南院。这一次没有人拦她，她下楼的时候，霍仲南的房间静悄悄的，没有动静。于休休知道他睡眠不好，告诉周叔说不想去打扰他，然后让周叔把自己送回了家。

于休休看着自己家小区的门，深深吸一口气，回头朝司机莞尔一笑：“谢谢你，周叔。要是回头霍仲南怪你，你就推我身上，说是我……拿刀逼着你送我走的。”

周叔的目光定定地落在她脸上：“可是……”

“没什么可是。”于休休手一挥，十分仗义地说，“他那个狗脾气我了解，说不定就会迁怒你。放心吧，一人做事一人当，我不会让你难做的。”

周叔沉默片刻，用一种古怪的表情看着于休休：“可是，是先生让我送你的。”

于休休猛地瞪大眼，见鬼似的看着他。

“没有先生的命令，我哪里敢啊？”周叔呵呵笑着，朝她挥手，“于小姐，再见。”

看着周叔驱车离去，于休休在原地气了半天，终于确定，她被抛弃了——被霍仲南派人丢出了南院，而且还是发生在他们……亲密接触后。

“大魔王，你命没了。”于休休恶狠狠地发了一条信息给他，然后把这个家伙拉黑了。

下午见客户，是谢米乐陪于休休去的。听了她的“可怜遭遇”，谢米乐完全同情不起来，甚至有点儿想笑：“你为什么要生气呢？明明就是你自己作的啊？”

“我作？”于休休瞪大眼。

谢米乐点点头。

于休休道：“你确定？”

谢米乐再次严肃地点头：“人家说结婚，你不同意；人家说娶你，你不干。不仅不干，你还要收拾人家，对人家乱来。末了，你二话不说，回家就关上房门，不出来见人，不吃饭，人家会怎么想呢？说不定，你的阿南哥哥这会儿正一个人关在房间里痛哭呢。”

“是这样的吗？”于休休有点儿困惑。

“当然啦。”谢米乐呵呵冷笑，“一个冰清玉洁的男孩子，差点儿被你吃干抹净，讨好不成，还被你拉黑。啧啧啧，要是我，也会想不开的。”

于休休揉了揉自己的额头：“你说的好像有点儿道理。”

谢米乐眯起眼，一脸认真地看着她：“不仅如此。你不是说有几个妖艳的美女同学对他虎视眈眈吗？我告诉你啊于休休，男人在这种时候是很容易被人攻占身心的！你小心被乘虚而入哦！”

于休休心虚地撇嘴：“怎么在你嘴里，我这么禽兽呢？”

“你呀，就是禽兽，我都替你南哥难受。”

“谢米乐，你讨不讨厌？明明就是我被他欺负了好不好？你是什么狗朋友？”

“狗朋友，最忠诚。”

“走啦！快迟到了。”于休休低头看一眼手机，悄悄地把某人从小黑屋放了出来。可是，她等了很久——见了两个客户，还和谢米乐、韩惠一起吃了晚饭，也没有等来他的消息。

完了！他生气了？于休休扯了扯头发：“听说爱作是病，我可能病入膏肓了！”

把霍仲南关入小黑屋又放出来的第一天，于休休想他。第二天，她又气咻咻地把他拉黑，再放出来，仍然想他。第三天，她很忙，因为那个叫“许沁”的客户约她去看房，所以她没有时间想他，只是一心想要证实，这个许沁是不是那个许沁。

不承想，没有想他的第一天，她会见到他。

吃过午饭，于休休开车从公司出发，载着谢米乐和韩惠。本来于休休一个人去就可以，但是谢米乐觉得情敌见面分外眼红，万一她们打起来，多个人多个帮手。于休休犟不过她，只能让她同行，虽然心里知道——她只是想去看个热闹。

三个人刚到和许沁约好的小区门口，车还没停稳，于休休就接到消息。许沁说：“不好意思，于小姐，公司临时有点儿急事，我走不开，可能要晚点儿约了。你看，咱们改到下午六点如何？”

于休休看了谢米乐一眼，回复：“好。”

谢米乐看到这条消息就皱起了眉头：“成心的，成心的，这一定就是那个许沁。”

于休休不吭声，找地方停车没有找着，索性提议：“正好今儿下午闲，咱们仨都在，去商场逛逛吧？”

三个人上学那会儿就时常结伴逛街购物，毕业后忙于工作，这还是这么久以来第一次有时间去逛，大家都有点儿小开心，一路说笑不停，不承想，在一个品牌服装店会巧遇魏骁龙。

“大师兄？”

于休休有点儿意外。印象中，魏骁龙可不是喜欢逛商场的男人。而且，还是一个人？魏骁龙满脸尴尬：“送朋友过来。”

朋友？于休休正诧异，金巧巧从试衣间出来了：“魏哥，这个好不好看？”

于休休看见她，愣了愣，心里就明白了，马上展露出友善的微笑：“巧巧姐，真的好巧啊！”

金巧巧是个有眼力见儿的人，看了魏骁龙一眼，脸上堆满了笑：“是啊，好巧，你们也来买衣服？”

于休休看了看谢米乐和韩惠：“我们就看看，瞎逛。”

金巧巧说：“这家的衣服不错的，我很喜欢这个牌子，出了新款就会来看看，衣橱里一多半来自它家，跟我气质很搭。”说完，她又看了看店员，“我有贵宾卡，可以打八折，你们选好，可以用我的卡！”

于休休还没说话，韩惠就皱起了眉头：“不用了。休休，我们走吧。”

这家服装店是一线品牌，衣服就没有便宜的，而且店里全是今年刚推出的春装新款，哪怕八折，韩惠也是没有能力购买的。要不是为了陪于休休，她根本就不会走进这家店。现在看金巧巧把买这家的衣服说得像吃饭喝水一样自然，她马上就知道这是个有经济实力的女孩儿，跟她不是一个层次的，犯不着在这里自取其辱。

她的反应和态度都有些过激，和平常闷声不响的老实样子有点儿不一样。于休休和谢米乐第一时间看过去，发现了她的反常。

“好。”于休休笑了一下，揽住韩惠的肩膀，对金巧巧说：“巧巧姐，我们再去别处逛逛，回头有时间再约啊！”

金巧巧脸上有些遗憾：“行吧，我还想推荐衣服给你呢。我刚试了两套，都好喜欢，可是因为胖了点儿，不太合身，但是你穿一定会好看，要不试试？”

“哈哈，这里的衣服我买不起。”于休休眨了眨眼，半开玩笑半认真地说完，朝她和魏骁龙摆了摆手，“走啦走啦，回见。”

出门的过程中，韩惠一言不发，脸色有点儿白。

于休休侧头看她：“惠惠，你怎么了？不舒服吗？”

韩惠摇头：“没什么。可能是这里面太闷了，我刚才有点儿反胃。”

谢米乐叹口气：“你这体质不行啊，看看我们休休，壮得像一头牛，随便感个冒就能‘拐’个男神。”

于休休道：“谢米乐，你又在找打是不是？”

谢米乐抿嘴一乐，又心疼地说：“惠惠，你一个人住，肯定又不吃早饭，对不对？要照顾好自己啊！”

韩惠微笑：“没关系，公司伙食好，我营养够的，就是缺少锻炼。”

于休休和谢米乐都知道她平常生活很节俭，赚的钱本就不多，还要寄回去贴补家里，弟弟没有工作，赋闲在家，母亲有病不能劳作，她是家里的顶梁柱。所以，有什么单子，不论是于休休还是谢米乐，都会优先照顾她。即便如此，韩惠还是恨不得一分钱掰成两半花。

谢米乐还在喋喋不休地劝她要以自己为重，不能太节俭，年轻女孩子，青春就这几年，要好好珍惜。可于休休看到她微笑着应付的双眼里有深深的落寞，已经敏感地察觉出了什么。

她有点儿后悔刚才去那家店看衣服了。对她来说，这些都是日用品，但对惠惠来说，却是奢侈品。再加上金巧巧的那些话，是刺激到她了吧？

于休休偷偷地捏了捏谢米乐：“你别叨叨了，我走累了。咱们不买衣服了，找个地方吃点儿东西吧，我请客。”

谢米乐道：“其实你不用补充后面那句的。买单不一直是于小姐的乐趣吗？谁会跟你抢咋的？”

于休休道：“谢米乐，你这人还真是无耻。”

谢米乐道：“跟你学的。走啦，惠惠，咱俩杀猪去，多吃些！”

韩惠笑了笑，没有多说什么。

三个姑娘在商场里消磨了整个下午。准备离开的时候，于休休收到魏骁龙的消息：“巧巧说那条裙子你穿会很好看……然后，我看你进门就盯着它，就帮你买下来了。”下面配了一张图片，又说，“要是不喜欢，可以退换。”

于休休被他整愣了：“大师兄，我不需要的呀。”

她都不好意思说，在南院，某人给了她一个大大的衣帽间，里面有各种各样的衣服，还有配饰、鞋子。今天来逛商场，纯粹是为了打发时间。

“你是个傻子啊！”于休休忍不住怼魏骁龙，“你说你干吗给我买？你应该多给巧巧姐买一些。”

魏骁龙疑惑：“我为什么要给她买？”

“为什么不给她买？”

“人家又不是买不起。”

“不一样啊，心意不一样，你买的和她买的能一样吗？”于休休痛心疾首，简直想掰开他的脑袋，往里面灌输一点儿讨女孩子开心的知识，“我还以为你开窍了呢，没想到还是个傻大个儿！”

魏骁龙道：“你在说什么？”

于休休说：“你这榆木脑袋，哪有这么对女朋友的呀？”

魏骁龙道：“她不是我女朋友。你误会了。”

于休休：“啊？”

魏骁龙说：“她说她有一个男性朋友要过生日，想给人家买衣服，但是怕不合身，正好那朋友和我个子差不多，就让我帮忙来试试……我只是助人为乐。”

好一个助人为乐。于休休简直无言以对。这么缺少恋爱神经的男人，真是罕见，简直比她家的大魔王还要恐怖——想到大魔王，于休休的脸色又苦哈哈的了：“好吧好吧，那我回头给你钱。”

“不要钱。”

“我又不是买不起，怎么能让你付钱？”

“你不是说了，自己买的和别人送的心意不一样？”

咦？这傻子也不傻嘛，知道用她的话来怼她，于休休笑了起来：“好吧，谢谢我大师兄，你是最帅的！”

魏骁龙回复了一个微笑表情。

啊？于休休抚额，吓得瑟瑟发抖。什么时候连大师兄都步入中老年行列了？

“小心脚下，抓好扶梯。”谢米乐扶了于休休一把，“你在干什么啊？一直看手机。”

于休休笑眯眯的：“你和惠惠会扶住我嘛，我怕什么？”

谢米乐哼了一声：“赶紧联系许沁大小姐，是不是现在去看房？”

于休休：“嗯。”

她再次联系许沁。那边回复得很快，态度也十分友好：“于小姐，非常抱歉，我暂时回不了家，你看这样好不好，你把方案带到明珠商厦来。商厦离我家不远，我们在这里对接一下，沟通沟通，反正户型图都给你了，实地看房可以再约时间。”

能怎么办？客户最大呗！更何况她们正好就在明珠商厦。

于休休问：“几楼？位置？”

许沁在九楼，于休休就是在那里见到霍仲南的。当然，这个许沁，就是那个直接将越野车拦在路中间换胎的许沁。他们一群有十来个人，正兴高采烈地在里面喝茶，于休休相信许沁绝对是想让她看见霍仲南的，虽然不知道许沁为什么这样做，但许沁明明可以出去，偏偏要把她请进来，就是没安好心。

这不是欺负人吗？秀恩爱都秀到她脸上了，于休休能忍？

“哥哥，你也在这里？”于休休瞪大双眼，像是刚刚瞧见霍仲南似的，热情洋溢地冲进去，在所有人震惊的表情里，双臂一张，直接将霍仲南抱了个满怀，“我就说我们有缘分吧，这样也能碰到，不是天生一对又是什么？”

几个男男女女全都吓住了。他们都是霍仲南的老同学，从来没有看他亲近过任何一个女生，现在居然让一个女孩儿抱得结结实实，在他身上又蹭又搂，这绝对可以称得上有生之年系列了啊！

大家都愣了。只有于休休不尴尬，一脸笑容，像灿烂的阳光，照在霍仲南的脸上：“怎么，看到我傻了？”

霍仲南刚才没有说话，一个人坐在那里，面无表情，可是看到于休休，他的脸上有了明显的笑意：“你怎么在这？”他说着，拍了拍于休休的头，像哄孩子似的，看看四周几个在抽烟的男同学，又不悦地皱了皱眉，“有事？”

于休休还没来得及说话，许沁抢先说道：“是这样的，我有个房子要装，特地约了于小姐。刚才本来要回去的，想到你在这儿，就干脆把她约过来了，惊不惊喜？”

她面色和善，用一副十分善解人意的表情看着霍仲南：“我这个老同学够意思吧？”

霍仲南抬头看她一眼，没有说话。

“许姐姐真的是太好了啊，这么照顾我的生意！”于休休很领这个人情，挽住霍仲南的胳膊，将脑袋贴在他的肩膀上，友好地笑，“那我就不打扰你们聚会了吧。许姐姐，我带电脑来的，你看，我们在哪儿讨论方案比较合适？”

许沁看着她满脸娇憨，不像有心机的样子，可是字字句句却都像是在打她的脸。她没有想到，于休休会是这样的女孩儿，更没有想到，霍仲南会这么纵着她，刚才还阴沉沉的脸，看到她瞬间就好转——所以，他们吵架、分手，都是假的？

许沁看了丁曲枫一眼，脸上带着笑，目光却有点儿冰冷。

丁曲枫回视，知道她怪自己消息不准。

丁曲枫听盛天公司的人说的而已。他们说霍仲南前天去了一趟公司，大发雷霆。钟霖特地吩咐总裁办的人做事小心些，不要惹到大魔王，大家都怀疑他和于休休吵架分手了。霍仲南情绪不好，搞得整个公司阴云密布，从上到下说话做事都小心翼翼，就连她的父亲这两天都称病请假了，就怕去触了霉头。

得到消息的许沁为此很开心。她拜托了当年的班长亲自去约霍仲南。班长当年是个学霸，和霍仲南同桌，两个人关系算是不错，在他跟前很有些脸面。果然，他出马，霍仲南没有再拒绝。而这被丁曲枫和许沁错误地解读成了他已“恢复单身”，需要另外的感情来填补。为此，许沁还特地制定了战略，要让于休休误会，再当众作一场，让霍仲南下不来台，进而反感她……

哪知道传说中的于休休会这么乖巧？看到任何一个人都叫“哥哥”“姐姐”，见人就笑，那笑容又极有感染力，不到一分钟，她就得到了这些同学的好感。而霍仲南呢？看她一眼，他就好得不得了！

许沁觉得自己被丁曲枫耍了，偷鸡不成蚀把米，给人家两个人创造了机会。而霍仲南这时终于知道，那天让于休休冲进书房“揍他”，导致公司高层看了笑话的“不明来历客户”，就是许沁。

这个女人要做什么？他看了许沁一眼，这一眼，目光带着探究，可是落入于休休眼里，就是心虚，是含情脉脉，她觉得两个人有猫儿腻。

今天许沁穿得很性感，加上她温柔的气质，分明就是直男杀手。于休休有理由怀疑，这哥哥已经快落入人家小姐姐的温柔陷阱了。

于休休喉咙痒，咳嗽一声：“我和许姐姐要聊正事了，不会耽误你们吧？”

她的小眼神，满是侵略性。

霍仲南沉了眉头：“有什么正事可谈？”他起身，拉住她的手，“走吧，我们回去。”

班长赶紧站起来留人，让于休休和谢米乐几个一起留下来玩。于休休红着脸，一脸娇羞地说："那怎么好意思呢？要不……许姐姐，咱们改天再谈方案吧？你们先同学聚会？"

许沁脸上的笑意不达眼底："我们去隔壁谈吧。谈完了一起吃饭。你别客气，一回生，二回熟。"

真是好心呢！约她来的目的不就是想看笑话吗？于休休邪邪地笑了笑，瞥一眼霍仲南阴晴不定的俊脸，双手缠在他的胳膊上，故意小声地说："老公，你决定吧，我听你的。"

不大不小的声音，火候刚刚好——听上去像是她偷偷叫的，可是又能恰到好处地传入该听的人的耳朵里。霍仲南身子一僵，看着她。于休休眨巴眨巴眼，嘴微微张开，没有发出声音，但唇形表达的是"配合我"三个字。然而，霍仲南不会唇语。他能看到的只是女孩儿羞涩的脸蛋儿，丰润娇嫩的唇瓣，乖巧可爱的表情，以及一副"我都听你的"的娇俏样子。

该死的！霍仲南揽住她不盈一握的腰身，用了九牛二虎之力才控制住情绪，淡定自若地说："我听你的。"

于休休脸一红："你做主。"

霍仲南瞄她一眼，带点儿笑。

"哎哟！这俩人真是！"这个时候，班长适时站出来，"我看你俩谁也别做主了。今天我做主，你们留下来一起吃晚饭。阿南，这个面子你必须给我。要不然，你霍总就是看不起我。"

霍仲南这次认真看了于休休一眼，征求意见。

于休休完全没有意见："那我先和许姐姐谈方案吧，你们聊会儿天。"

霍仲南道："去吧。"

于休休起身让韩惠把自己的电脑包递了过来。许沁一直站在那里等她，脸上的表情变了好几回，但笑容始终没有减少，只是眼神越发锐利。于休休有理由相信，如果眼睛可以化为一把刀，她刚才已经被许沁杀死了。

"走吧，许姐姐，我们去隔壁。"

于休休热情地邀请许沁，化被动为主动。许沁喉咙的老血都快吐出来了。她能见到霍仲南的机会本就不多，能培养感情的时间更少，可就这样，她还被于休休给支开了……

方案是于休休昨晚熬夜做的，花了整整两个小时。四个女孩儿在隔壁找了一个包间，坐下来讨论装修方案。于休休一直在说，谢米乐和韩惠偶尔配合，只有许沁本人魂不守舍，笑容有些僵硬，还在强撑。

“许姐姐，你有什么意见尽管提出来，房子是你居住，要以你的感受为主。我们的方案只是参考。”

许沁道：“我可以全盘否定这个设计吗？”

韩惠和谢米乐微微变脸，这不是故意来挑刺的吗？

于休休却笑得很甜：“当然可以。”

“所有？”

“所有。”

于休休肯定地告诉她：“现在我们可以一项一项地沟通，你把你的想法告诉我，我肯定能改到你满意为止。”

许沁皱了皱眉：“但是我现在想不出来，没有想法。”

于休休道：“你任何时候有新的想法了，都可以告诉我。我都会按你的要求来做。”

许沁抿紧嘴巴，明明有一肚子的火，但是在于休休面前，她的那些招数就像拳头砸在棉花上，根本没有丝毫作用，不仅气不着对方，反而给自己惹气。

“许姐姐，你怎么了？”于休休看着她渐渐阴沉的面色，略带关心地问，“方案不喜欢没有关系的。你别太焦虑了，装修房子是大事，意见不同我们可以慢慢磨合，你千万别把自己急出个好歹来……”

许沁微笑：“怎么会？我房子很多，不急着住。”

于休休哦一声：“那就太好了，我们就有更多时间慢慢磨合了。”

许沁看了她片刻：“于小姐笑起来很好看，很有感染力。”

“真的吗？谢谢！”于休休捂住脸，娇羞地说，“每个人都这么说呢。尤其是大魔王，他最喜欢看我笑了。”

许沁面色一僵，笑容变了形。

于休休笑："哦，大魔王就是霍仲南，我习惯这样称呼了，不好意思。"

短兵相接的第一回合，于休休完胜。耗时一个半小时，装修方案没有谈出结果，但最后许沁是强装笑颜离开的。于休休收拾电脑的时候，谢米乐和韩惠都朝她投来崇拜的目光。

谢米乐说道："这女的就不是个善茬儿，开始我还怕你吃亏呢。没想到，于休休小姐，你靠着一己之力，凭着不要脸的精神，打得情敌方向都找不着。"

"牛刀小试。"于休休哧哧地笑，"她没什么难对付的，这种人自视甚高，死要面子，不会轻易跟人翻脸。只要不把她当回事，不和她生气，就不会受到影响。唉！真正难搞的人在后面。"

"你还要对付谁？"谢米乐奇怪地问。

于休休眯起眼，一字一顿地说："大——魔——王。"

谢米乐和韩惠对视一眼，为霍仲南"默哀"了两秒："咱们真要在这里吃饭吗？"

于休休坦然自若："吃啊，不吃白不吃，这里很贵的。"

谢米乐问："一堆你家大魔王的迷妹在这里，你吃得下去？"

于休休扬眉："万一我也收获了一堆迷哥呢？看谁有魅力呗！"

谢米乐："服气。"

韩惠："你赢了。"

霍仲南还沉浸在于休休那一声软绵绵的"老公"带来的愉悦体验里，紧绷的冷脸时不时会露出一丝意味深长的诡异笑容，骇得在场几个熟悉他的同学都有点儿紧张。因此，去吃饭前，班长给出了良心建议："阿南，你还是别笑了。"

霍仲南狐疑地看他。

班长轻咳一下："你笑起来，比不笑更恐怖。"

这家店是中餐馆，但是考虑到在场同学各自不同的需求和社会地位，店家十分贴心地实行了分餐制。而且，于休休注意到，除了他们这些人，并没有别的客人就餐。很明显，同学们照顾的人是霍仲南。

大家都知道，他不喜欢和外人一起用餐，虽然一张大桌子，每人各上一份有点儿怪异，但大家都欣然接受了。

久不相见，大家都提议喝点儿酒，霍仲南没有反对，也不去扫别人的兴。于休休发现，他只是话少，看上去对人冷漠，但从另一个层面上来说，他还是会照顾别人情绪的，只是那些人怕他而已。

喝起酒，大家的情绪就高涨了起来。本就是少年时期的同学，大家说起话都很随意。你敬我，我敬你，话越来越多，就连于休休她们三个女孩儿都不可避免地被劝酒。

于休休拒绝："我不喝，我一会儿要开车。"

"有代驾。"班长三杯酒下肚，脸就红了，胆子也大了，"有霍总在，你还怕回不了家吗？"

于休休往霍仲南身边靠了靠，露出求助的眼神。

"她酒品不好。"霍仲南说，"我替她喝。"

换平常，大家都不会说什么，可这不是酒壮人胆吗？班长摆手："不行不行，阿南，你不能这么护着媳妇儿。你的份儿是你的，她的份儿是她的。第一次见，这样，喝半杯。"

霍仲南凑到于休休的耳边："你行不行？"

耳朵一痒，于休休有种被撩了的感觉，浑身像有猫爪子在挠："不行也得行啊！"她笑盈盈地举起酒杯："班长，我敬你。"她仰头，一饮而尽。

"爽快！"几个男生同时鼓掌，起哄，"长得这么好看，人这么爽快，酒量还这么好，阿南，你媳妇儿厉害了。"

于休休脸都红了，女生都不吭声，只有温蔓菲似乎看懂了她的害羞。这姑娘喝了酒，说话很直接："休休，你知道吗？上学的时候我们还讨论过，阿南这样的人间极品，什么样的女孩子才配得上呢？讨论来讨论去，大家都觉得他帅得逆天，活该单身，哈哈哈。不过看到你，我突然明白了，你们是天选啊！我决定了，从今天起，我要做'最美 CP'的'脑残粉'。"

许沁僵硬地笑了笑。

丁曲枫拉她："蔓菲，你喝多了。"

于休休马上倒满杯子，跟温蔓菲碰了碰：“蔓菲姐，你也知道‘最美CP’啊？我就喜欢你这种长得好看又招人喜欢的小姐姐。你真好看，笑起来眼睛里像有光。你有没有发现，我们长得很像的，都是漂亮的女孩子呢。”

这马屁，拍得舒服。温蔓菲姓什么都忘了，跟她碰杯：“知道知道，枫子转给我看了，要不然我咋知道你呢？那天在路上碰到，我就知道你了，哈哈哈。”

丁曲枫和许沁快要气死了。这无脑的女人！

于休休却笑得越来越甜：“蔓菲姐，我们加个微信吧，以后你或者你的家人要装房子，我给你打折，保证给你提供最好的材料、最好的工人、最优惠的价格。”

看于休休是个这么好亲近的人，几个男生也凑过来要加她微信——好看、亲和，又能接近霍仲南的女孩儿，谁不喜欢？

于休休拼命夸他们。他们也拼命地跟于休休商业互吹。于休休都快被夸成一朵娇花了。一开始，霍仲南还有一种老父亲的心态，看着有点儿欣慰，渐渐地，他脸上的表情就有点儿控制不住了。

他皱着眉头，轻轻拉了拉于休休的手腕：“少喝点儿。”

“酒逢知己千杯少嘛。”于休休朝他甜甜一笑，转头又跟人称兄道弟：“大家多跟我说一些我家哥哥读书时候的事嘛，我好想知道。”

“他读书的时候就没事。”班长喝开心了，声音大了起来，“如果硬说有事，那就两件事—— 一是不来事，二是不愿来事。”

霍仲南：“……”

班长继续笑：“我和他不是同桌吗？因为这个，我简直是受尽了人间屈辱。我的抽屉里，除了课本，全是别的女生写给他的情书，送给他的礼物。整整三年，没一个是属于我的。”

“哈哈哈！”于休休被逗乐了。

“一个颜值尚可的学霸，抑郁的青春期，全是因为他。”班长指着霍仲南：“阿南，你欠我的，你知道不？搞得我都有心理阴影了，要不然我能单身到现在？”

霍仲南淡淡举杯，与他碰一下：“明天给你发一打。”

“感动。”班长看着大家：“兄弟们听到没有？明儿霍总发媳妇儿，大家排队，到我这儿来领取。”

一群男人跟着笑。

“班长你还算好的，你跟阿南关系近，好歹还能看到情书长啥样儿，像我们这种人才惨。没人写情书、送礼物就算了，连帮人送情书、送礼物的资格都没有，实惨！”

“哈哈哈！你们的青春太有趣了，像我这种学渣女孩儿就没什么意思了，只能无聊得用情书折千纸鹤！”

于休休笑得欢乐，说话太多，又喝了些酒，到最后嗓子都哑了。霍仲南皱皱眉，拦住了班长还要往她杯子里倒的酒：“别欺负女孩子。她不能再喝了。”

“怕什么？我看她酒量好着呢。”班长笑。

“酒量好，酒品差。”霍仲南挑挑眉。

“你怕什么？”班长挤眉弄眼。霍仲南看了于休休一眼：“这是我家祖宗，喝多了会上房揭瓦。”

一桌人狂笑。大家都看得懂脸色，这次霍仲南是真不愿意她再喝了，班长也就不再劝，把注意力转到了于休休两个闺密的身上。谢米乐是个老油条，对付这些人游刃有余，吃不了亏。韩惠为人老实而沉闷，被劝几句，很快喝红了脸，有点儿上头，去卫生间吐了一回，然后抱着马桶大哭。

谢米乐安慰了韩惠一阵，找于休休：“我先送惠惠回去。你一会儿和你南哥走吧。”

于休休也有点儿晕，把车钥匙递给她：“找个代驾。”

谢米乐点点头，扶着满脸泪水的韩惠离开了。

一群人没有尽兴，尤其是温蔓菲，撺掇大家再去深夜聚会，男生们欣然应允，丁曲枫和许沁整个晚上都没怎么说话，但也不反对。

“不了。”霍仲南拉住于休休，“她喝多了，我们不去了。你们玩。”

大家的脸上都是失望：“你不在，还有什么乐趣？一起啊！”

霍仲南拿起外套，披在于休休的肩膀上：“我买单。”说完不管别人什么反应，朝班长点了点头，直接揽住于休休就出了门。

“唉！”有人叹息。

丁曲枫看了温蔓菲一眼，小声说：“你今天怎么回事？一晚上胡说八道。你站哪一边的？”

温蔓菲喝得有点儿晕，委屈地嘟嘴：“她真的很可爱啊！”

丁曲枫嫌弃地瞪她一眼，回头想要安慰许沁。没有想到，许沁的脸上并没有什么表情，她甚至十分淡定：“我也回去了。你们玩吧。”话音没落下，她起身也拿着包走了。

剩下的人面面相觑：“这是怎么了？”

“怎么了？你们还不知道许沁吗？她在读书那会儿就说自己是霍仲南的未婚妻，说两家大人在他们很小的时候就给两个人订了亲的……可你看现在，这不是戳心吗？”

“哦！忘了。”

外面在下雨，暴雨。

于休休从温暖的室内走出来，风一吹，晕得有点儿找不着北。

“好冷。电梯……电梯在哪儿？”

霍仲南把她往怀里裹了裹，走向电梯：“看着脚下。”

“哦。”于休休乖乖地靠着他，脑子里拼命地思考，之前想着要怎么收拾他来着？不行，喝多了，智商不够。她望着霍仲南，“你肯定是故意灌醉我的，对不对？”

霍仲南瞥她一眼：“是谁跟人称兄道弟，一杯接一杯地喝？嗯？”

“哦！”于休休揉了揉脑袋，“你们那些男同学都很仗义嘛。”

霍仲南脸色有点儿难看，他用大手绕过她的腰间，惩罚般重重一勒，将她收入怀里。于休休吸了一口气，瞪着发红的双眼，扬起眉梢看他：“你干吗？”

电梯到了，霍仲南扶她进去，一言不发。于休休脸上爬满了红霞：“你不说话的时候比说话的时候还要有魅力。霍仲南，往后你还是多多闭嘴吧。”

霍仲南哭笑不得，提了口气，还是没吭声。

“对对对，就是这样！”于休休全身倚在他的身上，娇俏地看着他，眼睛里满是小星星，“太好看了，怎么会有你这么好看的人呢？每一个地方都长在我的审美上。”说完，她眯起一双眼就凑了上去，踮起脚尖，整个人趴在他身上，“亲一下。”

霍仲南猝不及防，被她撞到鼻梁，痛得眼泪都快下来了。“于休休！”他警告般沉喝，声音低哑，“这是电梯。”

“知道呀，这不是电梯，我还不亲你呢！”于休休攀住他的肩膀，说完又歪着头，一脸疑惑地审问，“你怎么没有进步啊？”

霍仲南皱眉，看着她。

于休休摇了摇头，嫌弃地耸耸鼻子，头昏眼花地胡说八道：“你都不会接吻哦，可惜了这张脸。”

霍仲南身子微僵，眼底燃起的火在酒精的作用下越烧越旺。他忽然搂住于休休，一个转身就将她抵在电梯壁上，低下头狠狠吻了上去——

像为了证明，特狠！

“你……疯了！”

于休休拼命摇头，太疯狂了，这个男人！

“这是电梯，霍仲南，电梯。”

霍仲南胸膛起伏，一双眼睛像狼一样盯住她，他喘息不止：“于休休，嫁给我吧。”

求婚了？于休休脑子一片空白，下意识地点了点头。

电梯到负二层停下。霍仲南拖住她的手走出电梯，于休休这才反应过来，没有玫瑰没有戒指，她就这样答应了他的求婚。太疯狂了，酒精害人。于休休双颊涨红，小跑跟上他的步伐：“车停在哪儿呢？不用代驾吗？”

霍仲南说：“司机在等。”

“哦。”于休休跟着他，看了看他的脸，感觉自己的脸上像被火烧一样，热辣辣的，不知是羞涩还是兴奋，额头突突地跳，总觉得今晚会发生点儿什么不寻常的事才合理。

他们背后，地下停车场的柱子后面，一个黑衣人慢慢站出来，远远地看着他们，又掩入了阴影里。

霍仲南突然停下。

于休休差点儿撞在他的身上："到了吗？"

没有人，地下停车场空荡荡的，她狐疑地问："车呢？司机人呢？"

霍仲南看她一眼，松开手，掏手机准备给司机打电话，不承想，只听到一个轻微的"嚓"声，地下停车场忽地漆黑一片。

于休休察觉到身边人的僵硬，抓紧他的手："哥哥？"

"嗯。"

"停电了……"

"嗯。"

手机电筒亮起。霍仲南的脸色在半明半暗的光线里有刹那的阴沉，随即恢复正常："别怕。"

"我不怕。"于休休抬头看着他，"可是，你脸色不太好。"

霍仲南没有多说，拨通司机的电话："周叔，你怎么回事？"

"霍先生。"周叔的声音从电话里传来，有点儿急切，又有点儿虚弱，"我出车祸了……"

霍仲南眉目一冷："在哪里？"

周叔说："在停车场外面的路上，我在等警察和救护车。"

"我马上过来。"霍仲南就着手机的光线寻找出口。

这个商厦的地下停车场的面积很大，光线不好，指示牌也看得不太清楚，人行其间，如在黑暗中摸索，于休休跟着霍仲南，听到脚步声的回响，心跳得很快。

"救命！有没有人啊？救命！"

突然，一个凄厉的叫声打破了宁静。仔细听，声音有些熟悉，于休休愣了一秒回过神来。

"许沁？"她小声地说，"是许沁？"

"有没有人啊？救命啊！"许沁又发出了求救的呼声，声音听上去有些颤抖，似乎是害怕到了极点。于休休拖住霍仲南的手臂："我们要不要去看看？"

霍仲南握紧她的手："跟着我，别乱跑。"

"哦。"到处漆黑一片，她能跑哪里去？于休休往许沁出声的那个方向喊了一声："许姐姐，是你吗？"

黑暗里寂静片刻，然后传来许沁带着哭腔的声音："是我，是我。你们快来！"

距离不太远。两个人加快脚步，很快来到一排停放的车前。四周漆黑一片，黄澄澄的手机光线里，只见许沁蹲在地上，手捏住脚踝，脸上露出痛苦的表情，双眼盈满了泪水，仰头看过来时，有一种楚楚可怜的娇弱。

这模样于休休看着都心疼，何况是男人？她下意识地看了霍仲南一眼。他没有说话，只是皱了皱眉头，不知道在想什么。许沁咬了咬下唇，小声吸气说："刚才突然停电，我想找我的车……结果崴了脚。"

霍仲南就着手机电筒扫了一下她的脚。

许沁马上掉眼泪："肿了，走不了路了。"

脚崴了叫救命，还叫得那么凄厉？于休休松了口气的样子："许姐姐你吓到我了。我还以为你遇到杀手了呢。幸好只是崴了脚，没事没事，别怕。"

这甜甜的笑容里，有几分讽刺、几分真诚，许沁分不出来。

"我怕黑，刚才走不了路，一个人在这儿，所以紧张了，让你们见笑了。"她低垂着头，暗自垂泪。一只高跟鞋丢在一边，脚丫子可怜巴巴地蜷缩着，仿佛在提醒他们，这是一个需要男人保护的小女人。

这个时候难道不用英雄救美吗？太需要了！于休休勇敢地站了出来："不要怕，有我们呢。"

许沁感激地看她一眼，目光又望向霍仲南："谢谢！"

不待霍仲南说话，于休休就接了腔："不谢不谢，你车在哪里？车钥匙呢？"

许沁不知道她要做什么，指了指背后，将车钥匙递给了她："麻烦你了。"

"不麻烦，我最喜欢助人为乐了。"

许沁挂着泪的脸上露出了笑容。她认为在这种情况下，身为男人的霍仲南再怎么也得搭把手……就算不抱、不背，还能不扶吗？许沁把手伸了出去。可是，于休休直接打开车门，把钥匙和包包递给霍仲南，然后走过来蹲在她的面前："上来。"

许沁愣住。

于休休扭头看她，拍拍肩膀："上来啊，我背你。"

许沁不能接受这个现实。

于休休这么一个柔柔弱弱的小姑娘，要背她？她没有听错吧？

"休休，这……我不能麻烦你。"

不能麻烦她，是需要麻烦霍仲南吗？于休休呵呵地笑："你这个人，脚都崴了，还这么客气，这么为他人着想。没关系的，来，我力气大。"

许沁尴尬地看着她，摇头："我不用。"

"不信任我？"于休休嗔她一眼，然后站起身，撸起袖子，忽然弯腰一搂，就这样把许沁抱了起来。

"啊！"许沁惊叫。

于休休道："别动！摔了不负责啊！"

霍仲南："……"

这一番操作，别说许沁，就连霍仲南都看愣了。有几个女孩儿有那么大的力气，可以抱起另一个身材和体重都与她差不多的人？

"好了，坐好。"于休休把许沁放坐在车里，大口喘了喘气，放下袖管，"很快就会来电的，我等下出去给你叫保安。或者，让蔓菲姐和曲枫姐来接你？"

许沁到现在还没有回过神来，她呆呆地看着于休休："谢谢！"

于休休又问："需要我帮你叫人吗？"

许沁尬笑："不用。我可以。"

于休休指了指外面："那我们就走了？司机出车祸了，人命关天，我们得赶紧过去。"这意思就是人家的车祸比她崴脚更严重呗。

许沁再不懂事，也不至于听不出来。更何况，已经坐到自己的车上了，她有什么理由再留下霍仲南？

"你们去忙。谢谢了。"许沁好不容易才说出一句客套话。

“谢啥呢，我最喜欢助人为乐了。”于休休朝她比了比肱二头肌，“下次碰上，我还帮你。”

下次？谁次次崴脚？许沁一个字都说不出来。

他们离开的时候，几个打着手电筒的保安朝这边过来了。于休休又好心地喊了一声：“保安大哥，那边有一个崴了脚的小姐姐，麻烦你们去看看她。D174 号。”

保安听到了，朝她晃了晃手电筒。

霍仲南隐在黑暗里的脸微微抽了抽。这丫头真是个特别的女孩子。他心里喟叹，脸上浮上笑容。从头到尾，于休休都没有表现出一星半点儿对许沁的敌意，而且，她也确确实实帮助了许沁，只不过，她也认真地防备着许沁，没让许沁碰到霍仲南一根头发丝。

两个人渐渐走远。

柱子背后的黑衣人看了片刻，攥紧拳头，迅速离开。

恰在这时，停车场来电了。

周叔的伤看上去不太严重，胳膊肘擦破了，脸上有血，衣服脏污。看到霍仲南，他有点儿心虚，一直反复说自己伤得不重，但是急救人员还是建议他去医院照个 CT，这样安全一点儿。

这个老实又固执的人反复拒绝：“我没事，就擦破点儿皮，过两天就好了。我女儿今天过生日。我……我不太想去医院，得回家……”

他是被另一辆疾驰而来的汽车撞上的。那辆车斜刺里开过来，速度极快，周叔赶紧打了方向盘，结果汽车被生生撞出两米开外，车头撞在了绿化带的一棵树上。这会儿，大树被撞倒在地，而肇事车主早就逃得无影无踪了。

霍仲南问：“记住车牌号了吗？”

周叔摇了摇头：“他从旁边蹿出来，我来不及看。”

霍仲南道：“你不是早到了，为什么会在这儿？”

周叔低下头，不敢看他的眼睛：“我以为您没那么快下来，想开车去帮闺女买她喜欢的奶茶，一会儿就能给她带回去。霍先生，对不起。”

车撞了，最怕的人是司机。周叔首先心疼的不是受伤的自己，而是撞坏的汽车，在意的也是老板的看法。也许是太过内疚或者太过害怕，这个老实的中年男人说着说着，居然哭了起来。

刚才和急救人员说话的时候，他意识还很清楚，这一转头的工夫，说着说着，他突然就瘫倒在地上，捂着胸口，直喘气。

“赶紧送医院！”

急救人员紧张地把他抬上救护车。

可他一双眼还是死死地盯着霍仲南。

他不说话，就只是看着。

霍仲南说：“你先去医院把伤养好。这里我会处理。”

周叔得到了他的承诺和保证，目光里的惊恐这才渐渐平息，嘴巴颤抖着说了一声“谢谢”。

这眼神看得于休休有点儿心疼。

救护车远去。她思忖片刻，有一丝迷惑：“你说，要是咱们和周叔一起坐车出来，现在去医院的人会不会是我们？”

霍仲南没有说话，脸上如有乌云覆盖，他一连打了几个电话，声色俱厉。看得出来，他情绪有些不好。于休休笑着安慰他：“我就说说而已，你别紧张，这不是意外吗？”

霍仲南瞥她一眼，“嗯”了一声。

于休休一愣：“你这眼神有点儿瘆人。该不会是……最近咱们走背运？上次坐车，阳台塌了，差一点儿被压死。这次又……希望周叔没事吧。”

于休休回到家里不久，就得到了周叔的消息。他伤得很重，正在准备接受手术。

在车祸现场的时候，他能说能哭，于休休以为他应该没什么大问题，可实际情况是，人还没有送到医院就出现了昏迷。医生诊断说，病人有脑出血的情况，病情危及生命，病人必须马上接受手术。

于休休浑身冰凉。那天周叔还有说有笑地送她回家，一转头，怎么就发生了这样的事故？人生不可预测，生命太脆弱了。

苗芮听她说了前因后果，一脸后怕，搂住她就心肝宝贝地叫，紧张得不得了："会没事的，好人有好报，好人有好报。你别吓住了。"

于休休撇嘴，摇了摇头。

"我没有被吓住，我就觉得这事透着古怪。"

于大壮坐在沙发上，正在给媳妇儿和姑娘剥橘子，一直没有插嘴，闻言，他怔了怔，忽然回头看着于休休，满脸严肃："乖女儿，这阵子你别到处乱跑。"

于休休哦一声："我没乱跑啊！我都在工作。"

于大壮吹胡子瞪眼："工什么作，好好待在家里，爸爸养你。"

以往听到这话，于休休心里就会很甜，总会缠着爸爸妈妈，又是撒娇又是卖乖，可是今天听了，心里却有点儿酸，她莫名就想到了司机周叔的眼神。这世界上，有多少人活得不容易，把工作看得比命还重，她怎么可能心安理得地享受父母的辛苦所得？

"爸爸，我也要养你和妈妈呀。"于休休一笑，把头靠在苗芮的肩膀上，"你和妈妈会老，身体也会慢慢变差，我和弟弟总要长大，不能一辈子啃老，对不对？老师是这么教的。"她说完，还眨了眨眼。

于大壮被噎住，苗芮的眼睛一红，她有点儿老母亲的欣慰，可是嘴巴还是不肯饶人："老什么老？你爸老当益壮，你妈风韵犹存，不会老。"

于家洲进门就听到这句话，当即捂了捂眼睛："高三狗这是出现幻觉了吗？大晚上的，你们还在开家庭会议？"

苗芮瞪他一眼："跟你没关系，赶紧上楼，洗漱睡觉。"

于家洲抗议道："高三狗没有尊严？"

苗芮道："没有。"

于家洲抿嘴一叹，朝于休休挤了挤眼睛，正准备上楼，于大壮就站起来："崽崽，今天老师发成绩了，这次有进步，爸爸要给你奖励。"

于家洲眼睛一亮："真的呀？爸，你太好了！"

叮！于大壮把红包发出去，又拍了拍儿子的胳膊："就是还有点儿偏科，加油！等你高考完了，咱们全家去旅游，也去看看那个什么圣母院、埃及铁塔……"

“爸，巴黎圣母院被烧了。”

“啊，谁干的？那个埃及铁塔没倒吧？”

“那不是埃及铁塔，是埃菲尔铁塔。埃及的叫金字塔。”

于大壮虎眼一睁，瞪着儿子：“你甭管人家什么塔，你就给老子好好读书，争取考个好学校，别像老子一样搬砖。”

于家洲哭笑不得，噔噔噔上楼去了。于休休看他俩说话，笑得合不拢嘴。这家庭氛围一上来，她就忘了车祸带来的烦恼了，追问于大壮：“爸，渣弟考了多少分啊？看把你高兴的，还发红包。”

于大壮偷偷瞄了苗芮一眼，伸出五个指头：“进步了五个名次，从全班倒数第五，变成了倒数第十！”

苗芮剜他一眼：“那是因为有五个同学生病，没有参加考试！”说着她就去拧于大壮，“你就护着他，护着他，合起伙来蒙老娘。”

第二天，于休休从钟霖那里了解到，肇事车主找到了。

他是自己去派出所自首的。

车主自诉，当时他开车速度太快，没有看到周叔从停车场出来，然后，清醒过来发现撞到了一辆豪车，知道自己赔不起，想也不想就溜了，可是一晚上睡不着，思来想去，还是选择了自首，愿意承担责任。可是，他没有钱，开的那辆车还是朋友的，拿什么来承担责任？更何况，无论接受什么惩罚，他都改变不了后果。

周叔的死信是第三天傍晚传过来的。手术后，他又在ICU（重症监护室）挣扎了两天两夜，仍然没能从死亡线上被抢救回来。

于休休得到消息的时候，还在公司画设计图，看到那冰冷的“死了”两个字，当时就忍不住泪水，哭了出来：“怎么会这样？”

她一点儿心理准备都没有，人说死就死了。

她打电话问霍仲南，声音带点儿哽咽：“医院不是说手术很成功的吗？”

霍仲南淡淡地说：“别难过。”

于休休用手撑着脑袋，掉着眼泪，眼睛热辣辣地难受：“如果我不认识他，我就不难过。可是一想到他那个眼神，我就受不了。”

霍仲南沉默了片刻：“人总有一死，只是经历不同。休休，有一天，我也会死。”

于休休的心里一痛，心像被什么东西揪了一下。

不知道为什么，明明这是事实，可是她听到霍仲南说他也会死的时候，她的眼睛就像控制不住的水龙头，一直流眼泪，拼命地吸鼻子也忍不住。

“你太讨厌了，为什么要说这个？你不许死，我不许你死！”

“不许死。”“不许跳！”

梦里的那个声音与这个声音重合了。

霍仲南摁灭烟头：“好。”

他不死，总得有人付出代价。